L'ŒIL DU FAUCON

WILBUR SMITH

L'ŒIL DU FAUCON

FRANCE LOISIRS
123, boulevard de Grenelle, Paris

Titre original : *A Falcon Flies*
Traduit par Thierry Piélat

Une édition du club France Loisirs, Paris,
réalisée avec l'autorisation des Presses de la Cité

© Wilbur Smith, 1980
Première édition 1980 chez William Heinemann Limited
Réimprimé en 1988 par Macmillan
Publishers Limited
25 Eccleston Place, London SW1W 9NF
© Presses de la Cité, 1988, pour la traduction française
ISBN 2-7441-2224-6

À ma femme, Danielle Antoinette.

1860

À l'horizon, l'Afrique était tapie tel un lion à l'affût, fauve et dorée dans la lumière du petit matin, brûlée par le froid courant de Benguela.

Debout près du bastingage, Robyn Ballantyne la contemplait. Elle était venue là une heure avant le lever du soleil, longtemps avant que la terre ne soit en vue. Elle savait qu'elle était proche, elle avait senti sa présence énigmatique dans l'obscurité, perçu son haleine, chaude, sèche, épicée, par-delà les exhalaisons froides et moites du courant qui portait le navire.

C'est son cri et non celui de la vigie qui tira le capitaine Mungo St John de sa cabine ; il grimpa l'escalier quatre à quatre tandis que l'équipage s'assemblait sur le pont pour regarder et bavarder. Un bref instant, le capitaine fixa la terre des yeux, puis il se retourna et lança ses ordres de cette voix basse qui portait jusque dans les moindres recoins.

— Paré à virer !

Tippoo, le second, envoya chacun à son poste à coups de poing et de corde à nœuds. Depuis deux semaines, un vent furieux et un ciel bas et maussade les avaient empêchés de voir le soleil, la lune et les étoiles, et donc de faire le point. Au jugé, le grand clipper aurait dû se trouver à une centaine de milles marins plus à l'ouest, loin de cette côte traîtresse, de ses périls que les cartes n'indiquaient pas et de ses rivages sauvages et déserts.

Le capitaine venait de se réveiller, sa crinière d'un noir profond encore emmêlée ondulait dans le vent ;

9

sous sa peau tannée par le soleil, ses joues étaient légèrement empourprées par le sommeil, la colère et l'inquiétude. Le blanc de ses yeux clairs faisait ressortir nettement le jaune de l'iris semé de paillettes d'or. Cette fois encore, même en ces instants de relâchement et d'exaltation, elle s'étonna de la présence physique de cet homme — il y avait en lui quelque chose de dangereux et de troublant qui la repoussait et l'attirait tout à la fois.

Le capitaine n'avait pas boutonné sa chemise et l'avait rentrée à la hâte dans son pantalon. La peau de son torse, bronzée et comme huilée, était recouverte de poils noirs, ce qui la fit rougir, lui rappelant le matin où ils s'étaient embarqués — ce matin où ils s'étaient élancés sur les eaux bleues et chaudes de l'Atlantique sous le 35e degré de latitude nord —, source de ses tourments et sujet de ses prières.

Ce matin-là, elle avait entendu l'eau qui éclaboussait le pont au-dessus d'elle et le cliquetis de la pompe du navire. Elle avait quitté le bureau de fortune de la petite cabine où elle travaillait à son journal, mis un châle sur ses épaules, était montée sur le pont principal dans la lumière éclatante et avait été frappée de stupeur.

Deux marins actionnaient la pompe avec ardeur, et un jet d'eau claire en jaillissait avec un sifflement. Le capitaine Mungo St John se tenait dessous, nu, la figure et les bras tendus vers l'eau qui dégoulinait de ses cheveux noirs plaqués sur son visage et son cou, de la toison de sa poitrine et de son ventre plat. Elle était restée là à le regarder, pétrifiée, incapable de détourner le regard. Les deux marins s'étaient tournés vers elle et lui avaient lancé un sourire obscène tout en pompant.

Elle avait bien évidemment déjà vu des corps d'homme nus, sur la table de dissection, chair blanche et molle, les entrailles à l'air, ou bien à l'hôpital, sous les couvertures sales, suants, malodorants et secoués de convulsions à l'approche de la mort — mais jamais comme celui-là, éclatant de santé et débordant de vie.

Le tronc et les jambes longues et puissantes, les épaules larges et la taille étroite, tout était d'une symétrie et d'un équilibre parfaits. La peau était hâlée, même là où le soleil ne l'avait pas dorée. Elle n'avait pas sous les yeux une masse informe d'organes masculins vaguement répugnante, honteuse et à moitié cachée par des poils rêches, mais l'image même de la virilité dans toute sa splendeur; elle eut soudain l'impression de se retrouver, comme Ève, soumise à la tentation du péché originel et une exclamation lui échappa. Le capitaine l'entendit, s'écarta du jet d'eau et repoussa ses cheveux de son visage. Il la vit là debout, incapable de bouger et de détourner les yeux et sourit de son sourire moqueur et nonchalant sans faire le moindre geste pour cacher sa nudité, l'eau dégoulinant toujours de sa peau, aussi scintillante que des éclats de diamant.

— Bonjour, docteur Ballantyne, avait-il murmuré. Me voilà devenu l'objet d'une de vos études anatomiques !

À ce moment seulement elle avait réussi à rompre le charme, elle avait fait volte-face et s'était précipitée dans sa cabine. En se jetant sur sa couchette, elle s'attendait à être envahie par un sentiment de péché et de honte, mais il n'en fut rien. Elle avait l'impression que sa poitrine et ses poumons étaient contractés et l'empêchaient de respirer, elle éprouvait un picotement à la base du crâne, une sensation de chaleur sur la peau de ses joues et de sa gorge, et dans toutes les autres parties de son corps. Cette sensation l'avait tant alarmée qu'elle s'était arrachée de sa couchette pour se mettre à genoux et implorer que lui soit donnée la compréhension de son indignité et de sa bassesse. Au cours de ses vingt-trois années de vie, elle s'était livrée à cet exercice un nombre incalculable de fois mais rarement avec aussi peu de résultat.

11

Pendant les trente-huit jours qui avaient suivi, elle s'était efforcée d'éviter ces yeux pailletés d'or et ce sourire moqueur, et elle avait pris la plupart de ses repas dans sa cabine, même dans la chaleur accablante de l'équateur et malgré la puanteur du seau, relégué dans un coin derrière une tenture, qui ne contribuait guère à lui aiguiser l'appétit. Elle ne se joignait à son frère et aux autres dans le petit salon du bateau que lorsque le gros temps l'y obligeait.

En le regardant à présent piloter le navire pour l'éloigner de la côte inhospitalière, elle ressentit une nouvelle fois cette impression dérangeante de picotement, et elle se tourna avec précipitation vers la terre qui dansait à l'avant. Le garant grondait dans les poulies, les vergues grinçaient et la toile faseyait avant de se gonfler de nouveau avec un claquement sec comme un coup de canon.

À la vue de la terre, elle parvint presque à refouler ses souvenirs et fut envahie par un tel sentiment de respect mêlé de crainte qu'elle se demanda comment son pays natal pouvait aussi clairement faire entendre son appel dans le cœur de ses enfants.

Il lui semblait inconcevable que dix-neuf années aient passé depuis la dernière fois où, misérable fillette de quatre ans accrochée aux longues jupes de sa mère, elle avait vu plonger sous l'horizon l'énorme montagne de la Table qui défend l'extrémité méridionale du continent. C'était l'un des seuls souvenirs précis qu'elle ait conservés de ce pays. Elle pouvait presque sentir encore l'étoffe grossière des vêtements d'une femme de missionnaire et les jambes de sa mère trembler sous ses jupes du fait des sanglots qu'elle essayait de réprimer. Elle se rappelait très bien la peur et le trouble qu'avait fait naître en elle le chagrin de sa mère ; elle avait compris avec son intuition d'enfant que leur vie était bouleversée et savait que la haute silhouette qui avait été jusqu'alors le centre de leur petite existence n'était plus là.

« Ne pleure pas, ma chérie, avait murmuré sa mère. Nous reverrons bientôt papa. Ne pleure pas, ma petite. » Mais ces paroles lui avaient fait douter de revoir jamais son père et elle avait enfoui son visage dans le tissu rugueux de la jupe maternelle, déjà trop fière pour laisser entendre ses pleurs.

Comme toujours, c'était son frère Morris qui l'avait consolée, Morris, de trois ans son aîné, un petit homme de sept ans, comme elle né en Afrique, sur les berges d'une rivière perdue au nom exotique, la Zouga, qui lui avait donné son second prénom — Morris Zouga Ballantyne —, celui qu'elle préférait parce qu'il lui rappelait l'Afrique.

Elle tourna de nouveau la tête vers la dunette ; il s'y trouvait maintenant, avec sa haute taille, pas aussi grand cependant que Mungo St John, à qui il parlait avec entrain en montrant la terre aux teintes léonines. Les traits qu'il avait hérités de leur père étaient massifs et énergiques, le nez fort et busqué, la bouche au dessin volontaire, voire dur.

Il regarda une nouvelle fois dans la longue-vue et scruta la côte avec le soin qu'il accordait à toutes ses actions, fussent-elles anodines, puis, faisant face à Mungo St John, tous deux se mirent à deviser tranquillement. Contre toute attente, une relation de sympathie s'était instaurée entre les deux hommes, un respect mutuel, bien que réservé, pour les qualités et les mérites de l'autre. Mais, à dire vrai, c'était Zouga qui entretenait cette relation avec le plus de constance. Tout lui était bon pour acquérir les connaissances et l'expérience de Mungo St John. Depuis leur départ du port de Bristol, déployant tout son charme, il avait amené le capitaine à lui livrer la majeure partie de ce qu'il avait appris au cours de ses années de commerce et de cabotage le long des côtes de ce vaste continent sauvage, et, dès qu'il avait un instant, Zouga couchait tout cela par écrit dans l'un de ses grands livres à reliure de cuir.

Le capitaine avait en outre entrepris avec bonne humeur d'instruire Zouga dans l'art et le mystère de la navigation astronomique. Chaque jour, aux alentours de midi, on voyait les deux hommes réunis sur la dunette, côté soleil, tenir leur sextant en cuivre parfaitement immobile en attendant d'apercevoir l'orbe ardent à travers les couches de nuages, ou, lorsque le ciel était dégagé, le regarder fixement en suivant les mouvements du navire afin de le maintenir dans leur champ de visée.

À d'autres moments, ils rompaient la monotonie d'une longue bordée par un concours de tir, chacun visant à son tour une bouteille vide fermée par un bouchon qu'un homme d'équipage jetait par la poupe. Ils utilisaient deux magnifiques pistolets de duel à percussion que Mungo St John remontait de sa cabine dans leur coffret tapissé de velours avant de les charger avec soin sur la table à cartes.

Ils partaient d'un grand rire et se félicitaient quand les bouteilles éclataient en vol en une explosion de tessons qui étincelaient au soleil comme des diamants.

Parfois, Zouga allait chercher son Sharps dernier modèle, un fusil qui se chargeait par la culasse, offert par l'un des commanditaires de l'expédition, l'« expédition Ballantyne en Afrique », selon le journaliste du grand quotidien *Standard*.

Le Sharps était une arme magnifique, d'une incroyable précision et assez puissante pour abattre un bison à un kilomètre. Les hommes qui, à la même époque, exterminaient les grands troupeaux dans la prairie américaine avaient été surnommés « Sharpshooters ».

Mungo St John lâchait à une traîne de sept cents mètres une barrique en guise de cible, et ils tiraient en pariant un shilling le coup. Zouga était un tireur émérite, le meilleur de son régiment, mais il avait déjà perdu plus de cinq guinées contre St John.

Non seulement les Américains fabriquaient les armes à feu les plus performantes au monde (John Browning avait déjà déposé le brevet pour un fusil à répétition que Winchester perfectionnait pour en faire la carabine la plus formidable jamais connue jusqu'alors), mais ils étaient de loin les meilleurs tireurs. Ce qui ne faisait que souligner la différence entre la tradition du pionnier au long fusil et celle de l'infanterie britannique qui tirait au mousquet à canon lisse en salves ordonnées. Mungo St John, qui était américain, maniait le pistolet de duel à canon long aussi bien que le Sharps, comme s'ils étaient des prolongements de son corps.

Robyn détourna les yeux des deux hommes, regarda de nouveau la terre et éprouva un léger désarroi en la voyant déjà disparaître lentement dans la mer froide et verte.

Depuis le jour si lointain de son départ, elle languissait désespérément de la retrouver. Toutes ces années qu'elle avait vécues dans l'intervalle semblaient avoir été une longue préparation à ces retrouvailles, tant il lui avait fallu surmonter d'obstacles, encore amplifiés par le fait qu'elle était une femme, et lutter contre la tentation de se laisser aller au découragement, lutte dans laquelle certains avaient vu de l'entêtement et de l'orgueil.

Elle s'était forgé son éducation en glanant à grand-peine dans la bibliothèque de son oncle William, en dépit de ses tentatives pour la décourager. « Il n'est pas bon de trop apprendre dans les livres, ma chère, et il ne convient pas à une femme de se troubler l'esprit avec certaines choses. Vous feriez mieux d'aider votre mère à la cuisine et d'apprendre à coudre et à tricoter. »

« Je sais déjà faire l'un et l'autre, oncle William. »

Par la suite, lorsqu'il eut mesuré la profondeur de son intelligence et de sa détermination, son secours peu enthousiaste et grincheux se mua en soutien actif.

Oncle William était le frère aîné de sa mère, et il les avait recueillis tous les trois lorsqu'ils étaient arrivés de leur contrée lointaine dans un état de dénuement presque complet. Ils ne disposaient que du maigre traitement alloué par la Société missionnaire de Londres, soit 50 livres par an, et les revenus que procurait à William Moffat, médecin à Kings Lynn, sa petite clientèle suffisaient à peine à entretenir la famille dont il se retrouvait chargé.

Bien sûr plus tard, de nombreuses années plus tard, l'argent — certains parlaient de trois mille livres — avait afflué grâce aux droits d'auteur des livres écrits par le père de Robyn, mais c'était l'oncle William qui les avait abrités et nourris pendant les temps de vaches maigres.

William avait réussi à réunir la somme nécessaire pour acheter le brevet de Zouga afin de lui permettre d'intégrer son régiment. Pour cela, il s'était résolu à vendre ses deux chevaux de chasse et à effectuer le voyage humiliant jusqu'à Cheapside pour négocier avec des prêteurs sur gages.

Avec ce que William avait pu recueillir, Zouga n'avait pu prétendre intégrer un régiment prestigieux ni même l'armée régulière, mais il avait dû se contenter du 13e Régiment d'infanterie indigène de Madras, un régiment de ligne de la Compagnie des Indes orientales.

C'est l'oncle William qui avait fait l'instruction de Robyn tant que le lui avaient permis ses propres connaissances, et qui l'avait ensuite encouragée et épaulée lorsqu'elle avait commis la grande tromperie dont elle ne pourrait jamais se résoudre à avoir honte. En 1854, aucune faculté de médecine anglaise n'admettait de filles parmi ses étudiants.

Grâce au parrainage et à la connivence de son oncle — il avait garanti qu'elle était son neveu —, elle avait été admise à l'hôpital St Matthew dans les quartiers est de Londres.

16

La transformation de son nom, Robyn, en Robin, sa haute taille, sa poitrine peu abondante, la profondeur de sa voix et son timbre rauque qu'elle pouvait accentuer à volonté avaient facilité les choses. Elle avait coupé court ses épais cheveux sombres et appris à porter des pantalons avec une aisance telle que depuis lors le fouillis des jupons et des crinolines autour de ses jambes l'irritait.

Les administrateurs de l'hôpital n'avaient découvert le pot aux roses qu'après que le Collège royal des chirurgiens lui eut délivré son diplôme de médecine à vingt et un ans. Ils avaient immédiatement prié le Collège de lui retirer cet honneur, et le scandale qui s'était ensuivi avait balayé l'Angleterre et avait fait d'autant plus de bruit qu'elle était la fille du Dr Fuller Ballantyne, célèbre explorateur de l'Afrique, voyageur, médecin missionnaire et écrivain. Les administrateurs de St Matthew avaient finalement été forcés de s'incliner, car Robyn Ballantyne et l'oncle William avaient trouvé un champion en la personne, courte et replète, d'Oliver Wicks, rédacteur en chef du *Standard*.

Avec le flair du journaliste, Wicks avait deviné l'occasion de faire du tirage, et, dans un éditorial caustique, il avait invoqué la tradition britannique du *fair play*, tourné en ridicule les insinuations venimeuses évoquant des orgies dans les salles d'opération et mis en évidence le mérite peu ordinaire qu'avait eu cette jeune fille intelligente et sensible de réussir en dépit d'obstacles quasi insurmontables. Pourtant, même lorsque la validité de son diplôme avait été confirmée, ce n'était pour elle qu'un premier pas modeste sur la route qui devait lui permettre de retourner en Afrique, route qu'elle était déterminée à suivre depuis longtemps. Les vénérables directeurs de la Société missionnaire de Londres avaient été fortement alarmés par l'offre de services émanant d'une femme. Les épouses de missionnaire, c'était une chose; elles étaient même extrêmement appréciables pour éloigner leur mari des tentations de la chair dans ces pays de sauvages à moitié nus, mais une femme missionnaire, c'était tout à fait différent.

Un autre facteur pesait lourdement dans la balance contre la candidature du Dr Robyn Ballantyne. Son père, Fuller Ballantyne, qui avait démissionné de la Société six ans avant de disparaître de nouveau dans l'arrière-pays africain, s'était totalement discrédité à leurs yeux. Pour eux, il était évident qu'il se souciait davantage de son propre prestige et de ses explorations que de mener les sauvages plongés dans les ténèbres de l'ignorance sur la voie du salut. En fait, à leur connaissance, Fuller Ballantyne n'avait fait qu'un seul converti tout au long des milliers de kilomètres de son périple africain, le boy qui portait son fusil.

Apparemment, il s'était dressé en croisé contre le commerce des esclaves plutôt qu'en émissaire du Christ et avait rapidement transformé sa première mission en un lieu d'asile pour esclaves fugitifs. Cette mission se trouvait à Koloberg, sur la lisière méridionale du désert de Kalahari, une petite oasis dans une région aride où jaillissait une abondante source d'eau claire, et qui avait été établie à grands frais avec les fonds de la Société.

Après que Fuller en eut fait un refuge pour esclaves, l'inévitable s'était produit. Les Boers venus du Cap, citoyens des petites républiques indépendantes qui entouraient la mission, étaient les propriétaires des esclaves auxquels Fuller Ballantyne donnait asile. Ils administraient la justice à la frontière en lançant ce qu'ils appelaient des « commandos ». Une nuit, avant le lever du soleil, rapides comme le vent, une centaine de Boers habillés de vêtements grossiers, barbus et brûlés par le soleil au point que leur peau avait pris la couleur sombre de la terre d'Afrique, fondirent sur Koloberg montés sur leurs chevaux. Les éclairs aveuglants de leurs fusils chargés par le canon et le chaume en flammes des baraquements de la mission illuminèrent l'aube.

Ils attachèrent les esclaves fugitifs avec les serviteurs et les affranchis de la mission en longues files et les emmenèrent vers le sud, laissant Fuller Ballantyne avec sa famille rassemblée autour de lui, les quelques maigres possessions qu'ils avaient pu sauver des flammes à leurs pieds, et la fumée des bâtiments à moitié consumés s'étirant en tourbillons autour d'eux.

La haine qu'éprouvait Fuller Ballantyne pour l'institution de l'esclavage s'en était trouvée renforcée, lui donnant involontairement l'excuse qu'il avait toujours cherchée, et elle lui avait permis de se libérer du fardeau qui l'avait jusque-là empêché de répondre à l'appel des vastes terres vierges du nord.

Pour leur bien, il avait expédié sa femme et ses deux petits enfants en Angleterre, porteurs d'une lettre destinée aux directeurs de la Société missionnaire de Londres. Dieu avait fait clairement connaître sa volonté à Fuller Ballantyne. Il lui ordonnait d'aller vers le nord et de porter la parole divine dans toute l'Afrique sans se contenter des limites d'une petite mission.

Les directeurs furent extrêmement contrariés par la perte de leur établissement, et la perspective de devoir monter une coûteuse expédition d'exploration dans une région réputée n'être qu'un vaste désert inhabité et aride, sauf autour du littoral — un désert de sable qui s'étendait jusqu'à la Méditerranée, à plus de six mille kilomètres au nord —, ajoutait à leur consternation.

Ils écrivirent sur-le-champ à Fuller Ballantyne, sans savoir exactement où adresser leur courrier, mais, éprouvant le besoin de refuser toute responsabilité dans ce projet et d'exprimer leur profonde inquiétude, ils finirent par déclarer sans ambages qu'aucuns fonds autres que le traitement de 50 livres annuelles ne pourraient être votés pour soutenir les activités on ne peut plus irrégulières de Fuller Ballantyne. Ils n'avaient cependant pas besoin de dépenser leur énergie et de s'inquiéter autant car Ballantyne était déjà parti. Avec quelques porteurs, son boy chrétien, un colt, un fusil à percussion, deux boîtes de médicaments, son journal et ses instruments de navigation, Fuller Ballantyne avait disparu.

Il réapparut huit ans plus tard dans la colonie portugaise installée près de l'embouchure du Zambèze, au grand dam des colons qui, après plus de deux cents ans d'occupation, n'avaient jamais pu remonter à plus de cent cinquante kilomètres en amont du fleuve.

Fuller Ballantyne retourna en Angleterre où son livre *Un missionnaire dans les profondeurs de l'Afrique* fit sensation. Voilà un homme qui avait effectué la « Transversale », franchi l'Afrique d'ouest en est, qui, là où était censé s'étendre le désert, avait vu de larges rivières et des lacs, d'agréables et frais plateaux herbeux, de grands troupeaux d'animaux sauvages et des peuples étranges. Un homme surtout qui avait constaté les terribles déprédations auxquelles se livraient les marchands d'esclaves sur le continent, et ses révélations avaient rallumé le zèle abolitionniste de Wilberforce dans le cœur des Anglais.

La Société missionnaire de Londres, embarrassée par la célébrité soudaine de son représentant prodigue, se hâta de faire amende honorable. Fuller Ballantyne avait choisi divers sites à l'intérieur des terres en prévision de l'installation de futures missions ; au prix de plusieurs milliers de livres, la Société réunit des groupes d'hommes et de femmes dévoués et les envoya sur les lieux désignés.

Le gouvernement britannique, fortement intéressé par la description qu'avait donnée Fuller Ballantyne du fleuve Zambèze comme une large artère de pénétration vers les richesses de l'Afrique intérieure, nomma Ballantyne consul de Sa Majesté et finança une expédition importante afin d'ouvrir cette voie navigable au commerce et à la civilisation.

Fuller était revenu en Angleterre pour écrire son livre, mais, au cours de cette période de retrouvailles avec sa famille, sa femme et ses enfants ne le virent guère plus souvent que lorsqu'il était au fin fond du continent africain. Quand il n'était pas enfermé dans la bibliothèque de l'oncle William à écrire le récit épique de ses voyages, il allait à Londres harceler le Foreign Office ou les directeurs de la Société missionnaire. Et après qu'il eut obtenu ce qu'il lui fallait pour retourner en Afrique, il parcourut l'Angleterre pour donner des conférences à Oxford et prononcer des sermons à la chaire de la cathédrale de Canterbury.

Puis, brusquement, il disparut de nouveau, emmenant avec lui la mère de Robyn et de Zouga. Robyn devait toujours se souvenir du contact de ses moustaches hérissées quand il s'était penché pour l'embrasser avant de les quitter pour la seconde fois. Dans son esprit, son père et Dieu étaient plus ou moins une seule et même personne, toute-puissante, parfaitement juste, et elle devait leur obéir aveuglément et se contenter de les adorer.

Des années plus tard, quand les sites choisis par Ballantyne pour l'installation des missions s'avérèrent être des pièges mortels, quand les missionnaires survivants retournèrent en catastrophe à la civilisation, laissant derrière eux leur femme et leurs compagnons morts de fièvre et de faim, tués par des animaux sauvages ou les hommes plus sauvages encore qu'ils étaient allés sauver, l'étoile de Fuller Ballantyne commença à décliner. L'expédition organisée par le Foreign Office sur le Zambèze et conduite par Ballantyne avait échoué après avoir buté sur les terribles rapides et les chutes de la gorge de Kebrabassa à travers laquelle le fleuve se

21

précipitait en grondant, perdant plus de trois cents mètres de dénivelé en une trentaine de kilomètres. Les hommes se demandaient comment Ballantyne, qui avait prétendu suivre le Zambèze de sa source jusqu'à la mer, avait pu méconnaître un obstacle aussi formidable à la réalisation de ses rêves. Ils commencèrent à mettre en doute ses autres assertions, tandis que le Foreign Office, comme toujours économe et ulcéré par le gaspillage financier causé par cette expédition avortée, lui retirait son titre de consul.

La Société missionnaire de Londres adressa un autre interminable courrier à Fuller Ballantyne pour lui intimer l'ordre de limiter à l'avenir ses activités à la conversion des sauvages et à la propagation de la parole de Dieu.

Ballantyne avait répondu en leur signifiant sa démission, épargnant ainsi 50 livres par an à la Société. Au même moment, il écrivait une lettre d'encouragement à ses deux enfants, les enjoignant de faire preuve de courage et de foi, et envoyait à son éditeur le manuscrit dans lequel il justifiait son expédition. Il prit ensuite les quelques guinées qui restaient des sommes énormes qu'il avait touchées à titre de droits d'auteur pour ses autres livres et s'évanouit une fois de plus à l'intérieur de l'Afrique. Cela se passait huit ans plus tôt, et depuis personne n'avait eu de ses nouvelles.

Et à présent, voilà que la fille de cet homme, presque aussi tristement célèbre que son père, demandait à être admise au sein de la Société à titre de missionnaire active.

Là encore, l'oncle William était venu en aide à Robyn, ce cher oncle William qui bafouillait légèrement, avec ses besicles aux verres épais comme des galets et sa crinière grise obstinément rebelle. Il l'avait accompagnée devant le conseil d'administration et avait rappelé que le grand-père de Robyn, Robert Moffat, avait été un missionnaire des plus efficaces, avec des dizaines de milliers de conversions à son crédit. De fait, le vieil homme œuvrait toujours à Kuruman et venait de publier son dictionnaire de la langue sechuana. Robyn elle-même était dévouée et pieuse ; elle avait reçu une formation médicale et possédait une bonne connaissance des langues africaines, que lui avait enseignées sa mère à présent décédée, fille du même Robert Moffat. De plus, en vertu du respect dont jouissait ledit Robert Moffat, auprès même du plus belliqueux des potentats africains, Mzilikazi, roi des Ndebélé, ou, comme certains les appelaient, des Matabélé, sa petite-fille serait immédiatement acceptée par les tribus.

Les directeurs de la Société avaient écouté ces arguments avec froideur.

L'oncle William avait poursuivi en laissant entendre qu'Oliver Wicks, le rédacteur en chef du *Standard*, qui avait pris fait et cause en faveur de la jeune fille contre les responsables de l'hôpital St. Matthew, serait intéressé par les raisons qui les amenaient à refuser sa demande d'admission au sein de la Société.

Les directeurs se redressèrent sur leurs sièges, écoutèrent avec une grande attention, s'entretinrent avec calme et acceptèrent la candidature de Robyn. Ils l'affectèrent ensuite à une autre association missionnaire qui, à son tour, l'envoya dans les quartiers pauvres des villes du nord de l'Angleterre.

C'est son frère Zouga qui trouva le moyen de les faire retourner tous les deux en Afrique.

Il était revenu des Indes en permission, auréolé de prestige, déjà major dans l'armée indienne, une promotion obtenue sur le terrain, avec une réputation de soldat et d'administrateur militaire qui augurait d'un grand avenir pour un homme aussi jeune.

Malgré cela, Zouga était tout aussi insatisfait de son sort que Robyn. Comme leur père, tous deux étaient des loups solitaires et supportaient fort mal l'autorité et une discipline trop stricte. En dépit de ses débuts prometteurs dans la carrière militaire, Zouga n'ignorait pas qu'il s'était déjà fait de puissants ennemis en Inde et commençait à douter que son avenir fût sur ce continent. Comme Robyn, il était resté un chercheur, et ils se retrouvèrent après ces années de séparation avec un enthousiasme qu'ils avaient rarement manifesté au cours de leur enfance.

Zouga emmena sa sœur dîner au Sanglier d'Or. C'était pour Robyn un tel changement par rapport à son environnement quotidien qu'elle accepta un deuxième verre de bordeaux et se montra particulièrement gaie et pétillante.

« Bon Dieu, Sissy, tu sais que tu es charmante », lui avait-il dit à la fin du repas. Il avait pris l'habitude de jurer, et si cela l'avait tout d'abord choquée, elle s'y était rapidement accoutumée. Elle en avait entendu d'autres dans les quartiers déshérités où elle travaillait. « Tu es trop bien pour passer ta vie au milieu de ces vieilles biques. »

Ces paroles avaient changé instantanément le ton de leur conversation; elle se pencha vers son frère et lui fit part de toutes ses frustrations. Il l'écouta avec sympathie, lui tenant la main pour l'encourager, de sorte qu'elle poursuivit calmement mais avec détermination :

— Zouga, il faut que je reparte en Afrique. Je sais que j'en mourrai si je n'y parviens pas. Je finirai par m'étioler et en mourir.

— Bon sang, Sissy, pourquoi l'Afrique ?

— Parce que j'y suis née, parce que ma destinée est d'être là-bas et que papa y est... quelque part.

— J'y suis né aussi, remarqua Zouga avec un sourire qui adoucit la ligne sévère de sa bouche. Mais j'ignore quelle est ma destinée. Naturellement, ça ne me déplairait pas d'y retourner pour la chasse, mais quant à père... N'as-tu jamais eu l'impression qu'il s'intéressait surtout à lui-même ? Je n'arrive pas à croire que tu lui témoignes encore un amour filial inconditionnel.

— Il n'est pas comme les autres, Zouga. Tu ne peux le juger en fonction des critères ordinaires.

— Beaucoup seraient sans doute de ton avis, murmura Zouga avec un air pince-sans-rire. À la SML, par exemple, ou au Foreign Office... Mais en tant que père...

— Je l'aime, coupa-t-elle avec défi. Après Dieu, c'est lui que je préfère.

— Mère est morte à cause de lui, tu le sais, repartit Zouga dont la bouche avait retrouvé sa dureté. Il l'a emmenée sur le Zambèze à la saison des fièvres et l'a tuée aussi sûrement que s'il lui avait tiré une balle dans la tête.

— Il n'a jamais été ni un père ni un mari... concéda Robyn à regret après un bref silence. Mais un visionnaire, un pionnier, un porteur de flambeau...

Zouga rit et lui pressa la main.

— Vraiment, Sissy !

— J'ai lu ses livres, ses lettres, toutes celles qu'il a écrites à maman ou à nous, et je sais que ma place est là-bas, en Afrique, avec lui.

Zouga retira sa main et caressa soigneusement ses favoris.

— Tu as toujours l'art et la manière de m'aiguillonner... (Puis, se désintéressant apparemment du sujet, il ajouta :) Tu as entendu dire qu'on a trouvé des diamants dans le fleuve Orange ?

Il leva son verre et examina attentivement la lie qui s'y trouvait.

— Nous sommes si différents, toi et moi, et pourtant si semblables à certains égards.

Il se versa du vin et poursuivit d'un ton désinvolte :

— J'ai des dettes, Sissy.

Le mot la glaça. Depuis son enfance, on lui en avait inspiré la crainte.

— Combien ? finit-elle par demander à voix basse.

Il haussa les épaules.

— Deux cents livres.

— C'est énorme ! souffla-t-elle. J'espère que tu n'as pas joué, Zouga ?

C'était un des autres mots tabous dans le vocabulaire de Robyn.

— Tu n'as pas joué ?

— Pour tout dire, si, répondit Zouga en riant. Grâce à Dieu. Sinon, c'est mille livres que je devrais.

— Tu veux dire que tu as joué... et que tu as gagné ?

L'horreur qui l'habitait s'atténua pour se mêler de fascination.

— Pas toujours, mais le plus souvent.

Elle l'examina attentivement, peut-être pour la première fois de sa vie. Il n'avait que vingt-six ans. C'était déjà un soldat de métier, endurci, aguerri par les escarmouches à la frontière de l'Afghanistan où son régiment avait passé quatre ans. Elle savait que les heurts avec les rudes tribus de montagnards avaient été violents et que Zouga s'était distingué, comme l'attestait sa rapide promotion.

— Comment as-tu fait pour t'endetter, alors ? demanda-t-elle.

— La plupart de mes compagnons officiers, même les cadets, ont une fortune personnelle. Maintenant que je suis major, je dois assurer un certain train de vie. La chasse, le tir, les notes du mess, le polo et le reste...

Il haussa les épaules à nouveau.

— Comment pourras-tu rembourser une somme pareille ?

— Je pourrais épouser une femme riche..., fit-il en souriant, ou trouver des diamants.

Zouga but son vin à petites gorgées, se laissa aller sur sa chaise et, sans la regarder, poursuivit tranquillement :

— J'ai lu ces jours-ci le livre de Cornwallis Harris... tu te souviens du gros gibier que l'on voyait quand nous étions à Koloberg ?

Elle secoua la tête.

— C'est normal, tu étais trop petite... Mais moi, je m'en souviens. Je me rappelle les troupeaux de springboks et de gnous qui traversaient la piste du Cap. Une nuit, un lion s'est approché, je l'ai vu distinctement à la lumière du feu de camp. Dans son livre, Harris décrit ses expéditions de chasse jusqu'au Limpopo — personne n'est encore allé au-delà, sauf papa, bien entendu. Du sacré gibier ! C'est bien mieux que de tirer des faisans ou des lièvres. Tu savais que son livre a rapporté près de cinq mille livres à Harris ?

Zouga repoussa son verre, se redressa sur son siège et choisit un cigare dans son étui en argent. Tout en le préparant et l'allumant, il fronçait les sourcils pensivement.

— Tu veux aller en Afrique pour des raisons spirituelles. J'ai vraisemblablement besoin de m'y rendre moi aussi pour de bien meilleures raisons, pour l'honneur et pour l'argent. Je te fais une proposition. L'expédition Ballantyne !

Il leva son verre. Elle rit, sans trop savoir à quoi s'en tenir, pensant qu'il plaisantait, mais leva néanmoins son verre auquel elle n'avait pratiquement pas touché.

— Tope là. Mais comment faire, Zouga ? Comment aller là-bas ?

— Comment s'appelle le type de ce journal ?

— Wicks. Oliver Wicks. Mais pourquoi nous aiderait-il ?

— Je lui fournirai une bonne raison de nous aider.

Robyn se souvint combien, même enfant, il était éloquent et bon avocat.

— Je t'en crois capable.

Ils burent et, quand elle reposa son verre, elle était plus heureuse qu'elle ne se souvenait l'avoir jamais été de sa vie.

Six semaines passèrent avant qu'elle ne revoie Zouga. Alors qu'elle descendait du train, il se dirigea vers elle à grandes enjambées à travers la cohue de la gare de London Bridge. Il dépassait largement la foule avec son chapeau haut-de-forme et sa cape trois-quarts flottant sur ses épaules.

— Sissy! cria-t-il en riant et en lui faisant signe de la main. Nous partons. Nous partons pour de bon.

Il avait demandé au fiacre de les attendre et le conducteur fouetta les chevaux dès qu'ils eurent grimpé dans la voiture.

— Ça n'a rien donné du côté de la Société missionnaire de Londres, dit-il, le bras toujours passé autour des épaules de sa sœur tandis que la voiture cahotait sur les pavés. Je leur ai demandé cinq cents livres et ils ont failli avoir une attaque. J'ai eu le sentiment qu'ils préféraient que père soit au fin fond de l'Afrique et qu'ils paieraient volontiers cinq cents livres pour qu'il y reste.

— Tu t'es adressé aux directeurs ?

— J'ai d'abord joué mes plus mauvaises cartes, fit Zouga en souriant. La suivante était Whitehall — j'ai réussi en fait à voir le premier secrétaire. Il s'est montré extrêmement aimable, m'a emmené déjeuner au Travellers et a paru vraiment désolé de ne pas pouvoir m'obtenir de soutien financier. Ils se souviennent trop bien du fiasco qu'a été l'expédition de papa sur le Zambèze. Il m'a cependant donné des lettres de recommandation — une douzaine — pour toutes sortes de gens, le gouverneur du Cap, l'amiral Kemp et d'autres encore.

— Les lettres ne vont pas nous mener loin.

— Je suis ensuite allé voir ton ami le journaliste. Un homme extraordinairement petit, aussi élégant qu'un député. Je lui ai dit que nous allions en Afrique à la recherche de notre père — il s'est levé d'un bond et a applaudi comme un gamin au spectacle de marionnettes, ajouta Zouga en enlaçant Robyn plus étroitement. Pour dire la vérité, je me suis servi de ton nom sans vergogne, et ça a marché. Il veut les droits de nos journaux de voyage à tous les deux et les droits de publication pour les deux livres.

— Les deux livres ? s'étonna Robyn en s'écartant de lui et en le regardant.

— Le tien et le mien, confirma-t-il avec un large sourire.

— Il faut que j'écrive un livre ?

— Eh oui ! Le compte rendu de l'expédition écrit par une femme. J'ai déjà signé le contrat en ton nom.

Ébahie, elle se mit à rire.

— Tu vas trop loin et beaucoup trop vite.

— J'avais prévu d'obtenir cinq cents guinées du petit Wicks, c'est fait. Venait ensuite la Société antiesclavagiste — ça n'a pas été difficile. Son Altesse Royale la parraine et il a lu les livres de papa. Nous devons rédiger un rapport sur la traite des Noirs à l'intérieur du continent, au nord du tropique du Capricorne... et voilà cinq cents guinées de plus !

— Oh ! Zouga, tu es un magicien !

— Puis je suis allé sonner à la porte de l'honorable Compagnie londonienne des marchands commerçant en Afrique. Depuis cent ans, leurs activités sont concentrées sur la côte Ouest. Je les ai convaincus de la nécessité où ils étaient de disposer d'un relevé de la côte Est. J'ai été nommé agent de la compagnie chargé d'examiner le marché de l'huile de palme, du copal, du cuivre et de l'ivoire — et ils ont accordé les dernières cinq cents guinées. Et offert un fusil Sharps.

— Mille cinq cents guinées, souffla Robyn.

— Nous rentrons au pays en première classe, acquiesça Zouga.

— Quand?

— J'ai réservé des places sur un clipper, un navire de commerce américain. Dans six semaines, nous embarquons à Bristol pour le cap de Bonne-Espérance et Quelimane, au Mozambique. J'ai écrit pour demander à mon régiment un congé de deux ans; il faudra que tu fasses la même chose avec la SML.

Ensuite, tout s'était passé très vite et comme dans un rêve. Peut-être soulagés de ne pas avoir à payer le voyage de Robyn ni les dépenses de son installation en Afrique, dans un élan de générosité qui ne leur ressemblait nullement, les directeurs de la SML décidèrent de continuer à lui verser son traitement durant son absence, et lui promirent plus ou moins de revoir leur position à son retour. Si elle se montrait à la hauteur, elle serait alors nommée définitivement à un poste en Afrique. C'était plus qu'elle n'avait jamais espéré, et elle s'était entièrement consacrée à seconder Zouga dans les préparatifs de leur départ.

Six semaines suffirent à peine pour tout régler et lorsque la quantité colossale de matériel qu'ils emportaient fut descendue au bout d'une corde dans les cales de l'élégant clipper en provenance de Baltimore, il sembla que quelques jours seulement s'étaient écoulés.

Le *Huron* se révéla aussi rapide qu'il en avait l'air — une fois de plus, Zouga Ballantyne avait fait un choix judicieux — et, sous l'habile commandement de Mungo St John, il naviqua bon train vers l'ouest avant de franchir le pot au noir à son extrémité la plus étroite. Ils ne furent pas encalminés un seul jour et coupèrent l'équateur à vive allure à 29° ouest; Mungo St John mit immédiatement le navire sur bâbord amures pour traverser tranquillement les alizés sud-est. Précédé par des poissons volants, le *Huron* garda vaillamment le cap vers le sud, naviguant au près jusqu'au moment où, l'île de Trinidad apparaissant à l'horizon, il échappa enfin à l'emprise des alizés. Le vent de nord-ouest les emporta en rugissant et, sous un ciel bas, fuyant et menaçant qui cachait le soleil, la lune et les étoiles, le *Huron* fila jour après jour jusqu'au moment où il faillit se précipiter sur la côte africaine occidentale à trois cents kilomètres au nord de sa destination, le cap de Bonne-Espérance.

— Monsieur le second ! appela Mungo St John de sa voix sonore tandis que le *Huron* se stabilisait avant de courir par vent de travers en s'éloignant rapidement de la terre.

— Capitaine ! beugla Tippoo depuis le pied du grand mât.

— Notez le nom de la vigie.

Comme s'il avait reçu un coup de poing, Tippoo rentra vivement sa tête ronde dans ses épaules massives et regarda vers le haut du mât en plissant ses yeux qui disparaissaient entre des bourrelets de chair.

— Vingt minutes de plus et il nous échouait sur la plage, commenta St John d'un ton froid et implacable. Il va passer sur la grille avant ce soir et nous allons lui compter les vertèbres.

Tippoo se passa machinalement la langue sur ses lèvres épaisses, et Robyn, qui se trouvait à côté de lui, sentit son estomac se soulever. Trois marins avaient déjà reçu le fouet au cours du voyage et elle savait à quoi s'attendre. Tippoo était un géant mi-arabe, mi-africain à la peau couleur de miel, et son crâne rasé était couvert d'un lacis de fines et pâles cicatrices, souvenirs d'innombrables empoignades. Son énorme carcasse était cachée par une tunique brodée à col haut dont les manches larges laissaient cependant voir des avant-bras gros comme des cuisses de femme.

Robyn se tourna vivement vers Zouga qui s'approchait d'elle.

— Nous avons bien vu la terre, Sissy. C'est la première fois que nous pouvons déterminer notre position avec

31

certitude depuis Trinidad. Si le vent tient, nous serons dans la baie de la Table avant cinq jours.

— Zouga, peux-tu intercéder auprès du capitaine ?

Zouga la regarda avec stupeur.

— Il veut fouetter ce pauvre diable.

— Il a bougrement raison, grogna-t-il. Il a failli nous flanquer sur les rochers.

— Peux-tu l'en empêcher ?

— Je ne me mêlerai sûrement pas d'intervenir dans sa façon de commander... et je ne te permettrai pas de le faire.

— Tu n'as donc aucune humanité ? dit-elle froidement, mais la fureur enflammait ses joues, et une étincelle de colère s'alluma dans ses yeux verts. Et tu te dis chrétien !

— Quand cela m'arrive, ça ne m'empêche pas de parler calmement, ma chère, répliqua Zouga en sachant que c'était la réponse qui la contrarierait le plus. Et je n'en fais pas parade à tout bout de champ.

Leurs disputes étaient aussi soudaines et violentes que des orages sur le veld.

Mungo St John vint nonchalamment s'accouder au bastingage de la plage arrière, un long cigarillo de havane brun entre ses dents blanches. Une lueur moqueuse brilla dans ses yeux aux prunelles semées d'or, ce qui exaspéra Robyn encore davantage et rendit sa voix stridente ; elle se détourna de son frère et s'en prit au capitaine.

— L'homme que vous avez fait fouetter la semaine dernière risque de rester estropié à vie, cria-t-elle.

— Docteur Ballantyne, voulez-vous que Tippoo vous porte dans votre cabine et vous y enferme ? demanda Mungo St John. Jusqu'à ce que vous recouvriez votre sang-froid et vos bonnes manières.

— Vous ne pouvez pas faire ça, explosa-t-elle.

— Je le puis, je vous le certifie. Ça et bien d'autres choses.

— Il a raison. Un capitaine a pratiquement tous les droits à bord de son navire, lui assura Zouga à voix basse en posant sa main sur le bras de sa sœur. Calme-toi maintenant, Sissy. Même avec un peu de peau en moins, le matelot s'en tirera à bon compte.

Robyn s'aperçut qu'elle haletait sous l'effet de la colère et du sentiment de son impuissance.

— Si vous êtes délicate, docteur, je vous excuserai de ne pas assister à la punition, la railla St John. Nous devons tenir compte du fait que vous êtes une femme.

— Je n'ai jamais demandé de considération particulière eu égard à ma condition féminine, pas une seule fois de ma vie.

Elle essaya de maîtriser sa colère, secoua le bras pour écarter la main de son frère, tourna les talons et s'éloigna vers la proue, toute droite et les épaules raides, tentant de conserver sa dignité, mais les mouvements du navire étaient irréguliers et ses satanées jupes frou-froutaient autour de ses jambes. Elle se rendit compte qu'elle avait pensé le mot et qu'elle devrait en demander pardon plus tard — mais pas maintenant —, et brusquement elle cria :

— Allez au diable, capitaine Mungo St John ! Qu'il vous mène en enfer !

Elle était debout à la proue du navire, le vent avait défait son impeccable chignon et sa chevelure lui fouettait le visage. Elle avait les cheveux épais et soyeux de sa mère, châtains avec des reflets auburn et, lorsqu'un pâle rayon de soleil verdâtre perça l'épaisseur des nuages, ils formèrent un halo incandescent autour de son fin visage.

Elle regardait devant elle avec colère et remarquait l'incroyable beauté du paysage. Des nappes de brume s'échappaient des eaux vertes et froides qui s'ouvraient et se refermaient autour du vaisseau comme des rideaux de nacre. D'autres traînaient derrière les voiles et les vergues comme si elles étaient en flammes.

Par endroits, la surface de l'océan frémissait et s'assombrissait car ces eaux étaient riches en organismes microscopiques qui attiraient des bancs de sardines. Celles-ci nourrissaient à leur tour des vols d'oiseaux de mer au cri aigu qui fondaient sur elles de très haut et, quand ils frappaient l'eau, l'écume jaillissait en bouillonnant, aussi blanche que du coton.

Un banc de brume plus épais enveloppa le navire dans une étreinte humide et froide, de sorte que lorsque Robyn regarda en arrière, elle ne distingua plus que les silhouettes fantomatiques du capitaine et de son frère sur la plage arrière.

Puis, subitement, ils émergèrent de nouveau sur la mer dégagée et dans la lumière du soleil. Les nuages qui leur avaient caché le ciel pendant des semaines s'enfuyaient vers le sud tandis que le vent forcissait et virait rapidement à l'est en balayant la crête des vagues qui s'échappait en volutes d'écume comme de gracieuses plumes d'autruche.

Au même moment, Robyn vit l'autre navire. Il était presque sur eux et elle ouvrit la bouche pour crier, mais une douzaine d'autres voix la devancèrent.

— Voile oh !

— Voile à bâbord !

Elle était assez près pour distinguer l'étroite et haute cheminée entre le grand mât et le mât de misaine. La coque était peinte en noir avec des filets rouges sous les sabords, cinq de chaque côté.

La coque noire était sinistre, et les voiles souillées par la fumée n'étaient pas d'un blanc étincelant comme celles du *Huron* mais d'un gris sale.

Mungo St John balaya rapidement le navire avec sa longue-vue. Ses chaudières étaient éteintes et il n'y avait pas le moindre tremblement de chaleur au-dessus de la bouche de la cheminée. Seul un peu de toile le faisait avancer.

— Tippoo ! appela-t-il doucement.

La masse du second apparut à son côté avec la rapidité d'un génie.

— Vous l'avez déjà vu ?

Tippoo grogna et tourna la tête pour cracher sous le vent par-dessus le bastingage.

— Bateau anglais, dit-il. La dernière fois que je l'ai vu, c'était dans la baie de la Table, il y a huit ans. Il s'appelle le *Black Joke*.

— L'escadre du Cap ?

Tippoo grogna à nouveau ; au même moment la canonnière laissa brusquement arriver et simultanément ses couleurs éclatèrent sur le grand mât. Les navires du monde entier avaient appris à tenir compte sans hésiter de la sommation lancée par le blanc et le rouge écarlate de son pavillon. Les vaisseaux d'une seule nation n'avaient pas à obtempérer sur-le-champ. Le *Huron* jouissait de l'immunité ; il lui suffisait de hisser la bannière étoilée, et même ce représentant importun de la Royal Navy serait contraint de la respecter.

Mais Mungo St John réfléchissait rapidement. Six jours avant d'appareiller de Baltimore, en mai 1860, Abraham Lincoln avait été nommé candidat à la présidence des États-Unis. S'il était élu, ce qui semblait on ne peut plus probable, il serait investi de ses fonctions au début de l'année, et l'un de ses premiers gestes consisterait sans doute à accorder à la Grande-Bretagne les privilèges prévus par le traité de Bruxelles, notamment le droit de visite sur les vaisseaux américains en haute mer, droit que les présidents précédents avaient fermement dénié.

Bientôt, peut-être plus vite que l'on pouvait s'y attendre, St John aurait peut-être à diriger sans fléchir son clipper droit sur l'un de ces navires de l'escadre du Cap. Il avait l'occasion inespérée de mettre son navire à l'épreuve, de tester la force de l'autre.

Il embrassa d'un dernier regard la mer, les traînées d'écume qui la recouvraient, les pyramides de toile blanche superposées au-dessus de lui et la funeste coque noire sous le vent, et prit une décision rapide. Le vent porta le son mat d'un coup de canon, et une longue écharpe de fumée jaillit d'une des pièces de chasse de la canonnière, réclamant une soumission immédiate.

Mungo St John sourit. « L'insolent petit bâtard ! » lâcha-t-il, avant d'ajouter à l'intention de Tippoo : « Nous allons voir de quoi il est capable. » Puis il donna l'ordre au timonier de mettre la barre dessous. Et tandis que le *Huron* abattait rapidement et entreprenait de tourner le dos au bâtiment noir menaçant, il lança : « Larguez tous les ris, monsieur le second. Envoyez la misaine et le grand hunier, hissez les bonnettes et les contre-cacatois, étarquez le grand cacatois... oui, et hissez aussi le foc. Par Dieu, nous allons montrer à ce crasseux petit Anglais bouffeur de charbon comment on construit les bateaux à Baltimore ! »

Même en colère, Robyn était électrisée par la manière dont l'Américain manœuvrait son navire. L'équipage au complet s'égaillait le long des vergues jusqu'aux points de ris et les grand-voiles se gonflaient dans toute leur ampleur, étincelantes de blancheur dans le soleil, puis tout là-haut, presque sous la voûte du ciel, de nouvelles voiles aux formes inhabituelles se déployèrent brusquement comme des capsules de coton trop mûres qui éclatent, la longue et élégante coque réagissant instantanément aux contraintes qui lui étaient imposées.

— Par Dieu, il file comme une sorcière sur son balai ! cria Zouga, riant d'excitation, tandis que le navire fendait la crête des lames de l'Atlantique.

Il prit sa sœur dans ses bras et l'éloigna de la proue avant que les premières nappes d'eau verte vinssent balayer le pont du *Huron*. Des voiles de plus en plus nombreuses se déroulaient en claquant et les mâts gros comme des arbres commençaient à se cintrer comme de longs arcs sous l'énorme pression de milliers de pieds carrés de toile. Le *Huron* semblait maintenant voler sur la crête de chaque lame avant de heurter violemment la suivante avec un fracas qui ébranlait les membrures et faisait grincer des dents les matelots.

— Jetez le loch, monsieur le second! cria Mungo St John, et quand Tippoo beugla : « Un peu plus de seize nœuds, cap'taine! », St John partit d'un grand rire et se dirigea vers le bastingage tribord.

La canonnière s'éloignait sur l'arrière comme si elle était immobile bien que chaque pouce de sa toile grisâtre fût dehors. Le *Huron* se trouvait déjà presque hors de portée.

La fumée de la poudre s'échappa de nouveau de ses pièces noires, et cette fois-ci il sembla que c'était plus qu'un simple coup de semonce, car St John vit tomber le boulet. Il heurta la crête d'une lame à deux encablures sur l'arrière, avant de plonger presque contre le flanc du *Huron*.

— Capitaine, vous mettez en danger la vie de vos hommes et de vos passagers.

La voix attira l'attention du capitaine. Il se retourna vers la jeune femme qui se trouvait à côté de lui et leva un sourcil noir et épais d'un air interrogateur.

— C'est un bâtiment de guerre britannique, capitaine, et nous nous comportons comme des criminels. Ils ne tirent plus à blanc maintenant. Vous devez vous mettre en panne, ou tout au moins montrer vos couleurs.

— Je crois que ma sœur a raison, capitaine St John, renchérit Zouga qui se trouvait derrière elle. Je ne comprends pas non plus votre attitude.

Le *Huron* vacilla fortement sur une lame plus haute, l'énorme voilure lui donnant une vitesse folle. Robyn perdit l'équilibre et alla s'écraser sur la poitrine du capitaine, mais elle s'écarta instantanément en rougissant.

— Nous sommes sur les côtes de l'Afrique, major Ballantyne. Ici, rien n'est ce qu'il semble être. Seul un imbécile prendrait un navire armé inconnu pour argent comptant. Si vous et la bonne doctoresse voulez bien m'excuser, je dois assumer mes fonctions.

Il s'avança pour surveiller le pont principal, évaluant l'état d'esprit de son équipage et le désordre qui régnait sur le bateau puis défit le trousseau de clés accroché à sa ceinture et l'envoya à Tippoo. « Le coffre des armes, monsieur le second, des pistolets pour vous et pour le commandant en second. Tirez sur tout matelot qui tente de gêner la manœuvre. » Il avait remarqué que la peur s'était emparée de l'équipage. La plupart d'entre eux n'avaient jamais vu un navire barré de cette manière ; il risquait d'y avoir des tentatives de réduire la toile au lieu d'envoyer toutes les voiles.

À cet instant, le pont du *Huron* fut submergé par un mur liquide. Un des hommes du mât de hune ne se cramponna pas assez rapidement aux enfléchures. L'eau l'arracha et le projeta sur le pont ; il s'écrasa contre le bastingage et resta étendu, recroquevillé comme une touffe de varech déracinée sur une plage battue par la tempête.

Deux de ses compagnons tentèrent de l'atteindre, mais la vague suivante les refoula en se déversant tout au long du pont jusqu'à hauteur de la ceinture avant de se précipiter en un torrent rugissant par-dessus le bastingage. Quand elle eut disparu, l'homme au sol n'était plus là et le pont était vide.

— Monsieur Tippoo, vérifiez les contre-cacatois, ils sont mal bordés.

Mungo St John se tourna vers la poupe, ignorant le regard horrifié et accusateur de Robyn Ballantyne.

On ne distinguait déjà plus la coque de la canonnière britannique et ses voiles étaient à peine visibles parmi les chevelures grises des rouleaux de l'Atlantique, mais soudain St John aperçut un changement et prit vivement sa longue-vue dans son casier sous la table à cartes. Une mince ligne noire, comme tracée à l'encre de Chine, s'échappait de l'extrémité supérieure des voiles de l'Anglais et venait couper l'horizon inégal.

— De la fumée ! Ils ont fini par allumer la chaudière, grogna-t-il tandis que Tippoo surgissait à son côté, les pistolets passés dans sa ceinture.

— Une seule hélice. Nous rattraperont pas, fit Tippoo en hochant la tête.

— Non, pas en courant vent arrière par gros temps, convint Mungo St John. Mais je voudrais l'éprouver en allant au plus près. Remontons au vent. Monsieur le second, nous allons de nouveau courir bâbord amures. Je veux voir si nous pouvons aller contre le vent et le doubler en restant hors de portée de canon.

Cette manœuvre inattendue prit le commandant de la canonnière au dépourvu, et les quelques minutes qu'il lui fallut pour changer de cap et tenter de couper la route au *Huron* afin de l'empêcher de prendre l'avantage du vent furent de trop.

À la limite de la portée de canon, le *Huron* passa devant lui en serrant le vent, ses vergues bordées au maximum. Le capitaine de la canonnière essaya de tirer en direction de la proue, mais ne vit pas tomber le boulet, puis il vira de bord pour le suivre par vent debout, et immédiatement les défauts de conception et de construction de son bâtiment apparurent aussi clairement que lorsque les deux navires couraient par vent arrière.

Afin de loger la lourde chaudière et la machinerie de façon à ce que la grosse hélice de bronze puisse sortir par la voûte arrière, d'importants compromis avaient été faits avec le dessin des mâts et la surface de toile qu'ils pouvaient porter.

Après moins de cinq milles, il devint évident que, même toutes voiles dehors et la chaudière vomissant une traînée de fumée noire, le *Black Joke* ne pouvait serrer le vent aussi près que le magnifique vaisseau élancé qui filait devant lui. Il abattait régulièrement, et bien que la différence de leur vitesse ne fût pas aussi spectaculaire que quand ils allaient vent arrière, le *Huron* le distançait petit à petit.

Le commandant de la canonnière serrait le vent de plus en plus, tentant désespérément de garder le grand clipper dans l'axe de sa proue, mais toutes ses voiles faseyaient avant qu'il pût y parvenir.

Pris de fureur, il ramena toute sa toile et, à mâts et à cordes, s'en remettant uniquement à la puissance de sa chaudière, il mit le cap vent debout, bien plus près que le *Huron* ne pouvait remonter. Mais, quand les voiles ne secondèrent plus l'hélice, la vitesse de la canonnière chuta. En dépit de la nudité de son mât et de son gréement, la tempête sifflait et hurlait à travers eux, ralentissant encore le navire, et le *Huron* augmenta son avance.

— Un engin bâtard, commenta St John en observant attentivement le combat, évaluant les réactions du navire aux différentes allures adaptées. Nous nous jouons d'eux. Tant qu'il y aura un souffle de vent, nous les sèmerons.

Derrière, le commandant de la canonnière avait abandonné sa tentative de prendre en chasse le clipper avec la seule force de la vapeur. Toutes voiles dehors, il était revenu à une courte bordée et suivait obstinément son sillage, jusqu'au moment où le *Huron* entra brusquement dans une vaste zone d'accalmie.

La ligne de partage se distinguait nettement à la surface de l'océan. D'un côté, l'eau était sombre et labourée par les griffes du vent ; de l'autre, le dos arrondi des lames était recouvert d'un lustre velouté et brillant.

Lorsque le *Huron* franchit cette ligne de démarcation, la clameur du vent qui, semaine après semaine, avait frappé leurs oreilles fit place à un silence inquiétant, et le navire, après avoir chargé avec la fougue d'une créature marine, se mit à rouler, ballotté comme un rondin de bois mort.

Là-haut, la toile claquait dans les tourbillons désordonnés créés par ses propres ondulations, et les haubans s'entrechoquaient si fort que les mâts semblaient sur le point d'être arrachés.

Loin derrière, la canonnière poursuivait sa route avec ardeur si bien que la distance qui les séparait s'amenuisait rapidement, et la colonne de fumée noire qui s'élevait à présent droit dans l'air immobile lui donnait une allure menaçante et triomphante.

Mungo St John se précipita vers le bastingage avant de la dunette et regarda par-dessus l'étrave. À deux ou trois milles devant son clipper, le vent déchirait et agitait l'eau en lui donnant une teinte indigo, mais en deçà s'étendait une mer d'huile aux longues ondulations.

Il revint à la hâte vers l'arrière ; la canonnière s'était encore rapprochée, crachant haut son jet de fumée dans le bleu lumineux du ciel balayé par le vent, si sûre d'elle à présent que ses sabords de batterie étaient grands ouverts. Les canons trapus de ses pièces de trente dépassaient des flancs noirs de sa coque, l'équipage s'agitait sur le pont en un tourbillon confus et le blanc des uniformes étincelait au soleil.

En l'absence du moindre souffle de vent, l'homme de barre du *Huron* était incapable de tenir un cap, et le clipper dérivait en présentant son flanc au bâtiment de guerre qui se précipitait, son étrave fendant les lames.

Ils distinguaient maintenant les silhouettes des trois officiers sur la passerelle de la canonnière. Les pièces de chasse firent feu de nouveau, et l'obus souleva une colonne d'eau, si haut et si près de l'étrave du *Huron* qu'elle retomba sur le pont du clipper et s'écoula par les dalots.

Mungo St John jeta une dernière fois un regard circulaire sur l'horizon, espérant encore que le vent reprenne, puis il capitula.

— Hissez les couleurs, monsieur Tippoo, cria-t-il.

Et tandis que le pavillon pendait de la grand-vergue dans l'air immobile, il vit avec sa longue-vue la consternation qu'il avait semée sur la passerelle de la canonnière.

C'était bien le dernier pavillon qu'ils s'attendaient à voir. Ils étaient maintenant assez près pour pouvoir distinguer les expressions de contrariété, d'inquiétude et d'indécision sur le visage des officiers.

— Vous n'aurez pas de prime cette fois-ci, murmura St John avec une morne satisfaction en repliant la longue-vue d'un coup sec.

La canonnière s'approcha du *Huron* à portée de voix et en fit le tour en montrant son flanc où s'ouvrait la bouche menaçante de la pièce de trente.

Des trois officiers debout sur la passerelle, le plus grand devait être aussi le plus âgé car ses cheveux paraissaient blancs dans la lumière du soleil. Il s'approcha du bastingage et leva son porte-voix.

— Quel est votre navire ?

— Le *Huron*, en provenance de Baltimore et de Bristol. Avec un chargement de marchandises pour Bonne-Espérance et Quelimane, cria Mungo St John.

— Pourquoi n'avez-vous pas répondu à ma sommation, capitaine ?

— Parce que je ne reconnais pas votre droit de lancer des sommations aux bâtiments des États-Unis d'Amérique en haute mer, commandant.

Les deux capitaines n'ignoraient pas que cette réponse soulevait une question épineuse, objet de controverse, mais l'Anglais n'hésita qu'une seconde.

— Me reconnaissez-vous, capitaine, le droit de m'assurer de votre nationalité et du port d'attache de votre navire ?

— Dès que vous aurez rentré vos canons, vous pourrez venir à bord pour obtenir satisfaction, capitaine. Mais n'envoyez pas un de vos aspirants.

Mungo St John se faisait un point d'honneur d'humilier le commandant du *Black Joke*. Mais dans son for intérieur il enrageait encore contre la saute d'humeur du vent qui avait permis à la canonnière de le rattraper.

En une manœuvre irréprochable le *Black Joke* lança sur la forte houle une chaloupe qui vint rapidement se placer contre le flanc du *Huron*. Tandis que le capitaine escaladait rapidement l'échelle de corde, l'équipage de la chaloupe s'écarta et leva ses avirons.

L'officier de marine grimpa sur le pont par la coupée bâbord avec une telle agilité que Mungo St John comprit l'erreur qu'il avait faite en le prenant pour un homme âgé, trompé par ses cheveux blonds comme paille. D'évidence, il avait moins de trente ans. Il ne portait pas la veste de son uniforme, car son navire avait été en branle-bas de combat, et était vêtu d'une simple chemise en lin blanc, d'un pantalon et de chaussures légères. Deux pistolets étaient passés dans sa ceinture et, à la hanche, un sabre d'abordage reposait dans son fourreau.

— Capitaine Codrington du *Black Joke*, croiseur auxiliaire de Sa Majesté, se présenta-t-il.

Par endroits, ses cheveux décolorés par le sel et le soleil étaient devenus d'un blanc argenté, avec au-dessous des mèches plus foncées. Sur la nuque, un lacet de cuir les retenait en catogan. Le soleil avait donné à son visage un hâle brun doré qui contrastait vivement avec le bleu pâle de ses yeux.

— Capitaine St John, propriétaire et capitaine de ce vaisseau.

Aucun des deux hommes ne fit le moindre mouvement pour serrer la main de l'autre, et ils semblaient aussi hérissés que deux chiens-loups qui se rencontrent pour la première fois.

— J'espère que vous n'avez pas l'intention de me retenir plus longtemps que nécessaire. Vous pouvez être certain que mon gouvernement sera pleinement informé de l'incident.

— Puis-je examiner vos papiers, capitaine ? demanda le jeune officier en ignorant la menace, et il suivit St John vers la dunette.

Là, il hésita pour la première fois quand il vit Robyn et son frère près du bastingage, mais il se reprit immédiatement, s'inclina légèrement, puis accorda toute son attention à la liasse de documents que Mungo St John avait préparés à son intention sur la table à cartes.

Il se pencha sur la table et parcourut rapidement les papiers jusqu'au moment où il se redressa, choqué par ce qu'il avait découvert.

— Que le diable m'emporte... Mungo St John... votre réputation vous précède, monsieur, lâcha l'Anglais, visiblement en proie à une forte émotion. Et quelle noble réputation ! ajouta-t-il avec une pointe d'amertume dans la voix. Le premier marchand à avoir transporté plus de trois mille âmes à travers l'Atlantique en l'espace de douze mois... pas étonnant que vous ayez pu vous offrir un navire aussi magnifique.

— Vous êtes sur un terrain glissant, commandant, avertit Mungo St John avec son sourire moqueur et flegmatique. Je sais parfaitement jusqu'où peuvent aller les officiers de votre pays pour obtenir une prime de quelques guinées.

— Quand allez-vous embarquer votre prochaine cargaison de misère humaine, capitaine St John ? coupa l'Anglais avec brusquerie. Sur un tel navire vous devez pouvoir charger deux mille âmes.

44

Il avait pâli sous l'effet d'une colère sincère et tremblait même légèrement.

— Si vous avez fini votre examen... enchaîna St John sans se départir de son sourire, mais l'officier britannique poursuivit :

— Si je ne me trompe pas, la côte Ouest est devenue pour vous un peu trop irrespirable. Même en vous retranchant derrière ce joli morceau de soie, fit l'officier en levant les yeux vers le pavillon suspendu à la grand-vergue. Alors vous allez exploiter la côte Est, n'est-ce pas, capitaine ? On m'a dit qu'on pouvait y acheter un esclave de première qualité pour deux dollars et deux pour un mousquet à dix shillings.

— Je dois vous prier de vous en aller maintenant.

St John lui prit les documents des mains, et lorsque leurs doigts se touchèrent, l'Anglais essuya sa main sur sa cuisse comme souillé par ce contact.

— Je donnerais cinq ans de ma paie pour jeter un coup d'œil dans vos cales, dit-il amèrement en se penchant pour dévisager Mungo St John de ses yeux pâles enflammés par la colère.

— Capitaine Codrington ! lança Zouga Ballantyne en s'avançant vers eux. Je suis un sujet britannique et officier dans l'armée de Sa Majesté. Je puis vous assurer qu'il n'y a pas d'esclaves à bord de ce navire, fit-il vivement.

— Si vous êtes anglais, vous devriez avoir honte de voyager en pareille compagnie.

Codrington jeta un regard derrière Zouga.

— Et cela vaut aussi pour vous, madame !

— Vous allez trop loin, monsieur, dit Zouga d'un air mécontent. Je vous ai déjà donné ma garantie.

Les yeux de Codrington s'étaient de nouveau tournés vers Robyn Ballantyne. Elle était manifestement bouleversée. L'accusation l'avait ébranlée — qu'on puisse la soupçonner, elle, la fille de Fuller Ballantyne, le champion de la liberté et l'ennemi juré de l'esclavage, la représentante accréditée de la Société antiesclavagiste, de voyager à bord d'un navire appartenant à un négrier notoire !

Elle était pâle, les yeux agrandis et humides.

— Capitaine Codrington, dit-elle d'une voix rauque et basse, mon frère a raison. Je vous assure moi aussi qu'il n'y a pas d'esclaves à bord.

L'expression de l'Anglais s'adoucit. Robyn n'était pas une belle femme, mais il y avait en elle une fraîcheur, quelque chose de sain auquel il était difficile de résister.

— J'accepte votre parole, madame, répondit l'officier en inclinant la tête. Il est vrai que seul un fou ramènerait de l'ivoire noir vers l'Afrique, mais — et sa voix se durcit de nouveau — si seulement je pouvais entrer dans les cales, je suis certain que j'y trouverais assez d'indices pour conduire le navire sous bonne escorte jusqu'à la baie de la Table et obtenir d'emblée une condamnation à la prochaine session de la commission mixte.

Codrington pivota pour faire face à Mungo St John.

— Oh, je sais bien que les ponts intermédiaires où vous entassez les esclaves ont été démontés pour laisser place aux marchandises, mais les planches sont à bord, et en un jour vous les aurez remontées. Et je suis prêt à parier qu'il y a des grilles sous ces panneaux, ajouta Codrington en rugissant presque et en désignant du doigt le pont principal, sans quitter des yeux le visage de Mungo St John. Je parierais qu'il y a des anneaux dans les ponts inférieurs pour recevoir les chaînes et les fers...

— Capitaine Codrington, je trouve votre compagnie ennuyeuse, lâcha l'Américain d'une voix traînante. Vous avez une minute pour quitter ce navire avant que mon second vous aide à passer par-dessus bord.

Tippoo s'avança, le crâne chauve comme celui d'un énorme crapaud, et se tint à un pas derrière l'épaule gauche de Codrington.

Le capitaine anglais fit visiblement un effort pour contenir sa colère et inclina la tête vers St John.

— Puisse Dieu faire que nous nous retrouvions, capitaine.

Il se retourna vers Robyn et la salua rapidement.

— Permettez-moi de vous souhaiter une agréable fin de traversée, madame.

— Capitaine Codrington, je crois que vous faites erreur, dit-elle, presque sur un ton de supplique.

Il ne répondit pas, mais resta tourné vers elle un long moment, la fixant de son regard direct et troublant — celui d'un prophète ou d'un fanatique —, puis il tourna les talons et se dirigea d'une démarche dégingandée d'adolescent vers la coupée bâbord du *Huron*.

Tippoo avait ôté sa tunique à col haut et huilé son torse, qui luisait au soleil avec l'éclat métallique d'un reptile exotique.

Imperturbable, il se balançait sans effort sur ses pieds nus en suivant le roulis du *Huron*, ses bras épais pendant à ses côtés, la lanière du fouet enroulée à ses pieds sur le pont.

Une grille avait été fixée au bastingage et la vigie qui avait été de quart lorsqu'ils avaient couru droit sur la côte d'Afrique était étendue sur elle, bras et jambes écartés comme une étoile de mer sur un rocher à marée basse. Le visage blanc de terreur, il tordait le cou pour regarder le second par-dessus son épaule.

— Vous avez été dispensée d'assister à la punition, docteur Ballantyne, dit Mungo St John.

— Je crois qu'il est de mon devoir d'endurer le spectacle de cette barbarie...

— À votre guise, coupa-t-il avec un hochement de tête, et il se détourna : Vingt, monsieur Tippoo.

— À vos ordres, cap'taine.

Sans que son visage trahisse la moindre expression, Tippoo s'avança vers le matelot, tira sur le col de sa chemise et la déchira jusqu'à la taille. Le dos de l'homme était d'un blanc de craie mais criblé de furoncles violets, affection typique chez un marin, due au contact des vêtements humides imbibés de sel et à une nourriture malsaine.

Tippoo se recula et donna un petit coup de fouet

de façon à ce que sa lanière se déploie dans toute sa longueur.

— Matelots! cria St John. Voici quel est le châtiment qui sanctionne le manque d'attention à son devoir et la mise en péril du navire.

Les hommes traînaient des pieds, mais aucun ne le regardait.

— La punition est de vingt coups de fouet.

Sur la grille, le matelot détourna le visage, ferma les yeux et courba les épaules.

— Allez, monsieur Tippoo, ordonna St John, et le second lorgna attentivement la peau blanche et nue à travers laquelle on distinguait nettement les vertèbres.

Il se recula, son bras à l'épaisse musculature levé au-dessus de sa tête, et le fouet fendit l'air en ondulant et en sifflant comme un cobra furieux, puis, tout en portant le coup, Tippoo avança d'un pas et pivota pour y mettre tout son poids et toute sa force. L'homme hurla et, dans le spasme qui secoua son corps, les liens de chanvre grossier laissèrent une marque sur ses poignets.

La peau blanche se déchira sur toute la largeur du dos en une fine ligne rouge vif; entre les omoplates, l'un des furoncles éclata, un jet de matière jaunâtre coula sur la peau blanche et s'infiltra dans la ceinture de sa culotte.

— Un, dit St John, et l'homme étendu sur la grille se mit à sangloter doucement.

Tippoo se recula, secoua soigneusement le fouet pour le mettre en place, regarda la ligne sanglante qui traversait la chair tremblante, se cambra en arrière et poussa un grognement en avançant d'un pas pour donner le coup suivant.

— Deux, fit St John.

Robyn sentit que sa gorge se soulevait au point de l'étouffer. Elle fit un effort pour avaler sa salive et regarder. Elle ne voulait pas laisser voir au capitaine sa faiblesse.

Au dixième coup, le corps étendu sur la grille se relâcha brusquement, la tête s'affaissa sur le côté et les poings s'ouvrirent, laissant apparaître les petites demi-lunes sanglantes que les ongles avaient marquées dans les paumes. Il ne donna plus aucun signe de vie jusqu'à la fin du lent rituel de la punition.

Au vingtième coup, Robyn se précipita en bas de l'échelle de la dunette et prit le pouls du matelot avant même qu'ils aient coupé les liens qui le retenaient à la grille.

« Dieu soit loué », murmura-t-elle en le sentant battre faiblement sous ses doigts, puis à l'intention des marins qui descendaient le corps, elle ajouta : « Doucement ! » Elle vit que le désir de Mungo St John s'était réalisé car les vertèbres saillaient à travers la chair entaillée.

Elle appliqua un pansement sur le dos meurtri tandis que les marins étendaient leur compagnon sur une planche et l'emportaient à la hâte vers l'avant.

Dans l'étroit poste d'équipage, à l'atmosphère épaissie par la fumée de tabac froid et la puanteur presque palpable de sentine et de vêtements humides, de crasse et de nourriture aigre, ils allongèrent l'homme sur la table du carré et elle travailla du mieux qu'elle put à la lumière vacillante de la lampe à huile fixée à son cardan. Elle referma les plaies en suturant la chair déchirée avec du crin de cheval et badigeonna le tout avec une solution légère de phénol, traitement contre la gangrène dont Joseph Lister venait de lancer l'usage avec d'excellents résultats.

L'homme avait repris connaissance et gémissait de douleur. Elle lui administra cinq gouttes de laudanum et lui promit de revenir le voir le lendemain pour changer le pansement.

Tandis qu'elle rangeait ses instruments et refermait sa mallette noire, le petit maître d'équipage au visage grêlé, un certain Nathaniel, s'empara de sa trousse. Elle le remercia d'un signe de tête et il marmonna d'un air gêné : « Nous vous sommes redevables, m'dame. »

Du temps avait été nécessaire pour qu'ils acceptent ses soins. Au début, elle avait dû se contenter de percer des furoncles et des clous, d'administrer du calomel contre la dysenterie et la grippe. Mais ensuite, après une douzaine de traitements réussis, notamment la réduction d'une fracture de l'humérus, la guérison d'un tympan déchiré et ulcéreux et l'élimination d'un chancre syphilitique grâce au mercure, elle était devenue l'héroïne de l'équipage et ses visites aux malades faisaient partie intégrante de la vie à bord.

Le maître d'équipage monta l'escalier derrière elle en portant la mallette mais, avant qu'elle n'ait atteint le pont, une idée lui vint à l'esprit et elle se baissa vers lui en posant une main sur son épaule.

— Nathaniel, lui demanda-t-elle instamment à voix basse, y a-t-il moyen d'entrer dans la cale sans passer par les écoutilles du pont principal ?

L'homme eut l'air alarmé.

— Y a-t-il moyen ? insista-t-elle.

— Ouais, m'dame.

— Par où ? Comment ?

— En passant par le lazaret, sous le salon des officiers... il y a une écoutille dans la cloison avant.

— Est-elle fermée ?

— Oui, m'dame... le capitaine St John garde les clés à sa ceinture.

— Ne dites à personne que je vous ai demandé cela, lui ordonna-t-elle, et elle grimpa à la hâte vers le pont principal.

Au pied du grand mât, Tippoo lavait le fouet dans un seau d'eau de mer qui s'était déjà teintée de rose pâle ; il leva les yeux vers elle tout en essuyant son fouet de ses doigts épais, lui sourit en s'asseyant sur son gros derrière entouré d'un pagne et tourna sa tête ronde

51

et chauve sur son cou de taureau pour la suivre du regard.

Haletant légèrement de peur et de dégoût, elle serra ses jupes contre ses cuisses en passant près de lui. À la porte de sa cabine, elle prit la mallette des mains de Nathaniel avec un mot de remerciement, puis s'écroula sur sa couchette.

Elle ne s'était pas encore remise de l'avalanche d'événements qui avaient bouleversé la paisible routine de leur traversée, et ses pensées et ses sentiments étaient en ébullition.

La venue à bord du capitaine Codrington avait même éclipsé la colère suscitée par la flagellation et sa joie de revoir l'Afrique après presque vingt ans ; son accusation lui restait sur le cœur et la troublait.

Après quelques minutes de repos, elle souleva le couvercle de sa malle de voyage qui occupait presque tout l'espace libre de la petite cabine. Il lui fallut sortir la plus grande partie de son contenu avant de mettre la main sur les opuscules que lui avait confiés la société antiesclavagiste.

Elle s'assit et étudia une nouvelle fois l'histoire de la lutte contre la traite des Noirs jusqu'à l'époque contemporaine. Sa colère et sa frustration se réveillèrent à cette lecture — les accords internationaux inapplicables, tous comportant des clauses dérogatoires ; les lois qui assimilaient le commerce des esclaves à un acte de piraterie au nord de l'équateur mais lui permettaient de prospérer sans entrave dans l'hémisphère sud ; les traités et les accords signés par tous les pays, sauf ceux se livrant à ce commerce — le Portugal, le Brésil, l'Espagne. D'autres grands pays, comme la France, qui utilisaient ce commerce pour harceler leurs ennemis ; la Grande-Bretagne, qui exploitait sans vergogne l'engagement abolitionniste des Britanniques, retirant un avantage politique de vagues promesses de soutien.

Puis, il y avait les États-Unis, signataires du traité de Bruxelles établi par la Grande-Bretagne, qui reconnaissaient l'abolition de la traite, mais non celle de l'esclavage lui-même. Les Américains étaient d'accord pour assimiler le transport d'âmes humaines en captivité à de la piraterie, et convenir que les navires se livrant à cette activité étaient saisissables et leur propriétaire passible de condamnation devant les tribunaux de l'amirauté ou de la commission mixte, d'accord aussi sur la clause d'équipement selon laquelle les vaisseaux aménagés pour le transport des esclaves, bien que ne transportant pas effectivement une cargaison d'âmes humaines au moment de la visite, pouvaient faire l'objet d'une prise.

Les États-Unis étaient d'accord sur tout cela, mais déniaient aux bâtiments de guerre de la Royal Navy le droit de visite. Ils permettaient seulement que les officiers britanniques s'assurent de la nationalité américaine des navires et, si celle-ci était prouvée, ils ne pouvaient pas perquisitionner — même si la puanteur dégagée par les esclaves confinés dans les cales venait offenser leurs narines, ou si le cliquetis des chaînes et les cris à peine humains qui s'élevaient des ponts intermédiaires les assourdissaient.

Robyn remit la brochure dans sa malle et en prit une autre.

Durant l'année écoulée — 1859 —, on estimait que 169 000 esclaves avaient été transportés des côtes de l'Afrique vers les mines du Brésil, les plantations de Cuba et celles du sud des États-Unis.

L'importance de la traite effectuée par les Arabes de Zanzibar ne pouvait être évaluée que d'après le nombre d'esclaves qui transitaient par les marchés de l'île. Malgré le traité conclu entre les Britanniques et le sultan dès 1822, le consul britannique à Zanzibar avait dénombré près de 200 000 esclaves arrivés sur l'île au cours des douze mois précédents. Les cadavres n'étaient pas débarqués, non plus que les malades et les agonisants, car les droits de douane étaient payables au sultan *per capita,* sur les vivants comme sur les morts.

Les morts et les individus affaiblis ou malades sans grand espoir de survie étaient jetés par-dessus bord, à la limite des eaux profondes, au-delà des récifs de corail. Une importante population de requins mangeurs d'hommes sillonnait cette zone de jour comme de nuit. Dans les minutes qui suivaient le moment où le premier corps, mort ou encore vivant, touchait l'eau, la surface autour du point d'impact était mise en ébullition par les grands squales. Le consul britannique évaluait à quarante pour cent le taux de mortalité parmi les esclaves qui effectuaient le passage entre le continent et l'île.

Robyn laissa tomber cet opuscule et, avant de prendre le suivant, réfléchit quelques instants aux multitudes humaines qui faisaient l'objet de cet horrible commerce.

— Cinq millions d'âmes depuis le début du siècle, murmura-t-elle. Cinq millions. Pas étonnant qu'on appelle ça le plus grand crime contre l'humanité de toute l'Histoire.

Elle ouvrit la brochure suivante et parcourut rapidement une étude sur les profits que pouvait espérer un trafiquant.

À l'intérieur de l'Afrique, jusque vers la région des lacs où peu d'hommes blancs étaient allés, Fuller Ballantyne avait constaté — en voyant imprimé le nom de son père, elle ressentit une bouffée de fierté et de mélancolie — qu'un esclave de premier choix changeait de main pour une poignée de perles en porcelaine, deux esclaves pour un vieux modèle de mousquet qui coûtait treize shillings à Londres ou un mousquet Brown Bess que l'on se procurait à New York pour deux dollars.

Sur la côte, le même esclave valait dix dollars, tandis qu'au Brésil, sur le marché aux esclaves, son prix atteignait cinq cents dollars. Mais dès qu'il était emmené au nord de l'équateur, les risques augmentaient pour le négrier et les prix grimpaient en flèche : mille dollars à Cuba, quinze cents en Louisiane.

Robyn abandonna sa lecture et effectua un rapide calcul. Le capitaine anglais avait dit que le *Huron* pouvait transporter deux mille esclaves à la fois. Débarqués en Amérique, ils représentaient l'incroyable somme de trois millions de dollars, fortune qui permettait d'acheter quinze navires comme le *Huron*. Un seul voyage pouvait rendre un homme riche au-delà de toute espérance, et pour gagner un tel trésor, les trafiquants acceptaient tous les risques.

Mais les accusations du capitaine Codrington étaient-elles fondées ? Robyn n'ignorait pas que l'on disait les officiers de la Royal Navy davantage motivés par la perspective des primes accordées en cas de prise que par leur haine de l'esclavage et leur amour de l'humanité. On prétendait qu'ils considéraient tous les navires qu'ils arraisonnaient comme des négriers et étaient prompts à donner à la clause d'équipement l'interprétation la plus large possible.

Robyn chercha la brochure qui traitait en détail de cette clause et la trouva dans la pile qu'elle avait devant elle.

Pour qu'un navire soit assimilé à un négrier et saisissable en vertu de cette clause, il suffisait qu'il satisfasse à l'une des conditions stipulées. Il pouvait être saisi si ses écoutilles étaient équipées de grilles pour pouvoir ventiler les cales, si des cloisons divisaient ses cales pour faciliter l'installation de ponts intermédiaires, si l'on y trouvait les planches nécessaires à cette installation, des chaînes et des pitons, des fers et des menottes, un nombre de barriques supérieur à celui correspondant aux besoins en eau de l'équipage et des passagers, un nombre de gamelles ou une quantité de riz ou de maïzena disproportionnés, ou encore des marmites trop grosses.

Un navire pouvait même être saisi et confié à un « équipage de prise » si l'on y trouvait des nattes indigènes pouvant servir de couchage pour les esclaves. D'importants pouvoirs étaient conférés aux hommes susceptibles de retirer un profit de ces prises.

Le capitaine Codrington était-il de ceux-là ? Ses yeux pâles de fanatique masquaient-ils seulement son avidité et l'appât du gain ?

Robyn se prit à espérer qu'il en était ainsi ou du moins qu'il s'était trompé à propos du *Huron*. Mais alors pour quelle raison le capitaine St John avait-il mis la barre en dessous et avait-il pris la fuite dès qu'il avait vu le croiseur britannique ?

Robyn était troublée et malheureuse, hantée par un sentiment de culpabilité. Elle avait besoin de réconfort et se protégea la tête et les épaules avant de s'aventurer sur le pont car le vent était devenu glacial. Le *Huron* gîtait fortement tandis qu'il louvoyait vers le sud en lançant de grands jets d'écume dans la nuit tombante.

Zouga était dans sa cabine, en manches de chemise, et fumait un cigare en travaillant sur les listes du matériel de l'expédition qu'il restait à se procurer une fois parvenus au cap de Bonne-Espérance.

Il lui cria d'entrer quand elle frappa à la porte et se leva pour l'accueillir avec un sourire.

— Ça va, Sissy ? C'était une épreuve des plus déplaisantes, bien qu'inévitable. J'espère que tu n'es pas trop bouleversée.

— Le matelot s'en remettra, dit-elle.

Zouga changea de sujet tout en installant sa sœur sur la couchette, unique autre siège disponible dans la cabine.

— Il m'arrive de penser que nous nous en serions mieux tirés avec moins d'argent à dépenser. On est toujours tenté d'accumuler trop de matériel. Papa a effectué la Transversale avec seulement cinq porteurs, alors qu'il nous en faudra au moins une centaine, chacun avec un chargement de quarante kilos.

— Zouga, il faut que je te parle. Je n'ai pas pu le faire avant.

Une expression de mécontentement traversa le visage rude du jeune homme, comme s'il avait deviné ce qu'elle allait dire. Mais avant qu'il ait eu le temps de l'en empêcher, elle lança :

— Ce navire est un négrier, Zouga.

Zouga retira le cigare de ses lèvres et en examina minutieusement le bout avant de répondre.

— Sissy, un négrier empeste tellement qu'on le sent à cinquante milles sous le vent, et après que les esclaves ont été débarqués, même avec des tonnes de lessive, il est impossible de se débarrasser de l'odeur. Le *Huron* ne pue pas comme un négrier.

— C'est la première fois qu'il navigue avec ce propriétaire, rappela Robyn. Codrington a accusé le capitaine St John d'avoir utilisé les profits de ses précédents voyages pour l'acheter. Le navire est encore propre.

— Mungo St John est un gentleman, rétorqua Zouga avec une pointe d'impatience. J'en suis intimement convaincu.

— Les propriétaires des plantations de Cuba et de Louisiane sont parmi les gentlemen les plus élégants que tu puisses trouver en dehors de la cour de St James.

— Je suis prêt à accepter sa parole, dit Zouga d'un ton sec.

— Est-ce que ce n'est pas plutôt que ça t'arrange, reprit Robyn avec une douceur trompeuse car ses yeux étincelaient comme des émeraudes. Cela ne contrarierait-il pas sérieusement tes plans si tu t'apercevais que tu navigues sur un négrier ?

— Bon sang, femme, je te dis que j'ai sa parole, répondit Zouga, franchement en colère. St John se livre à un commerce légal. Il a l'intention de ramener une cargaison d'ivoire et d'huile de palme.

— As-tu demandé à inspecter les cales du navire ?

— Il a donné sa parole, s'entêta Zouga.

— Veux-tu lui demander d'ouvrir les cales ?

Zouga hésita, son regard vacilla un instant, puis il prit une décision.

— Non, je n'en ferai rien, dit-il d'un ton ferme. Ce serait l'insulter et il s'en indignerait, à juste titre.

— Et si nous découvrions ce que tu as peur de découvrir, cela discréditerait l'objet de notre expédition, admit-elle.

— En tant que chef de cette expédition, j'ai pris ma décision...

— Papa ne laissait jamais rien ni personne se dresser sur son chemin, pas même maman ou la famille...

— Sissy, si tu continues de voir les choses ainsi lorsque nous arriverons au Cap, je ferai en sorte de trouver un autre navire pour la traversée jusqu'à Quelimane. Cela te satisfait-il ?

Elle ne répondit pas, le dévisageant toujours avec un regard accusateur.

— Si nous avions des preuves, reprit Zouga en agitant les mains, que pourrions-nous faire ?

— Une déposition sous serment devant l'amirauté du Cap.

— Sissy, tu ne comprends donc pas, soupira-t-il avec lassitude face à son intransigeance. Nous n'aurions rien à gagner en défiant St John. Si l'accusation est sans fondement, nous nous placerions dans une position intenable, et, dans l'éventualité très improbable où elle serait justifiée, nous serions en grand danger. Ne sous-estime pas ce danger, Robyn. St John est un homme très déterminé.

Il se tut et secoua la tête catégoriquement, ses boucles dansant sur ses oreilles.

— Je ne veux pas te mettre en danger, ni moi et toute l'expédition avec. Telle est ma décision et j'insiste pour que tu la respectes.

Après un long silence, Robyn abaissa lentement les yeux sur ses mains et entrecroisa les doigts.

— Très bien, Zouga.

— Je te suis reconnaissant, ma chère, dit-il visiblement soulagé, se penchant vers elle et l'embrassant sur le front. Je t'accompagne jusqu'au carré.

Elle fut sur le point de refuser, de dire qu'elle était fatiguée et qu'une fois encore, elle dînerait seule dans sa cabine, mais une idée lui traversa l'esprit, et elle hocha la tête en signe d'assentiment.

— Merci, Zouga, fit-elle, puis elle leva les yeux vers lui avec un de ses sourires si éclatants, si chaleureux et si rares qu'elle le désarma complètement. J'ai de la chance d'avoir un cavalier aussi beau.

Elle prit place entre Mungo St John et son frère, et si celui-ci ne l'avait pas parfaitement connue, il aurait pu soupçonner qu'elle flirtait outrageusement avec le capitaine. Pétillante et tout sourire, elle se penchait en avant pour l'écouter avec attention dès qu'il disait une parole, remplissait son verre dès qu'il était à moitié vide et riait de bon cœur à ses saillies.

Zouga était stupéfait et légèrement alarmé par cette transformation; quant à St John, il ne l'avait jamais vue comme ça. Il avait dissimulé sa première surprise derrière un demi-sourire amusé. Cependant, cette bonne humeur rendait Robyn Ballantyne très plaisante. Son visage fermé, à la limite de l'anguleux, s'était adouci jusqu'à devenir presque joli, et ses cheveux, sa peau parfaite, ses yeux et ses dents blanches luisaient et étincelaient dans la lumière de la lampe. Mungo St John devint à son tour plus expansif, riant plus volontiers, son intérêt manifestement piqué. Comme Robyn ne cessait de remplir son verre, il but plus qu'il ne l'avait jamais fait au cours du voyage, et lorsque le stewart servit un bon plum-pudding, il demanda une bouteille de cognac.

Zouga s'était lui aussi laissé prendre par l'étrange atmosphère de fête du dîner et quand Robyn déclara subitement qu'elle était épuisée et se leva de table, il protesta aussi énergiquement que St John mais elle resta inflexible.

De sa cabine, tandis qu'elle se livrait calmement à ses préparatifs, elle entendait les éclats de rire en provenance du salon. Après avoir tiré le verrou pour s'assurer qu'elle ne serait pas dérangée, elle s'agenouilla près de sa malle et fouilla dans le fond où elle trouva un pantalon d'homme en velours, une chemise de flanelle, un foulard, une vareuse et une paire de bottines usagées.

C'était l'uniforme, le déguisement dont elle s'était servie quand elle était étudiante à l'hôpital St Matthew. Elle se déshabilla, se laissant un moment aller au bonheur de la liberté procurée par sa nudité et s'autorisa même à se regarder. Elle ne savait trop si c'était un péché de jouir de son corps, soupçonnait que c'en était un, mais n'en continua pas moins son examen.

Ses jambes étaient droites et solides, ses hanches s'élargissaient en une courbe gracieuse, puis se rétrécissaient brusquement à la taille, son ventre était presque plat, avec seulement un léger bombement tout à fait charmant au-dessous du nombril. Elle était à présent sans aucun doute sur la pente du péché, mais ne résista pas à la tentation de laisser son regard s'attarder un moment. Elle connaissait à fond les mécanismes physiques extrêmement complexes de son corps, tant visibles que cachés. Seuls les sentiments et les émotions qu'ils produisaient la troublaient et l'inquiétaient, car, à St Matthew, on ne lui avait rien enseigné à leur propos. Elle se hâta de passer à des occupations plus inoffensives et leva les bras pour remonter sa chevelure sur le dessus de sa tête et la maintenir en place avec une casquette en flanelle.

Ses seins étaient ronds et bien dessinés comme des pommes à peine mûres, si fermes qu'ils ne changeaient presque pas de forme quand elle levait les bras. Leur ressemblance avec des fruits lui plaisait et elle resta un peu plus longtemps que nécessaire à ajuster sa casquette en les regardant. Mais cette complaisance avec elle-même avait des limites, et elle enfila sa tête dans la chemise de flanelle, en tira les pans autour de sa taille, passa le pantalon — quel plaisir de le porter après être restée tant de temps entravée par le carcan de ses jupes —, puis, assise sur sa couchette, chaussa ses bottines et attacha sous ses pieds les lanières fixées au bas de son pantalon avant de se lever pour boucler sa ceinture.

Elle ouvrit sa mallette noire, prit le rouleau de tissu où étaient rangés ses instruments de chirurgie et choisit un des scalpels les plus solides, en déplia la lame et la tâta du pouce. Elle était parfaitement aiguisée. Elle referma la lame et glissa l'instrument dans sa poche. C'était la seule arme dont elle disposait.

Elle était prête. Elle ferma le volet de la lampe à huile avant de grimper tout habillée sur sa couchette, puis elle tira la grosse couverture de laine sous son menton et s'installa pour attendre. Les rires qui lui parvenaient du salon devenaient de plus en plus tonitruants, et elle pensa que la bouteille de cognac était mise à mal par les hommes. Un bon moment après, elle entendit les pas lourds et mal assurés de son frère qui passait devant sa cabine, puis il n'y eut plus que les grincements et les bruits secs des membrures du navire qui gîtait sous le vent, et au loin les petits coups réguliers d'un hauban desserré.

Elle était si tendue par l'appréhension et l'attente qu'elle ne risquait pas de s'endormir. Le temps passait cependant avec une lenteur désespérante. Chaque fois qu'elle ouvrait le volet de la lampe pour regarder sa montre-gousset, les aiguilles lui semblaient avoir à peine bougé. Deux heures du matin sonnèrent enfin, moment où l'activité du corps et de l'esprit est le plus ralentie.

Elle se leva tranquillement, prit la lanterne toujours occultée et gagna la porte de sa cabine. Le verrou claqua comme une salve de mousquet, mais la porte était ouverte et elle se glissa à l'extérieur.

Dans le salon, une seule lampe à huile brûlait encore en fumant et en jetant des ombres sur les cloisons en bois ; la bouteille vide était tombée par terre et roulait suivant les mouvements du navire. Robyn s'accroupit pour retirer ses bottines et, après les avoir laissées à l'entrée, traversa le salon et s'engagea dans le passage qui conduisait vers le poste arrière.

Elle avait le souffle court comme si elle avait couru longtemps et elle s'arrêta pour lever le volet de sa lampe puis dirigea un étroit faisceau de lumière devant elle. La porte de la cabine de Mungo St John était fermée.

Elle se glissa jusqu'à elle en se guidant d'une main le long de la cloison et ses doigts se refermèrent enfin sur la poignée en cuivre.

— Plaise à Dieu, murmura-t-elle, avant de la tourner lentement. Elle s'ouvrit sans résistance et s'entrebâilla d'un pouce, suffisamment pour qu'elle puisse jeter un coup d'œil à l'intérieur de la cabine.

Il y avait juste assez de lumière pour voir, car une ouverture avait été aménagée dans le pont pour éclairer un deuxième compas de façon à ce que, même de sa couchette, le capitaine puisse d'un regard vérifier le cap. La pâle lueur de la lanterne de l'homme de barre tombait sur le compas et le reflet permettait à Robyn de distinguer les principaux aménagements de la cabine.

La couchette était cachée par un rideau sombre et le reste du mobilier paraissait très simple : le placard contenant les armes, avec dessous une rangée de crochets auxquels étaient suspendus un caban et les vêtements que St John avait portés au dîner ; en face de la porte, un bureau en teck avec des casiers pour ranger les instruments de navigation : le sextant, la règle plate, le compas à pointes sèches et, au-dessus, fixés à la cloison, le baromètre et le chronomètre du bateau.

Le capitaine avait manifestement vidé le contenu de ses poches sur le bureau avant de se déshabiller. Éparpillés au milieu des cartes et des papiers du navire, il y avait un couteau à cran d'arrêt, une boîte à cigares en argent, un petit pistolet de poche incrusté d'or comme ceux qu'apprécient les joueurs professionnels, une paire de gros dés en ivoire — Zouga et St John avaient dû jouer quand elle les avait quittés — et surtout, ce qu'elle avait espéré trouver, le trousseau de clés du bateau, que St John portait habituellement à la ceinture.

Tout doucement, Robyn poussa la porte en surveillant l'alcôve plongée dans l'obscurité à droite de la cabine. Les rideaux ondulaient légèrement à chaque roulis, et elle se crispa en imaginant que ce mouvement était celui d'un homme prêt à sauter sur elle.

Lorsque l'ouverture de la porte fut suffisante pour lui permettre d'entrer, il lui fallut faire un gros effort de volonté pour effectuer le premier pas.

Au milieu de la cabine, elle s'immobilisa ; elle était maintenant à quelques pouces du trousseau. Elle regarda d'un air inquiet par l'espace étroit qui séparait les rideaux, vit briller la chair nue et entendit la respiration profonde et régulière de l'homme endormi. Rassurée, elle alla rapidement jusqu'au bureau.

Elle n'avait aucun moyen de savoir quelles étaient les clés du lazaret et de l'écoutille menant à la cale principale. Il lui fallut emporter tout le lourd trousseau, et elle se rendit compte que cela l'obligerait à revenir le déposer dans la cabine. Elle ignorait si elle en aurait le courage, et quand elle prit les clés, elles cliquetaient dans sa main tremblante. Alarmée, elle les serra contre sa poitrine et regarda l'alcôve avec effroi. Il n'y avait aucun mouvement derrière les rideaux, et elle se glissa en silence hors de la cabine.

C'est seulement lorsque la porte se referma que les rideaux de l'alcôve furent brusquement tirés et que Mungo St John se dressa sur un coude. Il ne resta ainsi que quelques instants, puis lança ses jambes hors de la couchette et se leva. En deux grandes enjambées, il était près du bureau et passait en revue ce qui s'y trouvait.

— Les clés! siffla-t-il. Il attrapa son pantalon suspendu à une patère, l'enfila à la hâte et se pencha pour ouvrir l'un des tiroirs du bureau.

Il souleva le couvercle du coffret en bois de rose, en tira les deux pistolets de duel à canon long, les enfonça dans sa ceinture et se dirigea vers la porte de la cabine.

Robyn trouva la clé du lazaret à la troisième tentative et la porte s'ouvrit péniblement en tournant sur ses gonds avec un crissement qui résonna à ses oreilles comme une sonnerie de clairon commandant une charge de cavalerie lourde.

Elle verrouilla la porte derrière elle et, soulagée de savoir que personne ne pouvait la suivre, ouvrit le volet de la lanterne et jeta un rapide coup d'œil circulaire.

Le lazaret n'était en fait qu'un grand placard qui servait de garde-manger aux officiers. Des jambons fumés et des saucissons secs étaient suspendus à des crochets fixés dans le pont supérieur, des roues de fromage et des boîtes de conserve occupaient les étagères; il y avait des râteliers pleins de bouteilles noires fermées à la cire, des sacs de riz et de farine, et, en face de Robyn, une autre écoutille dont la barre était maintenue en place par un cadenas deux fois gros comme son poing.

La clé, qu'elle trouva facilement, était tout aussi massive, épaisse comme son majeur, et l'écoutille si lourde qu'elle dut faire appel à toute sa force pour la pousser sur le côté. Il lui fallut ensuite s'accroupir pour franchir l'ouverture tant elle était basse.

Derrière elle, Mungo St John entendit le frottement du bois contre le bois et il descendit silencieusement les marches conduisant à la porte du lazaret. Un pistolet armé à la main, il colla son oreille contre les planches de chêne et écouta un moment avant d'essayer d'ouvrir.

— Bon sang ! murmura-t-il furieux en trouvant la porte fermée, puis il se tourna et se précipita pieds nus vers la cabine de son second.

Le capitaine n'avait pas plus tôt touché son épaule massive que Tippoo était complètement éveillé, ses yeux étincelant dans l'obscurité comme ceux d'une bête sauvage.

— Quelqu'un est entré dans la cale, siffla St John, et Tippoo se leva, énorme silhouette sombre.

— Nous le trouverons, grogna-t-il en nouant son pagne autour de ses reins. Et nous en nourrirons les poissons.

La cale principale semblait aussi vaste qu'une cathédrale. Le faisceau de la lanterne n'en atteignait pas les recoins les plus reculés, et la cargaison, empilée en une masse impressionnante, touchait par endroits le pont, cinq mètres plus haut.

Elle vit tout de suite que la cargaison avait été rangée de manière à pouvoir être déchargée pièce par pièce, sans qu'il soit indispensable de tout sortir à chaque escale. Elle vit aussi que les marchandises étaient soigneusement emballées et étiquetées. En promenant sa lanterne alentour, elle constata que les caisses de matériel de leur expédition se trouvaient là, la mention « Expédition Ballantyne en Afrique » se détachant en noir sur le bois blanc.

Elle escalada le rempart de caisses et de ballots et, en équilibre en haut de la pyramide, dirigea sa lanterne vers l'ouverture carrée de l'écoutille pour essayer de voir si elle était équipée d'une grille, mais une bâche qui avait été tendue par-dessous l'en empêcha. Elle se dressa de toute sa hauteur, tendit la main et sentit la forme d'une grille au-dessus de la toile, mais ses doigts étaient encore à plusieurs centimètres de l'écoutille. Plongeant brusquement, le navire se déroba sous elle et la projeta en arrière dans la profonde allée centrale, au milieu des marchandises empilées. Elle parvint à ne pas lâcher sa lanterne, mais reçut des gouttelettes d'huile chaude sur la main, menaçant de faire cloquer la peau.

Elle rampa de nouveau jusqu'en haut de la montagne de caisses et de ballots à la recherche des indices qu'elle espérait ne pas trouver. Il n'y avait pas de cloisons de séparation ; le grand mât passait à travers le pont, sa base reposant sur la quille, et des cales étaient fixées à intervalles réguliers dans l'épaisse colonne de bois en pin de Norvège.

Peut-être étaient-elles là pour soutenir des ponts intermédiaires destinés à y entasser les esclaves. Robyn s'agenouilla à côté du mât et examina les flancs incurvés du navire. À la hauteur des cales se trouvaient de gros rebords en bois, semblables à d'étroites étagères, et elle pensa que ce pouvait être des supports pour maintenir les bords extérieurs des planchers. Elle estima qu'ils étaient séparés par des intervalles de soixante-quinze à quatre-vingt-dix centimètres, ce qui correspondait à la hauteur moyenne des ponts à esclaves dont parlaient ses brochures.

Elle essaya de s'imaginer à quoi pouvait ressembler la cale lorsque ces planchers étaient installés, galeries superposées juste assez hautes pour permettre à un homme de ramper. Elle compta les rangées de supports : il y en avait cinq — cinq ponts l'un au-dessus de l'autre, chacun avec sa couche d'hommes et de femmes noirs, nus, serrés comme des sardines, chacun en contact direct avec ses voisins, couché dans ses déjections et celles des captifs du dessus qui filtraient à travers les lames du plancher. Elle tenta d'imaginer la chaleur insupportable qui devait régner lorsque le navire flottait inerte sur les eaux plates de la zone des calmes, d'imaginer deux mille personnes vomissant et se vidant sous l'effet du mal de mer quand le bateau se cabrait et plongeait dans la mer déchaînée, là où le courant du Mozambique vient balayer le rivage des Agulhas. Elle s'efforça d'imaginer une épidémie de choléra ou de variole frappant cette humanité en détresse, mais n'y parvint pas ; écartant ces images hideuses de son esprit, elle se remit à ramper sur la cargaison en dirigeant sa lampe dans tous les coins en quête d'indices plus solides que les étroits supports.

S'il y avait des planches à bord, elles devaient être posées à plat sous la cargaison, et Robyn n'avait aucun moyen de le vérifier.

Elle aperçut devant elle une douzaine d'énormes barriques fixées à la cloison avant. Elles pouvaient servir à contenir de l'eau ou du rhum, ou bien encore le rhum pouvait être remplacé par de l'eau lorsque les esclaves étaient embarqués. Il était impossible de voir quel en était le contenu, mais elle frappa contre le chêne avec le manche de son scalpel et le son mat lui indiqua que les barriques n'étaient pas vides.

Elle s'accroupit près d'un des ballots, coupa les points avec son scalpel et, plongeant la main à l'intérieur, en sortit une poignée du contenu et l'examina à la lumière de sa lampe.

Des perles de pacotille enfilées sur un fil de coton — un *bitil* de perles représentait la longueur entre l'extrémité des doigts et le poignet, quatre *bitil* formaient un *khete*. Les perles étaient en porcelaine rouge, la variété la plus prisée, appelée *sam sam*. Un Africain appartenant aux tribus les plus primitives vendait sa sœur pour un *khete* de ces perles, son frère pour deux.

Robyn poursuivit sa reptation en examinant caisses et ballots : des rouleaux de cotonnade provenant des filatures de Salem, appelée *merkani* en Afrique, déformation du mot « américain », et du tissu à carreaux fabriqué à Manchester, appelé *kaniki*. Il y avait de longues caisses en bois portant simplement la mention « Cinq pièces », et elle supposa qu'elles contenaient des mousquets. Les armes à feu faisaient cependant l'objet d'un commerce courant sur la côte d'Afrique et rien ne prouvait qu'elles étaient destinées à être échangées contre des esclaves — elles pouvaient tout aussi bien servir à acheter de l'ivoire ou du copal.

Elle était à présent épuisée par la tension nerveuse et d'avoir grimpé et rampé à l'aveuglette sur les monceaux de marchandises soulevés par la houle.

Elle s'arrêta pour se reposer un moment et s'adossa à un ballot de cotonnade *merkani*, mais un objet dur lui entra dans les côtes, l'obligeant à changer de position. Elle le sortit : c'était un fer lourd, en forme d'anneau, avec une chaîne, et elle le reconnut immédiatement. En Afrique, on appelait ça les « bracelets de la mort ». Elle avait enfin trouvé une preuve tangible et irréfutable, car ces menottes auxquelles était fixée une chaîne légère de marche trahissaient immanquablement la traite des Noirs.

Robyn déchira complètement le ballot. Il y avait des centaines de menottes dissimulées entre les épaisseurs de tissu. Même si elle avait été possible, une fouille rapide n'aurait pas donné grand-chose et il y aurait eu bien peu de chances qu'elle aboutisse à la découverte de ce sinistre matériel.

Elle prit une menotte afin de la montrer à son frère et se dirigea vers le lazaret, soudain impatiente de sortir de cette caverne obscure aux ombres menaçantes et de se retrouver en sécurité dans sa cabine.

Elle avait presque atteint l'entrée du lazaret quand elle entendit soudain un grand raclement sur le pont au-dessus d'elle. Elle s'immobilisa, alarmée. Quand le bruit reprit, elle eut la présence d'esprit de moucher sa lanterne, mais le regretta immédiatement ; l'obscurité sembla l'écraser, elle suffoqua et sentit la panique l'envahir.

Avec un bruit de tonnerre, l'écoutille principale s'ouvrit d'un seul coup, et en se retournant dans sa direction, elle vit le ciel semé d'étoiles encadré par l'ouverture carrée. Puis une énorme forme sombre se laissa tomber et atterrit en douceur sur les piles de ballots ; presque au même instant, le panneau se referma dans un bruit sourd.

Robyn était à présent terrorisée. Quelqu'un était enfermé avec elle dans la cale, et à cette idée, elle resta clouée sur place pendant de précieuses secondes avant de se retourner et de se précipiter vers l'écoutille du lazaret en retenant un cri.

Il n'y avait pas à se tromper sur la forme qu'elle avait entraperçue. Elle savait que c'était Tippoo, et cette pensée décupla sa terreur. Elle imaginait le géant chauve à la silhouette de crapaud se dirigeant vers elle dans l'obscurité avec la rapidité d'un reptile, elle voyait presque sa langue rose danser sur ses lèvres cruelles et épaisses, et sa précipitation se changea en course éperdue. Elle perdit l'équilibre, tomba lourdement en arrière dans l'un des profonds couloirs qui séparaient les piles de marchandises et s'assomma à moitié en heurtant de la tête une caisse en bois. Le choc lui fit lâcher sa lanterne qu'elle ne parvint pas à retrouver. Quand elle réussit à grand-peine à se remettre sur ses genoux, plongée dans l'obscurité la plus totale, elle ne savait plus où elle était.

Sa meilleure défense consistait à rester immobile et silencieuse tant qu'elle n'avait pas localisé l'homme qui la pourchassait, et elle s'accroupit entre deux caisses. Son pouls battait dans ses oreilles comme un tambour, assourdissant — elle avait l'impression que son cœur lui bloquait la gorge tant elle devait faire effort pour respirer.

Plusieurs minutes et toute sa détermination lui furent nécessaires pour se maîtriser et retrouver la capacité de penser.

Elle essaya de déterminer dans quelle direction se trouvait l'écoutille du lazaret, sa seule issue ; l'unique moyen de la trouver consistait à longer à tâtons le flanc du navire. Avec cette monstrueuse créature qui la cherchait dans les ténèbres, cette perspective l'effrayait. Elle se recroquevilla autant qu'elle le put dans l'espace étroit et écouta.

La cale était pleine de sons ténus qu'elle n'avait pas remarqués auparavant : les efforts et les craquements des membrures, le frottement de la cargaison contre les cordes et les filets d'arrimage. Elle percevait les mouvements d'un être vivant derrière elle, tout près, et elle réprima un cri de terreur en levant les bras pour se protéger le visage. Figée dans cette position, elle attendit un coup qui ne vint pas.

Au lieu de cela, elle entendit un autre mouvement derrière son épaule, un bruit feutré qui la fit frissonner, et elle sentit ses dernières forces la quitter. Il était là, tout proche dans le noir, se jouant d'elle comme un chat d'une souris. Il avait détecté son odeur. Avec un instinct

70

infaillible d'animal, Tippoo l'avait trouvée dans l'obscurité ; il était à présent tapi au-dessus d'elle, prêt à frapper et elle ne pouvait qu'attendre.

Quelque chose lui toucha l'épaule et, avant qu'elle ait pu se dégager, grimpa sur son cou à toute vitesse et lui frôla le visage. Elle eut un mouvement de recul et cria en donnant un grand coup avec la chaîne et les menottes qu'elle tenait toujours dans sa main droite.

La chose était velue et agile ; elle poussait des cris aigus de porcelet furieux sous les coups répétés de Robyn, puis disparut, et la jeune femme, en entendant le trottinement de petites pattes sur le bois rugueux de la caisse, comprit que c'était un rat, gros comme un chat.

Elle frémit de dégoût tout en éprouvant un soulagement de courte durée.

Il y eut alors un éclair de lumière, si inattendu qu'elle en fut presque aveuglée, et le faisceau d'une lanterne balaya la cale puis s'éteignit, de sorte que l'obscurité parut encore plus écrasante.

Son poursuivant avait entendu son cri et dirigé sa lanterne vers elle ; il l'avait probablement vue car elle était sortie en rampant de sa niche entre les caisses. À présent, elle savait au moins dans quelle direction se diriger ; la brève clarté lui avait permis de se repérer de nouveau et elle savait où trouver l'écoutille.

Elle se jeta sur une pile de ballots auxquels elle s'agrippa pour s'acheminer vers la sortie, puis s'immobilisa quelques instants afin de réfléchir. Tippoo devait savoir de quelle façon elle était entrée dans la cale et qu'elle allait tenter de s'échapper par la même voie. Il lui fallait se déplacer avec précaution, prête à se tapir au cas où il allumerait de nouveau sa lanterne, et prendre garde de ne pas se jeter tête baissée dans le piège qu'il était certainement en train de lui tendre.

Elle ajusta sa prise sur la chaîne, se rendant compte à ce moment-là seulement de l'arme puissante qu'elle

71

avait entre les mains, bien plus efficace que son scalpel à lame courte. Une arme! Pour la première fois, elle songeait à se défendre et non pas à rester simplement recroquevillée sur elle-même comme un poulet devant l'attaque du faucon. « Robbie était toujours la plus courageuse. » Elle pouvait presque entendre la voix de sa mère, préoccupée mais avec un accent de fierté, après qu'elle s'était défendue contre les voyous du village ou qu'elle avait accompagné son frère dans une de ses escapades les plus périlleuses, et elle comprit qu'il lui fallait maintenant retrouver tout son courage.

La chaîne toujours serrée dans sa main, elle se dirigea furtivement vers l'écoutille, rampant à plat ventre, s'arrêtant après quelques secondes de reptation pour écouter. Elle eut l'impression qu'une éternité s'était écoulée quand elle toucha enfin les grosses planches de la cloison arrière. Elle n'était plus qu'à quelques coudées de l'écoutille et c'est là qu'il devait l'attendre.

Elle s'accroupit, le dos fermement calé contre la cloison, et attendit que les battements de son cœur ralentissent suffisamment pour pouvoir entendre, mais tous les bruits que pouvait faire son poursuivant étaient couverts par les craquements et les gémissements des membrures, par le bruit sourd et le chuintement de l'eau contre la coque tandis que le *Huron* louvoyait au plus près du vent.

Puis une nouvelle odeur qui dominait la puanteur pénétrante de la sentine lui fit retrousser les narines. C'était celle de l'huile chaude d'une lanterne occultée qui brûlait tout près, et en tendant l'oreille, elle eut l'impression d'entendre le léger crépitement du métal chauffé. Il devait être proche, très proche, bloquant l'écoutille, prêt à diriger sa lanterne vers elle dès qu'il l'aurait repérée.

Avec lenteur, comme au ralenti, elle se mit debout pour faire face à l'endroit où il se trouvait dans l'obscurité, prit le scalpel dans sa main gauche et leva son poing droit d'où pendillait la chaîne et le bracelet de fer, prête à frapper.

Puis elle lança le scalpel par en dessous, suffisamment près pour le forcer à bouger de nouveau, mais assez loin pour l'obliger à s'éloigner d'elle.

La petite pointe frappa quelque chose de mou ; il y eut un bruit sourd, puis quelque chose glissa doucement sur le pont, comme des pas hésitants, et brusquement une lumière envahit la cale.

La forme monstrueuse de Tippoo surgit de l'obscurité, énorme, menaçante, incroyablement proche. Il levait haut la lanterne de sa main gauche, et la lumière jaunâtre étincelait sur son crâne chauve et son large dos dont les muscles roulaient tandis qu'il brandissait sa lourde massue dans sa main droite, la tête penchée sur son cou épais et plissé. Il lui tournait le dos, mais l'instant d'après, quand il se rendit compte qu'il n'y avait personne devant lui, il réagit avec la rapidité d'un animal, baissa sa grosse tête ronde sur sa poitrine et commença à frapper au hasard.

Instinctivement, Robyn effectua un moulinet avec la chaîne lestée des lourdes menottes. Elles décrivirent un cercle en vrombissant et en jetant des éclairs dans la lumière de la lampe et atteignirent Tippoo à la tempe avec le craquement d'une branche brisée par le vent ; le cuir chevelu s'ouvrit comme un sac doublé de velours écarlate. Tippoo tituba sur ses jambes écartées qui commençaient à s'affaisser. Elle ramena la chaîne et frappa de nouveau de toutes ses forces, avec l'énergie du désespoir. Une fois encore, une profonde blessure rouge s'épanouit sur la calotte jaune et brillante du crâne, et le colosse tomba lentement sur ses genoux, attitude qu'elle l'avait vu souvent adopter quand il faisait sa prière sur la dunette, tourné vers La Mecque. À nouveau, son front toucha le pont, mais cette fois-ci avec le sang qui en dégoulinait et formait une mare.

La lanterne, toujours allumée, heurta bruyamment le pont et éclaira les yeux révulsés de Tippoo, qui roula lourdement sur le côté avec un râle, en donnant des coups de pied convulsifs.

Robyn dévisagea le géant prostré, atterrée par ce qu'elle avait fait, éprouvant déjà le besoin de venir en aide à un être blessé — mais cela ne dura que quelques secondes. Les yeux de Tippoo reprenaient leur position normale et elle vit ses pupilles commencer à accommoder. Le grand corps luisant se soulevait, le mouvement des membres n'était plus spasmodique mais davantage coordonné et volontaire, la tête se dressait, toujours dodelinant mais déjà se tournant de droite et de gauche à sa recherche.

Aussi incroyable que cela puisse être, l'homme n'était plus paralysé par les deux blessures qu'il avait reçues, il n'avait été étourdi qu'un bref moment, et dans quelques instants il aurait complètement repris ses esprits, plus enragé et plus dangereux que jamais. Avec un sanglot, Robyn se précipita vers l'écoutille entrouverte du lazaret. Quand elle passa près de lui, des doigts cruels agrippèrent sa cheville et la déséquilibrèrent de sorte qu'elle faillit tomber, mais elle se dégagea d'un coup de pied et plongea dans l'ouverture.

Elle vit Tippoo ramper vers elle à quatre pattes dans le halo de sa lanterne tombée au moment précis où elle se jetait de tout son poids contre l'écoutille. Tandis qu'elle se fermait avec un bruit mat, elle fit tomber la barre. À cet instant précis l'épaule de Tippoo s'écrasa contre l'écoutille avec une telle force que le bois trembla.

Affolée, elle dut s'y reprendre à trois fois pour fermer le cadenas. Alors, seulement, elle s'effondra sur le pont et se mit à sangloter jusqu'à ce que sa peur s'évanouisse et que, soulagée, elle retrouve son courage et ses forces.

Quand elle se remit debout, elle était exaltée, envahie par une jubilation qu'elle n'avait jamais encore ressentie.

Elle savait que c'était parce qu'elle avait réussi à échapper au danger grâce à sa pugnacité, parce que, chose qui lui était inhabituelle, elle avait châtié un adversaire détesté — elle savait aussi qu'elle en éprouverait plus tard une certaine culpabilité.

Les clés étaient toujours là où elle les avait laissées, sur la porte de communication entre le lazaret et le salon. Elle l'ouvrit vivement et marqua un temps d'arrêt, sentant l'inquiétude prendre le pas sur son euphorie.

Elle eut à peine le temps de se rendre compte que quelqu'un avait mouché la lanterne du salon quand des doigts serrèrent son poignet, la projetant violemment par terre et l'y maintenant, un bras tordu entre les omoplates.

— Ne bouge pas ou je t'arrache la tête, lui souffla Mungo St John à l'oreille avec férocité.

Le bras avec lequel elle tenait la chaîne était coincé sous elle, et le capitaine lui enfonçait maintenant son genou dans le creux des reins en appuyant de tout son poids. Elle retint un cri de douleur.

— Tippoo n'a pas tardé à te débusquer, murmura St John avec une sinistre satisfaction. Voyons un peu qui tu es avant qu'on ne t'attache sur la grille.

Il tendit la main, tira la casquette qui couvrait la tête de Robyn, et elle entendit son grognement de surprise quand il vit sa chevelure se dérouler en une masse chatoyante. Il relâcha sa prise et la pression de son genou sur la base de sa colonne vertébrale, puis la saisit brutalement par l'épaule pour la tourner sur le dos et voir son visage.

Elle se laissa rouler pour lui faire face et, de son bras libéré, lui lança sa chaîne au visage. Il leva les deux mains pour parer le coup. Aussi glissante qu'une anguille, elle se tortilla sous lui et se libéra, puis se précipita vers la porte du salon.

75

Il fut plus rapide qu'elle et ses doigts agrippèrent la fine flanelle usée de sa chemise et la déchirèrent du cou jusqu'à l'ourlet. Elle se retourna et lança de nouveau sa chaîne mais, cette fois-ci, il s'y attendait et lui immobilisa le poignet.

Elle lui décocha un violent coup de pied dans les tibias et réussit à passer une de ses chevilles derrière sa jambe de sorte qu'ils roulèrent tous les deux enchevêtrés sur le plancher. Prise d'une terrible folie destructrice, Robyn sifflait et grondait comme une chatte furieuse; elle lui laboura les joues de ses ongles et fit apparaître une marque sanglante sur son cou. Les lambeaux de sa chemise battaient autour de sa taille et les poils drus de la poitrine du capitaine râpaient la peau tendre de ses seins nus. Malgré sa rage, elle se rendit alors compte qu'il ne portait qu'un pantalon, et tandis qu'il tentait de contenir ses attaques furieuses, l'odeur virile de son corps emplissait ses narines.

La bouche ouverte, elle tenta de l'atteindre et de planter ses dents dans le beau visage empourpré, mais il la saisit par les cheveux et tira avec violence. La douleur sembla descendre à travers son corps et exploser dans son bas-ventre en un spasme chaud et doux qui lui coupa le souffle.

Il la tenait fermement; elle sentit ses forces l'abandonner, une langueur l'envahir, et elle leva les yeux vers son visage avec étonnement, comme si elle ne l'avait encore jamais vu. Elle vit ses dents très blanches, ses lèvres retroussées en un rictus et ses féroces yeux dorés regarder dans le vide, voilés par une sorte de folie semblable à la sienne.

Elle fit un dernier et faible effort pour le repousser en remontant son genou et visa son entrejambe, mais il le bloqua entre ses cuisses, puis, la tenant ainsi, se dressa au-dessus d'elle et baissa la tête pour regarder sa poitrine nue.

— Sainte mère de Dieu ! lâcha-t-il d'une voix rauque, et elle vit l'éclair de feu dans ses yeux.

Elle ne pouvait bouger et ne le put même pas quand St John lâcha les boucles entortillées de ses cheveux, promena lentement ses doigts sur son corps et prit ses seins dans sa main, l'un après l'autre.

Elle sentit que le contact avait cessé, bien que le souvenir s'en attardât sur sa peau comme des ailes de papillon. Puis ses doigts tirèrent avec insistance sur le bouton de son pantalon. Elle ferma les yeux et refusa de laisser son esprit envisager ce qui était sur le point de se produire. Elle savait qu'il n'y avait rien à faire pour s'échapper et elle se mit à sangloter doucement avec l'étrange euphorie d'une martyre.

Mais ses gémissements semblèrent toucher quelque chose au plus profond de lui, car son regard doré devint subitement fixe, son expression de prédateur, incertaine, puis elle se transforma en une expression d'horreur quand il baissa les yeux sur le corps blanc étendu sous lui. Il se détacha d'elle en roulant rapidement sur le côté.

— Couvrez-vous ! dit-il avec rudesse, et elle fut envahie par une froide sensation de manque, suivie immédiatement par un sentiment violent de honte et de culpabilité.

Elle s'agenouilla à la hâte en serrant ses vêtements autour d'elle, soudain frissonnante.

— Vous n'auriez pas dû vous débattre, fit-il, et bien qu'il luttât manifestement pour maîtriser sa voix, elle tremblait comme celle de Robyn.

— Je vous hais, murmura-t-elle étourdiment, et ses paroles devinrent réalité.

Elle le haïssait pour ce qu'il avait éveillé en elle, pour l'impression de malaise et de culpabilité qui avait suivi, pour la sensation de manque avec laquelle il l'avait laissée.

— Je devrais vous tuer, marmonna-t-il sans la regarder. Je devrais demander à Tippoo de le faire.

La menace ne l'effraya pas. Elle avait arrangé ses vêtements du mieux qu'elle pouvait mais elle était toujours agenouillée en face de lui.

— Allez-vous-en ! cria-t-il presque. Retournez dans votre cabine.

Elle se leva, hésita un instant puis se tourna vers l'escalier des cabines.

— Docteur Ballantyne !

Elle s'arrêta net et fit volte-face. Il était debout et se tenait près de la porte du lazaret, les clés dans une main, la chaîne et les menottes d'esclave dans l'autre.

— Mieux vaut que vous ne parliez pas à votre frère de ce que vous avez découvert, fit-il d'une voix qui avait recouvré tout son calme, froide et basse. Je n'aurais pas les mêmes scrupules avec lui. Nous serons au Cap dans quatre jours. À ce moment-là, vous pourrez faire ce que vous voudrez. D'ici là, ne me provoquez plus. Vous avez déjà eu une chance de trop.

Elle le regardait fixement sans mot dire, avec l'impression d'être petite et vulnérable.

— Bonne nuit, docteur Ballantyne.

Elle eut à peine le temps de jeter son pantalon et sa chemise déchirée au fond de sa malle, d'examiner et de frotter ses ecchymoses avec un baume, d'enfiler une chemise de nuit et de grimper sur son étroite couchette que quelqu'un frappait à la porte de sa cabine.

— Qui est-ce ? demanda-t-elle d'une voix rauque et haletante, encore sous le choc.

— Sissy, c'est moi, répondit la voix de Zouga. Quelqu'un a fracassé le crâne de Tippoo. Le pont est couvert de sang. Peux-tu venir ?

Robyn sentit une espèce de joie païenne l'envahir. Elle tenta immédiatement de la contenir sans y parvenir complètement.

— J'arrive.

Il y avait trois hommes dans le salon : Zouga, le commandant en second et Tippoo, mais pas Mungo St John. Impassible, Tippoo était assis sur un tabouret, au-dessous de la lampe à huile, vêtu de son seul pagne, le cou et les épaules couverts de plaques de sang sombres et luisantes.

Le commandant en second tenait un tampon d'ouate contre son crâne et quand Robyn le souleva, le sang se mit à jaillir abondamment.

— Du cognac ! ordonna-t-elle, et elle rinça ses mains et ses instruments dans l'alcool — elle admirait les travaux de Jenner et de Lister et suivait leurs enseignements — avant de sonder de son forceps la plaie béante.

Elle pinça les vaisseaux et les tordit pour les fermer. Tippoo ne fit pas le moindre mouvement, l'expression de son visage ne varia à aucun moment, et elle était toujours emportée par ses sentiments païens, au mépris du serment d'Hippocrate qu'elle avait prêté.

— Je dois nettoyer les plaies, lui dit-elle, et rapidement, avant que sa conscience l'en empêche, elle versa l'alcool sur les blessures et les essuya avec un tampon.

Tippoo était assis, aussi immobile qu'une statue de démon hindou, apparemment insensible à la douleur de l'alcool sur les plaies.

Robyn ligatura les vaisseaux avec du fil de soie en en laissant une extrémité pendre hors des blessures, puis elle sutura les plaies avec des points nets et précis qu'elle serra fort, de sorte que le cuir chevelu saillait en une petite pointe de chair chaque fois qu'elle tirait.

— J'enlèverai les fils quand les vaisseaux seront sclérosés, lui dit-elle. Nous pourrons retirer les points dans une semaine.

Toujours en proie à une rancune peu chrétienne, elle décida de ne pas entamer sa provision de laudanum, l'homme étant manifestement incapable d'éprouver la moindre douleur.

— Vous êtes bon docteur, dit Tippoo solennellement en levant sa tête ronde.

Elle en retira alors une leçon qu'elle ne devait jamais oublier : plus forte est la purge, plus amer ou infect le médicament, plus radicale l'opération, et plus le patient africain est impressionné par le savoir-faire du médecin.

— Oui, renchérit Tippoo en hochant gravement la tête, vous êtes sacrément bon docteur.

Il ouvrit alors son énorme patte. Sur sa paume se trouvait le scalpel que Robyn avait perdu dans la cale du *Huron*. Sans aucune expression, il le plaça dans la main de la jeune femme et sortit du salon avec son inquiétante rapidité. Elle le regarda s'en aller, interdite.

Le *Huron* volait vers le sud sur les longs rouleaux de l'Atlantique qu'il fendait de sa fine étrave pour les laisser écumer par-dessus son bastingage puis dégringoler sur l'arrière en un long sillage.

Des oiseaux de mer les accompagnaient à présent, élégants fous de Bassan à la gorge jaune, aux yeux fardés de noir, venus de l'est, et qui planaient au-dessus de leur sillage en poussant des cris et plongeaient pour attraper les restes de coquerie. Il y avait aussi des phoques qui dressaient haut leurs têtes décorées de moustaches pour contempler avec curiosité l'imposant clipper.

L'eau d'un bleu vif était sillonnée par les longues traînées sinueuses des bambous de mer, arrachés à la côte rocheuse par les coups de vent et les tempêtes de cet océan frondeur.

Tout cela indiquait la présence de la terre toujours cachée sous l'horizon oriental, et Robyn passait chaque jour plusieurs heures accoudée au bastingage bâbord à regarder dans sa direction, impatiente de la voir apparaître de nouveau, humant le parfum épicé de son herbe séchée porté par le vent et contemplant ses nuages de poussière dans les merveilleux crépuscules rouge et or. Mais sa vue lui était interdite par le large que prenait St John avant de revenir sur tribord amures pour la dernière bordée vers la baie de la Table.

Chaque fois que Mungo St John apparaissait sur la plage arrière, Robyn se hâtait de quitter le pont sans regarder dans sa direction et s'enfermait dans sa cabine pour y ressasser ce qui s'était passé. Même son frère sentait que quelque chose la tourmentait. Il tenta une douzaine de fois de la faire sortir. À chaque fois, elle l'éconduisit et refusa de lui ouvrir.

— Je vais bien, Zouga. J'ai seulement envie de rester seule.

Et quand il essayait de se joindre à elle au cours de ses quarts solitaires le long du bastingage, elle se montrait laconique et inflexible, de sorte que, exaspéré, il s'en allait en tapant du pied et la laissait seule.

Elle avait peur de lui parler, peur de lui laisser deviner la découverte qu'elle avait faite dans la cale du *Huron* et de mettre sa vie en danger. Elle connaissait assez son frère pour ne pas croire en sa capacité à se maîtriser et ne pas douter de son courage. Elle ne doutait pas non plus du sérieux de l'avertissement de Mungo St John. Il n'hésiterait pas à éliminer Zouga pour se protéger : il pouvait le tuer lui-même — elle l'avait vu manier le pistolet — ou envoyer Tippoo effectuer la besogne nuitamment. Elle devait protéger Zouga jusqu'à leur arrivée au Cap ou jusqu'à ce qu'elle ait fait ce qu'elle avait à faire.

« La vengeance m'appartient, dit le Seigneur. » Elle avait découvert ce passage dans la Bible et l'avait soigneusement étudié, puis elle avait prié pour recevoir des conseils qui ne lui avaient pas été donnés — et elle

s'était retrouvée plus désorientée et perturbée qu'auparavant.

Elle pria encore, agenouillée à même le pont près de
sa couchette jusqu'à ce que les genoux lui fassent mal,
et petit à petit son devoir lui apparut clairement.

Trois mille âmes vendues comme esclaves en une
seule année — voilà de quoi le capitaine de la Royal
Navy avait accusé St John. Combien de milliers y en
avait-il eu auparavant ? Combien de milliers y en aurait-
il encore dans les années à venir si on laissait le *Huron*
et son capitaine poursuivre leur ignoble trafic, si
personne ne les empêchait de ravager la côte orientale
de l'Afrique, sa terre, ses populations, ces gens qu'elle
avait fait le serment de protéger, de soigner et de
conduire dans le sein du Sauveur.

Son père, Fuller Ballantyne, était l'un des grands
champions de la liberté, l'ennemi implacable de ce
commerce abominable. Il l'avait qualifié de « plaie
ouverte dans la conscience du monde civilisé qui doit
être extirpée par tous les moyens à notre disposition ».
Elle était la fille de son père et avait prêté serment
devant Dieu.

Cet homme, ce monstre incarnait le mal et l'innom-
mable cruauté de cet abject trafic.

« Je vous en prie, Seigneur, montrez-moi quel est mon
devoir », implora-t-elle, toujours tenaillée par la honte.
Honte d'avoir laissé ses yeux explorer son corps à moitié
nu, d'avoir été touchée et caressée par ses mains, honte
d'avoir été encore avilie par lui en se dénudant. Elle
écarta vivement cette image, trop claire, trop irrésistible. « Aidez-moi à être forte », pria-t-elle instamment.

Elle ressentait de la honte et aussi un sentiment de
culpabilité, une culpabilité redoublée par le fait que le
regard, le contact, le corps de l'homme ne lui avaient
pas répugné, ne l'avaient pas dégoûtée, mais lui avaient
au contraire procuré un plaisir coupable. Il l'avait

soumise à la tentation. Pour la première fois au cours de ses vingt-trois années d'existence, elle avait rencontré le péché véritable, et elle n'avait pas été assez forte. Et pour cette raison, elle le haïssait.

— Montrez-moi mon devoir, Seigneur, pria-t-elle à voix haute, avant de se lever pour s'asseoir sur le bord de sa couchette.

Elle tenait sa bible à reliure de cuir usée sur ses genoux et murmura de nouveau :

— Accordez vos conseils à votre fidèle servante.

Puis elle laissa tomber le livre ouvert et, paupières closes, plaça son index sur le texte. Quand elle rouvrit les yeux, elle tressaillit de surprise. Les conseils obtenus grâce à ce petit rituel de son invention étaient en général sans équivoque. Elle était tombée sur le verset 35, 19 des Nombres : « C'est le vengeur qui mettra à mort le meurtrier ; dès qu'il le rencontrera, c'est lui qui le mettra à mort. »

Robyn ne se faisait aucune illusion sur la difficulté qu'elle aurait à accomplir le lourd devoir qui s'imposait à elle par l'injonction directe de Dieu, et sur la facilité avec laquelle les rôles pourraient être inversés, elle devenait la victime plutôt que l'instrument de la vengeance.

L'homme était aussi dangereux que malfaisant, et le temps jouait contre elle. D'après le point fait par Zouga à midi le jour même, le navire était à moins de cent cinquante milles marins de la baie de la Table, et le vent restait favorable et frais. Le lendemain, l'aube révélerait la grande montagne plate surgie de la mer. Elle n'avait pas le temps d'échafauder un plan. Il lui fallait improviser et agir avec rapidité.

Sa pharmacie recelait une demi-douzaine de flacons dont le contenu pourrait servir — mais il lui répugnait d'infliger la mort par le poison. À St Matthew, elle avait vu un homme mourir d'un empoisonnement à la strychnine. Elle n'oublierait jamais la colonne vertébrale tordue sous l'effet des convulsions jusqu'au moment où l'homme se trouva comme un arc tendu, ne reposant plus que sur la tête et les talons.

Il existait d'autres moyens, notamment le gros colt de marin que Zouga gardait dans sa cabine et qu'il lui avait appris à charger et à décharger. Il y avait aussi le fusil Sharps, mais les deux armes appartenaient à son frère. Elle ne voulait pas le voir se balancer à la potence sur le champ de parade au pied de la forteresse du Cap. Plus le plan était simple et direct, plus il avait de chances de réussir et, à cette pensée, elle sut exactement ce qu'elle devait faire.

Un coup discret fut frappé à la porte de sa cabine et elle sursauta.

— Qui est là ?

— Jackson, docteur, dit la voix du stewart. Le dîner est servi.

Elle ne s'était pas rendu compte qu'il était si tard.

— Je ne dînerai pas ce soir.

— Vous devez garder vos forces, madame, plaida Jackson à travers la porte.

— C'est vous qui êtes le médecin ? fit-elle d'un ton acerbe, et il repartit en traînant les pieds le long du couloir.

Elle n'avait rien mangé depuis le petit-déjeuner mais elle n'avait pas faim et avait l'estomac noué. Elle resta allongée sur sa couchette le temps d'affermir sa résolution, puis se leva et choisit l'une de ses robes les plus vieilles, en grosse laine sombre, qui lui permettrait de passer inaperçue dans l'obscurité.

Elle sortit de sa cabine et se rendit tranquillement sur le pont principal. Il n'y avait personne en dehors de l'homme de barre sur la dunette, son visage tanné faiblement éclairé par la lampe de l'habitacle.

Elle se dirigea vers la lucarne du salon et regarda en bas.

Mungo St John était assis en bout de table et découpait en fines tranches un rôti fumant de bœuf salé tout en riant de l'une des saillies de Zouga. Un rapide coup d'œil suffit à Robyn. Sauf appel de la vigie ou nécessité de changer de voilure, Mungo St John ne sortirait pas du salon avant au moins une demi-heure.

Robyn redescendit l'échelle, passa devant sa cabine et continua jusqu'au poste arrière. Parvenue à la cabine de Mungo St John, elle tourna la poignée de la porte, qui cette fois encore s'ouvrit sans difficulté, elle entra et la referma derrière elle.

Il ne lui fallut que quelques minutes pour trouver le coffret à pistolets dans le tiroir du bureau en teck. Elle le posa sur le plateau, l'ouvrit et en sortit l'une des splendides armes à feu. Le canon en acier de Damas était incrusté d'or et représentait une scène de chasse avec chevaux, chiens et chasseurs.

Robyn s'assit au bord de la couchette et, tenant l'arme, canon en l'air, entre ses genoux, elle dévissa le bouchon de la flasque en argent et versa une mesure de poudre dans le godet. L'opération lui était familière car Zouga avait passé des heures à l'instruire dans le maniement des armes. Elle tassa avec la bourre de feutre la charge de poudre dans le long et élégant canon, puis choisit un plomb parfaitement sphérique, l'enveloppa dans un morceau de feutre huilé pour l'adapter étroitement au canon strié et l'enfonça.

Puis elle renversa le pistolet, canon tourné vers le bas, ajusta une des amorces en cuivre sur la cheminée de la culasse, arma le chien à fond et posa l'arme à côté d'elle sur la couchette. Elle fit de même avec l'autre pistolet et quand tous deux furent chargés et armés, elle les posa sur le bord du bureau, crosse tournée vers elle, prêts à être utilisés.

Ensuite elle se leva et, au milieu de la cabine, remonta ses jupes autour de sa taille et défit le cordon de sa culotte. Elle la laissa choir par terre, l'air frais sur ses fesses nues lui donnant la chair de poule. Elle laissa retomber ses jupes et ramassa le sous-vêtement en coton. Elle le déchira à moitié et le jeta à l'autre bout de la cabine, puis elle prit à deux mains son corsage à l'endroit de la fermeture et le fendit presque jusqu'à la taille.

Elle se regarda alors dans le miroir de métal poli fixé à la cloison près de la porte. Ses yeux verts brillaient et ses joues étaient rouges.

Pour la première fois de sa vie, elle se trouva belle — pas belle, corrigea-t-elle, mais fière, farouche et forte comme doit l'être une vengeresse. Elle était contente qu'il la voie ainsi avant de mourir; elle leva sa main et arrangea une de ses lourdes tresses dont le ruban était à moitié défait.

Elle se rassit sur la couchette, prit un pistolet chargé dans chaque main, visa la poignée en cuivre de la porte avec l'un puis avec l'autre, les posa sur ses genoux et se prépara à attendre.

Elle avait laissé sa montre dans sa cabine, de sorte qu'elle ne pouvait dire depuis combien de temps elle attendait. Les voix et les rires provenant du salon étaient assourdis par la porte fermée, mais chaque fois qu'une planche craquait ou qu'un hauban cliquetait, ses nerfs se tendaient et elle pointait les pistolets sur la porte.

Puis, soudain, elle entendit le bruit de ses pas, qu'il était impossible de confondre avec ceux d'un autre. Ils lui faisaient un peu penser aux pas d'un léopard allant et venant derrière les barreaux de sa cage, rapides, légers et alertes. Il marchait sur le pont au-dessus d'elle, mais le bruit était si proche qu'elle avait l'impression qu'il se trouvait avec elle dans la cabine. Elle leva les yeux vers le pont et tourna légèrement la tête pour suivre les déplacements de l'homme d'un côté à l'autre de la plage arrière.

Elle savait ce qu'il faisait, pour l'avoir observé une douzaine de fois au cours du voyage. Tout d'abord, il discutait tranquillement avec l'homme de barre en vérifiant le cap du navire inscrit à la craie sur l'ardoise, puis retournait inspecter le loch. Ensuite, il allumait un de ses fins havanes et se mettait à arpenter le pont, les mains jointes derrière le dos, jetant de rapides coups d'œil pour s'assurer du bon réglage des voiles, cherchant dans les étoiles et les nuages à détecter des signes de changement de temps, s'arrêtant pour sentir le parfum de la mer et le mouvement du navire sous ses pieds avant de reprendre sa déambulation.

Soudain le bruit de pas cessa et Robyn se figea : le moment était venu. Il s'était arrêté pour expédier d'une chiquenaude le bout de son cigare par-dessus bord et le regarder rougeoyer avant de toucher la surface de l'eau.

Elle avait encore le temps de s'échapper, et elle sentit faiblir sa détermination. Elle s'était déjà à moitié levée. Si elle s'en allait maintenant, elle pouvait encore regagner sa cabine, mais ses jambes refusaient de la porter. Elle l'entendit alors au-dessus d'elle traverser le pont d'un pas différent. Il descendait, c'était trop tard.

Suffoquant presque, elle se laissa retomber sur la couchette et leva les deux pistolets. Ils tremblaient dans ses mains et elle dut faire un terrible effort pour les immobiliser. La porte s'ouvrit violemment et Mungo St John se baissa pour entrer dans la cabine, puis se figea net quand il vit la silhouette et les deux pistolets qui le menaçaient dans la pénombre.

— Ils sont chargés et armés, dit-elle d'une voix rauque. Et je n'hésiterai pas.

— Je vois, fit-il en se redressant lentement, de sorte que sa tête sombre effleura le plafond de la cabine.

— Fermez la porte, ordonna Robyn.

Il s'exécuta en la poussant du pied, les bras croisés sur la poitrine, un demi-sourire moqueur aux lèvres. Cela lui fit oublier le discours qu'elle avait soigneusement répété, elle bégaya légèrement et se sentit immédiatement furieuse contre elle-même.

— Vous êtes un négrier, lâcha-t-elle, et je dois mettre fin à vos agissements.

Il pencha la tête, toujours souriant.

— Comment comptez-vous vous y prendre ? s'enquit-il avec un intérêt poli.

— Je vais vous tuer.

— C'est un moyen radical, admit-il, puis avec un large sourire découvrant la blancheur de ses dents, éclatantes dans l'obscurité, il ajouta : L'ennui, c'est que l'on va probablement vous pendre... si mes hommes d'équipage ne vous ont pas mise en pièces avant.

— Vous m'avez agressée, dit-elle en indiquant du regard la culotte déchirée gisant aux pieds de St John puis en touchant son corsage en lambeaux de la crosse d'un pistolet.

— Un viol, par Dieu !

Il riait maintenant à gorge déployée, et elle se sentit rougir.

— Il n'y a pas de quoi rire, capitaine St John. Vous avez vendu des milliers d'âmes et vous les avez réduites à la plus odieuse des servitudes.

Il s'avança vers elle de son pas tranquille.

— Ne bougez pas ! Je vous avertis, lança-t-elle en se redressant, un accent de panique dans la voix.

Il fit un autre pas, et elle pointa les deux pistolets vers lui, les bras tendus.

— Je vais tirer.

Sans se départir de son sourire, ses yeux pailletés d'or rivés aux siens, il avança avec nonchalance.

— Vous avez les plus beaux yeux verts que j'aie jamais vus, dit-il, et les pistolets tremblèrent dans les mains de Robyn.

— Allez, ajouta-t-il gentiment, donnez-les-moi.

Il saisit d'une main les deux canons incrustés d'or et les pointa vers le pont au-dessus d'eux. De son autre main, il commença doucement à desserrer ses doigts crispés autour de la crosse.

— Ce n'est pas pour cela que vous êtes venue, fit-il, et les doigts de Robyn se relâchèrent.

Il lui prit les pistolets des mains et les désarma avant de les poser à leur place dans le coffret en bois de rose doublé de velours. Son sourire n'avait plus rien de moqueur et sa voix était devenue douce, presque tendre tandis qu'il la mettait debout.

— Je suis content que vous soyez venue.

Elle essaya de détourner le visage, mais il prit son menton entre ses doigts et le leva. Tandis qu'il baissait sa bouche vers la sienne, elle vit ses lèvres s'entrouvrir et ressentit un choc à leur contact chaud et humide.

Sa bouche avait un goût légèrement salé, corsé par la fumée de cigare. Elle essaya de garder ses lèvres fermées, mais la pression des siennes les força à s'ouvrir doucement, puis sa langue envahit sa bouche. Ses doigts étaient toujours posés sur son visage, caressaient ses joues, écartaient ses cheveux de ses tempes, touchaient légèrement ses paupières closes — et elle leva davantage son visage.

Quand il défit lentement les dernières agrafes de son corsage et le fit glisser sur ses épaules, sa seule réaction fut de s'appuyer contre sa poitrine musclée en sentant ses forces la quitter.

Puis il retira sa bouche de la sienne et elle ouvrit les yeux. Avec incrédulité, elle vit sa tête se pencher vers ses seins et regarda les épaisses boucles noires qui couvraient sa nuque. Elle savait que cela devait cesser avant qu'il ne soit trop tard.

Elle essaya de protester mais n'émit qu'un faible gémissement. Quand elle tenta d'écarter sa tête, elle ne fit qu'enrouler ses doigts dans les boucles de ses cheveux à la façon dont une chatte griffe un coussin de velours, et au lieu de le repousser, elle pressa la tête de St John contre ses seins et se cambra légèrement afin qu'ils se dressent à sa rencontre.

Elle n'était cependant pas préparée à la caresse de sa bouche. Elle avait l'impression qu'il était sur le point de lui sucer l'âme par les bouts gonflés et douloureux de ses seins. C'était trop violent. Elle n'essaya pas de crier, se souvenant que la dernière fois son cri avait rompu le charme — mais c'était trop violent.

Elle laissa échapper un petit gémissement étouffé et ses jambes se dérobèrent sous elle. Toujours étreignant sa tête, elle chancela en arrière sur la couchette basse et il s'agenouilla sur le plancher sans cesser de la caresser. Elle cambra les reins et le laissa enlever ses jupes bouffantes et les jeter par terre.

Il s'écarta soudain d'elle et elle faillit lui crier de ne pas s'en aller déjà mais il était seulement allé fermer le verrou. Puis, tandis qu'il revenait vers elle, ses vêtements semblèrent s'évanouir comme la brume matinale, et elle se souleva sur un coude pour le regarder ouvertement. Elle n'avait jamais rien vu d'aussi beau, pensa-t-elle.

« Le diable aussi est beau », l'avertit une petite voix intérieure, mais elle était si lointaine et si faible qu'elle n'eut pas de mal à l'ignorer. De plus, il était maintenant trop tard pour écouter des mises en garde, car déjà il se couchait sur elle.

Elle attendait la douleur mais pas cette sensation de déchirement qui la mit au supplice. Sa tête se renversa en arrière et ses yeux se remplirent de larmes. Et pourtant, même au plus fort de cette torture, elle ne songea jamais à refuser l'étreinte et s'agrippa à lui, les deux bras enlacés autour de son cou. Elle avait l'impression qu'il souffrait avec elle, car, après le rapide coup de boutoir qui accompagna sa pénétration, il cessa de bouger pour tenter de soulager sa souffrance par une immobilité complète ; son corps semblait aussi rigide que le sien, elle sentait ses muscles tendus au point de se déchirer et il la berçait dans ses bras.

Puis soudain, elle parvint de nouveau à respirer et aspira l'air dans un grand sanglot ; immédiatement la douleur changea de nature pour devenir quelque chose qu'elle était incapable de décrire. Cela commença par une étincelle de chaleur au plus profond d'elle-même, puis un embrasement progressif qui la poussa à bouger les hanches en un mouvement lent et voluptueux. Il lui sembla qu'elle quittait la terre et s'élevait avec les

91

flammes qui rougeoyaient derrière ses paupières closes. Il n'y avait plus qu'une seule réalité : ce corps ferme qui se balançait au-dessus d'elle et la pénétrait. La chaleur parut l'envahir au point qu'elle ne put plus la supporter. Puis, au dernier moment, quand elle pensa qu'elle allait en mourir, il y eut en elle une explosion et elle se sentit tomber, comme une feuille dégringole d'un arbre, toujours plus bas, jusqu'à toucher la couchette étroite et dure de cette cabine plongée dans la pénombre, à l'intérieur de ce majestueux voilier emporté par le vent.

Quand elle parvint enfin à ouvrir les yeux, son visage était tout près du sien. Il la regardait avec une expression pensive et sérieuse.

Elle essaya maladroitement de sourire.

— Ne me regardez pas comme ça, dit-elle d'une voix encore plus basse et rauque que d'ordinaire.

— J'ai l'impression de vous voir pour la première fois, murmura-t-il en parcourant le dessin de ses lèvres du doigt. Vous êtes si différente.

— Si différente de quoi ?

— Différente des autres femmes.

Cette réponse serra le cœur de Robyn. Il fit le premier mouvement pour se retirer d'elle, mais elle l'étreignit plus fort, prise de panique à l'idée de le perdre déjà.

— Ce sera notre seule nuit, dit-elle, et il ne répondit pas, leva un sourcil et attendit qu'elle parle de nouveau. Vous ne le contestez pas, reprit-elle avec défi.

Son petit sourire moqueur recommençait à retrousser sa lèvre supérieure et cela la dérangeait.

— Non, je me trompais, vous êtes comme toutes les autres femmes, fit-il. Il faut que vous parliez, il faut toujours que vous parliez.

Elle le laissa se retirer pour le punir de ces paroles. Mais quand il glissa hors d'elle, elle éprouva une terrible sensation de vide et le regretta amèrement, le haïssant presque pour cela.

— Vous n'avez pas de Dieu, accusa-t-elle.

— N'est-il pas curieux, la réprimanda-t-il doucement, que la plupart des crimes les plus odieux jamais commis l'aient été par des hommes qui avaient sans cesse le nom de Dieu sur les lèvres.

La vérité de cette remarque la démonta pendant quelques instants et elle se mit sur son séant.

— Vous êtes un négrier.

— Je n'ai pas envie de me disputer avec vous, vous savez.

Mais elle refusa l'offre d'armistice.

— Vous achetez et vendez des êtres humains.

— Qu'essayez-vous de me prouver ? fit-il en riant, ce qui attisa davantage sa colère.

— Qu'il y a entre nous un abîme que rien ne pourra jamais combler.

— Nous venons pourtant de le faire, avec un certain succès, rétorqua-t-il, et elle rougit de la racine des cheveux à la poitrine.

— J'ai juré de consacrer ma vie pour détruire tout ce que vous représentez, dit-elle d'un ton féroce en approchant son visage du sien.

— Femme, tu parles trop, lâcha-t-il nonchalamment, et il la fit taire en appliquant sa bouche sur la sienne, la tenant ainsi tandis qu'elle se débattait, la bâillonnant avec ses lèvres, étouffant ainsi ses protestations. Puis quand elle cessa de regimber, il la poussa sur la couchette et s'allongea de nouveau sur elle.

Au matin, quand elle s'éveilla, il était parti, mais à côté d'elle le traversin portait encore la marque de sa tête. Elle y enfonça son visage ; l'odeur de ses cheveux et de sa peau s'était attardée, mais la chaleur de son sang s'était dissipée et l'étoffe était froide contre ses joues.

Le navire était en proie à une grande excitation. Elle entendait les voix en provenance du pont tandis qu'elle se précipitait vers sa cabine, craignant de tomber sur un membre de l'équipage, et surtout sur son frère. Comment expliquer son lever matinal, qu'elle n'avait pas dormi dans sa cabine, que ses vêtements étaient déchirés et chiffonnés ?

Elle regagna sa cabine juste à temps, car à peine avait-elle refermé la porte et s'était-elle appuyée contre le battant, soulagée, que Zouga tapait déjà du poing de l'autre côté.

— Robyn, réveille-toi ! Habille-toi. La terre est en vue. Viens vite voir !

Elle se frotta rapidement le corps avec un carré de flanelle plongé dans l'eau froide de la cruche en émail. Sa peau était gonflée et sensible, et il y avait une trace de sang sur le linge.

« La marque de la honte », s'admonesta-t-elle avec sévérité, mais elle ne pouvait s'empêcher d'éprouver un bien-être physique grandissant et elle se sentait affamée.

Elle grimpa sur le pont principal d'un pas léger, presque glissant, et le vent se mit à jouer avec ses jupes.

Son premier souci fut de chercher où il était. En manches de chemise, St John se tenait près du bastingage, face au vent, et une tempête de sentiments et de pensées contradictoires l'assaillit sur-le-champ. En particulier, à le voir si mince, si hâlé, si insouciant, elle se dit qu'on ferait mieux de le tenir derrière des barreaux comme une menace pour la gent féminine.

Il baissa alors sa longue-vue, l'aperçut près de l'escalier des cabines et s'inclina légèrement. Très froide et très digne, elle lui rendit son salut d'un signe de tête. Puis Zouga se précipita vers elle, tout excité et riant, et la prit par le bras pour la conduire jusqu'au bastingage.

La montagne se dressait, imposante, au-dessus du vert métallique de l'Atlantique, gigantesque éperon gris de roc massif, déchiré et entaillé de profonds ravins obstrués par une épaisse végétation. Elle ne se souvenait pas qu'elle était si énorme ; elle semblait occuper tout l'horizon oriental et toucher le ciel car son sommet était nimbé d'un épais matelas de nuages miroitants. Ils roulaient sans relâche sur la crête comme de l'écume mais, en se déversant ainsi, ils étaient happés dans le néant et disparaissaient comme par miracle, si bien que les pentes inférieures de la montagne se voyaient distinctement et semblaient très proches ; chaque détail se découpait avec précision sur le flanc rocheux, et les petites constructions en contrebas étaient d'une blancheur aussi éclatante que les plumes des mouettes qui tournoyaient autour du navire.

— Ce soir, nous dînerons au Cap, cria Zouga par-dessus le vent, et à la pensée de la nourriture Robyn se mit à saliver.

Jackson, le stewart, avait fait tendre une bâche par ses aides pour couper le vent, et ils prirent leur petit déjeuner à l'abri et au soleil. Ce fut un repas de fête car Mungo St John avait fait mettre du champagne au frais et ils burent à la réussite du voyage et à leur prochain accostage.

Puis St John tempéra leur allégresse.

— Le vent vient par là, canalisé par cette brèche dans la montagne, dit-il en joignant le geste à la parole, et ils virent la surface de l'océan bouillonner à l'entrée de la baie.

— Plus d'un navire a été démâté par la traîtrise de ces rafales. Nous allons réduire la toile dans quelques minutes.

Il demanda à Jackson d'enlever les tréteaux et la planche qui portaient les restes du petit déjeuner, s'excusa en s'inclinant et retourna sur la dunette.

Robyn le regarda affaler les voiles des vergues les plus hautes, prendre deux ris sur la grand-voile et hisser un tourmentin afin que le *Huron* supporte avec aisance le vent capricieux et entre sans coup férir dans la baie de la Table, en évitant Robben Island sur bâbord. Lorsque le navire eut pris son nouveau cap, Robyn grimpa elle aussi sur la dunette.

— Il faut que je vous parle, dit-elle à St John, qui dressa un sourcil interrogateur.

— Vous ne pouvez pas choisir de meilleur moment, répondit-il en étendant les bras dans un geste éloquent pour désigner le vent, le courant et le rivage dangereux tout proche.

— Je n'en aurai plus l'occasion, dit-elle précipitamment. Mon frère et moi allons quitter ce navire dès que vous aurez jeté l'ancre.

Le sourire moqueur s'évanouit lentement sur les lèvres du capitaine.

— Si vous y êtes décidés, il semble que nous n'ayons plus rien à nous dire.

— Je veux que vous sachiez pourquoi.

— Je le sais, répondit-il, mais je doute que vous le sachiez vous-même.

Elle le regarda fixement, mais il se détourna pour ordonner un changement de cap à l'homme de barre, puis s'adressant au second debout au pied du grand mât :

— Monsieur Tippoo, prenez un autre ris, voulez-vous.

Il revint se placer à côté d'elle, sans la regarder ; la tête renversée en arrière, il surveillait les silhouettes miniatures de ses hommes d'équipage dans les grand-vergues, très haut au-dessus d'eux.

— Avez-vous déjà vu six mille hectares de coton prêt pour la cueillette ? demanda-t-il tranquillement. Avez-vous déjà vu les péniches chargées de balles descendre le fleuve en direction des filatures ?

Elle ne répondit pas, mais il poursuivit sans attendre.

— J'ai vu les deux, docteur Ballantyne, et personne n'osera me dire que les hommes qui travaillent sur mes terres sont traités comme du bétail.

— Vous avez des plantations de coton ?

— Oui, et après ce voyage je ferai l'acquisition d'une plantation de canne à sucre sur l'île de Cuba — la moitié de la cargaison paiera la terre, l'autre moitié travaillera dans la plantation.

— Vous êtes pire que je ne pensais, murmura-t-elle. Je croyais que vous étiez un des suppôts de Satan. Je m'aperçois que vous êtes le diable en personne.

— Vous allez à l'intérieur des terres, reprit St John en la regardant à présent. Quand vous y serez, si vous y parvenez, vous verrez ce qu'est la véritable détresse humaine. Vous verrez des cruautés qu'aucun propriétaire d'esclaves américain n'oserait imaginer. Vous verrez des êtres humains exterminés par la guerre, la maladie et les bêtes sauvages, et ensuite vous croirez moins fermement au ciel. En comparaison de cette sauvagerie, les négreries et les postes d'esclaves font figure de paradis terrestre.

— Osez-vous suggérer qu'en capturant et en enchaînant ces pauvres créatures, vous leur faites une faveur ? demanda Robyn, atterrée par son cynisme.

— Avez-vous déjà visité une plantation de Louisiane, docteur ? Non, bien sûr. Je vous invite à le faire. Venez un jour à Bannerfield, vous serez mon hôte. Vous comparerez ensuite les conditions de vie de mes esclaves et celles des sauvages que vous rencontrerez en Afrique, ou même celles de ces âmes damnées qui vivent dans les quartiers pauvres et travaillent dans les ateliers de votre charmante petite île verdoyante.

Elle se souvint de ces créatures ayant perdu toute notion d'humanité et tout espoir qu'elle avait soignées à l'hôpital de la mission, et elle resta muette. Soudain, le sourire de St John redevint malicieux.

— Considérez cela comme une conversion forcée. Je sors les sauvages des ténèbres et les conduis sur la voie du Seigneur et de la civilisation, exactement comme vous êtes déterminée à le faire, mais mes méthodes sont plus efficaces.

— Vous êtes incorrigible, monsieur.

— Non, madame. Je suis un capitaine de navire et un planteur. Et aussi marchand et propriétaire d'esclaves — et je lutterai à mort pour défendre mon droit d'être tout cela.

— De quel *droit* voulez-vous parler ?

— De celui que possède le chat sur la souris, le fort sur le faible, docteur Ballantyne. Du droit naturel de la vie.

— En ce cas, capitaine St John, je ne peux que le confirmer, je quitterai ce navire dès que possible.

— J'en suis désolé. J'aurais aimé qu'il en fût autrement, dit-il tandis que l'expression dure et féroce de ses yeux dorés s'adoucissait.

— Je consacrerai ma vie à lutter contre vous et les hommes de votre espèce.

— Quel gaspillage ce sera pour une femme si charmante, fit-il en secouant la tête avec regret. Mais il se peut que votre résolution nous donne l'occasion de nous rencontrer de nouveau... je l'espère en tout cas.

— Un dernier mot, capitaine St John... je ne vous pardonnerai jamais la nuit dernière.

— Et moi, je ne l'oublierai jamais, docteur Ballantyne.

Zouga Ballantyne retint son cheval sur le bas-côté de la route, juste avant de franchir le col étroit qui sépare l'à-pic de la montagne de la Table et Signal Hill, l'un de ses promontoires satellites.

Il sauta de sa selle pour reposer sa monture car l'ascension du versant escarpé depuis la ville avait été rude et il jeta les rênes au valet d'écurie hottentot qui l'accompagnait sur le deuxième cheval. Zouga transpirait légèrement et une très légère migraine lui rappelait encore le vin qu'il avait bu la veille au soir, le somptueux vin doux de Constantia, l'un des crus les plus appréciés au monde, mais capable de donner une gueule de bois aussi sévère que n'importe quel alcool bon marché vendu dans les bars du front de mer.

Depuis cinq jours qu'ils avaient débarqué, l'attitude amicale des citoyens de la colonie du Cap les avait confondus. La première nuit seulement, ils avaient dormi dans une auberge, sur Buitengracht Street, et le lendemain Zouga avait rendu visite à l'un des commerçants les plus en vue du Cap, un certain M. Cartwright. Il lui avait présenté ses lettres d'introduction signées par les directeurs de l'honorable Compagnie londonienne des marchands commerçant en Afrique, et M. Cartwright avait immédiatement mis à leur disposition le pavillon d'amis installé dans les jardins de sa maison spacieuse et élégante, située sur le versant de la montagne, au-dessus du parc de la vénérable Compagnie des Indes orientales.

Depuis, chaque soir, s'étaient succédé les dîners et les réceptions. Si Robyn et Zouga n'avaient insisté pour conserver un peu de temps libre, les journées auraient également été occupées par des frivolités : pique-niques, yachting, parties de pêche, promenades à cheval dans la forêt, interminables déjeuners sur les pelouses à l'abri de grands chênes qui rappelaient l'Angleterre.

Zouga avait cependant réussi à éviter toutes ces distractions et à mener à terme l'essentiel des préparatifs de leur expédition. Il lui avait d'abord fallu superviser le déchargement de leur matériel — entreprise qui n'était pas exempte de difficultés du fait que les caisses devaient être remontées de la cale du *Huron*, puis descendues dans des allèges avant d'effectuer la traversée périlleuse sur les déferlantes jusqu'à la plage de Rogger Bay.

Il avait dû ensuite trouver un entrepôt provisoire pour la cargaison. Là encore, l'aide de M. Cartwright avait été la bienvenue. Zouga n'en avait pas moins été vivement contrarié par l'insistance de sa sœur qui avait rendu nécessaire tout ce pénible travail.

« Bon sang, Sissy, même papa a voyagé avec des marchands d'esclaves arabes quand il y était obligé. Si ce St John est un négrier, nous ferions mieux d'apprendre de lui tout ce que nous pouvons — ses méthodes et ses sources d'approvisionnement. Nul autre ne peut nous fournir de meilleures informations pour le rapport que nous devons faire à la Société. »

Aucun de ses arguments n'avait porté, et c'est seulement lorsque Robyn avait menacé d'écrire à Londres aux directeurs de la Société et d'en parler ouvertement au rédacteur en chef du *Cape Times* que Zouga avait accédé, de très mauvaise grâce, à sa demande.

Il contemplait à présent avec regret le *Huron*, au mouillage loin de la plage, tournant autour de sa chaîne d'ancre pour suivre la direction de l'exubérant vent de sud-est. Même à mâts et à cordes, il semblait sur le point de s'élancer.

Zouga pensait que St John appareillerait dans quelques jours. Ils en seraient alors réduits à attendre le prochain navire en partance pour les côtes arabes et portugaises.

Il avait déjà présenté sa lettre d'introduction signée du ministre des Affaires étrangères à l'amiral de la Royal Navy commandant l'escadre du Cap, et celui-ci avait promis son appui. Zouga passait néanmoins de longues heures à rendre visite aux agents maritimes et aux armateurs dans l'espoir de trouver un passage plus tôt.

— Peste soit de cette stupide donzelle, murmura-t-il, remâchant son ressentiment à l'égard de sa sœur et de ses lubies. Nous risquons de perdre des semaines, peut-être des mois.

Le temps était en effet compté. Il fallait qu'ils aient quitté la côte infestée par les fièvres avant la mousson, avant que la malaria rende leur présence ici suicidaire.

À ce moment, la détonation d'un coup de canon résonna le long des flancs de la colline au-dessus de lui, et il vit le panache de fumée s'éloigner en dérivant du poste de guet de Signal Hill.

Le coup de canon était destiné à prévenir la population de la ville qu'un navire entrait dans la baie de la Table, et Zouga se protégea les yeux avec la visière de sa casquette pour regarder le bâtiment apparaître au-delà de la pointe de terre. Il n'était pas marin mais il reconnut tout de suite la vilaine silhouette et l'unique cheminée de la canonnière de la Royal Navy qui avait poursuivi le *Huron* avec tant d'acharnement. Zouga ne pouvait y croire, ces deux semaines étaient passées si vite... Les chaudières du *Black Joke* fonctionnaient, et le vent emportait une fine bannière de fumée noire tandis que le bâtiment entrait dans la baie en doublant le cap. Il remonta le vent à moins d'un demi-mille du *Huron*, ses vergues battant dans tous les sens. Du fait de cette nouvelle rencontre, il était possible que la querelle entre les deux capitaines reprenne, songea Zouga, mais, malgré cette intéressante perspective, son premier sentiment fut une amère déception. Il avait espéré que le vaisseau serait un navire de commerce pouvant leur permettre de poursuivre leur voyage le long de la côte Est. Il se détourna brusquement, reprit les rênes au valet d'écurie et se remit en selle lestement.

— Par où ? demanda-t-il, et le jeune garçon à la peau brun-jaune vêtu de la livrée couleur prune de Cartwright indiqua l'embranchement gauche de la route qui bifurquait à la hauteur du col et redescendait le flanc raviné de la péninsule du Cap vers le rivage, là-bas dans le lointain. Il leur fallut encore deux heures de chevauchée, dont les vingt dernières minutes sur une piste carrossable complètement défoncée, pour parvenir à la longue bâtisse au toit de chaume nichée dans l'un des ravins derrière un bosquet d'arbres à lait. Les pentes qui s'élevaient au-delà de la maison étaient recouvertes de massifs de protées et les souï-mangas à longue queue se disputaient bruyamment leurs fleurs aux couleurs éclatantes. D'un côté, une cascade fumante d'écume tombait de l'à-pic rocheux pour former une piscine d'un vert profond que sillonnait une flottille de canards.

La bâtisse avait un aspect délabré, ses murs avaient besoin d'être blanchis et le chaume pendait des avant-toits en touffes désordonnées. Du matériel vétuste était éparpillé sous les arbres à lait : un chariot dont le bois était presque entièrement mangé par les vers et auquel manquait une roue, une forge à main rouillée sur laquelle une poule rousse couvait, des cordes et des pièces de sellerie moisies suspendues aux branches.

Au moment où Zouga sautait de cheval, une demi-douzaine de chiens sortirent en trombe du porche et se mirent à gronder et à aboyer autour de ses jambes, tant et si bien qu'il leur envoya quelques bons coups de fouet et de botte, transformant leurs grognements en jappements et en hurlements effarouchés.

— Qui es-tu et qu'est-ce que tu veux ? lança une voix qui domina le tumulte.

Zouga expédia un dernier coup à un gros boer, ses longs poils hérissés entre les épaules, et l'atteignit en plein museau, le forçant à se replier à une distance respectueuse, les babines encore retroussées et grondant toujours férocement.

Il leva ensuite les yeux vers l'homme debout sur la véranda de la maison. Il portait un fusil de chasse à canon double sur son bras plié, et les deux chiens étaient armés. Il était si grand qu'il devait se tenir la tête courbée, mais il était mince comme un fil, comme si la chair et la graisse qui recouvraient ses os avaient fondu sous la chaleur de dix mille soleils tropicaux.

— Ai-je l'honneur de m'adresser à M. Thomas Harkness ? demanda Zouga d'une voix forte pour se faire entendre par-dessus les aboiements.

— C'est moi qui pose les questions ici, brailla à son tour le géant.

Sa barbe était toute blanche et pendait jusqu'à la boucle de sa ceinture. La chevelure du même blanc argenté se répandait sur le col de son blouson de cuir.

Son visage et ses bras avaient la couleur du tabac à priser et étaient semés de petites verrues et de taches de rousseur là où des années d'exposition au féroce soleil d'Afrique avaient mis à mal son épiderme. Ses pupilles étaient noires et brillantes comme des gouttes de goudron frais, mais le blanc avait la couleur jaunâtre des fièvres paludéennes et des pestilences africaines.

— Comment t'appelles-tu, garçon ?

Sa voix était forte et grave. Sans la barbe, on lui aurait donné la cinquantaine, mais Zouga savait avec certitude qu'il avait soixante-treize ans. Une de ses épaules était plus haute que l'autre, et de ce côté-là, son bras faisait un angle bizarre à l'articulation. Zouga savait qu'un lion lui avait mordu l'épaule jusqu'à l'os avant qu'il ait eu le temps de prendre son couteau et de le frapper au cœur. Cela s'était passé quarante ans plus tôt et cette blessure était devenue la marque distinctive de Harkness.

— Ballantyne, monsieur, cria Zouga. Morris Zouga Ballantyne.

Le vieil homme siffla une fois, une double note flûtée qui immobilisa les chiens et les ramena à ses pieds. Il n'avait pas baissé son arme et un froncement de sourcils plissa son front.

— Le mioche de Fuller Ballantyne ?

— C'est cela, monsieur.

103

— Bon Dieu, un fils de Fuller Ballantyne n'est bon qu'à recevoir une charge de ma chevrotine dans le derrière. Quand tu remonteras sur ton cheval, rentre bien les fesses, garçon, je résiste mal à la tentation.

— J'ai parcouru une longue route pour venir vous voir, monsieur Harkness, dit Zouga en arborant son sourire franc et désarmant, sans bouger d'un pouce. Je suis un de vos plus fervents admirateurs. J'ai lu tout ce qui a été écrit sur vous et tout ce que vous avez écrit vous-même.

— J'en doute, grogna Harkness. Ils ont brûlé la plupart de mes écrits. Trop dur à digérer pour leurs estomacs de poltrons.

Mais la lueur hostile dans son regard avait fait place à un pétillement malicieux, et il pencha la tête pour examiner le jeune homme qui se tenait devant lui.

— Je suis persuadé que tu es aussi ignorant et arrogant que ton père, mais tu parles mieux.

Il fixa de nouveau les yeux sur l'extrémité des bottes de Zouga, et puis son regard remonta lentement.

— Tu es prêtre comme ton père ? questionna-t-il.

— Non, monsieur, soldat.

— Quel régiment ?

— 13e d'Infanterie de Madras.

— Grade ?

— Major.

L'expression de Harkness devenait plus amène à chaque réponse jusqu'au moment où il riva son regard sur celui de Zouga.

— Tu ne bois jamais d'alcool comme ton père ?

— Loin de moi cette idée ! assura Zouga avec véhémence, et Harkness rit pour la première fois en abaissant son fusil, tripota sa barbe pendant quelques instants, puis prit une décision.

— Viens, dit-il en faisant un signe de tête avant de précéder Zouga à l'intérieur de la maison.

Il y avait une vaste pièce centrale ; un haut plafond de roseaux séchés lui conservait sa fraîcheur et des fenêtres étroites la maintenaient dans la pénombre. Le sol était constitué de coquillages coulés dans un mélange de boue et de bouse de vache, et les murs avaient près d'un mètre d'épaisseur.

Zouga marqua un temps d'arrêt et cligna des yeux, stupéfié par la collection d'objets étranges accrochés aux murs, empilés sur chaque table et chaque chaise, et entassés jusqu'à hauteur de chevron dans les coins sombres.

Il y avait des livres, des milliers de livres, reliés de cuir ou de toile, des brochures et des revues, des atlas, des encyclopédies. Il y avait des armes — une sagaie zoulou, un bouclier matabélé, un arc bochiman avec son carquois plein de flèches empoisonnées et, bien entendu, des armes à feu, par douzaines, rangées dans des râteliers ou tout simplement appuyées contre les murs. Il y avait des trophées de chasse, une magnifique peau de zèbre, une crinière de lion, une élégante corne incurvée d'antilope, des dents d'hippopotame et de phacochère, et puis de longues cornes d'éléphant, plus grosses qu'une cuisse de femme et plus hautes qu'un homme. Il y avait aussi des pierres, des amoncellements de pierres qui luisaient et étincelaient — cristaux de roche violets ou verts, nodules métalliques, du cuivre plus rouge que l'or, des plaques chevelues d'asbeste brut, le tout recouvert par une fine couche de poussière, et entassé sans ordre, au hasard.

Une odeur de peaux, de chiens, d'humidité, de vieux cognac et de térébenthine flottait dans la pièce. Des toiles vierges sur leur châssis étaient empilées tandis que d'autres trônaient sur leur chevalet, certaines avec le sujet esquissé au fusain ou à moitié exécuté à la peinture à l'huile. Des tableaux étaient accrochés aux murs.

Zouga traversa la pièce pour examiner l'un d'eux tandis que le vieil homme soufflait dans deux verres et les essuyait avec un pan de sa chemise.

— Comment trouves-tu mes lions ? demanda-t-il à Zouga qui étudiait un énorme tableau intitulé « Chasse au lion sur la rivière Gariep, fév. 1846 ».

Ce dernier émit un murmure d'appréciation. Lui-même peignait à ses heures, mais il considérait qu'un artiste avait pour devoir de reproduire méticuleusement la réalité, tandis que ces tableaux reflétaient une candeur, une joie presque infantile, tout à fait naïve. Les couleurs étaient gaies et ne prétendaient pas imiter la nature, tandis que les perspectives semblaient tout à fait hasardeuses. À l'arrière-plan, un personnage à cheval, la barbe fleurie, dominait la troupe de lions au premier plan. Zouga savait cependant que ces œuvres curieuses possédaient une valeur particulière. Cartwright avait acheté dix guinées une de ces toiles fantaisistes. Zouga ne pouvait s'empêcher de penser qu'il s'agissait d'une mode pour les gens en vue de la colonie.

— Il paraît que mes lions ressemblent à des chiens de berger anglais, lança Harkness en leur jetant un regard noir. Qu'en penses-tu, Ballantyne ?

— Peut-être, commença Zouga, puis il vit l'expression du vieil homme changer. Mais des chiens de berger d'une terrible férocité ! se hâta-t-il d'ajouter, et Harkness rit à nouveau.

— Bon Dieu, nous allons pouvoir nous entendre !

Il secoua la tête tout en remplissant à moitié les deux verres d'un cognac local brun foncé, le redoutable « Cape Smoke », puis il en tendit un à Zouga.

— J'aime qu'on dise ce qu'on pense. Maudits soient les hypocrites, dit-il en levant son verre. Surtout les prédicateurs hypocrites qui se soucient de Dieu, de la vérité et de leurs semblables comme d'une guigne.

Zouga crut deviner de qui il parlait, mais leva néanmoins son verre.

— Maudits soient-ils! admit-il, et il s'efforça de réprimer un hoquet quand l'eau-de-vie lui brûla la gorge. C'est bon, fit-il d'une voix rauque.

Harkness essuya ses moustaches argentées avec son pouce avant de demander :

— Pourquoi es-tu venu me voir?

— Je veux retrouver mon père, et j'ai pensé que vous pourriez peut-être aiguiller mes recherches.

— Le retrouver! fulmina le vieux. Nous devrions tous remercier Dieu qu'il ait disparu et le prier chaque jour pour qu'il ne revienne pas.

— Je comprends vos sentiments, monsieur, acquiesça Zouga. J'ai lu le livre qui a été publié à la suite de l'expédition sur le Zambèze.

Harkness avait accompagné Fuller Ballantyne au cours de cette malheureuse aventure où il avait joué les rôles d'adjoint, de gestionnaire et d'artiste-reporter. Il avait été pris dans les chamailleries et les rejets de responsabilité qui avaient nui à l'expédition dès le départ. Fuller Ballantyne l'avait congédié, l'accusant d'avoir volé du matériel, d'avoir commercé pour son propre compte et négligé son devoir pour chasser l'éléphant, ainsi que d'incompétence artistique et de méconnaissance totale du pays, de ses pistes, des tribus et de leurs coutumes. Il avait mentionné ses accusations dans le compte rendu de l'expédition, laissant entendre par là que l'échec de celle-ci pouvait être imputé à Thomas Harkness.

Le seul fait d'évoquer ce livre avait suffi à colorer son visage tanné et ses moustaches tremblaient de colère.

— J'ai traversé le Limpopo pour la première fois l'année où est né Fuller Ballantyne. C'est moi qui ai dressé la carte dont il s'est servi pour arriver au lac Ngami. (Harkness marqua un temps d'arrêt et fit un

107

geste dédaigneux.) C'est comme si j'avais essayé de faire entendre raison aux babouins qui glapissent sur les kopjes. (Puis dévisageant Zouga de plus près.) Que sais-tu de Fuller ? Depuis qu'il t'a renvoyé au pays, combien de fois l'as-tu vu ? Combien de temps as-tu passé en sa compagnie ?

— Il est revenu une fois à la maison.

— Combien de temps est-il resté avec ta mère et toi ?

— Quelques mois..., mais il était toujours occupé à écrire dans le bureau d'oncle William ou à donner des conférences à Londres, Oxford et Birmingham.

— Ce qui ne t'empêche pas de sentir un devoir et un amour filials ardents pour le père vénéré, n'est-ce pas ?

Zouga secoua la tête en signe de dénégation.

— Je le détestais, dit-il tranquillement. J'attendais avec impatience qu'il s'en aille.

Harkness pencha la tête sur le côté, surpris, et resta interdit quelques instants tandis que Zouga buvait les dernières gouttes de son cognac.

— Je n'ai jamais dit cela à personne avant aujour-d'hui, ajouta-t-il, apparemment déconcerté par son aveu. C'est à peine si je me le suis avoué à moi-même. Je le haïssais pour ce qu'il nous avait fait — à moi, à ma sœur et surtout à ma mère.

Harkness lui prit le verre des mains, le remplit avant de le lui tendre, puis il parla d'une voix calme.

— Je vais moi aussi te dire quelque chose que je n'ai jamais dit à personne. J'ai rencontré ta mère à Kuruman... c'est si vieux, bon sang. Elle avait seize ou dix-sept ans et j'en avais quarante. Elle était très jolie, très timide, et pourtant il y avait en elle une gaieté parti-culière. Je lui ai demandé de m'épouser. C'est la seule femme à qui j'aie jamais demandé ça. (Harkness se tut, se tourna vers la « Chasse au lion » et la regarda d'un air dubitatif.) Fichus chiens de berger ! lâcha-t-il d'un ton sec, puis toujours sans regarder Zouga : Pourquoi alors veux-tu retrouver ton père ? Pourquoi es-tu venu en Afrique ?

— Pour deux raisons, répondit Zouga. Bonnes toutes les deux. Pour faire ma propre réputation et ma propre fortune.

Harkness pivota sur lui-même pour lui faire face.

— Sacré nom, tu n'y vas pas par quatre chemins ! fit-il avec une nuance de respect dans la voix. Et comment envisages-tu d'atteindre ces deux buts louables ?

Zouga expliqua brièvement ses arrangements avec le journal et avec la Société antiesclavagiste.

— Ce n'est pas le grain à moudre qui te manquera, lança Harkness. Le trafic continue de sévir sur la côte, quoi qu'on en dise à Londres.

— Je suis également agent de l'honorable Compagnie londonienne des marchands commerçant en Afrique, mais j'ai aussi mes propres marchandises à négocier et 5 000 cartouches pour mon Sharps.

Harkness déambula à travers la pièce obscure et s'arrêta devant de gigantesques défenses d'éléphant appuyées contre le mur, si vieilles et si lourdes que leur pointe était usée et arrondie. Sur un tiers de leur longueur — la partie encastrée dans la mâchoire de la bête — elles étaient lisses et d'une très jolie couleur crème ; les sucs végétaux avaient donné au reste une teinte foncée et la surface en avait été abîmée par soixante années de batailles et de fouilles.

— Celle-ci pèse cent soixante livres — la livre se vend six shillings à Londres, dit-il en tapotant l'ivoire du plat de la main. Il y a encore des éléphants comme celui-là dans le pays, des milliers. Mais suis le conseil d'un vieux routier, oublie ton Sharps dernier modèle et utilise un fusil à éléphants de 10. (Les traits usés du vieux visage s'animaient, une étincelle brillait dans ses yeux.) Un autre conseil : approche-toi le plus possible, quarante pas est une bonne distance, et vise le cœur. (Il s'arrêta brusquement et secoua la tête en souriant d'un air piteux.) Bon sang, il n'en faut pas plus pour qu'on ait envie de se sentir jeune de nouveau !

Il revint vers Zouga et l'étudia sans vergogne, puis une pensée lui vint avec une soudaineté qui le frappa et le surprit tellement qu'il faillit l'exprimer à voix haute — « Si Helen avait dit oui, tu aurais pu être mon fils » —, mais il se retint et demanda simplement :

— Que puis-je faire pour toi ?

— Vous pouvez me dire par où commencer à chercher Fuller Ballantyne.

Harkness leva les mains en signe d'impuissance.

— Le pays est vaste, si vaste qu'une vie entière ne suffirait pas à le parcourir.

— C'est pour cela que je suis venu à vous.

Harkness se dirigea vers la grande table en bois jaune du Cap qui occupait toute la longueur de la pièce, et il fit de la place en écartant les livres, les papiers et les pots de peinture.

— Prends une chaise, dit-il, et quand ils furent assis l'un en face de l'autre, il remplit leurs verres et plaça entre eux la bouteille à moitié vide. Où Fuller Ballantyne a-t-il bien pu aller ? s'interrogea-t-il.

Il entortilla autour de son index les longs poils argentés de sa barbe épaisse. Son doigt était long, osseux et recouvert d'une épaisse couche de tissu scarifié là où le recul des armes à feu surchauffées ou trop chargées avait fait pénétrer la garde de la gâchette jusqu'à l'os.

— Où diable Fuller Ballantyne a-t-il pu aller ? répéta-t-il, mais Zouga comprit que la question était purement rhétorique et il ne dit rien. Après l'expédition sur le Zambèze, sa fortune était épuisée, sa réputation pour le moins compromise, et pour un homme comme Fuller Ballantyne, cette situation était insupportable. Il avait passé sa vie à courir après la gloire. Aucun risque, aucun sacrifice n'était trop grand, pour lui comme pour les autres. Il a volé, menti, et même tué pour l'obtenir.

Zouga leva les yeux vivement, incrédule.

— Oui, tué, insista Harkness en hochant la tête. Tous ceux qui lui barraient la route. Je l'ai vu... mais c'est une autre histoire. Bon ! nous voulons savoir où il est.

Harkness prit un parchemin sur la table encombrée, y jeta un rapide coup d'œil et émit un grognement d'approbation en l'étalant entre eux. C'était une carte de l'Afrique centrale — de la côte Est à la côte Ouest, au sud jusqu'au Limpopo, au nord jusqu'aux lacs — dessinée à l'encre de Chine, enluminée sur les bords avec les personnages et les animaux caractéristiques de Harkness.

Zouga la contempla, empli de convoitise. Tout ce dont Harkness avait accusé son père, il le sentait dans son cœur. Il fallait qu'il l'ait, même s'il lui était nécessaire de voler, ou, grand Dieu, de tuer. Il devait absolument l'avoir.

C'était une carte de très grand format — au moins cinq pieds de côté —, dressée à la main sur du papier de lin de la meilleure qualité. Elle était exceptionnelle : très grande échelle, indications abondantes mais succinctes, détails précis, observations de première main, rédigées d'une élégante écriture si minuscule qu'une loupe était nécessaire.

« Ici, fortes concentrations de troupeaux d'éléphants en juin et septembre. »

« Ici, dans la veine de mines d'or abandonnées, j'ai prélevé un échantillon à deux onces la tonne. »

« Ici, du cuivre magnifique est travaillé par le peuple gutus. »

« Ici, des convois d'esclaves partent pour la côte en juin. »

Il y avait des centaines d'annotations semblables, chacune dans un encadré soigneusement numéroté correspondant à un endroit précis sur la carte.

111

Harkness regarda Zouga avec un timide sourire sur les lèvres et lui tendit une loupe pour poursuivre son examen.

Il fallut quelques minutes à celui-ci pour comprendre que les zones rosées indiquaient les « couloirs à mouches » du haut plateau africain : les régions sûres à travers lesquelles les animaux domestiques pouvaient transhumer sans traverser les zones infestées par les mouches tsé-tsé. Le ngana, la terrible maladie transmise par ces insectes, pouvait décimer les troupeaux. Les tribus africaines avaient appris à localiser ces régions au fil des siècles, et Thomas Harkness les avait fidèlement circonscrites sur sa carte. Ces informations possédaient une valeur incalculable.

« Ici, les gardes-frontières de Mzilikazi tuent tous les voyageurs. »

« Ici, absence totale d'eau entre mai et octobre. »

« Ici, dangereux effluves paludéens d'octobre à décembre. »

Les régions les plus périlleuses étaient parfaitement indiquées, ainsi que les routes connues vers l'intérieur, ces dernières relativement peu nombreuses.

Une marque spéciale signalait les villes des dynastes africains, de même que l'emplacement des kraals militaires, dont la zone d'influence était définie et le nom des chefs précisé.

« Ici, une concession pour la chasse aux éléphants doit être obtenue du chef Mafa, un homme perfide. »

Harkness observait le jeune homme étudier de près l'inestimable document. Son visage avait une expression presque affectueuse, et à un certain moment il hocha la tête tandis qu'un souvenir passait comme une ombre dans son regard.

— Ton père tente vraisemblablement de rétablir sa réputation d'un seul coup, finit-il par dire d'un air songeur. Il faut bien qu'il satisfasse son monstrueux ego. Deux régions viennent immédiatement à l'esprit. Ici !

Il posa sa main ouverte sur une zone immense au nord-ouest du lac Marawi. À cet endroit, à la place des longues annotations précises, il y avait des informations laconiques et hésitantes, obtenues par ouï-dire ou issues des légendes locales, des suppositions suivies d'un point d'interrogation.

« D'après Assab, le cheik omanai, la rivière Lualaba court vers le nord-ouest. Elle se jette peut-être dans le lac Tanganyika. » Au lieu d'un tracé précis, les cours d'eau étaient indiqués en pointillé. « Selon Pemba, le chef des Marakan, il y aurait un énorme lac en forme de papillon, le Lomani, à vingt-cinq jours de marche de Khoto Khota. Source possible de la Luapula et de la source d'Hérodote. » Le lac était esquissé. « Question : le lac Tanganyika est-il relié au lac Lomani ? Dans l'affirmative, le Lomani est-il la source ultime du Nil ? »

Harkness toucha les deux points d'interrogation de son doigt noueux et osseux.

— Ici, dit-il. Le Nil. Cela doit l'attirer. Je l'ai souvent entendu en parler. Et toujours avec la même formule d'introduction : « Il va de soi que la célébrité ne m'importe nullement », ajouta-t-il en riant et en secouant sa crinière argentée. Elle ne lui importe pourtant pas moins que l'air qu'il respire. Oui, la source du Nil et la célébrité que lui apporterait sa découverte, cela doit le fasciner.

Harkness regarda dans le vide un long moment, des visions défilant peut-être devant ses yeux noirs et vifs. Il sortit finalement de sa rêverie en secouant sa tête chenue comme pour se remettre les idées en place.

— Une seule autre prouesse attirerait sur lui autant l'attention, lui vaudrait autant d'acclamations.

Harkness promena sa main à plat vers le sud sur une autre zone de blanc dans le réseau de cours d'eau et de montagnes.

— Là, dit-il doucement. Le royaume interdit des Monomatapa.

Monomatapa. Le nom lui-même avait quelque chose d'inquiétant qui fit dresser les cheveux de Zouga.

— Tu en as entendu parler ? demanda Harkness.

— Oui, acquiesça Zouga. On dit que c'est l'Ophir dont parle la Bible, où Saba exploitait des mines d'or. Vous y êtes allé ?

Harkness secoua la tête en signe de dénégation.

— J'ai essayé deux fois, fit-il en haussant les épaules. Aucun Blanc n'y a pénétré. Même les détachements de guerriers cafres de Mzilikazi n'ont jamais fait d'incursion aussi loin à l'est. Les Portugais ont tenté une fois d'arriver jusqu'à l'empereur du Monomatapa. En 1569. La troupe a été anéantie. Il n'y a eu aucun survivant. (Harkness émit un grognement de mépris.) Comme on pouvait s'y attendre, les Portugais n'ont jamais fait d'autre tentative. Pendant les deux siècles qui se sont écoulés depuis, ils se sont contentés de rester dans leurs sérails de Tête et de Quelimane à élever des métis et à s'emparer des esclaves et de l'ivoire qui arrivaient jusqu'à eux depuis l'intérieur des terres.

— Mais des légendes courent quand même sur le Monomatapa. Mon père me les a racontées. L'or et les grandes villes entourées de murailles.

Harkness se leva avec l'aisance d'un homme deux fois plus jeune et se dirigea vers un coffre à serrure métallique posé derrière sa chaise contre le mur. Il n'était pas fermé mais le vieil homme dut en soulever le couvercle à deux mains.

Il en sortit un sac de cuir souple fermé par un cordon, qui semblait peser lourdement. Il l'ouvrit et en renversa le contenu sur la carte.

Il n'y avait pas à se tromper sur la nature du superbe métal jaune ; il possédait cet éclat profond qui ensorcelle l'humanité depuis des milliers d'années. Zouga ne put

114

résister à l'envie de tendre la main et de le toucher. Il éprouva une sensation merveilleusement onctueuse au bout des doigts. Le précieux métal avait été battu jusqu'à former de lourdes perles rondes, grosses comme l'auriculaire, qui avaient été enfilées sur un lacet en tendon.

— Cinquante-huit onces, lui dit Harkness, et le métal est d'une pureté exceptionnelle, je l'ai fait tester.

Le vieil homme leva le collier au-dessus de sa tête et le laissa retomber sur sa barbe blanche. C'est alors seulement que Zouga se rendit compte qu'un pendentif était intercalé entre les perles.

Il avait la forme d'un oiseau, un faucon stylisé aux ailes repliées, posé sur un socle arrondi décoré de motifs triangulaires qui évoquaient une rangée de dents de requin. L'ensemble avait la dimension du pouce. Au fil du temps, le métal s'était poli au contact de la peau de sorte que certains détails étaient effacés. Des éclats verts d'une matière semblable au verre constituaient les yeux de l'oiseau.

— C'est un cadeau de Mzilikazi. Il n'a que faire de l'or et des émeraudes — oui, les pierres sont des émeraudes, précisa Harkness en hochant la tête. L'un des guerriers de Mzilikazi a tué une vieille femme sur la Terre Brûlée. Elle avait sur elle le sac de cuir.

— Où se trouve la Terre Brûlée ? demanda Zouga.

— Excuse-moi, j'aurais dû t'expliquer, fit Harkness en jouant avec le petit oiseau d'or. Les guerriers cafres du roi Mzilikazi ont semé la désolation sur les terres qui bordent ses frontières, parfois sur une bande de cent cinquante kilomètres et même davantage. Ils ont tué tous ceux qui vivaient là, et ils en ont fait une zone-tampon contre tout ennemi éventuel. En particulier les commandos boers en provenance du sud, mais aussi contre n'importe quel autre envahisseur potentiel. Mzilikazi appelle cette zone la Terre Brûlée, et c'est là, à l'est de son royaume, que ses gardes-frontières ont tué cette femme.

Harkness ôta le collier de son cou, le jeta négligemment dans le sac et Zouga se sentit frustré. Il aurait aimé goûter un peu plus longtemps son poids et le grain de son métal au creux de ses mains.

— Bien sûr, comme tout le monde, tu as entendu ce qu'on racontait de l'or et des villes fortifiées. Mais ce collier est ce que j'ai trouvé de plus tangible pour corroborer toutes ces légendes.

— Mon père en connaissait-il l'existence ? demanda Zouga.

Harkness acquiesça.

— Fuller voulait me l'acheter. Il m'en a offert presque deux fois sa valeur au poids du métal.

Tous deux restèrent silencieux un bon moment, chacun ruminant ses pensées, jusqu'à ce que Zouga demande :

— Comment un homme comme mon père essaierait-il de gagner l'empire du Monomatapa ?

— Ni par le sud ni par l'ouest. Mzilikazi, le roi matabélé, ne laisse passer personne par la Terre Brûlée. J'ai l'impression que Mzilikazi est profondément superstitieux vis-à-vis de la terre qui s'étend au-delà de sa frontière orientale. Lui-même ne s'y aventure jamais et il ne permet à personne d'autre de le faire. (Harkness secoua la tête.) Non, Fuller passerait par l'est, en partant de la côte portugaise, depuis l'une de leurs colonies.

Il entreprit de faire le tracé des approches possibles sur la carte.

— Ici, il y a de hautes montagnes. Je les ai vues de loin et elles semblent former une formidable barrière.

Dehors, la nuit était tombée, et Harkness s'interrompit pour ordonner à Zouga :

— Dis à ton boy de desseller les chevaux et de les conduire à l'écurie. Il est trop tard pour que vous repartiez. Vous allez devoir passer la nuit ici.

Quand Zouga revint, un serviteur malais avait tiré les rideaux, allumé les lanternes et apporté un repas composé de riz et de poulet au curry, Harkness avait ouvert une autre bouteille de cognac du Cap. Il se remit à parler comme s'il n'y avait pas eu d'interruption. Après avoir mangé, ils repoussèrent leurs assiettes en étain émaillé pour revenir à la carte, et les heures passèrent sans que ni l'un ni l'autre ne s'en rende compte.

L'attrait de l'aventure et l'excitation qui s'était emparée d'eux étaient exacerbés par l'alcool. De temps à autre, Harkness se levait pour aller chercher quelque souvenir de voyage afin d'illustrer son propos ou un échantillon de quartz dans lequel les veines d'or brut se voyaient distinctement à la lumière de la lampe.

— Quand l'or est visible, c'est que le minerai est riche, dit Harkness à Zouga.

— Pourquoi n'avez-vous jamais exploité les filons que vous avez trouvés ?

— Je n'ai jamais pu rester assez longtemps au même endroit, répondit Harkness avec un sourire de regret. Il y avait toujours une nouvelle rivière à traverser, une chaîne de montagnes ou un lac auquel il me fallait arriver. Ou bien, je suivais un troupeau d'éléphants. Je n'ai jamais eu le temps de creuser un puits, de bâtir une maison ou d'élever du bétail.

Quand l'aube se leva, filtrant dans l'immense pièce obscure, Zouga s'exclama soudain :

— Venez avec moi. Venez avec moi à la recherche du Monomatapa !

— Je croyais que c'était ton père que tu recherchais, fit Harkness en riant.

— Allons, je n'ai pas à vous raconter d'histoires ! (Zouga rit de concert. Il se sentait à l'aise avec le vieil homme, comme s'il l'avait toujours connu.) Imaginez la tête que ferait mon père si vous veniez lui porter secours !

— Le spectacle en vaudrait la peine, reconnut Harkness, puis son sourire s'évanouit et fit place à une expression de si profond regret que Zouga ne résista pas au besoin de tendre la main et de toucher l'épaule estropiée.

Harkness se déroba à ce contact. Il avait trop longtemps vécu seul et était devenu à jamais incapable d'accepter le réconfort offert par un de ses semblables.

— Venez avec moi, répéta Zouga en laissant sa main retomber sur la table.

— J'ai déjà effectué mon dernier voyage à l'intérieur du pays, dit Harkness d'une voix blanche. Il ne me reste plus que mes pots de peinture et mes souvenirs.

Il leva les yeux vers la rangée de tableaux encadrés aux couleurs éclatantes.

— Vous êtes encore fort, plein de vie, insista Zouga. Votre esprit est si vif...

— Assez ! jeta Harkness d'une voix dure et amère. Je suis fatigué. Il faut que tu partes. Maintenant, tout de suite.

Zouga sentit la colère monter en lui en réaction à ce rejet brutal, à ce brusque changement d'humeur, et se leva sans plus chercher à persuader Harkness. Pendant quelques secondes, il resta là, debout, à regarder le vieil homme.

— Va-t'en, répéta ce dernier.

Zouga acquiesça sèchement.

— Très bien.

Son regard glissa vers la carte. Il savait qu'il la lui fallait à tout prix tout en étant bien persuadé que Harkness n'était prêt à en accepter aucun. Il lui faudrait réfléchir au moyen de se la procurer, mais il l'aurait.

Il tourna les talons, se dirigea vers la porte, et les chiens qui avaient dormi à ses pieds se levèrent et le suivirent.

— Garniet ! cria Zouga avec colère. Amène les chevaux.

Et il resta sur le pas de la porte en se balançant impatiemment sur les pieds, les mains croisées derrière le dos, les épaules raides, sans un regard en arrière pour la

118

mince silhouette affaissée, toujours assise à la table sous la lumière de la lampe.

Le valet amena enfin les montures, et le dos toujours tourné, Zouga cria avec brusquerie :

— Bonne journée, monsieur Harkness.

La réponse lui fut donnée d'une voix frêle et chevrotante de vieillard qu'il eut peine à reconnaître.

— Reviens me voir. Nous avons d'autres choses à discuter. Reviens... après-demain.

Zouga se départit de sa raideur. Il commença à se retourner mais le vieux lui fit signe de s'en aller d'un geste brusque, et Zouga descendit les marches avec violence, sauta sur sa selle et fouetta sa monture au galop le long de la piste défoncée.

Harkness resta assis à la table longtemps après que le martèlement des sabots se fut évanoui. Il était étrange que la douleur se soit éclipsée pendant les heures passées en compagnie du jeune homme. Il s'était senti rajeuni, fort, comme s'il s'était nourri de la vigueur et de la jeunesse de son interlocuteur.

Puis, lorsque Zouga l'avait invité à l'accompagner, elle était revenue avec une violence redoublée, presque comme pour lui rappeler que sa vie ne lui appartenait plus, qu'il l'avait déjà abandonnée à la hyène qui vivait dans ses entrailles et devenait chaque jour plus forte, plus grosse, semblant s'alimenter de ses forces vitales. Quand il fermait les yeux, il parvenait à l'imaginer, telle qu'il l'avait vue mille fois à la clarté des feux de camp, tout là-bas dans ce pays merveilleux qu'il ne reverrait plus jamais. La chose qui l'habitait avait la même présence furtive et il en sentait l'odeur fétide dans sa gorge. Et il suffoquait tandis que la douleur avait retrouvé toute son intensité, que la bête enfonçait ses crocs au fond de ses intestins.

Il se leva précipitamment, faisant tomber sa chaise dans sa hâte de mettre la main sur le précieux flacon caché dans le fond du meuble de rangement et avala une gorgée du liquide âcre et clair sans mesurer la dose avec une cuillère. Il en avait trop pris, il le savait, mais il lui en fallait chaque jour davantage pour tenir la hyène en respect, et chaque jour le soulagement était plus long à venir.

Il se cramponna à l'angle du meuble en attendant la rémission.

— Par pitié, murmura-t-il, faites que ça finisse vite.

Une demi-douzaine de messages et d'invitations attendaient Zouga à son retour chez les Cartwright, mais celui qui l'intéressait au premier chef était une note de l'Amirauté, lui demandant poliment de rendre visite à l'honorable Ernest Kemp, vice-amiral de la Navy, commandant de l'escadre du Cap.

Zouga se rasa et changea de vêtements, choisissant pour l'occasion sa plus belle veste bien qu'il doive effectuer une longue chevauchée sur une route poussiéreuse pour arriver à l'Amirauté. Malgré sa nuit blanche, il se sentait en pleine forme.

Le secrétaire de l'amiral ne le fit attendre que quelques minutes avant de l'introduire, et l'amiral Kemp fit le tour de son bureau pour l'accueillir avec amabilité, car le jeune homme lui avait été chaudement recommandé et le nom de Fuller Ballantyne imposait encore le respect en Afrique.

— J'ai des nouvelles qui, j'espère, vous feront plaisir, major Ballantyne. Mais d'abord, puis-je vous offrir un verre de madère ?

Zouga dut maîtriser son impatience pendant que l'amiral versait le vin sirupeux. Le bureau était richement décoré — tentures de velours, tout un bric-à-brac « de bon ton » d'objets et de bibelots, petites statues, oiseaux empaillés dans des vitrines de verre, portraits de famille dans des cadres ornés, plantes en pots et tableaux du genre de ceux que Zouga admirait.

121

L'amiral était grand mais voûté, comme pour adapter sa longue carcasse à la hauteur limitée des entreponts des navires de Sa Majesté. Il semblait âgé pour l'affectation qui lui avait été donnée — protéger la route maritime vers l'Inde et l'Orient, vitale pour l'Empire —, mais ce vieillissement pouvait être dû à une mauvaise santé plutôt qu'aux années. Il avait des poches sombres sous les yeux et d'autres signes de maladie apparents autour de la bouche et manifestes dans les veines bleues qui saillaient sur le dos de ses mains quand il servit un verre de madère à Zouga.

— À votre santé, major Ballantyne. (Il goûta le vin.) Je crois vous avoir trouvé une couchette. Un bâtiment de mon escadre a jeté l'ancre hier dans la baie de la Table. Dès qu'il aura rempli ses soutes à charbon et se sera ravitaillé, je l'envoie en mission dans le détroit du Mozambique.

Zouga savait à la suite de sa rencontre avec les directeurs de la Société antiesclavagiste en quoi consistait en partie le travail de l'amiral.

« Vous êtes prié et requis de déployer les navires de votre escadre de façon à empêcher de la manière la plus opportune les vaisseaux de toute nation chrétienne de pratiquer le commerce des esclaves sur la côte du continent africain au sud de l'équateur. »

De toute évidence, Kemp avait l'intention de balayer le littoral oriental avec des éléments de son escadre, et Zouga éprouva une grande joie lorsque l'amiral poursuivit sur un ton cordial :

— Mon bâtiment n'aura pas besoin de se dérouter beaucoup pour faire escale à Quelimane et vous y débarquer, vous et votre équipe.

— Je ne saurai jamais comment vous remercier, amiral.

Sa joie était plaisante à voir, et l'amiral Kemp eut un sourire de sympathie. Il s'était donné plus de mal que d'habitude car le jeune homme était séduisant, aimable et méritait d'être encouragé, mais d'autres affaires l'attendaient et, après avoir tiré sa montre en or et l'avoir consultée avec ostentation, il reprit :

— Il faut que vous soyez prêts à embarquer dans cinq jours. (Il remit sa montre dans le gousset de sa veste.) J'espère que nous aurons le plaisir de vous voir vendredi. Mon secrétaire vous a envoyé une invitation, n'est-ce pas ? J'espère aussi que votre sœur sera des nôtres.

— Naturellement, amiral. (Zouga se leva pour prendre congé.) Ma sœur et moi sommes très honorés.

En fait Robyn avait dit : « Je n'ai pas envie de perdre mes soirées, Zouga, ni l'intention de supporter la présence d'une compagnie de marins éméchés et les papotages de leurs épouses. »

La présence de la célèbre Robyn Ballantyne, qui s'était fait passer pour un homme et avait investi avec succès une chasse gardée masculine, avait mis en émoi les dames du Cap. La moitié d'entre elles étaient délicieusement scandalisées et les autres, admiratives, éprouvaient pour elle un respect mêlé de crainte. Zouga était cependant certain qu'elle consentirait à ce sacrifice pour assurer leur passage jusqu'à Quelimane.

— Eh bien, tout est parfait, acquiesça l'amiral Kemp. Merci de votre visite... Oh, à propos, Ballantyne, ajouta-t-il tandis que Zouga se dirigeait vers la porte, le navire est le *Black Joke,* commandé par le capitaine Codrington. Mon secrétaire vous remettra une lettre pour lui, et je vous suggère d'aller lui rendre visite pour vous présenter à lui et connaître la date de votre départ.

La nouvelle lui fit l'effet d'un choc et il dut se maîtriser tandis qu'il s'en allait à grandes enjambées en réfléchissant rapidement aux complications que pourrait entraîner le choix de ce navire.

Zouga s'inquiétait de tout ce qui pouvait menacer l'expédition, et Codrington lui avait donné l'impression d'être un exalté, quasiment un fanatique. Zouga ne tolérerait aucune atteinte à son prestige de chef de l'expédition, et Codrington l'avait vu naviguer en compagnie d'un homme suspecté d'être un négrier. Il ne savait trop quelle attitude le capitaine de la Navy adopterait.

Le choix était délicat : accepter l'embarquement et risquer d'être dénoncé par Codrington, ou refuser l'offre et prendre le risque d'attendre au Cap peut-être pendant des mois un autre passage.

Avec un tel retard, la période plus fraîche et sèche entre les moussons serait passée : il leur faudrait alors franchir les plaines de la côte infestées par les fièvres à la saison la plus dangereuse.

Zouga prit sa décision.

— Merci, amiral Kemp, je rendrai visite au capitaine Codrington dès que possible.

Thomas Harkness avait demandé à Zouga de revenir le surlendemain, et il lui importait plus de se procurer sa carte que de trouver rapidement un embarquement pour Quelimane.

Zouga confia à Garniet, le valet d'écurie de Cartwright, une lettre cachetée adressée au capitaine Codrington. Garniet avait pour instructions de monter à bord d'une des chaloupes du *Black Joke* et de remettre la lettre en mains propres au capitaine. La missive annonçait en termes les plus polis la visite de Zouga et de Robyn le lendemain matin. Zouga s'était rendu compte que sa sœur exerçait sur les hommes un effet que n'expliquait guère son apparence physique — même l'amiral avait insisté pour qu'elle réponde à son invitation — et il n'avait aucun scrupule à se servir d'elle pour amadouer Codrington. Il l'avertirait d'exercer son charme, mais pour l'heure, il y avait plus urgent.

Il était monté sur le grand hongre bai de Cartwright et avait parcouru la moitié de l'allée recouverte de gravier et bordée de chênes quand une idée lui vint brusquement à l'esprit; il fit volte-face et revint au petit galop jusqu'au pavillon des invités. Son colt était dans sa malle, chargé et l'amorce en place sur la cheminée. Il le cacha sous un pan de sa veste en retournant vers son cheval, puis le glissa subrepticement dans sa sacoche en se remettant en selle.

Il savait qu'il lui fallait la carte de Harkness à tout prix, mais il s'était délibérément refusé de penser quel pourrait être ce prix.

Il poussa sa monture durement le long de la route escarpée qui menait au col et, une fois là-haut, ne lui laissa que quelques minutes pour souffler avant d'entamer la descente.

La bâtisse à toit de chaume nichée au milieu du bosquet d'arbres à lait semblait encore plus délabrée que la première fois. Elle paraissait entièrement désertée, silencieuse et désolée. Il sauta à terre, jeta les rênes par-dessus une branche et se baissa pour desserrer la sangle de la selle. Puis il défit la boucle de la sacoche, glissa le colt dans sa ceinture et tira sa veste par-dessus.

Tandis qu'il se dirigeait vers la véranda, le gros boer au dos hérissé sortit de l'ombre où il était couché et vint à sa rencontre. Contrairement à son attitude féroce de l'avant-veille, l'animal était soumis et, oreilles et queue pendantes, se mit à gémir doucement en reconnaissant Zouga.

Celui-ci grimpa les marches qui menaient à la véranda, tapa du poing contre la porte d'entrée et entendit les coups résonner à travers la pièce. À côté de lui, le chien attendait en le regardant la tête penchée, mais le silence retomba sur la vieille bâtisse.

Zouga frappa encore deux fois avant de tourner la poignée. Elle était fermée. Il l'agita et essaya de pousser la porte de l'épaule, mais elle était en teck massif et résista. Zouga redescendit de la véranda et fit le tour de la maison, plissant les yeux pour se protéger de la forte réverbération du soleil sur les murs blanchis à la chaux. Les fenêtres étaient fermées.

De l'autre côté de la cour, se dressait l'ancien logement des esclaves, maintenant occupé par le domestique de Harkness, et Zouga l'appela, mais la pièce était déserte et les cendres du fourneau complètement refroidies.

Il savait qu'il aurait dû reprendre son cheval et s'en aller, mais il avait besoin de la carte, ne serait-ce que le temps d'en faire une copie. Harkness n'était pas là, et dans trois jours, peut-être moins, ils embarqueraient.

Des outils de jardin rouillés étaient entassés dans un coin de la véranda. Zouga prit une faucille et en introduisit avec précaution la pointe entre la porte et le montant. La serrure était vieille, aussi le pêne céda-t-il facilement, et Zouga poussa la porte d'un coup sec.

Il n'était pas encore trop tard pour rebrousser chemin. Il resta un long moment sur le seuil, puis prit une profonde inspiration et entra sans se presser dans l'obscurité qui régnait à l'intérieur.

Un long passage conduisait jusqu'à la pièce de devant. Zouga l'emprunta et ouvrit les portes qui donnaient sur le couloir. Dans une chambre trônait un énorme lit à baldaquin dont les rideaux entrouverts laissaient voir les draps en désordre.

Il passa rapidement dans la pièce principale plongée dans la pénombre, s'arrêta quelques instants pour laisser à ses yeux le temps de s'habituer et distingua immédiatement un léger murmure. Le bruit de ruche des insectes semblait emplir la pièce haute de plafond, un bruit dérangeant, presque menaçant, et Zouga sentit ses avant-bras se hérisser sous l'effet de la chair de poule.

— Monsieur Harkness ! appela-t-il d'une voix rauque ; le murmure s'enfla en un bourdonnement. Quelque chose se posa sur sa joue et courut sur sa peau. Avec un haut-le-corps, il s'administra une tape pour s'en débarrasser et se précipita vers la fenêtre la plus proche. Avec maladresse, il ouvrit le loquet des volets et un rayon de soleil blanc darda à l'intérieur de la pièce.

Thomas Harkness était assis dans l'une des bergères en bois sculpté de l'autre côté de la table encombrée et regardait Zouga impassiblement.

Il était couvert de mouches, des mouches d'un bleu-vert métallique qui scintillaient dans le soleil. Elles grouillaient sur la profonde blessure sombre qui s'ouvrait sur sa poitrine. La barbe de neige était noircie par le sang coagulé qui s'était figé en une mare sous le fauteuil.

Zouga resta pétrifié plusieurs secondes, puis fit un pas hésitant en avant. Le vieil homme avait appuyé contre le pied de la table l'un de ses fusils à gros calibre pour la chasse aux éléphants, la gueule du canon contre sa poitrine, et ses mains étaient encore serrées autour de l'arme.

— Pourquoi avez-vous fait ça ? demanda Zouga bêtement.

Le vieillard avait retiré sa botte droite et appuyé sur la gâchette avec son orteil. Le violent impact de la lourde balle de plomb avait projeté la chaise et son occupant contre le mur, mais celui-ci n'avait pas lâché le canon du fusil.

— C'est stupide d'avoir fait ça, fit Zouga.

Il prit un cigarillo dans son étui et l'alluma. L'odeur de la mort qui flottait dans la pièce le prenait à la gorge, et il inspira profondément la fumée du tabac.

Il n'avait aucune raison d'éprouver de la peine, n'étant resté qu'un après-midi et une nuit en compagnie du vieil homme. Il n'était revenu ici que pour une seule raison : se procurer la carte par n'importe quel moyen. Ce chagrin qui lui plombait les jambes et lui piquait les yeux était ridicule. Mais peut-être pleurait-il davantage une époque révolue que l'homme lui-même. Harkness et les légendes de l'Afrique étaient inextricablement mêlés. Il avait personnifié l'Histoire.

Zouga s'approcha lentement de la silhouette tassée dans son fauteuil puis passa doucement la main sur le vieux visage dévasté par les éléments et la souffrance pour fermer ses paupières sur les yeux noirs.

Le vieil homme avait maintenant l'air plus paisible.

Zouga s'assit sur le coin de la table et fuma lentement et en silence son petit cigare, presque en sympathie avec Thomas Harkness. Puis il laissa tomber le mégot dans le grand crachoir en cuivre à côté du fauteuil et alla chercher une couverture dans la chambre. Il écarta les mouches qui se mirent à tourner furieusement en un cercle bourdonnant, puis jeta la couverture sur le corps. En la remontant par-dessus la tête, il murmura en guise d'adieu le conseil que lui avait donné Harkness : « Approche-toi le plus possible et vise le cœur. » Ensuite il se tourna vivement vers la table, commença à farfouiller parmi les papiers et les objets amoncelés et son impatience se mua en inquiétude puis en panique à mesure qu'il retournait une pile après l'autre sans trouver la carte.

Haletant, il se redressa enfin et jeta un regard furieux à la silhouette cachée par la couverture.

— Tu savais que je venais pour la chercher, n'est-ce pas ?

Il s'écarta de la table, se dirigea vers la malle et en souleva le couvercle qui grinça sur ses charnières : le sac de cuir contenant les perles d'or avait lui aussi disparu. Il fouilla la malle jusqu'au fond, mais le sac n'était pas là. Alors il commença ses recherches avec méticulosité, explorant la pièce encombrée jusque dans ses moindres recoins. Une heure après, il revint vers la table et s'y assit une fois de plus.

Va au diable, maudit vieux filou, dit-il à voix basse. Il jeta lentement un coup d'œil circulaire à travers la pièce afin de s'assurer qu'il n'avait rien oublié et remarqua que le tableau représentant la chasse aux lions n'était plus sur son chevalet.

Soudain, frappé par le comique de la situation et sa mauvaise humeur s'évanouissant, il se mit à rire d'un air piteux.

— Tu as fini par avoir les Ballantyne, n'est-ce pas ? Bon Dieu, tu as toujours fait ce que tu as voulu, Tom Harkness, je te l'accorde.

Il se leva et posa sa main sur l'épaule recouverte de son linceul de laine.

— Tu as gagné, mon vieux. Emporte donc tes secrets avec toi.

Il sentait les vieux os tordus à travers la couverture, secoua le corps avec gentillesse puis sortit rapidement reprendre son cheval. Il lui fallut le reste de la journée pour passer le col en sens inverse, arriver jusqu'au bureau du coroner et revenir avec ce dernier et ses aides.

Le soir même, ils enterrèrent Thomas Harkness, enveloppé dans la couverture, sous le bosquet d'arbres à lait. La chaleur était étouffante dans le vallon et ils ne pouvaient attendre qu'un cercueil soit apporté de la ville.

Zouga laissa le coroner s'occuper de la propriété, dresser l'inventaire du mobilier et du bétail, et placer les scellés sur les portes de la maison le temps que son contenu soit emporté.

Il effectua le trajet de retour dans le crépuscule doré du Cap, les bottes couvertes de poussière et la chemise collée par la sueur. Il était éprouvé par les fatigues de la journée, déprimé, toujours attristé par la disparition du vieillard et furieux contre lui à cause du dernier tour qu'il avait joué.

Le valet d'écurie prit son cheval quand il arriva devant le pavillon des invités.

— As-tu porté la lettre au capitaine Codrington ? demanda-t-il, puis, sans même attendre la réponse, il se précipita à l'intérieur.

Il avait maintenant besoin de boire, et tandis qu'il se versait un whisky, sa sœur entra dans la pièce et l'embrassa sans façon sur la joue, plissant le nez au contact de ses moustaches et en sentant l'odeur de sa transpiration.

— Tu ferais bien de te changer, nous dînons avec les Cartwright, lui dit-elle. Je n'ai pu faire autrement qu'accepter leur invitation... Oh, Zouga, j'oubliais, un boy a déposé quelque chose pour toi ce matin. Juste après ton départ. Je l'ai mis dans ton bureau.

— De qui ça vient ?

Robyn haussa les épaules.

— Le boy parlait très mal le hollandais et il semblait terrifié. Il a filé avant que j'aie pu trouver quelqu'un qui puisse l'interroger.

Son verre à la main, Zouga se dirigea vers le bureau et s'arrêta brusquement. L'expression de son visage changea et il franchit la porte à grandes enjambées.

Quelques minutes plus tard, Robyn l'entendit rire et pousser un cri de triomphe ; prise de curiosité, elle entra à son tour. Zouga était debout, le dos tourné, derrière le bureau en bois sculpté.

Sur le dessus était posé un sac de cuir taché d'où sortait un collier d'or scintillant et lourd, et à côté s'étalait une carte magnifique dessinée sur une feuille de papier de lin. Zouga tenait une peinture à l'huile de grandes dimensions aux couleurs flamboyantes — un personnage à cheval avec un groupe d'animaux sauvages au premier plan. Il retourna le tableau : un message avait été fraîchement gravé sur le cadre :

À Zouga Ballantyne. Puisses-tu trouver la route vers tous tes Monomatapas — j'aurais tant aimé t'accompagner.

Tom Harkness

Zouga riait encore, mais son rire avait quelque chose d'étrange, et quand il se tourna vers elle, elle fut stupéfaite de voir que les yeux de son frère étaient brillants de larmes.

Zouga s'essuya la bouche avec la serviette de table en soie damassée ; il prit le journal et l'ouvrit à la deuxième page, puis gloussa.

— Bon sang, Sissy, j'aurais mieux fait de ne pas te laisser seule. (Il poursuivit sa lecture et se mit à rire franchement.) Tu lui as vraiment dit ça ? Vraiment ?

— Je ne me souviens pas exactement, répondit Robyn d'un petit air faussement ingénu, c'était au plus fort de la bataille, tu sais.

Ils étaient assis sur la terrasse du pavillon sous la tonnelle de vigne à travers laquelle le soleil matinal dardait des ronds de lumière sur la table du petit déjeuner. La veille, le rédacteur en chef du *Cape Times*, en espérant tirer parti de la notoriété du Dr Robyn Ballantyne, l'avait conviée à visiter l'hôpital militaire d'Observatory. En toute innocence, Robyn avait cru qu'il s'agissait d'une invitation de l'administration de la colonie, et elle avait saisi avec joie l'occasion d'élargir son expérience professionnelle.

La visite avait été une réussite, au-delà des espérances les plus folles du rédacteur en chef, car le médecin général de la colonie avait prévu une tournée d'inspection le même jour, et, suivi de ses collaborateurs, il était entré dans la principale salle d'opération de l'hôpital au moment où Robyn faisait part de son opinion concernant les éponges à la surveillante générale de l'établissement.

Les éponges du chirurgien étaient conservées dans des seaux d'eau, de l'eau de pluie provenant des réservoirs galvanisés situés derrière l'hôpital. Les seaux se trouvaient sous la table d'opération de façon à ce que le chirurgien puisse les prendre facilement et, après avoir nettoyé le sang, le pus et autres matières, il les jetait dans une corbeille. Elles étaient ensuite lavées et remises dans un seau d'eau pure.

— Je vous assure, docteur, que mes infirmières lavent les éponges à fond.

La surveillante était une redoutable matrone aux traits aplatis de bouledogue et à la mâchoire prognathe tout aussi agressive. Elle se baissa, plongea sa main dans le seau, prit une éponge et la tendit à Robyn.

— Voyez vous-même comme elles sont douces et blanches.

— Pas moins que les germes qui pullulent à l'intérieur, rétorqua Robyn furieuse, les joues empourprées. Aucun de vous n'a jamais entendu parler de Joseph Lister ?

— La réponse à cette question est non, docteur Ballantyne, lança le médecin général depuis le pas de la porte. Nous n'avons jamais entendu parler de ce monsieur. Nous n'avons pas le temps de nous préoccuper des opinions de n'importe quel excentrique ou, en l'occurrence, de n'importe quel travesti.

Le médecin général savait très bien qui était la jeune femme qu'il avait devant lui. Il avait écouté les commérages dont se repaissait la colonie, et n'avait pas une bonne opinion de Robyn.

En revanche, celle-ci n'avait pas la moindre idée de l'identité de ce monsieur âgé aux favoris abondants et aux sourcils broussailleux, bien qu'à en juger par les taches de sang séché qui maculaient le devant de sa redingote elle devinât qu'il était un chirurgien de la vieille école, de ceux qui opéraient en vêtements de ville et laissaient les taches annoncer leur profession. C'était un adversaire bien plus digne d'elle que la surveillante de l'hôpital et elle s'en prit à lui avec une lueur guerrière dans les yeux.

— Je suis stupéfaite, monsieur, que vous reconnaissiez si aisément votre ignorance et votre sectarisme.

— Bon Dieu, madame, bafouilla le médecin, vous n'espérez tout de même pas que je me mette à la recherche de poisons mortels dans chaque grain de poussière, chaque goutte d'eau ou même sur mes mains.

Il les leva pour les soumettre à son examen et les agita devant son visage. Il y avait du sang séché sous ses ongles car il avait opéré le matin même. Éructant de colère, il approcha son visage du sien en postillonnant, et elle se recula d'un pas.

— Si, monsieur, répondit-elle d'une voix forte. Non seulement vous en trouverez là, mais dans chaque souffle que vous exhalez et sur ces vêtements répugnants.

L'échange devenait de plus en plus violent, et les insultes de plus en plus personnelles. Le rédacteur en chef, qui ne s'était attendu à rien d'aussi spectaculaire, prenait note avec délectation. L'escalade atteignit son apogée lorsque, Robyn ayant poussé à bout son adversaire, il proféra un terrible juron.

— Les mots que vous choisissez sont aussi immondes que vos petites éponges blanches, lui dit-elle, et elle lui en envoya une de toutes ses forces en plein visage, de sorte que l'eau dégoulinait de ses favoris sur sa redingote lorsque Robyn sortit de la salle d'opération.

— Tu la lui as expédiée en pleine figure ? (Zouga baissa son journal et dévisagea sa sœur.) Vraiment, Sissy, parfois tu ne te comportes pas comme une dame.

133

— C'est vrai, reconnut-elle sans le moindre repentir. Mais ce n'est pas la première fois que tu me fais cette remarque. J'étais en plus à cent lieues de me douter qu'il s'agissait du médecin général.

Zouga secoua la tête en feignant de la désapprouver et lui lut la suite de l'article :

— À son avis, tel qu'il l'a exprimé au rédacteur en chef, tu es un médecin novice au diplôme douteux, obtenu dans une obscure faculté de médecine par des moyens encore plus douteux.

— Oh, bien envoyé ! fit Robyn en applaudissant. Il est meilleur orateur que chirurgien.

— Il dit ensuite qu'il envisage d'aller en justice pour obtenir réparation.

— Pour avoir été agressé à coups d'éponge ! enchaîna Robyn en se levant de table. Je m'en moque comme d'une guigne, mais nous devons nous dépêcher si nous voulons arriver à l'heure à notre rendez-vous avec le capitaine Codrington.

Elle était toujours d'humeur légère quand l'allège à l'arrière de laquelle elle était assise à côté de Zouga se rangea contre la coque d'acier de la canonnière.

Labourée par le vent de sud-est, la surface de la baie de la Table se soulevait en vagues courtes dont les crêtes l'avaient transformée en une sorte de champ de coton. Les habitants de la colonie appelaient ce vent le « docteur du Cap », car sans lui les étés auraient été étouffants et éprouvants pour les nerfs. Il rendait cependant la navigation périlleuse et le fond de la baie était jonché d'épaves. Deux matelots du *Black Joke* étaient chargés de surveiller l'ancre tant le vaisseau tirait sur sa chaîne et s'agitait.

Quand l'allège fut amarrée le long du navire, les grosses lances en toile furent descendues et une douzaine d'hommes se mirent en devoir de pomper afin de lester le navire en remplissant les soutes, avant de faire monter les visiteurs à bord.

Lorsque Robyn arriva sur le pont principal après avoir franchi la coupée bâbord, elle regarda immédiatement vers la dunette. Codrington était en manches de chemise et dépassait d'une tête les officiers qui l'entouraient; ses cheveux blonds décolorés par le soleil brillaient comme un fanal.

Tous surveillaient le chaland à charbon amarré contre le flanc tribord du navire.

— Est-ce qu'une bâche a été installée sur les godets? cria Codrington au bosco du chaland. Sinon, nous allons ressembler à une équipe de ramoneurs.

Le pont était en proie à l'agitation provoquée par le ravitaillement, la mise du charbon en soute et le réapprovisionnement en eau. Accompagnée de Zouga, Robyn se fraya un chemin à travers le désordre général. Codrington se détourna du bastingage et les aperçut.

Il parut plus jeune à Robyn que dans son souvenir car il avait une expression détendue et semblait parfaitement à l'aise. Son visage était presque enfantin en comparaison de celui, basané, des marins aux cheveux grisonnants qui l'entouraient, mais l'illusion se dissipa dès qu'il les reconnut. Ses traits se firent soudain sévères, le dessin de sa bouche s'altéra, ses yeux prirent la dureté des saphirs.

— Capitaine Codrington, je suis le major Ballantyne, se présenta Zouga avec son sourire le plus charmant.

— Nous nous sommes déjà rencontrés, monsieur, dit Codrington en faisant un effort pour lui rendre son sourire.

— Puis-je vous présenter ma sœur, le docteur Ballantyne, enchaîna Zouga sans se départir de son calme.

— Votre serviteur, madame, fit Codrington en regardant Robyn et en la saluant d'un simple signe de tête. J'ai lu le compte rendu de vos nouveaux exploits dans le journal de ce matin. (Pendant quelques instants, son expression sévère disparut et une étincelle malicieuse s'alluma dans ses yeux bleus.) Vous avez des idées fortes, madame, et une main droite plus forte encore. (Puis, se retournant vers Zouga.) L'amiral Kemp m'a donné l'ordre de vous convoyer jusqu'à Quelimane, vous et vos gens. Il ne fait aucun doute que vous trouverez notre commerce ennuyeux après vos précédents compagnons de voyage.

Codrington se tourna délibérément vers le *Huron* toujours au mouillage, séparé d'eux par un demi-mille d'eau verte écumant sous l'effet du vent, et pour la première fois Zouga sembla mal à l'aise.

— Je vous serais reconnaissant, poursuivit-il, de vous trouver à bord après-demain avant midi, moment auquel j'attends une marée favorable pour sortir de la baie. Maintenant, je vous prie de m'excuser, je dois m'occuper de l'intendance.

Après un signe de tête, Codrington tourna les talons sans autres civilités et rejoignit ses officiers. Le visage de Zouga s'assombrit et donna l'impression de s'enfler de colère devant ce brusque congé.

— Ce type a un sacré toupet, gronda-t-il farouchement à l'intention de Robyn. Viens, allons-nous-en, ajouta-t-il avec un bref signe de tête après avoir hésité un moment.

Il se tourna, traversa le pont et rejoignit rapidement l'allège, mais Robyn ne bougea pas.

Elle attendit tranquillement que Codrington eût fini de discuter avec son bosco. Il leva les yeux et feignit d'être surpris de la voir encore là.

— Capitaine Codrington, nous avons quitté le *Huron* sur mes instances. C'est la raison pour laquelle nous cherchons maintenant à trouver un autre embarquement, dit-elle de sa voix basse et rauque, mais il y avait en elle une telle détermination que l'expression du capitaine se fit hésitante. Vous aviez raison. Ce navire est un négrier et St John un marchand d'esclaves. Je l'ai prouvé.

— Comment ? demanda Codrington en changeant instantanément d'attitude.

— Je ne peux vous le dire maintenant. Mon frère...

Elle se tourna vers la coupée bâbord, s'attendant à voir Zouga réapparaître d'un instant à l'autre. Il lui avait donné des consignes strictes sur la façon dont il voulait qu'elle se comporte avec Codrington.

— Je serai sur l'aire de débarquement de Rogger Bay cet après-midi, se hâta-t-elle d'ajouter.

— À quelle heure ?

— À trois heures, dit-elle avant de se retourner.

Elle remonta ses jupes et se hâta de rejoindre Zouga.

Assis dans l'énorme fauteuil d'abbé en bois sculpté que ses officiers subalternes appelaient le « trône », l'amiral Kemp montrait des signes d'impatience. Les dimensions du siège accentuaient la minceur du vieil homme. Ses épaules paraissaient trop étroites pour supporter la masse de galon doré qui décorait son uniforme bleu. Il serrait les accoudoirs pour maîtriser sa nervosité, car le jeune officier qui lui faisait face avait le don de le mettre mal à l'aise.

Clinton Codrington s'inclina devant lui et se mit à parler rapidement, d'un ton persuasif, jouant de ses mains élégantes pour souligner son propos. L'amiral trouvait agaçante cette débauche d'énergie et d'enthousiasme. Il préférait les hommes au tempérament moins vif sur lesquels on pouvait compter pour exécuter les ordres à la lettre car ils s'abstenaient de faire preuve d'initiatives déconcertantes.

Il considérait avec une profonde suspicion les officiers réputés brillants. Il n'avait jamais eu une telle réputation quand il était jeune ; en fait, on l'avait même surnommé Kemp le Bosseur, et il estimait que brillant était synonyme d'instable.

Lorsqu'ils étaient affectés au Cap, les jeunes officiers comme Codrington se retrouvaient par nécessité livrés à eux-mêmes pendant des mois au cours de leurs missions, et non pas maintenus avec l'ensemble de la flotte sous la surveillance stricte d'un supérieur, prêt à serrer la bride aux têtes brûlées.

Kemp avait la désagréable conviction que cet officier allait lui causer de sérieux embarras avant que ses fonctions de commandant de l'escadre du Cap aient pris fin, qu'il ait pu recevoir son titre de chevalier et prendre sa retraite dans la paix et la solitude tant désirées de sa résidence du Surrey. Si ses projets d'avenir n'avaient pas encore été perturbés par le jeune Codrington, c'était uniquement grâce à un heureux concours de circonstances, et Kemp eut du mal à rester impassible en se remémorant l'affaire du Calabash.

Codrington avait fondu sur les baraquements d'esclaves de Calabash un clair matin de juin de sorte que les cinq négriers argentins avaient aperçu ses voiles alors qu'il était encore à une trentaine de milles, et ils avaient immédiatement entrepris de redébarquer à toute vitesse leur chargement d'esclaves sur la plage.

Lorsque le *Black Joke* arriva, les cinq capitaines souriaient d'un air suffisant, leurs cales vides, tandis que près de deux mille pauvres diables étaient assis sur la plage en longues files, exposés à la vue de tous. Les marchands étaient d'autant plus contents d'eux qu'ils se trouvaient à une bonne vingtaine de milles marins au-dessous de l'équateur, et donc, à l'époque, en dehors de la juridiction de la Royal Navy. Les baraquements avaient été installés à Calabash pour tirer parti de cette clause des accords internationaux.

La satisfaction des négriers se mua en indignation lorsque le *Black Joke* sortit ses canons et, sous la menace, envoya des hommes armés sur des chaloupes pour les arraisonner.

Les capitaines espagnols, sous leur pavillon de complaisance argentin, protestèrent avec vigueur et volubilité contre la présence de troupes armées à leur bord.

— Nous ne sommes pas là pour vous arraisonner, expliqua Codrington au plus âgé des capitaines. Nous sommes des conseillers armés, et nous vous conseillons de commencer à rembarquer votre cargaison, et vite.

L'Espagnol poursuivit ses protestations jusqu'à ce qu'un coup de canon attire son attention sur les cinq nœuds coulants qui pendaient déjà à la fusée de vergue du *Black Joke*. Il était certain qu'ils ne pouvaient servir à quoi ils semblaient si évidemment destinés, puis il regarda de nouveau dans les yeux saphir du jeune officier anglais aux cheveux argentés et estima que mieux valait ne pas en jurer.

Quand ils eurent rembarqué les esclaves, l'Anglais, leur conseiller armé autoproclamé, leur donna son dernier avis non sollicité : lever l'ancre et prendre un cap leur permettant de repasser l'équateur dans les cinq heures.

Codrington fit alors un point très précis, consulta son almanach et invita le capitaine espagnol à vérifier ses calculs et à confirmer qu'ils se trouvaient bien à 0° 05' de latitude nord. L'Anglais l'arrêta immédiatement et saisit les cinq navires, les « conseillers armés » adoptant alors sans la moindre gêne apparente le statut d'« équipage de prise ».

Lorsque Codrington ramena ses cinq prises dans la baie de la Table, l'amiral Kemp écouta atterré le récit que fit le capitaine espagnol de sa capture, puis se retira immédiatement dans ses appartements pour se mettre au lit en proie à des crampes intestinales et à une forte migraine. De sa chambre plongée dans la pénombre, il dicta d'abord l'ordre de consigner Codrington sur son bâtiment et de maintenir celui-ci à l'ancre, puis entreprit de faire son rapport au premier lord de l'Amirauté.

Cet épisode, qui aurait très bien pu se terminer par l'assignation de Codrington en cour martiale et sa mise à pied, ainsi que par un coup brutal à la progression acharnée de l'amiral Kemp vers la chevalerie et la retraite, avait en fait valu aux deux hommes richesses et avancement.

Le sloop qui acheminait le rapport de Kemp au premier lord croisa en haute mer un autre navire voguant vers le sud, porteur de dépêches pour l'amiral commandant l'escadre du Cap signées par le premier lord mais aussi par le ministre des Affaires étrangères.

Kemp était prié et requis d'appliquer à l'avenir la « clause d'équipement » aux navires de toutes les nations chrétiennes — à l'exception criante des États-Unis d'Amérique — sous toutes les latitudes, tant au nord qu'au sud de l'équateur.

Les dépêches étaient datées de quatre jours avant le raid de Codrington sur les négreries de Calabash, ce qui non seulement légalisait son action mais la rendait tout à fait méritoire.

Sur le point d'assister à la ruine de sa carrière, l'amiral Kemp avait vu sa situation se rétablir *in extremis,* sa chevalerie assurée et une forte somme proportionnelle au montant de la prise versée sur son compte en Angleterre. Les cinq Espagnols furent condamnés à la session suivante du tribunal de la Commission mixte du Cap. La part de la prise revenant à l'amiral s'élevait à plusieurs milliers de livres sterling, celle de son jeune officier était près de deux fois plus importante, et tous deux avaient reçu des lettres personnelles d'éloges du premier lord.

Rien de tout cela n'avait contribué à augmenter la confiance ou la sympathie de Kemp pour son subalterne, et il écoutait à présent avec une horreur grandissante sa suggestion de décréter l'arraisonnement et la perquisition du clipper de commerce américain qui jouissait alors de l'hospitalité du port.

Pendant quelques pénibles instants, Kemp imagina son nom entrant dans l'Histoire comme celui de l'officier ayant précipité la deuxième guerre entre l'Angleterre et les anciennes colonies américaines. La conception du gouvernement des États-Unis quant à l'inviolabilité des navires américains était sans équivoque, et les ordres donnés par Kemp comportaient des passages spécifiques sur la question.

— Amiral Kemp, déclara Codrington manifestement enflammé par son idée, il est absolument hors de doute que le *Huron* est un négrier et qu'il est équipé pour le transport des esclaves selon les termes de la loi. Il n'est plus en haute mer, mais au mouillage dans les eaux territoriales britanniques. Je peux être à son bord dans les deux heures avec des témoins impartiaux, et même avec un juge de la Cour suprême.

Kemp s'éclaircit la gorge avec bruit. Il avait en fait essayé de parler, mais il était si épouvanté que les mots n'étaient pas parvenus jusqu'à ses lèvres. Codrington sembla prendre ce gargouillement pour un encouragement.

— Cet individu, St John, est l'un des plus infâmes marchands d'esclaves des temps modernes. Son nom est légendaire sur la côte. On dit qu'il a transporté plus de trois mille esclaves en un an de l'autre côté de l'Atlantique. Une chance à ne pas manquer nous est offerte.

Kemp parvint enfin à retrouver la voix.

— J'ai dîné mercredi au palais du gouverneur. M. St John était parmi les invités personnels de Son Excellence. Je le tiens pour un gentleman, et je sais qu'il jouit d'une fortune et d'une influence considérables dans son propre pays, dit-il tout net, sans trace d'émotion dans la voix, surpris de son sang-froid.

— C'est un négrier, contesta Robyn Ballantyne, qui prenait la parole pour la première fois depuis qu'elle s'était assise près de la fenêtre du bureau de l'amiral.

Les deux hommes avaient oublié sa présence mais étaient à présent tournés vers elle.

— Je suis entrée dans la cale principale du *Huron* ; elle est entièrement équipée pour le transport des esclaves, poursuivit-elle d'une voix basse mais claire.

Kemp ressentit une bouffée de fiel et s'étonna d'avoir trouvé cette jeune femme charmante lors de leur première rencontre. Il aimait les jeunes filles et avait personnellement demandé à son secrétaire d'inviter le frère et la sœur Ballantyne, mais il le regrettait à présent. Il voyait bien que ce qu'il avait pris pour de l'esprit était en fait de la malice, celle d'une fautrice de troubles-née, et que, loin d'être jolie, elle était en réalité tout ce qu'il y a d'ordinaire, avec un grand nez et une mâchoire massive. Il avait cru qu'elle apporterait un peu de fraîcheur et le changerait des minauderies et des gloussements des demoiselles de la colonie, mais il comprenait maintenant que cette préférence n'était pas justifiée.

— Il me semble, amiral Kemp, qu'il est de votre devoir d'envoyer un détachement de visite à bord du *Huron*, dit Robyn.

Kemp s'adossa à son grand fauteuil et inspira profondément. Depuis qu'il était amiral de la Navy, personne n'avait osé lui dire quel était son devoir. Il s'efforça de garder son sang-froid et dévisagea la jeune femme. Il se demanda s'il n'avait pas perçu quelque chose de venimeux dans sa voix. Elle avait été passagère sur le *Huron* et quitté le navire dès son arrivée dans la baie de la Table. Il ne faisait aucun doute que la jeune femme était « légère », et le capitaine St John était bel homme. Il y avait là encore une histoire louche, conclut-il, et il demanda sèchement :

— Est-il vrai, mademoiselle Ballantyne, que vous avez agressé le médecin général sur un accès de colère ?

Robyn le regarda suffoquée pendant quelques instants, prise au dépourvu par le tour que prenait la conversation et, avant qu'elle ait pu répondre, il enchaîna :

— Vous êtes de toute évidence une jeune femme très émotive. Je ne peux qu'envisager avec les plus grandes réserves d'entreprendre une action hostile contre un citoyen important d'une nation amie sur votre seul témoignage.

Il tira sa montre en or de son gousset et la regarda ostensiblement.

— Merci de votre visite, mademoiselle Ballantyne, dit-il sans lui donner, une fois encore, son titre professionnel. Nous espérons vous voir demain soir. Peut-être me permettrez-vous de m'entretenir quelques instants en privé avec le capitaine Codrington?

En se levant de son siège, Robyn sentit ses joues s'enflammer.

— Merci, amiral, de vous être montré si aimable et patient, dit-elle les dents serrées avant de quitter la pièce rapidement.

Kemp ne fut pas aussi modéré avec Codrington. Tandis que le jeune capitaine se tenait au garde-à-vous devant lui, il se pencha en avant sur son « trône » et les veines saillirent sur le dos de ses mains agrippées aux accoudoirs.

— Vous avez été malavisé d'amener ici cette jeune personne pour discuter d'une affaire qui concerne exclusivement la marine, lâcha-t-il d'un ton sec.

— J'avais besoin de vous convaincre, amiral.

— Ça suffit, Codrington. J'ai entendu tout ce que vous aviez à dire. Maintenant, écoutez-moi bien.

— Oui, amiral.

— Vous êtes naïf de ne pas prendre en considération la nouvelle situation de l'administration américaine. Ne savez-vous donc pas que M. Lincoln a toutes les chances d'être élu à la présidence?

— Je le sais, amiral.

— Vous devez donc être vaguement au courant des considérations très délicates qui pèsent dans la balance.

Le Foreign Office est persuadé que la nouvelle administration adoptera une attitude extrêmement différente vis-à-vis de la traite des Noirs.

— Oui, amiral, convint froidement Codrington.

— Vous rendez-vous compte que nous pourrons alors exercer pleinement notre droit de visite sur les navires américains en haute mer ?

— Oui, amiral.

— Nous aurons ce droit lorsque M. Lincoln aura prêté serment et si aucun jeune officier de notre marine n'entreprend de son propre chef une action susceptible de prévenir défavorablement les Américains.

— Oui, amiral, répéta Codrington qui, tout raide, fixait des yeux un tableau accroché au mur derrière Kemp, représentant Vénus couverte d'un léger voile.

— Codrington, reprit l'amiral sur un ton de froide menace, vous l'avez échappé belle à Calabash. Je vous jure que, si vous laissez votre tempérament bouillant prendre une fois encore le dessus, je vous mets à pied.

— Oui, amiral.

— Je vous enjoins, et c'est un ordre, de ne pas vous approcher à moins d'une encablure du clipper de commerce le *Huron* et, si vous devez le croiser en mer, vous lui ferez le salut d'usage et passerez au large. Est-ce clair ?

— Oui, amiral.

Seules les lèvres de Codrington remuèrent, et Kemp prit deux profondes inspirations avant de poursuivre.

— Quand appareillez-vous pour le détroit du Mozambique ? demanda-t-il d'une voix plus amène.

— Vous m'avez donné l'ordre de prendre la mer samedi, amiral.

— Pouvez-vous avancer le départ ?

— Oui, amiral, mais cela obligerait à partir sans remplir complètement les magasins... nous attendons la livraison de poudre samedi à l'aube.

Kemp secoua la tête et soupira.

— Je me sentirais mieux si vous étiez en mer, grommela-t-il. Mais, puisqu'il en est ainsi, je compte sur vous pour hisser le pavillon de partance samedi à la première heure.

Robyn Ballantyne attendait Codrington sous le portique de l'Amirauté dans la voiture mise à disposition par Cartwright.

Il descendit l'escalier, son tricorne sous le bras, et grimpa prestement à côté d'elle sur le siège en cuir. Le cocher hottentot fouetta les croupes luisantes des chevaux, et les deux passagers tanguèrent à l'unisson tandis que la voiture descendait en cahotant l'allée bordée d'arbres.

— Qu'allons-nous faire maintenant? demanda Robyn.

— Rien, répondit Clinton Codrington.

Vingt minutes plus tard, alors qu'ils franchissaient l'épaulement de la montagne et regardaient en contrebas la baie où le *Huron* était au mouillage, Robyn prit la parole.

— Vous ne pouvez pas trouver quelque chose pour mettre fin aux agissements de ce monstre?

— Et vous? répliqua-t-il sèchement.

Ni l'un ni l'autre ne dirent mot avant qu'ils aient atteint le lieu de débarquement.

Les bateaux de pêche étaient déjà rentrés et remontés sur la plage, leurs prises étalées sur le sable, amoncellement couleur argent et rubis autour duquel les maîtresses de maison et leurs domestiques marchandaient avec les pêcheurs à la peau brune et aux jambes nues, tandis que les cornes claironnaient pour appeler d'autres clientes. Les deux passagers de la voiture à l'arrêt contemplaient cette agitation avec une attention affectée en évitant de se regarder.

— Vous serez au bal de l'Amirauté demain soir? J'ai entendu Kemp le Bosseur l'affirmer.

— Non, répondit Robyn en secouant la tête farouchement. Je ne peux pas supporter les bavardages frivoles et le comportement stupide auxquels on n'échappe pas en de telles occasions, et puis surtout je ne tiens pas à être une fois de plus l'invitée de ce monsieur.

Codrington se tourna vers elle pour la première fois depuis qu'ils avaient atteint le rivage. Elle est belle femme, pensa-t-il, avec l'éclat de sa peau et ses pensifs yeux vert foncé. Il aimait les femmes grandes et athlétiques, et il connaissait assez son caractère pour la respecter, respect qui pouvait aisément se muer en fascination, pensa-t-il.

— Puis-je insister pour que vous changiez d'avis ? demanda-t-il doucement, et elle le regarda, déconcertée. Je m'efforcerai d'avoir une conversation sensée et d'être un cavalier acceptable.

— Je ne danse pas, capitaine.

— Ça me soulage beaucoup, car je ne danse pas non plus quand je peux m'en dispenser, avoua-t-il en souriant.

Elle ne se souvenait pas de l'avoir vu sourire. Cela le changeait du tout au tout. C'étaient ses yeux bleu clair qui lui donnaient cet air froid, et la gaieté les rendait plus foncés et creusait deux sillons au coin de sa bouche qui s'incurvaient jusqu'à la racine de son nez droit et fin.

— Kemp le Bosseur a un chef de premier ordre, poursuivit-il d'un ton devenu enjôleur. Gastronomie et conversation sérieuse.

Ses dents étaient très régulières et d'une blancheur de porcelaine qui ressortait dans sa figure hâlée. Robyn sentit aussi que les commissures de ses lèvres se relevaient, en une ébauche de sourire, et il profita de son avantage.

— Peut-être aurai-je de nouvelles informations, un nouveau plan pour le *Huron* à examiner avec vous.

— Dans ces conditions, impossible de résister, fit-elle en riant avec une gaieté étonnamment naturelle qui amena les personnes les plus proches à la regarder et à lui sourire avec sympathie.

— Je passerai vous chercher. Dites-moi où et quand.

Il ne s'était pas aperçu combien elle était séduisante avant de l'avoir vue rire.

— Non, répondit-elle en posant sa main sur son bras. Mon frère m'accompagnera, mais si vous êtes là je serai impatiente d'entamer avec vous cette importante conversation.

Elle sentit le démon se réveiller en elle et lui pressa le bras, trouvant du plaisir dans la façon dont les muscles de son avant-bras se tendirent sous ses doigts.

Lorsqu'il partit, elle demanda au cocher d'attendre et regarda la longue et mince silhouette s'éloigner le long de la plage jusqu'à l'endroit où la baleinière du *Black Joke* l'attendait.

Il avait mis sa tenue d'apparat pour rendre visite à l'amiral. Ses épaulettes galonnées d'or faisaient paraître ses épaules plus larges et le ceinturon de son épée lui rehaussait la taille. Elle se demanda brusquement si ses poils étaient aussi blonds que son catogan, et instantanément elle fut choquée et troublée par sa propre pensée. Elle n'en aurait jamais eu de pareille avant. Avant quoi ? se demanda-t-elle, et la réponse se présenta d'elle-même : avant cette nuit sur le *Huron*. Mungo St John avait bien des torts, pensa-t-elle. Se débarrassant complaisamment de toute responsabilité sur qui de droit, elle quitta des yeux la silhouette légère de Clinton Codrington et se pencha pour s'adresser au cocher.

— À la maison, s'il vous plaît.

Elle décida de ne pas assister au bal de l'amiral et commença à réciter en silence les articles de foi chrétiens.

Zouga eut cependant raison de ses bonnes résolutions. C'était une de ces douces nuits d'automne au Cap et tous deux partagèrent le cabriolet avec la fille aînée des Cartwright.

En grande discussion à propos de la journée écoulée, Cartwright et son épouse suivaient dans la voiture fermée.

— Je suis certaine qu'Aletta lui plaît beaucoup, avait déclaré Mme Cartwright.

— Ma chère, ce garçon n'a pas la moindre fortune personnelle.

— Des espérances, répondit Mme Cartwright avec bienveillance. J'ai cru comprendre que cette expédition allait lui rapporter des mille et des cents. Il fait partie de ces jeunes gens qui font leur chemin dans la vie, j'en suis intimement persuadée.

— Mieux vaudrait qu'il ait un compte bien rempli, ma chère.

— Son projet a eu un grand retentissement, je vous assure..., c'est un jeune homme si sérieux, si sensé, et très séduisant. Ils feraient un beau couple, Aletta et lui, et vous pourriez lui offrir une place dans l'entreprise.

Toutes les lampes de l'Amirauté étaient allumées, et un torrent de lumière dorée accueillait les invités. Des lanternes colorées étaient suspendues aux arbres pour illuminer le jardin.

L'orphéon de la marine en tenue rouge et or avait transformé le belvédère en kiosque. Sur la piste de danse installée en plein air, des couples tourbillonnaient déjà aux accents de la valse d'ouverture tout en faisant signe et en hélant les nouveaux arrivants dont les attelages remontaient au petit trot l'allée avant de s'arrêter devant le portique de l'entrée principale.

Des valets de pied en perruque et livrée avec bas de soie et chaussures à boucle ouvraient les marchepieds et tenaient la main aux dames pour les aider à descendre sur le tapis rouge. Au sommet du perron, le majordome annonçait chaque arrivant à voix forte :

— Major et docteur Ballantyne. Mademoiselle Cartwright.

Robyn ne s'était pas complètement habituée aux vagues d'intérêt scandalisé que soulevait chez les dames de la colonie son entrée dans un lieu public — rapides échanges de regards, hochements de tête et murmures derrière les éventails déployés. Cela avait toujours pour effet d'accélérer son pouls et la laissait avec un sentiment d'amer dédain à leur égard.

— As-tu emporté ton éponge, Sissy ? Tout le monde s'attend à ce que tu la jettes à la figure de quelqu'un, murmura Zouga. (Elle lui secoua le bras pour le faire taire, mais il poursuivit quand même.) Ou bien que tu enlèves tes jupes et grimpes l'escalier quatre à quatre en culotte.

— Tu es méchant.

Elle sentit sa tension s'évanouir et lui sourit pour le remercier. Ils se fondirent dans la foule d'uniformes bleu marine ou pourpres galonnés d'or, avec ici et là le noir d'une robe du soir rehaussé par la lavallière et le jabot en dentelle des chemises en soie.

La robe de Robyn ne faisait aucune concession à la mode, car elle avait déjà plusieurs années, mais c'était la seule qu'elle possédait qui convenait à peu près pour les occasions de ce genre. C'était une robe en lainage, étroite du bas, avec un haut sans la moindre paillette ou perle. Aucune plume d'autruche, aucune diamantine ne scintillait dans ses cheveux. Ainsi vêtue, elle aurait pu manquer de chic, mais elle était tout simplement très différente.

Si elle avait dit à Codrington qu'elle ne dansait pas, c'était parce qu'elle n'en avait jamais eu l'occasion, et elle le regrettait maintenant en voyant Zouga et Aletta Cartwright disparaître en tourbillonnant dans les gracieuses envolées de la valse.

149

Elle savait que personne ne l'inviterait à danser et que, si un cavalier se proposait, elle aurait l'air gauche et inexpérimentée. Elle se détourna rapidement, en quête d'un visage familier ou amical. Elle ne voulait pas paraître esseulée et commença à regretter amèrement de ne pas s'en être tenue à sa décision de ne pas venir.

Elle fut si soulagée en apercevant Codrington qu'elle eut envie de lui sauter au cou et de l'embrasser, mais elle se contenta de le saluer d'une voix égale.

C'était vraiment un des plus beaux garçons de la soirée, pensa-t-elle. Elle sentit qu'elle suscitait de la jalousie parmi les jeunes filles, et lui prit donc sans façon le bras qu'il lui offrait, mais fut surprise qu'il l'entraîne immédiatement dans le jardin.

— Il est là, dit-il à voix basse dès qu'ils furent assez loin pour ne pas être entendus.

Elle n'avait pas demandé de qui il parlait, et eut un petit pincement de cœur qui la réduisit au silence quelques instants.

— Vous l'avez vu ?

— Il est arrivé cinq minutes avant vous... dans la voiture du gouverneur.

— Où est-il ?

— Il est allé dans le bureau du Bosseur, avec le gouverneur, répondit Clinton, le visage fermé. Il joue au poseur.

Un domestique s'approcha d'eux avec un plateau de flûtes à champagne. Robyn refusa d'un signe de tête distrait mais Clinton prit un verre et l'avala en deux gorgées.

— Le hic c'est que personne ne peut l'atteindre, fulmina-t-il.

Lorsque la nuit se rafraîchit, l'orphéon s'installa sur l'estrade de la salle de bal et joua sur un rythme si martial et bondissant que les danseurs se mirent à virevolter et à caracoler.

150

L'un d'eux sortait du lot, et ce n'était pas dû qu'à sa haute taille. Alors que les autres sautillaient et peinaient, le souffle court et le visage empourpré, Mungo St John semblait tourner et glisser avec une grâce mesurée tout en faisant le tour de la piste plus rapidement que n'importe quel autre danseur. C'était toujours une des plus jolies femmes de la soirée qui se balançait dans ses bras, riait le visage levé vers lui, les joues rouges d'excitation, tandis qu'une douzaine d'autres, avec envie, la regardaient furtivement par-dessus l'épaule de leur cavalier.

Clinton et Robyn l'observaient aussi depuis le balcon à colonnades qui entourait la piste. Ils se trouvaient au milieu d'un petit cercle d'officiers et de leurs épouses sans pour autant faire aucun effort pour participer à leurs badinages.

Robyn se prit à espérer que St John lèverait les yeux vers elle, qu'il croiserait son regard afin de lui faire sentir toute sa haine, mais il ne regarda pas une seule fois dans sa direction.

Elle pensa même proposer à Clinton Codrington de rejoindre les danseurs, bien qu'elle lui ait affirmé ne jamais danser, mais elle décida vite de s'en abstenir. Elle savait que, comme danseur, l'officier de marine ne soutiendrait pas la comparaison avec l'élégant Américain.

Quand elle se dirigea vers la salle à manger au bras de Clinton, elle remarqua St John qui les précédait. Il donnait le bras à une femme blonde, réputée pour être la veuve la plus jolie, la plus riche et la plus vorace de la colonie. Une broderie diamantée et des plumes d'autruche rehaussaient sa coiffure extrêmement recherchée ; elle avait les épaules nues et montrait sa poitrine plus qu'elle ne la cachait sous un corset de brocard empesé par une multitude de petites perles.

Mungo St John portait une sobre tenue de soirée noir et blanc avec plus de panache que tous les officiers aux uniformes chamarrés qui l'entouraient.

151

Robyn vit la femme tapoter l'épaule de St John avec son éventail pour attirer son attention, puis se dresser sur la pointe des pieds pour lui murmurer quelque chose à l'oreille. Il s'inclina d'un air grave pour l'écouter.

— Cette femme est une impudente catin, siffla Robyn. À son côté, Clinton fit un effort pour ne pas se montrer choqué par ce mot, puis acquiesça.

— Et lui, le diable en personne.

Comme s'il les avait entendus, St John leva les yeux vers eux et les vit qui le regardaient. Il s'inclina et sourit à Robyn.

C'était un sourire si complice et entendu qu'elle eut l'impression qu'il la déshabillait encore comme il l'avait fait dans son austère cabine du *Huron*, et immédiatement elle se sentit envahie par le même sentiment d'impuissance.

Il lui fallut faire un effort terrible pour se détourner, mais Clinton l'avait observée. Elle ne put croiser son regard, convaincue qu'il pourrait tout lire dans ses yeux.

À deux heures du matin, l'orphéon se lança dans des airs moins endiablés à l'intention des amoureux et des romantiques qui tournaient toujours sur la piste de danse, mais la majorité des invités s'étaient rassemblés au premier étage autour des tables de jeu, si ce n'était pour jouer, du moins pour regarder les joueurs avec une grande attention et applaudir de temps à autre un coup particulièrement audacieux ou réussi.

Dans la salle la plus grande, l'amiral Kemp faisait un whist avec les plus âgés de ses invités. Dans la deuxième salle, les plus jeunes étaient assis autour d'une table de chemin-de-fer, un jeu moins sérieux, et Zouga sourit à Robyn à son passage. Aletta Cartwright et lui jouaient en tête à tête, et la jeune fille poussa des cris de joie en gagnant une poignée de shillings.

Robyn et Clinton passèrent dans le troisième salon, le plus petit. On y jouait à un jeu qui, il y a peu, n'était guère populaire ailleurs qu'en Amérique. Depuis, il avait connu une vogue soudaine à la cour lorsque la reine s'en était entichée, et il faisait maintenant fureur dans tout l'Empire en dépit de son nom étrange : le poker.

Malgré l'intérêt que lui portait Sa Majesté, il n'était toujours pas considéré comme un jeu auquel les dames pouvaient s'adonner en compagnie des messieurs. Seuls des hommes étaient assis autour du tapis vert, et les dames voltigeaient autour d'eux comme des papillons.

Mungo St John faisait face à la porte, si bien que Robyn le vit dès qu'elle entra. Il paraissait parfaitement décontracté, les ondulations de sa chevelure sombre bien lissées, comme sculptées dans de l'ébène poli, et il tenait ses cartes rangées en un éventail serré, très bas contre le plastron en dentelle de sa chemise blanche. Il avait entre les dents un long cigarillo, et la veuve aux cheveux blonds se pencha par-dessus son épaule pour l'allumer en montrant la peau crémeuse de son décolleté.

Après avoir allumé son cigare, St John souffla une longue volute de fumée bleue et la remercia en plissant les yeux avant de faire une relance.

Il était de toute évidence en train de gagner ; un tas de pièces d'or s'étalait devant lui, toutes frappées à l'effigie de la reine Victoria, l'air bien plus jeune que ses quarante et un ans. Et tandis qu'ils regardaient, il gagna encore.

L'excitation semblait littéralement sourdre de St John et se transmettait aux spectatrices qui s'exclamaient à chacune de ses relances et poussaient un soupir de déception quand il repliait ses cartes et se couchait. La fièvre du jeu était manifeste chez les cinq autres joueurs. L'éclat de leurs yeux, la blancheur des articulations de leurs doigts serrés sur les cartes, la témérité de leurs relances et l'imprudence qui les poussait à rester dans la partie longtemps après que la chance les eut d'évidence abandonnés trahissaient leur animation. Il était clair que tous voyaient en St John leur principal adversaire, et les mains auxquelles il ne participait pas étaient plus détendues.

Robyn se sentit envahie par la même fascination ; sans s'en rendre compte, elle pressa avec plus de force le bras de Clinton tandis que la tension montait et que les pièces tintaient au milieu de la table, et elle s'entendait soupirer de dépit ou de soulagement lorsque les joueurs baissaient leurs cartes à la fin de chaque main.

Elle s'était inconsciemment rapprochée de la table en entraînant Clinton, de sorte que lorsqu'un des joueurs s'exclama écœuré « Cinquante guinées ! Ça suffit pour ce soir. Veuillez m'excuser, messieurs », ramassa les quelques pièces qui lui restaient et repoussa sa chaise pour se lever, ils durent se reculer pour le laisser passer.

Avec surprise Robyn sentit Clinton lâcher son bras et le vit prendre tranquillement la place libre.

— Puis-je me joindre à vous, messieurs ?

Il y eut des grognements d'assentiment distraits, mais seul St John leva les yeux et lui demanda poliment :

— Connaissez-vous le montant des mises, capitaine ?

Clinton ne répondit pas mais sortit une liasse de billets de cinq livres et la posa à côté de lui. Robyn fut étonnée par l'importance de la somme ; il n'y avait pas moins d'une centaine de livres. Elle se souvint alors que Clinton Codrington avait été pendant plusieurs années l'un des officiers qui avaient commandé le blocus des côtes à esclaves avec le plus de succès. Son frère lui avait répété la rumeur selon laquelle, durant cette période, ses prises lui avaient rapporté plus de dix mille livres.

Robyn eut alors l'intuition soudaine que par ce geste Clinton avait lancé un défi silencieux à Mungo St John et que celui-ci l'avait relevé avec un petit sourire.

Elle fut prise d'inquiétude, persuadée que Clinton Codrington se mesurait à un adversaire trop expérimenté et habile pour lui. Elle se rappela que, même avec des enjeux modérés, Zouga, qui comptait sur le jeu pour arrondir sa paie, n'avait pas été de taille contre St John et que, de dépit, il avait bu toute la soirée. Elle était convaincue que son jugement l'amènerait à sa perte, même s'il avait une certaine connaissance du jeu.

Presque tout de suite St John modifia légèrement sa façon de jouer ; il doublait le pot avant de tirer, appelait le jeu, dominait la partie et profitait de la force et de la confiance que lui procuraient ses gains déjà considérables. Clinton donna immédiatement l'impression d'être peu sûr de lui : il hésitait à accepter le double de la mise, se couchait plutôt que de prendre des risques et n'avait pas assez de cran pour suivre St John.

Robyn se déplaça légèrement pour observer les deux hommes. Clinton était pâle sous son hâle, son nez était pincé et ses lèvres serrées ne formaient plus qu'une ligne fine ; elle se souvint qu'il avait bu une douzaine de verres de champagne au cours de la soirée.

Il était nerveux, indécis, tous les spectateurs s'en rendaient compte et leur déception était manifeste. Lorsque Clinton avait posé avec panache ses cent livres sur la table, ils s'étaient attendus à une joute spectaculaire mais, lorsque son jeu trop prudent et fastidieux fit fondre lentement ses réserves, leur intérêt se porta vers un échange animé entre St John et l'un des fils Cloete, la famille qui possédait la moitié des fameux vignobles de la vallée de Constantia.

Ils riaient du badinage léger avec lequel les deux joueurs relançaient et admiraient le fair-play du perdant et l'aisance du gagnant. Ils avaient presque oublié les autres joueurs assis à la table qui se bornaient à ramasser sans gloire une première mise ou abandonnaient sans résister devant les attaques des deux leaders.

Robyn ne pouvait que plaindre Clinton lorsqu'il tripotait maladroitement son jeu et montrait prématurément l'une de ses rares mains gagnantes, déclenchant de petits rires chez les spectateurs quand il ramassait quelques guinées au lieu des cinquante qu'il aurait pu gagner en jouant correctement.

Elle essaya d'accrocher son regard pour lui faire signe de s'arrêter avant de s'humilier davantage, mais Clinton continuait obstinément à jouer en refusant de lever les yeux vers elle.

Cloete remporta un coup avec un carré et, comme il en avait le droit, demanda un pot pour célébrer sa chance.

— Un brelan pour ouvrir le pot et une guinée comme carotte, annonça-t-il en souriant à St John à travers la table. Cela vous convient-il, monsieur ?

— Tout à fait, répondit St John en lui renvoyant son sourire, et les autres joueurs essayèrent de cacher leur embarras.

C'était un jeu dangereux. Chaque joueur devait avoir un brelan pour ouvrir et, en cas de mauvaise donne, mettre une guinée dans le pot. Quand un joueur chanceux satisfaisait à l'exigence de départ, il avait la possibilité de doubler l'ensemble de la mise. Celle-ci pouvait atteindre rapidement une somme énorme, et il n'y avait pas moyen de se retirer tant que le jeu n'était pas ouvert — un jeu vraiment dangereux.

Une dizaine de donnes ne suffirent pas à ouvrir le jeu et, alors que le pot était à soixante-dix guinées, St John annonça tranquillement :

— La partie est ouverte, messieurs, aussi largement que la bouche de ma belle-mère. (Les joueurs s'étaient arrêtés aux tables voisines, et St John poursuivit :) Il vous en coûtera encore soixante-dix pièces d'or pour rester dans la partie.

Il avait doublé le pot, et les spectateurs applaudirent et regardèrent les autres joueurs avec impatience.

— Je suis votre homme, dit Cloete avec cependant quelque difficulté à respirer.

Il compta les billets et les pièces et les jeta sur le tas au centre de la table.

Trois joueurs sortirent du jeu en se couchant avec empressement, manifestement soulagés de s'en tirer pour dix guinées seulement, mais Clinton Codrington regardait ses cartes d'un air piteux et St John dut le pousser gentiment pour qu'il prenne sa décision.

— Je vous en prie, capitaine, ne vous pressez pas. Nous avons toute la nuit devant nous.

Clinton leva les yeux vers lui, hocha la tête d'un mouvement saccadé pour éviter de parler, puis poussa une liasse de billets au milieu de la table.

— Trois joueurs, commenta St John, et il compta rapidement l'argent du pot. Deux cent dix guinées.

La relance suivante pouvait doubler cette somme, et celle d'après la quadrupler. La pièce était à présent silencieuse, les joueurs des autres tables avaient quitté leur chaise pour se joindre aux spectateurs. Le donneur distribua deux cartes à l'Américain pour remplacer celles qu'il avait jetées. Il « achetait » sans bluffer et essayait d'améliorer son brelan de départ sans faire semblant d'avoir un flush ou un full. Cloete prit trois cartes, cherchant manifestement à améliorer une paire élevée, puis ce fut au tour de Clinton de demander des cartes.

— Une, bredouilla-t-il en levant un doigt qui tremblait légèrement.

Le donneur fit glisser la carte vers lui, et il la couvrit de sa main, incapable de se décider à la regarder. Il n'était que trop évident qu'il attendait la carte manquant à un flush ou à une quinte.

— C'est à l'ouvreur de parler, lança le donneur. Monsieur St John.

Il y eut une pause tandis que St John déployait son jeu pour regarder ses cartes.

— La mise est doublée, dit-il, impassible.

— Quatre cent vingt guinées, jeta quelqu'un, mais cette fois personne n'applaudit et tous les yeux se tournèrent vers Cloete tandis qu'il examinait son jeu.

Il secoua la tête brusquement et abandonna ses cartes. Il n'avait pas trouvé de troisième roi pour améliorer sa paire.

Tout le monde regardait à présent le joueur restant. Une transformation difficile à définir s'était opérée en Clinton Codrington. Une touche de couleur apparaissait sous ses joues tannées, ses lèvres étaient légèrement entrouvertes et pour la première fois il regardait St John en face — une confiance et une ardeur à peine dissimulées émanaient de lui. Il n'y avait pas à s'y tromper, il était bel et bien rayonnant.

— Je double la mise, dit-il d'une voix assurée. Huit cent quarante guinées.

Il se contenait à grand-peine, et chacun savait qu'il avait reçu la carte qu'il lui fallait pour obtenir une main gagnante.

St John n'eut guère besoin de réfléchir plus de quelques secondes.

— Félicitations, dit-il en souriant. Vous avez trouvé ce que vous cherchiez, je vous donne la partie.

Il lâcha ses cartes et les poussa devant lui.

— Pouvons-nous voir les cartes dont vous aviez besoin pour ouvrir le pot ? demanda Clinton un peu embarrassé.

— Excusez-moi, fit St John d'un ton légèrement ironique, et il ouvrit la main d'un seul coup.

Il y avait trois sept et deux cartes dépareillées.

— Merci, dit Clinton.

Son attitude avait de nouveau changé. Son impatience et son indécision avaient toutes deux disparu. Il était calme, presque glacial, et commença à rassembler les tas de pièces d'or et de billets éparpillés sur la table.

— Quelles cartes aviez-vous ? demanda une femme avec pétulance.

— Il n'est pas obligé de les montrer, lui expliqua son compagnon. Il a gagné sans baisser ses cartes.

— Oh, je meurs d'envie de les voir, s'écria-t-elle.

Clinton interrompit sa tâche et leva les yeux vers elle.

— Je vous prie de n'en rien faire, madame, dit-il en souriant. Je ne voudrais pas avoir votre mort sur la conscience.

Il retourna ses cartes sur le tapis vert, et il fallut plusieurs secondes aux membres de l'assistance pour s'assurer qu'ils ne se trompaient pas. Il y avait trois cartes de chaque couleur, mais pas la moindre combinaison.

Il y eut des exclamations de plaisir. Son jeu n'avait strictement aucune valeur. Il aurait été battu par une vulgaire paire de sept, *a fortiori* par le brelan de St John.

Avec ce mauvais jeu, le jeune officier avait battu l'Américain, il s'était montré plus malin que lui et l'avait délesté de près de neuf cents guinées. C'était un coup mémorable. Chacun se rendit compte petit à petit combien il avait été soigneusement manigancé, comment Clinton avait trompé son adversaire et fait semblant de cafouiller lamentablement en attendant le moment opportun pour porter son coup, audacieux et décisif. Ils applaudirent spontanément, les femmes hochant la tête avec admiration, les hommes lui adressant des félicitations.

St John ne se départit pas de son sourire, mais ses lèvres se serrèrent et, tandis qu'il regardait les cartes et comprenait combien il avait été dupé, une lueur sauvage s'alluma dans ses yeux.

Les applaudissements se turent, certains spectateurs s'éloignèrent tout en discutant de la partie, et St John commença à rassembler les cartes pour les battre quand Clinton Codrington prit la parole. Il s'exprimait d'une voix basse mais claire afin que tout le monde puisse entendre.

— La chance finit par abandonner même les négriers, dit-il. Je dois en convenir, j'aurais préféré vous prendre à votre sale trafic plutôt que de vous soutirer quelques guinées.

Interloquées, les personnes présentes regardèrent Clinton bouche bée avec des expressions comiques d'horreur ou de stupéfaction. Un lourd silence tomba sur la pièce ; on entendait seulement le crépitement des cartes que Mungo St John commençait à battre. Il coupa avec un bruit sec, puis réunit les deux tas en les laissant filer sous ses pouces sans regarder ses mains ni quitter des yeux un seul instant le visage de Clinton, toujours souriant — ses joues avaient seulement rosi.

— Vous aimez vivre dangereusement ? demanda-t-il.

— Oh non, répondit Clinton en secouant la tête. Je ne suis pas en danger. Je sais d'expérience que tous les négriers sont des lâches.

Le sourire de Mungo St John s'évanouit instantanément et son visage prit une expression froidement assassine, mais il ne cessa pas pour autant de battre les cartes et elles coulaient sous ses doigts pendant que Clinton poursuivait d'une voix égale :

— Je me suis laissé dire que les soi-disant gentlemen de Louisiane ont un code de l'honneur très strict, dit-il en haussant les épaules. À mon sens, monsieur, toute votre personne s'inscrit en faux contre cette notion.

Les spectateurs étaient stupéfaits mais ne pouvaient douter de ce qu'ils entendaient : Codrington accusait bel et bien St John de pratiquer le commerce des esclaves. Pour un Anglais, il n'y avait pas de pire insulte.

Les derniers duels avaient eu lieu en Angleterre en 1840, quand Lord Cardigan avait tué le capitaine Tuckett, et en 1843, lorsque Munro avait tué son beau-frère, le colonel Fawcett. À la suite de ces rencontres, la reine avait fait connaître son désir de réforme, et le code de justice militaire fut amendé l'année suivante, faisant du duel un délit. Bien sûr, les messieurs continuaient de se rendre à l'étranger, surtout en France, pour régler leurs affaires d'honneur au pistolet ou à l'épée. Mais on était dans la colonie du Cap, l'un des joyaux de l'Empire et le capitaine Codrington était un officier nommé par Sa Majesté. La soirée s'était déjà avérée divertissante au-delà de toute espérance, et à présent la salle de jeu était en passe d'être le théâtre d'une effusion de sang, voire d'une mort violente.

— Messieurs, c'est un malentendu, interrompit quelqu'un d'un ton pressant.

Le commandant du navire amiral était venu de la salle de whist sur les ordres de son supérieur. Mais aucun des deux hommes ne daigna seulement regarder dans sa direction.

— Je ne crois pas qu'il y ait le moindre malentendu, lâcha froidement Mungo St John, les yeux toujours rivés à ceux de Clinton. Il est impossible de se méprendre sur les insultes du capitaine Codrington.

— Monsieur St John, puis-je vous rappeler que vous êtes en territoire britannique, et tenu au respect des lois de Sa Majesté, enchaîna le commandant, désespéré.

— Oh, M. St John attache peu de prix aux lois. Il jette l'ancre avec son négrier entièrement équipé dans un port britannique, reprit Clinton en dévisageant l'Américain avec froideur.

Il s'apprêtait à poursuivre, mais St John l'interrompit en s'adressant au commandant tout en lui destinant ses paroles :

— Loin de moi l'idée d'abuser de l'hospitalité de Sa Majesté. Quoi qu'il en soit, je prendrai la mer avec la marée avant midi aujourd'hui même, et dans quatre jours, je serai sorti depuis longtemps des eaux territoriales britanniques et me trouverai par 31° 38' de latitude sud. Il y a là l'embouchure d'un large fleuve, entre deux hauts promontoires rocheux — avec une grande plage où débarquer facilement. Impossible de la rater.

St John se leva. Il avait retrouvé son urbanité et ajusta le plastron de sa chemise avant de donner le bras à sa compagne. Il s'arrêta un instant et baissa les yeux vers Clinton.

— Qui sait si nous nous reverrons, mais il nous faudra bien débattre un jour de cette question d'honneur. En attendant, je vous souhaite le bonsoir, monsieur.

— L'amiral souhaite vous parler, capitaine, dit le commandant à Clinton en lui décochant un regard furibond, puis il se lança à la poursuite du couple, le suivit dans l'escalier en arc de cercle et le rattrapa au moment où il allait franchir la double porte en teck sculpté.

— Monsieur St John, l'amiral Kemp m'a chargé de vous transmettre ses compliments. Il ne fait aucun cas des accusations irréfléchies de l'un de ses jeunes capitaines. S'il le faisait, il serait contraint d'envoyer une escouade à bord de votre navire.

— Aucun de nous n'apprécierait cette initiative, acquiesça St John. Pas plus que ses conséquences.

— Naturellement, admit le commandant. L'amiral estime cependant que, eu égard aux circonstances, il serait bon que vous profitiez de la prochaine marée et du prochain vent favorable pour appareiller.

— Voulez-vous avoir l'obligeance de rapporter mes compliments à l'amiral... et lui faire part de ma volonté de quitter la baie avant midi.

À ce moment-là, la voiture de la veuve s'avança. Sur un signe de tête distant au commandant, St John tendit la main à la dame pour l'aider à monter sur le marche-pied.

Du pont du *Black Joke* ils regardèrent le clipper lever l'ancre, son capitaine coiffant et servant habilement les huniers pour le faire remonter sur sa chaîne et permettre aux ailes de l'ancre de s'extraire de la vase et du sable. Dès que le navire fut libéré, St John fit hisser les voiles qui, l'une après l'autre, claquaient en une brève explosion, aveuglantes de blancheur, et le *Huron* sortit avec ardeur de la baie de la Table en serrant le vent de sud-est.

Il avait disparu derrière le phare de Mouille Point depuis près de quatre heures lorsque le *Black Joke* fut prêt à appareiller. La barge de l'Amirauté qui livrait la poudre était amarrée contre son flanc, et toutes les précautions de rigueur pour l'embarquement des explosifs, dûment appliquées : pavillon d'avertissement rouge en queue d'hirondelle hissé sur le grand mât, chaudière éteinte, l'équipage pieds nus, les ponts arrosés en permanence pour éviter tout risque d'étincelle et chaque baril de poudre soigneusement inspecté pour détecter d'éventuelles fuites avant d'être embarqué.

Tandis que le mécanicien rallumait les chaudières, les derniers membres de l'expédition Ballantyne montaient à bord. Une fois de plus, les lettres d'introduction obtenues par Zouga avaient fait merveille et, jointes à son talent de persuasion, avaient permis d'ajouter aux effectifs de précieuses recrues.

Le vieux Tom Harkness avait mis en garde Zouga au cours de leur longue nuit de discussion : « N'essaie pas de franchir les montagnes Chimanimani sans une

163

escorte d'hommes aguerris. Au-delà de l'étroite ceinture côtière, il n'existe qu'une seule loi, et elle est promulguée à la pointe du fusil. »

Au vu de ses lettres, le commandant de la garnison du Cap avait autorisé Zouga à chercher des volontaires parmi les hommes de son régiment d'infanterie hottentote. « Ce sont les seuls indigènes d'Afrique à comprendre le fonctionnement d'une arme à feu, avait précisé Harkness. Ils sont terriblement portés sur la boisson et les femmes, mais capables de se battre et de marcher, et la plupart sont endurcis contre les fièvres et la famine. Choisis-les avec soin et surveille-les sans cesse, nuit et jour. »

La demande de Zouga avait été accueillie avec enthousiasme. Les Hottentots avaient la réputation de flairer du butin ou une femme consentante à cinquante miles à la ronde, et la paye et les rations que leur offrait Zouga étaient presque trois fois plus importantes que celles de l'armée britannique. Ils s'étaient tous proposés sans exception et, pour Zouga, la difficulté avait consisté à en sélectionner dix.

Il avait tout de suite eu de la sympathie pour ces petits hommes maigres et nerveux, aux traits orientaux — yeux bridés et pommettes saillantes. En dépit des apparences, ils étaient plus africains que la plupart des autres races. Ils étaient déjà là quand les premiers navigateurs avaient débarqué sur la plage de la baie de la Table — et ils avaient adopté facilement les mœurs des Blancs, et plus facilement encore leurs vices.

Zouga avait résolu le problème en ne choisissant qu'un seul d'entre eux. C'était un homme sans âge; il pouvait avoir aussi bien quarante ans que quatre-vingts, car la peau de son visage avait la couleur et la texture du parchemin, chaque ride semblant avoir été creusée par le vent et la poussière, mais aucune trace de « sel » ne teintait les petits grains de poivre qui formaient sa chevelure.

— J'ai appris au capitaine Harris à chasser l'éléphant, dit-il pour se glorifier.

— Où cela ? demanda Zouga.

Cornwallis Harris était l'un des plus célèbres parmi les vieux chasseurs d'Afrique. Son livre *Aventures sportives en Afrique* était le grand classique de la chasse sur ce continent.

— Je l'ai emmené sur les monts Cashan.

L'expédition de Harris sur ces montagnes, que les Boers appelaient désormais Magaliesberg, avait eu lieu en 1829, soit trente et un ans plus tôt. Le petit Hottentot devait donc avoir entre cinquante et soixante ans, s'il disait la vérité.

— Harris ne mentionne pas votre nom, fit remarquer Zouga. J'ai lu son récit attentivement.

— Jan Bloom, c'est comme ça que je m'appelais à l'époque.

Zouga hocha la tête. Bloom avait été l'un des plus intrépides chasseurs et serviteurs de Harris.

— Pourquoi vous appelez-vous maintenant Jan Cheroot — Jan « Cigarillo » ? questionna Zouga.

Cheroot lui adressa un clin d'œil malicieux :

— On se lasse parfois de son nom, comme d'une femme, et pour conserver sa santé ou sa vie, on change de l'un et de l'autre.

Son fusil de guerre Enfield était aussi long que Jan Cheroot lui-même, mais donnait l'impression d'être un prolongement de son petit corps ratatiné.

— Choisissez neuf hommes, lui demanda Zouga. Prenez les meilleurs.

Et le sergent Cheroot les conduisit à bord au moment où un panache de vapeur s'élevait des chaudières de la canonnière.

Ils portaient sur l'épaule leur Enfield, leurs objets personnels dans un havresac et cinquante cartouches dans les poches de leur ceinturon.

165

Il ne manque plus pour les accueillir que la sonnerie de fifre qui accompagne l'expulsion des mauvais soldats, pensa Zouga avec une ironie désabusée en les voyant monter sur le pont par la coupée bâbord, chacun le gratifiant d'un sourire béat et d'un salut si énergique qu'il en perdait presque l'équilibre.

Le sergent Cheroot les fit s'aligner le long du bastingage. La couleur de la veste de leur uniforme, rouge à l'origine, avait subi d'étranges mutations et pris dix nuances différentes qui allaient d'un rose passé au puce sale, et chacun portait sa casquette de fantassin inclinée selon un angle différent. Des bandes molletières rien moins que propres recouvraient leurs jambes fines et leurs pieds nus claquèrent à l'unisson sur le pont en chêne lorsque Cheroot les fit mettre au garde-à-vous, Enfield sur l'épaule et sourire content sur leurs visages de lutins.

— Très bien, sergent, fit Zouga en guise d'appréciation. Ouvrons maintenant les sacs et sortons les bouteilles.

Leurs sourires s'évanouirent et ils échangèrent des regards penauds — le major avait l'air si jeune et crédule.

— Vous avez entendu le major, *julle klomp dom skaape*, lâcha Cheroot en les traitant joyeusement de « troupeau de moutons stupides » en mauvais hollandais, et quand il se retourna vers Zouga, une lueur de respect brillait pour la première fois dans ses yeux sombres.

Lorsqu'un navire veut remonter la côte sud-est de l'Afrique, deux routes s'offrent à lui. Le capitaine peut choisir de rester à l'extérieur de la ligne de cent brasses qui marque le bord du plateau continental, car à cet endroit les forces antagonistes du courant du Mozambique et des vents dominants risquent de produire une très grosse mer, avec des vagues de plus de soixante mètres de haut — les « vagues de cent ans », disent les marins avec crainte —, capables d'emporter les vaisseaux les plus solides comme des feuilles d'automne balayées par le vent. L'autre solution, à peine moins hasardeuse, consiste à faire route le long de la côte, sur les hauts-fonds où des récifs guettent le navigateur imprudent.

Pour gagner du temps, Clinton Codrington avait opté pour cette seconde possibilité, de sorte qu'ils filaient vers le nord sans jamais perdre la terre de vue. Jour après jour, les plages miroitantes de sable blanc et les sombres promontoires rocheux se succédaient parfois presque perdus dans la légère brume de mer bleue, à d'autres moments d'une netteté brutale sous le soleil d'Afrique.

Clinton poussait les chaudières — l'hélice de bronze tournait sous la voûte d'arcasse tandis que toutes les voiles étaient hissées et orientées de façon à profiter du moindre souffle de vent — afin d'amener le *Black Joke* au lieu de rendez-vous fixé par Mungo St John. Sa hâte était symptomatique d'un besoin obsédant que Robyn ne commença à comprendre pleinement qu'au cours de ces journées et ces nuits de navigation vers le nord-est, car Clinton Codrington recherchait constamment sa compagnie, et elle passait chaque jour de longues heures avec lui ; du moins celles que n'accaparait pas la direction du navire — à commencer par le rassemblement de l'équipage pour la prière du matin.

La plupart des capitaines sacrifiaient machinalement au service divin une fois par semaine, mais Codrington imposait la prière chaque matin, et Robyn ne tarda pas à se rendre compte que sa foi et son sens du devoir chrétien étaient peut-être encore plus grands que les siens. Apparemment, il ignorait les doutes et les tentations terribles auxquels elle était toujours en proie, et si ça n'avait été contraire aux préceptes chrétiens, elle aurait envié sa raison et son inébranlable confiance en Dieu.

— Je voulais entrer dans les ordres, comme mon père et mon frère aîné, Ralph, lui dit-il.

— Pourquoi ne l'avez-vous pas fait ?

— Le Tout-Puissant m'a mis sur le chemin qu'Il a choisi pour moi, répondit Clinton simplement. Je le sais maintenant, Il a voulu que je sois un berger pour Son troupeau, ici dans ce pays, ajouta-t-il en désignant les plages d'argent et les montagnes bleues. Je ne l'avais pas compris sur le moment, mais Ses voies sont étonnantes. Telle est la tâche qu'Il m'a assignée.

Elle se rendit compte subitement de toute la profondeur de son engagement dans la guerre qu'il menait contre le commerce des esclaves, comme s'il s'agissait d'une véritable croisade. Il se consacrait de tout son être à sa destruction, réellement convaincu d'être l'instrument de la volonté divine.

Cependant, comme beaucoup d'hommes profondément religieux, il tenait sa foi jalousement secrète et n'en faisait pas étalage au travers de poses moralisatrices ou de citations bibliques. Il ne parlait de Dieu qu'au cours des prières quotidiennes ou lorsqu'il était seul avec elle sur la plage arrière. Tout naturellement, il supposait que sa foi égalait, voire dépassait la sienne. Elle ne faisait rien pour le désillusionner, car elle appréciait son admiration évidente, son respect pour le fait qu'elle ait été nommée missionnaire, et quand elle était honnête avec elle-même, ce qui était de plus en plus souvent le cas, elle reconnaissait qu'elle aimait son allure, le son de sa voix et jusqu'à son odeur. C'était une odeur d'homme, pareille à celle du cuir tanné ou de la fourrure d'une loutre qu'elle avait eue comme animal de compagnie à Kings Lynn.

Près de lui, elle se sentait bien car c'était un homme, tandis que les pâles candidats missionnaires et les étudiants en médecine qu'elle avait connus n'en étaient pas. C'était un croisé. Elle trouvait du réconfort en sa présence, quelque chose de tout à fait différent de cette excitation malsaine qu'éveillait Mungo St John, mais de plus profond et de plus satisfaisant. Elle avait fait de lui son champion, comme si le rendez-vous mortel vers lequel il se hâtait était destiné à venger son honneur, à laver son péché et à racheter sa disgrâce.

Le troisième jour, ils dépassèrent la colonie établie sur le rivage d'Algoa Bay, là où les cinq mille colons britanniques conduits par le gouverneur Somerset avaient débarqué quarante ans plus tôt, en 1820, et menaient toujours une existence difficile en lisière de l'implacable terre africaine. Les petites taches blanches des murs peints à la chaux paraissaient pitoyablement insignifiantes au milieu de cette région perdue entre ciel, mer et terre, et Robyn commença enfin à se faire une petite idée de l'immensité de ce continent et à comprendre combien étaient dérisoires les égratignures que l'homme y avait faites. Pour la première fois, la témérité qui l'avait poussée, si jeune et si inexpérimentée, à tenter elle ne savait trop quoi lui inspirait un peu d'effroi. Elle serra plus étroitement son châle autour de ses épaules et le vent mordant qui balayait le pont la fit frissonner. L'Afrique dont elle avait si souvent rêvé lui semblait à présent rude et inhospitalière.

À mesure que le *Black Joke* se rapprochait du lieu de rendez-vous fixé par St John, Clinton Codrington devenait plus calme et restait plus souvent seul dans sa cabine. Il savait fort bien quelle épreuve l'attendait. Zouga Ballantyne en avait discuté avec lui pratiquement dès qu'il en avait eu l'occasion et était formellement opposé à cette rencontre.

— Vous avez choisi un adversaire redoutable, capitaine, avait-il dit à Clinton sans prendre de gants. Et sans vouloir vous offenser, je doute que vous soyez de taille à l'affronter, que ce soit au pistolet ou à l'épée. Mais vous pouvez parier qu'il choisira le pistolet.

— C'est lui qui m'a défié, répondit tranquillement Clinton. Mon arme est le sabre d'abordage. C'est avec lui que nous nous battrons.

— Je ne suis pas de votre avis, fit Zouga en secouant la tête. S'il y a eu défi — et je pourrai soutenir le contraire —, mais s'il y a eu défi, c'est vous qui l'avez lancé, capitaine. Si vous vous battez, ce sera au pistolet.

Jour après jour, il tentait de persuader Clinton de ne pas aller au rendez-vous.

« Bon sang ! Plus personne ne se bat en duel, surtout contre un homme capable de couper en deux le cigarillo que vous avez aux lèvres, à vingt pas, et en tirant de la main gauche aussi bien que de la droite ! » Ou encore : « Il n'y a pas eu défi, capitaine Codrington, j'étais là, et je l'affirme sur l'honneur. » Et un autre jour : « Vous allez perdre votre commandement, capitaine. L'amiral Kemp vous a donné l'ordre formel d'éviter cette rencontre et, de toute évidence, il attend la première occasion pour vous traîner devant la cour martiale. » Puis, il revenait à la charge : « Par Dieu, capitaine, vous n'allez rendre service à personne — et surtout pas à vous-même — en vous faisant tuer sur une plage déserte. Si St John est bel et bien un négrier, vous trouverez bien l'occasion de le prendre sur le fait un jour. »

Lorsque Zouga se rendit compte qu'aucun de ses arguments n'entamait la détermination de Clinton, il alla voir Robyn dans sa cabine.

— Tu sembles avoir quelque influence sur lui. Ne peux-tu pas le convaincre d'abandonner, Sissy ?

— Zouga, pour quelle raison t'acharnes-tu à empêcher le capitaine Codrington de défendre son honneur ?

— Parce qu'il m'est passablement sympathique et que ça me déplairait qu'il se fasse trouer la peau.

— Et que, si c'était le cas, il te serait difficile d'atteindre Quelimane, n'est-ce pas ? fit Robyn doucement. Tes préoccupations sont des plus chrétiennes.

— St John est capable de choisir dans quel œil il va lui mettre une balle. Tu l'as vu tirer, non ? rétorqua Zouga en ignorant l'accusation.

— Je crois qu'il est du devoir du capitaine Codrington d'abattre ce monstre. Dieu protège les justes.

— À ce que je sais, il protège surtout ceux qui tirent le plus vite et le plus habilement, grogna Zouga irrité.

— C'est un blasphème.

— Pour ton entêtement, tu mériterais d'en entendre un vrai, lâcha Zouga sèchement avant de sortir à grands pas de la cabine, sachant d'expérience qu'il perdait son temps.

Ils passèrent devant l'embouchure du Kei, fleuve qui marquait la limite de la zone d'influence britannique et au-delà duquel s'étendait un pays sauvage, non revendiqué et peuplé de tribus que l'avance des Blancs avait inexorablement fait reculer, de bandes de renégats et de brigands, de chasseurs itinérants, de hardis voyageurs et commerçants.

Même les Boers nomades avaient évité cette région et s'étaient enfoncés à l'intérieur des terres en contournant le massif montagneux qui sépare le littoral des hauts plateaux.

Beaucoup plus au nord, les Boers avaient franchi la montagne en sens inverse pour rejoindre la côte en combattant et anéantissant les corps de guerriers cafres de la nation zoulou. Puis ils s'étaient implantés sur la fertile bande côtière jusqu'à ce que les bâtiments britanniques entrent dans Port Natal après les avoir suivis depuis la colonie du Cap, les poussant une nouvelle fois à fuir le joug britannique. Les Boers avaient une fois de plus rechargé leurs chariots et, poussant leurs troupeaux devant eux, étaient remontés sur ce qu'ils appelaient les montagnes du Dragon en abandonnant la terre qu'ils avaient arrachée de haute lutte à Dongaan, le roi zoulou.

Cependant, la côte que longeait à présent le *Black Joke* se trouvait entre les colonies anglaises du Cap et de Natal. Personne ne la revendiquait, si ce n'est les tribus sauvages qui regardaient le bâtiment à coque noire passer pratiquement à portée de flèche.

Clinton Codrington avait marqué sur la carte le point où la ligne de 31° 38' de latitude sud coupait la côte et noté près de l'estuaire la mention « rivière St John », vraisemblablement nommée ainsi par les premiers navigateurs portugais, et, ironie du sort, portant le nom de l'homme avec lequel il avait rendez-vous. Quand ils doublèrent le dernier cap, ils reconnurent immédiatement l'estuaire d'après la description qu'en avait donnée l'Américain.

Des collines escarpées recouvertes d'une épaisse végétation s'élevaient presque à pic autour du vaste lagon. La forêt était d'un vert foncé très intense, avec de hautes galeries d'arbres festonnées de lianes. À la longue-vue, on pouvait distinguer des bandes de petits singes gris et le plumage éclatant d'oiseaux exotiques qui folâtraient et voletaient dans les branches hautes.

Comme pour confirmer que tel était bien le lieu de rendez-vous, le *Huron* était au mouillage en eau profonde à une encablure de la première ligne de brisants, là où la mer virait du bleu au vert pâle.

Clinton Codrington l'examina attentivement avec sa lunette, puis, sans un mot, la passa à Zouga. Pendant que celui-ci observait à son tour le grand clipper, Clinton demanda doucement :

— Voulez-vous me représenter ?

Surpris, Zouga abaissa la longue-vue.

— Je pensais que vous demanderiez à l'un de vos officiers.

— Je ne peux le faire, répondit Clinton en secouant la tête. Si Kemp le Bosseur l'apprenait, il le mentionnerait dans leur état de service.

— Vous n'avez pas les mêmes scrupules avec ma carrière, fit remarquer Zouga.

— Vous êtes en congé de longue durée et, au contraire de mes hommes, vous n'avez pas reçu d'ordres exprès.

Zouga réfléchit rapidement. Le duel n'était pas considéré comme une faute aussi grave dans l'armée que dans la marine ; en réalité, les manuels de l'armée ne l'interdisaient toujours pas explicitement. De plus, rencontrer St John était pour lui la dernière chance de régler cette affaire ridicule qui menaçait sérieusement la suite de son expédition.

— Dans ces conditions, j'accepte, fit Zouga laconiquement.

— Je vous en suis très reconnaissant, major, dit Clinton tout aussi brièvement.

— Espérons que vous le serez toujours autant lorsque l'affaire sera terminée, rétorqua Zouga avec froideur. Je ferais bien d'aller sur le *Huron* tout de suite. La nuit sera tombée dans une heure.

Tippoo attrapa la ligne lancée depuis la baleinière du *Black Joke* et la tint pendant que Zouga serrait son manteau, sautait sur l'échelle par-dessus l'eau verte soulevée par la houle et se hâtait de grimper à bord avant que la prochaine vague ne vienne tremper ses bottes.

Mungo St John l'attendait au pied du grand mât, impassible et distant. Zouga se dirigea vers lui et lui tendit la main ; alors seulement le capitaine se détendit et lui rendit son sourire.

— Bon sang, Mungo, ne pouvons-nous pas mettre fin à cette histoire absurde ?

— Certainement, Zouga, convint St John. Votre homme la réglerait en me présentant des excuses.

— C'est un idiot, fit Zouga en secouant la tête. Pourquoi prendre ce risque ?

— Je n'y vois aucun risque, mais permettez-moi de vous rappeler qu'il m'a traité de lâche.

— Il n'y a donc aucune chance ? (Les deux hommes étaient devenus de bons amis au cours des semaines qu'ils avaient passées ensemble, et Zouga sentit qu'il pouvait insister.) J'admets qu'il se prend au sérieux, mais si vous le tuez ça me mettrait en fâcheuse position.

Mungo St John renversa la tête en arrière et rit de bon cœur.

— Vous et moi pourrions travailler ensemble, vous ne croyez pas, Zouga ? Vous êtes un pragmatique comme moi. Je prédis que vous irez loin.

— Pas tant que ça si vous tuez celui qui m'a pris à son bord.

St John rit de nouveau et lui donna une tape amicale sur l'épaule.

— Désolé, l'ami. Pas cette fois-ci.

— Vous avez le choix des armes, fit Zouga après avoir poussé un soupir de résignation.

— Le pistolet.

— Naturellement. Rendez-vous demain à l'aube sur cette plage, dit Zouga en désignant le rivage du menton. Cela vous convient-il ?

— Admirablement. Tippoo sera mon témoin.

— Connaît-il les conventions ? demanda Zouga d'un air de doute en jetant un coup d'œil vers l'homme à moitié nu qui attendait à proximité.

— Il les connaît assez pour arracher la tête à Codrington s'il lève son pistolet avant le signal, rétorqua St John avec son sourire carnassier. Et en ce qui me concerne, c'est tout ce qu'il a besoin de connaître.

Robyn Ballantyne ne ferma pas l'œil de la nuit, aussi se leva-t-elle et fit-elle sa toilette deux heures avant l'aube. Prise d'une impulsion soudaine, elle décida de mettre son vieux pantalon de moleskine et sa veste d'homme en laine. Elle allait devoir débarquer de la baleinière au milieu des déferlantes et ses jupes l'auraient gênée ; de plus, les matinées étaient humides et fraîches, et sa veste était en tweed écossais épais.

Elle sortit sa trousse de cuir noir et vérifia qu'elle contenait tout ce qu'il lui fallait pour nettoyer et étancher le sang d'une blessure par balle, recoudre des chairs déchirées ou faire une attelle, et apaiser la douleur.

Nul n'avait douté que Robyn assisterait au duel. Il n'y avait pas de chirurgien à bord de la canonnière ni du *Huron*. Elle se prépara à attendre une heure, ouvrit son journal intime et entreprenait de rédiger le compte rendu de la journée de la veille quand on frappa légèrement à la porte de sa cabine.

Elle ouvrit ; c'était Clinton Codrington, le visage pâle et tendu dans la lumière fumeuse de la lampe, et elle sut tout de suite qu'il avait aussi peu dormi qu'elle. Une fois revenu de sa surprise de la trouver en pantalon d'homme, il murmura avec timidité :

— J'espérais pouvoir vous parler... C'est la dernière fois avant...

Elle le prit par le bras et le tira à l'intérieur de la cabine.

— Vous n'avez pas pris de petit déjeuner ? lui demanda-t-elle d'un ton sévère.

— Non, madame, répondit-il en secouant la tête et en baissant les yeux vers le pantalon de Robyn, avant de les relever brusquement vers son visage, l'air coupable.

— Le médicament a fait son effet ? s'enquit-elle.

Il opina du chef, trop gêné pour répondre. Elle lui avait administré une purge la veille au soir, redoutant les effets d'une balle de pistolet sur des intestins pleins ou un estomac chargé.

Elle toucha son front.

— Vous êtes fiévreux. Vous n'avez pas attrapé froid ?

Elle éprouvait le désir de le protéger, comme l'aurait fait une mère, tant il semblait de nouveau jeune et inexpérimenté.

— Venez, dit-elle en lui prenant la main.

Ils s'agenouillèrent tous les deux sur le plancher nu de la petite cabine toujours se tenant par la main ; elle prit la parole pour tous les deux et il fit les répons à voix basse.

Quand, à la fin, ils se relevèrent péniblement, il garda sa main dans la sienne encore un moment.

— Mademoiselle Ballantyne — je veux dire docteur Ballantyne —, je ne peux vous dire maintenant l'effet profond que notre rencontre a eu sur ma vie.

Elle se sentit rougir et essaya sans grande conviction de retirer sa main, mais il la serra davantage.

— J'aimerais avoir votre permission de vous en reparler plus tard... si tout se passe ce matin comme nous l'espérons.

— Oh, je n'en doute pas, répondit-elle avec ardeur. J'en suis intimement convaincue.

Sans trop savoir ce qu'elle faisait, elle se pressa soudain contre lui et leva la tête pour l'embrasser sur la bouche. Pendant quelques instants, il resta pétrifié, puis l'étreignit avec maladresse et une telle force que les boutons en cuivre de sa veste entrèrent dans la poitrine de Robyn, et l'embrassa à lui faire mal.

— Ma chérie, murmura-t-il. Oh, ma chérie.

La force de sa réaction la déconcerta, mais une seconde plus tard elle se rendit compte que la violence de son étreinte lui plaisait, et elle tenta de dégager ses bras pour la lui rendre — mais il se méprit sur ses intentions et s'empressa de la lâcher.

— Excusez-moi, bredouilla-t-il. Je ne sais pas ce qui m'a pris.

Elle était vivement déçue de sa timidité mais, hormis sa maladresse, cela avait été très agréable.

Les deux chaloupes s'éloignèrent des navires au même moment et, dans la brume matinale légère et nacrée, convergèrent vers la ligne pâle de la plage, emportées par les rameurs sur les courtes déferlantes.

Elles accostèrent à une centaine de mètres l'une de l'autre, surfant sur la crête de la même vague verte, et les hommes d'équipage sautèrent dans l'eau jusqu'à la taille pour haler les embarcations sur le sable blanc.

Les deux partis franchirent séparément la barre de sable et redescendirent vers le bord du lagon, cachés à la vue des équipages des chaloupes par les dunes et des bouquets de longs roseaux à tête duveteuse. Il y avait là une étendue plate de sable humide et dur.

Mungo St John et Tippoo s'arrêtèrent à une extrémité ; l'Américain alluma un cigarillo et, les mains sur les hanches, contempla la crête des collines, ignorant ce qui se passait autour de lui. Il portait un pantalon noir très ajusté et une chemise de soie blanche, ample de manches, ouverte sur la toison sombre de sa poitrine. La blancheur de sa chemise offrait à son adversaire une cible précise ; il observait scrupuleusement les conventions.

À l'autre extrémité de cet espace dégagé, à côté de Clinton Codrington, Robyn l'observait à la dérobée. Elle essayait d'attiser la haine qu'elle éprouvait pour St John, d'entretenir le sentiment d'indignation provoqué par la façon dont il avait abusé d'elle, mais cela ne lui était pas facile. Elle se sentait plutôt excitée, en proie à une étrange exaltation exacerbée par la présence satanique de cet homme. Elle se surprit à le regarder ouvertement et détourna les yeux.

Près d'elle, Clinton se tenait droit comme un i. Il était vêtu de la veste bleue de son uniforme, et le galon doré brillait même dans la pâle lumière rose de l'aube. Il avait tiré en arrière ses cheveux décolorés par le soleil et les avait attachés en catogan sur sa nuque, dégageant ainsi la ligne volontaire de son menton.

Zouga s'avança à la rencontre de Tippoo qui portait le coffret de bois de rose contenant les pistolets. Lorsqu'ils se rejoignirent au milieu du terrain, Tippoo, attentif, ouvrit le coffret et le présenta à Zouga qui prit chaque arme dans son écrin de velours et la chargea avec une dose de poudre noire soigneusement mesurée avant d'enfoncer la balle de plomb bleuâtre et de mettre l'amorce en place.

La vue des deux pistolets au long canon raviva dans l'esprit de Robyn le souvenir de la nuit à bord du *Huron*, et elle se mordit la lèvre et changea de position, mal à l'aise.

— Ne vous tourmentez pas, mademoiselle Ballantyne, murmura Clinton d'un ton apaisant pour la réconforter, se méprenant sur la cause de son émotion.

Tout en parlant, il déboutonna sa veste et l'enleva en secouant ses épaules. Dessous, il portait lui aussi une chemise blanche. Il tendit sa veste à Robyn et lui aurait encore parlé si Zouga ne l'avait pas appelé.

— Les adversaires sont priés de s'avancer.

Clinton adressa un sourire forcé à la jeune femme et s'éloigna, ses talons laissant de profondes empreintes dans le sable jaune et humide.

Il fit face à Mungo St John et soutint fermement son regard, aussi impassible que lui.

Zouga effectua la rituelle tentative de réconciliation.

— Messieurs, j'en appelle à vous pour régler cette affaire sans effusion de sang. Capitaine Codrington, en tant qu'offenseur, acceptez-vous de faire des excuses ?

Clinton secoua la tête sèchement.

— Monsieur St John, y a-t-il une autre manière d'éviter l'effusion de sang ?

— Je ne crois pas, monsieur, répondit St John d'une voix traînante en tapotant soigneusement son cigarillo pour faire tomber la cendre.

— Très bien, dit Zouga en hochant la tête, et il entreprit sur-le-champ de définir les conditions de la rencontre : Lorsque je commanderai « Allez », vous ferez dix pas que je compterai à haute voix. Immédiatement après « Dix », je dirai « Feu ! », sur quoi vous pourrez vous retourner et décharger votre arme.

Zouga fit une pause et regarda Tippoo. Un pistolet à canon long était glissé dans la ceinture de sa culotte bouffante.

— Les deux témoins sont armés, reprit-il en posant la main sur la crosse du colt passé dans sa ceinture. Si l'un des adversaires tente de tirer avant le commandement, il sera immédiatement abattu par les témoins. (Il s'arrêta de nouveau et regarda successivement les deux hommes.) Est-ce bien compris, messieurs ? (Tous deux acquiescèrent.) L'un de vous a-t-il une question à poser ? (Zouga attendit quelques secondes avant de poursuivre :) Très bien, nous allons commencer. Monsieur St John, vous avez le droit de choisir votre arme.

Mungo St John lâcha son cigare et l'écrasa sous son talon avant de s'avancer. Tippoo lui présenta le casier et après un instant d'hésitation St John prit l'un des magnifiques pistolets incrustés d'or, le pointa vers le ciel et tira le chien d'un geste rapide.

Clinton prit l'autre pistolet et le soupesa, puis il se tourna à demi et leva l'arme à bout de bras en visant l'un des tisserins noirs à dos jaune qui jacassaient dans les bouquets de roseaux.

Avec soulagement, Robyn vit avec quelle aisance son champion maniait l'arme, et elle avait à présent l'absolue certitude que l'issue du duel lui serait favorable. Le bien devait triompher, et elle se remit à prier en silence, ses lèvres seules remuant alors qu'elle récitait le trente-troisième psaume : « Ainsi je franchis la vallée de l'ombre de la mort. »

— Mettez-vous en position, messieurs, lança Zouga en se reculant et en faisant signe à Robyn.

Sans cesser de prier, elle se hâta dans sa direction et se plaça à quelques pas derrière lui, bien à l'écart de la ligne de tir des deux adversaires.

À côté de Zouga, Tippoo saisit le long pistolet apparemment peu maniable glissé dans l'écharpe qui ceignait sa taille, tira le gros chien orné et leva dans la position « Présentez » son arme à la bouche aussi impressionnante que celle d'un canon. Zouga tira son colt et se tint immobile tandis que les deux adversaires se dirigeaient l'un vers l'autre puis se retournaient dos à dos.

Derrière eux, les premiers rayons du soleil doraient le sommet des collines, mais le lagon était encore dans l'ombre, de sorte que des volutes de brume nimbaient les eaux toujours sombres. Dans le silence, un héron gris d'allure spectrale craqueta d'une voix rauque dans le massif de roseaux avant de prendre son essor avec de lents battements d'ailes, son cou rejeté en arrière comme celui d'un serpent afin de contrebalancer le poids de son long bec.

— Allez ! cria Zouga, si fort que Robyn sursauta.

Suivant la cadence dictée par Zouga, les deux hommes commencèrent à avancer d'un pas décidé en s'éloignant l'un de l'autre, martelant le sable de leurs talons.

— Cinq.

Mungo St John souriait légèrement, comme à quelque secrète plaisanterie, et sa manche de soie blanche voletait comme une aile de phalène autour du bras levé qui tenait le mince canon d'acier bleuté pointé vers le ciel de l'aube.

— Six.

Légèrement penché en avant, Clinton avança d'un pas sur ses longues jambes vêtues du pantalon blanc de son uniforme. Son visage était figé, pâle comme un masque, ses lèvres serrées par la détermination.

— Sept.

Robyn sentit son cœur battre plus vite, cogner douloureusement contre ses côtes au point de l'empêcher de respirer.

— Huit.

Elle remarqua pour la première fois les taches de sueur qui, malgré la fraîcheur de l'aube, étaient apparues sur la chemise de Clinton, aux aisselles.

— Neuf.

Elle eut tout à coup une peur terrible qu'il lui arrive malheur et, envahie par la prémonition soudaine du désastre qui allait s'abattre sur elle, sentit toute sa foi s'évanouir.

— Dix !

Elle voulut leur crier d'arrêter. Elle voulut se précipiter et se jeter entre les deux hommes. Elle ne voulait pas qu'ils meurent, ni l'un ni l'autre. Elle essaya d'emplir d'air ses poumons mais sa gorge était serrée et sèche : elle essaya de mouvoir ses jambes mais elles n'obéissaient plus.

— Feu ! cria Zouga, la voix cassée par la tension à laquelle étaient en proie tous les spectateurs, et sur le sable humide, les deux hommes se retournèrent comme deux partenaires répétant avec soin une danse de mort.

Leurs bras se tendirent brusquement dans la direction de l'autre dans un geste semblable à celui de deux amants séparés, la main gauche sur la hanche, position classique des tireurs chevronnés.

Le temps paraissait suspendu et les mouvements des hommes étaient gracieux mais mesurés, sans aucune hâte face à la mort imminente.

181

Le silence était total, pas le moindre souffle de vent ne froissait les roseaux, aucun oiseau, aucun animal ne criait dans la forêt qui se dressait menaçante de l'autre côté du lagon — le monde entier semblait retenir sa respiration.

La détonation des pistolets fut renvoyée en écho de falaise en falaise à travers la gorge, et les oiseaux effrayés s'envolèrent en faisant grand tapage.

Les deux coups, tirés à un centième de seconde l'un de l'autre, se fondirent en un unique grondement de tonnerre. Une fumée blanche jaillit des canons pointés qui se relevèrent à l'unisson sous le choc de la décharge.

Les deux hommes chancelèrent sans perdre pied, mais Robyn avait vu la fumée sortir de la gueule du pistolet de Mungo St John une fraction de seconde plus tôt, et l'instant d'après la tête brune de celui-ci tressaillit comme s'il avait reçu une gifle.

Il retrouva son équilibre et se redressa de toute sa taille, le pistolet toujours fumant dans sa main levée, le regard fixé sur son adversaire, et Robyn sentit le soulagement l'envahir. Mungo St John était indemne. Elle eut envie de se précipiter vers lui, mais soudain sa joie disparut, un filet de sang rouge sombre coulait de sa tempe sur sa joue rasée de près et gouttait lentement sur la soie blanche de sa chemise.

Elle porta la main à sa bouche pour étouffer le cri qui montait dans sa gorge, puis son attention fut attirée par un autre mouvement en lisière de son champ de vision, et elle tourna brusquement la tête vers Clinton Codrington.

Lui aussi était resté debout, dans une attitude quasi militaire, mais il commençait à présent à se pencher lentement en avant. La main droite qui tenait le pistolet pendait à son côté, ses doigts s'ouvrirent et l'arme tomba à ses pieds.

Il leva sa main vide et la posa à plat sur sa poitrine en un geste qui semblait révérenciel, son corps s'inclina plus bas, ses jambes se dérobèrent et il tomba à genoux, comme en prière. Il ôta la main de sa poitrine et examina avec une expression de légère surprise la petite tache de sang qu'il avait sur les doigts, puis piqua du nez dans le sable.

Robyn retrouva enfin l'usage de ses membres. Elle courut vers Clinton, se laissa choir sur les genoux près de son corps et, avec une énergie décuplée par la panique, le retourna sur le dos. Le devant de la chemise de lin blanc était maculé d'un peu de sang autour d'un petit trou net qui s'ouvrait à une vingtaine de centimètres à gauche de la ligne des boutons de nacre.

Il avait tiré de trois quarts et elle vit tout de suite que la balle l'avait atteint sur le côté gauche du buste, au niveau des poumons. Les poumons! Elle sentit le désespoir l'envahir. Cela signifiait la mort, une mort lente mais certaine, atrocement douloureuse. Il lui faudrait le regarder étouffer dans son propre sang.

Le sable crissa derrière elle et elle leva les yeux.

Mungo St John était debout près d'elle, sa chemise trempée de sang. Il tenait un mouchoir de soie contre sa tempe pour étancher le flot de sang qui coulait là où la balle avait arraché un long ruban de cuir chevelu au-dessus de l'oreille.

Il avait le regard sombre, l'air sévère.

— J'espère que vous voilà enfin satisfaite, madame, lâcha-t-il d'un ton froid et distant, puis il tourna brusquement les talons et escalada la dune de sable blanc qui les séparait de la plage.

Elle voulut courir après lui, le retenir, lui expliquer — elle ne savait trop quoi —, mais son devoir était ici, elle devait s'occuper de l'homme le plus gravement touché. Elle déboutonna en tremblant la chemise de Clinton, et vit le trou bleu foncé dans la peau claire d'où coulait un peu de sang épais. Si peu de sang! C'était très mauvais signe, l'hémorragie devait être interne, au plus profond de la cavité pulmonaire.

— Zouga, ma trousse ! cria-t-elle vivement.

Zouga la lui apporta et posa un genou à côté d'elle.

— Je n'ai été que légèrement touché, murmura Clinton. Ça ne fait pas mal. J'ai seulement une sensation d'engourdissement ici.

Zouga ne dit rien. En Inde, il avait vu une multitude de gens blessés par balle et savait que la douleur n'était pas synonyme de gravité. Une balle dans la main ou le pied était source d'intolérables souffrances ; dans le poumon, elle ne provoquait qu'une gêne légère.

Il se demandait seulement pourquoi Mungo St John avait tant manqué de précision. À vingt pas, il aurait certainement pu toucher la tête en tirant entre les yeux, avec une déviation de moins de trois centimètres par rapport au point visé, alors que le coup avait atteint Clinton à la poitrine.

Pendant que Robyn appliquait un pansement sur la vilaine petite plaie, Zouga ramassa le pistolet. Le canon était encore chaud et en l'examinant il sentit l'odeur poivrée de la poudre brûlée et vit instantanément pourquoi le tir de Mungo avait été si peu précis : il y avait une trace bleutée toute fraîche de plomb sur la garde en acier de la gâchette.

Mungo St John avait bel et bien visé la tête, mais au même instant Clinton avait levé son pistolet à la hauteur de ses yeux, et la balle de l'Américain avait frappé la garde métallique et avait été déviée vers le bas.

Cela expliquait sans doute pourquoi Clinton avait touché la tête de son adversaire, car, en tireur moins expérimenté, il avait vraisemblablement visé la poitrine de St John. Le choc de la balle de ce dernier avait projeté l'arme vers le haut au moment où le coup partait.

Zouga leva les yeux et tendit le pistolet à Tippoo qui attendait, impassible, à proximité. Sans un mot, il prit l'arme, se détourna et partit sur les traces de son maître.

Pendant que quatre marins de la canonnière transportaient Clinton Codrington sur la plage en se servant de son caban en guise de civière, St John grimpait sur le pont principal du *Huron* et, avant qu'ils aient pu installer une poulie et un palan pour hisser leur capitaine sur le *Black Joke,* le clipper avait levé l'ancre, hissé les voiles dans la brise de sud-ouest et s'éloignait, transformé par le soleil levant en un vaisseau coulé dans de l'or.

Au cours des vingt-quatre heures qui suivirent, Robyn fut surprise par la rapidité avec laquelle Clinton Codrington se rétablissait. Elle s'attendait à voir du sang sur ses lèvres et à ce qu'il souffre le martyre au moment où le poumon blessé se contracte lors de l'expiration. Plusieurs fois au cours de la journée elle l'auscultait, se penchait sur sa couchette pour tenter de percevoir un éventuel sifflement dans sa respiration, le glouglou provoqué par le sang ou le frottement sec du poumon contre la cage thoracique, et l'absence de ces symptômes la laissait perplexe.

Clinton était en effet inexplicablement résistant pour un patient dont la cavité pulmonaire avait été transpercée par une balle. Il se plaignait seulement d'une raideur sous l'aisselle gauche qui lui paralysait à moitié le bras et il conseilla en vociférant à son médecin de pratiquer une saignée.

— Non, répondit laconiquement Robyn en nettoyant les abords de la plaie puis en le faisant asseoir pour lui bander la poitrine.

— Vous devriez au moins en retirer une pinte, insista Clinton.

— Vous n'avez donc pas assez saigné ? rétorqua Robyn en le foudroyant du regard.

— Il y a du sang noir corrompu qui doit être enlevé, poursuivit Clinton, inébranlable, en montrant l'énorme bleu qui s'étendait sur sa poitrine comme une plante parasite de couleur sombre sur un tronc pâle. Il faut que vous me saigniez, insista derechef Clinton, car toute sa vie il avait reçu les soins des médecins de la marine. Si vous ne le faites pas, la fièvre montera inéluctablement.

Il présenta à Robyn le creux de son coude où de fines cicatrices blanches attestaient qu'on l'avait déjà fréquemment saigné.

— Nous ne sommes plus au Moyen Âge, lui dit Robyn d'un ton acerbe, mais en 1860.

Et elle l'obligea à se rallonger et remonta sa couverture grise afin d'empêcher les frissons et le tremblement que provoquait ce genre de blessure. Il n'en fut rien; pendant les vingt heures qui suivirent, il persista à diriger le navire depuis sa couchette et taquinait Robyn en affirmant qu'elle le forçait inutilement à rester immobile. Celle-ci savait cependant que la balle de pistolet était toujours là, et que cela devait nécessairement entraîner de graves conséquences. Elle aurait aimé qu'une technique lui permette de localiser avec précision le corps étranger, puis de pénétrer dans la cage thoracique pour l'extraire.

Ce soir-là, elle s'endormit sur une chaise à côté de lui, s'éveilla une fois pour l'aider à boire quand il se plaignit d'avoir soif, et remarqua que sa peau était sèche et chaude. Le lendemain matin, ses craintes s'avérèrent justifiées.

Il était à demi-inconscient et souffrait beaucoup. Il gémissait et poussait un cri au moindre mouvement. Ses yeux étaient enfoncés dans des cavités violettes, sa langue était très blanche, ses lèvres sèches et craquelées. Il réclamait à boire et sa peau était brûlante, la température augmentant d'heure en heure au point de donner l'impression de le consumer de l'intérieur. Fiévreux et congestionné, il s'agitait dans son étroite couchette, rejetait les couvertures qu'elle essayait de

186

maintenir en place, et geignait dans son délire sous l'effet de la souffrance que lui causait chaque geste. Sa respiration sifflait douloureusement dans sa poitrine gonflée et meurtrie, ses yeux brillaient, et quand Robyn défaisait son bandage pour éponger son buste avec de l'eau fraîche, seul un peu de fluide pâle tachait le pansement, mais ses narines se pinçaient quand elle en sentait l'odeur — la puanteur terriblement familière qu'elle avait toujours considérée comme le souffle fétide de la mort.

La plaie s'était rétrécie, mais la croûte qui s'était formée était si mince qu'elle s'était fendue à la suite d'un des mouvements désordonnés de Clinton, et une goutte épaisse de matière couleur moutarde en était sortie. Immédiatement, l'odeur devint plus forte. Ce n'était pas le pus bénin de la guérison, mais le pus malin qu'elle redoutait tant de voir dans une blessure.

Elle la nettoya soigneusement puis, avec de l'eau de mer froide, épongea sa poitrine et la chair gonflée sous son aisselle. L'énorme bleu était devenu aussi foncé que des nuages d'orage et s'était teinté de jaune soufre et du rose virulent de quelque fleur cueillie dans les jardins de l'enfer.

Il y avait une région particulièrement sensible sous l'omoplate; il criait chaque fois qu'elle la touchait, la sueur perlait à son front et sur ses joues pas rasées.

Elle changea le pansement, lui fit avaler quatre grammes de laudanum mélangés à une solution tiède de calomel et le regarda sombrer dans un sommeil troublé dû au médicament.

— Encore vingt-quatre heures, murmura-t-elle en le regardant s'agiter et grogner.

Elle avait vu le cas très souvent. Le pus qui se formait continuellement autour de la balle logée dans la poitrine ne tarderait pas à se répandre dans tout le corps. Elle ne pouvait rien faire. Aucun chirurgien n'avait encore réussi à opérer à l'intérieur de la cage thoracique.

Elle leva les yeux vers Zouga qui se baissait pour entrer dans la cabine. Il était calme et grave et resta debout près de sa chaise un moment en posant une main sur son épaule.

— Il va mieux ? demanda-t-il.

Elle fit signe que non, et il hocha la tête comme s'il s'attendait à cette réponse.

— Tu dois manger, fit-il en lui tendant une gamelle. Je t'ai apporté de la soupe de pois. Il y a un peu de lard dedans, c'est très bon.

Elle ne s'était pas rendu compte combien elle avait faim ; elle mangea avec plaisir en trempant des morceaux de pain dur dans la soupe et Zouga reprit calmement :

— J'ai pourtant chargé les pistolets le moins possible, fit-il en secouant la tête avec irritation. Quelle malchance ! Je n'aurais pas cru qu'après avoir touché la garde de la gâchette, la balle pût encore pénétrer dans la poitrine — elle devait avoir perdu la plus grande partie de sa force.

Elle leva les yeux vers lui.

— Elle a touché la garde... tu ne me l'avais pas dit.

Il haussa les épaules.

— Ça n'a plus guère d'importance, maintenant. Mais elle a en effet été déviée.

Elle resta assise sans bouger une dizaine de minutes après son départ, puis se leva, tira la couverture, défit le pansement et examina de nouveau la plaie.

Avec de grandes précautions, elle commença à tâter les côtes en appuyant doucement avec son pouce pour déterminer s'il n'y en avait pas de cassées. Toutes résistaient normalement sous la pression de son doigt, et pourtant cela ne prouvait pas que la balle n'était pas passée entre deux d'entre elles.

En proie à une légère exaltation, elle poursuivit petit à petit son examen vers le dos, guidée par les petits cris de douleur qu'il poussait dans son délire, jusqu'au moment où elle atteignit le point sensible sous l'omoplate. Il se dressa sur son céans en poussant un cri aigu et fut de nouveau envahi par une sueur brûlante. Au bout du doigt, elle croyait avoir senti quelque chose qui n'était ni un os ni un muscle noué.

La respiration de Robyn s'accéléra sous l'effet de l'excitation. Compte tenu de la position dans laquelle se trouvait Clinton, au moment de l'échange de coups de feu, de trois quarts par rapport à Mungo St John, elle croyait maintenant possible que la balle ait suivi une trajectoire différente de celle qu'elle avait supposée au départ.

Si effectivement la charge du pistolet avait été moins importante que la normale, et si la balle avait heurté la garde de la gâchette, il était tout à fait possible qu'elle n'ait pas eu la vitesse nécessaire pour pénétrer dans la cage thoracique. Qu'elle ait été détournée par l'os et ait poursuivi sa course sous la peau en glissant le long du sillon formé par l'espace entre deux côtes pour venir se loger dans les muscles dorsaux.

Elle se redressa. Elle savait qu'elle pouvait très bien se tromper mais, si tel était le cas, il mourrait de toute façon, et sans tarder.

« Je vais ouvrir pour essayer de la trouver », décida-t-elle rapidement. Elle leva les yeux vers la lucarne qui s'ouvrait dans le plafond de la cabine. Il ne lui restait que deux heures avant la tombée du jour.

— Zouga ! cria-t-elle en se précipitant hors de la cabine. Zouga ! Viens vite !

Robyn administra cinq grammes supplémentaires de laudanum à Clinton avant qu'ils ne le changent de position. Elle n'osa pas lui donner une dose plus forte, car il en avait déjà pris une quinzaine de grammes en trente-six heures. Elle attendit dans la lumière déclinante que le médicament commence à faire son effet, puis fit demander au lieutenant Denham de réduire la toile et la vapeur afin de rendre le mouvement du navire aussi régulier que possible.

Zouga avait demandé à deux marins de les aider. L'un était le bosco, un homme solidement charpenté aux cheveux grisonnants ; l'autre, le stewart des officiers, dont le calme et la maîtrise de soi avaient impressionné Robyn.

Pendant qu'à trois ils soulevaient légèrement Clinton et le tournaient sur le côté, le stewart étalait un drap sous lui pour éviter que le sang ne coule sur la couchette, puis Zouga attacha des bouts de corde en coton aux poignets et aux chevilles de Clinton. Il avait choisi le coton de préférence au chanvre rugueux qui aurait déchiré la peau, et fit des nœuds de chaise ne risquant pas de se défaire sous la pression.

Le bosco l'aida à fixer les extrémités des cordes à la tête et au pied de la couchette en étirant le plus possible le corps blanc à moitié nu, qui, l'espace d'un instant, rappela à Robyn le tableau représentant la crucifixion accroché dans le bureau de l'oncle William à Kings Lynn — les légionnaires romains couchant le Christ, bras et jambes écartés, sur la croix avant d'enfoncer les clous. Elle secoua la tête, irritée, et chassa cette image de son esprit pour concentrer toute son attention sur la tâche qui l'attendait.

— Lave-toi les mains ! ordonna-t-elle à Zouga en montrant le seau d'eau presque bouillante et le gros savon jaune fournis par le stewart.

— Pourquoi ?

— Fais ce que je te dis ! rétorqua-t-elle sèchement, n'étant pas d'humeur à se lancer dans des explications.

L'eau chaude avait rougi ses propres mains et leur peau picotait sous l'effet du savon grossier. Elle essuya ses instruments avec un linge trempé dans une cruche de rhum, les rangea sur l'étagère au-dessus de la couchette, puis nettoya avec le même linge la peau chaude et décolorée sous l'omoplate de Clinton. Il tira sur ses entraves avec des mouvements saccadés et marmonna une protestation incohérente, mais elle l'ignora et fit un signe de tête au bosco.

Il repoussa doucement la tête de Clinton contre le traversin et plaça un épais tampon de feutre — qui servait à bourrer le canon du pont principal — entre les dents du malade.

— Zouga !

Celui-ci empoigna les épaules de Clinton et les immobilisa de ses mains puissantes pour l'empêcher de rouler sur le ventre.

— Bien.

Robyn prit un de ses scalpels, puis sonda énergiquement de l'index la région où elle avait senti un corps étranger.

Clinton se cambra et il laissa échapper un cri déchirant qu'étouffa le bâillon, mais, cette fois-ci, Robyn sentit distinctement le corps dur sous la peau enflée.

Elle incisa rapidement, sans hésiter, pratiquant une ouverture nette suivant la direction des fibres musculaires, puis, pénétrant en profondeur, elle disséqua les tissus couche après couche, sépara avec le manche de son scalpel la membrane bleuâtre qui recouvre chaque muscle, sondant de plus en plus profondément avec ses doigts pour tenter de trouver cette masse insaisissable logée dans la chair.

Les dents serrées sur le tampon de feutre dans un rictus féroce qui faisait saillir les muscles de sa mâchoire, les lèvres écumantes de salive, le souffle rauque, Clinton se tordait et tirait sur ses liens.

Ses mouvements brusques compliquaient la tâche de Robyn, et le sang dans lequel baignait sa chair chaude rendait ses doigts glissants, mais elle sentit les pulsations de l'artère thoracique latérale qu'elle évita avec précaution, pinça avec le forceps les vaisseaux plus petits pour empêcher le sang de jaillir et les ligatura avec du catgut, écartelée entre la nécessité d'aller vite et le risque d'aggraver les lésions.

Finalement, elle dut de nouveau avoir recours à la lame, retourna le scalpel et s'arrêta un instant pour localiser la masse dure avec son index.

Elle sentait la sueur dégouliner sur sa joue, et apercevait les visages tendus des hommes qui la regardaient opérer tout en tenant Clinton.

Elle introduisit le scalpel dans le fond de la plaie, incisa d'un coup sec, et tout à coup du liquide jaune jaillit entre ses doigts, une écœurante odeur de putréfaction envahit l'air chaud de la petite cabine et la fit suffoquer.

Le brusque écoulement de pus ne dura qu'une seconde, puis une chose noire boucha la plaie. Elle la sortit avec le forceps, libérant un nouveau flot de matière épaisse et jaunâtre.

— La bourre, grogna Zouga en faisant effort pour maintenir à plat le corps nu qui se débattait.

Tous regardèrent l'objet mou et pourri serré entre les mâchoires du forceps. Le morceau d'étoupe avait été enfoncé profondément dans la chair sous la poussée de la balle, et Robyn éprouva un immense soulagement — elle ne s'était pas trompée.

Elle reprit son travail sans tarder, passant son doigt dans le tunnel ouvert par le projectile jusqu'au moment où elle le sentit avec la pointe de son doigt.

— Elle est là !

C'étaient les premiers mots qu'elle prononçait depuis le début de l'opération. Mais la boule de métal était glissante et lourde, et, ne parvenant pas à l'extraire, il lui fallut encore inciser pour la saisir avec le forceps.

Retenue par les tissus qui y adhéraient, la balle sortit avec difficulté, et Robyn la jeta avec impatience sur l'étagère où elle tomba avec un bruit sourd. Elle était tentée de refermer et de recoudre tout de suite la plaie, mais elle s'obligea à sonder la plaie à fond. Ses précautions s'avérèrent immédiatement justifiées, car elle trouva un lambeau d'étoffe pourri et puant dans la blessure.

— Un morceau de chemise, dit-elle en reconnaissant les fils blancs, et le visage de Zouga exprima son dégoût. Maintenant, nous pouvons refermer, enchaîna Robyn d'un air suffisant.

Pour permettre le drainage du reste de pus, elle laissa dans la plaie une soie qui dépassait toute raide des points de suture.

Quand elle se redressa enfin, elle arborait une expression satisfaite. Personne à St Matthew n'était capable de coudre des points aussi nets et réguliers, même les chirurgiens les plus âgés ne la valaient pas.

Clinton s'était évanoui sous le choc de l'opération. Son corps était humide et luisant de sueur, et la peau de ses poignets et de ses chevilles avait été entamée là où elle avait frotté contre ses liens.

— Détachez-le, dit-elle doucement.

Elle éprouvait à présent un immense orgueil, un peu comme si Clinton lui avait appartenu, comme si elle l'avait créé, car elle l'avait fait sortir des abysses pratiquement en le portant dans ses bras. L'orgueil est un péché, elle ne l'ignorait pas, mais la sensation n'en était pas moins agréable, et en ces circonstances, décidat-elle, elle avait bien mérité ce petit plaisir.

La guérison de Clinton fut presque miraculeuse. Le lendemain matin, il avait retrouvé toute sa conscience, et la fièvre était tombée, le laissant pâle et tremblant, avec juste assez de force pour échanger des mots amers avec Robyn quand elle le fit porter sur le pont et étendre au soleil derrière le coupe-vent en toile installé sous la dunette.

— L'air frais est mauvais en cas de blessure par balle, tout le monde sait ça.

— Et je suppose que je devrais vous saigner avant de vous enfermer dans cet infernal petit trou que vous appelez une cabine, rétorqua Robyn aigrement.

— C'est ce qu'aurait fait un médecin de la marine, grommela-t-il.

— Alors, remerciez votre Créateur que je n'en sois pas un.

Le deuxième jour, il pouvait s'asseoir sans aide et se nourrissait avec voracité, le troisième il dirigeait le navire depuis sa couche, et le quatrième il était de nouveau sur la dunette, bien qu'il eût un bras en écharpe et les traits tirés, mais il avait assez de force pour rester debout une heure d'affilée avant de se rasseoir dans la chaise de corde que le charpentier avait arrimée au bastingage. Ce jour-là Robyn retira le drain de la plaie et fut soulagée de constater qu'il ne sortait qu'une petite quantité de pus bénin. Ils regardèrent s'approcher la petite ville de Port Natal dont les constructions primitives se nichaient au pied du Promontoire, la montagne en forme de dos de baleine, comme des poussins sous l'aile de la poule. Le *Black Joke* ne fit pas escale, bien que ce fût le dernier avant-poste de l'Empire britannique sur la côte, mais continua de filer à vive allure vers le nord. Le soleil passait en effet de plus en plus haut au zénith, chaque jour était plus chaud que le précédent et, sous l'étrave de la canonnière, la mer prenait la nuance bleu foncé des eaux tropicales tandis que, à la proue, les poissons volants folâtraient sur leurs ailes d'argent transparentes.

Le jour précédant leur arrivée à la colonie portugaise de Lourenço Marques, sur la profonde Delagoa Bay,

194

Robyn changea le pansement de Clinton et gloussa de satisfaction en voyant que la cicatrisation se faisait bien.

Quand elle l'aida à enfiler sa chemise et la lui boutonna, comme une mère habille son enfant, il lui dit d'un air grave :

— Je sais que vous m'avez sauvé la vie.

— Bien que vous n'approuviez pas mes méthodes? lui demanda-t-elle en esquissant un sourire.

— Je vous demande pardon pour mon impertinence, fit-il en baissant les yeux. Vous avez montré que vous étiez un médecin hors pair.

Elle eut un murmure modeste de dénégation, mais il insista :

— Si si, je le pense vraiment. Je crois que vous êtes douée.

Robyn ne protesta pas davantage, mais se déplaça légèrement pour qu'il lui fût plus facile de tendre vers elle son bras valide, mais son acte de foi en ses talents professionnels semblait avoir momentanément épuisé son courage.

Le soir, elle déchargea un peu de sa frustration en confiant dans son journal : « Le capitaine Codrington est manifestement un homme en qui une femme peut avoir confiance, en toutes circonstances, quoique un peu plus d'audace le rendrait bien plus séduisant. »

Elle était sur le point de refermer son journal et de le remettre dans sa malle quand une autre pensée lui traversa l'esprit, et elle feuilleta les pages précédentes couvertes de sa petite écriture nette jusqu'à retrouver celle qui marquait un des jalons de sa vie. La veille du jour où le *Huron* était arrivé au Cap, elle n'avait rien écrit. Quels mots pourraient décrire ce qui s'était passé ? Chaque instant de cette nuit resterait à jamais gravé dans sa mémoire. Elle garda de longues minutes les yeux fixés sur la feuille blanche, puis fit un rapide calcul mental pour déterminer le nombre de jours écoulés depuis. Quand elle trouva le chiffre, elle eut un frisson d'appréhension, et vérifia son calcul.

Elle referma lentement son journal et contempla la flamme de la lanterne.

Elle avait presque une semaine de retard. Avec un picotement de terreur qui fit se dresser les petits cheveux de sa nuque, elle posa la main sur son ventre comme si elle devait y sentir quelque chose de semblable à la balle de pistolet qui avait pénétré dans la chair de Clinton.

Pour remplir ses soutes à charbon, le *Black Joke* fit escale à Lourenço Marques malgré la triste réputation qu'avait ce port d'être infesté par les fièvres. Les marais et les mangroves qui, au sud, bordaient la ville y répandaient leurs miasmes.

Robyn n'avait que peu d'expérience des fièvres particulières à l'Afrique, mais elle avait étudié de manière approfondie tous les écrits sur la question — les plus remarquables étant probablement ceux de son père. Fuller Ballantyne avait rédigé un long article pour l'Association médicale britannique, dans lequel il identifiait quatre types de fièvres africaines : les fièvres récurrentes avec un cycle défini, qu'il répartissait en trois catégories — quotidiennes, tierces et quartes — en fonction de la longueur du cycle et qualifiait de paludéennes. Le quatrième type était le vomito negro ou fièvre jaune.

Dans son style inimitable, Fuller Ballantyne avait prouvé que ces maladies n'étaient ni contagieuses ni infectieuses. Il l'avait fait grâce à une démonstration, terrifiante mais courageuse, devant un groupe de médecins sceptiques de l'hôpital militaire de la baie d'Algoa.

Sous leurs yeux, il avait recueilli dans un verre le vomi d'une victime de la fièvre jaune. Fuller avait porté un toast avec l'horrible breuvage et l'avait avalé d'un trait. Ses collègues avaient attendu avec une certaine impatience qu'il passe de vie à trépas et eurent quelque difficulté à cacher leur dépit quand ils constatèrent qu'il ne présentait aucun signe pathologique et partait une semaine plus tard traverser l'Afrique à pied. Il était plus facile d'admirer Fuller Ballantyne que de l'aimer. L'épisode faisait partie de sa légende.

Dans ses écrits, son père insistait sur le fait que la maladie ne pouvait être contractée qu'en respirant l'air nocturne dans les régions tropicales, en particulier les miasmes provenant des marais et autres eaux stagnantes. Cependant, certains individus possédaient sans aucun doute une résistance naturelle à la maladie, et cette résistance était vraisemblablement héréditaire. Il citait des tribus africaines habitant dans des zones paludéennes connues, sa propre famille et celle de sa femme, qui avaient vécu et travaillé en Afrique pendant une soixantaine d'années en n'étant que faiblement affligées par la maladie.

Fuller parlait de la « fièvre-test » — la première que l'on contractait, celle qui tuait le sujet ou lui conférait une immunité partielle. Il prenait comme exemple le taux de mortalité élevé chez les Européens récemment arrivés en Afrique.

Il citait le cas de Nathaniel Isaacs qui quitta Port Natal en 1832 avec un groupe de vingt Blancs fraîchement débarqués pour chasser l'hippopotame dans l'estuaire et les marais du fleuve St Lucia. En l'espace de quatre semaines, dix-neuf d'entre eux avaient péri, tandis qu'Isaacs et le dernier chasseur furent si durement touchés qu'ils restèrent malades une année durant.

Ces pertes pouvaient être évitées, soulignait Fuller Ballantyne. Il existait un moyen de prévention et un traitement connu depuis des siècles sous différents noms :

écorce du Pérou, quinquina, et plus récemment essence de quinine, depuis qu'elle avait été transformée en poudre par les frères quakers Luke et John Howard. En doses quotidiennes de cinq « grains », soit 0,3 gramme, c'était un médicament préventif extrêmement efficace : si la maladie était ensuite contractée, c'était sous une forme si bénigne qu'elle n'était pas plus dangereuse que le rhume et qu'elle réagissait immédiatement à une dose de quinine plus importante de vingt-cinq grains.

Bien entendu, Robyn n'ignorait pas que son père avait été accusé de minimiser les dangers de la maladie pour servir son grand dessein. Fuller Ballantyne avait une vision de l'Afrique colonisée par les Britanniques, ces derniers apportant à ce continent sauvage le Dieu véritable et tous les bienfaits de la justice et de l'ingéniosité de leur culture. Il avait entrepris son expédition catastrophique sur le Zambèze pour transformer cette vision en réalité, car le grand fleuve était censé être sa voie de pénétration vers le haut plateau salubre de l'intérieur où son contingent d'Anglais devait s'installer, chasser les marchands d'esclaves, faire rentrer dans le rang les tribus belliqueuses et impies, dompter et cultiver la terre sauvage.

Ce rêve s'était en partie brisé dans les terribles rapides de la gorge de Kebrabassa.

Avec un sentiment inavoué de déloyauté vis-à-vis de son père, Robyn reconnaissait que l'accusation était probablement en partie fondée, car, enfant, elle l'avait vu en proie à une fièvre paludéenne déclenchée par les frimas de l'hiver anglais et qui, apparemment, n'avait pas été aussi bénigne qu'un simple rhume de cerveau. Malgré tout, aucun membre du corps médical ne contestait que Fuller Ballantyne était vraisemblablement l'une des premières autorités mondiales en matière de fièvre palustre, et qu'il possédait un réel talent pour la diagnostiquer et la soigner. Elle suivait

198

donc fidèlement ses préceptes et administrait ses cinq grains quotidiens à Zouga, à elle-même et, en dépit de ses protestations, au capitaine Codrington. Elle avait cependant essuyé un échec avec les Hottentots de Zouga. À la première dose, Jan Cheroot s'était mis à décrire des cercles en titubant, étreignant sa gorge, roulant des yeux horriblement et hurlant à tous les Dieux hottentots qu'il avait été empoisonné. Seul un petit verre de rhum le sauva, mais ensuite aucun des autres Hottentots ne voulut toucher à la poudre blanche. Même la perspective d'un verre de rhum ne réussit pas à les convaincre. Robyn ne put qu'espérer qu'ils possédaient la résistance à la maladie dont parlait son père.

Sa réserve de quinine était censée durer toute l'expédition, soit peut-être deux ans, et elle s'abstint donc à contrecœur d'insister auprès des marins du *Black Joke* pour qu'ils en prennent. Elle apaisa sa conscience en se disant qu'aucun d'entre eux n'aurait à passer une nuit à terre et que personne ne serait donc exposé aux miasmes dangereux. Elle parvint à convaincre Clinton Codrington de jeter l'ancre dans la partie la plus extérieure de la rade, là où les brises de mer permettaient à l'air de conserver sa fraîcheur et où, argument supplémentaire, la distance du rivage empêchait que les essaims de moustiques et autres insectes volants n'envahissent le bord durant la nuit.

La première nuit qu'ils passèrent au mouillage, les lumières des bordels et des bars sur le front de mer, les échos de la musique, des rires avinés et des exclamations des femmes en goguette ou au travail que les flots immobiles portaient jusqu'aux neuf mercenaires hottentots dans leur coin du poste d'équipage exercèrent sur eux un effet aussi irrésistible qu'une chandelle sur un papillon de nuit. La tentation était rendue insupportable par le poids et la chaleur du souverain d'or — l'avance princière que le major Ballantyne leur avait faite sur leur salaire — que chacun portait caché sur lui.

Le sergent Cheroot réveilla Zouga un peu avant minuit, les traits de son visage déformés par l'indignation.

— Ils sont partis, annonça-t-il, tremblant de colère.

— Où ? demanda Zouga encore à moitié endormi.

— Ils nagent comme des rats, tempêta Cheroot. Sont tous allés boire et se débaucher. (Cette pensée lui était apparemment insupportable.) Nous devons aller les chercher. Ils vont se brûler la cervelle à force de fumer et attraper la vérole...

Sa rage était mêlée d'envie et, quand ils atteignirent le rivage son empressement à les prendre en chasse se transforma en véritable frénésie. Un instinct infaillible conduisit Cheroot vers les lieux les plus malfamés du front de mer.

— Entrez, patron ; moi, j'attendrai à l'arrière, dit-il à Zouga en faisant tourner sa courte matraque en chêne avec une impatience et une jubilation manifestes.

La fumée de tabac et les vapeurs de rhum et de gin bon marché formaient un rideau presque palpable mais les mercenaires virent Zouga dès qu'il entra dans la lumière jaune de la lanterne. Ils étaient quatre. Dans leur hâte à s'enfuir, ils renversèrent deux tables, cassèrent une douzaine de bouteilles et se bousculèrent à la porte de derrière avant de s'engouffrer dans la nuit.

Il fallut à Zouga une bonne trentaine de secondes pour se frayer un chemin à travers la foule en jouant des coudes. Des femmes, dont la couleur de peau offrait une douzaine de chaudes nuances entre l'or et l'ébène, tendaient la main pour palper sans vergogne les parties les plus intimes de son anatomie, l'obligeant à se protéger, et les hommes lui barraient délibérément le passage jusqu'au moment où il tira son colt de dessous les pans de son manteau, alors seulement ils le laissèrent passer de mauvaise grâce. Quand il atteignit la porte, les quatre Hottentots étaient étalés dans la poussière et l'ordure de la ruelle.

— Vous ne les avez pas tués, j'espère ? s'enquit anxieusement Zouga.

— *Nee Wat* ! Ils ont le crâne solide, répondit Cheroot.

Il fourra sa matraque dans sa ceinture et se baissa pour ramasser un des corps. La force de ce petit homme maigre et nerveux était hors de proportion avec sa taille. Il les porta un à un jusqu'à la plage comme s'ils n'étaient pas plus lourds que des bottes de paille et les jeta tête la première dans la baleinière.

— Allons chercher les autres.

Ils les débusquèrent, seuls ou par deux, dans les tri-pots et les vapeurs du gin, et découvrirent le neuvième et dernier dans les bras d'une énorme Somalienne nue dans une des cases en torchis et à toit de tôle ondulée nichées derrière les quais.

Le jour était presque levé quand Zouga remonta avec lassitude de la baleinière sur le pont du *Black Joke* et expédia à coups de pied les neuf Hottentots en bas de l'échelle de l'avant-pont. Il se dirigeait vers sa cabine, les yeux rouges et irrités, douloureux de fatigue, quand il lui vint à l'esprit qu'il n'avait pas vu le sergent Cheroot parmi les silhouettes sombres qui occupaient la chaloupe ni entendu sa voix perçante et ses sarcasmes mordants pendant le trajet de retour. Quand il accosta et parcourut de nouveau les étroites ruelles encombrées d'ordures qui menaient à la case en torchis, il était d'une humeur massacrante.

La Somalienne était quatre fois plus grosse que Cheroot. C'était une véritable montagne de chair sombre, luisante d'huile, chacune de ses cuisses plus épaisse que la taille du petit Hottentot, ses énormes mamelles plus volumineuses que sa tête, enfouie en elles comme s'il se noyait dans cette chair exotique et généreuse, de sorte que ses gémissements d'extase étaient presque étouffés.

La femme regardait tendrement le sergent et gloussait en voyant ses fesses se soulever. Elles étaient maigres et d'une délicate nuance bouton-d'or, mais la rapidité de leur mouvement semblait les estomper. Les ondes de choc qu'elles produisaient se transmettaient à l'énorme masse de chair étalée sous lui, soulevant des vaguelettes qui parcouraient le ventre et le derrière éléphantesque de la femme et remontaient agiter les plis pendants de ses bras avant de se briser en un ressac tremblant de chair noire et brillante autour de la tête du sergent Cheroot.

Lors du retour vers la canonnière, il resta assis à la proue de la baleinière, avec une petite figure abattue, sa tristesse post-coïtale considérablement approfondie par son bourdonnement d'oreilles et son mal de tête. Seuls les Anglais avaient cette fâcheuse habitude de lever le poing et de frapper plus durement qu'un homme maniant une matraque ou jetant un pavé. Le sergent Cheroot sentait croître de jour en jour le respect qu'il éprouvait pour son nouveau maître.

— Vous devriez donner l'exemple à vos hommes, gronda Zouga en le tirant en haut de l'échelle par le col de la veste de son uniforme.

— Je le sais, patron, reconnut Cheroot piteusement. Mais j'étais amoureux.

— Tu l'es encore ? demanda Zouga avec rudesse.

— Non, patron. Chez moi, l'amour ne dure pas longtemps, se hâta d'assurer le Hottentot.

— J'ai une fortune modeste, déclara Clinton Codrington à Robyn d'un ton sérieux. Depuis que je suis aspirant, j'ai mis de côté tout ce dont je n'avais pas besoin pour vivre, et ces dernières années, j'ai eu la chance de faire d'assez belles prises. Tout cela, ajouté à l'héritage qui me vient de ma mère, me permet d'assurer une vie très confortable à une femme.

Ils avaient été invités à déjeuner par le gouverneur portugais, et le *vinho verde* qui avait arrosé le repas, composé d'excellent poisson et de bœuf filandreux et fade, avait donné à Clinton une bouffée de courage.

Au lieu de rentrer directement après le repas, il avait proposé une promenade à travers la ville, la plus importante des possessions portugaises de la côte Est du continent africain.

La voiture bringuebalante du gouverneur avançait en cahotant sur les voies défoncées et envoyait de grandes gerbes lorsqu'elle franchissait les mares que formaient les égouts à ciel ouvert en débordant. Une troupe braillarde de petits mendiants vêtus de haillons les suivait en dansant au pas de la mule efflanquée qui tirait l'équipage. Ils tendaient leurs minuscules paumes roses pour recevoir l'aumône. Le soleil était puissant et les odeurs plus encore.

Ce n'était pas le cadre rêvé pour ce que Clinton Codrington avait en tête, aussi est-ce avec soulagement qu'il tendit la main à Robyn pour l'aider à descendre de voiture, éloigna les enfants en jetant une poignée de pièces de cuivre dans la rue poussiéreuse, et se hâta de faire entrer la jeune femme dans la pénombre fraîche de la cathédrale catholique romaine. C'était la plus belle construction de la ville ; ses clochers et ses flèches se dressaient très haut au-dessus des masures et des cases qui l'entouraient.

Robyn avait cependant du mal à se concentrer sur les paroles de Clinton dans cet environnement papiste, parmi les idoles tapageuses, les vierges et les saints vêtus de pourpre et de feuille d'or. L'odeur entêtante de l'encens et la lumière vacillante des rangs serrés de cierges la distrayaient, alors même que ce qu'il disait était ce qu'elle désirait entendre, et elle aurait préféré qu'il ait choisi un autre endroit pour le lui dire.

Le matin même, elle avait été prise d'une soudaine envie de vomir, et une légère sensation de nausée persistait. En sa qualité de médecin, elle savait parfaitement à quoi s'en tenir.

Avant leur visite de courtoisie au gouverneur portugais dans son palais qui menaçait ruine, elle avait non sans hésitation décidé qu'il lui faudrait prendre l'initiative. Ces bouffées de vapeur l'avaient convaincue du caractère critique de la situation, et elle s'était longuement demandé comment elle pourrait amener Clinton Codrington à revendiquer d'une manière ou d'une autre le fardeau qu'elle était persuadée de porter.

Lorsque Zouga habitait encore à Kings Lynn chez l'oncle William, elle avait découvert sur son bureau un roman de bas étage caché parmi les textes militaires. En le parcourant furtivement, elle avait appris que, si un homme pouvait séduire une femme, l'inverse était également vrai. L'auteur n'avait malheureusement guère donné de détails sur la procédure à suivre. Elle n'était même pas certaine que cela fût possible dans une voiture ou qu'il faille seulement dire quelque chose, mais, en se lançant à présent dans une déclaration en

204

bonne et due forme, Clinton parait à la nécessité de tenter l'expérience. Son soulagement était cependant légèrement mêlé de déception, car, après avoir été forcée de prendre la décision d'entreprendre de le séduire, elle était impatiente de s'y essayer.

Elle s'obligeait cependant à avoir l'air attentif et, quand il hésitait, l'encourageait d'un signe de tête ou d'un geste.

— Bien que je n'aie pas d'amis puissants dans la Navy, mes états de service sont tels que je ne risque pas de me retrouver en demi-solde, et même si cela paraît immodeste, j'espère bien hisser mon guidon de commandement avant d'avoir atteint la cinquantaine.

Cela lui ressemblait bien de dresser des plans d'avenir à long terme et Robyn dut faire un effort pour cacher son agacement, car elle préférait vivre dans le présent, ou du moins le futur immédiatement prévisible.

— J'insiste sur le fait qu'une femme d'amiral jouit d'un grand prestige, poursuivit-il incontinent, et l'irritation de Robyn redoubla.

Le prestige, elle avait toujours eu l'intention de le gagner par elle-même — en se lançant dans une croisade contre l'esclavage, en faisant œuvre de pionnier dans le domaine de la médecine tropicale ou en devenant l'auteur célèbre d'ouvrages sur l'Afrique. Elle ne put se contenir plus longtemps, mais sa voix avait conservé sa douceur et sa modestie.

— Une femme peut aussi bien avoir une carrière que jouer un rôle d'épouse.

— La place d'une épouse est à la maison, stipula Clinton en se redressant avec raideur.

Elle ouvrit la bouche pour répondre, puis la referma lentement. Elle savait qu'elle n'était pas en position de force et que son silence encourageait Clinton.

— Pour commencer, une confortable petite maison près du port de Portsmouth, enchaîna-t-il. Bien entendu, dès qu'il y aura des enfants, il conviendra de chercher une demeure plus spacieuse...

— Vous aimeriez avoir beaucoup d'enfants ? s'enquit Robyn, toujours avec autant de douceur, mais en commençant à rougir.

— Oh oui, naturellement. Un par an.

Elle se remémora ces pâles souillons dont elle s'était occupée, des femmes avec un gosse pendu à chaque sein et à chaque bras et un autre dans le ventre. Elle frissonna, et il s'en inquiéta sur-le-champ.

— Vous avez froid ?

— Non. Non, je vous en prie, continuez.

Elle avait l'impression d'être prise au piège, et ce n'était pas la première fois qu'elle s'indignait du rôle auquel son sexe la condamnait.

— Mademoiselle Ballantyne — docteur Ballantyne —, ce que j'essaie de vous dire, c'est que je serais extrêmement honoré si, avec l'assentiment de votre cœur, vous consentiez à devenir ma femme.

Maintenant qu'il avait fait sa demande, elle ne se sentait pas vraiment prête et son trouble n'était pas feint.

— Capitaine Codrington, c'est pour moi une telle surprise...

— Je ne vois pas pourquoi. L'admiration que j'ai pour vous doit être manifeste et, l'autre jour, vous m'avez donné à penser...

Il hésita, puis ajouta précipitamment :

— ... vous m'avez même laissé vous embrasser.

Elle eut soudain une envie terrible d'éclater de rire — si seulement il s'était douté des intentions qu'elle nourrissait à son endroit... pensa-t-elle — mais elle éluda le sujet et, avec un air solennel, demanda :

— Quand pourrions-nous nous marier ?

— Eh bien, à mon retour au...

— Il y a un consul britannique à Zanzibar, et c'est votre destination, n'est-ce pas ? coupa-t-elle. Il pourrait célébrer le mariage.

Le visage de Clinton s'illumina lentement d'une joie profonde.

— Oh mademoiselle Ballantyne, cela veut-il dire que...

Lorsqu'il fit un pas vers elle, l'image nette d'une petite maison à Portsmouth pleine de petites répliques blondes de Clinton lui traversa l'esprit et elle recula précipitamment d'un pas en enchaînant :

— J'ai besoin de temps pour réfléchir.

Il s'arrêta, tout son bonheur s'évanouit et il articula péniblement :

— Bien entendu.

— Cela implique un tel changement dans ma vie ; il me faudrait abandonner mes projets. L'expédition... c'est une grande décision.

— Je peux attendre un an, plus longtemps s'il le faut. Attendre que l'expédition soit terminée... aussi longtemps que vous le voudrez, dit-il avec sincérité, et elle sentit un mouvement de panique au fond de son ventre.

— Non, je veux dire qu'il me faut quelques jours, pas plus, corrigea-t-elle en posant sa main sur son bras. Je vous donnerai une réponse avant notre arrivée à Quelimane, je vous le promets.

Le cheik Youssouf était très inquiet. Depuis huit jours, le grand navire gréé en dhaw était resté en vue du rivage, sa seule et énorme voile latine inerte de la longue vergue ; autour de lui, la mer étale était violette pendant la journée et enflammée de phosphore pendant les longues nuits sans lune ni vent.

Le calme était si total que pas la moindre ondulation n'agitait la surface, et le dhaw restait parfaitement immobile, donnant l'impression d'être en cale sèche.

Capitaine au long cours et propriétaire d'une flottille de navires marchands, le cheik avait sillonné l'océan Indien quarante années durant. Il connaissait chaque île, chaque cap et les particularités des courants qui tourbillonnaient autour. Il était parfaitement au fait des grandes routes que les courants traçaient à travers les eaux et, en haute mer, il était capable de les suivre sans compas ni sextant, en naviguant uniquement aux étoiles sur des distances de mille milles et plus, puis d'accoster sans la moindre erreur à l'endroit voulu sur la corne de l'Afrique ou la côte de l'Inde avant de repartir vers l'île de Zanzibar.

En quarante ans, il n'avait jamais vu la mousson tomber plus de huit jours d'affilée à cette période de l'année. Tous ses calculs avaient été fondés sur la régularité du vent de sud-est qui aurait dû souffler nuit et jour.

Il avait embarqué sa cargaison dans cette expectative, prévoyant qu'il pourrait la décharger à Zanzibar six jours plus tard. Naturellement, on s'attend toujours à des pertes, et il en avait tenu compte dans ses calculs. Dix pour cent étaient le minimum, vingt pour cent, plus probables, trente pour cent, acceptables, quarante pour cent, toujours possibles, et même cinquante pour cent laissaient encore un bénéfice.

Mais plus aucun profit n'était à espérer après une telle accalmie. Il leva les yeux vers le gros et court mât de misaine d'où pendillait la bannière pourpre de quinze pieds du sultan de Zanzibar, cher à Allah, chef de tous les Arabes omanais et suzerain de vastes régions d'Afrique orientale. Après une cinquantaine de voyages semblables, après avoir traversé les bonaces et les ouragans, après avoir été exposée au soleil brûlant et aux pluies torrentielles de la pleine mousson, la bannière était aussi passée et sale que la voile latine. L'inscription en arabe et en caractères d'or qui la couvrait était maintenant à peine lisible, et il ne comptait plus le nombre de fois où elle avait été amenée et portée à la tête de la colonne de ses hommes armés dans l'intérieur de cette terre tapie à l'horizon.

Tant de fois elle avait flotté avec fierté dans la brise, longue et ondoyante comme un serpent, tandis que le navire approchait du fort de Zanzibar, se prit encore à rêver le cheik Youssouf. C'était un vieil homme sur le déclin. Il se redressa sur sa pile de coussins et de tapis précieux tissés de soie et de fils d'or, et, depuis son poste de commande sur le gaillard d'arrière, regarda en contrebas. Ses hommes d'équipage, comme morts, étaient couchés à l'ombre de la voile, leur burnous sale replié par-dessus leur tête pour se protéger de la chaleur. Qu'ils dorment, pensa-t-il, il n'y a rien à faire à présent pour un mortel, si ce n'est attendre. Leur sort était entre les mains d'Allah. « Il n'y a qu'un seul Dieu, murmura-t-il, et Mahomet est son prophète. » Il ne lui venait pas à l'esprit de remettre en question son destin, de se répandre en invectives contre lui ou de prier pour infléchir son cours. Telle était la volonté d'Allah et Allah était grand.

Il ne pouvait cependant s'empêcher d'éprouver des regrets. Depuis trente ans, il n'avait pas embarqué une aussi belle cargaison que celle-là et à aussi bon prix.

Par Allah! Trois cent trente perles noires, toutes parfaitement formées, jeunes, aucune de plus de seize ans. Elles appartenaient à un peuple qu'il ne connaissait pas, car jamais il n'avait commercé si bas vers le sud. Cette saison seulement il avait entendu parler de cette nouvelle source d'approvisionnement, au-delà des montagnes du Djinn, cette terre interdite d'où personne n'était encore revenu.

Un peuple neuf, favorisé par la nature, de gens magnifiquement bâtis, grands et forts, aux membres robustes — et non pas aux jambes maigres comme ceux qui habitaient en deçà des lacs —, au visage rond comme la pleine lune et aux solides dents blanches. Le cheik Youssouf hocha la tête au-dessus de sa pipe; à chaque inhalation, l'eau glouglouttait doucement dans le récipient du narguilé, et il laissait la fumée couler doucement entre ses lèvres. Sa barbe blanche s'était teintée de jaune pâle aux coins de sa bouche, et à chaque inspiration, il sentait une délicieuse léthargie parcourir ses vieilles veines et calmer les froides morsures de l'âge qui maintenant semblaient lui glacer sans cesse le sang.

Un cri perçant s'éleva soudain au-dessus du faible brouhaha qui enveloppait le dhaw. Ce bruit continu faisait partie du navire; nuit et jour, il montait du pont aux esclaves, sous le pont principal.

Le cheik Youssouf retira l'embout de ses lèvres et pencha la tête pour écouter en passant ses doigts dans sa maigre barbe blanche, mais il n'y eut pas d'autre cri. Peut-être cela avait-il été le dernier d'une des fines perles noires.

Le cheik soupira. Depuis que le dhaw était encalminé, le vacarme avait peu à peu diminué, et d'après son volume, il était à même d'estimer avec une grande précision l'importance de ses pertes. Il savait qu'il avait perdu la moitié de sa cargaison humaine. Un autre quart au moins disparaîtrait avant qu'il puisse atteindre Zanzibar, beaucoup trépasseraient même après qu'ils auraient accosté, seuls les plus résistants pourraient être exposés sur le marché, et encore seulement après une période de repos.

L'odeur était un autre indicateur de ses pertes, bien que moins exact. Certaines avaient certainement péri dès le premier jour d'accalmie car, sans vent, la chaleur était accablante. Elle devait être encore plus terrible dans les cales, et les cadavres gonflés avaient dû doubler de volume. La puanteur était affreuse ; il ne se souvenait pas d'avoir connu une telle infection en quarante ans et il était impossible de se débarrasser des corps, hormis au port.

Le cheik Youssouf n'achetait que de jeunes esclaves de sexe féminin. Elles étaient plus petites et plus résistantes que les mâles du même âge, et pouvaient donc être embarquées en plus grand nombre. Il avait pu réduire de vingt centimètres la hauteur entre deux ponts, et donc en installer un de plus dans la cale.

Avantage considérable, les femmes pouvaient se passer d'eau beaucoup plus longtemps que les hommes. Comme le chameau du désert, elles semblaient capables de subsister grâce à la graisse accumulée dans leurs cuisses, leurs fesses et leur poitrine, et, même dans les meilleures conditions de vent et de marée, la traversée du détroit du Mozambique exigeait cinq jours sans eau.

Une autre considération avait présidé à ce choix : l'intervention chirurgicale que devaient nécessairement subir les mâles destinés à la Chine et à l'Extrême-Orient entraînait des pertes supplémentaires pour le

211

commerçant. Les acheteurs chinois insistaient en effet pour que les esclaves de sexe masculin soient castrés avant la transaction, précaution destinée à empêcher les mélanges avec la population locale, mais coûteuse pour le marchand.

L'ultime raison pour laquelle le cheik Youssouf ne pratiquait la traite qu'avec de belles esclaves était qu'elles se vendaient presque deux fois plus cher que les jeunes mâles sur le marché de Zanzibar.

Avant de les embarquer, le cheik Youssouf laissait ses marchandises engraisser au moins pendant une semaine dans ses négreries, avec autant de nourriture et de boisson qu'elles en pouvaient absorber. Il les faisait ensuite mettre complètement nues, à l'exception de chaînes légères, et emmener jusqu'au dhaw échoué sur la plage à marée basse.

Les premières filles montées à bord devaient s'allonger dans le bas de la cale à même les planches de la coque, légèrement en chien de fusil, de façon à ce que les genoux de l'une viennent s'emboîter contre l'arrière des jambes repliées de la précédente, ventre contre fesses, rangées comme des petites cuillères.

Une à une, les chaînes étaient passées dans les anneaux fixés dans le pont, non seulement par mesure de sécurité, mais aussi afin d'éviter que les corps ainsi alignés glissent par gros temps et viennent s'entasser les uns sur les autres et écraser ceux du dessous.

Lorsque le fond de la cale était tapissé de sa couche d'êtres humains, on installait un plancher au-dessus, si bas qu'il était impossible de s'asseoir ou même de se retourner. Une fois ce pont garni à son tour, le pont suivant était mis en place, et ainsi de suite.

Pour accéder aux ponts inférieurs, il fallait laborieusement libérer de ses chaînes et faire sortir chaque couche d'esclaves, puis démonter les ponts intermédiaires, entreprise qu'il n'était pas possible d'envisager en mer. Cependant, lorsque les alizés étaient favorables, la traversée du détroit était directe, et le vent qui s'engouffrait dans la toile et par les sabords rendait l'air respirable et la chaleur supportable.

Le cheik Youssouf soupira de nouveau et leva ses yeux chassieux vers le bleu sans tache de l'horizon.

— Je ne repartirai plus, décida-t-il en parlant tout seul. Allah a été bon avec moi : je suis riche et j'ai de nombreux fils pleins de vigueur. Peut-être est-ce le signe qu'il m'envoie. Ce sera ma dernière traversée.

Ce fut presque comme s'il avait été entendu, car la bannière pourpre se mit à onduler paresseusement telle une vipère sortant d'une longue hibernation, puis levant lentement la tête, le cheik Youssouf sentit le vent sur sa joue flétrie et ridée.

Il se leva soudain, avec la rapidité et la souplesse d'un homme deux fois plus jeune, et tapa du pied sur le pont.

— Debout, cria-t-il. Debout, mes enfants. Voilà enfin le vent.

Et tandis que ses hommes d'équipage se redressaient à la hâte, il posa son bras sur la longue barre et leva la tête pour regarder la voile se gonfler et le grand mât s'incliner lentement sur l'horizon brusquement assombri par la charge précipitée de l'alizé.

Clinton Codrington sentit la première bouffée pendant la nuit. Il avait été réveillé par un cauchemar qu'il avait fait maintes fois, mais, alors qu'il était étendu en sueur sur sa couchette, l'odeur persista; il jeta un caban sur ses épaules nues et courut sur le pont.

L'odeur lui arrivait par rafales. Pendant plusieurs minutes d'affilée, le souffle tiède de l'alizé n'amenait que l'haleine iodée et salée de la mer, puis elle apportait tout à coup une bouffée épaisse et suffocante. C'était une odeur que Clinton ne pourrait jamais oublier, comme celle dégagée par une cage pleine d'animaux carnivores qui n'aurait jamais été nettoyée, la puanteur des excréments et de la chair pourrie, et son cauchemar lui revint dans toute sa force.

Dix ans plus tôt, lorsque Clinton était un tout jeune aspirant sur le vieux *Widgeon*, l'une des premières canonnières de l'escadre antiesclavagiste, ils avaient arraisonné un négrier sous les latitudes nord. C'était un schooner jaugeant trois cents tonneaux, en provenance de Lisbonne, mais qui naviguait sous pavillon de complaisance brésilien et portait le nom invraisemblable d'*Hirondelle Blanche*. Clinton avait reçu l'ordre d'en prendre le commandement en tant que capitaine de l'équipage de prise, de le conduire jusqu'au port portugais le plus proche et de le faire déclarer comme prise par les tribunaux de la Commission mixte.

Ils l'avaient arraisonné à une centaine de milles marins de la côte brésilienne, alors que l'*Hirondelle Blanche* et sa cargaison de cinq cents esclaves noirs avaient presque achevé la redoutable traversée de l'Atlantique par son milieu. Clinton avait eu pour consigne de lui faire faire demi-tour et de le ramener aux îles du Cap-Vert ; ils avaient donc dû franchir l'équateur et étaient restés trois jours encalminés dans l'atmosphère étouffante du pot au noir avant d'échapper à leur emprise.

Arrivé au port de Praia, dans l'île principale de Tiago, Clinton s'était vu refuser la permission de débarquer un seul esclave, et ils étaient restés au mouillage pendant seize jours à attendre que le président du tribunal de la Commission mixte ait rendu son verdict. Après que les propriétaires eurent exercé de fortes pressions, il avait finalement décidé que le cas était hors de sa juridiction et ordonné à Clinton de ramener le bateau au Brésil pour le traduire devant les tribunaux locaux.

Clinton savait cependant fort bien ce que décide-raient les tribunaux brésiliens, et il mit le cap sur la possession britannique de Sainte-Hélène, franchissant une fois de plus l'équateur avec son chargement de misère humaine.

Quand il jeta l'ancre dans la rade de Jamestown, les esclaves survivants qui étaient à bord avaient traversé trois fois de suite le terrible « passage du milieu ». Sur les cinq cent, il n'en restait que trente-six, et la puanteur qui régnait à bord du négrier était devenue partie inté-grante des cauchemars qui hantaient encore les nuits de Clinton dix ans plus tard.

Et il était là à présent, sur le pont plongé dans l'obs-curité, à humer la même odeur infecte apportée par la nuit tropicale. Il lui fallut faire un véritable effort pour donner l'ordre de pousser la chaudière du *Black Joke* afin d'être prêt quand poindrait l'aube.

Incrédule, le cheik Youssouf reconnut la forme sombre avec l'air consterné d'un homme abandonné par Allah.

La canonnière était encore à cinq milles, indistincte dans la lumière pâle de l'aube, mais elle approchait rapidement et une épaisse colonne de fumée noire s'éti-rait par le travers, emportée à la surface des eaux vertes du détroit de Zanzibar par un violent alizé. De la poupe du dhaw, avec sa vieille longue-vue en cuivre recouverte de cuir, le cheik voyait distinctement claquer et flotter son pavillon déployé par le vent — la large croix rouge sur fond blanc.

Ô, combien il détestait ce drapeau, emblème d'un peuple arrogant et brutal, tyran des océans, accapareur des continents. Il avait vu des canonnières comme celle-ci à Aden et à Calcutta, il avait vu flotter ce pavillon dans les coins les plus reculés des mers qu'il avait parcourues. Il savait sans l'ombre d'un doute ce que signifiait son apparition.

Il mit la barre au vent, geste qui équivalait à accepter le terme d'un voyage désastreux. À regret, le dhaw vint dans le vent en craquant de toutes ses membrures ; la grand-voile faseya avant de prendre le vent par l'arrière.

Il semblait y avoir si peu de risques. Le traité que le sultan avait conclu à Zanzibar avec le consul de ces dangereux infidèles autorisait ses sujets à pratiquer le commerce des perles noires entre toutes ses possessions, à condition que seuls les Arabes omanais fidèles au sultan exercent ce trafic lucratif. Aucun chrétien d'extraction européenne ni aucun musulman converti ne pouvait naviguer sous le pavillon du sultan, et les Arabes omanais eux-mêmes n'avaient pas le droit de commercer par-delà les frontières de ses terres.

Les possessions africaines du sultan avaient été très soigneusement circonscrites dans le traité, et voilà que lui, le cheik Youssouf, avec une cargaison de trois cent trente esclaves vivants, agonisants ou morts, se retrouvait pris en chasse par une canonnière britannique à trois cent cinquante milles des frontières du sultan les plus reculées. Les voies d'Allah étaient décidément impénétrables et dépassaient la compréhension humaine, pensa le cheik Youssouf avec un peu d'amertume tout en se cramponnant avec acharnement à la barre pour mettre le cap vers la terre.

Une pièce tonna avec un bruit sourd à l'avant de la canonnière, la fumée jaillit, blanche comme une aile de mouette dans les premiers rayons du soleil levant, et le cheik Youssouf cracha avec véhémence sous le vent et s'exclama « El Sheetan, le diable », prononçant pour la première fois le nom par lequel le capitaine Clinton Codrington serait un jour appelé dans tout le détroit du Mozambique et, au nord, jusqu'à la corne de l'Afrique.

L'hélice de bronze du *Black Joke* laissait derrière elle un long et large sillage. La grand-voile et la misaine étaient encore en place, mais Codrington allait réduire la toile — l'« allure de combat » — dès qu'il aurait effectué l'ajustement nécessaire pour couper la route au dhaw qui s'était détourné en direction de la terre.

Zouga et Robyn étaient sur la dunette pour assister à la poursuite, eux aussi en proie à l'excitation contenue qui s'était emparée du vaisseau, si bien que Zouga éclata de rire et cria : « À l'assaut ! Taïaut ! » tandis que le dhaw virait, et Clinton lui lança un sourire de connivence.

— C'est un négrier. Outre l'odeur, cette dérobade le prouve irréfutablement.

Robyn plissa les yeux pour regarder attentivement le petit navire crasseux, la voile décolorée et raccommodée, la coque en bois brut zébrée d'excréments humains et autres saletés. C'était la première fois qu'elle voyait un négrier transportant effectivement son horrible cargaison, et elle se sentit pénétrée d'une détermination nouvelle ; elle était venue de si loin pour vivre cet instant qu'elle essaya d'enregistrer tous les détails pour les consigner dans son journal.

— Monsieur Denham, faites donner la pièce de chasse, s'il vous plaît, ordonna Clinton.

Le canon gronda sourdement, mais le dhaw conserva son nouveau cap.

— Préparez-vous à mettre la barre au vent et à envoyer la chaloupe.

L'excitation de Clinton avait fait place à une anxiété manifeste. Il se tourna pour jeter un coup d'œil à son détachement d'abordage. On leur avait distribué sabres et pistolets, et ils attendaient à présent sur le passavant sous le commandement d'un jeune enseigne.

Clinton aurait infiniment aimé prendre lui-même la tête du détachement mais il avait encore le bras en écharpe et Robyn n'avait toujours pas enlevé ses points de suture. Pour monter à l'abordage d'un dhaw par mer agitée et combattre son équipage, il fallait bénéficier de ses deux mains et d'une agilité que sa blessure lui retirait. À regret, il avait donc mis ses hommes sous les ordres de Ferris.

Avec une expression sinistre, il s'était à présent retourné vers le dhaw.

— Il se dirige vers la plage.

Tous regardaient en silence et observaient le négrier approcher de la terre.

— Mais il y a un récif de corail, remarqua Robyn en désignant les pointes noires qui émergeaient à un quart de mille du rivage, pareilles à un collier de dents de requin, autour desquelles se brisaient et tourbillonnaient les déferlantes comme si l'alizé les y poussait.

— Oui, admit Clinton. Ils vont échouer le navire sur le récif et s'échapper par le lagon.

— Mais, et les esclaves ? demanda Robyn, horrifiée.

Personne ne répondit.

Le *Black Joke* filait droit sur sa proie, mais comme le vent était presque nul sur son arrière, le dhaw avait empanné pour prendre sa meilleure allure. Sa bôme était plus longue que la coque, et l'énorme grand-voile triangulaire se renflait presque jusqu'à toucher l'eau, précipitant le navire vers le récif.

— Peut-être pourrons-nous lui barrer la route, lança Zouga, mais il n'avait pas l'œil du marin pour estimer la position et l'allure, et Clinton Codrington secoua la tête avec colère.

— Pas cette fois.

Pourtant le *Black Joke* était barré avec une grande habileté. Clinton garda le cap jusqu'au dernier moment, et le dhaw passa devant son étrave à deux cents mètres seulement. Si près qu'ils distinguèrent nettement les traits de l'homme de barre sur le gaillard d'arrière du navire, un vieil Arabe maigre en long et ample burnous, avec le fez à houppes indiquant qu'il avait effectué le pèlerinage de La Mecque. À sa ceinture miroitait le manche à filigrane d'or de sa dague recourbée de cheik, sa barbe blanche longue et clairsemée voltigeait dans le vent et, penché sur sa longue barre, il tournait la tête pour surveiller la haute coque noire qui venait sur lui

— Je pourrais tirer sur ce salaud, gronda Zouga.

— C'est trop tard, lui dit Clinton.

Le dhaw était en effet passé devant leur étrave et la canonnière ne pouvait pas approcher plus près des crocs menaçants que dardait le récif. Clinton appela son maître de timonerie pour qu'il prenne la barre.

— Mettez en panne ! Cap au vent. (Puis, pivotant sur lui-même :) À l'abordage !

Les bossoirs grincèrent quand la baleinière fut descendue vers les eaux vertes un peu agitées, tandis que le dhaw tanguait déjà fortement sur les vagues bouillonnantes qui gardaient le récif.

Voilà deux jours qu'on était sorti du calme plat et, sous l'effet des alizés, une forte houle s'était levée. Elle venait balayer le chenal d'accès au lagon avec de longues ondulations sombres balafrées par le vent, mais dès qu'elles arrivaient sur les hauts-fonds elles se soulevaient en lames puissantes dont les crêtes, opaques comme une gelée verte, frémissaient et oscillaient avant de déferler et de remonter en une tumultueuse masse blanche sur les crocs noirs du récif.

Le dhaw prit une des plus hautes lames, se souleva de la proue et se mit à surfer tandis que le vieil Arabe caracolait sur la barre comme un singe savant pour tenir le navire sur la vague. Mais le dhaw n'était pas conçu pour ce genre d'exercice. Il se rebella en enfonçant avec tant de violence son flanc dans le déferlement d'eau grondante qu'il embarqua un mur liquide. Il se coucha sur le côté, à moitié submergé, avant de heurter le récif avec une telle force que le mât se cassa net au niveau du pont et que vergue, voile et gréement furent projetés par-dessus bord.

En un instant le bateau fut transformé en épave, et les passagers du *Black Joke* entendirent distinctement le fond de la coque craquer et se déchirer.

— Ils s'enfuient ! grommela Clinton avec colère en voyant l'équipage abandonner le navire.

Les hommes sautaient par-dessus le bastingage, se laissaient porter par les lames au-dessus du récif dans les eaux plus calmes du lagon, puis nageaient jusqu'à ce qu'ils aient pied.

Ils aperçurent le vieux cheik parmi les survivants. Il atteignit le rivage, barbe et burnous plaqués au corps par l'eau de mer, puis, découvrant ses jambes et ses fesses maigres, il releva son burnous jusqu'à la taille pour escalader la plage de sable blanc avec l'agilité d'une chèvre avant de disparaître dans les bosquets de palmiers.

La baleinière du *Black Joke* entra rapidement dans la première ligne de brisants ; debout à l'arrière, l'enseigne regardait par-dessus son épaule pour mesurer la force de la lame, puis il prit la vague qui les emporta à toute vitesse dans la zone plus calme abritée par la coque du dhaw.

Du bateau, ils virent l'enseigne et quatre de ses hommes grimper le long du flanc du navire, pistolets et sabres tirés, mais au même moment le dernier membre de l'équipage arabe montait en chancelant sur la plage et s'enfonçait dans le refuge du bosquet de palmiers, à quatre cents mètres, de l'autre côté du lagon.

L'enseigne conduisit ses hommes à l'intérieur du navire tandis que, sur la dunette du *Black Joke*, ils attendaient en surveillant l'épave à la longue-vue. Une minute s'écoula avant que l'enseigne ne réapparaisse. Il se précipita vers le bastingage du dhaw et se pencha par-dessus pour vomir, puis se redressa et s'essuya la bouche de la manche avant de crier un ordre aux rameurs restés dans la baleinière.

Immédiatement, la chaloupe s'écarta de la coque et remonta avec ardeur les déferlantes pour revenir vers le *Black Joke*.

Le bosco apparut à la coupée bâbord et salua son capitaine.

— M. Ferris vous envoie ses compliments, capitaine. Il a besoin d'un charpentier pour pratiquer des brèches dans les ponts à esclaves et de deux hommes avec de grosses pinces coupantes pour sectionner les chaînes, bafouilla-t-il d'une seule traite avant de marquer une pause pour se remplir les poumons. M. Ferris dit que c'est l'enfer sous les ponts, qu'il y a des esclaves coincés, et qu'il faut un médecin...

— Je suis prête à y aller, coupa Robyn.

— Attendez, lança Clinton d'un ton brusque, mais Robyn était déjà partie vers l'escalier des cabines en tenant ses jupes.

— Si ma sœur y va, j'y vais aussi.

— Très bien, Ballantyne, puisqu'il en est ainsi, je vous remercie de votre aide, acquiesça Clinton. Dites à Ferris que la marée ne va pas tarder à monter, c'est la pleine lune ce soir. Sur cette côte, elle a une amplitude de plus de sept mètres. Il lui reste moins d'une heure pour faire son travail.

Robyn réapparut sur le pont avec sa mallette de cuir noir, et elle avait passé un pantalon. Les marins la regardaient bouche bée, mais elle les ignora et se dirigea à la hâte vers la coupée. Le bosco lui donna la main et elle se précipita dans la baleinière, suivie de Zouga.

Le franchissement des déferlantes fut à la fois terrifiant et grisant. Tandis que l'eau sifflait et écumait contre sa coque, la baleinière piqua du nez de façon alarmante et entama une glissade sur le ventre qui vint se terminer contre le flanc du dhaw fortement penché sur le côté.

Le pont était balayé par les flots et gîtait à tel point que Robyn dut l'escalader à quatre pattes, la coque tremblant sous l'assaut des vagues qui finissaient par balayer le pont.

L'enseigne et ses hommes avaient arraché les panneaux de la cale principale, et quand elle s'approcha Robyn fut suffoquée par l'intolérable puanteur qui s'échappait par l'ouverture carrée. Elle s'était crue endurcie contre l'odeur de la mort et de la putréfaction, mais elle n'avait jamais rien connu de pareil.

Les énormes pinces étaient destinées à couper les haubans et les drisses en cas de démâtage. Deux hommes s'en servaient à présent pour cisailler les chaînes qui reliaient entre eux les anneaux d'acier passés autour des poignets et des chevilles des petits corps noirs que l'on remontait par grappes de la cale. Cela rappela à Robyn les poupées qu'elle s'amusait à découper quand elle était enfant : elle en dessinait une sur une feuille de papier pliée plusieurs fois, et, en quelques coups de ciseaux, elle se retrouvait avec une ribambelle de silhouettes identiques. Les pinces sectionnaient les chaînes légères d'un coup sec et les petits corps flasques se séparaient.

— Ce sont des enfants, cria-t-elle.

Travaillant en silence, les hommes qui l'entouraient tiraient les corps par l'écoutille, les libéraient de leurs entraves et les laissaient tomber sur le pont incliné et mouillé.

Robyn saisit le premier, forme squelettique couverte d'une croûte de saleté, de vomissures et d'excréments séchés, et dont la tête se mit à pendre quand elle le prit sur ses genoux.

— Non, dit-elle.

Toute vie avait disparu, les globes oculaires étaient déjà desséchés. Elle laissa la tête retomber, et un marin tira le corps.

« Non » et « Non » et encore « Non ».

Certains étaient déjà dans un état de décomposition avancé. Sur ordre de l'enseigne, les marins commencèrent à jeter les cadavres décharnés par-dessus bord pour faire de la place à ceux que l'on continuait de remonter de la cale.

Robyn trouva le premier corps encore vivant. Le pouls battait faiblement, et la respiration était à l'avenant, mais il était inutile d'être médecin pour se rendre compte que la vie ne tenait plus qu'à un fil. Elle travaillait rapidement, répartissant son temps en fonction des chances de salut.

Une vague plus haute heurta l'épave, des membrures craquèrent et se rompirent au fond de la coque.

— La marée monte. Accélérez le travail ! cria l'enseigne.

Les hommes étaient maintenant à l'intérieur du navire. Ils commençaient à arracher les ponts intermédiaires et Robyn entendait le bruit sourd des marteaux de forgeron et les fers qui se déchiraient.

Zouga était à l'intérieur, nu jusqu'à la taille, et menait l'offensive contre les barrières de bois. Il était officier, possédait cette aisance que donne l'habitude de commander, et les marins qui étaient avec lui n'avaient pas tardé à reconnaître ses talents naturels de chef.

Le vacarme rappelait à Robyn une colonie de freux au coucher du soleil, avec les cris perçants des oiseaux qui rentrent aux nids et ceux avec lesquels les accueillent leurs petits. Les mouvements brusques du dhaw, le craquement des membrures brisées et l'eau froide qui s'engouffrait dans la cale tiraient les filles noires entassées les unes sur les autres de la léthargie où les avait plongées l'approche de la mort.

L'eau montait dans le fond de la cale et certaines de celles qui se trouvaient là avaient déjà été noyées, tandis que d'autres se rendaient compte que des hommes étaient venus à bord pour les secourir et criaient avec l'énergie du désespoir.

Amarrée le long du négrier, la baleinière était presque pleine de corps décharnés, tandis que sur le lagon une bonne centaine de cadavres au ventre gonflé dansaient sur l'eau comme des bouchons.

— Emmenez-les au navire et revenez chercher les autres, cria l'enseigne aux rameurs de la baleinière.

Au même moment, frappé de plein fouet par une autre vague couronnée d'écume, le dhaw donna de la bande, et sans les pointes de corail qui avaient transpercé le fond de la coque et le clouaient au récif, il se serait retourné complètement.

— Robyn! appela Zouga par l'écoutille. Nous avons besoin de toi.

Pendant quelques instants, elle ne le regarda même pas, mais secoua la tête à l'intention du marin qui se trouvait près d'elle.

— Ce n'est plus la peine, elle est morte.

Le regard éteint, le marin souleva le corps frêle et le jeta par-dessus bord. Robyn se hâta de remonter jusqu'à l'écoutille et se glissa à l'intérieur.

C'était une descente aux enfers après la clarté du plein midi et elle s'arrêta un moment pour permettre à ses yeux de s'habituer aux ténèbres.

Les déchets humains avaient rendu le pont glissant si bien que Robyn dut se tenir pour ne pas tomber.

L'air était si épais que, pendant une minute, elle fut prise de panique comme si un coussin humide et puant l'étouffait. Elle faillit se précipiter dans la douce lumière du soleil, mais elle inspira ensuite une bouffée d'air et, bien qu'elle sentît son estomac se soulever et un flot amer lui monter à la bouche, elle réussit à ne pas vomir.

Quand elle se rendit compte du chaos qui régnait alentour, elle oublia son malaise.

— Les ponts se sont écroulés avec la dernière vague, grogna Zouga en passant un bras autour de son épaule pour l'apaiser.

Comme un château de cartes, ils s'étaient effondrés les uns sur les autres, planches brisées net pointant hors de l'obscurité, solives croisées comme des lames de ciseaux avec des petits corps sombres pris au piège entre ces mâchoires, d'autres écrasés par des madriers au point d'avoir perdu forme humaine, d'autres encore suspendus tête en bas à la chaîne de leurs chevilles, frémissant doucement comme des insectes blessés ou se balançant lentement au rythme des mouvements de l'épave.

— Oh, bonté divine, par où commencer ? murmura Robyn.

Elle lâcha l'écoutille à laquelle elle se tenait, fit un pas en avant ; son pied se déroba sur le pont glissant, et elle tomba lourdement dans la cale. Elle sentit une vive douleur dans le dos et le ventre, mais réussit à se mettre à genoux. Sa souffrance semblait insignifiante dans cette terrible prison.

— Ça va ? demanda anxieusement Zouga, mais d'un haussement d'épaules elle écarta ses mains.

Une fille criait et Robyn rampa vers elle. Ses jambes étaient écrasées au-dessous des genoux, coincées sous une solive équarrie à la main.

— Est-ce que tu peux déplacer la poutre ? demanda Robyn à Zouga.

— Non. La petite est fichue. Viens, il y en a d'autres...

— Non, coupa Robyn en retournant, toujours rampant, vers l'endroit où sa mallette était tombée.

Elle avait mal mais refoula la douleur. Elle n'avait assisté qu'une fois dans sa vie à l'amputation d'une jambe. Quand elle commença l'opération, la fille repoussa violemment les marins qui la tenaient et attaqua Robyn comme un chat que l'on torture. De ses ongles, elle lui laboura les joues, mais lorsque Robyn parvint à libérer une jambe, l'enfant avait sombré dans le silence et ne bougeait plus. Elle mourut avant qu'elle ait atteint l'os de la deuxième jambe, et, secouée de sanglots, Robyn abandonna le petit corps toujours retenu par le madrier.

Elle essuya ses mains l'une contre l'autre, le sang qui maculait ses bras jusqu'aux coudes collait ses paumes. Elle se sentait terriblement coupable d'avoir échoué à sauver la fillette et n'avait plus la force de bouger. Découragée, elle regarda autour d'elle.

La cale était plus qu'à moitié inondée, la marée battait implacablement contre la coque du navire.

— Il faut que nous sortions d'ici, lui cria Zouga, alarmé, et comme elle ne bougeait pas, il la prit par l'épaule et la secoua sans ménagement. Nous ne pouvons rien faire de plus. Il va chavirer d'un moment à l'autre.

Robyn regardait fixement les eaux noires et puantes qui refluaient d'un côté à l'autre de la cale; juste sous elle, une main jaillit de la surface, une main d'enfant avec une douce paume rose et des doigts fuselés écartés en un geste d'appel. La menotte d'acier paraissait trop grosse pour le poignet étroit, et son poids entraîna la main qui sombra doucement. En proie à un regret infini, Robyn garda les yeux fixés sur l'endroit où elle avait disparu, puis Zouga la tira avec rudesse pour qu'elle se remette debout.

— Viens, bon Dieu! cria-t-il avec une expression féroce, hanté par les horreurs auxquelles il avait assisté dans cette prison fétide.

La vague suivante heurta la coque submergée et parvint cette fois-ci à la détacher des pointes de corail. Les planches grincèrent en se tordant et en se déchirant, le dhaw commença à rouler et, émergeant de l'obscurité, l'eau noire se souleva en une vague qui se brisa autour d'eux et monta jusqu'à la hauteur de leurs épaules.

Endommagés, les ponts à esclaves se détachèrent et, dans un mortel tumulte, s'écroulèrent les uns sur les autres en libérant une nouvelle couche serrée de corps noirs qui dégringolaient dans le fond de la cale inondée.

— Robyn! Nous allons rester coincés.

Zouga la tira vers le carré de soleil en escaladant les poutres et les corps.

— Nous ne pouvons pas les laisser, protesta-t-elle.

— Elles sont foutues, bon sang! Tout est en train de ficher le camp. Nous devons sortir d'ici.

Elle libéra son bras, trébucha, tomba en arrière, son ventre déjà endolori heurta quelque chose et elle hurla de douleur. Elle était étendue sur le côté, couchée sur un tas de corps enchaînés, et un visage était à trente centimètres du sien. Il était vivant, elle n'avait jamais vu de tels yeux, féroces comme ceux d'un chat furieux, brillants comme ceux d'un faucon, de la couleur du miel en ébullition.

« Celle-là a encore assez de force! » pensa-t-elle, puis elle cria.

— Aide-moi, Zouga.

— Pour l'amour de Dieu, Robyn!

Elle rampa vers l'enfant et le pont s'inclina dangereusement sous elle tandis qu'une masse d'eau froide s'engouffrait dans la coque.

— Laisse-la! cria Zouga.

L'eau tourbillonnait autour de la tête de Robyn, et la fillette enchaînée disparut sous le flot. La jeune femme tendit les bras vers elle, la chercha à tâtons sous la surface et, comme elle ne la trouvait pas, sentit la panique l'envahir.

Elle baissa la tête sous l'eau et, suffoquant sous l'effet de la douleur qui lui tenaillait le ventre, ouvrit la bouche et but la tasse. Elle réussit enfin à agripper l'épaule de l'enfant, qui luttait aussi désespérément qu'elle.

Toutes deux réapparurent, toussant et haletant, Robyn tenant la bouche de la fille juste au-dessus de la surface, mais quand elle tenta de la soulever davantage, la chaîne les retint et elle cria :

— Zouga, aide-moi.

Nauséabonde comme un égout, l'eau lui remplit de nouveau la bouche, les submergeant toutes les deux.

Elle pensa qu'elle ne remonterait jamais, mais, avec obstination, elle tint bon et passa son bras sous les aisselles de la fillette en lui relevant le menton de sa main libre, si bien que lorsqu'elles émergèrent une nouvelle fois, l'enfant put immédiatement inspirer une bouffée d'air puant. Zouga était près d'elles.

Il enroula la chaîne autour de son poignet et tira de toutes ses forces. Dans la pénombre de la cale, il se dressait au-dessus d'elles, la bouche ouverte en un cri silencieux qui faisait saillir les veines de son cou, les muscles bandés de ses bras et de ses épaules ressortant sous la lumière qui tombait de l'écoutille.

Une autre vague se précipita sur eux en grondant ; prise au dépourvu, Robyn sentit l'eau lui brûler les poumons et sut qu'elle se noyait. Il lui suffisait de lâcher la tête et les épaules de la fille pour pouvoir de nouveau respirer, mais elle la tenait obstinément, déterminée à ne pas laisser cette petite âme s'en aller. Elle avait vu dans ses yeux la volonté farouche de vivre. Celle-ci, elle pouvait la sauver, c'était la seule de tous qu'elle était en mesure de sauver, et elle devait absolument y parvenir.

La vague se retira. Zouga était toujours là, ses cheveux dégoulinants plaqués sur le visage et les yeux. Il changea de position, coinça ses jambes contre un madrier puis s'arc-bouta de nouveau sur la chaîne et rugit sous la violence de l'effort.

Le piton en forme d'anneau par lequel la chaîne était fixée au pont s'ouvrit, et Zouga tira hors de l'eau l'enfant et sa sœur, la chaîne glissant derrière elles sur trois bons mètres avant de se tendre de nouveau, retenue par le piton suivant.

Robyn n'avait jamais pensé que Zouga était aussi fort, elle n'avait pas vu son torse nu depuis qu'elle était enfant et ne s'était pas rendu compte qu'il avait une musculature de boxeur professionnel. Mais il lui était cependant impossible de renouveler le même effort, et la fille était toujours enchaînée. Il n'avait obtenu qu'un bref répit. Zouga ahanait de nouveau lorsque le jeune enseigne se précipita par l'écoutille. Redescendre dans la coque obscure était en soi un acte d'héroïsme, pensa Robyn, tandis qu'il pataugeait péniblement vers le groupe en train de se débattre au fond de la cale en traînant les lourdes pinces coupantes.

La coque s'inclina de cinq degrés supplémentaires et, en tourbillons voraces, l'eau monta encore et vint lécher leurs corps. Si Zouga n'avait pas libéré ces quelques mètres de chaîne, toutes deux seraient à présent complètement englouties.

Zouga se pencha sur sa sœur et l'aida à maintenir la tête de la jeune Noire au-dessus de l'eau pendant que l'enseigne cherchait à tâtons les anneaux de la chaîne et refermait sur eux les mâchoires des cisailles. Mais leur tranchant avait été émoussé par le travail qu'elles venaient d'accomplir, et l'enseigne était encore un gamin. Zouga l'écarta.

Les muscles saillirent une nouvelle fois sur ses épaules et ses bras, la chaîne se sépara en deux avec un claquement métallique. Zouga la coupa au poignet et à la cheville, puis lâcha les pinces, souleva le petit corps frêle et se dirigea aussi vite que possible vers l'écoutille.

Robyn essaya de le suivre, mais, transpercée par la douleur, elle sentit que quelque chose se déchirait au fond de ses entrailles, comme un parchemin fragile. Pliée en deux, incapable de bouger, elle se recroquevilla sur elle-même. La vague la heurta de plein fouet et la projeta, à moitié assommée, dans l'eau noire par-dessus les membrures brisées. Les ténèbres commencèrent à envahir son esprit, elle fut tentée de se laisser aller, de laisser l'eau et l'obscurité l'emporter; ce serait si facile, mais, rassemblant ses forces, mue par la colère et l'obstination, elle continua de lutter. Elle luttait toujours quand Zouga la rejoignit et la tira vers la lumière.

Tandis qu'ils sortaient en rampant de l'écoutille, le dhaw se renversa complètement et, telle une catapulte, les projeta par-dessus dans l'eau verte. À l'intérieur de l'épave, les derniers cris plaintifs se turent, et la coque entreprit de se disloquer sous les coups de boutoir impitoyables des flots. Lorsque Robyn et Zouga réapparurent à la surface, toujours enlacés, l'enseigne avait pris tous les risques pour franchir le récif et la baleinière était près d'eux.

Des mains vigoureuses se tendirent et la chaloupe surchargée gîta dangereusement quand ils furent halés par-dessus le bastingage. Puis l'enseigne vira de bord à toute vitesse à la rencontre de la déferlante suivante, et l'embarcation escalada son flanc avant de heurter violemment la crête tandis que les marins ramaient frénétiquement pour la maintenir dans l'axe.

Robyn rampa vers la fille noire étendue sur un tas de corps au fond de la baleinière. Quand elle sut qu'elle était à bord et toujours en vie, son soulagement lui fit oublier la douleur qu'elle sentait dans ses poumons gorgés d'eau et au fond de son ventre.

Robyn retourna la fille sur le dos et lui souleva la tête pour la protéger contre les chocs de la coque agitée par la forte houle.

Elle vit tout de suite qu'elle était plus âgée qu'elle n'avait cru, bien que son corps fût desséché et décharné. Son bassin avait cependant la largeur de la maturité. Elle doit avoir au moins seize ans, pensa Robyn, en tirant un coin de la bâche sur son corps pour le cacher aux regards des hommes.

La fille ouvrit les yeux et les leva vers Robyn qu'elle regarda d'un air solennel. Ils avaient toujours la couleur du miel foncé, mais leur férocité avait laissé place à une autre émotion.

— *Nigi ya bonga,* murmura-t-elle.

Bouleversée, Robyn se rendit compte qu'elle comprenait ses paroles. En un instant, elle fut transportée vers un autre temps et un autre lieu, où sa mère, Helen Ballantyne, lui apprenait ces mots en les lui répétant jusqu'à ce qu'elle s'en souvienne parfaitement.

— *Nigi ya bonga,* je vous remercie !

Robyn essaya de lui répondre, mais son esprit était aussi éprouvé que son corps, tant de temps avait passé depuis qu'elle avait appris cette langue et les circonstances étaient si différentes que les mots ne vinrent qu'en hésitant.

— *Velapi wena,* qui es-tu et d'où viens-tu ?

Les yeux de la jeune Noire s'élargirent de surprise.

— Vous, murmura-t-elle, vous parlez la langue de mon peuple !

Ils avaient ramené à bord vingt-huit filles encore vivantes. Quand le *Black Joke* leva l'ancre et reprit la mer, la coque du dhaw s'était complètement ouverte, ses membrures et ses planches tourbillonnaient et pirouettaient par-dessus le récif.

Une volée d'oiseaux de mer se chamaillaient et planaient en poussant des cris rauques au-dessus des cadavres parmi les débris de l'épave, puis plongeaient pour s'emparer d'un morceau avant de reprendre leur essor.

Dans les eaux plus profondes extérieures au lagon, les requins se rassemblaient par meutes, fouettant l'eau avec frénésie. Leurs ailerons dorsaux sillonnaient la surface de l'eau et, par intervalles, un long corps en forme de torpille sautait hors de l'eau sous l'effet de l'excitation avant de retomber lourdement avec un bruit sourd.

Vingt-huit rescapées seulement... se dit Robyn, en boitillant le long de la rangée de corps à peine vivants, ses jambes meurtries protestant à chaque pas. Son désespoir augmenta quand elle réalisa combien il restait peu d'espoir de sauver ces pauvres filles. Il était facile de voir lesquelles avaient déjà perdu la volonté de lutter. Elle avait lu l'ouvrage de son père sur les malades africains, et elle savait à quel point ce facteur importait dans le traitement des peuples primitifs. Il arrivait qu'un homme parfaitement sain ait le désir de mourir, et en pareil cas rien ne pouvait le sauver.

Cette nuit-là, en dépit des soins constants de Robyn, vingt-deux filles moururent et furent transportées à l'arrière pour être jetées par-dessus bord. Au matin, toutes les autres sombrèrent dans le coma, en proie à la fièvre provoquée par une défaillance rénale. Leurs reins, atrophiés par le manque de liquide, étaient incapables de filtrer l'urine. Le seul traitement consistait à obliger le patient à boire.

La jeune Nguni se battait contre la mort avec énergie. Sans pouvoir déterminer avec certitude sa tribu, Robyn savait qu'elle appartenait au groupe des peuples nguni car beaucoup d'entre eux parlaient des dialectes zoulous, mais l'accent et la prononciation de la fille lui étaient inconnus.

Robyn avait essayé de la faire parler, de la garder consciente et d'entretenir son désir de lutter. Elle avait adopté une attitude possessive presque maternelle envers l'enfant et, bien qu'elle s'efforçât de répartir ses soins équitablement entre toutes les survivantes, elle finissait toujours par revenir là où la fille était allongée pour l'aider à boire.

Elles n'avaient que quelques centaines de mots en commun pour alimenter leur conversation pendant que la fille se reposait entre deux gorgées avalées à grand-peine.

— Je m'appelle Jouba, murmura l'enfant en réponse à la question de Robyn.

La musique de ce nom suffit à rappeler à celle-ci le souvenir des colombes dodues à col gris-bleu perchées sur le figuier sauvage qui surplombait le cottage de la mission où elle était née.

— Petite Colombe. C'est un joli nom.

La fille sourit timidement et se remit à parler avec sa voix qui ressemblait à un murmure, éraillée par le manque prolongé d'eau. La plus grande partie de son discours échappait à Robyn, mais elle écoutait et hochait la tête, comprenant avec un serrement de cœur que ses paroles n'avaient plus guère de sens. Jouba s'était mise à délirer et s'adressait aux fantômes de son passé. Elle tenta de résister quand Robyn la força à boire, marmonnant et criant de peur ou de colère, s'étranglant avec la solution légèrement sucrée.

— Tu dois te reposer, dit Zouga à sa sœur avec brusquerie. Tu ne l'as pas quittée depuis presque deux jours. Tu es en train de te tuer.

— Je vais très bien, je te remercie, répondit-elle, mais son visage était creusé et pâli par la fatigue et la douleur.

— Laisse-moi au moins vous emmener à ta cabine.

Jouba était la seule petite Noire encore vivante, toutes les autres avaient été jetées à la mer et étaient allées nourrir les requins qui suivaient le navire.

— Très bien, accepta Robyn, et Zouga, prenant l'enfant dans ses bras, l'emporta jusqu'à la cabine de Robyn.

Le stewart apporta une paillasse, la posa sur le plancher de la minuscule cabine occupant toute la place disponible, et Zouga y étendit le corps nu.

Robyn était tentée de s'allonger sur sa couchette pour se reposer un peu, mais elle savait que si elle relâchait son attention maintenant, ne serait-ce que quelques minutes, elle sombrerait dans un sommeil de plomb et que sa petite patiente ne survivrait pas à ces instants de négligence.

Quand Zouga fut sorti, elle s'assit en tailleur sur la paillasse, se cala le dos contre sa malle et prit Jouba sur ses genoux. Obstinément, elle entreprit d'introduire le liquide entre ses lèvres, goutte après goutte, heure après heure.

À travers l'unique hublot, elle vit la lumière du jour prendre une teinte écarlate au moment du court crépuscule tropical, puis décliner rapidement. Il faisait presque nuit noire dans la cabine quand Robyn sentit soudain un flot abondant et tiède traverser ses jupes et la forte odeur d'ammoniaque de l'urine.

— Merci, Seigneur, murmura-t-elle. Oh, merci !

Les reins de Jouba s'étaient remis à fonctionner, elle était hors de danger. Robyn la berça dans son giron sans éprouver le moindre dégoût pour le liquide qui trempait ses vêtements, l'accueillant comme une promesse de vie.

— Tu as tenu le coup, dit-elle dans un murmure. Tu as tenu le coup avec courage, ma petite colombe.

Il lui resta juste assez de force pour essuyer le corps de l'enfant avec un linge trempé dans l'eau de mer, puis elle ôta ses vêtements sales et s'effondra sur son étroite et dure couchette.

Robyn dormit dix heures et se réveilla en gémissant, prise de terribles crampes. Elle avait replié ses genoux contre sa poitrine sous l'effet de la douleur, les muscles de son ventre étaient durs comme de la pierre et elle avait l'impression d'avoir reçu des coups de matraque dans le dos. Elle se sentait tellement meurtrie qu'elle s'alarma et, durant de longues minutes, crut qu'elle était gravement atteinte, puis, avec un soulagement et une joie qui lui firent oublier sa douleur, elle comprit ce qui lui arrivait. Elle se traîna pliée en deux de l'autre côté de la cabine et se lava dans le seau d'eau de mer froide. Ensuite, elle s'agenouilla à coté de Jouba.

Sa fièvre était tombée, sa peau plus fraîche. Son rétablissement progressif ajoutait au sentiment de plaisir et de soulagement profonds de Robyn. Il lui faudrait à présent trouver le bon moment pour annoncer à Clinton Codrington qu'elle ne voulait pas l'épouser, et la vision de la petite maison sur le port de Portsmouth s'estompa. Malgré sa douleur, elle se sentait libre, légère comme un oiseau en vol.

Elle remplit le gobelet et souleva la tête de Jouba.

— Ça va aller mieux maintenant, dit-elle à Jouba qui ouvrit les yeux. Ça va aller mieux pour toutes les deux, répéta-t-elle en souriant et en la regardant boire avec avidité.

La guérison de Jouba fut rapide. Elle se mit bientôt à manger avec appétit, sa peau reprit l'éclat de la santé, ses yeux retrouvèrent une étincelle joyeuse — et Robyn s'aperçut avec une satisfaction toute maternelle qu'elle était jolie, et pleine de grâce, que ses seins et ses fesses avaient cette courbe voluptueuse que les dames élégantes essayaient d'obtenir avec un corset et un bustier rembourré. Elle avait aussi un doux visage joufflu, des grands yeux écartés et des lèvres charnues à l'étrange beauté exotique.

Elle suivait Robyn comme un petit chien et l'oreille de celle-ci s'habituait à la langue nguni. Son vocabulaire s'enrichit rapidement, et, chaque soir, toutes deux bavardaient tard, assises côte à côte sur l'étroite paillasse.

Clinton Codrington commença à montrer des signes évidents de jalousie. Il s'était habitué à jouir davantage de sa compagnie, et la fille servait de prétexte à Robyn pour espacer leurs relations et préparer la réponse qu'elle devait lui donner avant leur arrivée à Quelimane.

Zouga désapprouvait lui aussi cette nouvelle intimité.

— Sissy, rappelle-toi que c'est une indigène. Il n'est jamais bon de les laisser devenir trop familiers, lui dit-il d'un ton grave. J'ai vu cela trop souvent en Inde. Il faut garder une certaine réserve. Après tout, tu es anglaise.

— Et elle est matabélé de souche zanzi, ce qui fait d'elle une aristocrate puisque sa famille est arrivée du sud avec Mzilikazi. Son père était un chef militaire célèbre et sa lignée remonte jusqu'à Senzangakhona, roi des Zoulous et père de Chaka lui-même. Quant à nous, nous ne pouvons faire remonter notre ascendance que jusqu'à notre arrière-grand-père, qui était berger.

Le visage de Zouga se ferma ; il n'aimait pas discuter des origines de leur famille.

— Nous sommes anglais. Le peuple le plus grand et le plus civilisé de toute l'histoire du monde.

— Grand-père Moffat connaît Mzilikazi, souligna Robyn, et il le considère comme un grand monsieur.

— Tu dis des sottises, lâcha Zouga d'un ton sec. Comment peux-tu comparer la race anglaise avec ces sauvages assoiffés de sang ?

Il sortit de la cabine car il ne voulait pas poursuivre cette discussion. Comme toujours Robyn s'appuyait sur des faits exacts et sa logique était exaspérante.

Son grand-père, Robert Moffat, avait rencontré Mzilikazi pour la première fois en 1829, et une amitié solide s'était nouée entre les deux hommes. Le roi s'en remettait aux conseils de Moffat, qu'il appelait Tshédi, dans le domaine des relations extérieures et pour soigner la goutte qui l'affligeait.

La route du nord qui menait chez les Matabélé passait toujours par la mission de Robert Moffat à

Kuruman. Tout voyageur prudent demandait un sauf-conduit au missionnaire, et les détachements de guerriers cafres qui gardaient la Terre Brûlée le long de la frontière respectaient le sauf-conduit.

De fait, la facilité avec laquelle Fuller Ballantyne s'était déplacé parmi les tribus sauvages et indomptées riveraines du Zambèze, sans qu'il lui soit jamais fait aucun mal, tenait en grande partie à ses liens avec Robert « Tshédi » Moffat. La protection qu'accordait le roi matabélé à ce dernier s'étendait à ses proches parents et était reconnue par toutes les tribus qui vivaient à l'intérieur du périmètre où le bras du Matabélé faisait régner l'ordre. Un bras qui maniait la sagaie, la terrible lance conçue par Chaka, le roi des Zoulous, et avec laquelle il avait conquis son monde connu.

Quand Robyn avait comparé les origines de leur famille et celles de la jolie petite Noire à moitié nue, la signification de ses paroles avait tout d'abord échappé à Zouga. Subitement, en y repensant, il comprit soudain leur sens et se précipita chez sa sœur.

— Sissy, lança-t-il tout excité, si elle vient du pays de Mzilikazi — presque à quinze cents kilomètres à l'ouest de Quelimane —, elle a obligatoirement traversé le territoire du Monomatapa pour gagner la côte. Demande-lui de nous en parler.

Il regretta de ne pas s'être montré attentif lorsque leur mère leur avait enseigné la langue vernaculaire. Car il devait se concentrer intensément tandis que les deux filles discutaient avec animation. Il reconnut certains mots, mais il demanda à Robyn de tout traduire sans exception.

Le père de Jouba avait été un célèbre *induna*, un grand guerrier qui avait combattu les Boers à Mosega et participé ensuite à cent autres batailles. Son bouclier était couvert de pompons noir et blanc en poils de queue de vache, chacun symbolisant un acte héroïque.

On lui avait décerné l'anneau d'induna alors qu'il était encore un jeune homme de moins de trente étés, et il était devenu un des anciens de plus haut rang dans le conseil de la nation. Il avait cinquante femmes, dont beaucoup de pur sang zanzi, comme lui, cent douze fils et des filles en nombre indéterminé. Bien que l'ensemble du bétail de la nation appartînt au roi, celui-ci avait cependant placé cinq mille têtes sous la responsabilité du père de Jouba, insigne faveur.

C'était un grand homme, probablement trop grand pour sa propre sécurité. Quelqu'un avait chuchoté le mot « trahison » à l'oreille du roi, et ses exécuteurs avaient encerclé le kraal au point du jour et appelé le père de Jouba.

Il était sorti de sa case en se baissant tout nu car il venait de faire l'amour à son épouse favorite.

— Qui m'appelle ? cria-t-il, et il vit alors les silhouettes noires qui l'entouraient, grandies par leur coiffe de plumes, immobiles, silencieuses et menaçantes.

— Au nom du roi, lui répondit une voix, et des rangs sortit une silhouette qu'il reconnut aussitôt.

C'était un des autres indunas du roi, un nommé Bopa, un homme de petite taille mais puissant, au torse musclé et à la tête si massive que ses traits semblaient sculptés dans un bloc de granit provenant des kopjes, de l'autre côté de la rivière Nyati.

Le vieil induna ne chercha ni à se disculper ni à s'échapper.

« Au nom du roi. » C'était suffisant. Il se redressa lentement de toute sa hauteur. Malgré ses cheveux gris, c'était un guerrier encore bien bâti, avec de larges épaules, et des cicatrices, souvenirs de ses combats, zébraient sa poitrine et ses flancs.

Il commença à réciter les noms que l'on donnait au roi pour le louer : « L'Éléphant Noir. Bayété ! La Foudre du Ciel. L'Ébranleur de la Terre. Bayété ! »

Toujours déclamant, il posa un genou à terre, et le bourreau s'avança vers lui.

Ses épouses et ses enfants les plus âgés étaient sortis de leurs cases et, blottis dans l'ombre les uns contre les autres, regardaient avec effroi ; leurs voix se mêlèrent en un cri d'horreur lorsque le bourreau plongea sa courte sagaie entre les omoplates de l'induna et que celle-ci ressortit par la poitrine. Quand il retira la lame, ils entendirent le bruit de succion de l'acier qui sortait de la chair et le sang du vieil induna jaillit tandis qu'il s'écroulait tête la première.

De sa sagaie barbouillée de sang, le bourreau ordonna à ses guerriers de s'avancer, car la sentence de mort s'appliquait aux épouses du vieil homme, à tous ses garçons et toutes ses filles, aux esclaves et à leurs enfants, à tous les habitants de son grand village — au bas mot trois cents âmes.

Les bourreaux œuvrèrent avec rapidité, mais l'ancien rituel de mort avait été modifié. Traditionnellement, les vieilles femmes et les esclaves à barbe grisonnante n'avaient pas l'honneur de mourir par le fer, mais étaient abattus à coups de massue, cette lourde massue à grosse tête mal dégrossie que portait tout guerrier cafre. Les bébés et les petits enfants non sevrés étaient pris par les chevilles, on leur tapait la tête contre un tronc d'arbre, contre les piquets massifs des enclos à bétail ou un rocher, jusqu'à ce qu'elle explose. Tout cela allait très vite, car les guerriers formaient une troupe très entraînée et disciplinée, et ils avaient déjà accompli maintes fois cette macabre besogne.

Mais cette fois-ci, il y avait un changement : on faisait avancer les femmes les plus jeunes, les adolescents et même les enfants qui approchaient de la puberté, et le bourreau après un bref coup d'œil les répartissait en deux groupes, désignant de sa sagaie ensanglantée le groupe de droite ou celui de gauche.

Ceux de gauche connurent une mort rapide, tandis que, comme l'expliqua Jouba à Robyn, ceux de droite furent conduits vers l'est, en direction du soleil levant.

— Le voyage dura beaucoup de jours, précisa Jouba dans un murmure, ses yeux sombres exprimant encore l'horreur. Je ne sais pas combien de temps ça a duré. Ceux qui tombaient étaient laissés sur place, et on continuait.

— Demande-lui si elle se souvient des régions qu'ils ont traversées, fit Zouga.

— Il y avait des rivières, répondit la fille. Beaucoup de rivières et de grandes montagnes.

Ses souvenirs étaient confus, elle n'avait aucune idée des distances. Ils n'avaient rencontré personne, aucun village, aucune ville, et n'avaient vu ni bétail ni récoltes sur pied. À chacune des questions de Zouga, Jouba secouait la tête, et quand il lui montra la carte de Harkness avec le vague espoir qu'elle pourrait y désigner certains traits géographiques, l'enfant, embarrassée, se mit à pouffer de rire. Les symboles dessinés sur le parchemin dépassaient sa compréhension et elle était incapable de faire le lien avec les éléments du paysage.

— Dis-lui de continuer, ordonna Zouga avec impatience.

— À la fin, nous avons franchi des gorges profondes qui coupaient de hautes montagnes aux pentes couvertes de grands arbres, les rivières coulaient avec de l'écume blanche, puis nous sommes arrivés enfin à l'endroit où attendaient les *bunu*, les hommes blancs.

— Les hommes blancs ? répéta Robyn.

— Les hommes de votre peuple, acquiesça la fille. Avec la peau et les yeux pâles. Il y avait beaucoup d'hommes, des Blancs, d'autres à la peau brune et des Noirs, mais habillés comme les hommes blancs et armés d'*isibamus*, de fusils.

240

Les Matabélé connaissaient bien la puissance et l'effet des armes à feu ; ils avaient eu affaire à des ennemis qui en possédaient déjà une trentaine d'années plus tôt. Certains indunas matabélé avaient même des mousquets, bien qu'ils les fassent toujours porter par un serviteur lorsqu'un combat sérieux s'annonçait.

— Ils avaient bâti des kraals, comme ceux que nous construisons pour le bétail, mais ceux-là étaient pleins de gens et, comme eux, on nous a attachés avec les *insimbis*, les chaînes de fer.

À ce souvenir, elle se frotta instinctivement les poignets où les cals provoqués par les fers décoloraient encore sa peau.

— Chaque jour que nous avons passé là, dans ces montagnes, des nouveaux arrivaient. Parfois, ils n'étaient pas plus nombreux que les doigts des deux mains ; d'autres jours, ils étaient en si grand nombre que nous entendions de loin leurs lamentations. Il y avait toujours des guerriers pour les garder. Puis un matin, avant le soleil, à l'heure des cornes — Robyn se souvenait de cette expression qui désignait l'aube, moment auquel les cornes du bétail se détachent pour la première fois sur le ciel matinal —, ils nous ont fait sortir des kraals avec nos chaînes, et nous avons formé un grand serpent de gens, si long que, lorsque nous descendions la route des Hyènes, la tête avait déjà disparu dans la forêt, loin devant moi, tandis que la queue était encore là-haut, dans les nuages de la montagne.

« La route des Hyènes, *Ndlele umfisi*. » C'était la première fois que Robyn entendait prononcer ce nom. Il évoquait l'image d'une piste ouverte à travers les forêts obscures, battue par des dizaines de milliers de pieds nus pendant que les répugnants charognards la longeaient furtivement en poussant leurs hurlements et leurs ricanements ineptes.

— Ceux qui mouraient ou tombaient sans pouvoir se relever étaient libérés de leurs chaînes et tirés sur le bas-côté. Les *fisi* étaient devenues si hardies qu'elles se précipitaient hors des fourrés et dévoraient les corps sous nos yeux. Le pire, c'était quand le corps était encore vivant.

Jouba s'interrompit, regardant la cloison sans la voir. Lentement ses yeux se remplirent de larmes, et Robyn lui prit la main et la tint sur ses genoux.

— J'ignore combien de temps nous avons suivi la route des Hyènes, poursuivit Jouba, car chaque jour ressemblait au précédent et au suivant. Jusqu'au moment où nous sommes arrivés à la mer.

Zouga et Robyn discutèrent ensuite de l'histoire que leur avait racontée la fille.

— Elle a nécessairement traversé le royaume du Monomatapa, et pourtant elle affirme n'avoir vu aucune ville ni aucun signe d'occupation.

— Il se peut que les négriers aient évité de rencontrer les habitants du pays.

— J'aurais aimé qu'elle en ait vu et se soit souvenue de davantage de choses.

— Elle se trouvait dans une caravane d'esclaves, rappela Robyn. Son unique préoccupation était de survivre.

— Si seulement ces sacrés indigènes étaient capables de lire une carte !

— C'est une autre culture, Zouga.

Il vit une étincelle s'allumer dans les yeux de sa sœur et sentit la conversation dériver, aussi se hâta-t-il de passer à autre chose.

— Peut-être la légende du Monomatapa n'est-elle qu'un mythe et que ces mines d'or n'existent pas.

— L'important dans le récit de Jouba est que les Matabélé font le commerce des esclaves, ce qu'ils n'ont jamais fait auparavant.

— Absurde! grommela Zouga. Il n'y a pas eu de plus grands prédateurs depuis Gengis Khān! Eux comme toutes les tribus zoulous éparpillées — les Shangaan, les Angoni, etc. La guerre est leur mode de vie, et le pillage, leur principal moyen de subsistance. Leur nation s'est construite sur un système de capture d'esclaves.

— Mais ils n'en avaient encore jamais vendu, risqua Robyn. Du moins, si l'on en croit ce qu'ont écrit notre grand-père, Harris et les autres.

— Jusque-là, les Matabélé n'avaient pas trouvé de marché, précisa Zouga avec justesse. À présent, ils ont enfin réussi à entrer en contact avec les marchands d'esclaves et à trouver un passage vers la côte. Il ne leur manquait pas autre chose.

— Nous devons témoigner de tout cela, Zouga, affirma Robyn avec détermination. Nous devons porter témoignage contre ce terrible crime contre l'humanité et le faire connaître à Londres.

— Si seulement cette enfant avait vu des signes attestant de la réalité du Monomatapa ou des mines d'or... marmonna Zouga. Nous devons lui demander s'il y avait des éléphants. (Il étudia de près la carte de Harkness en se lamentant sur les espaces blancs.) Je n'arrive pas à croire que cela n'existe pas. Les indices sont trop nombreux. (Zouga leva les yeux vers sa sœur.) Autre chose : il semble que j'ai presque entièrement oublié la langue que mère nous a apprise, si ce n'est les comptines et les berceuses. *Munya, mabili zinthatu, Yokala umdade wethu* [1], commença-t-il, puis il se mit à rire et secoua la tête. Il faut que j'étudie encore, et il faudra que vous m'aidiez, Jouba et toi.

---

1. Un, deux, trois, va dormir, ma petite sœur.

Le Zambèze se jette dans l'océan par un grand delta marécageux où il se partage en une centaine de bras peu profonds qui se déploient sur une cinquantaine de kilomètres avant d'atteindre la côte.

Des îles flottantes de papyrus se détachent des herbages qui couvrent les eaux du delta et sont transportées jusqu'à la mer par les eaux boueuses. Certaines de ces îles s'étendent sur plusieurs acres et les racines des plantes sont si enchevêtrées qu'elles peuvent supporter le poids de gros animaux. Il arrive que des petits troupeaux de buffles se laissent prendre au piège et soient emportés sur une trentaine de kilomètres en direction de la mer avant que l'action des vagues ne démolisse les îles, précipitant dans le courant ces grands bovins, où ils sont la proie des énormes requins qui parcourent les eaux marron de l'estuaire.

L'odeur de boue des marais est emportée loin de la côte quand le vent est favorable, et ce même vent charrie d'étranges insectes : notamment, une petite araignée pas plus grosse qu'un petit pois, qui vit sur les bancs de papyrus du delta. Elle tisse une toile légère sur laquelle elle se lance dans la brise, et ses toiles sont si nombreuses qu'elles forment des nuages comme la fumée des feux de brousse. Elles s'élèvent à plusieurs centaines de mètres en tourbillonnant en colonnes de brume que le coucher du soleil teinte de rose et d'un superbe mauve pâle.

Le fleuve déverse dans l'océan un affluent boueux, limon enrichi par les cadavres d'animaux et d'oiseaux noyés, et les énormes crocodiles du Zambèze se joignent aux requins pour participer au festin.

Le *Black Joke* rencontra la première de ces hideuses créatures à une dizaine de milles de la terre, ballottée comme un tronc d'arbre par la houle, ses écailles mouillées luisant au soleil, jusqu'au moment où, la canonnière approchant trop près, le reptile plongea en fouettant l'eau de sa queue puissante.

Le *Black Joke* coupa à travers les multiples embouchures du fleuve, aucune n'étant navigable pour un vaisseau de ce tonnage. Il remonta plus au nord vers le Cangone, le seul chenal qui permettait de suivre le fleuve jusqu'à la ville de Quelimane.

Clinton Codrington avait prévu de s'y engager le lendemain matin, après avoir mis en panne pendant la nuit à l'extérieur de l'embouchure. Robyn savait qu'elle devait lui retirer ses points de suture avant de débarquer à Quelimane, bien qu'elle eût préféré les lui laisser encore quelques jours.

Elle décida d'en profiter pour lui donner la réponse qu'il avait attendue si patiemment. Elle n'ignorait pas qu'il lui serait douloureux d'apprendre qu'elle ne voulait pas l'épouser, et elle se sentit coupable de l'avoir si fortement encouragé à se déclarer. Il était contraire à sa nature d'infliger une souffrance à autrui, et elle s'efforcerait de lui annoncer sa décision avec le plus de gentillesse possible.

Elle lui demanda de venir dans sa cabine pour lui enlever ses points en crin de cheval, le fit asseoir sur sa couchette, nu jusqu'à la taille, le bras levé. Elle était très contente de la cicatrisation et fière de la qualité de son travail. Elle poussait un petit grognement de satisfaction chaque fois qu'elle coupait un nœud avec la pointe de ses ciseaux puis retirait le fil. Les points laissaient deux piqûres, une de chaque côté du fin renflement mauve formé par la cicatrice, elles étaient propres et sèches. Une seule laissa échapper une goutte de sang qu'elle essuya avec précaution.

Robyn formait Jouba pour en faire son assistante : elle lui montrait comment tenir le plateau sur lequel étaient posés ses instruments, et recueillir les pansements à jeter et le matériel souillé. Elle se recula et apprécia la netteté de la cicatrice sans regarder Jouba.

— Tu peux t'en aller maintenant, lui dit-elle doucement. Je t'appellerai quand j'aurai besoin de toi.

Jouba eut un sourire de conspiratrice et murmura dans sa langue : « Il est vraiment beau ; sa peau est si blanche et lisse... » et Robyn rougit tout à coup car c'était exactement ce qu'elle pensait. Le corps de Clinton, contrairement à celui de Mungo St John, était aussi glabre que celui d'une fille, mais admirablement musclé, et sa peau avait comme l'éclat du marbre.

— Quand il te regarde, ses yeux sont comme deux lunes, Nomousa, enchaîna Jouba avec délectation, et Robyn fronça les sourcils mais un sourire se dessinait sur ses lèvres.

— Va-t'en vite, lâcha-t-elle d'un ton sec, et Jouba gloussa.

— Il y a des moments où l'on a besoin d'être seul, fit-elle en roulant les yeux d'un air coquin. Je vais faire le guet et je n'écouterai pas beaucoup à la porte, Nomousa.

Robyn ne parvenait pas à se mettre en colère quand l'enfant l'appelait ainsi, car Nomousa signifiait « Fille de la compassion », et elle trouvait que ce surnom lui convenait bien, aussi, tout en souriant, elle poussa la fille hors de la cabine avec une petite tape.

La signification de ce dialogue n'avait sans doute pas échappé complètement à Clinton car, lorsque Robyn se retourna vers lui, il reboutonnait sa chemise d'un air gêné.

Elle prit une profonde inspiration, croisa ses bras et commença :

— Capitaine Codrington, je n'ai cessé de penser au grand honneur que vous m'avez fait en me proposant de devenir votre femme...

— Cependant, enchaîna Clinton en la devançant, et elle hésita, oubliant le discours qu'elle avait préparé, car la parole qu'elle allait prononcer ensuite était, naturellement, « cependant ». Mademoiselle Ballantyne, je veux dire docteur Ballantyne, je préférerais que vous taisiez la suite. (Il était pâle, exalté, et vraiment beau à présent, pensa Robyn.) Je pourrai ainsi caresser encore quelque espoir.

Elle secoua la tête avec véhémence, mais il leva la main pour l'empêcher de parler.

— Je comprends maintenant que vous avez un devoir à accomplir, vis-à-vis de votre père et du pauvre peuple de ce pays. Je le comprends et je l'admire.

Robyn sentit son cœur aller vers lui, il était si bon et s'était montré si perspicace en comprenant tout cela.

— Pourtant, je suis certain qu'un jour, vous et moi nous...

Elle ne voulait pas lui laisser de faux espoirs.

— Capitaine, commença-t-elle en secouant à nouveau la tête.

— Non, coupa-t-il. Rien de ce que vous pourrez dire ne me fera abandonner l'espoir. Je suis très patient, et je me rends bien compte que le moment est mal choisi. Mais je sais au fond de mon cœur que nos destins nous réuniront, même s'il me faut attendre dix ou quinze ans.

Un délai aussi long n'était plus de nature à effrayer Robyn. Elle se détendit visiblement.

— Je vous aime, docteur Ballantyne, rien n'y changera quoi que ce soit, et entre-temps je vous demande seulement d'avoir une bonne opinion de moi et de m'accorder votre amitié.

— Les deux vous sont acquises, dit-elle avec sincérité et soulagement.

Cela avait été bien plus facile qu'elle ne l'avait escompté et, étrangement, il lui restait l'ombre d'un regret.

L'occasion d'avoir une conversation intime ne se présenta plus car Clinton était fort occupé à conduire le *Black Joke* dans les eaux traîtresses du chenal, dont les bancs se déplaçaient et à l'entrée gardée par des écueils. Le chenal serpentait sur une trentaine de kilomètres à travers les mangroves jusqu'au port de Quelimane, bâti sur la rive septentrionale.

Les effluves humides que dégageaient la boue et la végétation en cours de décomposition rendaient la chaleur du delta à peine supportable. Les formes bizarres qui peuplaient les mangroves fascinaient Robyn et, accoudée au bastingage, elle les regardait défiler. Chaque arbre se dressait hors de la boue grasse couleur chocolat sur sa pyramide de racines qui, telles les multiples pattes d'un monstrueux insecte, se tendaient vers le tronc épais. À son tour, celui-ci s'étirait vers le dais de feuillage vénéneux. Au milieu des racines, les crabes appelants se déplaçaient à fleur d'eau ; chacun dressait une unique et énorme pince, disproportionnée par rapport à sa taille, et l'agitait lentement en signe de menace ou de bienvenue au navire qui passait.

Le sillage du *Black Joke* s'étirait à travers le chenal, et ses vagues venaient se briser sur les berges boueuses où elles effrayaient les petits bihoreaux verts et pourpres qui s'envolaient laborieusement.

Au détour d'un méandre, les constructions délabrées de Quelimane apparurent, dominées par les clochers carrés de l'église en stuc. Le plâtre tombait des façades par gros morceaux, et sur la chaux des moisissures grises et vertes formaient des traînées et des taches comme sur du fromage trop fait.

Quelimane avait été un des ports d'embarquement des esclaves les plus actifs de toute la côte africaine. Le Zambèze avait servi de voie de pénétration vers l'intérieur, où étaient les maîtres d'esclaves, et la Shire, son principal affluent, conduisait directement au lac Marawi et aux hauts plateaux, la source d'où avaient jailli des milliers et des milliers d'esclaves noirs.

Lorsque, sous la pression des Britanniques, les Portugais avaient signé l'accord de Bruxelles, les négreries de Quelimane, de Lourenço Marques et de l'île de Mozambique avaient été fermées. Pourtant, le dhaw que le *Black Joke* avait intercepté prouvait que l'abominable commerce continuait frauduleusement le long de la côte portugaise. C'était bien dans les mœurs de ce peuple, pensa Clinton Codrington.

Il retroussa sa lèvre supérieure avec dégoût. Au cours des siècles qui s'étaient écoulés depuis que leurs grands navigateurs avaient ouvert la voie vers cette côte, les Portugais s'étaient accrochés à cette bande de littoral étroite et malsaine. Ils n'avaient effectué qu'une seule et timide tentative pour pénétrer à l'intérieur des terres et, depuis lors, étaient restés là à s'étioler comme leurs constructions et leur empire, se contentant des pots-de-vin et des fonds extorqués par leur minable administration, ainsi que de leurs sérails, et tolérant n'importe quel crime ou mauvaise action tant qu'ils pouvaient en retirer quelque profit.

Tandis qu'il manœuvrait pour amener le *Black Joke* à quai, Clinton les voyait déjà se rassembler, tels des vautours, dans leur uniforme hétéroclite aux couleurs criardes, avec le galon dédoré et l'épée ornée qu'exhibait même le fonctionnaire des douanes le plus insignifiant.

À moins de se montrer ferme, il y aurait d'innombrables déclarations et formulaires administratifs à remplir, et toujours ces mains tendues et ces clins d'œil concupiscents. Eh bien, cette fois-ci, il n'y aurait rien de tout cela. Après tout, il commandait un bâtiment de la marine royale.

— Monsieur Denham, appela brusquement Clinton, distribuez des pistolets et des sabres aux hommes de quart, et que personne ne monte à bord sans la permission expresse de l'officier de service.

Il se tourna pour serrer rapidement la main de Zouga; ils ne s'étaient pas trouvé grand-chose en commun durant le voyage et se séparèrent plutôt froidement.

— Je ne vous remercierai jamais assez, capitaine, dit Zouga vivement.

— Je n'ai fait que mon devoir, major.

Mais Zouga suivait déjà du regard le sergent Cheroot qui rassemblait ses hommes sur l'avant-pont. Ils étaient en ordre de marche, impatients de débarquer après cette traversée fastidieuse.

— Je dois surveiller mes hommes, capitaine, s'excusa Zouga, et il se hâta de les rejoindre.

Clinton se tourna vers Robyn et la regarda longuement dans les yeux.

— Je serais heureux d'avoir un petit souvenir de vous, dit-il doucement.

En réponse à sa demande, elle prit une de ses boucles d'oreilles en strass. Quand ils se serrèrent la main, elle glissa le petit bijou dans sa paume, et il y posa rapidement ses lèvres avant de le mettre dans sa poche.

— J'attendrai, répéta-t-il, dix ou quinze ans s'il le faut.

Le *Black Joke* avait remonté le chenal à marée haute; il déchargea à l'étale l'énorme stock de matériel et de provisions de l'expédition Ballantyne sur le quai de pierre et, deux heures plus tard, largua les amarres, fit un brusque crochet à travers le jusant et pointa sa haute étrave vers l'aval du chenal.

De la dunette, Clinton Codrington regarda s'estomper grande et mince la silhouette en jupes longues, debout au bord du quai. Derrière elle, son frère vérifiait ses inventaires et ne leva pas les yeux de ses listes. Le sergent Cheroot montait la garde en armes avec ses petits Hottentots à tête de dogue, et les badauds restaient à distance respectueuse.

Les fonctionnaires portugais avaient traité avec beaucoup de respect les cachets de cire rouge et les rubans qui décoraient les sauf-conduits délivrés par l'ambassadeur du Portugal à Londres. Plus important encore apparaissait le fait que Zouga était officier dans l'armée de la reine Victoria, qu'il était arrivé à bord d'une canonnière de la Royal Navy, et enfin que, vraisemblablement, cette même canonnière resterait dans les parages dans un avenir proche.

Le gouverneur des possessions portugaises en Afrique de l'Est en personne n'aurait pas commandé un plus grand respect. Des fonctionnaires subalternes galopaient déjà à travers la sordide bourgade pour trouver le meilleur hébergement, réserver les entrepôts nécessaires pour le matériel et les provisions, réquisitionner un navire pour la prochaine étape du voyage fluvial jusqu'à Tête, le dernier avant-poste de l'Empire portugais sur le Zambèze, rédiger des ordres pour demander que des porteurs et des guides y attendent les membres de l'expédition, et répondre à toutes les autres exigences que formulait le jeune officier britannique avec désinvolture comme s'il le faisait en vertu d'un droit divin.

Au milieu de toute cette agitation, Robyn restait seule et regardait s'éloigner l'homme en uniforme bleu sur la dunette du *Black Joke*. Comme il était grand ! Le soleil embrasait d'or blanc sa chevelure tandis qu'il levait la main en signe d'adieu. Elle agita la sienne jusqu'à ce que la canonnière ait disparu derrière un rideau de végétation, mais ses mâts et sa cheminée fumante restèrent encore longtemps visibles. Elle regarda jusqu'à ce que eux aussi s'évanouissent dans le néant, la traînée de fumée noire continuant seule de s'étirer au ras de la mangrove.

Clinton Codrington se tenait sur sa dunette, mains croisées dans le dos, avec une expression de quasi-ravissement. C'est dans de telles dispositions d'esprit que le chevalier errant de la légende avait dû partir à l'aventure, songea-t-il.

Il ne voyait là rien de mélodramatique. Il se sentait réellement ennobli par son amour, se disant que quelque chose d'aussi précieux devait se mériter et que l'occasion de le faire lui serait offerte. Il avait suspendu à un lacet la boucle d'oreille que lui avait donnée Robyn, et il la portait sous sa chemise, à même la peau. Il y portait la main de temps à autre, regardant avec impatience en aval du chenal. Pour la première fois, il avait l'impression que sa vie avait un sens véritable, qu'elle suivait un chemin aussi sûrement que l'étoile polaire avait montré la voie au navigateur.

Cette humeur galante était toujours aussi vive cinq jours plus tard lorsque le *Black Joke* doubla le cap de Ras Elat et vint au mouillage. Huit grands dhaws étaient chavirés sur un banc de sable découvert par le reflux. Sur cette côte, l'amplitude de la marée dépassait les sept mètres. Ces embarcations étaient conçues pour s'échouer sans dommage, ce qui facilitait leur chargement. Les longues files d'esclaves enchaînés étaient poussées jusqu'aux navires à sec, glissaient et pataugeaient dans les mares peu profondes laissées par le retrait des eaux, puis attendaient patiemment leur tour pour gravir l'échelle dressée contre le flanc du dhaw.

L'arrivée inattendue du *Black Joke* provoqua un véritable tohu-bohu, et la plage s'anima de silhouettes qui

252

couraient et trébuchaient, des hurlements des esclaves, des claquements des fouets karbash et des cris frénétiques des maîtres d'esclaves, tous ces bruits distinctement jusqu'à la canonnière qui jetait l'ancre juste derrière le récif de corail et faisait tête.

Clinton Codrington regarda avec convoitise les navires couchés sur leur quille et la panique dont il était la cause.

Ses ordres étaient clairs ; l'amiral Kemp les avait formulés en accordant une grande attention aux détails. Il s'était souvenu avec horreur de l'expédition punitive menée par son jeune officier à Calabash et ne voulait pas qu'une action aussi risquée se reproduise au cours de cette patrouille.

Il avait impérativement sommé le commandant du *Black Joke* de respecter l'intégrité territoriale du sultan des Arabes omanais et de suivre à la lettre le traité négocié à Zanzibar par le consul britannique.

Il était strictement interdit à Clinton Codrington de se mêler des affaires de tout sujet du sultan commerçant entre les diverses possessions de celui-ci. Il lui était même refusé le droit de visite sur tout navire battant le pavillon omanais rouge et or, naviguant sur les routes commerciales reconnues du sultan, toutes routes soigneusement définies pour la gouverne du capitaine Codrington.

Sa mission se limitait à intercepter uniquement les bâtiments qui n'appartenaient pas au sultan, en particulier les navires des puissances occidentales. Il allait de soi qu'aucun vaisseau américain ne pouvait être arraisonné en haute mer. À l'intérieur de ces limites, le capitaine Codrington avait reçu le pouvoir d'agir comme bon lui semblait.

Non seulement il ne lui était pas permis de saisir les navires du sultan ni de perquisitionner à leur bord, mais il avait ordre de faire à la première occasion une visite de courtoisie au port de Zanzibar. Il devait y prendre conseil auprès du consul britannique quant à la meilleure manière d'user de son influence pour renforcer l'application des traités existants, et en particulier pour rappeler au sultan ses propres obligations selon les termes de ces traités.

Clinton arpentait donc la dunette comme un lion en cage et, impuissant, jetait des regards noirs vers la flottille des négriers arabes qui exerçaient légitimement leur infâme commerce. Le golf d'Elat faisait en effet partie des possessions du sultan et avait été reconnu comme tel par le gouvernement de Sa Majesté.

À terre, après le premier vent de panique, la plage et les dhaws étaient à présent déserts, mais Clinton savait que des milliers de paires d'yeux attentifs l'observaient depuis la ville aux maisons en torchis et dans l'ombre propice des bosquets de cocotiers.

Le palais de Mohamed Ben Salim, cheik d'Elat, était lui-même une construction en torchis brut qui se dressait au centre de la ville. La seule ouverture était l'entrée, fermée par une épaisse porte à deux battants en teck sculpté, cloutée de cuivre, qui ouvrait sur un patio poussiéreux.

Dans cette cour intérieure, sous les branches déployées d'un vieux takamaka, le cheik était en réunion privée avec ses principaux conseillers et les émissaires de son souverain suprême, le sultan de Zanzibar. Ils débattaient d'une question de vie ou de mort.

Le cheik Mohamed Ben Salim avait le corps bien enrobé des bons vivants, les lèvres rouge vif d'un homme sensuel et les yeux aux paupières tombantes d'un faucon.

Il était affreusement inquiet. Ayant pour objectif d'accumuler un million de roupies d'or dans ses coffres, il avait presque réussi à satisfaire cette noble ambition, quand son suzerain, l'omnipotent sultan de Zanzibar, lui avait envoyé ses émissaires pour lui demander des comptes.

Le cheik avait commencé à satisfaire son goût du lucre dix ans plus tôt en rognant très légèrement sur la dîme du sultan et, depuis lors, il avait augmenté le montant de ses prélèvements chaque année — comme pour tous les hommes âpres au gain, il ne savait pas s'arrêter. Le sultan s'en était aperçu ; malgré son âge, c'était un homme extrêmement astucieux. Il savait que les sommes manquantes l'attendaient en sûreté dans les coffres du cheik et qu'il pourrait les récupérer quand bon lui semblerait. Il lui suffisait de feindre avec bienveillance d'ignorer les malversations de son vassal jusqu'au moment où celui-ci serait si complètement pris à son propre piège que rien ne lui permettrait de s'en libérer. Après dix ans, ce moment était arrivé. Non seulement le sultan avait la ferme intention de récupérer son dû, mais il en profiterait aussi pour rafler ce qu'avait légitimement accumulé le cheik.

Le châtiment était appelé à durer longtemps. On commencerait par battre la plante des pieds du cheik jusqu'à ce que, tous ses petits os fêlés ou brisés, il lui soit douloureux de s'avancer vers le sultan. Alors la sentence finale serait rendue et l'on enroulerait autour de son front une bande de peau de buffle garnie de nœuds, en serrant de plus en plus jusqu'à ce que ses yeux de faucon jaillissent de leur orbite, et que son crâne s'ouvre comme un melon trop mûr. Le sultan appréciait beaucoup ce genre de spectacles, et il attendait avec impatience celui-là depuis une dizaine d'années.

Les deux hommes savaient comment se déroulait le rituel. Il avait débuté par la visite polie des émissaires du sultan qui, même en ces circonstances, étaient tranquillement assis en face du cheik sous le takamaka, buvant à petites gorgées le café noir dans des timbales

255

de cuivre et mastiquant avec bruit les confiseries jaunes et roses à la noix de coco sans cesser de sourire au cheik avec un regard froid et impassible.

C'est dans cette atmosphère tendue qu'arrivèrent les messagers envoyés du port ; ils se prosternèrent et annoncèrent en bafouillant qu'un bâtiment de guerre britannique menaçait la ville avec ses gros canons.

Le cheik écouta tranquillement et renvoya les messagers avant de se retourner vers ses hôtes de marque.

— C'est une affaire grave, commença-t-il, soulagé de pouvoir changer de sujet. Il serait sage d'aller se rendre compte sur place.

— Les Ferengi ont conclu un traité avec notre maître, déclara un émissaire à la barbe grise, et ils font grand cas de ces morceaux de papier.

Ils acquiescèrent, aucun ne laissant paraître son agitation. Bien que cette côte n'ait guère retenu l'attention de ces impudents gens du nord, la nouvelle avait cependant suffi à susciter peur et appréhension.

Le cheik réfléchit pendant quelques minutes en caressant son épaisse barbe bouclée, baissant les paupières à mesure que les idées affluaient. Son esprit avait été momentanément paralysé par l'ampleur du désastre qui s'était abattu sur lui, mais il s'était remis à fonctionner.

— Il faut que j'aille voir ce navire de guerre, déclara-t-il.

Un concert de protestations s'éleva, mais d'un geste de la main il réclama le silence. Il était encore cheik d'Elat, et il leur fallait bien écouter ce qu'il avait à dire.

— Il est de mon devoir de déterminer quelles sont les intentions du commandant et de les faire connaître sans tarder à notre maître.

Clinton Codrington s'était presque résigné à donner l'ordre de lever l'ancre. Il n'y avait pas eu signe de vie sur la plage depuis plusieurs heures, et il lui était impossible de faire quoi que ce soit. Son espoir de surprendre un négrier européen au mouillage en train d'embarquer des esclaves s'était avéré vain. Il aurait dû repartir bien plus tôt car le soleil était déjà bas sur l'horizon, et il ne voulait pas courir le risque de manœuvrer près du récif à la nuit tombée, mais son instinct l'avait retenu là.

Il ne cessait de revenir au bastingage tribord et d'observer à la longue-vue les constructions aux toits en terrasse que l'on distinguait à travers les palmiers. Chaque fois que ses officiers se raidissaient dans l'attente des ordres, ils se détendaient lorsqu'il se détournait sans mot dire, le visage impassible.

Cette fois-ci Clinton perçut un mouvement, l'éclat des burnous blancs dans l'unique rue désertée de la ville, et, l'œil rivé à sa longue-vue, il sentit l'excitation monter en lui et se félicita d'avoir attendu. Une petite délégation émergeait du bosquet et s'avançait sur la plage.

— Demandez à mon stewart de sortir mon uniforme d'apparat et mon épée, ordonna-t-il sans baisser sa longue-vue.

La délégation était conduite par un personnage corpulent vêtu d'un burnous d'un blanc aveuglant et d'un turban scintillant d'or. Derrière lui, un serviteur portait la longue bannière rouge et or du sultan.

— Nous allons le traiter avec les honneurs, décida Clinton. Et donnez-moi quatre fusils.

Sur ce, il tourna les talons et descendit dans sa cabine pour se changer.

Avec l'aide de deux de ses esclaves, l'Arabe grimpa de la petite felouque sur le pont de la canonnière tout essoufflé. Il n'y avait pas plus tôt posé le pied que la première salve de bienvenue éclata subitement ; le cheik laissa échapper un hennissement d'étalon sauvage, sauta en l'air et son visage haut en couleur devint de cendre.

Resplendissant avec son tricorne, sa veste bleu et or, son pantalon blanc et son épée, Clinton apparut et prit le bras du cheik pour l'empêcher de s'enfuir dans la felouque qui tanguait dangereusement et dont les rameurs étaient tout aussi terrorisés que leur maître.

— Voulez-vous passer par ici, Votre Excellence, murmura Clinton, et, sans desserrer son étreinte, il entraîna vivement le cheik vers sa cabine.

La traduction de leur dialogue posait un problème, mais l'un des membres de la suite du cheik savait quelques mots de français et d'anglais. Il faisait presque nuit quand Clinton réussit à y voir clair dans le verbiage fleuri et les atroces déformations subies par sa langue maternelle. Ce fut comme si une grande lumière avait éclairé la cabine, et Clinton se sentit soulevé par une joie sauvage et guerrière.

Le gros cheik, gouverneur d'Elat, aux lèvres rouges et molles, sollicitait la protection de Sa Majesté, la reine d'Angleterre, contre l'injustice et la tyrannie du sultan de Zanzibar.

— Dites-lui que je ne peux pas... bon sang ! dites-lui que je ne peux le protéger que s'il proclame Elat indépendant des possessions du sultan, comprenez-vous ?

— Je m'excuse, je ne comprends pas.

Tout cela était d'autant plus assommant que Clinton brûlait d'impatience de voir la province d'Elat soustraite à l'hégémonie de Zanzibar.

Les affaires étrangères avaient fourni à tous les commandants de l'escadre antiesclavagiste de l'Atlantique des formulaires vierges de traité, rédigés dans le respect du protocole et de la terminologie juridique. Ils étaient prêts à recevoir la signature de tous les chefs indigènes, les seigneurs de la guerre, les petits dynastes et les rois indigènes qui pouvaient être amenés à l'y apposer.

Ces documents commençaient par une déclaration de reconnaissance mutuelle entre le gouvernement de Sa Majesté et le signataire, promettaient en termes vagues protection et libre commerce et se terminaient en termes très précis par une condamnation explicite du commerce des esclaves en accordant au gouvernement de Sa Majesté le droit de visiter, de saisir et de détruire tous les navires pratiquant ce commerce à l'intérieur des eaux territoriales du signataire. Il accordait en outre aux bâtiments de Sa Majesté le droit de débarquer des troupes, de détruire les négreries, de libérer les esclaves, d'arrêter leurs maîtres et d'entreprendre toute autre action jugée nécessaire pour l'abolition de leur commerce sur tous les territoires et toutes les possessions du signataire.

L'amiral Kemp avait oublié que le capitaine Codrington avait en sa possession bon nombre de ces documents, destinés au préalable à être utilisés sur la côte occidentale de l'Afrique, au nord de l'équateur. Le bon amiral se serait beaucoup inquiété s'il avait su qu'il envoyait en mission son officier le plus brillant mais aussi le plus imprévisible avec de telles bombes à retardement.

— Il doit signer ici, expliqua vivement Clinton, et je lui donnerai un bon sur le Trésor britannique de cent guinées.

Il estimait cette somme suffisante et n'était pas certain d'avoir autorité pour rédiger des bons sur le Trésor, mais le cheik était aux anges. Il avait entamé ces négociations pour sauver sa vie et avait obtenu non seulement la protection de ce beau bateau de guerre mais encore la promesse de recevoir du bon or. Il souriait béatement et, en pinçant les lèvres, signa de sa longue signature suivie de son nouveau titre : « Prince et Souverain des possessions indépendantes d'Elat et de Ras Telfa. »

— Bien, dit Clinton brusquement, avant de se hâter vers la porte de sa cabine en roulant sa copie du traité et en l'attachant avec un ruban. Monsieur Denham, braila-t-il dans la coursive. Je veux quarante hommes prêts à débarquer demain à l'aube avec mousquets, pistolets, sabres et combustible.

Il se retourna en souriant et déclara à l'interprète :

— Mieux vaudrait que Son Excellence reste à bord cette nuit. Nous ferons en sorte qu'elle soit installée en toute sécurité demain à midi.

Pour la première fois, le cheik eut un frisson d'appréhension. Ce Ferengi avait les yeux bleus, froids et implacables du diable. « C'est El Sheetan, pensa-t-il, le diable en personne. » Et il fit le signe qui protège du mauvais œil.

— Capitaine, puis-je vous parler ? demanda le premier lieutenant de vaisseau du *Black Joke* qui avait l'air perplexe à la lumière de l'habitacle.

Il restait une heure avant le lever du soleil et il regardait les marins en armes assis sur leurs talons en contrebas sur l'avant-pont.

— Je vous en prie, invita Clinton magnanime.

Le lieutenant de vaisseau Denham, guère habitué à cette humeur joviale chez son capitaine, s'exprima avec réserve. Ses conceptions étaient au fond très proches de celles de l'amiral Kemp.

— Si vous entendez élever des protestations contre mes ordres, coupa Clinton avec entrain, je me ferai un plaisir de les coucher sur le livre de bord.

Lavé par avance de toute accusation d'avoir participé à un acte de guerre sur le territoire d'un souverain étranger, le lieutenant Denham était à ce point soulagé que lorsque Clinton lui dit : « Les hommes débarqueront sous mes ordres. Vous prendrez le commandement du navire en mon absence », il lui serra la main chaleureusement avant de bredouiller des paroles d'encouragement.

Ils débarquèrent sur deux chaloupes ; la baleinière franchit la première la passe qui s'ouvrait dans le récif et le youyou suivit à deux longueurs. Dès que la quille toucha le sable, Clinton sauta dans l'eau tiède, et les hommes armés se précipitèrent à terre après lui. Il tira son sabre d'abordage et entraîna une équipe de cinq hommes dans une course effrénée vers le dhaw le plus proche.

Au moment où il sautait de l'échelle sur le pont fortement incliné du navire, un garde sortit en se baissant de la cabine arrière et visa la tête de Clinton avec un long mousquet afghan. Le coup était tiré à bout portant et, instinctivement, Clinton frappa de son sabre par en dessous à l'instant où claquait le cran de sûreté et où la fumée et l'étincelle sortaient du museau sous le briquet à silex.

Sa lame heurta le canon d'acier et le dévia vers le haut tandis que le mousquet grondait une seconde après le claquement ; un tourbillon de fumée et de poudre lui sauta au visage et roussit ses sourcils, mais le petit morceau de métal qui servait de plomb passa en vrombissant au-dessus de sa tête. Quand le nuage se dissipa, l'Arabe avait jeté son arme vide, sauté par-dessus le bastingage et trottait sur la plage en clopinant vers le bosquet de palmiers.

— Fouillez le navire et ensuite mettez-y le feu, ordonna Clinton avec rudesse.

Il n'avait pas encore eu le temps de regarder les autres dhaws de la flottille. L'un flambait déjà dans la lumière de l'aube. La grand-voile ferlée était noircie comme une feuille morte, il entendait craquer les planches de la cabine arrière et les membrures sèches comme de l'amadou. Ses hommes sautaient un à un du navire et se dirigeaient vers le suivant.

— Il est en flammes, capitaine, annonça le bosco en haletant ; au même moment une bouffée d'air chaud frappa la joue de Clinton et l'air se mit à trembloter au-dessus de l'écoutille principale.

— Nous ferions mieux de ne pas rester là, dit-il doucement, avant de descendre rapidement l'échelle.

Derrière lui les flammes grondaient tels des fauves en cage. Le plus grand dhaw, un bateau de deux cents tonneaux, était échoué plus loin, et Clinton y devança ses hommes d'une cinquantaine de pas.

— Assurez-vous qu'il n'y a personne dedans, ordonna-t-il.

Quelques instants plus tard, l'un des marins remonta sur le pont avec, roulé sous le bras, un tapis de prière en soie.

— Assez, dit-il sèchement. J'interdis tout pillage.

Lorsque le marin laissa tomber à regret son butin par l'écoutille, les flammes allongèrent leur souffle chaud pour saisir cette offrande à Baal.

Quand ils atteignirent la lisière du bosquet de palmiers, les huit navires échoués étaient la proie des flammes. Consumés à la base, leurs mâts trapus s'effondraient et les voiles ferlées disparaissaient en d'ardentes explosions. Dans l'une des coques un baril de poudre sauta avec un bruit de tonnerre et une haute colonne de fumée grise resta suspendue au-dessus de la plage pendant quelques secondes comme une gigantesque pieuvre avant de dériver au-delà du récif, laissant le dhaw fracassé, ses membrures éparpillées sur le sable, les flammes éteintes par l'onde de choc de l'explosion.

— Il y avait quelqu'un dedans ? demanda Clinton à voix basse.

— Non, monsieur, répondit le bosco qui haletait à côté de lui, le visage rouge d'excitation, un sabre d'abordage à la main. Personne ne manque à l'appel.

Dissimulant son soulagement, Clinton se contenta de hocher la tête et passa quelques précieuses minutes à placer ses hommes en ordre de marche et à les reprendre en main, leur donnant ainsi le temps de souffler un peu.

— Vérifiez vos mousquets, dit-il, et on entendit claquer les crans de sûreté. Baïonnette au canon ! (Les longues lames furent fixées au canon des Enfield dans un cliquetis métallique.) J'imagine que si nous devons rencontrer une résistance, ce sera dans la ville.

Clinton parcourut du regard les rangs irréguliers de ses hommes. Ce ne sont ni des fusiliers marins ni des soldats d'apparat, pensa-t-il avec une vive affection. Ils ne sont peut-être pas parfaits pour l'exercice, mais ce sont des gars pleins de courage et d'initiative, pas des automates pour champ de parade.

— Allons-y.

D'un geste de la main, il les fit avancer dans la rue poussiéreuse bordée de bâtisses à toit plat où flottait une odeur de fumée de bois et d'égout, de riz cuit au safran et de *ghee,* le beurre clarifié.

— Est-ce qu'on doit les brûler ? demanda le bosco en montrant les maisons du pouce.

— Non, nous sommes là pour les protéger, répondit sèchement Clinton. Elles appartiennent à notre nouvel allié, le cheik.

— Je vois, capitaine, grogna le bosco légèrement perplexe.

Clinton eut pitié de lui.

— Ce que nous cherchons, c'est les négreries, expliqua-t-il tandis qu'ils avançaient au petit trot en formation compacte le long de la rue.

Ils firent halte à un embranchement. La chaleur était étouffante, le silence menaçant. Il n'y avait pas le moindre souffle d'air et l'éternel bruit des feuilles de cocotiers qui s'entrechoquent s'était tu. De la plage, loin derrière eux, montaient les claquements étouffés du bois en train de brûler, et au-dessus de leur tête les omni-présentes corneilles d'Afrique tournoyaient et pous-saient leurs croassements rauques, mais les maisons et les épais bosquets de cocotiers étaient déserts.

263

— Je n'aime pas ça, maugréa un homme derrière Clinton.

Il comprenait son inquiétude. Un marin se sent toujours mal à l'aise hors de son navire, et ils n'étaient qu'une quarantaine, hors de vue de la plage et entourés par des milliers de guerriers invisibles mais néanmoins féroces. Clinton savait qu'il devait garder l'effet de surprise, et pourtant il hésitait encore lorsqu'il se rendit compte que la forme étendue sur le bord de la rue de droite était un corps humain, nu, noir et sans vie, l'un des esclaves piétinés dans le mouvement de panique de la veille et abandonné là. C'est dans cette direction que devaient se trouver les négreries.

— Taisez-vous ! ordonna-t-il et, la tête penchée, il tendit l'oreille, attentif au léger murmure porté par l'air immobile.

Ç'aurait pu être le vent, mais il n'y en avait pas le moindre souffle, ou le ronflement des flammes, mais la plage était derrière eux. C'étaient bel et bien des voix humaines dans le lointain, conclut-il, des voix nombreuses, par milliers.

— Par ici. Suivez-moi.

Ils s'engagèrent en courant dans la voie de droite et tombèrent immédiatement dans l'embuscade qui leur avait été si soigneusement tendue.

La volée de mousquet éclata comme un coup de tonnerre des deux côtés du petit chemin, la fumée de la poudre roula vers eux et resta suspendue comme un épais rideau nacré au milieu des troncs des cocotiers et des anacardiers.

À travers la fumée dansaient les silhouettes éthérées des attaquants en burnous qui brandissaient leurs mousquets à canon long ou leurs cimeterres, aux cris furieux de « Allah Akbar, Allah est grand ! ».

Ils se précipitaient vers la petite troupe de marins, pris en enfilade sur la piste étroite. Ils étaient au moins une centaine, estima instantanément Clinton, et avançaient avec détermination. Les cimeterres étincelaient, et l'acier nu de leur lame donnait le frisson.

— Serrez les rangs, cria Clinton. Nous allons leur lâcher une salve et profiter de la fumée pour attaquer à la baïonnette.

Le premier rang des Arabes était presque sur les Enfield pointés vers eux. Clinton remarqua que nombre d'entre eux avaient remonté leur burnous de manière incongrue en découvrant leurs jambes jusqu'aux cuisses, dont la couleur de peau variait de l'ivoire au tabac, et que certains des attaquants étaient des hommes à la barbe grise et au visage ridé qui hurlaient leur rage et leur détermination. Ils venaient de voir leur gagne-pain réduit à un tas de cendres et n'avaient plus pour tout avoir que les occupants de leurs négreries, en retrait dans les bosquets de cocotiers et d'anacardiers.

— Feu! rugit Clinton en chargeant dans un nuage de fumée.

Il trébucha sur le corps d'un Arabe. Son turban s'était défait et lui tombait sur les yeux, rouge de sang comme la bannière pourpre du sultan que Clinton voyait flotter au-dessus de la fumée.

Une silhouette se dressa devant lui, il entendit la lame d'un cimeterre siffler au-dessus de sa tête. Il se baissa. La lame passa à un pouce de son front et son souffle fit tomber une mèche de cheveux sur ses yeux. Il se redressa et porta une botte de toutes ses forces.

La pointe de sa lame entra dans la chair comme dans un pain mal cuit et racla contre l'os. L'Arabe lâcha son cimeterre et empoigna la lame du sabre à mains nues. Clinton se pencha en arrière et d'un coup il retira son sabre qui glissa à travers les doigts inertes. Les tendons se déchirèrent avec un petit claquement et l'homme tomba à genoux en tenant ses mains mutilées devant ses yeux, l'air stupéfait.

Clinton reprit sa course pour rattraper ses hommes et les trouva éparpillés par petits groupes au milieu du bosquet, riant et criant d'enthousiasme.

— Ils ont détalé comme des lapins, commandant. À dix contre un! hurla le bosco en ramassant la bannière tombée et en l'agitant au-dessus de sa tête, emporté par l'excitation.

— Nous avons perdu quelqu'un? demanda Clinton.

Lui aussi était pris par l'ivresse de la bataille. Loin de le rendre malade, tuer l'Arabe l'avait transporté de joie. En cet instant, il aurait été capable de faire demi-tour et d'aller prendre le scalp de l'homme. Sa question les avait cependant calmés.

— Jedrow en a pris une dans le ventre, mais il peut marcher, et Wilson a été blessé au bras par un coup d'épée.

— Qu'ils retournent à la plage. Ils s'escorteront mutuellement. Tous les autres, suivez-moi!

Ils trouvèrent les négreries quatre cents mètres plus loin abandonnées par leurs gardiens.

Les baraquements s'étiraient sur près d'un kilomètre le long des deux rives d'un petit ruisseau qui fournissait aux esclaves l'eau de boisson et leur servait en même temps d'égout.

Ils différaient de ceux que Clinton avait saisis et saccagés sur la côte Ouest et qui avaient été construits par des commerçants européens, avec l'esprit méthodique de l'homme blanc. Rien de semblable dans ces enceintes informes, édifiées avec des troncs d'arbres mal dégrossis, encore recouverts de leur écorce et attachés entre eux par des cordes en feuilles de palmier tressées. Derrière ces palissades extérieures s'élevaient des baraquements ouverts à toit de chaume sous lesquels les esclaves enchaînés pouvaient s'abriter du soleil et de la pluie. Le seul point commun était l'odeur. Une épidémie de dysenterie avait balayé les négreries et la plupart contenaient les corps décomposés des victimes.

Corbeaux, buses et vautours attendaient avec impatience, perchés dans les palmiers et les anacardiers, silhouettes sombres et tordues qui se découpaient sur le bleu éblouissant du ciel matinal.

Clinton accueillit le cheik Mohamed, nouveau souverain de l'État d'Elat, quand il débarqua de la baleinière et l'escorta le long de la plage. La marée montante léchait les tas de cendres fumantes, seuls vestiges des huit dhaws échoués sur le sable et le cheik avançait d'un pas chancelant, comme un homme profondément choqué, appuyé sur l'épaule robuste d'un de ses esclaves et regardant autour de lui d'un air incrédule et lugubre l'ampleur du désastre. Le cheik avait un tiers de part dans chacun de ces tas de cendres.

Il dut se reposer quand ils atteignirent la limite des arbres qui surplombaient la plage. Un esclave installa à l'ombre un tabouret en bois sculpté tandis qu'un autre agitait un éventail en feuilles de palmier tressées au-dessus de sa tête pour éloigner les mouches et rafraîchir son visage inondé de sueur.

Il toucha le fond du désespoir en entendant le discours en mauvais français et en pidgin que lui tint « El Sheetan », le capitaine fou aux yeux diaboliques, traduit en un murmure rauque par l'interprète frappé de stupeur. Les yeux au ciel, le cheik accueillait chaque nouvelle révélation avec un petit « Waaï! ».

Il apprit que les forgerons du village avaient été tirés de la brousse et étaient en train de briser les fers de longues files d'esclaves perplexes.

— Waaï! gémit le cheik. Le diable ne comprend-il pas que ces esclaves ont déjà été achetés et que l'impôt a été collecté?

Clinton expliqua tranquillement qu'après avoir été libérés les esclaves seraient reconduits à l'intérieur des terres et que le cheik aurait à les faire escorter par des gardes afin qu'ils les protègent jusque chez eux et avertissent toute caravane venant en sens inverse que tous les ports d'Elat étaient désormais fermés au commerce des esclaves.

— Waaï! fit le cheik, les yeux baignés de larmes. Il va me réduire à la mendicité. Mes femmes et mes enfants vont mourir de faim.

— El Sheetan vous recommande d'intensifier le commerce du copal et du copra, expliqua l'interprète d'une voix sépulcrale. Et étant votre meilleur allié, il promet de vous rendre visite régulièrement avec son grand navire aux multiples canons pour s'assurer que vous suivez son conseil.

— Waaï! Cet allié vous fait regretter vos ennemis habituels, lâcha le cheik en tirant si fort sur sa barbe qu'il en arracha de longs poils bouclés.

Vingt-quatre heures plus tard, le *Black Joke* entrait dans la baie de Telfa, à une quarantaine de milles plus au nord. Personne n'avait songé à avertir la flottille de négriers qui y avait jeté l'ancre des nouvelles mesures adoptées par l'État d'Elat auquel appartenait à présent ce territoire.

Les cinq dhaws au mouillage à l'entrée de la baie réussirent à couper leurs haussières et s'éloignèrent en dérivant vers le dédale de hauts-fonds et de chenaux peu profonds qui serpentaient à travers le récif de corail, où le *Black Joke* ne pouvait les suivre.

Il restait cependant six bateaux plus petits échoués sur la plage et quatre magnifiques dhaws à double pont, capables de traverser l'océan, au mouillage plus près du rivage. Clinton mit le feu à deux d'entre eux, saisit les quatre navires les plus récents et les plus gros, et chargea un équipage de prise de les convoyer vers le sud jusqu'à Port Natal, la base britannique la plus proche.

Deux jours plus tard, devant la plage de Kilva, Clinton Codrington exerça son équipage dans la pratique de l'artillerie. Il fit sortir ses trente-deux pièces de trente et tirer une bordée qui fit jaillir de grandes gerbes d'écume à la surface du lagon. La détonation éclata contre les collines dans le lointain et revint en écho rouler à travers le pont comme des boulets de canon.

Terrorisé par cette démonstration de force, le gouverneur local du sultan tremblait de tous ses membres, et il fallut le transporter à bord de la baleinière du *Black Joke* pour rencontrer en privé le capitaine de la canonnière. Les formulaires du traité remplis par Clinton étaient prêts à être signés quand le gouverneur fut hissé à bord. Il héritait d'un royaume à la souveraineté duquel il n'avait jamais aspiré et d'un titre trop ronflant pour ne pas impliquer un certain assujettissement vis-à-vis de celui dont il n'osait pas même murmurer le nom.

Assis dans son bureau du magnifique édifice de l'Amirauté, d'où l'on voyait l'immense nappe de brume bleutée s'élever des plaines du Cap vers les lointaines montagnes de la Hollande des Hottentots, l'amiral Kemp écarta avec dédain les premiers rapports. Il y voyait le produit de l'imagination délirante de quelque subordonné au cerveau dérangé par un service prolongé dans ce coin perdu qu'était l'avant-poste de Port Natal, vraisemblablement en proie à ce trouble psychologique qui affecte parfois les gens restés trop longtemps isolés, le cafard.

Puis, avec chaque nouvelle dépêche en provenance du nord, les détails s'accumulèrent, trop réalistes pour être rejetés à la légère. Une véritable armada de navires saisis était arrivée dans la baie de Port Natal, à ce jour vingt-six dhaws de dimension appréciable, certains chargés d'esclaves.

Le lieutenant-gouverneur de Port Natal attendait désespérément l'avis de l'amiral sur ce qu'il devait faire des navires. Les esclaves avaient été débarqués, libérés et immédiatement engagés comme apprentis par les gentlemen courageux et optimistes qui tentaient de cultiver du coton et de la canne à sucre sur les terres vierges de la vallée d'Umgeni. Le manque de main-d'œuvre était critique; les tribus zoulous locales préféraient de beaucoup voler du bétail et boire de la bière plutôt que de cultiver la terre, de sorte que le gouverneur était prêt à recevoir autant d'esclaves affranchis que la Royal Navy voudrait bien lui en envoyer. (L'amiral n'était pas tout à fait certain qu'il y ait une différence entre les travailleurs sous contrat d'apprentissage et les esclaves.) En revanche, le lieutenant-gouverneur n'avait que faire des vingt-six... non, des trente-deux dhaws saisis. Une nouvelle flottille de six navires venait en effet d'arriver pendant qu'il dictait son rapport.

Deux semaines plus tard, l'un des bateaux saisis, acheté par le lieutenant-gouverneur pour le Service Colonial, arriva dans la baie de la Table, porteur d'une nouvelle liasse de dépêches.

L'une émanait de Sir John Bannerman, consul de Sa Majesté à Zanzibar, l'autre du sultan des Omanais en personne, avec copies à l'intention du ministre des Affaires étrangères à Londres et, fait remarquable, au gouverneur général à Calcutta. Le sultan pensait de toute évidence que celui-ci, en tant que représentant de la reine d'Angleterre, aurait compétence pour intervenir dans l'océan Indien.

L'amiral Kemp brisa les cachets des deux lettres, pris de nausée devant l'imminence d'une catastrophe.

— Bon Dieu! grogna-t-il dès le début de sa lecture, puis, quelques instants après : Oh, miséricorde, non! et enfin : Ce n'est pas possible, c'est un véritable cauchemar!

Le capitaine Codrington, l'un des plus jeunes capitaines de vaisseaux de l'Amirauté, s'était apparemment arrogé des pouvoirs que même Wellington ou Bonaparte auraient hésité à usurper.

Il avait annexé à la Couronne britannique de vastes territoires africains jusque-là possessions du sultan. Avec autorité, il avait négocié avec des chefs locaux et des dignitaires investis de titres douteux en promettant la reconnaissance et l'or du gouvernement britannique : « Bon Dieu ! s'exclama de nouveau l'amiral en proie à une réelle angoisse. Que va dire ce chameau de Palmerston ? » En sa qualité de tory bon teint, il n'avait pas une très haute opinion du nouveau Premier Ministre whig.

Depuis les révoltes des cipayes en Inde quelques années plus tôt, le gouvernement britannique hésitait beaucoup à prendre la responsabilité de nouveaux territoires outre-mer occupés par des peuples retardataires. Ses ordres étaient précis, et les récentes activités de Clinton Codrington étaient loin d'en respecter l'esprit.

La ruée vers l'Afrique n'aurait lieu que plus tard, et l'esprit des partisans de la « petite Angleterre » déteignait fortement sur la politique étrangère britannique — l'amiral Kemp en était douloureusement conscient. Aussi inquiétantes que fussent ces nouvelles, elles étaient cependant loin de décrire la réalité dans son ensemble, comme s'en rendit compte l'amiral en lisant la suite de la dépêche du consul : le souffle court, il s'empourpra peu à peu, et derrière ses lunettes à monture dorée, ses yeux se remplirent de larmes de dépit et de rage.

— Quand je mettrai la main sur ce blanc-bec... se promit-il à lui-même.

Le capitaine Codrington semblait avoir déclaré à lui seul la guerre au sultan. Pourtant, malgré son indignation, l'amiral ne put s'empêcher d'éprouver une certaine admiration pour l'ampleur des opérations engagées par son subordonné.

Venait ensuite la liste effrayante des incidents — une trentaine au bas mot — énumérés par le consul de Sa Majesté. Le blanc-bec avait pris d'assaut des forteresses, effectué des raids pour incendier et détruire des négreries, libéré des dizaines de milliers d'esclaves, saisi des négriers en haute mer, brûlé d'autres navires au mouillage et semé un chaos digne d'un Nelson en maraude.

L'admiration qu'éprouvait malgré lui l'amiral pour la façon dont Codrington avait mené sa campagne n'entamait en rien sa détermination à se venger des perturbations que ces actions laissaient présager dans sa vie et sa carrière.

— Rien ne pourra le sauver cette fois-ci. Rien ! grommela l'amiral en entreprenant d'examiner la lettre du sultan.

C'était manifestement l'œuvre d'un écrivain professionnel. Chaque paragraphe commençait et s'achevait en termes fleuris par des questions incongrues concernant la santé de l'amiral ; entre elles, s'intercalaient des plaintes angoissées, des cris d'indignation et des protestations véhémentes contre les promesses et les traités violés par le gouvernement de Sa Majesté.

À la fin, l'auteur n'avait pas résisté au désir d'ajouter une prière pour la prospérité et la santé de l'amiral et de la reine en cette vie, et puis leur bonheur dans la suivante. Cela tempérait quelque peu le ton offensé de la missive.

Le sultan estimait à plus de quatorze lacks de roupies, presque un million de livres sterling, ses pertes en navires pillés et en nombre d'esclaves libérés, et cela sans tenir compte de l'atteinte irréparable portée à son prestige ni de l'effondrement de l'ensemble du commerce des esclaves le long de la côte. La confusion était telle que certains ports pourraient bien ne jamais être réouverts au commerce. Le système de rassemblement des esclaves à l'intérieur du continent et le réseau de routes en direction des ports de la côte avaient été si gravement perturbés qu'il faudrait certainement des années pour les rétablir, sans parler du manque cruel de navires résultant des déprédations d'« El Sheetan ». Les ports encore ouverts au commerce étaient saturés d'esclaves qui attendaient avec une vaine patience les dhaws déjà réduits à l'état d'épaves sur les récifs de coraux et les plages du détroit du Mozambique ou convoyés vers le sud par des équipages de prise.

— Rien ne pourra le sauver, répéta l'amiral Kemp avant de s'accorder un moment de réflexion. Sa carrière était finie, il s'en rendait compte, et il en sentit toute l'injustice. En quarante ans de service, il n'avait pas fait le moindre faux pas, et il était si près de la retraite... Il se ressaisit et entreprit de rédiger ses ordres.

Le premier, destiné à tous les bâtiments de son escadre, était d'appareiller immédiatement et de partir à la recherche du *Black Joke*. Avec angoisse il songea que six semaines seraient nécessaires pour que ces ordres parviennent aux commandants, car ils étaient éparpillés sur les deux océans. Il leur faudrait ensuite probablement autant de temps pour retrouver la canon-nière à travers le labyrinthe d'îles et de baies qui bordent le détroit du Mozambique.

Néanmoins, quand ils y seraient parvenus le capi-taine serait sur-le-champ relevé de son commandement. Le lieutenant de vaisseau Denham l'assumerait provi-soirement, avec ordre de ramener le *Black Joke* dans la baie de la Table dès que possible.

L'amiral Kemp était sûr de pouvoir rassembler au Cap un nombre suffisant d'officiers supérieurs pour réunir immédiatement une cour martiale. Peut-être sa propre position se trouverait-elle améliorée s'il pouvait annoncer au premier lord qu'une sentence exemplaire avait été prononcée contre Codrington.

Il prépara ensuite une dépêche destinée au consul de Sa Majesté à Zanzibar afin de lui conseiller de rassurer et de calmer le sultan jusqu'à ce que la situation soit de nouveau maîtrisée — et que des instructions puissent être transmises de Londres par les Affaires étrangères concernant d'éventuelles réparations et indemnités. Naturellement, à ce stade, on ne pouvait rien promettre au sultan, mais du moins pouvait-on lui exprimer la bonne foi et la commisération du gouvernement britannique.

Venait ensuite la pénible tâche de rédiger le rapport pour l'Amirauté. Aucun mot ne pouvait minimiser les actions de son subordonné et sa propre responsabilité. De plus, il était en service depuis trop longtemps pour effectuer une tentative de ce genre. Cependant, une fois les faits bruts énoncés, même dans le jargon impersonnel cher à la Navy, ils semblèrent si exagérés à l'amiral Kemp qu'il en fut une fois de plus épouvanté. Le départ du navire postal dut être retardé de cinq heures pour lui permettre d'achever et de cacheter sa missive. Elle serait à Londres moins d'un mois plus tard.

Il adressa sa dernière dépêche au commandant du *Black Joke* en personne. L'amiral Kemp se permit d'y exprimer une partie de son amertume en prenant un plaisir sadique à peser des mots tels que « corsaire » et « pirate » ou « criminel » et « irresponsable ». Il fit rédiger son petit chef-d'œuvre de littérature venimeuse en cinq exemplaires pour qu'ils soient envoyés tous azimuts par tous les moyens disponibles afin d'amener le blanc-bec à rentrer dans le rang le plus vite possible. Quand les lettres furent expédiées, il ne lui resta plus qu'à attendre, et ce fut là le pire. Il avait l'impression que l'incertitude et l'inaction lui rongeaient l'âme.

Il redoutait toute nouvelle arrivée dans la baie de la Table et, chaque fois que le canon tonnait sur la colline au-dessus de la ville pour annoncer qu'un bâtiment entrait en rade, son courage l'abandonnait et, sous l'effet de l'angoisse, une douleur lancinante lui tenaillait les tripes.

À chaque nouvelle dépêche, la liste des destructions et des déprédations s'allongeait, jusqu'au jour où, finalement, arriva un rapport du coupable lui-même, cousu dans un paquet en toile adressé à l'amiral Kemp et acheminé par l'équipage de prise d'un dhaw d'une valeur exceptionnelle, jaugeant cent tonneaux et de plus de quatre-vingts pieds de long.

Le ton sur lequel le capitaine Codrington énumérait ses exploits exaspéra l'amiral autant que les faits eux-mêmes. En guise d'introduction, Codrington annonçait sur un ton presque désinvolte l'annexion à l'Empire de plus de deux millions de kilomètres carrés de territoire africain.

Il reconnaissait de bonne grâce que ses actions avaient peut-être outrepassé les ordres qu'il avait reçus et s'en tirait par une adroite pirouette : « J'ai d'abord eu la ferme intention d'éviter scrupuleusement tout acte de nature politique pendant mon service. J'ai cependant été contraint d'accepter la cession des royaumes d'Elat et de Telfa sur les vives instances du cheik et de l'imam, ainsi que sur celles de leurs sujets, qui cherchent à se protéger contre l'attitude inamicale et brutale du sultan de Zanzibar. »

C'était là nourriture bien indigeste à servir à ces messieurs de Londres, en particulier au premier lord, Lord Somerset, qui avait toujours autorisé de mauvaise grâce que ses hommes et ses vaisseaux soient mis au service de la lutte contre l'esclavage. Cependant, ce n'était rien en comparaison de la suite. Le capitaine Codrington poursuivait en sermonnant l'amiral et en prononçant une homélie pour l'édification des autorités londoniennes.

275

« Par la providence divine, un Anglais, sans autre force que celle procurée par le caractère de sa noble nation, a apporté le salut à ces pauvres gens. Que Leurs Excellences me pardonnent d'utiliser un discours démodé (c'était une pique lancée aux partisans de la petite Angleterre) ; cependant, il est à mes yeux aussi clair que le soleil d'Afrique que Dieu a ouvert ce continent à la seule nation sur Terre qui ait les vertus civiques nécessaires à le gouverner pour son propre bénéfice et au seul peuple pour qui la parole révélée tient lieu de loi morale. »

La gorge de l'amiral se serra à la lecture de ces mots, il avala de travers et fut pris d'une quinte de toux dont il lui fallut plusieurs minutes pour se remettre avant de pouvoir poursuivre sa lecture.

« Dans toutes les actions que j'ai entreprises, je n'ai jamais été guidé par des motifs ou intérêts personnels, par des questions d'orgueil, mais mon intention a été seulement d'user des pouvoirs qui m'ont été accordés pour l'honneur de mon Dieu, de ma reine et pour le bénéfice de mon pays et de toute l'humanité. »

L'amiral ôta ses lunettes et regarda la vitrine où étaient exposés des oiseaux empaillés.

— Pour écrire une chose pareille, il est soit le plus grand imbécile du monde, soit un homme courageux... ou bien encore peut-être les deux à la fois, conclut-il.

L'amiral Kemp se trompait. En fait, Codrington était en proie à un accès de suffisance né du sentiment de pouvoir illimité que lui conférait son commandement. Il avait exercé ce pouvoir pendant de longs mois, et son jugement et son bon sens s'en étaient trouvés altérés. Il croyait cependant toujours sincèrement qu'il accomplissait, sur Son ordre, la volonté de Dieu, son devoir patriotique et qu'il respectait l'esprit des consignes données par les lords de l'Amirauté.

Il était en outre pleinement conscient d'avoir fait preuve d'une compétence professionnelle hors du commun en menant à bien toute une série d'actions sur terre et sur mer, presque toujours contre des forces supérieures en nombre, sans un seul revers, en ne perdant que trois hommes et avec moins d'une douzaine de blessés. Il n'y avait qu'un seul domaine dans lequel Clinton émettait quelques réserves quant au succès remporté jusqu'alors dans sa mission.

Le *Huron* croisait toujours le long de la côte, il l'avait appris d'une douzaine de sources différentes. Mungo St John achetait au meilleur prix la marchandise de qualité supérieure, triée sur le volet soit par lui-même, soit par son second, Tippoo, le géant chauve. Ils ne prenaient que des hommes et des femmes sains, capables de supporter le long voyage de retour par le cap de Bonne-Espérance et le passage du milieu, et il y avait pénurie de ce type de marchandise.

Chaque matin apportait à Clinton l'espoir de débusquer l'imposante pyramide de voiles blanches, mais chaque jour cet espoir s'amenuisait à mesure que l'ardent soleil des tropiques accomplissait sa course et chaque soir il s'évanouissait lorsque l'énorme orbe rouge plongeait dans la mer.

Une fois, ils ratèrent le grand clipper américain à un jour près. Après avoir embarqué une cinquantaine d'esclaves de premier choix, il avait quitté la baie de Lindi vingt-quatre heures avant l'arrivée du *Black Joke*. Ceux qui l'avaient vu partir depuis la plage ne savaient pas s'il était parti vers le nord ou vers le sud, car il avait pris le large et disparu sous l'horizon avant de venir dans le vent pour prendre sa route.

Clinton pensait que le *Huron* avait mis cap au sud et, trois jours durant, il se lança à sa poursuite sur une mer vide, le long d'une côte apparemment déserte, sans voir le moindre bateau au mouillage, avant d'admettre que

St John lui avait encore échappé et qu'il était forcé d'abandonner la chasse.

Du moins savait-il que, si le *Huron* avait fait route vers le nord, cela signifiait que St John était toujours en train d'acheter et qu'il avait encore une chance de le rencontrer. Il priait pour cela chaque soir. C'était tout ce dont il avait besoin pour parachever son œuvre de nettoyage et réussir entièrement sa mission.

Cette fois-ci, il avait recueilli sous serment et devant témoins les dépositions de ceux qui avaient vendu des esclaves à St John et avait donc la preuve tangible que le *Huron* était un négrier. Il n'avait plus besoin de faire jouer la clause d'équipement ni d'user du douteux droit de visite. Il tenait sa preuve et savait que son heure viendrait.

Clinton avait le vent pour lui. Débordant d'une confiance à toute épreuve, il avait pleinement conscience de sa valeur et de sa chance et se tenait différemment, menton levé, épaules redressées, et s'il ne marchait pas encore en plastronnant, du moins sa démarche était tout à fait assurée. Il souriait plus souvent, et à cette occasion sa lèvre supérieure se relevait malicieusement et une étincelle diabolique s'allumait dans ses yeux bleu pâle. Il s'était même laissé pousser la moustache, une moustache bouclée et dorée qui lui donnait une allure de pirate, et son équipage, qui avait toujours respecté ses ordres froids et précis mais ne l'aimait guère, l'acclamait désormais quand il revenait à bord après l'une de ses incursions à terre.

« C'est ce bon vieux Raccourci ! » Ses hommes l'appelaient ainsi parce qu'il tombait à bras raccourcis sur l'adversaire. Ils ne lui avaient jamais donné de surnom auparavant, mais à présent ils étaient fiers de leur navire, fiers d'eux-mêmes et de leur « vieux » de vingt-sept ans.

« Fais-leur leur fête, Raccourci ! », s'exclamaient-ils gaiement derrière lui quand il les menait, sabre au clair,

278

à l'assaut de la palissade extérieure d'une négrerie, son long visage nimbé d'un tourbillon de fumée de mousquet.

« Hardis, les Jokers ! » beuglaient-ils tandis qu'ils sautaient du bastingage du *Black Joke* sur le pont d'un dhaw en faisant des moulinets de leur sabre, qu'ils tiraient des coups de mousquet en poussant les marchands d'esclaves dans la cale de leur propre navire et en refermant sur eux les écoutilles ou que, poursuivis, ceux-ci sautaient par-dessus bord dans des eaux infestées de requins.

Ils savaient qu'ils entraient dans la légende. Raccourci et ses Jokers débarrassant le détroit du Mozambique des négriers, ça ferait une sacrée histoire à raconter aux gamins en rentrant à la maison, avec pour preuve à l'appui les poches pleines de l'argent des prises.

Tel était l'état d'esprit qui régnait à bord quand le *Black Joke* entra dans le port de Zanzibar, le bastion du sultan des Omanais, comme dans la gueule du loup. Debout sur les parapets de la forteresse, la mèche à combustion lente allumée dans les mains, les artilleurs ne purent pourtant se résoudre à la porter sur les énormes canons de bronze lorsque l'affreuse petite canonnière vint faire la mouche du coche dans les eaux de Zanzibar.

Les marins dans leurs uniformes impeccables étaient montés dans les vergues du *Black Joke*, déploiement spectaculaire que ces alignements géométriques d'hommes vêtus de blanc sur la toile de fond des nuages lourds comme des enclumes.

Les officiers portant tricorne étaient en tenue d'apparat avec épée, gants et pantalon blancs ; en effectuant le tour du port, le bâtiment tira une salve de courtoisie — ce qui eut pour effet de précipiter dans les ruelles étroites de la vieille ville des torrents de citadins qui fuyaient vers les collines en poussant des lamentations.

Le sultan lui-même quitta son palais et se réfugia au consulat britannique, qui dominait le port, avec la plus grande partie de la cour.

— Je ne suis pas un poltron, expliqua amèrement le sultan à Sir John Bannerman, mais le capitaine de ce vaisseau est un fou. Allah lui-même ignore quelles sont ses intentions.

Sir John était un homme corpulent, avec un gros appétit. Il avait un ventre imposant et d'abondants favoris en forme de côte de mouton qui encadraient son visage rubicond, les yeux clairs et intelligents, la bouche charnue d'un homme plein d'humanité et d'humour. C'était un orientaliste distingué, il avait écrit des récits de voyage et des études politiques et religieuses sur l'Orient, effectué une douzaine de traductions de poètes arabes mineurs.

Il était en outre fermement opposé au commerce des esclaves, car les marchés de Zanzibar se tenaient sur la place, sous les fenêtres de sa résidence, et de la terrasse de sa chambre il voyait les négriers décharger leur pitoyable cargaison sur le quai que les autochtones appelaient, avec un humour cruel, le quai aux Perles.

Depuis sept ans, il avait négocié patiemment une série de traités avec le sultan, chacun restreignant un peu ce commerce florissant qu'il abhorrait, mais il lui était pratiquement impossible de le réduire pour de bon, a fortiori de le faire cesser complètement.

Dans les territoires du sultan, Sir John n'avait pleine juridiction que sur la communauté des commerçants hindous, car ils étaient sujets britanniques, et il avait publié un communiqué les enjoignant de libérer sur-le-champ tous leurs esclaves, sous peine d'une amende de cent livres.

Son communiqué n'évoquait aucune indemnisation, et le plus influent des marchands lui avait lancé en patchou l'équivalent d'un « Au diable, vous et votre communiqué ! ».

D'un coup de pied bien senti dans la porte, Sir John avait personnellement forcé le domicile du marchand, l'avait tiré de dessous son lit, expédié au sol d'une droite magistrale, enchaîné par le cou, traîné à travers les rues de la ville jusqu'au consulat et enfermé dans la cave à vin jusqu'à ce que l'amende soit payée et les papiers d'affranchissement des esclaves signés. Personne n'avait manifesté de velléités à enfreindre l'ordre de Sir John ni d'intérêt pour l'offre émise ensuite par le marchand hindou, et transmise sous le manteau, de payer cent livres de plus à qui planterait un couteau entre les côtes du consul pendant qu'il se promenait dans la vieille ville. Sir John était donc toujours en parfaite santé — seul un pied goutteux le faisait souffrir — et fumait un cigare sur sa terrasse en regardant la petite canonnière à coque noire traverser le chenal.

— Elle a une allure de vaisseau amiral, déclara-t-il avec un sourire indulgent.

— El Sheetan siffla Saïd, le sultan de Zanzibar, son cou de dindon empourpré sous l'effet d'une rage impuissante, en agitant son nez crochu comme un perroquet mécontent. Il suffit qu'il entre dans mon port pour que mes artilleurs restent pétrifiés comme des morts près de leurs canons. Qu'ose-t-il venir faire ici, lui qui m'a mis sur la paille, qui a plongé mon empire dans la ruine ?

Clinton Codrington lui aurait tout simplement répondu qu'il exécutait à la lettre les ordres de l'amiral Kemp, commandant de l'escadre de l'Atlantique sud et de l'océan Indien, qu'il avait reçus plusieurs mois plus tôt avant de quitter Le Cap.

« Vous êtes en outre prié et requis de faire escale à la première occasion dans le port de Zanzibar où vous rendrez tous les honneurs à Son Altesse Royale, le sultan des Omanais, tout en prenant l'avis du consul de Sa Majesté, Sir John Bannerman, sur la meilleure manière de consolider les traités existant entre Son Altesse Royale et le gouvernement de Sa Majesté britannique. »

Ce qui, en clair, signifiait : déployer l'Union Jack avec en arrière-plan les canons de trente-deux afin de rappeler au sultan les engagements qu'il avait pris dans ces traités.

— Afin d'apprendre à ce satané vieux mendiant à se surveiller, comme Clinton l'avait expliqué gaiement au lieutenant Denham en tortillant sa moustache.

— Il me semblait, capitaine, que la leçon lui avait déjà été faite, répondit Denham de manière sibylline.

— Pas du tout, objecta Clinton. Les traités conclus avec les nouveaux sultans du continent ne concernent plus celui de Zanzibar. Nous devons encore secouer les puces à ce vieux coquin.

Sir John Bannerman grimpa en boitillant à bord du *Black Joke* en faisant attention à son pied goutteux et en glissant un coup d'œil plein d'entrain au jeune officier de marine qui s'avançait pour l'accueillir.

— Eh bien, monsieur, vous avez abattu une sacrée besogne, murmura-t-il.

Bon sang, se dit-il à lui-même, c'est presque encore un gamin, malgré son tricorne et ses moustaches. Difficile d'imaginer qu'il ait fait tant de ravages avec un si petit vaisseau.

Ils se serrèrent la main, et Bannerman éprouva immédiatement de la sympathie pour le jeune homme, en dépit du trouble qu'il avait semé dans son existence ordinairement tranquille.

— Un verre de madère, Excellence ? proposa Clinton.

— Excellente idée.

Dans la petite cabine, Bannerman épongea son visage dégoulinant de sueur et alla droit au fait.

— Bon Dieu, vous avez jeté un beau pavé dans la mare ! fit-il en secouant sa grosse tête.

— Je ne vois pas...

— Je crois qu'il faut que je vous explique un peu comment les choses se passent de manière générale en Afrique orientale, et en particulier à Zanzibar, coupa Bannerman.

Une demi-heure plus tard, Clinton avait beaucoup perdu de sa toute nouvelle suffisance.

— Que faire ? demanda-t-il.

— Que faire ? Tirer pleinement parti de la situation que vous avez précipitée avant que ces crétins de Whitehall viennent encore compliquer les choses. Grâce à vous le sultan est enfin disposé à signer le traité que j'attends depuis cinq ans. Je vais troquer quelques-uns de ceux, parfaitement illégaux et indéfendables, que vous avez conclus avec des États fantômes et des princes mythiques contre un qui obligera ce vieux bouc à suivre la voie dans laquelle je m'efforce de le pousser depuis des années.

— Pardonnez-moi, Sir John, fit remarquer Clinton l'air légèrement perplexe, d'après ce que vous venez de dire, j'ai cru comprendre que vous désapprouviez vigoureusement mes récentes actions.

— Bien au contraire ! fit Sir John avec un large sourire. Vous avez réveillé mon enthousiasme et, grâce à vous, je suis à nouveau fier d'être anglais. Je reprendrais bien une goutte de madère. Toutes mes félicitations, capitaine Codrington dit-il en levant son verre. J'espère seulement pouvoir faire quelque chose pour vous épargner le sort qui vous attend très certainement dès que l'Amirauté et Lord Palmerston vous auront rattrapé. (Sir John but la moitié de son verre et fit claquer ses lèvres.) Excellent, fit-il en hochant la tête et reposant son verre sur la table avant de continuer. Bon, nous devons agir vite et amener le sultan à signer un traité à toute épreuve — avant que Whitehall ne se précipite avec force excuses et protestations de bonne foi qui réduiront à néant tout le beau travail que vous avez accompli. Mon petit doigt me dit que cela ne va pas tarder, ajouta-t-il lugubrement. Vous pourriez faire sortir vos canons pendant que nous serons à terre. N'oubliez pas de porter votre épée. Oh, pendant que j'y pense, ne quittez pas des yeux le vieux bouc lorsque je m'adresserai à lui. On parle déjà de vos yeux — vous n'ignorez pas qu'ils sont d'un bleu peu ordinaire ? — et le sultan en a déjà eu des échos. Comme vous le savez probablement, dans la région on vous appelle « El Sheetan », et le sultan fait grand cas des histoires de djinns et autres choses occultes.

Les prédictions de Sir John quant à l'arrivée imminente de nouvelles provenant d'autorités supérieures s'avérèrent passablement clairvoyantes car, au même moment, le *Penguin*, sloop de Sa Majesté, porteur de dépêches urgentes à l'intention de Sir John Bannerman, du sultan et du capitaine Codrington, filait par un vent favorable, qui, s'il se maintenait, devait lui permettre de faire son entrée dans le port de Zanzibar avant deux jours. Le temps leur était encore plus compté que ne le croyait Sir John.

C'est avec une certaine inquiétude que le sultan avait regagné son palais. Il n'avait cru qu'à moitié les assurances données par Sir John, mais, par ailleurs, le palais se trouvait presque à un kilomètre de l'endroit où l'affreux petit bateau noir avait déployé sa redoutable caronade, tandis que le consulat donnait directement sur le port et était donc en première ligne.

Sur l'avis de Sir John, Clinton avait débarqué avec une escorte d'une douzaine de marins triés sur le volet, capables de résister aux tentations offertes par le quartier chaud de la vieille cité — l'alcool et les femmes dont rêve tout marin. Il faisait presque nuit quand ils s'engagèrent dans le labyrinthe de ruelles étroites où les balcons se rejoignaient presque au-dessus de leur tête ; malgré sa claudication Sir John menait le groupe d'un bon pas en se frayant un chemin à travers les tas d'immondices et les mares qui stagnaient sur le pavage inégal et avaient l'apparence d'un minestrone froid et l'odeur d'une soupe bien plus relevée.

Il bavardait aimablement avec Clinton, lui montrait les endroits et les bâtiments intéressants, évoquait l'histoire de l'île et brossait un rapide portrait du sultan et des hommes les plus importants de son empire, notamment des infortunés nouveaux princes qui avaient signé les formulaires de traité dont disposait Clinton.

— Je ne voudrais pas, Sir John, qu'il leur arrive quoi que ce soit, s'enhardit Clinton. J'espère qu'ils ne seront pas victimes de représailles pour avoir, comment dire, pour avoir fait sécession...

— Espoir vain, interrompit Sir John en secouant la tête. Aucun ne sera encore vivant pour le ramadan. Le vieux bouc est rancunier.

— Ne pourrions-nous pas insérer dans le nouveau traité une clause les protégeant ?

— Nous le pouvons, mais ce serait gaspiller du papier et de l'encre, répondit Sir John en donnant une tape sur l'épaule de Clinton. Votre souci est déplacé. Il s'agit en l'occurrence de la plus belle brochette de voyous, de gredins et d'assassins que l'on puisse trouver au sud comme au nord de l'équateur. L'un des bénéfices accessoires de toute cette affaire est que nous allons être débarrassés de cette racaille. Pour compenser ses pertes, le vieux bouc va s'offrir une pinte de bon sang en leur faisant éclater le crâne ou en leur offrant la tasse de datura. Horrible mort que l'empoisonnement au datura. Oh, soit dit en passant, jetez un coup d'œil à ces portes. (Ils arrivaient devant le palais.) L'un des plus magnifiques exemples d'artisanat local.

Les portes en teck massif de quinze pieds de haut étaient sculptées de motifs complexes, mais, en accord avec la règle musulmane, ils ne représentaient ni des êtres humains ni des animaux. Elles constituaient le seul élément remarquable de la construction carrée et terne aux murs nus que n'égayaient que des balcons en bois haut perchés, dont les volets avaient été fermés pour se protéger contre l'air de la nuit et le regard des curieux.

Les portes s'ouvrirent d'un seul coup à leur approche, et les gardes du palais armés de vieux mousquets à canon long étaient les premiers êtres vivants qu'ils voyaient depuis leur départ du port. La ville était toujours déserte, effrayée par la menace des canons du *Black Joke*.

Comme Sir John le lui avait fait remarquer, les gardes détournèrent le regard à son passage, et, ce qui n'échappa pas à Clinton, l'un d'eux se couvrit même le visage avec l'extrémité libre de son turban. L'histoire concernant ses yeux était donc vraie. Il ne savait trop s'il devait se sentir insulté ou amusé.

— Regardez ça, fit Sir John en l'arrêtant dans l'anti-chambre sépulcrale éclairée par des lampes à huile vacillantes supportées par d'énormes lustres suspendus au plafond qui se fondait dans les ténèbres. Les plus lourds que l'on connaisse au monde, l'un d'eux pèse plus de trois cents livres.

D'un diamètre presque constant de la base à la pointe émoussée, deux énormes défenses d'éléphant à l'ivoire jauni par les ans, aussi grosses qu'une taille de jeune fille, plus hautes qu'un homme le bras levé, étaient accrochées au mur de pierre par des bandes de cuivre et luisaient avec l'éclat de la porcelaine fine.

— Vous n'avez jamais chassé ces animaux?

Clinton secoua la tête ; il n'en avait même jamais vu, et fut très impressionné par la dimension des défenses.

— Avant que mon pied ne fasse des siennes, je les tirais en Inde et en Afrique. Aucun sport ne vaut celui-là... des bêtes incroyables, fit Sir John en tapotant l'une des défenses. Le sultan a tué celui-ci quand il était jeune, avec un vieux mousquet afghan ! Mais il n'y a plus de tels monstres et c'est bien dommage. Venez, nous ne devons pas faire attendre le vieux bouc.

Ils traversèrent une demi-douzaine de salles, véri-tables cavernes d'Ali Baba débordant de trésors : des objets rares, des jades sculptés, des sculptures d'ivoire magnifiquement travaillées, un palmier et la croix suspendue, symbole de Mahomet, en or massif, des tapis de soie à fils d'or et d'argent, une collection de cinquante Corans inestimable dans des boîtes en argent et or incrustées de pierres précieuses et semi-précieuses.

— Regardez ce brillant, dit Sir John en s'arrêtant de nouveau pour désigner un diamant enchâssé dans la garde d'un cimeterre.

Il était taillé en forme de coussin et un peu irrégulier, mais, même dans la pénombre, il flamboyait d'un étrange éclat bleuté et glacial.

— Selon la légende, l'épée a appartenu à Saladin, ce dont je doute, mais la pierre est de cent cinquante-cinq carats. Je l'ai pesée moi-même.

Puis, il prit Clinton par le bras et repartit en boitillant.

— Le vieux bouc est riche comme Crésus. Il draine les roupies du continent depuis quarante ans, et avant lui son père a fait de même pendant un demi-siècle. Dix roupies par esclave, autant par kilo d'ivoire et Dieu sait combien sur les concessions de copra et de copal.

Lorsqu'il fut en présence du sultan, Clinton comprit instantanément pourquoi Sir John le traitait de vieux bouc. La ressemblance était frappante, depuis la barbe blanche taillée en pointe, les dents jaunes et carrées jusqu'au nez busqué et aux longues oreilles.

Il regarda Clinton, posa les yeux sur lui un instant avant de les détourner précipitamment en pâlissant et invita ses deux visiteurs à s'asseoir sur les piles de coussins en velours et en soie.

— Ne le lâchez pas des yeux, conseilla Sir John en aparté, et ne mangez rien, ajouta-t-il en indiquant les sucreries et les pâtisseries orientales amoncelées sur un plateau d'argent. Même si elles ne sont pas empoisonnées, elles risquent de vous rester sur l'estomac et la nuit va être longue.

Cette prédiction s'avéra exacte, la conversation se poursuivit, fastidieuse, heure après heure, l'hyperbole chère aux Arabes et les formules diplomatiques fleuries enrobant les enjeux essentiels. Clinton n'en comprit pas un traître mot. Il s'efforça de ne pas bouger bien que le fait d'être assis sur des coussins n'ait pas tardé à provoquer une ankylose des jambes et des fesses ; il parvint néanmoins à conserver une expression sévère et garda son regard fixé sur le visage ridé et barbu du sultan. Sir John lui affirma par la suite que cela avait grandement contribué à abréger les négociations ; il sembla cependant qu'une éternité s'était écoulée avant que Sir John et le sultan n'échangent des sourires figés et polis et s'inclinent profondément pour manifester leur accord.

Quand Sir John sortit du palais à grandes enjambées, un éclair de triomphe brilla dans ses yeux, et il prit affectueusement le bras de Clinton.

— Quoi qu'il vous arrive, mon cher, les générations futures pourront louer votre nom. Nous avons réussi, vous et moi. Le vieux bouc a donné son accord. Le commerce des esclaves va désormais péricliter et il aura disparu d'ici quelques années.

Pendant le retour à travers les ruelles étroites, Sir John se montra si animé et joyeux qu'il donnait l'impression de revenir d'une fête chez des amis. Ses domestiques attendaient toujours son retour et toutes les lampes du consulat étaient allumées.

Clinton aurait aimé remonter à bord tout de suite, mais Sir John le retint en posant une main sur son épaule et demanda à son maître d'hôtel hindou d'apporter du champagne. Un petit paquet cacheté et cousu dans de la toile était posé sur le plateau d'argent à côté de la bouteille et des coupes en cristal. Sir John le tendit à Clinton pendant que le maître d'hôtel faisait le service.

— Il est arrivé tout à l'heure sur un dhaw marchand et je n'ai pu vous le donner avant que nous partions pour le palais.

Clinton le prit avec circonspection et lut l'adresse : « Capitaine Clinton Codrington, Commandant du *Black Joke*, navire de Sa Majesté. Prière de faire suivre au

Consul de Sa Majesté à Zanzibar en attendant sa remise en mains propres. »

L'adresse était répétée en français, et Clinton sentit un frisson en reconnaissant les caractères ronds et gras. Il dut prendre sur lui pour ne pas ouvrir le paquet sur-le-champ.

Sir John lui tendit un verre et Clinton dut sacrifier au rituel des toasts, celui porté à la reine et un autre, par ironie, au sultan et au nouveau traité, avant de bredouiller : « Excusez-moi, Sir John, je crois qu'il s'agit d'un message important. » Le consul le fit entrer dans son bureau et referma la porte derrière lui.

Sur le sous-main en cuir de la table de travail en marqueterie, Clinton brisa les cachets et ouvrit le paquet avec un coupe-papier en argent. Il en tomba une liasse épaisse de feuilles de papier à lettre couvertes d'une écriture serrée et une boucle d'oreille en strass et argent qui faisait la paire avec celle que Clinton portait contre sa poitrine.

Le *Black Joke* sortit à l'aveuglette du chenal non balisé une heure avant que les premières lueurs de l'aube pointent dans le ciel d'orient. Virant vers le sud, il sortit sa toile et prit rapidement sa meilleure allure.

Il filait à douze nœuds quand il croisa le *Penguin* un peu avant minuit, le lendemain. Porteur de dépêches urgentes, le *Penguin* avait sa coque noyée sous l'horizon et ses feux de route masqués par un déluge tropical, avant-garde de la mousson qui passait entre les deux navires et les cachait à la vue l'un de l'autre.

À l'aube, les deux bateaux étaient séparés de cinquante milles marins et la distance se creusait rapidement tandis que Clinton Codrington arpentait nerveusement la dunette et s'arrêtait à chaque passage pour jeter des regards impatients vers le sud.

290

Il se hâtait pour remplir le devoir le plus impératif d'un homme fidèle, pour répondre à l'appel le plus pressant qui soit, l'appel au secours de la femme qu'il aimait, une femme qui courait un terrible danger.

Le Zambèze coulait avec une majesté que ne possédait aucun autre fleuve.

Ses eaux étaient d'un vert iridescent et formaient de puissants et lents tourbillons dans les grandes courbes, tandis que dans les passages peu profonds elles semblaient rouler sur elles-mêmes comme si Atlas avait folâtré sous leur surface sombre et mystérieuse. À cet endroit, le bras principal avait près de deux kilomètres de large; il y avait d'autres bras moins importants et d'autres embouchures plus étroites au-delà des bancs ondoyants de papyrus et de roseaux à tête cotonneuse.

La petite flottille donnait presque l'impression de ne pas avancer tant le courant était fort. La vedette à vapeur *Helen*, du nom de la mère de Zouga, avait pris la tête.

Fuller Ballantyne l'avait dessinée et fait fabriquer en Écosse pour la désastreuse expédition sur le Zambèze qui n'avait pu dépasser la gorge de Kebrabassa. La vedette avait à présent presque dix ans, et pendant tout ce temps elle avait été victime des prouesses mécaniques du commerçant portugais qui l'avait achetée à Fuller Ballantyne après l'échec de l'expédition.

Son moteur à vapeur grinçait et émettait des bruits sourds, la vapeur fuyait par tous les tuyaux et tous les joints, et de sa chaudière à bois jaillissaient des étincelles et une épaisse fumée noire. En tirant contre le courant du fleuve puissant les trois chalands lourdement chargés, l'embarcation allait bien au-delà des forces d'un bateau de cet âge et des caractéristiques techniques prévues par le constructeur. Ils ne parcouraient qu'un peu plus de vingt kilomètres par jour, et il y en avait plus de trois cents de Quelimane à Tête.

Zouga avait affrété la vedette et les chalands pour transporter l'expédition en amont jusqu'au point de débarquement de Tête. Robyn et lui voyageaient sur le premier chaland avec l'équipement le plus précieux et le plus fragile : matériel médical, instruments de navigation, sextants, baromètres et chronomètres, munitions, armes à feu et matériel de camping.

Les quelques porteurs recrutés à Quelimane avaient embarqué sur le troisième et dernier chaland, sous l'œil vif et infatigable du sergent Cheroot. Zouga était certain de pouvoir se procurer à Tête la centaine de porteurs supplémentaires dont il avait besoin, mais il lui avait paru prudent d'engager ces hommes sains et vigoureux quand cela avait été possible. Il n'y avait eu encore aucune désertion, ce qui était inhabituel au départ d'un long safari, moment auquel la proximité de la maison et de la famille exerçait aisément une attraction irrésistible sur les âmes les plus faibles.

Le chaland du milieu transportait les provisions les plus volumineuses. Pour l'essentiel, il s'agissait de marchandises destinées à être échangées : tissu et verroterie, couteaux et haches, quelques mousquets bon marché et barres de plomb pour confectionner des balles, sacs de poudre noire et silex. C'étaient les marchandises indispensables pour se procurer des vivres frais, soudoyer les dirigeants locaux afin d'obtenir le droit de passage, acheter des concessions de chasse et de prospection minière et, plus généralement, pour servir les divers objectifs de l'expédition.

Zouga avait confié la responsabilité du chaland intermédiaire à sa dernière recrue, la plus douteuse, engagée comme guide, interprète et organisateur des camps. La couleur olivâtre de sa peau et ses cheveux épais et brillants comme ceux d'une femme trahissaient son léger métissage. Un perpétuel sourire découvrait des dents très blanches, et pourtant, même quand il souriait, ses yeux étaient froids et noirs tels ceux d'un mamba en colère.

Le gouverneur de Quelimane avait affirmé à Zouga que cet homme était le plus fameux chasseur d'éléphants et voyageur de tous les territoires portugais. Il s'était aventuré plus loin à l'intérieur des terres que tout autre Portugais ; il parlait une douzaine de dialectes et connaissait les coutumes des tribus de la région.

— Vous ne pouvez voyager sans lui, avait assuré le gouverneur. Ce serait de la folie. Même votre père, le célèbre Dr Fuller Ballantyne, a recouru à ses services. C'est lui qui a montré à votre saint père comment atteindre le lac Marawi.

— Mon père a été le premier à atteindre le lac Marawi, objecta Zouga en levant le sourcil.

— Le premier Blanc, corrigea avec délicatesse le gouverneur, et cette subtile distinction fit sourire Zouga.

C'était de celles qu'utilisait Fuller Ballantyne pour valoriser ses découvertes et ses explorations. Bien entendu, des hommes avaient habité sur les rives du lac depuis au moins deux mille ans, et les Arabes et les mulâtres venaient y commercer depuis deux siècles, mais ce n'étaient pas des Blancs et cela faisait une énorme différence.

Zouga s'était finalement laissé convaincre quand il s'était aperçu que ce guide modèle était également le neveu du gouverneur et que la route de l'expédition serait grandement aplanie s'il s'adjoignait les services d'un homme possédant de telles relations.

Il eut de bonnes raisons de mettre en doute le bien-fondé de sa décision dès les premiers jours. L'homme était un fanfaron et un raseur. Il disposait d'un stock inépuisable d'histoires, dont il était toujours le héros, et son mépris évident de la vérité dont témoignaient ses récits rendait suspectes toutes les informations.

Zouga se demandait dans quelle mesure il parlait vraiment les dialectes locaux. Il préférait apparemment communiquer à coups de botte et de fouet — ce *sjambok* en peau d'hippopotame séchée qu'il portait toujours à la ceinture. Quant à ses prouesses de chasseur, une chose était certaine : il utilisait de grandes quantités de poudre et de plomb.

Étendu sur la plage arrière du chaland, à l'ombre de l'auvent en toile, Zouga dessinait sur la planche posée sur ses genoux. Il avait adopté ce passe-temps en Inde, et même s'il avait conscience de ne posséder aucun réel talent, cela lui avait permis d'occuper ses heures de loisir et de conserver le souvenir des lieux et des événements, des personnes et des animaux. Il avait l'intention d'illustrer par quelques-uns de ses croquis et de ses aquarelles le livre qu'il écrirait sur l'expédition, le livre qui ferait sa fortune et sa réputation.

Il s'efforçait de restituer sur le papier l'impression d'immensité donnée par le fleuve, par le ciel d'un bleu intense chargé de cumulus annonciateurs des orages de l'après-midi, quand il entendit un coup de fusil. Zouga haussa les sourcils et leva les yeux de son ouvrage.

— Il remet ça, fit Robyn en lâchant son livre et en regardant vers le deuxième chaland.

Assis au sommet de la cargaison, Camacho Nuño Alvares Pereira rechargeait son fusil en bourrant de poudre le long canon. Il était coiffé d'un haut chapeau de castor pareil à une cheminée, avec ses plumes d'autruche blanches piquées dans le rebord qui s'en échappaient comme une colonne de fumée. Zouga ne voyait pas sur quoi il venait de tirer mais il devinait quelle allait être sa prochaine cible, car la vedette était poussée par le courant vers l'extérieur d'une longue courbe, et elle était forcée de passer entre deux bancs de sable.

Sur le sable d'une blancheur étincelante ressortaient des masses sombres tels des blocs de granit arrondis.

Tandis que la vedette s'approchait lentement du chenal, les masses sombres se transformèrent en une troupe d'hippopotames affalés et somnolents. Il y en avait une douzaine, dont l'un, un gros mâle couvert de cicatrices, couché sur le côté, exposait son ventre volumineux.

Zouga quitta des yeux les énormes bêtes et se retourna vers la silhouette de Camacho Pereira. Celui-ci leva son chapeau et l'agita en un salut jovial. Même à cette distance, ses dents brillaient comme un sémaphore.

— C'est toi qui l'as choisi, dit Robyn doucement en suivant son regard.

— Belle consolation! (Zouga leva les yeux vers sa sœur.) Ils m'ont dit que c'était le chasseur et le guide le plus extraordinaire de toute la côte Est.

Tous deux regardèrent Camacho finir de charger son fusil et placer l'amorce.

Les hippopotames s'aperçurent soudain que des bateaux approchaient. Ils se levèrent avec une rapidité stupéfiante chez des animaux à l'apparence aussi lourde, galopèrent sur le sable blanc en en soulevant des nuages avec leurs gros pieds et se précipitèrent dans l'eau en faisant jaillir de grandes vagues, puis disparurent dans un bouillonnement d'écume. Depuis l'étrave du chaland, Zouga apercevait distinctement les formes sombres poursuivre leur galop sous l'eau en un ralenti comique. Elles se détachaient sur le fond de sable clair, et Zouga éprouva une sympathie amusée pour ces créatures maladroites. Il se souvint d'une comptine que lui chantait l'oncle William quand il était petit; elle commençait par : « Un *hippopo*-c'est-*am*-usant... »

Zouga souriait toujours quand le gros mâle remonta à la surface à cinquante brasses sur le travers du chaland. Sa grosse tête grise émergea, les rabats de chair qui fermaient ses narines s'ouvrirent d'un seul coup lorsqu'il reprit sa respiration et ses petites oreilles rondes battirent au sortir de l'eau.

Pendant quelques instants, il contempla de ses petits yeux les étranges navires, puis ouvrit en grand les mâchoires, découvrant une caverne semblable, par sa couleur et sa texture, à une rose rose. Ses dents cylindriques, jaunes et aux bords tranchants et meurtriers, étaient tout à fait capables de couper en deux un bouvillon, et il ne semblait plus ni gros ni comique. Il avait l'air de ce qu'il était : le plus dangereux de tous les animaux d'Afrique.

Zouga savait que les hippopotames avaient tué plus d'hommes que tous les éléphants, les lions et les buffles réunis. Ils pouvaient facilement écraser entre leurs mâchoires la coque fragile des pirogues creusées dans un tronc d'arbre, les omniprésents *makoros* d'Afrique, et faire la même chose avec les nageurs terrifiés. Ils sortaient volontiers de l'eau pour prendre en chasse et tuer tout être humain qui leur donnait l'impression de menacer un de leurs petits, et dans les régions où ils avaient été chassés, ils attaquaient l'homme sans avoir été provoqués. Les coques en acier des chalands étaient cependant invulnérables, même pour les mâchoires et les dents de ces bêtes massives, et Zouga les observait sans crainte.

De la gueule béante du gros mâle sortit une série de beuglements de défi, qui se firent de plus en plus forts et menaçants à mesure que l'animal s'approchait pour chasser les intrus qui menaçaient ses femelles et leurs petits. Camacho inclina son chapeau sur un œil avec désinvolture et, toujours souriant, il leva son fusil et tira.

Zouga vit la balle frapper le fond de la gorge de l'animal ; elle sectionna une artère et instantanément un sang rouge vif jaillit contre le palais, macula les dents brillantes et coula abondamment sur les lèvres caoutchouteuses bordées de poils. Le beuglement se transforma en un cri d'agonie, et, dans un jaillissement d'eau blanche, l'hippopotame eut un soubresaut qui le fit émerger à moitié.

— Je l'ai eu ! rugit Camacho, son rire rompant le soudain silence qu'avait laissé le grand mâle en disparaissant dans le fleuve.

Robyn s'était dressée d'un bond et agrippait le bastingage du chaland, ses joues et son cou bronzés soudain empourprés.

— Quelle boucherie, dit-elle doucement.

— Et injustifiée, renchérit Zouga. L'animal va mourir sous l'eau et le courant l'emportera vers la mer.

Mais il se trompait, car l'hippopotame remonta à la surface, plus près de leur chaland. Les mâchoires dégoulinantes de sang grandes ouvertes pour chercher l'air, il battait l'eau et donnait de violentes secousses en décrivant des cercles, ses beuglements transformés en gargouillis tandis qu'à l'approche de la mort sa frénésie allait crescendo. Peut-être la balle lui avait-elle endommagé le cerveau et lui était-il devenu impossible de fermer les mâchoires et de contrôler ses mouvements.

— Je l'ai eu ! rugit de nouveau Camacho qui dansait de joie sur l'avant-pont de son chaland et continuait de tirer sur l'énorme corps gris avec les fusils que lui tendaient tour à tour ses deux boys noirs dès qu'ils les avaient rechargés.

Ils le faisaient avec maîtrise et expérience, de sorte que l'un des deux était toujours prêt à lui présenter une arme ou à reprendre le fusil encore fumant avec lequel Càmacho venait de tirer.

Le convoi poursuivit lentement sa route vers l'amont et laissa l'animal de plus en plus affaibli se vautrer dans le cercle toujours agrandi d'eau rougie, jusqu'au moment où il roula sur le dos. Il resta ainsi un moment le ventre en l'air, ses membres épais dressés vers le ciel, avant de couler enfin tandis que son sang se diluait et était emporté vers l'aval.

— C'est répugnant, dit Robyn à voix basse.

— Oui, mais il a bigrement bien entraîné ses deux boys, fit Zouga d'un air pensif. C'est ce qu'il faut quand on chasse l'éléphant.

Deux heures avant le coucher du soleil, l'*Helen* inclina sa route vers la berge sud. Pour la première fois depuis le départ de Quelimane, on distinguait autre chose sur la rive que des marais couverts de roseaux et des bancs de sable sans fin.

La berge, plus abrupte, s'élevait d'une dizaine de pieds au-dessus du fleuve. La terre grise était sillonnée de sentiers marqués par des milliers de sabots d'animaux sauvages et polie par les glissades des énormes crocodiles qui dégringolaient la pente presque verticale, dérangés par le bruit de l'hélice de la vedette. Ces reptiles à la lourde cuirasse, avec leurs yeux jaunes au regard fixe enchâssés dans une écaille cornue, étaient les premiers animaux d'Afrique qui répugnaient à Robyn.

Il y avait à présent des arbres sur la rive, et non plus seulement des massifs de papyrus, en particulier de gracieux palmiers au tronc renflé comme une bouteille de bordeaux.

— Les arbres à ivoire, expliqua Zouga à sa sœur. Le noyau de leur fruit ressemble à une boule d'ivoire.

Loin derrière les palmiers, ils distinguaient les premières silhouettes basses des collines et des kopjes qui se détachaient sur le ciel. Enfin, ils sortaient du delta, et cette nuit ils camperaient sur la terre ferme, et ils alimenteraient leur feu de camp avec de lourds rondins de bois et non plus avec les tiges pleines de pulpes de papyrus.

Zouga s'assura que le sergent Cheroot avait posté des sentinelles pour garder la précieuse cargaison dont

298

dépendait toute leur expédition, puis il supervisa l'installation des tentes avant de prendre son fusil et de s'enfoncer dans la forêt clairsemée puis la prairie qui s'étendaient au-delà du camp.

— Je viens avec vous, proposa Camacho. Nous allons tuer quelque chose.

— Votre travail consiste à vous occuper du camp, observa froidement Zouga.

— Je fais un sacré beau camp, vous voyez, répondit le Portugais en lui décochant son sourire habituel et en haussant les épaules.

Mais dès que Zouga eut disparu parmi les arbres, son sourire s'évanouit, il se racla la gorge et cracha par terre. Puis il revint au milieu des hommes affairés qui tendaient la toile des tentes sur les piquets ou rapportaient des branches de plantes épineuses fraîchement coupées pour construire le *scherm*, la barrière destinée à protéger le camp des lions en maraude et des hyènes en quête de détritus.

Camacho administra un coup de son fouet en peau d'hippopotame sur un dos nu, ponctué d'un : « Dépêche-toi, fils d'une mère et de vingt-sept pères. » Le Noir poussa un cri de douleur et redoubla d'efforts tandis qu'une zébrure large comme le doigt apparaissait sur sa peau trempée de sueur.

Camacho se dirigea à grands pas vers le petit bouquet d'arbres où Zouga avait choisi de faire dresser sa tente et celle de sa sœur. Celles-ci étaient déjà montées et la jeune femme était occupée comme chaque soir à soigner les membres de l'expédition.

Elle était assise à une table pliante mais, pendant que Camacho s'approchait, elle se leva et se pencha pour examiner le pied d'un des porteurs qui s'était quasiment sectionné un orteil en laissant tomber sa hache.

Le Portugais s'arrêta net pour la regarder, la gorge sèche. Dès qu'ils avaient quitté Quelimane, elle n'avait plus porté qu'un pantalon d'homme. Camacho trouvait cela plus provocant encore que si elle avait été nue. C'était la première fois qu'il voyait une Blanche s'habiller ainsi, et il avait du mal à détourner les yeux de la jeune femme. Chaque fois qu'elle se trouvait à proximité, il la regardait subrepticement et attendait avec impatience le moment où elle se baisserait ou se pencherait en avant et où le velours se tendrait sur ses fesses, comme il le faisait à présent. Ce fut trop bref car la femme se redressa et commença à parler à la jeune Noire qui semblait être davantage sa camarade que sa servante.

Pourtant, Camacho restait appuyé contre le tronc d'un des grands *umsivu* et la regardait de ses yeux sombres devenus violets et brillants de désir. Il pesait soigneusement les conséquences de ce dont il rêvait depuis le départ de Quelimane. Il avait imaginé chaque détail, chaque expression, chaque mot, chaque mouvement, chaque soupir ou cri.

Ce n'était pas aussi improbable que cela paraissait à première vue. C'était une Anglaise, bien sûr, et fille du célèbre homme de Dieu, deux facteurs qui auraient dû le décourager mais Camacho possédait un sûr instinct quand il s'agissait des femmes ; il y avait de la sensualité dans les yeux et les lèvres charnues de la jeune Anglaise, et une conscience animale de son corps dans tous ses mouvements. Très excité, le Portugais fourra ses mains dans ses poches et se caressa doucement.

Il savait parfaitement qu'il était un magnifique spécimen de virilité, avec sa chevelure noire et épaisse, l'étrange éclat de ses yeux de gitan, son sourire éclatant, son corps puissant et bien proportionné. Il était séduisant, peut-être même irrésistible, car plus d'une fois il avait surpris la jeune femme lui jeter un regard appréciateur et perplexe. Son métissage attirait souvent les Blanches — c'était l'attrait de l'exotisme, de ce qui est interdit et dangereux — et il sentait chez cette femme un mépris rebelle pour les règles de la société. C'était possible, seulement possible, décida Camacho, et il était peu probable qu'une telle occasion se représente. Son frère, l'Anglais froid et distant, était parti du camp et ne serait pas de retour avant au moins une heure, et elle-même en avait fini avec le petit groupe de porteurs malades. Un serviteur lui apporta une bouilloire d'eau chaude dans sa tente, puis elle ferma l'auvent.

Chaque soir, Camacho avait assisté en cachette à ce petit rituel. Une fois, la lampe à huile avait projeté l'ombre de la femme sur la toile, et il l'avait vue baisser ce pantalon tentateur et utiliser l'éponge pour... il eut un frisson de plaisir à ce souvenir et s'écarta du tronc.

Robyn mélangeait l'eau bouillante à celle de la bassine émaillée. Elle était toujours brûlante, mais elle aimait tant ça que sa peau rougissait et qu'elle se sentait luisante de propreté. Elle commença à déboutonner sa chemise de flanelle et, envahie par une agréable lassitude, soupira lorsqu'on gratta à l'auvent de la tente.

— Qui est-ce ? demanda-t-elle sèchement.

Elle eut un petit mouvement d'alarme en reconnaissant la voix grave.

— Qu'est-ce que vous voulez ?

— Je veux vous parler, mademoiselle, répondit Camacho sur un ton de conspirateur.

— Pas maintenant, je suis occupée.

L'homme lui inspirait de la répulsion tout en la fascinant. Elle s'était plus d'une fois surprise à le regarder — comme elle aurait observé un insecte beau mais venimeux. Elle était ennuyée qu'il l'ait remarqué et savait vaguement qu'il était imprudent de témoigner le plus léger intérêt à un homme de cette espèce.

Il lui vint soudain à l'esprit que Zouga n'était pas au camp et qu'elle avait envoyé la petite Jouba faire une course.

— Revenez demain.

— Je ne peux pas attendre. Je suis malade.

Elle ne pouvait pas ignorer sa demande.

— Bon. Attendez un instant, cria-t-elle et elle reboutonna sa chemise, puis, cherchant inconsciemment à retarder le moment où il serait en face d'elle, elle remit en ordre les fioles et les pots de médicament, rassurée par leur contact.

— Entrez, finit-elle par dire en se tournant vers la portière de la tente.

Camacho se baissa pour entrer, et pour la première fois elle s'aperçut combien il était grand. Sa présence était presque écrasante, son sourire donnait l'impression de l'éclairer. Ses dents étaient d'une blancheur et d'une perfection étonnantes, et elle se surprit de nouveau à le fixer des yeux, un peu comme une poule fascinée par un cobra dressé. Tête nue, avec ses cheveux noirs flottant sur les épaules et ses yeux de braise, il était d'une beauté décadente, presque caricaturale.

— Qu'est-ce qui ne va pas? demanda-t-elle en essayant d'adopter un ton brusque et impersonnel.

— Je vous montre.

— Allez-y, acquiesça-t-elle, et il se mit en devoir de déboutonner sa chemise.

Sa peau, d'une couleur olivâtre, avait l'éclat du marbre humide, son torse parfaitement musclé était couvert de boucles de poils serrées et sa taille semblait aussi étroite que celle d'une fille. Elle parcourut son corps des yeux, certaine que son regard était tout à fait calme et professionnel, mais il était indéniable que c'était un bel animal.

— Où cela vous fait-il mal?

D'un seul mouvement, il défit et baissa son pantalon de toile légère.

— Où? demanda-t-elle derechef en se rendant compte qu'elle parlait d'une voix rauque. Elle se tut subitement,

302

comprenant soudain qu'elle était victime d'une ruse soigneusement préparée et qu'elle se trouvait dans une situation périlleuse.

— C'est là que ça vous fait mal ? répéta-t-elle de la même voix.

— Oui, murmura-t-il en se caressant légèrement. Vous pouvez peut-être arranger ça.

Il avança d'un pas vers elle.

— Je le peux certes, dit-elle doucement en posant la main sur sa panoplie d'instruments chirurgicaux.

Elle éprouva un réel regret, car c'était un exemple particulièrement réussi de l'art déployé par la nature. Elle prit finalement une sonde pointue, et non l'un des scalpels affûtés comme un rasoir vers lequel elle avait tout d'abord tendu la main.

À l'instant où elle s'apprêtait à enfoncer la sonde, il comprit son intention et pâlit de terreur. Il essaya frénétiquement de repousser l'instrument, mais la peur avait ralenti sa main.

Quand la sonde pénétra dans l'urètre, il poussa un cri d'adolescente et continua de brailler en tournant comme une toupie. Il tenait son sexe à deux mains et, avec un intérêt tout professionnel, Robyn observa qu'un changement quasi miraculeux s'était opéré.

Lorsqu'elle se prépara de nouveau à introduire la sonde, Camacho n'y tint plus. Il remonta brusquement son pantalon et, avec un dernier cri de terreur, se jeta tête la première contre le piquet de la tente. Le choc ne l'ébranla qu'une seconde ; l'instant d'après, il avait disparu. Robyn était toute tremblante, et pourtant envahie d'une étrange allégresse. L'expérience avait été inhabituelle et instructive. Il lui faudrait cependant utiliser son code personnel pour la rapporter dans son journal.

À partir de ce soir-là, le Portugais se garda d'approcher de Robyn. Elle était soulagée de ne plus être déshabillée par ses yeux noirs chaque fois qu'elle se retournait. Elle eut envie de parler de l'incident à Zouga, mais l'embarras où cela les plongerait et la difficulté de trouver les mots appropriés la découragèrent — sans parler de la réaction violente que Zouga ne manquerait pas d'avoir, ou du moins qu'elle espérait de sa part. Elle avait appris à ne pas attendre de son frère une réaction normale ; derrière son apparence froide et réservée, elle soupçonnait l'existence de mystérieuses passions et d'obscurs sentiments. Après tout, ils étaient frère et sœur, et si elle était si offusquée, pourquoi ne l'aurait-il pas été ?

De plus, elle craignait que, comme un animal mis au pied du mur, le Portugais représente un réel danger même pour un soldat aguerri et un homme d'action comme Zouga. L'idée de mettre la vie de son frère en péril l'horrifiait. Par ailleurs, elle semblait avoir réglé la question. Camacho ne constituerait plus une gêne ; elle le chassa de son esprit et s'adonna entièrement au plaisir des quelques jours de repos qui restaient avant leur arrivée à Tête.

Comme le fleuve était moins large et son courant plus rapide, la progression du convoi s'était encore ralentie. Le paysage changeait constamment. Assise sous l'auvent pendant que Zouga dessinait ou écrivait près d'elle, elle lui signalait les nouvelles espèces d'oiseaux, d'animaux et d'arbres qu'elle apercevait afin de profiter de ses connaissances, certes acquises pour l'essentiel dans les livres mais néanmoins étendues et toujours précieuses.

Les collines qui se dressaient en une série de crêtes de coq semblaient découpées dans de fines feuilles d'un matériau opaque qui laissait les couleurs du soleil levant luire à travers elles avec une étrange luminosité.

Quand le soleil montait au-dessus de l'horizon, les couleurs passaient et se transformaient en une gamme de bleus éthérés avant de disparaître complètement dans la brume de chaleur au milieu de la journée. Elles réapparaissaient en fin d'après-midi en une palette tout à fait différente — rose pâle, rose cendré, prune et abricot.

Les collines servaient de toile de fond à la forêt qui formait à présent une bande étroite le long des rives du fleuve, hautes galeries d'arbres aux branches supérieures déployées où s'ébattaient des bandes de vervets. Le tronc de ces arbres était recouvert de lichens multicolores — du jaune soufre, de l'orange brûlé et les bleus et les verts de la mer estivale. Les lianes enchevêtrées, que Robyn appelait des « cordes à singes » quand elle était petite, pendaient des branches supérieures jusqu'à toucher la surface du fleuve ou se perdre dans les verts sombres du sous-bois.

Au-delà de cette étroite bande de végétation, on entrevoyait de temps à autre une forêt d'un type différent sur les terres plus hautes et plus sèches, et Robyn aperçut de nouveau avec un serrement de cœur le baobab disgracieux à l'énorme tronc gonflé surmonté de petites branches rabougries et nues. La légende africaine, maintes fois racontée par sa mère, expliquait que le Nkulu-kulu, le Très Très Grand, avait planté le baobab à l'envers, avec les racines en l'air.

Sur ses branches dépouillées, presque chaque baobab portait le nid d'un grand oiseau de proie, pareil à une petite botte de foin suspendue dans les airs. Les oiseaux étaient souvent posés près du nid, en sentinelles parfaitement immobiles, ou planaient en larges cercles en battant nonchalamment des ailes.

Il y avait très peu d'animaux sauvages le long de cette partie du fleuve et les rares antilopes se précipitaient sous le couvert des arbres à la première approche, taches indistinctes en mouvement, vision fugitive des grandes cornes en tire-bouchon d'un grand koudou ou du dessous blanc de la queue en houppe d'une antilope des roseaux.

Près du fleuve, le gibier avait été beaucoup chassé durant environ deux siècles, si ce n'est par les Portugais eux-mêmes, en tout cas par leurs serviteurs armés.

Lorsque Zouga avait demandé à Camacho : « Est-ce qu'il vous arrive de trouver des éléphants sur cette partie du fleuve ? », le Portugais avait répondu en le gratifiant de son sourire : « Quand j'en trouve un, je le tue. » Attitude vraisemblablement commune à tous les voyageurs circulant le long de cette voie fluviale fréquentée et qui expliquait la timidité et la rareté du gibier dans cette région.

Camacho en était réduit à tirer sur les pygargues vociférateurs qui guettaient le poisson de leur perchoir surplombant l'eau. Ces oiseaux élégants avaient la tête, le plastron et les épaules blancs du célèbre aigle d'Amérique à tête chauve, et le corps d'un brun-roux et d'un noir brillant superbes. Quand un éclat de rire de Camacho signalait qu'il avait fait mouche, un oiseau dégringolait dans l'eau verte sur ses immenses ailes, perdant sa dignité impériale pour sombrer gauchement dans la mort.

En quelques jours, Camacho avait perdu la démarche circonspecte, les jambes écartées, qu'il avait adoptée à la suite de la blessure infligée par Robyn, et il avait retrouvé son rire retentissant. Mais il est d'autres blessures plus profondes qui ne guérissent pas aussi aisément. Son désir s'était instantanément mué en une haine farouche, et plus il la ruminait, plus elle devenait irrépressible et plus profond son besoin de vengeance.

Ses considérations personnelles devaient cependant attendre ; il lui fallait remplir un devoir encore plus important. En lui confiant cette tâche, son oncle, le

306

gouverneur de Quelimane, avait placé en lui toute sa confiance et ne lui pardonnerait pas un échec. La fortune familiale était en jeu, ainsi que, dans une moindre mesure, son honneur, bien que ce dernier ait été déjà bien entamé. La richesse de la famille avait considérablement diminué depuis que le Portugal avait été forcé de tenir compte du traité de Bruxelles et ce qu'il en restait devait être préservé. L'or passait avant l'honneur, et l'honneur n'était défendu que lorsque cela ne nuisait pas au profit — la famille aurait pu en faire sa devise.

Son oncle s'était montré perspicace, comme toujours, en subodorant que cette expédition anglaise faisait planer une menace supplémentaire sur leurs intérêts. Elle était dirigée par le fils d'un fauteur de troubles notoire et l'on pouvait s'attendre à ce qu'il aggrave l'énorme dommage provoqué par son père. De plus, personne ne savait au juste quel était le but véritable de l'expédition.

Le major Ballantyne déclarait qu'elle était destinée à retrouver son père mais cela semblait parfaitement absurde. Cette explication était beaucoup trop simple et directe, et l'Anglais n'était jamais ni simple ni direct. Cette expédition soigneusement mise sur pied avait dû coûter plusieurs milliers de livres, une somme énorme dépassant largement les moyens d'un jeune officier de l'armée ou de la famille d'un missionnaire qui, dans sa vaine tentative de remonter le Zambèze, s'était attiré la disgrâce et le ridicule, d'un vieil homme malade qui avait vraisemblablement péri plusieurs années auparavant dans des régions sauvages et inexplorées.

Non, toute cette activité devait avoir une autre raison, et le gouverneur voulait savoir laquelle.

Il était possible, bien sûr, qu'il s'agisse d'une opération clandestine de reconnaissance confiée à un jeune officier de l'armée britannique par ses autorités de tutelle. Qui savait quels noirs desseins le gouvernement de ce peuple arrogant pouvait nourrir concernant le territoire souverain du glorieux Empire portugais ? La cupidité de cette race impudente de boutiquiers et de marchands était à peine croyable. Le gouverneur n'avait aucune confiance en eux, en dépit de leur alliance traditionnelle avec le Portugal.

Ce pouvait aussi être une expédition à caractère privé, mais le gouverneur ne perdait jamais de vue le fait qu'elle était menée par le fils de ce vieil empêcheur de tourner en rond, à l'œil aussi fureteur que celui d'un vautour. Dieu savait sur quoi ce diable d'homme avait pu tomber, tout là-bas, à l'intérieur des terres : une montagne d'or ou d'argent, la fabuleuse cité perdue du Monomatapa avec ses trésors intacts, tout était possible.

Et même s'il n'y avait pas de nouveaux trésors à découvrir, il y en avait en tout cas d'anciens à protéger. Il incombait à Camacho Pereira de faire passer l'expédition au large de certaines régions, de l'empêcher de découvrir des secrets que même les maîtres du gouverneur à Lisbonne ignoraient.

Les ordres étaient clairs : décourager l'Anglais de s'engager dans certaines directions par des récits témoignant de l'insurmontable difficulté qu'il y avait à y voyager du fait des marais, des chaînes de montagnes, des maladies, des bêtes sauvages et des hommes plus sauvages encore, et l'inciter à se diriger vers d'autres régions en vantant leur agrément, la douceur de leurs populations hospitalières et leur richesse en ivoire.

Si cette tentative échouait — et le major Ballantyne donnait tous les signes d'arrogance et d'opiniâtreté particulières à son peuple —, Camacho devait recourir aux autres moyens de persuasion qu'il avait sous la main, euphémisme dont il avait parfaitement compris le sens.

Camacho en était arrivé à se convaincre que cette seconde ligne de conduite était en fait la seule raisonnable. Au-delà de Tête, il n'y avait d'autre loi que celle du couteau, et Camacho avait toujours vécu sous cette loi. Il se réjouissait à cette perspective. Le mépris non dissimulé que lui témoignait l'Anglais était pour lui aussi humiliant que la manière dont la femme l'avait éconduit.

Il était persuadé que l'attitude du frère et de la sœur à son égard était due à son sang de mulâtre. C'était un point sur lequel l'amour-propre de Camacho était particulièrement chatouilleux, car, même si les croisements entre races étaient une pratique courante dans les territoires portugais, le métissage restait infamant. Il ne manquerait pas d'apprécier la besogne qui l'attendait, car non seulement elle le laverait des insultes qu'il avait subies, mais elle rapporterait gros, et même quand il aurait partagé avec son oncle et les autres, il y trouverait encore largement son compte.

Le matériel de l'expédition représentait une immense fortune aux yeux de Camacho. Le Portugais avait profité de la première occasion pour jeter un coup d'œil en cachette sur le contenu des colis. Il y avait la cargaison de marchandises destinées à être échangées. Il y avait les armes à feu et des instruments de valeur — des chronomètres, des sextants et un coffre portable en acier forgé que l'Anglais gardait fermé et faisait surveiller. Dieu seul savait combien de souverains d'or il contenait, et s'il ne le savait pas son oncle le savait encore moins. Camacho aurait ainsi d'autant plus de facilité à s'octroyer la plus belle part du gâteau. Plus il pensait à tout cela, plus il attendait avec impatience l'arrivée à Tête et le départ vers le territoire inexploré qui s'étendait au-delà.

Pour Robyn, la petite ville de Tête marquait sa véritable arrivée en Afrique et son retour dans un monde après lequel elle avait tant langui.

Elle était contente que Zouga ait prétexté le déchargement des chalands pour ne pas l'accompagner.

— Cherche l'endroit, Sissy, et nous y retournerons ensemble demain.

Bien que Tête fût un trou perdu, ses habitants affectaient un comportement civilisé, et n'ayant aucune raison de les choquer, Robyn avait remis ses jupes. Elles la gênaient, mais elle ne tarda pas à ne plus y prêter attention en parcourant l'unique rue poussiéreuse du village où son père et sa mère avaient dû déambuler ensemble pour la dernière fois en regardant les magasins en torchis construits au petit bonheur le long de la berge du fleuve.

Elle s'arrêta à l'une de ces petites *duka* et s'aperçut que le commerçant comprenait son mélange de swahili, d'anglais et de nguni, assez en tout cas pour lui indiquer l'endroit où la rue du village se transformait en un simple sentier qui allait se perdre dans la forêt d'acacias.

La forêt était assoupie dans la chaleur de midi, même les oiseaux se taisaient, et cette atmosphère pesa sur Robyn et la déprima, réveillant le souvenir d'un deuil ancien.

Elle entrevit devant elle une tache blanche parmi les arbres et elle s'arrêta, hésitant à continuer, sachant ce qu'elle allait trouver. Pendant quelques instants, elle se revit enfant, en cette grise journée de novembre, à côté de l'oncle William qui adressait des signes d'adieu aux passagers du navire en partance. En larmes, elle n'arrivait pas à distinguer le visage tant aimé qu'elle cherchait parmi la foule accoudée au bastingage, tandis que l'espace entre le bateau et le quai s'élargissait comme l'abîme entre la vie et la mort.

Robyn chassa ce souvenir de son esprit et continua. Elle ne s'était pas attendue à trouver six tombes au milieu des arbres, puis elle se rappela que l'expédition

310

de son père à Kebrabassa avait fait six morts : quatre de maladie, une noyade, un suicide.

La tombe qu'elle cherchait se trouvait un peu à l'écart des autres. Des pierres du fleuve blanchies à la chaux et disposées en rectangle la délimitaient et une croix en mortier, elle aussi blanchie à la chaux, se dressait à la tête. Contrairement aux autres sépultures, celle-ci n'était pas envahie par les mauvaises herbes, et la croix comme les pierres avaient été récemment repeintes. Un petit bouquet de fleurs sauvages fanées était même disposé dans un vase en porcelaine de Chine bon marché. Elles n'avaient pas plus de quelques jours, et cela surprit Robyn.

Debout au pied de la tombe, elle lut l'inscription encore parfaitement lisible gravée sur la croix blanche :

À la mémoire d'Helen,
épouse bien-aimée de Fuller Morris Ballantyne.
Née le 4 août 1814.
Décédée le 16 décembre 1852 des suites d'une fièvre.
Que la volonté de Dieu soit accomplie.

Robyn ferma les yeux et attendit que les larmes montent du fond de son être, mais il n'y avait pas de larmes. Voilà longtemps qu'elles avaient été versées, et il ne lui restait plus que des souvenirs.

Par bribes, ils lui revenaient à l'esprit : l'odeur des fraises qu'elles ramassaient ensemble dans le jardin de l'oncle William, elle se dressant sur la pointe des pieds pour mettre l'un des petits fruits rouges entre les dents blanches de sa mère, puis mangeant la moitié qu'Helen avait laissée exprès pour elle, ou bien pelotonnée dans son lit écoutant à moitié endormie sa mère qui lui faisait la lecture à la lumière de la chandelle. Et les leçons qu'elle lui donnait à la table de la cuisine en hiver, à l'ombre des ormes en été, et l'ardeur qu'elle mettait à apprendre et à faire plaisir à sa mère ; la première fois qu'elle était montée sur un poney, sa mère la maintenant en selle, ses jambes trop courtes pour atteindre les étriers ; la sensation de l'éponge savonneuse sur son dos, sa mère penchée sur le bac ; le rire de sa mère et, la nuit, les pleurs qu'elle entendait à travers la mince cloison près de son petit lit ; puis, ultime souvenir, le parfum de violette et de lavande qu'elle sentait en appuyant son visage contre son corset.

— Pourquoi dois-tu partir, maman ?

— Parce que ton père a besoin de moi. Parce que ton père me demande de le rejoindre, enfin.

Et, à ces paroles, la jalousie dévorante qu'avait éprouvée Robyn, jalousie mêlée au sentiment d'une perte imminente.

S'agenouillant près de la tombe sur la terre meuble, Robyn commença à prier et, tandis qu'elle murmurait, les souvenirs affluèrent de nouveau, les souvenirs heureux comme les tristes ; elle ne s'était pas sentie plus proche de sa mère au cours de toutes ces années.

Elle ne savait pas combien de temps elle était restée là, il lui semblait que c'était une éternité, quand une ombre apparut soudain devant elle ; elle leva les yeux et, le souffle un instant coupé par la surprise et l'inquiétude, se retrouva brusquement dans le présent.

Une femme et un petit garçon étaient debout près d'elle, une Noire au visage agréable et même joli. Plus toute jeune, la trentaine peut-être, bien qu'il soit toujours difficile de deviner l'âge des Africains. Elle était habillée à l'européenne, probablement des vêtements récupérés, car leurs couleurs étaient si passées que les motifs d'origine étaient à peine visibles, mais amidonnés et d'une propreté méticuleuse. Robyn avait le sentiment qu'ils avaient été mis pour l'occasion.

Bien que l'enfant portât le court pagne en cuir de la tribu des Shangaan, il n'était manifestement pas de sang africain pur. C'était un robuste petit garçon avec des boucles couleur de poussière et des yeux étrangement clairs ; il ne devait pas avoir plus de sept ou huit ans. Il y avait en lui quelque chose de vaguement familier qui étonna Robyn.

Il portait un petit bouquet de fleurs d'acacia jaunes et sourit timidement à Robyn avant de baisser la tête et de traîner les pieds dans la poussière. La femme lui dit quelque chose et le tira par la main ; l'enfant s'avança en hésitant vers Robyn et lui tendit les fleurs.

— Merci, dit-elle automatiquement en portant à ses narines le bouquet au parfum léger et délicat.

La femme remonta ses jupes puis, s'accroupissant à côté de Robyn, enleva les fleurs fanées et tendit le vase en porcelaine de Chine au petit garçon qui galopa vers la berge du fleuve.

En son absence, elle arracha les premières pousses vertes qui sortaient sur la tombe puis arrangea soigneusement la bordure de pierres blanchies à la chaux. Elle accomplissait cette tâche de manière routinière, et Robyn ne douta pas un instant que c'était elle qui se chargeait d'entretenir la tombe de sa mère.

Les deux femmes avaient conservé un silence amical, et, quand leurs regards se croisèrent, elles se sourirent et Robyn hocha la tête en signe de remerciement. L'enfant revint en trottant, couvert de boue jusqu'aux genoux et l'eau se répandant du vase qu'il ne tenait pas droit, mais il avait un petit air de fierté, conscient de l'importance de sa mission.

La femme lui prit le vase des mains et le posa avec précaution sur la tombe, puis la mère et l'enfant tournèrent les yeux vers Robyn dans l'expectative et la regardèrent arranger les fleurs d'acacia.

— C'est votre mère ? demanda doucement la femme en anglais à la grande surprise de Robyn.

— Oui, répondit celle-ci en essayant de cacher son étonnement, c'est ma mère.

— Une bonne dame.

— Vous l'avez connue ?

— Pardon ?

Après une vaillante entrée en matière, il s'avérait que la femme connaissait très mal l'anglais, et leur conversation tourna court, jusqu'au moment où Robyn, habituée à parler avec la petite Jouba, dit quelque chose en cette langue. Le visage de la femme s'illumina de plaisir et elle répondit tout de suite dans une langue qui appartenait manifestement au groupe nguni et dont les inflexions et le vocabulaire différaient très peu de ceux auxquels Robyn s'était familiarisée.

— Vous êtes matabélé ? demanda-t-elle.

— Je suis angoni, se hâta de corriger son interlocutrice, car il existait une rivalité et une hostilité entre les tribus nguni même les plus proches.

Les Angoni avaient quitté leurs vertes collines du Zoulouland pour se déplacer vers le nord et franchi le Zambèze trente ans plus tôt, expliqua-t-elle dans son dialecte aux cadences mélodieuses. Ils avaient conquis les terres qui bordaient les rives septentrionales du lac Marawi. C'est là qu'elle avait été vendue à un maître d'esclaves omanais avant de descendre enchaînée la rivière Shire.

Incapable de suivre la caravane, diminuée par le manque de nourriture, les fièvres et les épreuves du long voyage, on l'avait libérée de ses chaînes et abandonnée aux hyènes sur le bord de la route. Fuller Ballantyne l'y avait trouvée et l'avait emmenée dans son petit camp.

Ses soins rudimentaires firent leur effet, et, quand elle fut guérie, Fuller la baptisa en lui donnant le nom chrétien de Sarah.

— Les détracteurs de mon père se sont donc trompés, conclut Robyn en riant et en parlant anglais. Il n'a pas fait qu'un seul et unique converti.

Sarah ne comprit pas mais rit avec elle. Le jour commençait à décliner et les deux femmes, suivies de l'enfant à moitié nu, quittèrent le petit cimetière et prirent le chemin du retour. Sarah raconta à Robyn comment, lorsque sa mère était arrivée à Tête en même temps que d'autres membres de l'expédition de Kebra-bassa, Fuller l'avait présentée à elle pour qu'elle devienne sa servante personnelle.

Elles s'étaient arrêtées à un embranchement et, après quelques instants d'hésitation, Sarah invita Robyn à l'accompagner jusqu'à son village, qui était tout près. Robyn regarda le soleil et secoua la tête; dans une heure la nuit serait tombée et Zouga enverrait sans aucun doute tout le monde à sa recherche si elle n'était pas rentrée à ce moment-là.

Elle avait apprécié les heures passées en compagnie de la jeune femme et de son charmant petit garçon, et quand elle lut la déception sur le visage de Sarah elle se hâta d'ajouter :

— Je dois y aller, mais je reviendrai demain à la même heure. J'aimerais entendre tout ce que vous avez à me raconter à propos de ma mère et de mon père.

Sarah demanda à l'enfant d'accompagner Robyn jusqu'aux premières maisons du village, et celle-ci prit tout naturellement le petit garçon par la main. Il gambadait à son côté en jacassant gaiement comme font les enfants, ce qui aida Robyn à sortir de son humeur sombre; finalement, elle se mit à bavarder et à rire avec lui.

Avant qu'ils aient atteint les abords du village de Tête, les craintes de Robyn se confirmèrent. Ils rencontrèrent Zouga armé de son fusil Sharps et accompagné du sergent Cheroot; soulagé de la voir, son frère laissa échapper sa colère :

— Bon sang, Sissy, nous étions tous morts d'inquiétude. Voilà cinq heures que tu es partie.

315

L'enfant regarda Zouga avec de grands yeux. Il n'avait jamais vu un homme aussi grand et distingué, avec ces manières impérieuses et ce ton de commandement. Il en conclut que ce devait être un grand chef, retira sa main de celle de Robyn, recula de deux pas, puis tourna les talons et s'enfuit comme un moineau devant le faucon.

En le voyant Zouga se calma un peu et un sourire effleura ses lèvres.

— J'ai cru un moment que tu ramenais un autre enfant abandonné.

— Zouga, j'ai trouvé la tombe de maman, fit Robyn en se précipitant vers lui et en le prenant par le bras. C'est à moins de deux kilomètres d'ici.

L'expression de Zouga changea de nouveau et il leva les yeux vers le soleil qui rougeoyait déjà au-dessus des acacias.

— Nous irons demain matin, dit-il. Je n'aime pas laisser le camp à la nuit tombée, trop de chacals rôdent dans les parages..., des chacals à deux pattes.

Avec fermeté, il ramena sa sœur vers le village tout en poursuivant ses explications.

— Nous avons toujours beaucoup de mal à trouver des porteurs, bien que le gouverneur de Quelimane m'ait assuré que ce serait très facile, et Dieu sait que les hommes valides ne manquent pas dans la région. Et pourtant ce fat de Pereira prétend rencontrer les pires difficultés à en recruter. (Ses sourcils froncés et sa barbe qu'il laissait pousser depuis qu'ils avaient débarqué du *Black Joke* le faisaient paraître plus âgé qu'il n'était.) Il affirme que les porteurs refusent de s'engager tant qu'ils ne connaissent pas la destination et la durée du safari.

— Ça paraît logique, fit remarquer Robyn. Je sais que je n'accepterais pas de porter une de ces énormes charges sans savoir jusqu'où.

— Je suis persuadé que cela ne vient pas des porteurs. Il n'y a aucune raison pour qu'ils s'inquiètent tant de connaître la destination de l'expédition. J'offre un salaire conséquent et pas un seul homme ne s'est présenté.

— Quelle est la raison, alors ?

— Depuis que nous avons quitté la côte, Pereira n'a cessé de me cajoler pour que je lui fasse part de nos intentions. Je crois que c'est une forme de chantage : pas de porteurs tant que je ne lui dirai pas où nous allons et dans quel but.

— Pourquoi ne pas le lui dire ?

Zouga haussa les épaules.

— Parce qu'il est trop pressant. Sa curiosité n'est pas désintéressée, et mon instinct me dit de ne pas lui faire confiance en lui livrant des informations qu'il n'a pas besoin de connaître.

Ils continuèrent de marcher en silence jusqu'au périmètre du camp. Zouga l'avait fait dresser comme un camp militaire, avec une palissade en branches d'acacia couvertes d'épines, un garde hottentot à l'entrée et le *boma* des porteurs séparé du dépôt des marchandises par les lignes de tentes.

— On se croirait déjà à la maison, le félicita Robyn.

Elle allait regagner sa tente quand Pereira se précipita vers eux.

— Ah ! major, j'ai de bonnes nouvelles pour vous.

— Voilà un heureux changement, murmura Zouga d'un ton sec.

— J'ai rencontré un homme qui a vu votre père il y a huit mois.

Robyn se tourna instantanément, emportée par la même excitation que le flamboyant Portugais. Elle s'adressa à lui directement pour la première fois depuis l'incident qui avait eu lieu dans sa tente.

— Où est-il ? Oh, quelle nouvelle merveilleuse !

— Si c'est vrai..., nuança Zouga, bien moins enthousiaste.

— Je vais amener l'homme, sacrément vite..., vous allez voir! promit Camacho, et il s'éloigna rapidement vers le *boma* des porteurs et se mit à hurler une fois arrivé.

Dix minutes plus tard, il revint en traînant avec lui un vieillard maigre, vêtu de loques graisseuses en peaux de bête, qui roulait des yeux terrifiés.

Quand Camacho le lâcha, il se prosterna aux pieds de Zouga assis dans l'un des fauteuils de camping en toile sous l'auvent de la tente-réfectoire et répondit en bafouillant aux questions que Camacho lui posait en criant d'un ton autoritaire.

— Quel est ce dialecte? interrompit Zouga presque tout de suite.

— Chichewa, répondit Camacho. Il n'en parle pas d'autre.

Zouga jeta un coup d'œil interrogateur à Robyn, mais elle secoua la tête. Ils devaient s'en remettre entièrement à la traduction du Portugais.

Il semblait que le vieux ait vu « Manali », l'homme à la chemise rouge, à Zimi, sur la rivière Lualaba. Manali y campait avec une douzaine de porteurs, le vieux l'avait vu de ses propres yeux.

— Comment sait-il que c'était mon père? demanda Zouga.

Tout le monde connaît Manali, expliqua le vieillard, il était une légende vivante de la côte à « Chona langa », le pays où le soleil se couche.

— Quand a-t-il vu Manali?

Une lune avant la venue des dernières pluies, soit en octobre de la même année, quelque huit mois plus tôt, comme le précisa Camacho.

Zouga était perdu dans ses pensées, mais son regard fixait avec une telle férocité le vieil infortuné qui rampait devant lui que celui-ci émit soudain une note plaintive. Le beau visage du Portugais prit une expression de colère, et il toucha les côtes apparentes du vieux avec la pointe de sa botte en un geste menaçant qui le calma instantanément.

— Qu'a-t-il dit ? interrogea Robyn.

— Il jure qu'il ne dit que la vérité, lui assura Camacho en faisant un effort pour retrouver son sourire.

— Que sait-il encore de Manali ? demanda Zouga.

— Il a parlé avec ses porteurs ; ils disent qu'ils vont remonter la rivière Lualaba.

Ce n'était pas dénué de sens, pensa Zouga. Si Fuller Ballantyne cherchait effectivement la source du Nil pour se refaire une réputation, c'est bien par là qu'il devait aller. La Lualaba qui, selon les témoignages, coulait directement vers le nord, était l'une des voies qui venaient à l'esprit pour tenter de découvrir les sources du grand fleuve.

Camacho interrogea le vieillard pendant une dizaine de minutes encore et il ne se serait pas privé d'utiliser son fouet en peau d'hippopotame pour lui rafraîchir la mémoire si Zouga ne l'en avait empêché d'un geste de mécontentement. De toute évidence, il n'y avait plus rien à apprendre de lui.

— Donnez-lui un rouleau de tissu *merkani* et un *khete* de perles, et laissez-le partir, ordonna Zouga.

La gratitude du vieil homme fut pathétique à voir.

Zouga et Robyn restèrent plus tard que d'habitude près du feu de camp qui mourait lentement tandis que se taisait le murmure des voix ensommeillées des porteurs dans le *boma*.

— Si nous allons vers le nord, réfléchit Robyn en regardant le visage de son frère, à partir du lac Marawi, nous pénétrerons dans le bastion des marchands d'esclaves. De cette région où aucun Blanc, pas même papa, ne s'est jamais aventuré, proviennent tous les esclaves qui alimentent les marchés de Zanzibar et des Arabes omanais...

— Que fais-tu des indices certains prouvant que le commerce se pratique plus au sud ? (Zouga regarda la petite figure muette de Jouba qui attendait patiemment près de l'entrée de la tente de Robyn.) Cette fille est la preuve vivante que ce commerce prospère maintenant également au sud du Zambèze.

— C'est vrai, mais il semble insignifiant par rapport à celui qui se pratique au nord du fleuve.

— Il existe déjà tout un dossier sur la traite au nord du Zambèze. Père a atteint Marawi et a suivi les caravanes d'esclaves jusqu'à la côte il y a quinze ans, et Bannerman a écrit une douzaine de rapports sur le marché de Zanzibar, fit remarquer Zouga en regardant les cendres et en faisant tourner lentement un verre de son précieux whisky dont la réserve diminuait rapidement. Alors que personne ne sait quoi que ce soit du commerce qui se pratique avec les Monomatapa et les Matabélé au sud d'ici.

— Oui, je l'admets, reconnut Robyn à contrecœur. Néanmoins, dans ses *Voyages missionnaires,* père a écrit que la Lualaba était l'origine du Nil et qu'il la suivrait un jour depuis ses sources. De plus, il a été vu au nord.

— L'a-t-il été vraiment ? demanda Zouga avec douceur.

— Ce vieil homme...

— ... a menti, enchaîna Zouga. Quelqu'un l'y a poussé et tu sais à qui je pense.

— Comment sais-tu qu'il mentait ?

— Quand on vit assez longtemps en Inde, on en vient instinctivement à deviner qui ment, répondit Zouga à sa sœur en lui souriant. Pourquoi père aurait-il attendu huit ans après sa disparition pour explorer la rivière Lualaba ? Il a dû commencer par là... s'il est bien parti vers le nord.

— Mon cher frère, fit Robyn d'une voix mordante, ne serait-ce point la légende du Monomatapa qui te rend si obstinément déterminé à partir vers le sud du Zambèze ? Cet éclat qui brille dans tes yeux ne serait-il pas celui de l'or ?

— Voilà une bien vilaine pensée, commenta Zouga toujours souriant. Moi, ce qui m'intrigue, c'est la détermination de Camacho Pereira, le célèbre guide et explorateur, à décourager toute volonté de voyager vers le sud.

Longtemps après que Robyn eut regagné sa tente et éteint sa lanterne, Zouga resta assis à couver des yeux le fond de whisky qui restait dans son verre et à contempler les dernières braises du feu de camp. Quand il eut pris sa décision, il vida les dernières gouttes du précieux alcool ambré et se leva brusquement puis se dirigea à grandes enjambées vers la tente de Pereira dressée de l'autre côté du camp.

Une lanterne brûlait encore à l'intérieur. Quand Zouga appela, une voix féminine poussa un petit cri inquiet et un grognement masculin la fit taire immédiatement ; quelques minutes après, Camacho Pereira poussa la portière de sa tente et regarda vers Zouga avec précaution.

Il avait jeté une couverture sur ses épaules pour cacher sa nudité, mais tenait un pistolet, et il ne se détendit qu'à peine quand il reconnut Zouga.

— J'ai décidé que nous partirions vers le nord, lui dit celui-ci avec brusquerie. Nous remonterons la Shire jusqu'au lac Marawi, puis nous continuerons jusqu'à la Lualaba.

Le visage du Portugais se fendit d'un éclatant sourire.

— C'est très bien. Très bien... beaucoup d'ivoire, nous retrouverons votre père... vous verrez, nous le retrouverons sacrément vite.

Le lendemain avant midi, avec force cris et coups de fouet, Camacho conduisait à l'intérieur du camp une centaine d'hommes robustes et sains.

— Je vous ai trouvé des porteurs, annonça-t-il. Beaucoup de porteurs... sacrément bon, hein ?

Sarah attendait près de la tombe quand Robyn émergea de la forêt d'acacias le lendemain après-midi.

L'enfant courut à sa rencontre en riant de plaisir, et Robyn fut une fois de plus frappée par l'impression de familiarité que lui donnait son visage, quelque chose dans la bouche et les yeux. La ressemblance avec quelqu'un qu'elle avait connu était si évidente qu'elle s'arrêta net et le regarda attentivement, mais elle ne parvint pas à se souvenir de qui il s'agissait avant que le petit garçon l'ait prise par la main et l'ait entraînée vers sa mère.

Elles sacrifièrent à la petite cérémonie qui consistait à changer les fleurs de la tombe puis s'assirent l'une à côté de l'autre sur une branche d'acacia tombée à terre. Il faisait plus frais à l'ombre, et dans les branches au-dessus de leur tête un couple de pies-grièches chassaient des petites chenilles vertes. Le dos et les ailes des deux oiseaux étaient blanc et noir, mais leur poitrail d'un rouge aussi vif que le sang d'un gladiateur agonisant, et Robyn les regarda avec un rare plaisir tandis que Sarah et elle bavardaient tranquillement.

Sarah lui parlait de sa mère, lui disait combien elle s'était montrée courageuse et stoïque dans la chaleur terrible de Kebrabassa où les parois de roche noire ferrugineuse transformaient la gorge en une véritable fournaise.

— C'était la mauvaise saison, expliqua Sarah. La saison chaude avant les pluies.

Robyn se souvint du compte rendu de l'expédition rédigé par son père dans lequel il imputait à ses subordonnés, le vieux Harkness et le commandant Stone, le retard qui leur avait fait manquer la saison fraîche et aborder la gorge au mois de novembre... un vrai suicide.

— Quand les pluies ont commencé, elles ont amené les fièvres, poursuivit Sarah. Ça a été très dur. Les hommes blancs et votre mère sont vite tombés malades. (Peut-être sa mère avait-elle perdu son immunité contre la malaria pendant les années qu'elle avait passées en Angleterre à attendre que son mari la rappelle auprès de lui, se dit Robyn.) Même Manali était malade. C'est la première fois qu'il était victime des fièvres. Il est resté la proie des démons pendant beaucoup de jours. (Robyn trouva que l'expression décrivait bien le délire provoqué par les fièvres paludéennes.) Il ne s'est donc pas rendu compte de la mort de votre mère.

Elles restèrent un moment silencieuses. L'enfant, lassé par leur interminable conversation, jeta un caillou aux oiseaux perchés dans l'acacia et, dans un éclair pourpre, les deux pies-grièches s'envolèrent à tire-d'aile vers le fleuve, et une fois de plus l'attention de Robyn se fixa sur l'enfant. C'était comme si elle avait toujours connu ce visage.

— Et ma mère ? demanda-t-elle, les yeux toujours rivés sur le petit garçon.

— Son urine est devenue noire, dit Sarah simplement.

La fièvre bilieuse hémoglobinurique — Robyn fut parcourue par un frisson. Quand la malaria évolue en attaquant les reins et en les transformant en des poches à mince paroi remplies de sang noir coagulé, ils menacent de se déchirer au moindre mouvement du patient. L'urine se change en sang couleur de mûre et il est très rare que les malades en réchappent.

— Elle était solide, poursuivit Sarah à voix basse. C'est elle qui a résisté le plus longtemps, précisa-t-elle en tournant la tête vers les autres tombes, qui n'étaient pas fleuries mais couvertes de cosses d'acacia. Nous l'avons enterrée pendant que Manali était toujours avec ses démons. Mais ensuite, quand il a pu marcher, il est venu ici avec le livre et a prononcé les paroles. Il a construit la croix de ses propres mains.

— Et ensuite il est reparti ?

— Non, il était très malade, et de nouveaux démons l'ont envahi. Il pleurait votre mère (L'idée que son père ait pu pleurer était si étrangère à Robyn qu'elle ne parvenait pas à l'imaginer.) Il parlait souvent du fleuve qui l'avait détruit.

À travers les acacias, on apercevait le large fleuve vert, et les deux femmes se tournèrent tout naturellement vers lui.

— Il en est venu à haïr le fleuve comme s'il était un être vivant, un ennemi qui avait refusé de lui ouvrir une voie vers l'accomplissement de ses rêves. Il était comme fou, car la fièvre allait et venait. Parfois, il luttait contre ses démons et leur lançait des cris de défi comme un guerrier nguni danse le *giya* pour exciter l'armée adverse. À d'autres moments, il parlait fiévreusement de machines qui dompteraient son ennemi, de murs qu'il construirait en travers de la rivière pour porter les hommes et les navires par-dessus les gorges.

Sarah se tut, son joli visage rond comme une lune noire marqué par le souvenir ; l'enfant sentit son malaise et vint s'agenouiller près d'elle et poser sa petite tête poussiéreuse sur ses genoux. Elle caressa ses cheveux bouclés d'un air absent.

Avec un léger choc, Robyn reconnut alors l'enfant. Elle changea d'expression si brusquement que Sarah suivit son regard, baissa les yeux vers la tête posée sur son giron puis les releva vers Robyn. Les mots n'étaient pas nécessaires; la question fut posée et reçut une réponse sans que les deux femmes n'aient à échanger de paroles, et Sarah attira son enfant vers elle dans un geste protecteur.

— C'était après que votre mère... commença-t-elle, puis elle retomba dans le silence, et Robyn continua de regarder le petit garçon.

C'était le portrait de Zouga au même âge, un Zouga en miniature et au teint mat. Seule la couleur de sa peau l'avait empêchée de s'en rendre compte tout de suite. Robyn avait l'impression que la terre se dérobait sous ses pieds, et elle éprouva un étrange sentiment de libération. Fuller Ballantyne n'était plus cette figure divine taillée dans un bloc de granit, implacable, inflexible, qui avait obscurci sa vie tout entière.

Elle tendit les mains vers l'enfant et il vint à elle sans hésitation, en toute confiance. Robyn l'étreignit, sa peau était chaude et douce sous ses baisers. Il se tortilla contre elle comme un jeune chiot, et elle se sentit envahie d'une affection et d'une gratitude profondes pour le petit garçon.

— Il était très malade et seul, dit doucement Sarah. Tous les autres étaient partis ou morts, et il était si triste que je craignais pour sa vie.

Robyn hocha la tête pour montrer qu'elle comprenait.

— Et vous l'aimiez ?

— Il n'y avait pas de péché car c'était un Dieu, dit simplement Sarah.

« Non, pensa Robyn avec un immense soulagement. C'était un homme, et moi, sa fille, je suis une femme. »

En cet instant, elle comprit qu'elle n'aurait plus jamais à se sentir honteuse et coupable à cause de son corps, de ses exigences et de ses désirs. Elle serrait dans ses bras l'enfant qui était la preuve vivante de l'humanité de son père, et Sarah sourit, soulagée.

Pour la première fois de sa vie, Robyn fut capable d'admettre qu'elle aimait son père, et elle comprit en partie la raison de l'obsession qui n'avait cessé de croître en elle au fil des années.

La nostalgie qu'elle avait ressentie pour son père avait été totalement oblitérée par un respect mêlé de crainte et la grandeur de sa légende. À présent, elle savait pourquoi elle était là, sur les rives de ce fleuve majestueux, à la frontière même du monde inconnu. Elle n'était pas venue pour retrouver Fuller Ballantyne mais pour découvrir le père et la personne qu'elle n'avait jamais connus.

— Où est-il, Sarah, où est mon père ? Par où est-il parti ? demanda-t-elle avec ardeur, mais la femme baissa les yeux.

— Je ne sais pas, murmura-t-elle. Quand je me suis réveillée un matin, il était parti. Je ne sais pas où il est, mais j'attendrai jusqu'à ce qu'il revienne auprès de moi et de son fils. (Elle leva les yeux tranquillement.) Est-ce qu'il reviendra, interrogea-t-elle pathétiquement. Si ce n'est pour moi, pour l'enfant ?

— Oui, répondit Robyn sur un ton de certitude qu'elle n'éprouvait pas. Bien sûr qu'il reviendra.

La sélection des porteurs était un travail de longue haleine, et après que Zouga eut fait son choix en leur donnant une tape sur l'épaule, les hommes étaient dirigés vers la tente de Robyn pour subir un examen destiné à révéler des signes de maladie ou d'infirmité.

Venait ensuite l'attribution des charges.

Bien que Zouga eût préparé et pesé chaque ballot pour s'assurer qu'aucun ne dépassait les quatre-vingts livres stipulées, les porteurs nouvellement engagés devaient assister publiquement à leur deuxième pesage, avant de se lancer dans d'interminables discussions concernant la taille et l'équilibrage de la charge que chacun allait devoir porter pendant des mois, voire des années.

Zouga avait fermement interdit à Pereira d'accélérer le processus de sélection avec son *kurbash* et s'était joint avec bonhomie au badinage et au marchandage qui entouraient ces opérations. Il profitait en fait de l'occasion pour évaluer l'état d'esprit de ses hommes, repérer les mécontents qui auraient risqué de perturber l'humeur du groupe dans les épreuves qui les attendaient, ainsi que les leaders-nés, vers lesquels les autres se tournent instinctivement dans l'attente d'une décision.

Le lendemain, en répartissant les équipes, Zouga mit à profit ce qu'il avait appris. Pour commencer, on donna un *khete* de perles aux sept fauteurs de troubles les plus évidents et on leur ordonna de quitter le camp sans explication ni excuse. Puis Zouga appela cinq des hommes dont il s'était fait la meilleure opinion et les nomma capitaines de division, chacune comprenant vingt porteurs.

Il leur incombait de faire respecter l'allure, d'empêcher le chapardage des marchandises, de dresser et de lever le camp, de distribuer les rations et de jouer le rôle de porte-parole en présentant les doléances formulées par leurs hommes et en leur transmettant les ordres de Zouga.

Lorsque la liste fut complète, elle comptait cent vingt-six noms, y compris les Hottentots du sergent Cheroot, les porteurs engagés à Quelimane, Camacho Pereira et les deux chefs de l'expédition : Robyn et Zouga lui-même.

À moins d'être convenablement organisée, la caravane serait lente et difficile à conduire, ce qui était en soi un handicap, mais en outre, elle serait très vulnérable. Zouga réfléchit longuement aux moyens de défendre la colonne, puis le sergent Cheroot et lui définirent l'ordre de marche en partageant leur dernier quart de whisky et leur expérience.

Avec un petit groupe de guides locaux et ses porteurs personnels, Zouga projetait de voyager indépendamment du gros de la caravane afin de reconnaître le terrain et de se donner ainsi la liberté de prospecter et de chasser quand l'occasion se présenterait. Le soir, il viendrait rejoindre la caravane, mais serait cependant équipé pour passer plusieurs jours indépendamment d'elle.

Escorté de cinq mercenaires hottentots, Camacho Pereira prendrait la tête de la colonne principale, et même quand Robyn taquina gentiment son frère, il ne vit rien de risible dans le fait que le Portugais marche sous l'Union Jack.

— C'est une expédition anglaise, et nous porterons notre drapeau, répliqua sèchement Zouga.

— Britannia vaincra, railla Robyn en riant avec irrévérence.

Zouga l'ignora et continua de lancer ses ordres.

Les divisions de porteurs devaient rester séparées, mais ne pas s'éloigner les unes des autres, et le sergent Cheroot formerait l'arrière-garde avec les derniers Hottentots.

Un système simple de signaux convenus d'avance permettrait de diriger les mouvements de la colonne, une série de coups de trompette — en fait, des cornes de koudou — sonnerait la « marche », l'« arrêt », le « serrez les rangs » ou « formez le carré ».

Pendant quatre jours, Zouga entraîna la colonne à effectuer ces évolutions. Il en déduisit que la compétence ne viendrait que beaucoup plus tard, mais du moins, sentit-il qu'ils étaient prêts à partir.

— Mais comment allons-nous traverser le fleuve ? lui demanda Robyn en regardant la rive nord.

À cet endroit, le fleuve avait un kilomètre et demi de large, et s'était gonflé de l'eau des pluies abondantes, drainée sur des millions de kilomètres carrés. Le courant était rapide et puissant. Pour passer sur la rive nord et rejoindre la rivière Shire et le lac Marawi, il leur faudrait plusieurs jours et une véritable flottille de pirogues.

La vedette *Helen* était repartie depuis longtemps, et, portée par le courant à vingt nœuds au moins, elle devait déjà être de retour à Quelimane.

— Toutes les dispositions ont été prises, lui répondit Zouga, et elle dut se satisfaire de cette réponse laconique.

Le dernier jour, Robyn permit à Jouba de l'accompagner au cimetière pour la première fois, toutes deux chargées de présents : des rouleaux de tissu et un sac de trente-cinq livres de perles en céramique, des *sam-sam* rouges, la variété la plus recherchée.

Elle n'avait pas osé demander à Zouga d'en prélever plus sur leurs réserves et risquer d'exciter ainsi sa colère et sa curiosité.

Elle avait songé à lui parler de Sarah et de l'enfant, mais avait finalement décidé de n'en rien faire, n'osant imaginer sa réaction en découvrant qu'il avait un demi-frère métis. Zouga s'était fait son opinion sur les castes et la couleur de peau à la rude école de l'armée indienne, et apprendre que son propre père avait enfreint ces lois d'airain eût été pour lui un trop grand choc. Robyn s'était bornée à lui expliquer qu'elle avait rencontré l'une des anciennes servantes de leur père, que celle-ci entretenait la tombe de leur mère depuis des années et que la récompense devait être à la mesure des services rendus.

Sarah et l'enfant attendaient près de la tombe ; elle accepta les cadeaux avec une gracieuse petite révérence et en joignant ses paumes à la hauteur de ses yeux à la manière des Hindous.

— Nous partons demain, lui annonça Robyn qui perçut immédiatement un regret dans ses yeux, puis un sentiment d'acceptation.

— C'est la volonté de Dieu, dit Sarah, et Robyn entendit presque son père prononcer ces paroles.

Jouba et l'enfant furent bientôt occupés à cueillir les cosses d'un arbre voisin et à enfiler sur de fines lianes les jolies graines rouges porte-bonheur, chacune avec un petit œil noir à l'extrémité, pour confectionner des colliers et des bracelets. Tous deux, la fille et le garçon, jouaient sans inhibition et offraient un délicieux spectacle ; leurs rires et leurs cris joyeux formaient un agréable bruit de fond à la conversation qui se tenait sous l'acacia.

Bien que leur rencontre n'ait daté que de quelques jours, Robyn et Sarah étaient devenues amies. Le père de Robyn avait écrit dans ses *Voyages missionnaires* qu'il préférait la compagnie des Noirs à celle des Blancs, et tout portait à croire qu'il disait vrai. Apparemment, Fuller Ballantyne avait passé son temps à se quereller avec ceux de sa race. Le contact avec les autres Blancs semblait faire ressortir en lui toute l'intolérance, la suspicion et la jalousie de sa nature complexe, et il avait passé la plus grande partie de sa vie avec des Noirs, qui lui avaient accordé leur confiance, leur respect et une amitié durable. Ses relations avec Sarah n'avaient été que le prolongement naturel de ces sentiments, comprit Robyn. Elle les comparait à ceux de son frère et savait qu'il ne franchirait jamais la ligne de démarcation. Un Noir pouvait gagner la sympathie de Zouga, et même son respect, mais le fossé était trop grand pour aller au-delà. Pour lui, ce serait toujours « ces gens-là », et elle devinait qu'il ne changerait jamais à cet égard. Même s'il vivait encore cinquante ans en Afrique, il n'apprendrait jamais à les comprendre, tandis qu'elle, en quelques semaines, avait tissé de réelles amitiés. Elle se demandait si, comme son père, elle en viendrait un jour à préférer les Noirs à ses semblables. Cela lui paraissait encore inconcevable pour l'instant, mais elle devinait chez elle une grande capacité d'adaptation et de changement.

À ses côtés, Sarah parlait, si doucement, si timidement, que Robyn dut faire un effort pour sortir de ses pensées et lui demander ce qu'elle avait dit.

— Quand vous retrouverez votre père, Manali, est-ce que vous lui parlerez de son fils ?

— Il ne savait pas ?

Robyn était stupéfaite, et Sarah secoua la tête.

— Pourquoi n'êtes-vous pas partie avec lui à ce moment-là ?

— Il ne le souhaitait pas. Il disait que le voyage serait trop pénible, mais en réalité, il est comme un vieil éléphant qui n'aime pas rester trop longtemps avec les femelles et doit toujours suivre le vent.

Occupé à faire l'appel, Camacho Pereira dépassait de deux bonnes têtes les petits indigènes maigres et nerveux. Ce soir-là, il portait un justaucorps en peau de koudou, décoré de coutures fantaisie et de perles de verroterie, ouvert sur le devant afin de montrer sa poitrine velue et son ventre musclé.

— Nous leur donnons trop à manger, dit-il à Zouga. Un nègre gros est un nègre paresseux.

Il gloussa en voyant l'expression de l'Anglais, car le mot avait déjà été cause de dissension. Zouga lui avait interdit de l'employer, en particulier devant les serviteurs noirs de l'expédition ; c'était le seul mot d'anglais que comprenaient certains d'entre eux.

— Peu de nourriture, de bons coups de botte, et ils travaillent dur, poursuivit Camacho avec délectation.

Zouga ignora ces trésors de philosophie — il avait déjà entendu ça maintes fois —, se tourna vers les capitaines de division et les regarda achever de distribuer les rations.

Deux d'entre eux, les bras couverts de farine jusqu'aux coudes, plongeaient dans les grands sacs de grain brun-rouge moulu à la pierre et en versaient parcimonieusement une petite pelletée dans les calebasses ou les bassines émaillées ébréchées des porteurs. Puis l'un des deux capitaines jetait dessus un poisson de rivière fumé ouvert en deux. Les poissons ressemblaient à des harengs, mais leur odeur était terriblement forte. Charançons, asticots et autres bestioles étaient pour les porteurs des friandises qui leur manqueraient quand ils auraient quitté les abords du fleuve.

Pereira tira brusquement un homme hors de la file et lui donna un bon coup sur la nuque avec le manche de son *kurbash*.

— C'est la deuxième fois qu'il fait la queue, il essaie d'avoir double ration, expliqua-t-il en décochant un coup pied à l'homme qui s'enfuyait.

Zouga attendit que le dernier homme ait reçu sa ration, puis il héla tous les capitaines.

— *Indaba*! Dites-le aux hommes, *indaba*!

C'était l'appel en conseil pour discuter d'affaires importantes ; tous abandonnèrent les feux de camp et, tout excités, se serrèrent autour de Zouga.

Devant les rangs d'hommes noirs, accroupis et attentifs, Zouga fit les cent pas pour ménager son effet, car il s'était vite rendu compte que les Africains adoraient le théâtre. La plupart d'entre eux, Shangaan ou Angoni, comprenaient le nguni de base que Zouga parlait à présent convenablement.

Il écarta les bras face à son auditoire, marqua un silence et annonça d'un ton solennel :

— *Kusasa isufari*, demain la marche commence !

Un murmure d'excitation parcourut les rangs et des commentaires fusèrent de toutes parts, puis l'un des capitaines se leva.

— *Phi ? Phi ?* Vers où ? Dans quelle direction ?

Zouga laissa l'incertitude planer quelques instants, puis le bras tendu, index pointé, il désigna les collines bleues qui s'élevaient au loin vers le sud.

— *Laphaya!* Par là!

Un rugissement d'approbation s'éleva, comme il y en aurait eu un si Zouga avait désigné le nord ou l'ouest. Ils étaient prêts à partir et la direction importait peu. Les capitaines de division, les indunas, traduisaient avec force cris pour ceux qui n'avaient pas compris, et les exclamations de la foule s'apaisèrent, relayées par un grondement tumultueux de commentaires et de spéculations, qui se tut subitement. Zouga se tourna rapidement.

Camacho Pereira s'était approché de lui, le visage déformé par la fureur. C'était la première fois qu'il entendait Zouga signifier son intention d'aller vers le sud, si bien que lorsqu'il commença à parler, ce fut avec une telle véhémence qu'il en postillonnait. Il s'exprimait dans l'un des dialectes locaux et parlait si vite que Zouga ne saisissait qu'un mot de temps à autre. Il était cependant impossible de se méprendre sur le sens de ses paroles et il lut sur le visage des hommes accroupis le choc qu'elles produisaient sur eux.

Camacho les avertissait des dangers qui les attendaient au sud, au-delà des collines. En entendant le mot « Monomatapa », Zouga devina qu'il parlait des terribles armées de cet empire légendaire, de ces légions sans merci dont le passe-temps favori consistait à couper les parties génitales de leurs prisonniers et à les forcer à les manger. L'effarement des hommes se changea bien vite en terreur, et Camacho aurait-il parlé quelques secondes de plus que rien n'aurait pu décider la caravane à partir; deux minutes encore et la plupart des porteurs auraient déserté le camp avant le lendemain matin.

Il n'y avait rien à gagner à argumenter avec le Portugais, cela n'aurait abouti qu'à une violente joute verbale à laquelle tout le camp réuni aurait assisté avec intérêt. Zouga avait appris une chose, c'est que les Africains, comme les Asiatiques qu'il lui avait été donné de bien connaître en Inde, éprouvaient un immense respect pour le vainqueur et étaient extrêmement impressionnés par le succès. Il ne parviendrait pas à les rallier en se laissant aller à se quereller dans une langue qu'aucun des auditeurs ne comprenait.

— Pereira! interrompit-il d'un ton tranchant.

Zouga avait ce sens du fair-play particulier aux Anglais qui l'obligeait à avertir un adversaire avant d'attaquer. Tandis que Camacho se retournait vers lui, il avança de deux pas et, de sa main gauche, donna une chiquenaude en direction de ses yeux, le forçant à se protéger le visage des deux mains. Zouga en profita pour lui décocher un coup de poing dans l'estomac, si violemment que le Portugais, le souffle coupé, se plia en deux, la main au ventre, en se découvrant le visage.

Le second coup, une courte manchette de la main gauche, atteignit Camacho sous l'oreille droite, à l'articulation de la mâchoire. Son chapeau empanaché tomba. Ses yeux roulèrent vers le haut comme ceux d'un dément et ses genoux se dérobèrent sous lui. Il piqua du nez sans essayer d'amortir sa chute et tomba face contre terre sur le sol sablonneux.

Après un instant de silence, un cri monta de l'assemblée. La plupart des spectateurs avaient tâté du *kurbash* ou des bottes de Camacho, et ils s'embrassaient joyeusement. À la suite des deux coups administrés par Zouga, l'inquiétude suscitée par son petit discours avait complètement disparu et laissé place à l'étonnement. La majorité d'entre eux n'avaient jamais vu un homme frapper avec la main fermée et la nouveauté de cette forme de combat les impressionnait et les enchantait.

Zouga tourna le dos avec désinvolture à l'homme étendu. Pas la moindre trace de colère ne transparaissait sur son visage et il souriait même légèrement en parcourant à grandes enjambées le premier rang des hommes, la main levée pour réclamer le silence.

— Des soldats nous accompagnent, leur dit-il d'une voix basse que pourtant tous entendaient, et vous les avez vus tirer. (Il avait fait en sorte qu'ils les voient et que la réputation de tireurs d'élite des hommes du sergent Cheroot les précède.) Vous voyez ce drapeau ? (Dans un geste théâtral, il désigna l'Union Jack qui flottait au-dessus de la tente principale sur son mât improvisé.) Aucun homme, aucun chef, aucun guerrier...

— Zouga ! hurla Robyn.

Zouga réagit instantanément et fit deux pas de côté en pivotant sur lui-même. D'une seule voix grave et traînante, tous crièrent « Djih ! ».

C'était un cri à glacer le sang, car c'était celui que poussaient les guerriers africains pour s'encourager dans les moments critiques d'un combat à mort.

Le coup de Camacho était dirigé vers le creux des reins de Zouga. C'était un homme rompu à la lutte au couteau, et il n'avait pas visé entre les omoplates, cible plus facile, où la lame risquait d'être déviée par les côtes. Il avait voulu atteindre la région vulnérable au-dessus des reins, et malgré l'avertissement de Robyn, Zouga ne fut pas tout à fait assez rapide. La pointe du couteau le toucha à la hanche, déchirant le tissu de son pantalon sur vingt centimètres, et dessous la peau et la chair, d'où le sang se mit à couler rapidement jusqu'au genou.

« Djih ! » La mélopée grave et sonore des spectateurs s'éleva de nouveau lorsque Camacho retourna le coup de son bras droit tendu en frappant de côté le ventre de Zouga. La lame — trente centimètres d'acier trempé — brilla et siffla comme un cobra en colère ; Zouga leva les mains et rentra le ventre en sautant en arrière. La pointe de la lame se prit dans sa chemise, mais elle ne toucha pas la peau.

335

« Djih ! » De nouveau Camacho se fendit. Son visage était bouffi et marbré de violet et de blanc, il louchait sous l'effet de la rage et du coup reçu dans la mâchoire. En se balançant en arrière pour échapper à la trajectoire de la lame, Zouga sentit sa blessure à la hanche s'ouvrir et la douleur l'élancer cruellement, puis le sang coula plus abondamment le long de sa jambe.

Il marqua un temps d'arrêt, hors de portée du couteau, car il avait entendu le claquement d'un fusil que l'on armait. Du coin de l'œil, il vit le sergent Cheroot pointer son Enfield vers le Portugais, attendant d'avoir le champ libre.

— Non ! Ne tirez pas ! cria Zouga vivement.

Camacho et lui se livraient à une sorte de pas de deux — la pointe du couteau balancée par le Portugais semblait les relier l'un à l'autre, et il risquait d'être touché par une balle.

— Ne tirez pas, sergent !

Il y avait une autre raison pour laquelle il ne voulait pas que le Hottentot intervienne. Une centaine d'hommes avec lesquels il allait marcher et travailler dans les mois et les années à venir étaient en train de le jauger, et il était indispensable qu'il gagne leur respect.

« Djih ! » chantèrent les spectateurs.

Camacho suffoquait de rage. La lame de son couteau siffla encore comme l'aile d'une hirondelle en vol. Cette fois Zouga recula à l'aveuglette, puis, perdant l'équilibre un instant, il tomba sur un genou et posa une main par terre pour se retenir. Mais, tandis que Camacho chargeait de nouveau, il bondit sur ses pieds et esquiva d'un mouvement de hanches à la façon d'un matador. Dans sa main, il tenait une poignée de sable grossier.

Ses yeux étaient rivés sur ceux du Portugais ; c'étaient ses yeux, et non la main tenant le couteau, qui trahissaient les intentions de Camacho. Ils regardèrent une fraction de seconde vers la gauche alors qu'il feignait de frapper à droite ; Zouga évita la lame et reprit sa position défensive au moment où Camacho se retournait.

Ils se faisaient face et tournaient au ralenti l'un autour de l'autre en traînant les pieds. Camacho tenait son couteau en position basse et l'agitait doucement comme s'il rythmait une musique au lent tempo, mais Zouga, qui observait ses yeux, vit les premiers cillements d'hésitation.

Il bondit en avant.

« Djih ! » rugirent les spectateurs et, pour la première fois, Camacho céda du terrain, trébucha en arrière puis se retourna précipitamment tandis que Zouga feintait et l'attaquait sur son flanc découvert.

Deux fois encore Zouga le fit reculer sous la menace, puis, sur une feinte du haut du corps, Camacho battit en retraite précipitamment. Les hommes riaient à présent, lançant des cris moqueurs chaque fois qu'il perdait du terrain, et le visage du Portugais empourpré par la fureur devint blanc de peur. Zouga surveillait toujours ses yeux qui dardaient des regards d'un côté et de l'autre à la recherche d'une issue — mais, entre eux, la lame du couteau continuait son va-et-vient, étincelante et affûtée comme un rasoir, large de trois doigts et rainurée sur toute sa longueur afin d'échapper plus facilement à la succion de la chair imbibée de sang.

Une nouvelle fois, Camacho détourna les yeux une fraction de seconde et Zouga en profita pour se déplacer ; il écarta la main armée en passant devant son adversaire, sa main droite tendue pour attirer son regard, la gauche, basse, s'approchant aussi près que possible du couteau, puis, au moment où Camacho portait son coup, il profita de son élan pour lui lancer le sable dans les yeux. Tentant le tout pour le tout, du même mouvement, il saisit le poignet du Portugais toujours aveuglé.

« Djih ! », hurla la foule pendant que Zouga immobilisait le poignet de toutes ses forces.

Les yeux pleins de larmes, irrités par le frottement des grains de sable, Camacho fut incapable d'évaluer la poussée de Zouga ni de s'y opposer quand celui-ci, serrant toujours son poignet dans un étau, le déséquilibra. Tandis qu'il basculait, Zouga se pencha en arrière et, résistant de toute sa force, tira sur le bras. Quelque chose céda avec un bruit mat dans l'épaule de Camacho et il hurla en s'étalant face contre terre, le bras tordu dans le dos.

Zouga donna de nouveau une brusque secousse, Camacho poussa un cri strident comme une fille et sa main laissa tomber le couteau. Il tenta vainement de le saisir avec l'autre main, mais Zouga posa son pied sur la lame puis ramassa le couteau, lâcha le bras blessé et se recula en tenant la lourde arme dans sa main droite.

— *Bulala ! Bulala !* scandaient les spectateurs. Tue-le ! Tue-le !

Ils voulaient voir du sang, car c'était la juste conclusion et ils l'attendaient avec impatience.

D'un grand coup, Zouga enfonça profondément la lame dans le tronc de l'acacia puis, d'une violente poussée, cassa net le manche dans un claquement pareil à un coup de pistolet et le laissa tomber dédaigneusement.

— Sergent Cheroot, dit-il, faites-le sortir du camp.

— Je ferais mieux de le tuer, remarqua le petit Hottentot en s'approchant et en enfonçant brutalement le canon de son Enfield dans le ventre de l'homme étendu.

— S'il tente de revenir au camp, vous pourrez le tuer. Pour l'instant, faites-le seulement sortir d'ici.

— Grosse erreur, insista le sergent en prenant une mine d'enterrement. Il faut toujours écraser le scorpion... avant qu'il pique.

— Tu es blessé, lança Robyn en se précipitant vers Zouga.

— Une simple égratignure, dit-il.

Il défit le foulard qu'il portait autour du cou, l'appliqua sur sa hanche blessée puis se dirigea à grands pas vers sa tente en se forçant à ne pas boiter. Il devait se soustraire rapidement aux regards car sa hanche lui faisait abominablement mal, il était pris d'étourdissement et d'écœurement et ne voulait pas qu'on voie ses mains trembler.

— Je lui ai remis l'épaule, annonça Robyn à Zouga alors qu'elle lui pansait sa hanche. Je ne crois pas qu'il y ait quelque chose de cassé, et tout a repris sa place sans difficulté... mais toi, ajouta-t-elle en secouant la tête, tu ne vas pas pouvoir marcher. À chaque pas, ça va tirer sur les fils.

Elle avait raison, il fallut attendre quatre jours avant que la caravane puisse se mettre en route, et Camacho Pereira tira efficacement parti de ce retard. Une heure après que Robyn lui eut remis l'épaule, il était parti sur une pirogue conduite par quatre hommes en suivant le courant du Zambèze. Lorsqu'ils avaient gagné la berge pour établir le camp, Camacho avait crié après eux depuis l'étrave de l'embarcation où il était recroquevillé en tenant son bras, lequel le faisait encore si atrocement souffrir que des points lumineux dansaient derrière ses paupières quand il essayait de s'endormir.

Lui aussi aurait bien aimé se reposer, mais sa haine le poussait à continuer, et la pirogue fila de nouveau vers l'aval sous une grosse lune jaune qui pâlit lentement à l'approche du matin.

À midi, Camacho débarqua sur la rive sud du Zambèze au petit village indigène de Chamba, à cent cinquante kilomètres de Tête.

Il paya l'équipage de la pirogue et loua deux boys pour porter son fusil et sa couverture roulée. Puis il se remit immédiatement en route en suivant les étroits sentiers tracés au fil des siècles par les migrations humaines et animales et dont le réseau couvrait le continent africain comme les vaisseaux sanguins irriguent le corps.

Le surlendemain, il atteignit la route des Hyènes qui relie Inyangaza, les « montagnes de la Consternation », à l'océan. La route des Hyènes était une voie secrète. Bien qu'elle restât parallèle à la vieille piste qui menait de la côte à Vila Manica, elle ne s'en approchait jamais à moins de soixante kilomètres et suivait le cours de la rivière Pungwe, de sorte qu'il y avait de l'eau pour les multitudes qui, contre leur gré, parcouraient la piste pour leur dernier voyage de leur terre natale vers d'autres pays, d'autres continents.

Vila Manica était le dernier avant-poste de l'administration portugaise en Afrique de l'Est. Un décret, pris en conseil par le gouverneur, interdisait à quiconque de se rendre au-delà de ce fort en torchis et de poursuivre jusqu'à l'obsédante chaîne de montagnes au nom qui donne le frisson. Ce qui expliquait que des hommes entreprenants aient ouvert clandestinement la route des Hyènes à travers les forêts denses des premiers contreforts des montagnes jusqu'au sommet couvert de mornes pâturages.

Plus de deux cents kilomètres séparaient Chamba de la rivière Pungwe. Accomplir le trajet en trois jours avec une épaule encore affreusement douloureuse était une belle performance, et, en arrivant, la tentation de se reposer était forte mais Camacho y résista et obligea à coups de pied ses deux porteurs à se remettre debout. Il les poussa sur la piste déserte en direction des montagnes en les aiguillonnant de son fouet et de paroles cinglantes.

La piste était deux fois plus large que les sentiers qu'ils avaient suivis pour l'atteindre, assez large pour que des hommes s'y déplacent sur deux colonnes et non en file indienne, ordre de marche habituel des voyages dans les terres africaines. La surface de la piste avait été damée par le passage de milliers de pieds nus, mais Camacho fut satisfait de constater qu'elle n'avait pas été empruntée depuis des mois, à l'exception de quelques troupeaux d'antilopes et, peut-être une semaine plus tôt, par un vieil éléphant, dont les énormes bouses étaient déjà sèches.

« La caravane n'est pas encore passée », murmura Camacho en cherchant à distinguer les formes des vautours dans les arbres et à apercevoir les ombres furtives des hyènes dans le sous-bois. Il y avait bien des ossements humains éparpillés le long de la piste, de temps à autre il notait l'articulation épaisse d'un tibia qui avait défié les mâchoires d'acier des charognards ou d'autres fragments d'os négligés par eux, mais ils étaient séchés et blanchis par le soleil. C'étaient les débris laissés par la caravane qui était passée par là trois mois plus tôt.

Il avait atteint la piste à temps et la suivait à présent en se hâtant, s'arrêtant parfois pour écouter ou faire grimper un porteur au sommet d'un arbre pour voir si rien n'arrivait au loin.

Deux jours plus tard, ils perçurent le son affaibli d'une multitude de voix, et cette fois-ci Camacho lui-même grimpa jusqu'à la fourche la plus haute d'un *umsisa* proche de la piste et, scrutant du regard l'horizon, il vit les vautours décrire leurs grands cercles au ralenti, ronde de minuscules points noirs qui se détachaient sur les masses de nuages bleus et gris, comme emportés par un tourbillon invisible.

Assis sur la fourche à trente pieds au-dessus du sol, il entendit le bruit des voix s'amplifier, se transformer en un chant. Ce n'était pas un chant joyeux, mais une lente mélopée lugubre et terrible, à briser le cœur, qui s'enflait

341

et s'évanouissait au hasard du vent et du relief, mais s'élevait chaque fois un peu plus fort, jusqu'au moment où Camacho put distinguer loin devant la tête de la caravane, pareille à celle d'un serpent mutilé.

Il se laissa glisser le long du tronc et reprit la route en pressant le pas. Des hommes en armes formaient l'avant-garde de la colonne principale, cinq Noirs en loques, habillés à l'européenne et équipés de mousquets, mais à leur tête marchait un Blanc, un petit homme au visage de gnome méchant, ridé et cuit par le soleil. Ses épaisses moustaches tombantes grisonnaient, mais il s'avança d'un pas élastique à la rencontre des autres et, reconnaissant Camacho à deux cents pas, leva son chapeau et l'agita en criant son nom.

Les deux hommes coururent l'un vers l'autre, s'étreignirent, puis se tinrent par les bras en riant de plaisir. Camacho se calma le premier, son rire s'évanouit et c'est en fronçant les sourcils qu'il déclara :

— Alphonse, mon frère bien-aimé, j'ai de mauvaises nouvelles... les pires qui soient.

— L'Anglais ? demanda Alphonse toujours jovial.

Il lui manquait une dent de devant, ce qui faisait paraître son sourire froid et sans joie moins dangereux qu'il n'était en réalité.

— Oui, l'Anglais, acquiesça Camacho. Tu as entendu parler de lui ?

— Mon père a envoyé un message, je suis au courant.

Alphonse était l'aîné des fils encore vivants du gouverneur de Quelimane, de pur sang portugais car sa mère était l'épouse légitime du gouverneur, arrivée quarante ans plus tôt de Lisbonne à la suite d'un mariage arrangé par correspondance. C'était une femme pâle et maladive qui avait coup sur coup donné naissance à trois fils ; les deux premiers avaient succombé à la malaria et à une dysenterie infantile avant même la venue de l'avorton au teint jaune qu'ils avaient appelé Alphonse

José Vila y Pereira et s'étaient attendus à enterrer au côté de ses frères avant la fin de la saison des pluies. Mais, allaité par sa nourrice noire, l'enfant avait prospéré.

— Il n'est pas parti vers le nord, si j'ai bien compris.

D'un air coupable, Camacho baissa les yeux car il s'adressait au fils aîné, légitime et de race pure.

Lui-même n'était qu'un bâtard et un métis, le fils de l'une des concubines mulâtres du gouverneur, jadis très belle, à présent grosse et défraîchie, oubliée dans les coulisses du sérail. Il n'était même pas reconnu en tant que fils, mais devait porter le titre ignominieux de neveu. Cela suffisait en soi pour qu'il fasse preuve de respect à l'égard du fils reconnu. En outre, Alphonse était un homme aussi déterminé que l'était leur père au même âge, voire plus cruel et plus dur. Camacho l'avait vu chanter un fado d'une voix plaintive tout en flagellant un homme à mort, accompagnant de ses coups de fouet la traditionnelle chanson d'amour.

— Il n'est pas parti vers le nord, reconnut Camacho avec gêne.

— On t'avait demandé de veiller à ce qu'il le fasse.

— Je n'ai pas pu l'en dissuader. Il est anglais et entêté, argua Camacho d'une voix légèrement enrouée.

— Nous reparlerons de tout ça, déclara Alphonse froidement. Pour l'instant, dis-moi en deux mots où il est et ce qu'il projette de faire.

Camacho récita l'explication qu'il avait préparée en omettant avec soin les épisodes les plus blessants et en s'attardant sur les richesses transportées par l'expédition Ballantyne.

Alphonse s'était allongé à l'ombre d'un arbre au bord de la piste et écoutait d'un air songeur en mâchonnant les extrémités de sa moustache en bataille, complétant par-devers lui les lacunes manifestes du récit de son demi-frère. Il attendit la fin pour prendre la parole.

— Quand va-t-il quitter la vallée du Zambèze ?

— Bientôt, risqua Camacho, car l'imprévisible Britannique pouvait déjà très bien se trouver à mi-chemin de l'escarpement. Sa blessure est profonde, mais il se peut qu'il se soit fait porter sur une *mushila.*

— Il ne faut surtout pas le laisser entrer dans le Monomatapa, dit Alphonse d'un ton catégorique en se remettant debout lestement. Le meilleur endroit pour s'occuper de lui est sans doute le terrain difficile sous le bord de la vallée.

Il regarda de nouveau la piste sinueuse. La tête de la colonne était déjà à plus d'un kilomètre, de l'autre côté d'une clairière couverte d'herbe dorée. Les créatures enchaînées par le cou, qui avançaient sur deux files, tête courbée et traînant les pieds, ne semblaient pas humaines, bien que leur chant fût beau et triste.

— Je peux me passer d'une quinzaine d'hommes.

— Ce ne sera pas suffisant, coupa Camacho.

— Ça le sera, rétorqua froidement son frère, si tu opères de nuit.

— Vingt hommes, plaida Camacho. Il a engagé des soldats, des soldats entraînés, et il est lui-même soldat.

Alphonse ne répondit pas, pesant les avantages et les inconvénients. La colonne avait déjà parcouru la section la plus difficile de la route des Hyènes et, à chaque kilomètre qui les rapprochait de la côte, ils entraient dans des régions plus soumises, les risques diminuaient et le besoin de gardes se faisait moins pressant.

— Va pour vingt ! lança-t-il brusquement en se tournant vers Camacho. Mais aucun des étrangers ne doit s'échapper. (En regardant les yeux noirs et froids de son frère, Camacho eut la chair de poule.) Ne laisse aucun indice, enfouis-les profondément afin que ni les chacals ni les hyènes ne puissent les déterrer. Utilise les porteurs pour transporter le matériel de l'expédition jusqu'à notre relais sur les collines, puis tue-les eux aussi. Nous ramènerons tout ça sur la côte avec la prochaine caravane.

— Oui oui, j'ai compris.

— Ne nous déçois pas une nouvelle fois, mon cher frère et cousin, ajouta Alphonse sur un ton qui était plus celui de la menace que de l'affection.

Camacho avala péniblement sa salive.

— Je partirai dès que je me serai reposé.

— Non, objecta Alphonse en secouant la tête. Tu vas partir immédiatement. Si l'Anglais franchit les montagnes, il ne tardera pas à ne plus y avoir d'esclaves. Il est déjà assez fâcheux que nous n'ayons plus d'or depuis vingt ans, mais si le flot des esclaves se tarit, mon père et moi en serions très contrariés... extrêmement contrariés.

Sur ordre de Zouga, la longue sonnerie lugubre de la trompe en corne de koudou rompit le silence de la nuit noire une heure avant le lever du jour.

Les indunas se mirent à crier « Safari ! Nous partons ! » et ils poussèrent du pied les porteurs endormis sur leur natte en roseau pour les réveiller. Les feux de camp à moitié éteints n'étaient plus que des monceaux de braises rouge sombre enfouies sous la poussière gris clair de leurs cendres. On y jeta des rondins et ils se ranimèrent en un simulacre d'aube qui éclaira d'une lumière dansante le dessous des acacias en forme d'ombrelle.

L'odeur des galettes de *rapoko* en train de griller s'éleva tout droit vers le ciel calme et sombre, emportée par les volutes de fumée pâle. Les voix sourdes s'animèrent à mesure que les flammes écartaient la fraîcheur et les cauchemars de la nuit.

« Safari ! » Le cri fut repris et les divisions se rassemblèrent, silhouettes fantomatiques qui se découpaient plus nettement tandis que les premières lueurs de l'aube faisaient pâlir le ciel et éteignaient les étoiles.

« Safari ! » La masse des hommes et du matériel se fondit et l'ordre émergea du chaos.

Comme ces longues colonnes de fourmis noires et luisantes qui sillonnent sans relâche la terre africaine, la file des porteurs entama sa progression régulière en direction de la forêt toujours plongée dans l'obscurité.

En passant devant Zouga et Robyn debout à la sortie du *scherm* de branches épineuses, chacun criait un salut allègre et caracolait sur quelques pas pour témoigner de sa fidélité et de son enthousiasme, tandis que Robyn riait avec eux et que Zouga leur lançait des encouragements.

— Nous n'avons plus de guide et nous ne savons pas où nous allons, dit-elle en le prenant par le bras. Que va-t-il advenir de nous ?

— Si nous le savions, ce ne serait plus du tout amusant.

— Il nous faudrait au moins un guide.

— Pendant que tu me croyais à la chasse, je suis allé jusqu'à l'escarpement. C'est-à-dire plus loin que ce fanfaron de Portugais n'est jamais allé, plus loin qu'aucun Blanc, à l'exception de père, n'est jamais allé. Suis-moi, Sissy, je suis ton guide.

Elle avait à présent les yeux levés vers lui dans la lumière de l'aube.

— Je savais que tu n'étais pas allé chasser, dit-elle.

— L'escarpement est accidenté et très irrégulier, mais j'ai découvert à la longue-vue deux passages qui semblent praticables...

— Et au-delà ?

— Nous verrons bien, dit-il en riant et en la serrant par la taille. Tout l'intérêt est là.

Elle le dévisagea avec attention pendant quelques instants. Sa barbe soulignait la ligne volontaire, presque têtue de sa mâchoire. Les commissures de ses lèvres remontaient légèrement avec une insouciance de pirate, et Robyn se rendit compte qu'aucun homme ordinaire n'aurait proposé et mis sur pied une telle expédition. Elle savait qu'il était courageux, ses exploits en Inde l'avaient indubitablement prouvé, et pourtant, quand elle regardait ses croquis et ses aquarelles ou lisait les notes qu'il prenait pour son livre, elle découvrait une sensibilité et une imagination qu'elle n'avait jamais soupçonnées chez lui. Il n'était pas facile de le connaître et de le comprendre.

Peut-être aurait-elle dû lui parler de Sarah et de l'enfant, et même de la nuit qu'elle avait passée avec Mungo St John dans la cabine principale du *Huron*, car lorsqu'il riait ainsi, l'humour et l'humanité adoucissaient ses traits sévères, et des étincelles vertes brillaient dans ses yeux.

— C'est pour ça que nous sommes là, Sissy, pour le plaisir de la découverte.

— Et pour l'or et l'ivoire, le taquina-t-elle.

— Oui, bon Dieu, pour l'or et l'ivoire aussi. Viens, Sissy, c'est maintenant que l'aventure commence vraiment, et il partit en boitillant rejoindre la colonne dont la queue disparaissait dans la forêt d'acacias, s'appuyant sur un bâton pour ménager sa jambe blessée.

Robyn hésita un moment, puis elle haussa les épaules comme pour chasser ses doutes et courut pour rattraper son frère.

Le premier jour, les porteurs étaient reposés et vaillants, le fond de la vallée plat et la progression facile, Zouga ordonna donc la *tirikeza*, la double marche, si bien que, ce jour-là, même de son pas lent, la colonne parcourut bon nombre de kilomètres sur la terre grise et poussiéreuse.

Ils marchèrent jusqu'au milieu de la matinée, quand la chaleur devint très forte et le soleil si implacable qu'il séchait la sueur à l'instant même où elle exsudait, laissant de minuscules cristaux de sel aussi lumineux que des diamants. Ils trouvèrent de l'ombre et restèrent étendus comme morts dans la fournaise de midi, ne se remettant à bouger que lorsque le soleil déclinant donna l'illusion que l'air était plus frais, et que la sonnerie de la trompe les força à se lever.

La deuxième étape de la *tirikeza* dura jusqu'au coucher du soleil quand il fit trop sombre pour voir le sol.

Les feux étaient mourants et les murmures des porteurs s'étaient tus, quand Zouga sortit de sa tente et quitta le camp aussi silencieusement qu'une créature de la nuit.

Il portait son fusil Sharps en bandoulière, tenait son bâton d'une main et une lanterne à boudine de l'autre, son colt dans son étui à la ceinture. Il allongea le pas autant que sa jambe le lui permettait et suivit sur trois kilomètres la piste tracée l'après-midi même par la colonne jusqu'à l'arbre tombé, lieu convenu de son rendez-vous.

Il s'arrêta, siffla doucement et une petite silhouette sortit du sous-bois dans le clair de lune, portant son arme haut. Il était impossible de ne pas reconnaître le pas vif et le port de tête vigilant.

— Tout va bien, sergent ?

— Nous sommes prêts, major.

Zouga inspecta les positions que le sergent Cheroot avait assignées à ses hommes des deux côtés du sentier pour tendre leur embuscade. Le petit Hottentot avait l'œil pour choisir le terrain et Zouga sentait la confiance et la sympathie qu'il éprouvait pour lui augmenter à chaque nouvelle manifestation de ses compétences.

— Je peux, une bouffée ? lui demanda Cheroot, sa pipe en terre à la bouche.

— On ne doit pas fumer, répondit Zouga en secouant la tête, ils le sentiraient. Et Jan Cheroot rangea à contrecœur sa pipe dans la poche de son pantalon.

Zouga se plaça au milieu de la ligne des hommes, là où il pouvait se mettre à l'aise contre le tronc de l'arbre tombé. Il s'assit en soupirant, sa jambe tendue toute raide devant lui — après la *tirikeza*, la nuit s'annonçait longue et fatigante.

La lune était presque pleine et on aurait pu quasiment lire à sa seule lumière. La brousse s'animait de la course précipitée et du bruissement de petits animaux, et tous tendaient l'oreille pour capter les autres bruits qu'ils attendaient.

Zouga fut le premier à entendre un petit caillou buter contre un autre. Il siffla doucement et, pour montrer qu'il était sur le qui-vive, Jan Cheroot fit claquer ses doigts en imitant le son produit par un scarabée. La lune était descendue très bas sur les collines ; filtrée par les arbres, sa clarté projetait au sol des rayures tigrées, argent et noir, qui créaient des illusions d'optique.

Quelque chose se déplaçait dans la forêt. Soudain le bruit cessa, mais Zouga avait perçu le bruit léger de pieds nus traînant sur le sable du sentier. Elles apparurent d'un seul coup, tout près, des formes humaines qui marchaient à la queue leu leu en se hâtant, silencieuses, furtives comme des spectres. Zouga en compta huit... non, neuf. Ils avançaient en se tenant tout droit sous le volumineux fardeau en équilibre sur leur tête. Zouga sentit la colère monter en lui, tout en éprouvant la satisfaction de ne pas avoir veillé pour rien.

Tandis que l'homme de tête arrivait à la hauteur du tronc d'arbre, Zouga pointa son Sharps vers le ciel et appuya sur la gâchette. La détonation retentit dans la nuit en une centaine d'échos qui se répercutèrent à n'en plus finir dans la forêt, et le silence l'amplifia au point qu'on eût dit un tonnerre lâché par tous les dieux du ciel.

L'écho ne s'était pas encore amorti et les neuf silhouettes étaient toujours pétrifiées de stupeur quand les Hottentots de Jan Cheroot fondirent sur eux en une meute hurlante.

Leurs hurlements étaient si effrayants, si inhumains que même Zouga en fut ébranlé tandis que l'effet produit sur leurs victimes s'avérait miraculeux. Ils laissèrent tomber leur fardeau et s'effondrèrent, paralysés par une terreur superstitieuse, ajoutant leurs cris et leurs gémissements au tohu-bohu général. Puis le bruit sourd et le fracas des gourdins sur les crânes et la chair s'ajouta au vacarme, et les cris grimpèrent dans les aigus.

Les hommes de Cheroot avaient pris beaucoup de temps et de soin à choisir et à tailler leurs matraques, et ils les maniaient maintenant avec jubilation, se rattrapant après une nuit d'inconfort et d'ennui. Le sergent Cheroot lui-même était au cœur de la mêlée, son excitation était telle qu'il en avait presque perdu sa voix. Il poussait des clameurs aiguës comme un fox-terrier qui aboie après un chat grimpé sur un arbre.

Zouga savait qu'il devait les arrêter avant qu'ils ne tuent ou n'estropient quelqu'un, mais le châtiment était amplement mérité, et il les laissa s'en donner à cœur joie encore une minute. Il s'y mit lui aussi lorsqu'un des hommes prostrés se releva et tenta de détaler vers le sous-bois. Zouga brandit son bâton et renvoya l'homme à terre en le touchant à l'arrière des genoux, et lorsqu'il se remit debout d'un bond comme s'il était monté sur ressorts, il l'expédia au sol d'un bref coup droit sur le côté de la tête.

Puis, quittant le champ de bataille, Zouga prit l'un de ses derniers cigarillos dans la poche de sa chemise, l'alluma à sa lanterne et inhala la fumée avec une profonde satisfaction, pendant qu'autour de lui, la fatigue aidant, l'enthousiasme de ses Hottentots retombait un peu et que Cheroot retrouvait sa voix et un comportement cohérent.

— *Slate hulle, kerels !* Tapez dessus, les gars !

Il était temps de les arrêter, estima Zouga, et il ouvrit le volet de sa lanterne.

— Ça suffit, sergent, ordonna-t-il, et les bruits mats des coups diminuèrent avant de cesser pour de bon ; les Hottentots s'appuyèrent sur leurs gourdins pour se reposer, haletants et dégoulinants de sueur.

Les porteurs déserteurs gémissaient pitoyablement, entassés les uns sur les autres, leur butin éparpillé autour d'eux. Certains des paquets s'étaient ouverts, et des tissus, des perles de pacotille, des flasques de poudre, des couteaux, des miroirs et des bijoux en verroterie avaient été dispersés et piétinés. La fureur de Zouga se ranima quand il reconnut la boîte en fer-blanc qui contenait son uniforme d'apparat et son shako. Il décocha un ultime coup de pied à la silhouette la plus proche et gronda à l'intention du sergent Cheroot :

— Remettez-les debout et nettoyez-moi tout ça.

Les neuf déserteurs furent ramenés au camp, attachés tous ensemble. Ils portaient non seulement le matériel volé dont ils s'étaient chargés mais aussi un nombre impressionnant de marques de coups. Il y avait des lèvres gonflées et fendues, des dents manquantes, des bleus et des coupures, une appréciable quantité d'yeux au beurre noir et la plupart avaient la tête aussi bosselée qu'un topinambour.

Plus douloureux que leurs blessures furent les quolibets et les moqueries avec lesquels le camp tout entier les accueillit.

Zouga fit aligner les captifs, leur butin en tas à leurs pieds et en présence des autres fit un discours en un swahili douteux mais expressif dans lequel il les comparait à des chacals et à des hyènes et les pénalisait d'un mois de salaire.

L'auditoire, enchanté du spectacle, poussait des huées à chaque insulte tandis que les coupables essayaient de se faire tout petits. N'importe quel porteur présent aurait pu agir de même. En fait, si le coup avait réussi, la plupart d'entre eux leur auraient emboîté le pas la nuit suivante mais, maintenant que la tentative des autres avait été déjouée, ils jouissaient indirectement du plaisir d'avoir échappé au châtiment et de la gêne de leurs compagnons qui avaient eu la bêtise de se faire prendre.

Pendant le repos de midi qui sépara les deux étapes de la *tirikeza* du lendemain, bavardant par petits groupes à l'ombre des bosquets de mopani, les porteurs tombèrent d'accord sur le fait que leur maître était un homme à poigne, difficile à tromper, et cela les rendit confiants pour la suite du safari. Après la défaite du Portugais, la capture des déserteurs avait considérablement ajouté au prestige de Zouga.

Les quatre indunas du groupe jugèrent approprié de lui trouver un surnom à sa louange. Après avoir longuement conféré et examiné de nombreuses suggestions, ils optèrent finalement pour « Bakela ».

Bakela signifie « celui-qui-se-bat-avec-le-poing », car c'était ce qui les impressionnait le plus chez Zouga.

Ils étaient désormais prêts à le suivre partout, et bien que chaque nuit Zouga prît la précaution de placer quelques Hottentots en faction en arrière du camp en guise de drège, plus aucun poisson ne vint se prendre dans le filet.

— Combien y en a-t-il ? demanda Zouga.

Jan Cheroot se balança sur ses talons et tira doucement sur sa pipe vide en louchant d'un air pensif avant
de hausser les épaules.

— Trop pour être dénombrés. Deux cents, trois cents,
peut-être même quatre cents.

Labouré par une multitude d'énormes sabots fendus,
le sol était réduit à l'état de poussière et semé de bouses
noires tout à fait semblables à celles des bêtes domestiques, et une forte odeur de bétail flottait dans l'air
surchauffé de la vallée du Zambèze.

Une heure durant, ils avaient marché derrière un
petit troupeau à travers la forêt clairsemée de mopanis,
cassés en deux pour passer sous les branches basses aux
feuilles épaisses et luisantes, de même forme que les
sabots dont ils suivaient les traces. Au sortir de la forêt,
les traces avaient été rejointes par celles d'un troupeau
beaucoup plus important.

— À quelle distance sont-ils ? interrogea de nouveau
Zouga.

Jan Cheroot se donna une tape dans le cou, là où
s'était posée l'une des mouches attirées par les buffles.
Elles étaient aussi grosses que des abeilles, mais toutes
noires et le long aiguillon de leur trompe laissait des
piqûres cuisantes.

— Si près que les mouches qui suivent le troupeau
sont encore dans les parages, répondit-il en enfonçant
un doigt dans la bouse la plus proche, et que leurs

crottes sont encore chaudes, mais ils se dirigent vers un mauvais terrain, commenta-t-il en essuyant son doigt avec une poignée d'herbe sèche, le menton pointé droit devant.

Une semaine plus tôt, ils avaient atteint l'escarpement qui bordait la vallée, mais les hypothétiques passages que Zouga avait repérés à la longue-vue se révélèrent être des culs-de-sac, les gorges fermées par des à-pics rocheux ou s'ouvrant sur des abysses terrifiants.

Ils avaient bifurqué vers l'ouest en suivant le pied de l'escarpement et Zouga était parti en reconnaissance avec sa petite troupe d'éclaireurs. Pourtant, jour après jour, ces hauteurs infranchissables se dressaient menaçantes sur leur gauche, paroi abrupte qui s'élevait dans l'inconnu. Sous la partie la plus raide, le terrain restait accidenté et entrecoupé de gorges et de ravins profonds, de falaises de roche sombre et d'éboulis d'énormes rochers. Les ravins étaient obstrués par des massifs d'épineux gris terne, si inextricables que quiconque voulait les franchir devait ramper et n'y voyait pas à un mètre devant lui. Et cependant, le troupeau de plusieurs centaines de buffles qu'ils avaient suivi avait disparu dans l'une de ces gorges étroites, les bêtes protégées par leur peau épaisse des épines à pointe rouge acérée.

Zouga prit sa longue-vue dans le havresac porté par son boy et scruta attentivement le paysage qui s'étendait devant eux. Il était d'une beauté sauvage et menaçante, et pour la centième fois depuis quelques jours il se demanda si un chemin permettait d'accéder à l'empire du Monomatapa à travers ce labyrinthe.

— Vous avez entendu ? demanda Zouga en baissant brusquement sa longue-vue.

On eût dit le meuglement lointain d'un troupeau de vaches rentrant à la ferme.

— Oui ! acquiesça le sergent Cheroot tandis que les falaises noires renvoyaient le lugubre écho auquel répondait le bêlement d'un veau. Ils sont là-haut dans les broussailles et ne bougeront pas avant le crépuscule.

Zouga leva les yeux vers le soleil — il devait être quatre heures de l'après-midi. Il avait plus de cent bouches à nourrir et avait dû rationner les derniers poissons séchés quelques jours plus tôt.

— Il va falloir essayer de les trouver.

Jan Cheroot ôta sa pipe d'entre ses dents jaunes et cracha par terre d'un air réfléchi.

— Je suis un homme heureux, dit-il. Je n'ai aucune raison de vouloir mourir maintenant.

Zouga leva derechef sa longue-vue et, tout en fouillant les crêtes, tenta d'imaginer ce qu'il y avait là-haut. Au premier coup de feu, les énormes animaux noirs chargeraient furieusement à travers les taillis.

La brise capricieuse qui descendait le long de l'étroit vallon escarpé apporta une nouvelle bouffée de l'odeur forte du bétail.

— Le vent souffle vers le fond de la vallée.

— Ils ne nous ont pas encore sentis, reconnut Cheroot, mais ce n'était pas ce que voulait dire Zouga.

Il examina une nouvelle fois la ligne de crête la plus proche. Il paraissait possible en la suivant d'atteindre le haut du vallon.

— Sergent, nous allons les débusquer comme des faisans, déclara Zouga en souriant.

Il trouvait les noms de ses porteurs personnels difficiles à prononcer et à retenir. Il en avait soigneusement sélectionné quatre après en avoir éliminé une demi-douzaine, et les avait rebaptisés Matthieu, Marc, Luc et Jean. Un tel honneur leur avait valu un énorme prestige, et ils étaient impatients d'apprendre leurs devoirs. En quelques jours, ils savaient déjà très bien recharger les armes, même s'ils n'égalaient pas les porteurs de fusil de Camacho Pereira — mais cela viendrait.

355

Zouga portait son Sharps, mais avait confié à chacun des quatre porteurs un des lourds fusils à gros calibre pour la chasse aux éléphants que Harkness lui avait recommandés. À tout moment, il lui suffisait de tendre la main par-dessus son épaule et on lui tendait un fusil chargé et armé.

En plus de la responsabilité des armes pour la chasse aux éléphants, ses porteurs avaient celle de sa couverture roulée, de sa gourde, de son sac de toile pour la nourriture, de sa réserve de balles et de poudre et d'un petit pot en argile contenant une boule fumante de mousse et de copeaux sur laquelle il suffisait de souffler pour l'enflammer en quelques secondes. Il était sage de garder les agréments de la civilisation, comme les allumettes, pour les mois et les années que devait durer l'expédition.

Zouga soulagea Luc, le plus éveillé et le plus agile des quatre, de tout son chargement en dehors du pot contenant le feu, lui indiqua le sentier qui longeait la falaise et lui expliqua soigneusement ce qu'il devait faire.

Tous écoutaient d'un air approbateur, et même le sergent Cheroot finit par hocher la tête d'un air pénétré.

— Avant de me mettre dehors, ma vieille mère m'a dit : « Jan, rappelle-toi que c'est l'intelligence qui compte », déclara-t-il en guise de commentaire.

Au pied du vallon, là où il s'ouvrait sur la forêt de mopanis, il y avait un éboulis ; les gros blocs de roche noire s'étaient fendus en formes étranges sous l'effet du soleil et de l'érosion, et ils formaient une redoute naturelle, qui arrivait à hauteur de poitrine et derrière laquelle un homme pouvait se cacher en se baissant. Cent pas plus haut, le mur gris des épineux bloquait le vallon, mais l'espace entre les deux était dégagé, avec seulement quelques bouquets de mopanis rabougris et d'énormes touffes d'herbe séchée, presque de la taille d'un homme.

Zouga emmena sa petite troupe derrière les rochers, côté sous le vent, et les escalada jusqu'au point culminant pour suivre à la longue-vue la progression de son porteur presque nu qui se frayait un chemin avec précaution le long de la falaise. Une demi-heure après, Luc était monté si haut sur l'escarpement qu'il avait disparu à la vue de Zouga.

Une heure plus tard, au sommet du vallon, une fine volute de fumée blanche s'éleva lentement dans l'air surchauffé puis se courba sous la brise légère, avec l'élégance d'une plume d'autruche.

Avec une soudaineté miraculeuse, un nuage de minuscules taches noires qui tourbillonnaient et filaient comme des flèches entoura la petite colonne de fumée. Les cris d'excitation des oiseaux, bien qu'amortis par la distance, parvenaient à Zouga, qui, grâce à sa longue-vue, distingua le plumage arc-en-ciel, turquoise et saphir des geais bleus qui plongeaient vers les insectes que les flammes faisaient envoler. En concurrence avec eux pour participer au festin, les drongas d'un noir iridescent, à la longue queue fourchue où le soleil allumait des éclairs métalliques, tournoyaient autour des volutes de fumée.

— Luc fait bien son travail, grogna Zouga en voyant s'élever une à une de nouvelles colonnes de fumée.

Le vallon était à présent fermé par un mur continu de fumée qui, en se chargeant de fragments de feuilles et de brindilles enflammés, devenait noire et commençait à rouler lourdement vers le bas.

Cela rappelait à Zouga une avalanche qu'il avait vue dans l'Himalaya, la coulée de neige lente et majestueuse qui prenait de la vitesse et semait le chaos sur son passage.

Il apercevait maintenant les flammes danser au-dessus des buissons d'épineux. Répercuté par la falaise de roche noire, le mugissement d'alarme d'un buffle mâle retentit comme une sonnerie de clairon, et le murmure des flammes s'enfla rapidement en un véritable grondement.

En masquant le soleil, les nuages de fumée les plongeaient dans une obscurité lourde de menaces. Zouga sentit son moral brusquement affecté par la disparition du clair soleil du matin.

De la lisière des taillis s'échappa un troupeau de koudous conduit par un mâle magnifique aux cornes en tire-bouchon inclinées vers l'arrière. Il vit Zouga perché sur son piton rocheux, poussa un grognement inquiet et fit volte-face pour se mettre à couvert dans les bosquets de mopanis, suivi par ses femelles effrayées.

Zouga se hâta de descendre de son poste trop en vue, se cala confortablement contre le roc et vérifia que la cheminée allait bien contre l'amorce puis tira le chien.

Devant le feu, un nuage de poussière blanche s'éleva par-dessus les taillis, et au grondement des flammes vint s'en ajouter un autre qui, comme la foudre, faisait trembler la terre.

— Ils arrivent, marmonna Jan Cheroot par-devers lui, ses petits yeux pétillant.

Un buffle sortit en trombe de la barrière épineuse. C'était un vieux mâle presque chauve sur les épaules et la croupe, sa grise peau croûteuse couverte de milliers de vieilles cicatrices. Ses grandes oreilles en forme de cloche étaient déchiquetées, et une de ses grosses cornes recourbées avait la pointe brisée. Il fit irruption dans un galop rageur, et chaque claquement de ses sabots soulevait un petit nuage de poussière comme un coup de mortier miniature.

Sa trajectoire devait le mener à vingt pas de la redoute rocheuse, et Zouga attendit qu'il soit au double de cette distance pour le mettre en joue.

Il visa le pli de peau charnue sous la gorge qui marquait le point frontal d'accès au cœur et à son réseau d'artères et de vaisseaux sanguins. Attentif à l'impact de la balle, il remarqua à peine le recul de son fusil et la détonation. Dans un petit jet de poussière, le projectile frappa la peau grise avec le même bruit net et plein que la canne de jonc avec laquelle le directeur de l'école lui tapait sur le postérieur quand il était petit.

Le buffle accusa le choc de la balle sans broncher, obliqua dans leur direction et, mufle dressé dans la position de la charge, il donna immédiatement l'impression d'être deux fois plus gros.

Zouga tendit la main vers son second fusil, mais en vain. Les yeux révulsés de terreur, Marc, son deuxième porteur, poussa un glapissement, jeta le fusil à éléphants et partit en bondissant vers le bosquet de mopanis.

Le buffle le vit, obliqua de nouveau et, prenant en chasse le fuyard, passa à dix pas de Zouga dans un bruit de tonnerre. Agitant son Sharps déchargé, celui-ci criait désespérément pour qu'on lui donne un autre fusil, mais le buffle était déjà loin et il rattrapa le porteur au moment où celui-ci atteignait la lisière du bosquet.

La grosse tête à bosse se baissa au point que le museau toucha presque terre, puis se releva brusquement en un puissant mouvement qui banda le muscle de son épais cou noir. Couvert de sueur, les yeux écarquillés, Marc regardait par-dessus son épaule, et son cri de panique laissait voir sa bouche rose.

L'instant d'après il était projeté les quatre fers en l'air comme une poupée de chiffon et disparaissait dans l'épais couvert de feuillage des mopanis. Le buffle poursuivit sa course sans s'arrêter vers les profondeurs de la forêt, mais Zouga n'en vit pas davantage car un cri du sergent Cheroot le fit se retourner.

— *Hier kom hulle !* Ils arrivent !

Le sol semblait bouger devant eux comme secoué par un tremblement de terre. Épaule contre épaule, museau contre croupe, le gros du troupeau jaillit des taillis, les buissons d'épineux écrasés par cette marée vivante qui occupait toute la largeur du vallon.

Les bêtes soulevaient derrière elles un épais rideau de poussière d'où le flot émergeait sans fin ; elles hochaient leurs grosses têtes à l'unisson, beuglaient de frayeur et de colère en laissant échapper de longs filets de salive argentée et le grondement de leurs sabots couvrait le bruit des flammes.

Matthieu et Jean, les deux autres porteurs de Zouga, n'avaient pas reculé, et l'un d'eux lui prit des mains le Sharps et lui tendit un gros fusil à éléphants.

L'arme semblait lourde et mal équilibrée en comparaison du Sharps, et les mires manquaient de précision — un cône grossier en guise d'œilleton et un grand V pour le guidon.

Le front continu des grands animaux fonçait sur eux à une vitesse effrayante. Les femelles étaient d'une couleur chocolat foncé et leurs cornes plus délicatement dessinées que celles des mâles. Le poil brun-roux, soyeux et brillant des veaux qui couraient à leurs côtés formait des couronnes de boucles rousses entre leurs embryons de cornes. Le troupeau était si étroitement serré qu'il semblait impossible qu'il puisse se séparer pour contourner les rochers. Au premier rang, une grande femelle élancée courait droit sur Zouga.

Celui-ci visa une fraction de seconde le centre du poitrail et appuya sur la détente. L'amorce libéra une minuscule bouffée de fumée blanche avec un bruit sec, et un instant plus tard, avec un vacarme assourdissant, le fusil vomissait un nuage de fumée noire et un jet de flammes qui tournoyèrent au-dessus des têtes des buffles en pleine charge. Zouga eut l'impression que l'une d'elles le frappait à l'épaule. Il chancela en arrière, le canon de son arme projeté en l'air par le recul, tandis que la grande femelle semblait se heurter à une barrière invisible. Un quart de livre de plomb durci au mercure pénétra dans sa poitrine et elle fit la culbute dans un enchevêtrement de sabots et de cornes.

— Tom Harkness ! Celle-ci était pour toi ! cria Zouga, dédiant le coup au vieux chasseur à la barbe blanche, et il empoigna un autre fusil chargé.

Un énorme buffle noir enragé l'avait vu et se précipitait sur lui en sautant par-dessus les rochers. Il était si près que Zouga eut l'impression de le toucher avec le canon de son énorme fusil. Il y eut de nouveau un fracas métallique, l'explosion de flammes et de fumée, et la moitié de la tête du mâle fut arrachée. Un jet de débris osseux et de morceaux de chair sanglants s'écoula de la plaie béante et la bête se cabra en battant l'air de ses sabots de devant puis s'effondra dans un nuage de poussière.

Comme par miracle, le troupeau se partagea en deux et galopa de chaque côté de leur rempart rocheux en un flot grondant de chair et de muscles. Surexcité, Jan Cheroot poussait des cris perçants. Accroupi derrière les rochers pour recharger, il déchirait d'un coup de dent le papier à cartouche en laissant dégouliner de la poudre sur son menton, crachait la balle dans la gueule du canon et manœuvrait frénétiquement le refouloir, avant de relever brusquement la tête pour tirer dans la foule compacte de corps gigantesques.

Cela dura deux minutes qui semblèrent une éternité, puis ils se retrouvèrent haletants au milieu de tourbillons de poussière, entourés d'une douzaine de carcasses tandis que le claquement des sabots s'évanouissait au loin dans la forêt de mopanis et qu'un grondement plus fort, plus menaçant s'approchait d'eux dans le haut du vallon.

La première vague de chaleur vint les lécher, Zouga sentit grésiller la mèche de cheveux qui pendait sur son front et l'odeur de roussi. Au même instant, le voile de poussière s'écarta d'un seul coup, et pendant quelques instants ils contemplèrent un spectacle qui les figea.

Le taillis ne brûlait pas, il explosait en nappes de flammes.

— Filons ! cria Zouga.

La manche de sa chemise était carbonisée, l'air qu'il respirait lui brûlait les poumons. À la lisière de la forêt de mopanis, les feuilles luisantes au-dessus de leur tête se flétrissaient et jaunissaient, leur bord se recroquevillait, et Zouga sentit ses yeux irrités par les vagues de fumée noire qui roulaient sur eux. Seules la chaleur et la fumée les affectaient, mais ils étaient perdus si les flammes parvenaient à les rattraper. Devant lui, les Hottentots et les porteurs n'étaient plus que des spectres chancelants qui fuyaient au hasard et commençaient à faiblir.

Les tourbillons de fumée se dissipèrent soudain. Les flammes n'avaient pu franchir le terrain découvert et la chaleur ne les atteignait plus que par bouffées. Un rayon de soleil perça l'obscurité épaisse au-dessus de leur tête. Ils respirèrent un souffle d'air frais avec délectation et se rassemblèrent en battant leurs vêtements qui continuaient de fumer par endroits. Le visage de Zouga était noir et cloqué, et il toussait spasmodiquement. En reprenant sa respiration, il grogna en indiquant les carcasses des buffles :

— Au moins, la viande est déjà cuite.

À ce moment, quelque chose tomba mollement des branches d'un mopani puis se releva et se dirigea vers lui en boitillant. Zouga laissa échapper un rire éraillé.

— Tiens, voilà Marc aux pieds ailés, fit-il pour accueillir son porteur.

Les autres renchérirent :

— Quand tu t'envoles, les aigles sont couverts de honte, s'esclaffa Jan Cheroot.

— Je ne savais pas que tu habitais dans les arbres avec tes frères poilus, ajouta Matthieu hilare.

L'après-midi, ils débitèrent les carcasses des buffles et étalèrent les morceaux pour les fumer sur des bâtons entrecroisés sur des branches fourchues à un mètre au-dessus d'un feu de mopani humide qui brûlait lentement.

Ils avaient une provision de viande qui permettrait de nourrir la caravane pendant plusieurs semaines.

Camacho Pereira était certain qu'en suivant la ligne de l'escarpement sous la bande de terrain accidenté, il finirait bien par couper la piste de la caravane. Une colonne d'une centaine d'hommes devait nécessairement en laisser une que même un aveugle pouvait suivre.

Sa certitude s'amenuisait à chaque nouveau jour de marche dans la chaleur étouffante réverbérée par les kopjes noirs et les falaises de roche ferrugineuse qui miroitaient dans la lumière aveuglante du soleil comme les écailles d'un monstrueux reptile.

Il avait déjà perdu deux des hommes que lui avait confiés son demi-frère Alphonse. L'un avait marché sur quelque chose qui ressemblait à un tas de feuilles mortes mais s'était transformé instantanément en une vipère du Gabon de six pieds, épaisse comme un mollet d'homme, la tête grosse comme le poing. Furieuse, elle ouvrait une gueule d'un superbe rose saumon et découvrait des crocs de dix centimètres de long qu'elle plongea dans la cuisse de l'homme en crachant un grand jet de son venin, le plus toxique de toute l'Afrique.

Après avoir mis le serpent en charpie d'une volée de leur fusil, Camacho et ses compagnons avaient parié la part du butin qu'ils espéraient de la victime sur le temps exact qu'il lui faudrait pour mourir. Camacho, le seul à posséder une montre, avait été désigné comme chronométreur, et tous s'étaient assemblés autour de l'homme agonisant, l'enjoignant à abandonner une lutte perdue d'avance ou au contraire l'encourageant à résister encore un peu.

Quand, pris de convulsions et les mâchoires serrées en un rictus, il cambra le dos, fit les yeux blancs et perdit le contrôle de ses sphincters, Camacho s'agenouilla à côté de lui et tint une poignée de feuilles fumantes de tambouti sous ses narines pour tenter de faire cesser les convulsions ; il chantonnait : « Dix minutes de plus, tiens le coup encore dix minutes pour ton vieil ami Machito ! »

Secoué par un dernier spasme, l'homme laissa échapper son souffle en un horrible gargouillis, et lorsque le cœur cessa de battre pour de bon, Camacho se releva et, dégoûté, donna un coup de pied au cadavre.

— Ça a toujours été un mange-merde de chacal, lâcha-t-il en guise d'oraison funèbre.

Quand ils entreprirent de dépouiller le corps de tout ce qui pouvait posséder une valeur quelconque, cinq pièces d'or, de lourds mohurs de la Compagnie des Indes orientales, tombèrent de son turban.

Il n'y en avait pas un seul dans toute la troupe qui n'eût accepté de vendre sa mère comme esclave pour un mohur d'or.

Au premier reflet du précieux métal, tous les couteaux jaillirent avec un petit chuintement métallique ; le premier homme à essayer de rafler le trésor se recula, chancelant, ses tripes s'échappant de son ventre ouvert par une longue entaille.

— Laisse-les où ils sont ! cria Camacho. Ne touche pas à ça tant qu'on n'a pas tiré au sort !

Aucun ne faisait confiance aux autres, aussi les couteaux restèrent-ils sortis tout au long du tirage au sort, et on laissa de mauvaise grâce les gagnants ramasser leur lot les uns après les autres.

L'homme au ventre ouvert était incapable de marcher et, de ce fait, il ne valait pas mieux qu'un mort. Or, comme chacun sait, un mort n'a nul besoin de posséder des biens personnels, logique qui semblait évidente à

364

tous. Ils lui laissèrent sa chemise et son pantalon, de toute façon déchirés et maculés de taches, mais le dépouillèrent de tout le reste comme ils l'avaient fait avec le cadavre. Puis, en lançant quelques plaisanteries paillardes, ils l'adossèrent contre le tronc d'un marula, avec pour toute compagnie le cadavre nu, et ils s'éloignèrent.

Après une centaine de mètres, Camacho fut pris d'un accès de remords. Lui et le blessé avaient combattu, marché et couru la gueuse pendant des années. Il fit demi-tour.

L'homme lui adressa un sourire défait qui fissura ses lèvres sèches. Camacho lui renvoya son sourire en laissant tomber le lourd pistolet de son infortuné compagnon sur son giron.

— Mieux vaut t'en servir avant que les hyènes te trouvent ce soir, dit-il.

— J'ai une soif terrible, fit l'autre d'une voix rauque tandis qu'apparaissait sur sa lèvre craquelée une petite goutte de sang pareille à un rubis.

Il lorgna le bidon d'eau suspendu à la hanche de Camacho, qui, afin de le cacher à sa vue, le fit glisser derrière son dos. Le contenu de la gourde clapota de manière tentante.

— Essaie de ne pas y penser, conseilla-t-il.

Au-delà d'un certain point, la compassion se muait en stupidité. Qui savait où et quand ils retrouveraient de l'eau ? Dans cette région affreusement sèche, il ne s'agissait pas de la gaspiller en en donnant à un homme déjà condamné.

Il lui tapota l'épaule pour le réconforter, le gratifia d'un dernier et magnifique sourire puis s'éloigna en plastronnant et en sifflotant, son chapeau à plumet penché sur l'œil.

— Camachito est retourné voir s'il n'avait rien oublié, lança l'Abyssin borgne quand il rejoignit la colonne, et tous deux éclatèrent de rire.

Le moral était encore bon, leurs bidons d'eau encore plus qu'à moitié pleins et la perspective d'un immense butin les poussait à poursuivre leur marche.

Dix jours s'étaient écoulés depuis qu'ils avaient rencontré le dernier point d'eau, sans trouver depuis la moindre goutte, car on ne pouvait prendre en compte les quelques tasses de boue et de pisse d'éléphant. Outre le manque d'eau, leur progression devenait effroyablement pénible. Camacho n'avait jamais marché sur un terrain aussi accidenté et difficile. Ils devaient escalader des pentes rocheuses puis se frayer un chemin parmi des buissons d'épines pour redescendre dans le lit asséché de la rivière suivante avant de grimper de nouveau.

Il apparaissait de plus en plus probable que l'Anglais avait changé d'avis et était finalement parti vers le nord, auquel cas il leur avait échappé. Ou bien, et Camacho frissonnait à cette pensée, ils avaient croisé les traces de la caravane au lever du jour ou au crépuscule quand la lumière était trop faible pour les apercevoir distinctement. Il était très facile de les manquer : ils avaient croisé chaque jour des centaines de pistes d'animaux, leurs traces avaient pu aussi être effacées par le passage d'un troupeau de bêtes sauvages ou par les petites tempêtes qui ravageaient la vallée en cette saison.

Pour couronner le tout, la bande de nobles guerriers de Camacho était à deux doigts de se mutiner. Ils parlaient ouvertement de faire demi-tour. Il n'y avait jamais eu d'Anglais ni de caravane transportant des richesses, disaient-ils, et même s'il y en avait eu une, elle était maintenant bien loin. Ils étaient épuisés par toutes ces montées et descentes, et les bidons d'eau étaient presque tous à sec, ce qui ne contribuait guère à ranimer leur enthousiasme. Les meneurs rappelaient aux autres qu'en leur absence, leurs parts de profit de la caravane d'esclaves leur passeraient sous le nez. Mieux valait une cinquantaine d'esclaves en chair et en os qu'une centaine d'Anglais mythiques. Ils trouvaient d'excellentes raisons de rebrousser chemin.

En revanche, rien n'incitait Camacho à revenir en arrière, en tout cas pas la colère de son demi-frère. Il avait en outre un compte à régler, et même deux. Il n'avait pas perdu tout espoir de prendre l'Anglais et sa sœur vivants, surtout elle d'ailleurs. Même assoiffé, même avec cette chaleur, il sentit un début d'érection au souvenir de la jeune femme en pantalon. Il se secoua pour revenir à la réalité et jeta un coup d'œil par-dessus son épaule à la longue file irrégulière de coquins qui le suivait.

Il lui serait bientôt nécessaire de tuer un de ces chiens, avait-il décidé quelques heures plus tôt, c'était le seul langage qu'ils comprenaient. Il devait faire un exemple pour qu'ils marchent droit.

Il avait déjà opéré son choix. L'Abyssin borgne était le plus bavard, l'apôtre le plus éloquent du retour vers la côte, et de plus il n'y voyait pas du côté gauche. La difficulté consistait à faire le boulot convenablement. Les autres ne seraient impressionnés que s'il l'abattait au couteau, et non d'un coup de fusil. Mais l'Abyssin ne laissait personne pénétrer dans l'angle mort de son champ de vision. Comme si de rien n'était, Camacho avait essayé à deux reprises de se glisser furtivement sur son côté gauche, et à chaque fois l'Abyssin avait tourné d'un seul coup sa tête crépue et avait grimacé un sourire, tandis que son orbite vide larmoyait et qu'un petit filet de liquide s'écoulait sur sa joue.

Camacho était cependant obstiné et inventif. Il avait remarqué que lorsqu'il sortait de l'angle mort de son champ visuel, l'Abyssin se détendait et redevenait immédiatement plus verbeux et arrogant. À deux reprises, Camacho tenta de s'approcher de lui par la gauche, et par deux fois il rencontra le regard froid de son œil de fouine. Il conditionnait sa future victime à penser que la menace ne pouvait venir que de gauche, et quand ils firent halte au milieu de la matinée, il prit ostensiblement place à sa droite. L'Abyssin lui sourit en essuyant de la manche le goulot de son bidon pratiquement vide.

— Je ne vais pas plus loin, annonça le borgne en bon portugais. Pas un pas de plus, je rentre. J'en fais le serment sur les blessures sacrées du Christ, ajouta-t-il en touchant la croix copte pendue à son cou.

Tout en s'éventant avec son chapeau de castor, Camacho haussa les épaules et répondit au sourire froid de l'Abyssin par un sourire éclatant.

— Eh bien, buvons à ton départ.

De sa main libre, il souleva son propre bidon et l'agita légèrement. Il ne contenait plus que quelques gorgées d'eau. Tous les yeux se dirigèrent instinctivement vers le récipient. Ici, l'eau était la vie.

Le bidon échappa des mains de Camacho, comme par accident, et roula jusqu'aux pieds de l'Abyssin en répandant l'eau fraîche sur la terre desséchée. Avec une exclamation, l'homme se pencha pour le prendre avec sa main droite, la main qui tient les armes.

Personne ne vit vraiment le geste de Camacho. Caché dans la doublure de son chapeau de castor, son couteau sembla soudain réapparaître derrière l'oreille droite de l'Abyssin, mais seul le manche en os sculpté dépassant encore. L'air incrédule, l'homme leva la main et toucha le manche du couteau, il cligna rapidement de son œil unique, ouvrit la bouche, la referma d'un seul coup et s'affaissa sur le bidon d'eau.

Camacho se tenait au-dessus d'eux, un pistolet armé dans chaque main.

— Qui d'autre veut prêter serment sur les blessures sacrées du Christ ? dit-il avec un sourire qui découvrit ses grandes dents blanches. Personne ? Bon, très bien, alors c'est moi qui vais faire un serment... sur la virginité depuis longtemps perdue de vos sœurs, vendue cent fois à un escudo le coup.

Même eux furent choqués par un tel blasphème.

— Je le prête sur vos couilles molles et rabougries que je me ferai un plaisir de faire sauter d'un coup de pistolet...

Il s'arrêta à mi-phrase. Dans le silence du matin, on entendit dans le lointain un petit bruit sec, indistinct, que pas un ne reconnut comme étant un coup de feu. Camacho réagit le premier et enfonça ses pistolets dans sa ceinture. Il n'en avait plus besoin et il courut jusqu'à la crête du kopje rocheux sur lequel ils se trouvaient.

Une colonne de fumée brune s'élevait dans le ciel immaculé, loin devant, à une journée de marche, tout près du bord de l'escarpement.

Autour de lui, ses hommes riaient et s'embrassaient, de nouveau fidèles et pleins d'ardeur. Dommage qu'il ait tué l'Abyssin, reconnut Camacho ; car, comme les autres, c'était un bon combattant, et maintenant qu'ils avaient retrouvé l'Anglais, sa présence eût été précieuse.

Camacho arrondit ses mains autour du cigarillo et aspira une longue bouffée. En gardant la fumée dans ses poumons, il grimaça pour se protéger de l'éclat aveuglant du matin. Le soleil avait effacé toutes les couleurs, seules les ombres se découpaient nettement sous chaque arbre et chaque rocher.

La longue colonne qu'il regardait progresser au fond de l'étroit vallon avançait avec lenteur, et il se demanda s'ils parcouraient seulement un mile à l'heure.

Il ôta son chapeau et y souffla doucement la fumée afin qu'elle se disperse au lieu de stagner dans l'air immobile, risquant ainsi d'attirer le regard d'un observateur.

Camacho ne vit rien d'étrange dans le fait que le Hottentot qui ouvrait la marche portât le drapeau anglais. Même dans ce coin perdu et désert, bien que ses couleurs vives soient déjà ternies par la poussière et son bord déchiqueté par les ronces, il représentait un avertissement à ceux qui auraient eu l'intention de leur bloquer le passage. En Afrique, toutes les caravanes marchaient bannière au vent.

Camacho tira sur son cigarillo et estima une fois de plus que le conseil de son frère Alphonse était excellent : la nuit était le moment propice pour accomplir la besogne. La colonne s'étirait maintenant sur plus d'un kilomètre, les quatre divisions avaient laissé entre elles de grands vides... et il ne lui restait plus que dix-sept hommes. S'il attaquait de jour, il serait forcé de concentrer ses forces sur les détachements de Hottentots qui formaient l'avant-garde et l'arrière-garde de la caravane. Il imaginait très bien ce qui se passerait au premier coup de feu. Les cent porteurs laisseraient tomber leur charge et se disperseraient dans la brousse, et quand la lutte serait finie il n'aurait plus personne pour ramener le butin.

Il lui fallait en outre attendre le retour de l'Anglais. Camacho supposait que Zouga Ballantyne était parti reconnaître le terrain ou chasser, mais qu'il rejoindrait la caravane avant la nuit.

La femme était là. Il l'aperçut une nouvelle fois au moment où elle passait par-dessus un tronc d'arbre qui barrait le chemin ; pendant quelques instants, elle resta debout en équilibre sur le tronc, ses longues jambes moulées dans ce pantalon qui le rendait fou, puis elle sauta de l'autre côté. Camacho se laissa aller une minute à ses rêveries érotiques. Voilà trois semaines qu'il n'avait pas eu de femme et il s'efforçait de refréner ses appétits que leur pénible marche n'avait pas émoussés.

370

Il poussa un soupir de contentement puis grimaça de nouveau en repensant aux problèmes immédiats. Alphonse avait raison, ils devaient attendre la nuit. Et la prochaine serait tout à fait indiquée, trois jours après la pleine lune, celle-ci ne se lèverait que très tard, une heure environ après minuit.

Il attendrait que l'Anglais soit de retour, le camp installé, que les feux se soient éteints et les sentinelles hottentotes assoupies. Puis, une fois la lune levée, à l'heure où l'énergie physique est au plus bas, lui et ses hommes entreraient en scène.

Tous ses hommes maniaient très bien le couteau, le fait qu'ils soient encore en vie en était la preuve, se dit Camacho en souriant, et ils allaient avoir l'occasion de le prouver de nouveau. Il relèverait personnellement la position des sentinelles pendant qu'il faisait encore jour — il espérait qu'il n'y en aurait pas plus de trois ou quatre — et ils commenceraient par elles. Après les sentinelles, les Hottentots endormis, car ils étaient les plus dangereux. Ensuite, viendrait le plaisir.

Il se chargerait lui-même de la tente de la femme — Camacho se tortilla légèrement à cette pensée et rajusta ses vêtements. L'ennui, c'est qu'il ne pourrait s'occuper personnellement de l'Anglais. Il enverrait deux de ses meilleurs hommes faire le travail à sa place. Il avait rêvé de l'empaler puis de parier ensuite sur le temps qu'il lui faudrait pour mourir, offrant ainsi un spectacle divertissant à la compagnie et à lui-même tout en retrouvant une partie de son prestige.

Puis, à contrecœur et par prudence, il avait résolu de ne pas prendre de risques, pas avec un homme comme celui-là. Mieux valait lui trancher la gorge pendant son sommeil. Il trouverait son plaisir avec la femme, décida-t-il fermement.

Son seul regret était qu'il n'aurait qu'un court moment à passer avec elle avant que les autres ne réclament leur tour, mais quelques minutes lui suffiraient probablement. Il était étonnant que des désirs qui vous tenaillaient depuis des mois puissent être satisfaits aussi vite, et qu'après le bref épanchement vienne l'indifférence, voire le dégoût. C'était là une pensée des plus philosophiques, se rendit compte Camacho. Une fois de plus, il s'étonnait lui-même de sa sagacité et de sa compréhension des choses de l'esprit. Il avait souvent pensé que s'il avait appris à lire et à écrire, il serait devenu un grand homme, comme son père le gouverneur. Le sang qui coulait dans ses veines n'était-il pas celui d'aristocrates, seulement un peu mélangé ?

Il soupira. Oui, cinq minutes suffiraient, puis les autres pourraient l'avoir, et quand ils auraient fini, ils s'amuseraient à prendre des paris — étant entendu qu'il y aurait un endroit plus divertissant où introduire le pal. Il gloussa à cette pensée et tira une dernière bouffée de son cigare, si court maintenant qu'il se brûla les doigts. Il le jeta et l'écrasa sous son talon. Il se mit en marche à la façon d'une panthère et, glissant lentement le long de la ligne d'horizon, effectua un mouvement tournant pour venir devant la caravane.

Zouga avait laissé ses porteurs s'occuper des râteliers, alimenter le feu avec des copeaux de bois humide et retourner les morceaux de viande rouge afin qu'ils soient uniformément fumés. C'était un travail fastidieux car il fallait protéger continuellement les râteliers des hyènes et des chacals, des corbeaux et des milans qui rôdaient autour du camp, tout en allant couper du bois et en tressant des paniers en écorce de mopani dans lesquels transporter la viande fumée.

Jan Cheroot était content de s'échapper avec Zouga pour rejoindre le gros de la caravane et le guider jusqu'au « camp des buffles ». Même la présence des mouches tsé-tsé n'entamait pas son entrain. Voilà au moins une semaine qu'ils étaient dans un pays à mouches. Tom Harkness avait dit de ces petits insectes importuns qu'ils étaient les gardiens de l'Afrique et qu'ils empêchaient la transhumance dans de vastes régions.

C'était une des raisons pour lesquelles la colonisation portugaise était restée limitée aux terres basses du littoral. Leur cavalerie n'avait jamais pu franchir cette barrière meurtrière, pas plus que leurs animaux de trait n'avaient été capables de tirer leurs chariots de guerre à l'intérieur des terres.

C'était aussi pour cela que Zouga n'avait pas tenté d'utiliser des chariots ou des bêtes de somme pour transporter son matériel et ses provisions. Aucun chien n'avait même accompagné la caravane, car seuls l'homme et les bêtes sauvages étaient immunisés contre les redoutables conséquences de la morsure des mouches.

Dans certaines parties de la zone à mouches, les insectes étaient trop peu nombreux pour être gênants, mais dans d'autres, de véritables essaims vous harcelaient et vous persécutaient même les nuits de lune.

Ce jour-là, en revenant en arrière pour rejoindre la colonne, Zouga et Jan Cheroot franchirent les endroits les plus infestés de mouches qu'ils aient rencontrés jusque-là dans la vallée du Zambèze. Elles se rassemblaient sur leurs jambes, leur nuque et entre les omoplates, si bien qu'à tour de rôle l'un des deux hommes marchait derrière l'autre et chassait les insectes avec une queue de buffle fraîchement coupée.

Aussi soudainement qu'ils y étaient entrés, ils se retrouvèrent hors de la région à mouches et, immensément soulagés d'être sortis de la tourmente, ils s'assirent à l'ombre pour se reposer. Une demi-heure après, ils entendirent chanter au loin, et, en attendant l'approche de la caravane, ils fumèrent et échangèrent des propos décousus comme de bons compagnons qu'ils étaient devenus.

Au cours d'une longue pause au milieu de leur conversation, Zouga crut apercevoir un vague mouvement de l'autre côté du vallon peu profond qui s'étendait devant eux. Probablement un troupeau de koudous ou une bande de babouins, qui abondaient dans la vallée et, à l'exception des buffles, étaient les seuls animaux sauvages qu'ils aient croisés depuis leur départ de Tête.

L'approche de la caravane avait dû effrayer les animaux, pensa Zouga en ôtant sa casquette pour chasser le nuage de minuscules abeilles noires de mopani qui persistaient à bourdonner autour de son visage, attirées par l'humidité de ses yeux, de ses narines et de ses lèvres. Il n'y eut pas d'autre mouvement dans la forêt. Les animaux avaient vraisemblablement franchi la crête. Zouga se retourna pour écouter Jan Cheroot.

— Les pluies n'ont cessé que depuis six semaines, dit-il d'un air songeur. Les mares et les rivières seront encore pleines sur les terres hautes — pas ici, bien sûr, les pentes sont trop fortes. (Il montra le lit asséché du petit cours d'eau qui passait en contrebas.) Alors les troupeaux se dispersent et suivent leurs anciennes routes. (Il expliquait l'absence totale d'éléphants dans les parages, et décrivait les signes récents de leur passage dans la vallée. Zouga écoutait avec attention car il avait affaire à un expert.) Les vieilles routes des éléphants qu'ils empruntent pour aller de la montagne plate du cap de Bonne-Espérance jusqu'aux marais. (Il désigna le nord.) Mais chaque année leur nombre diminue, parce que les *jagters* — les chasseurs — et les hommes comme nous suivent les troupeaux et les obligent à s'enfoncer de plus en plus profondément vers l'intérieur.

Jan Cheroot se tut de nouveau et tira sur sa pipe avec un gargouillis.

— Mon père m'a dit qu'il avait tué les derniers éléphants au sud de la rivière Oliphants — la rivière des éléphants — à l'époque où il était encore jeune. Il se targuait d'en avoir tué douze ce jour-là, seul avec son vieux fusil qui se chargeait par le canon et était trop lourd pour être tenu à l'épaule. Il devait le poser sur la fourche d'un bâton qu'il transportait avec lui. Douze éléphants abattus en un jour et par un seul homme, c'est un exploit. (Sa pipe gargouilla de nouveau, et il cracha un peu de jus de tabac jaune.) Mais mon père était encore plus connu comme menteur que comme chasseur, ajouta Cheroot en gloussant et en secouant la tête d'un air affectueux.

Zouga sourit, puis brusquement son sourire s'évanouit et il redressa la tête. Il grimaça car un rayon de soleil réfléchi du même endroit de l'autre côté du vallon l'avait ébloui. Ce qu'il avait vu était encore là, et ce n'étaient ni des koudous ni des babouins. C'était un homme, car seul le métal ou le verre pouvait avoir produit un tel reflet. Jan Cheroot n'avait rien remarqué et continuait à songer à voix haute.

— Quand je suis parti avec Cornwallis Harris, nous avons rencontré le premier éléphant sur les monts Cashan, à quinze cents kilomètres au nord de l'endroit où mon père avait tué les siens. Il n'y avait rien entre les deux — tous les éléphants avaient été exterminés par les chasseurs. Maintenant, il n'y en a plus non plus dans les monts Cashan. Mon frère Stephan y est allé il y a deux ans. Il m'a dit qu'il n'y avait aucun éléphant au sud du fleuve Limpopo. Les Boers font paître leurs troupeaux là où nous chassons l'ivoire... peut-être ne trouverons-nous même pas d'éléphants sur les hautes terres, peut-être n'y en a-t-il plus nulle part.

Zouga n'écoutait plus vraiment. Il pensait à l'homme qui devait se trouver de l'autre côté du vallon. C'était vraisemblablement quelqu'un de la caravane que l'on avait envoyé couper du bois pour le bivouac, et pourtant il était encore trop tôt pour penser à dresser le camp.

Le chant des porteurs devenait de plus en plus fort. Une seule voix entonnait les couplets de la chanson de marche. C'était la belle voix de ténor d'un grand Angoni qui était poète et improvisait sur ses propres vers. En penchant la tête, Zouga parvint à distinguer les paroles.

Avez-vous entendu le cri du pygargue vociférer au-dessus de Marawi ?
Avez-vous vu le soleil couchant ensanglanter les neiges du Kilimandjaro ?

Puis les autres reprenaient en chœur avec leurs voix obsédantes d'Africains, si belles et émouvantes.

Qui nous mènera jusqu'à ces merveilles, mon frère ?
Nous laisserons les femmes pleurer,
Nous laisserons leurs nattes devenir froides,
Si un homme fort nous conduit, nous le suivrons, mon frère.

Zouga sourit en entendant citer son nom dans les vers suivants.

Bakela nous conduira comme un père conduit ses enfants,
Bakela vous donnera un *khete* de perles *sam-sam*,
Bakela nous nourrira avec la graisse de l'hippopotame et la chair du buffle...

Zouga concentra sa pensée sur l'homme qui se trouvait de l'autre côté du vallon. Ici, à cent cinquante kilomètres de l'endroit habité le plus proche, ce ne pouvait être qu'un membre de la caravane — parti couper du bois, ramasser du miel ou, pourquoi pas, un déserteur.

Zouga se leva et s'étira, Jan Cheroot tapa sa pipe pour la vider et se mit debout lui aussi. La tête de la colonne apparaissait parmi les arbres en bas de la pente ; le drapeau rouge, blanc et bleu claqua paresseusement puis se remit à pendiller.

Zouga regarda encore une fois le versant opposé, qui semblait de nouveau désert. Il était fatigué, la plante de ses pieds lui faisait mal comme s'il avait piétiné des charbons ardents ; ils avaient beaucoup marché depuis l'aube et sa blessure à peine guérie à la hanche le lançait.

Grimper sur le versant opposé pour se rendre compte de ce qu'il avait vu lui vint à l'esprit, mais le terrain était très en pente et encombré de rochers. Il lui faudrait une demi-heure d'escalade pour atteindre la crête et la même chose pour en revenir. Ils allèrent au-devant de la caravane, et quand Zouga vit Robyn marcher à grands pas derrière le porte-drapeau avec l'allégresse qui lui était propre, il souleva sa casquette et l'agita en l'air.

Elle courut vers lui, riant de plaisir comme une enfant. Cela faisait trois jours qu'il était parti.

Sous un mur de roche noire et lisse, d'où la rivière devait couler en cascade quand elle était en crue, il y avait une courbe dans le lit du cours d'eau rempli de sable blanc.

Au-dessus, sur la rive, se dressait un grand et vigoureux acajou, ses racines plongées dans l'eau, et les babouins avaient gratté le sable sous la berge.

Zouga et Robyn s'assirent au bord de la cascade asséchée et surveillèrent les hommes auxquels Zouga avait demandé de creuser pour chercher l'eau.

— Je prie pour qu'il y en ait assez, dit Robyn en les regardant avec intérêt. Je n'ai pas utilisé ma baignoire depuis notre départ de Tête.

Son tub émaillé était l'objet le plus volumineux de l'expédition.

— Je serais déjà bien content de pouvoir remplir une théière, répondit Zouga d'un air distrait et visiblement ailleurs.

— Quelque chose te préoccupe ? demanda-t-elle.

— Je pensais à la vallée du Cachemire.

— Elle ressemble à ça ?

— Pas vraiment... c'est seulement que...

Il haussa les épaules. Quand il était un jeune officier à la tête d'une patrouille envoyée en avant-garde, dans cette lointaine vallée il avait vu quelque chose de semblable à ce qu'il avait aperçu quelques minutes plus tôt. Quelque chose d'anodin, un léger mouvement, un trait de lumière qui pouvait avoir été renvoyé par le canon d'un fusil ou la corne d'une chèvre. Alors, comme à présent, il n'avait pas pris la peine de vérifier ce que c'était. Cette nuit-là, il avait perdu trois hommes, tués pendant qu'ils se battaient pour s'échapper de la vallée. Le combat lui avait valu les félicitations du colonel, mais cela n'avait pas ressuscité ses hommes.

Il leva les yeux vers le soleil déclinant ; il ne restait qu'une heure avant la tombée du jour. Il savait qu'il aurait dû grimper au sommet de cette pente. Pendant que Robyn le regardait avec perplexité, il hésita encore quelques secondes, puis se leva péniblement avec une exclamation d'exaspération. Ses pieds lui faisaient encore abominablement mal et il se frotta la hanche, là où sa coupure lui causait des élancements. Le retour dans la vallée promettait d'être long.

Zouga passa par un ravin profond et étroit pour s'éloigner du camp discrètement et, parvenu à bonne distance, rampa hors du goulet et poursuivit son chemin à travers les taillis épais juste au-dessus du lit de la rivière jusqu'au moment où il arriva à une barrière infranchissable de bois flotté, amené là par les dernières pluies et qui obstruait le lit asséché d'une rive à l'autre.

Il en profita pour traverser à couvert et regarda la pente qui s'élevait de l'autre côté. Il progressait avec précaution, se faufilait d'un arbre à l'autre, tendait l'oreille et examinait attentivement les parages avant de se mouvoir.

La brise du soir en provenance de la crête venait sécher son cou couvert de sueur. Cela suffisait presque à

378

justifier cette pénible ascension, mais il semblait que ce serait son unique bénéfice. Le sol caillouteux était trop dur pour conserver les traces d'un passage et il n'y avait pas le moindre signe de vie, animale ou humaine. Zouga était cependant déterminé à rattraper les conséquences de sa paresse passée. Il resta trop longtemps là-haut. Il allait faire nuit noire avant qu'il ait regagné le camp, la lune se levait tard, et il risquait de se casser une jambe en se déplaçant sur un tel terrain dans une totale obscurité.

Il s'apprêtait à rentrer, quand il perçut l'odeur avant de voir. Ses poils se dressèrent sur ses avant-bras et il sentit ses abdominaux se contracter, bien que ce fût une odeur tout à fait ordinaire. Il se baissa et ramassa le mégot écrasé. Il avait fumé le dernier de ses cigarillos deux jours plus tôt, et c'était peut-être pour cette raison que son nez était particulièrement sensible à l'odeur du tabac.

Le cigare avait été fumé presque jusqu'au bout, puis écrasé, de sorte qu'il ressemblait à un petit bout d'écorce séchée. Si l'odeur ne l'avait pas attiré, il ne l'aurait jamais trouvé. Zouga le déchiqueta entre ses doigts et sentit un petit reste d'humidité à une extrémité. Il leva ses doigts et renifla. Il savait où il avait déjà senti l'odeur particulière de ce tabac portugais.

Camacho laissa quinze de ses hommes bien en retrait derrière la crête, au milieu d'un amas de rochers qui avait l'air d'un château en ruine et dont les cavernes et les surplombs permettaient de se cacher. Ils allaient dormir, il le savait, et cela ne lui plaisait pas particulièrement. Lui-même avait les paupières lourdes quand il s'allongea à plat ventre de l'autre côté de la crête pour observer la caravane dresser le camp.

Il n'avait pris que deux hommes avec lui pour l'aider à relever l'emplacement des sentinelles, du *scherm*, des feux de camp et des tentes. Ils pourraient ainsi conduire les autres, même dans l'obscurité complète qui régnerait avant l'apparition de la lune, si cela s'avérait nécessaire. Camacho espérait que non. Dans l'obscurité, on peut commettre des erreurs, et il suffisait d'un coup de feu, d'un seul cri pour faire tout rater. Non, ils attendraient la lune, c'était décidé.

L'Anglais était rentré au camp plus tôt, juste avant que la caravane ne fasse halte. Il était avec le Hottentot, et tous deux clopinaient avec raideur comme des hommes qui rentrent d'une marche longue et difficile. Parfait, il dormirait à poings fermés, il était peut-être déjà parti se coucher car Camacho ne l'avait pas vu depuis une heure. Il devait être dans sa tente, près de celle de la femme où il avait remarqué un serviteur apporter un seau d'eau fumante.

Ils avaient vu le sergent hottentot poster seulement deux sentinelles. L'Anglais devait se sentir très en sécurité, deux sentinelles c'était bien peu pour se protéger des lions. Elles s'endormiraient probablement avant minuit. Pour ne plus se réveiller. Lui-même égorgerait l'une des deux, se dit-il avec un sourire, et chargerait un bon couteau de s'occuper de l'autre.

Les autres Hottentots avaient construit leur abri habituel et l'avaient couvert de manière rudimentaire. En cette saison et avec ce ciel immaculé, il n'y avait aucun risque de pluie. L'appentis était presque à deux cents pas des tentes, et un grognement ou un gémissement ne porterait pas aussi loin. Parfait, se répéta Camacho, tout s'arrangeait mieux qu'il ne l'avait espéré.

Comme toujours, les deux tentes étaient dressées tout près l'une de l'autre, presque à se toucher. Le galant Anglais protège la femme, se dit Camacho en souriant de nouveau, et il sentit sa somnolence disparaître comme par miracle et son bas-ventre le travailler.

La nuit tomba avec la soudaineté spectaculaire qui caractérise la venue du soir en Afrique : en quelques minutes, la vallée fut envahie par l'ombre, le soleil lança ses derniers feux dans une débauche de vieil or et d'abricot, et l'obscurité devint complète.

Pendant une heure encore, Camacho aperçut de temps à autre une silhouette se découper sur les flammes des feux de camp. À un moment, l'écho d'une chanson fut porté jusqu'à la crête, et les autres bruits ordinaires du camp — le bruit métallique d'un seau, le son mat d'une bûche jetée dans le feu, le murmure traînant des voix — montraient qu'ils ne se doutaient de rien.

Les bruits s'évanouirent et les feux s'éteignirent. Le silence et l'obscurité n'étaient troublés que par la plainte flûtée d'un chacal de l'autre côté du vallon.

Le mouvement lent des constellations à travers le ciel marquait le passage des heures, puis les étoiles pâlirent petit à petit tandis que la lune se levait.

— Va chercher les autres, dit Camacho à l'homme qui se trouvait le plus près de lui, puis il se leva avec raideur et s'étira comme un chat pour soulager ses muscles ankylosés. Ils arrivèrent en silence et se rassemblèrent autour de lui pour écouter ses dernières instructions données à voix basse.

Après quoi, il les regarda à tour de rôle. Dans le clair de lune, leurs visages avaient la pâleur verdâtre de cadavres fraîchement exhumés, mais ils acquiescèrent à ses paroles et le suivirent vers le bas de la pente, formes sombres et silencieuses comme une meute de loups. Ils atteignirent le lit asséché de la rivière dans le fond du vallon et se séparèrent en groupes, comme il en avait été convenu.

Camacho remonta en direction du camp le sentier laissé par la caravane. Il tenait son couteau dans la main droite, son mousquet dans l'autre, et ses pieds faisaient un bruit à peine audible en effleurant l'herbe sèche. Devant lui, sous les branches déployées d'un mukusi, il distinguait la forme de la sentinelle, à l'endroit où elle avait été postée six heures plus tôt. L'homme dormait en chien de fusil à même la terre dure. Camacho hocha la tête avec satisfaction et s'approcha à pas de loup. Il vit qu'il avait remonté une couverture sombre sur sa tête. Les moustiques l'ont harcelé lui aussi, se dit-il en souriant et en s'agenouillant à côté de lui.

Il tâta doucement la tête de l'homme à travers la couverture, et sa main s'immobilisa. Il poussa un petit grognement de surprise et écarta la couverture d'un coup sec. Elle avait été disposée sur les racines de l'arbre de manière à imiter la forme d'un homme endormi, et Camacho jura en silence mais avec véhémence.

La sentinelle avait mal choisi son moment pour quitter son poste. L'homme était probablement retourné sous l'appentis et devait ronfler comme un bienheureux sur un matelas d'herbes sèches. Ils lui feraient son affaire avec les autres en « nettoyant » l'abri. Camacho gravit la pente qui menait à l'intérieur du camp. La toile des tentes luisait au clair de lune avec des reflets argentés fantomatiques, et son appétit sexuel avait ainsi un fanal sur lequel se concentrer. Le Portugais passa la bretelle de son mousquet à son épaule en pressant le pas en direction de la tente de gauche, puis s'arrêta net et leva instinctivement son couteau en voyant une autre silhouette sombre sortir de l'ombre ; il reconnut alors un de ses hommes, l'un de ceux qu'il avait envoyés pour couper la gorge de l'Anglais.

L'homme hocha la tête vivement ; tout allait bien jusque-là, et ils continuèrent ensemble pour ne se séparer qu'à l'approche des deux tentes. Camacho n'essaierait pas de passer par la portière de celle de la femme, car il savait qu'elle serait certainement fermée et, s'il devait y avoir des mauvaises surprises, elles l'attendaient sans doute à l'entrée. Il se glissa le long de la tente et se baissa vers l'une des ouvertures d'aération. Il y introduisit la pointe de son couteau et la remonta d'un seul coup. La toile était épaisse, mais la lame avait été maniée par une main d'expert et toile se déchira presque sans bruit.

Camacho passa par l'ouverture et, en attendant que ses yeux s'habituent à l'obscurité plus profonde de l'intérieur, il défit à la hâte les boutons de son pantalon, souriant de plaisir en apercevant l'étroit lit de camp et la mousseline blanche de la moustiquaire. Il s'avança lentement en traînant les pieds, attentif à ne pas buter sur les caisses de médicaments empilées entre lui et le lit.

Il écarta d'un seul coup la moustiquaire et, son pantalon baissé sur les hanches, se coucha de tout son long sur le lit de camp en cherchant à tâtons la tête de la femme pour étouffer ses cris.

Pendant quelques instants, il resta interdit en s'apercevant que le lit était vide. Puis, il en explora frénétiquement chaque centimètre avant de se remettre debout et de rajuster son pantalon d'une main. Il ne savait plus où il en était et des idées extravagantes lui traversaient l'esprit. Peut-être était-elle sortie un moment pour faire ses besoins, mais comment expliquer alors que la portière ait été soigneusement fermée. Ou bien elle l'avait entendu et se cachait derrière les caisses, armée de son scalpel. À cette idée, il se retourna pris de panique en fendant l'air avec son couteau, mais il n'y avait personne.

La coïncidence de la sentinelle absente et du lit vide le frappa alors, et l'inquiétude l'envahit. Il se passait quelque chose qu'il ne comprenait pas. Il fonça vers la déchirure de la toile, trébucha et s'étala sur une caisse, puis roula sur lui-même pour se redresser avec l'agilité d'un chat. Il se précipita à l'extérieur en bouclant sa ceinture et en regardant autour de lui comme un fou, puis empoigna son mousquet et se retint de justesse d'appeler ses hommes.

Il courut vers la tente de l'Anglais juste au moment où l'homme qu'il y avait envoyé en sortait à la hâte par une longue déchirure pratiquée sur le côté en brandissant son couteau, son visage pâle et effrayé éclairé par la lune. Il vit Camacho, poussa un cri et frappa dans sa direction avec sa longue lame argentée.

— Tais-toi, idiot, gronda son chef.

— Il est parti, lâcha l'homme haletant en tendant le cou pour tenter de percer les ombres profondes que la lune jetait sous les arbres. Ils sont partis, ils sont tous partis.

— Viens ! ordonna sèchement Camacho, avant de courir vers l'abri construit par les mercenaires hottentots.

Avant d'y arriver, ils rencontrèrent leurs compagnons qui se ruaient vers eux, totalement paniqués.

— Machito ! appela quelqu'un d'une voix anxieuse.

— Fermez-la, grogna Camacho, mais l'homme continuait de bredouiller :

— Le *scherm* est vide, ils sont partis.

— Le diable les a emportés.

— Il n'y a personne.

Une crainte frénétique presque superstitieuse s'était emparée d'eux, l'obscurité et le silence qui régnaient dans le camp déserté en avaient fait des poltrons. Camacho se retrouva pour une fois sans savoir quels ordres donner et ne sachant que décider. Ses hommes s'étaient agglutinés autour de lui, frappés d'impuissance et, armant et tripotant leur mousquet, scrutant l'ombre nerveusement, ils semblaient trouver un réconfort dans la présence physique des autres.

— Qu'est-ce qu'on va faire ? fit une voix, posant la question que Camacho redoutait. Quelqu'un prit une bûche sur la pile et la jeta sur les braises du feu de camp.

— Non, pas ça, ordonna Camacho en hésitant, mais instinctivement tous étaient attirés par la chaleur de la flamme qui s'éleva en soufflant comme l'haleine d'un dragon.

Ils tournèrent leur dos vers elle en formant un demi-cercle, face aux ténèbres qui, par contraste avec le feu, parurent soudain impénétrables.

C'est de l'obscurité que vint l'attaque. Il y eut brusquement un tonnerre de détonations et de flammes, la longue ligne de mousquets vomissant le feu en un éclair meurtrier, puis le bruit d'impact des balles qui pénétraient la chair comme des billes jetées dans une mare par des enfants.

Immédiatement les hommes furent projetés au sol par les lourdes balles de plomb et la petite troupe assemblée autour du feu sombra dans le chaos en se débattant et en criant.

L'un d'eux, atteint au ventre, prit précipitamment la fuite plié en deux et, trébuchant sur la grosse bûche qui flambait, tomba de tout son long dans le feu. Ses cheveux et sa barbe s'enflammèrent comme une torche et son cri se répercuta à travers les arbres.

Camacho leva son mousquet et visa au hasard dans la nuit vers l'endroit où la voix de l'Anglais scandait les ordres rituels du tir par salves.

— Section un, rechargez. Section deux, trois pas en avant. Feu !

Camacho comprit que le tir de mousquet dévastateur qui venait de les faucher allait se répéter dans quelques secondes. Amusé, il avait regardé plus d'une fois l'Anglais faire faire l'exercice à sa double rangée de marionnettes en veste rouge : les hommes du premier rang pointaient leurs fusils et tiraient au commandement, puis ceux du deuxième rang effectuaient trois pas en avant en passant entre leurs camarades pour faire feu à leur tour. C'étaient ces mêmes évolutions qui, amplifiées dix mille fois, avaient brisé la charge de la cavalerie française sur la côte de Quatre Bras et remplissaient à présent Camacho d'une terreur indescriptible. Il leva brusquement son mousquet et tira à l'aveuglette dans la direction d'où venait la voix posée et nette de l'Anglais. Il tira au moment même où l'un de ses hommes qui avait été légèrement blessé se relevait tant bien que mal en plein dans sa ligne de mire. Le coup l'atteignit entre les omoplates, tiré presque à bout portant, si bien que la poudre brûla la chemise de l'homme. Il s'étala de nouveau de tout son long la tête la première, le flot de sang étouffant les étincelles rougeoyantes de sa chemise.

— Imbécile! gronda Camacho et il fit demi-tour pour se mettre à courir.

Derrière lui, la voix de l'Anglais cria « Feu! ». Le Portugais se jeta par terre, et poussa un hurlement lorsque ses mains et ses genoux s'enfoncèrent dans la cendre brûlante du feu de camp et qu'il sentit son pantalon se carboniser et sa peau cloquer.

La deuxième salve siffla au-dessus de sa tête; autour de lui, d'autres hommes tombaient et criaient. Il se remit debout en vitesse et prit ses jambes à son cou, abandonnant son mousquet et son couteau.

— Section un, trois pas en avant. Feu!

La nuit fut alors parcourue de silhouettes qui couraient et poussaient des clameurs : les porteurs venaient de sortir en trombe de leur campement. Ils fuyaient en tous sens, aiguillonnés comme Camacho par les coups de feu et la panique, et se dispersaient dans la brousse, seuls ou par petits groupes.

Avant que l'ordre ne fût donné de tirer la salve suivante, Camacho se mit à couvert derrière les charges des porteurs qui avaient été empilées près de la tente de l'Anglais et recouvertes par une bâche imperméable.

La douleur atroce provoquée par les brûlures de ses mains et de ses genoux et l'humiliation de s'être jeté aussi naïvement dans le piège tendu par l'Anglais le faisaient sangloter.

Sa terreur fit place à une haine irrépressible. Par petits groupes, des porteurs terrifiés sortaient de l'obscurité en trébuchant et se précipitaient vers lui ; il prit un pistolet et tira une balle dans la tête du premier puis se mit à faire des bonds en hurlant comme un fantôme pris de démence — tous s'enfuirent et il savait qu'ils ne s'arrêteraient pas avant de s'écrouler épuisés à des kilomètres de là, en pleine brousse, proies faciles pour le lion ou la hyène. Il en éprouva une amère satisfaction et regarda autour de lui en se demandant quelle autre vilenie commettre.

L'amoncellement de marchandises derrière lequel il était tapi et le feu qui se mourait devant la tente déserte de l'Anglais attirèrent son attention. Il saisit une braise dans le feu, souffla pour l'enflammer et la jeta sur la bâche qui recouvrait le grand tas de matériel et de provisions, puis il tressaillit en entendant une autre salve éclater dans la nuit et la voix de l'Anglais qui ordonnait :

— En tirailleurs, baïonnette au canon, messieurs.

Camacho sauta dans le lit asséché de la rivière et se dirigea en trébuchant sur le sable fin vers l'autre berge qu'il escalada avec soulagement avant de s'enfoncer dans les taillis.

Au point de ralliement, trois de ses hommes attendaient déjà, deux avaient perdu leur mousquet et tous étaient aussi tremblants, inondés de sueur et hors d'haleine que Camacho lui-même.

Deux autres arrivèrent tandis qu'ils reprenaient leur souffle. L'un était gravement touché, l'épaule fracassée par une balle.

— Nous sommes les derniers, lâcha-t-il en haletant. Ces petits salauds leur sont tombés dessus à la baïonnette au moment où ils traversaient la rivière.

— Ils vont être là d'un instant à l'autre, dit Camacho en se remettant debout et en regardant dans le fond du vallon.

Il constata avec satisfaction que le tas de marchandises flamboyait en dépit des efforts d'une demi-douzaine de petites silhouettes sombres qui tapaient sur les flammes pour les éteindre. Il n'eut pas le loisir de goûter plus longtemps le spectacle car du lit de la rivière montaient les cris grêles mais belliqueux des mercenaires hottentots, et le bruit mat et les éclairs de leurs tirs de mousquet.

— Aidez-moi, cria l'homme à l'épaule fracassée. Ne me laissez pas, mes amis, mes camarades, donnez-moi le bras, implorait-il en tentant de se relever, mais il parlait dans le vide. Et, tandis que la fuite précipitée des bruits de pas au sommet de la pente s'éloignait, ses genoux se dérobèrent et il s'effondra de nouveau sur la roche en suant de douleur et de terreur, jusqu'au moment où l'un des Hottentots lui plongea sa baïonnette dans la poitrine et le perça de part en part.

Zouga arpentait le camp avec colère dans la chaleur croissante et la lumière éclatante du matin. Son visage et ses bras étaient noirs de suie, ses yeux encore rouges et irrités par la fumée, sa barbe roussie et ses cils à moitié brûlés après sa lutte contre le feu. Ils avaient perdu la plus grande partie de leurs provisions et de leur matériel car le feu avait gagné les tentes et les abris. Zouga s'arrêta pour jeter un coup d'œil aux lambeaux de toile piétinée et carbonisée qui étaient tout ce qui restait des tentes. Elles leur manqueraient quand reviendraient les pluies, mais c'était là la moindre de leurs pertes.

Il essaya mentalement de dresser la liste des dégâts les plus sérieux. Pour commencer, il ne restait plus que quarante-six porteurs sur la bonne centaine qu'il y avait au départ. Certes, il se pouvait que Jan Cheroot et ses Hottentots en ramènent quelques-uns. Ils étaient en train de battre les vallons et les collines autour du camp à la recherche des survivants. Zouga entendait les trompes en corne de koudou appeler les traînards. Cependant, il était probable que beaucoup aient préféré tenter le long et périlleux voyage de retour vers Tête plutôt que de risquer de subir une nouvelle attaque nocturne. D'autres avaient dû se perdre au cours de leur fuite éperdue en pleine nuit et seraient probablement la proie des bêtes sauvages ou succomberaient à la soif. Une demi-douzaine avaient été tués par des balles perdues et par les brigands qui, en battant en retraite, avaient délibérément tiré sur les groupes de porteurs désarmés. Quatre autres étaient si gravement blessés qu'ils mourraient avant la nuit.

C'était la perte la plus sérieuse car, sans porteurs, ils étaient paralysés. Sans eux, ce qui restait de leur matériel et de leurs marchandises soigneusement choisis était aussi inutile que s'ils les avaient laissés à Londres ou jetés par-dessus bord au cours de leur traversée sur le *Huron*.

Quant au matériel lui-même, des heures allaient être nécessaires pour évaluer les pertes, faire le tri entre ce qui avait brûlé et ce qu'ils pouvaient sauver dans la masse fumante et nauséabonde de tissu et de toile ou récupérer dans le fatras d'objets piétinés et poussiéreux éparpillés à flanc de colline. Comme à chaque fois, la scène rappelait avec force à Zouga bien d'autres champs de bataille, la destruction et le gaspillage terribles auxquels il avait déjà assisté.

Les quelques porteurs restants étaient au travail ; en ligne comme des moissonneurs, ils triaient et tiraient de la poussière et des cendres tout ce qui en valait encore la peine. La petite Jouba était parmi eux et s'efforçait de retrouver les réserves de médicaments, les livres et les instruments de Robyn.

Cette dernière avait installé une infirmerie de fortune à l'ombre d'un grand mukus au centre du camp, et quand Zouga fit halte pour regarder les blessés qui attendaient encore d'être soignés, et les morts alignés et cachés par une couverture ou un bout de toile carbonisée et sale, il fut de nouveau furieux contre lui-même, bien qu'il se demandât comment il aurait pu agir autrement.

S'il avait transformé le camp en forteresse, il leur aurait fallu supporter un long siège, harcelés par les loups de Camacho.

Non, il avait bien fait de leur tendre un piège et d'en finir une bonne fois pour toutes. Au moins, il était maintenant certain que les Portugais étaient en fuite vers la côte, mais le prix en avait été trop élevé et Zouga ne décolérait pas.

L'expédition, si bien préparée et équipée, s'achevait par un désastre avant d'avoir pu atteindre un seul de ses objectifs. Les pertes en vies humaines et en matériel étaient très lourdes, mais ce n'était pas ce qui démoralisait le plus Zouga en cet instant où, à la lisière du camp dévasté, il levait les yeux vers les hauteurs déchiquetées de l'escarpement. C'était l'idée de devoir abandonner avant d'avoir commencé, et au moment où il était si près du but. Devant lui, à cent cinquante kilomètres au plus, se trouvait la limite de l'empire du Monomatapa. Derrière, à cent cinquante kilomètres au nord, le petit village crasseux de Tête et le large fleuve marquaient le commencement du voyage de retour vers l'Angleterre, vers l'obscurité, vers la routine et la discipline fastidieuse de son régiment de troisième classe dans l'armée des Indes. C'était seulement à présent, alors qu'il était condamné à revenir à son ancienne vie, qu'il se rendait compte à quel point il la détestait et que c'était le désir de lui échapper qui l'avait conduit sur cette terre vierge. Comme un prisonnier qui a goûté un jour à la liberté, la perspective de retourner dans sa cellule lui était désormais insupportable, et il avait du mal à respirer tant il était oppressé.

Il détourna son regard des falaises noires qui barraient l'horizon et se dirigea lentement vers l'endroit où sa sœur opérait. Elle était pâle, les yeux cernés, son chemisier maculé de sang et le front couvert de gouttes de sueur.

Elle avait commencé à travailler avant le lever du jour, à la lueur d'une lanterne, et c'était maintenant le milieu de la matinée.

Elle leva ses yeux las vers Zouga.

— Il nous est impossible de continuer, dit-il à voix basse.

Elle le regarda quelques instants sans mot dire puis continua de passer du baume sur la brûlure à la jambe d'un des porteurs. Elle avait commencé par soigner les blessures les plus graves et s'occupait maintenant des brûlures et des écorchures.

— Nous avons perdu trop de matériel et de provisions, expliqua Zouga. Et nous n'avons plus assez de porteurs pour ce qui reste.

Robyn ne leva pas la tête et entreprit de panser la jambe du brûlé.

— Papa a effectué la « Transversale » avec quatre porteurs, fit-elle remarquer avec douceur.

— Papa était un homme, répondit Zouga sans remarquer qu'à ces paroles les mains de sa sœur s'immobilisaient et ses sourcils se fronçaient. Une femme ne peut voyager sans un minimum de confort. C'est pourquoi, je vais demander au sergent Cheroot de te raccompagner à Tête avec cinq de ses hommes. Une fois là-bas, tu n'auras aucun mal à rentrer. Je te donnerai ce qui reste en liquide. Une centaine de livres. De quoi redescendre le Zambèze jusqu'à Quelimane et couvrir les frais de ton passage jusqu'au Cap. Tu pourras retirer de l'argent sur ce que j'y ai déposé pour payer ton embarquement sur le navire postal.

— Et toi ? demanda-t-elle en levant les yeux vers lui.

— L'important est qu'il ne t'arrive rien, répondit-il gravement.

Jusque-là il n'avait pas pris de décision le concernant, mais en prononçant ces mots, il sut ce qu'il allait faire.

— Je continue seul, ajouta-t-il.

— Il te faudra plus que Jan Cheroot et cinq de ses fichus Hottentots pour m'obliger à rentrer, lança-t-elle avec détermination.

— Sois raisonnable, Sissy.

— Pourquoi devrais-je commencer à l'être maintenant ? rétorqua-t-elle à mi-voix.

Furieux, Zouga s'apprêtait à lui répondre, mais il se tut et la regarda. Elle serrait les dents d'un air têtu et sa bouche avait pris une expression dure et inflexible.

— Comme tu voudras, dit-il.

— Bien, fit-elle en hochant la tête. Ça t'évitera de gaspiller de ton temps précieux.

— Est-ce que tu sais à quoi tu t'engages ? demanda-t-il calmement.

— Aussi bien que toi.

— Nous n'aurons plus de marchandises pour négocier notre passage au milieu des tribus. (Elle hocha la tête.) Ce qui veut dire que nous devrons nous battre si on nous empêche de poursuivre notre chemin. (Il vit une ombre passer dans ses yeux, mais sa détermination n'avait pas fléchi.) Nous n'avons plus de tentes, plus de conserves, plus de sucre ni de thé, avança-t-il, sachant l'importance que cela avait pour elle. Nous devrons vivre sur le pays, et ce que nous ne pourrons trouver, tuer ou transporter, il faudra nous en passer. Nous n'aurons à manger que le produit de notre chasse.

— Ce serait absurde de laisser la quinine, fit-elle observer tranquillement.

— N'emporte que le strict minimum de médicaments, concéda-t-il après avoir hésité. Et souviens-toi que ce n'est pas une balade d'une semaine ou d'un mois.

— Nous irons sans doute beaucoup plus vite que nous l'avons fait jusqu'ici, dit-elle pour toute réponse en se levant et en époussetant le fond de son pantalon.

Le choix entre ce qu'ils allaient emporter et ce qu'ils allaient laisser avait été judicieusement opéré, pensa Zouga en inventoriant et pesant les nouvelles charges.

Il avait préféré prendre le papier et de quoi écrire plutôt que le sucre et la majeure partie du thé, ses instruments de navigation plutôt que des bottes de rechange, car il serait toujours possible de ressemeler les anciennes avec du cuir de buffle. Il avait sacrifié les vêtements et les couvertures de rechange à la quinine, à d'autres médicaments et aux instruments de Robyn, la verroterie et le tissu pour le troc à la poudre et aux balles.

Le tas d'objets abandonnés prenait de plus en plus d'importance : caisses de pots de confiture, paquets de sucre, conserves, moustiquaires, chaises pliables et lits de camp, casseroles, le tub émaillé et le pot de chambre à fleurs de Robyn, des marchandises destinées au troc — perles et tissu *merkani*, petits miroirs et couteaux bon marché. Quand le tri fut achevé, Zouga mit le feu à ce qu'ils laissaient ainsi derrière eux, geste irréversible qui marquait leur détermination. Ils le regardèrent cependant brûler avec inquiétude.

Zouga avait fait deux petites concessions en épargnant une caisse de thé, car, comme l'avait dit Robyn, aucun Anglais ne pouvait explorer des territoires inconnus sans emporter la reine des boissons, et le coffret en fer-blanc contenant son uniforme d'apparat, car impressionner un potentat local pourrait leur sauver la vie. À ces exceptions près, ils s'étaient dépouillés de tout ce qui n'était pas de première nécessité. Ils avaient gardé l'essentiel, en particulier les munitions : les sacs de poudre noire et les lingots de plomb de premier choix de chez Curtis & May, les moules à balles, la fiole de mercure pour durcir celles-ci et les boîtes d'amorces en cuivre. Sur les quarante-six porteurs restants, trente étaient chargés des munitions.

Les mercenaires de Jan Cheroot furent horrifiés d'apprendre qu'à l'avenir leur paquetage contiendrait non plus cinquante mais deux cents cartouches.

— Nous sommes des soldats, pas des porteurs, avait fait remarquer à voix basse le caporal à son chef.

Jan Cheroot utilisa le fourreau métallique de sa longue baïonnette pour lui faire entendre raison, et

Robyn dut panser les blessures superficielles à la tête du caporal, seul bénéfice de la discussion.

— Ils ont bien compris qu'il leur fallait porter davantage de munitions, major, annonça gaiement le sergent Cheroot à Zouga.

« C'est incroyable tout ce qu'on peut emporter de superflu », se dit Zouga en regardant s'ébranler la colonne plus modeste. Cent cinquante mètres seulement séparaient maintenant l'homme de tête de l'arrière-garde, et l'allure était deux fois plus rapide. Elle progressait à présent presque à la vitesse du groupe d'éclaireurs de Zouga et ne se laissa distancer que d'un ou deux kilomètres le premier jour.

Ils atteignirent avant midi l'endroit où ils avaient tué les buffles. Matthieu, le chef des porteurs de fusil de Zouga, vint à sa rencontre en courant à travers la forêt, si excité qu'il en tremblait, comme un homme secoué par la fièvre.

— Le père de tous les éléphants, bafouilla-t-il, le grand-père du père des éléphants.

Jan Cheroot s'accroupit à côté des traces et sourit comme un gnome d'opérette, ses yeux bridés disparaissant presque dans les rides et les plis de sa peau jaune.

— La chance revient, dit-il en jubilant. Cet éléphant mérite une chanson.

Il sortit une pelote de ficelle de la poche de sa tunique et mesura la circonférence d'une des marques laissées par l'énorme pied. Elle faisait presque un mètre quatre-vingts.

— Ça veut dire qu'il mesure le double à l'encolure, expliqua-t-il. Quelle bête !

Matthieu parvint à se calmer assez pour raconter qu'en se réveillant dans la lumière incertaine de l'aube, il avait vu passer la petite troupe près du camp plongé dans un silence de mort, trois grandes silhouettes grises qui sortaient de la forêt et entraient dans le vallon dénudé et noirci par le feu. Elles avaient disparu si vite qu'il se demandait s'il les avait bien vues, mais les empreintes énormes laissées par les pachydermes dans la couche de cendre étaient là pour témoigner de leur passage, si nettes qu'on distinguait la moindre irrégularité de leurs pieds.

— Il y en avait un plus gros et plus grand que les autres, avec des défenses longues comme des lances de guerrier, et si lourdes qu'il marchait la tête basse comme un vieillard.

Zouga frissonna lui aussi d'excitation malgré la canicule qui régnait dans le vallon ravagé par l'incendie, où la terre calcinée semblait avoir conservé la chaleur des flammes. Jan Cheroot se méprit sur la signification de cette réaction et sourit malicieusement sans retirer sa pipe de la bouche.

— Mon vieux père disait que même un homme courageux a peur trois fois quand il chasse l'éléphant : la première lorsqu'il aperçoit ses traces, la deuxième en l'entendant barrir et la troisième en voyant l'animal, gros et noir comme un kopje de terre de fer.

Zouga ne prit pas la peine de le détromper et suivit des yeux la piste laissée par les éléphants. Ils avaient gagné le milieu du vallon et s'étaient dirigés directement vers le terrain accidenté, le haut de l'escarpement.

— Suivons-les, dit-il calmement.

— Bien entendu, acquiesça Jan Cheroot. Nous sommes là pour ça.

Au milieu des taillis calcinés, les traces les conduisirent vers le haut du vallon, qui se rétrécissait en entonnoir.

Jan Cheroot marchait en tête. Il s'était débarrassé de sa tunique décolorée par le soleil pour enfiler un blouson de cuir sans manches, avec des boucles sur la poitrine en guise de cartouchière. Zouga le suivait de près avec son Sharps, cinquante cartouches supplémentaires et son bidon d'eau. Ses porteurs de fusil venaient après lui par ordre hiérarchique, chacun avec son chargement de couvertures, d'eau, de nourriture, de poudre et de balles, et naturellement les fusils à gros calibre.

Zouga était impatient de voir Cheroot à l'œuvre. À l'en croire, il était excellent chasseur, mais Zouga voulait s'assurer que ses actes valaient ses paroles. La première occasion de le mettre à l'épreuve ne tarda pas à se présenter : le vallon se resserrait, fermé par une barrière rocheuse infranchissable, et apparemment des ailes avaient poussé aux éléphants.

— Attendez-moi là, lança Jan Cheroot, avant de longer rapidement le bas de la falaise.

Une minute plus tard il siffla doucement et Zouga le rejoignit. Une traînée de cendre sur un rocher, puis une autre au-dessus semblaient conduire directement à l'intérieur de la paroi lisse.

Cheroot escalada l'éboulis au pied de la falaise et disparut d'un seul coup. Zouga mit son fusil en bandoulière et le suivit. Les blocs de rochers formaient une sorte d'escalier de géant dont chaque marche lui arrivait à la taille, aussi devait-il s'aider de ses mains pour grimper.

Comme il les avait vus faire au cirque, les éléphants avaient dû se dresser sur leurs pattes de derrière, prendre appui sur celles de devant et hisser leur énorme masse pour franchir les marches, car ils sont incapables de sauter.

Zouga atteignit l'endroit où Jan Cheroot s'était évanoui et s'arrêta stupéfait devant le portail de pierre, invisible d'en bas, point de départ de l'ancienne route des éléphants.

Les couches tendres des roches fracturées s'étaient érodées symétriquement de sorte que les parois recti-lignes de l'ouverture semblaient avoir été travaillées par un maçon. La trouée était si étroite qu'il paraissait impossible que de si gros animaux puissent la franchir. En levant les yeux, Zouga remarqua que, au fil des siècles, leur peau rugueuse avait poli la roche en forçant le passage. Dans une fente du rocher, il trouva un poil noir plus gros qu'une allumette. Au-delà de cette porte naturelle, la gorge allait s'élargissant et la pente deve-nait moins forte. Jan Cheroot avait déjà pris quatre cents mètres d'avance.

— Venez ! cria-t-il, et ils le suivirent.

La route des éléphants semblait avoir été conçue et construite par un ingénieur, car la pente ne dépassait jamais trente degrés, et quand il y avait des marches naturelles, leur hauteur était telle qu'un homme ou un éléphant pouvait les franchir sans trop de difficultés. Cela n'empêchait cependant pas quelques accidents, car ils trouvèrent la pointe d'une défense d'un éléphant qui avait dû perdre l'équilibre.

Le morceau pesait une vingtaine de livres ; il était usé, taché et d'un tel diamètre que Zouga ne pouvait en faire le tour avec ses deux mains, mais à l'endroit de la cassure, l'ivoire avait la blancheur et la finesse de la porcelaine.

Jan Cheroot siffla de nouveau en le voyant.

— Je n'ai jamais vu de défense aussi grosse, murmura-t-il en vérifiant instinctivement l'amorce de son mous-quet.

Ils suivirent la route qui sortait du passage rocheux et continuait sur une pente boisée. Les arbres étaient différents, plus espacés, et les trois vieux mâles s'étaient arrêtés pour arracher de longues plaques d'écorce au tronc des msasas. Un kilomètre plus loin, ils trouvèrent les boules d'écorce mâchées, encore humides de la salive à l'odeur forte des éléphants. Zouga porta à ses narines l'une des grosses boules filandreuses; il n'avait jamais senti un parfum aussi excitant.

Quand ils franchirent l'épaulement de la montagne s'ouvrit alors devant eux un vide terrifiant d'espace bleu dans lequel tournoyaient les silhouettes minuscules de vautours. Zouga était persuadé que la route s'arrêtait là.

— Suivez-moi, fit Cheroot à voix basse et ils s'avancèrent le long d'une étroite corniche qui surplombait le précipice, sur la voie aplanie au fil des temps par des milliers de pachydermes.

Zouga se prit enfin à espérer car la route montait toujours et semblait suivre une direction définie, et non plus serpenter au hasard comme les pistes laissées par le gibier dans le fond de la vallée. Elle allait quelque part et se dirigeait résolument vers le sud.

Zouga marqua une pause et regarda en arrière. Loin en contrebas, la plaine du Zambèze miroitait dans la brume de chaleur. Les gigantesques baobabs ressemblaient à des arbres miniatures pour enfants, le terrain affreusement accidenté sur lequel ils avaient peiné pendant des semaines paraissait uni et accueillant, et dans le lointain, à peine visible à travers la brume bleutée, un serpentin de végétation plus sombre et plus dense soulignait le tracé du grand fleuve.

Zouga lui tourna le dos et suivit Jan Cheroot le long de l'épaulement; un autre panorama majestueux se déploya devant eux de manière aussi spectaculaire qu'une ouverture de rideau au théâtre.

Au-dessus des falaises s'étendait une nouvelle pente, couverte d'une forêt luxuriante d'arbres aux formes merveilleuses et au feuillage rose, rouge vif et vert iridescent. Cette superbe forêt s'élevait jusqu'à un rempart de pics rocheux qui, Zouga en avait la certitude, marquait le point le plus haut de l'escarpement.

Ce nouveau paysage avait quelque chose de différent, et il fallut à Zouga un moment pour comprendre de quoi il s'agissait. Alors, soudain, avec un immense plaisir, il prit une profonde inspiration. L'air qui descendait des crêtes était aussi frais que le soir dans les South Downs mais chargé du parfum de plantes et de fleurs exotiques, en particulier celui des magnifiques msasas roses et rouges.

Mais ce n'était pas tout. Zouga se rendit compte qu'il y avait un autre changement encore plus important : ils avaient dépassé la zone infestée par les mouches tsé-tsé. Cela faisait plusieurs heures que les dernières avaient disparu. La terre qui s'étendait devant eux était hospitalière, ils entraient dans une région où l'homme pouvait vivre et élever des animaux. Ils quittaient la chaleur insupportable de cette vallée implacable pour un climat plus doux, plus sain, Zouga avait au moins cette certitude.

Il regarda autour de lui avec délectation et étonnement. Plus bas, deux vautours planaient, ailes déployées, si près qu'il en distinguait les plumes, puis, après avoir battu des ailes, ils vinrent se poser près de leur nid accroché dans une anfractuosité de la falaise. Zouga entendit nettement les cris d'impatience de leurs petits.

Assis en rang sur la plate-forme rocheuse, tout là-haut au-dessus de sa tête, une famille d'hyrax, les damans des rochers grassouillets comme des lapins en peluche, l'observait avec un étonnement manifeste, puis, prise de frayeur, disparut dans sa garenne avec une rapidité d'illusionniste.

Le soleil, qui entamait le dernier quart de sa course, éclairait ce spectacle d'une lumière chaude et douce qui jetait sur les bancs de cumulus en forme de champignons ses ors et ses reflets argentés mêlés de rose.

À présent, Zouga n'avait enfin plus de doute sur l'endroit où la route des éléphants le menait, et il sentit son esprit s'enflammer d'exaltation, son corps fatigué par l'ascension retrouver une vigueur nouvelle. Car il savait que ces pics déchiquetés dressés au-dessus de lui marquaient la limite du fabuleux empire du Monomatapa.

Il avait envie de passer devant Jan Cheroot et de s'élancer en courant sur l'étroite piste qui gravissait la large pente magnifiquement boisée jusqu'à la crête, mais le petit Hottentot l'arrêta en posant la main sur son épaule.

— Regardez, les voilà ! siffla-t-il doucement.

Zouga suivit la direction indiquée. Loin devant, au milieu des bosquets aux rouges et aux roses magiques, une ombre énorme, grise, lente et éthérée se déplaçait. Il la regarda ; c'était la première fois qu'il apercevait un éléphant d'Afrique en pleine nature et son cœur se mit à battre plus vite, mais la forme fut immédiatement masquée par l'épais feuillage.

— Ma longue-vue ! lança-t-il avec un claquement de doigts impératif sans quitter des yeux l'endroit où l'énorme bête avait disparu, et Matthieu lui glissa dans la main le cylindre de cuivre froid.

En tremblant légèrement, il déploya la lunette télescopique mais, avant qu'il ait pu lever l'instrument, l'arbre qui avait caché le corps de l'éléphant se mit à trembler comme secoué par une tornade, et ils perçurent le craquement du bois, puis lentement le grand arbre s'inclina avant de basculer dans un grondement de tonnerre dont les falaises renvoyèrent l'écho.

Zouga leva sa longue-vue, l'appuya sur l'épaule de Matthieu et la régla. D'un seul coup, dans le champ circulaire de l'instrument, l'éléphant apparut, tout proche. Sa tête était encadrée par le feuillage de l'arbre qu'il venait de déraciner. Ses oreilles qui battaient paresseusement étaient larges comme la grand-voile d'un clipper, et Zouga distinguait les petits nuages de poussière qu'elles soulevaient sur le garrot massif de l'animal.

Il aperçut la coulée humide qui descendait de son petit œil sur la joue ridée, et quand il leva la tête Zouga retint son souffle en voyant la dimension incroyable des défenses à l'ivoire jauni. Une des pointes était brisée, et, à la cassure, l'ivoire avait l'éclat de la neige.

Zouga vit le grand mâle cueillir sur l'arbre tombé une poignée de jeunes feuilles avec l'extrémité caoutchouteuse de sa trompe. Il se servit de celle-ci avec la délicatesse d'un chirurgien puis, laissant tomber sa lèvre inférieure triangulaire, jeta les feuilles au fond de sa gorge, et ses vieux yeux chassieux laissèrent échapper quelques larmes de contentement.

Dérangé dans sa contemplation par une tape sur son épaule, Zouga écarta sa longue-vue avec irritation. Jan Cheroot lui indiquait un point plus haut sur la pente.

Les deux autres éléphants étaient apparus au sortir de la forêt. Zouga ajusta sur eux et resta bouche bée. Il avait trouvé énorme le premier éléphant, mais le deuxième était tout aussi impressionnant et il avait peine à en croire ses yeux tant le troisième était gigantesque.

— Les deux plus jeunes sont ses *askaris*, ses indunas. Ce sont ses yeux et ses oreilles. Car il est si vieux qu'il est probablement à moitié sourd et aveugle. Mais regardez-le, n'a-t-il pas encore une allure royale ? murmura près de lui Jan Cheroot d'une voix enrouée par la tension, les yeux étincelants.

Le plus vieux des trois était grand et décharné ; il dépassait presque d'une tête ses protégés, mais la chair semblait avoir fondu de sa vieille carcasse et sa peau pendait en grands plis de la puissante charpente osseuse. Il était mince comme le sont certains vieillards : le temps l'avait érodé et semblait ne lui avoir laissé que la peau sur les os. Matthieu l'avait bien décrit : le vieux mâle se déplaçait comme un vieillard perclus de rhumatismes et le poids de l'ivoire qu'il avait porté pendant un siècle semblait maintenant trop lourd pour lui.

L'ivoire avait été naguère le symbole de sa majesté, et il était toujours parfait ; les défenses sortaient de la lèvre vers l'extérieur puis s'incurvaient en dedans au point de presque se rejoindre. Leurs courbes gracieuses semblaient parfaitement symétriques, et leur ivoire était d'une superbe teinte beurre frais, sans tache malgré les luttes qu'il avait dû soutenir pour assurer sa domination, malgré toutes les racines, tous les arbres qu'il avait arrachés et dépouillés de leur écorce.

Mais à présent elles étaient devenues pour lui un fardeau, elles l'épuisaient et il marchait la tête basse tant elles faisaient mal à ses vieilles mâchoires. Il ne les avait plus utilisées depuis des années pour exercer sa domination sur les troupeaux et il ne recherchait plus la compagnie des jeunes femelles et de leurs petits depuis bien longtemps.

Ses longues défenses représentaient désormais pour lui un danger mortel, une gêne et une cause de souffrance. Elles attiraient l'homme, son seul ennemi dans la nature. Il y avait toujours des chasseurs sur ses traces, et il associait l'odeur de l'homme à l'éclair et à la déflagration des armes à feu ou à l'acier aiguisé qui pénétrait dans sa chair.

Il avait dans le corps des pointes de fer martelé et des plombs ronds durcis, les balles qui étaient restées contre sa boîte crânienne s'étaient enkystées et formaient sous la peau des bosses grosses comme des pommes. Les cicatrices laissées par les flèches et les lances, ou par les pointes de bois durci au feu fichées dans les pièges creusés dans le sol, s'étaient épaissies en bourrelets brillants tramés dans les plis de son manteau de peau grise.

Sans ses deux askaris il serait depuis longtemps tombé sous les assauts des chasseurs. Une relation étonnamment intime soudait la petite troupe de vieux mâles depuis vingt ans ou plus. Ils avaient parcouru ensemble des milliers de kilomètres depuis les monts Cashan loin au sud, à travers les étendues brûlantes et sans eau du désert du Kalahari, le long des lits des rivières à sec où ils s'agenouillaient et creusaient le sable avec leurs défenses à la recherche de l'eau. Ils s'étaient baignés tous les trois dans les eaux peu profondes du lac Ngami tandis que les oiseaux d'eau assombrissaient le ciel, et ils avaient arraché l'écorce des arbres le long des rivières Linyati et Chobe qu'ils avaient traversées, la trompe dressée au-dessus de la surface pour respirer.

Au fil des saisons ils avaient parcouru un grand cercle dans les étendues sauvages situées au nord du Zambèze en se régalant des fruits des forêts réparties sur mille cinq cents kilomètres, réglant leur progression sur le rythme des maturations.

Ils avaient franchi des lacs et des fleuves et s'étaient vautrés longtemps dans les marais, où la chaleur, qui atteignait cinquante degrés au milieu du jour, calmait la douleur de leurs vieux os. Mais leur envie de voir le monde les poussait ensuite à boucler le cercle de leur migration, et ils repartaient vers le sud, franchissaient les chaînes de montagnes, traversaient les plaines alluviales des grands fleuves, suivaient des pistes secrètes et d'anciens passages que leurs ancêtres avaient ouverts et qu'ils avaient empruntés pour la première fois au côté de leur mère.

Depuis une douzaine de saisons il y avait cependant des hommes là où il n'y en avait jamais eu auparavant : au nord dans la région des lacs, des Arabes au blanc burnous, armés de leurs mousquets à canon long ; au sud, les grands hommes barbus, vêtus d'étoffe grossière tissée à la maison, qui chassaient montés sur des poneys vigoureux à longs poils rudes. Et puis partout ils rencontraient les minuscules Bochimans avec leurs flèches empoisonnées et les régiments d'un millier de Nguni qui rabattaient le gibier vers leurs lanciers empanachés.

À chaque cycle de saisons leurs territoires se rétrécissaient, de nouveaux dangers, de nouvelles terreurs les attendaient sur leurs terres nourricières ancestrales et le vieux mâle était fatigué, ses os lui faisaient mal et le poids de ses défenses l'accablait. Il montait pourtant lentement la pente vers le col avec dignité et détermination, poussé par son instinct, par le besoin d'espace, par le souvenir qu'il conservait du goût des fruits qui mûrissaient déjà dans la forêt, au loin sur les rives d'un lac.

— Nous devons nous dépêcher.

La voix de Jan Cheroot fit sursauter Zouga fasciné par la vue du vieil et royal animal, envahi par une sensation de déjà-vu, comme s'il avait déjà vécu ce moment, comme si cette rencontre faisait partie de sa destinée. Le vieux mâle lui inspirait un respect mêlé de crainte, un sentiment d'éternité et de grandeur, et il revint donc à la réalité à contrecœur.

— Le jour descend rapidement, insista Jan Cheroot, et Zouga jeta un coup d'œil par-dessus son épaule à l'endroit où le soleil se couchait comme un guerrier blessé à mort qui inondait les nuages de son sang.

— Oui, reconnut-il, puis il fronça les sourcils en voyant le petit Hottentot enlever son pantalon et ses bandes molletières, les plier et les fourrer dans une anfractuosité de rocher avec sa couverture et son sac de nourriture.

— Je cours plus vite comme ça, dit-il avec un sourire en réponse à la question silencieuse de Zouga.

Celui-ci suivit son exemple, posa son propre paquetage, défit la ceinture de toile à laquelle étaient suspendus son couteau et sa boussole et s'allégea le plus possible mais il n'alla pas jusqu'à ôter son pantalon. Les fesses maigres et jaunes de Jan Cheroot étaient totalement dépourvues de dignité et son pénis jouait à cache-cache sous les pans de sa chemise. Un officier de Sa Majesté devait respecter certaines conventions, décida

Zouga avec fermeté, et l'une d'elles était de ne pas enlever son pantalon en public. Il suivit Jan Cheroot le long de l'étroite corniche jusqu'au moment où ils débouchèrent sur la pente boisée. Immédiatement les troncs des arbres couverts de lichen limitèrent leur vision à quelques mètres. D'un peu plus haut, ils commencèrent cependant à percevoir le bruit que faisait le mâle à la défense brisée en cassant les branches et arrachant le feuillage de l'arbre qu'il avait déraciné.

Jan Cheroot grimpait rapidement en effectuant un mouvement tournant pour éviter les askaris et rejoindre le grand mâle. Il s'arrêta à deux reprises pour sentir d'où venait le vent. La brise soufflait vers l'aval, face aux éléphants, et agitait sur son passage le feuillage coloré au-dessus de leur tête.

Ils avaient parcouru une centaine de mètres quand le bruit que faisait le mâle en cherchant sa nourriture cessa brusquement ; Jan Cheroot s'arrêta de nouveau, le petit groupe de chasseurs s'immobilisa en même temps que lui et tous retinrent instinctivement leur respiration pour écouter, mais ils n'entendirent que le souffle du vent et le chant d'une cigale dans les branches au-dessus d'eux.

— Il est allé rejoindre les autres, chuchota finalement Jan Cheroot.

Zouga était certain lui aussi que le mâle n'avait pu encore suspecter leur présence. Le vent était régulier et ils n'avaient pu sentir leur odeur. Zouga savait que la vue des éléphants était aussi mauvaise que leur ouïe et leur odorat étaient aiguisés, mais ils n'avaient pas fait le moindre bruit.

Cependant, cela montrait clairement quels avantages les trois vieux mâles retiraient de leur association. Il était toujours difficile pour le chasseur de localiser chacun d'eux avec précision, surtout dans une forêt aussi dense que celle-ci, et les deux askaris semblaient toujours se placer de façon à couvrir et protéger leur aîné. Pour s'approcher de ce dernier, le chasseur devait franchir l'écran qu'ils tendaient autour de lui.

Tandis qu'ils étaient ainsi dans l'expectative et écoutaient, Zouga se demanda si une réelle affection existait entre les trois animaux, s'ils trouvaient du plaisir dans leur compagnie mutuelle, et si les askaris éprouveraient de la peine quand le vieux mâle finirait par succomber d'une balle de mousquet.

— Venez !

De sa main ouverte, Jan Cheroot leur fit signe d'avancer et ils reprirent leur ascension en se baissant pour passer sous les branches basses. Zouga se tenait à quatre pas sur le flanc du Hottentot afin de dégager son champ de vision et de tir, et il marchait en tendant l'oreille, l'œil aux aguets. Beaucoup plus haut, un craquement de branche brisée les fit se figer, mais le bruit mobilisait toute leur attention de sorte qu'aucun ne vit l'askari.

L'éléphant attendait aussi immobile qu'un bloc de granit et, avec sa peau grise et rugueuse comme le tronc des arbres couvert de lichen, la masse de son grand corps découpée par les ombres que jetait le soleil bas, irréel telle la brume, il se confondait si bien avec la forêt qu'ils passèrent sans le voir à vingt pas de lui.

Il les laissa passer et avancer contre le vent, et quand leur odeur âcre de carnivores lui parvint, il l'aspira avec sa trompe, leva celle-ci vers sa bouche et souffla l'air vicié sur les petits organes olfactifs cachés sous la lèvre supérieure, qui s'ouvrirent comme des boutons de rose. Le mâle poussa alors un barrissement.

Ils eurent l'impression que le son était répercuté par le ciel et les pics dressés au-dessus d'eux, qu'il exprimait toute la haine et la peur accumulées au cours de cent autres rencontres avec l'homme et dont le souvenir était réveillé par son odeur. L'askari barrit de nouveau et chargea pour détruire la source de cette odeur redoutable.

Zouga n'avait pas conscience de ses mouvements, il savait seulement qu'il regardait l'éléphant par-dessus la mire de son Sharps, et la détonation lui parut étouffée et lointaine après le barrissement qui avait sonné la charge. Il vit un petit nuage de poussière jaillir du front de l'animal, il vit la peau grise frémir comme celle d'un étalon piqué par une abeille, tendit la main en arrière et saisit la crosse massive d'un des gros fusils à éléphants. Là encore il n'eut pas conscience de ses gestes, mais dans le V de la mire l'image de l'éléphant parut bien plus proche. Zouga se pencha en arrière, les yeux levés vers les longues flèches d'ivoire et la tête gigantesque qui cachaient le ciel. Il distingua nettement la cassure blanche à l'extrémité de l'une des défenses.

Il entendit Jan Cheroot crier à côté de lui :

— *Skiet hom !* Tirez !

Puis le lourd fusil heurta son épaule, le faisant reculer d'un pas, et il vit un petit jet de sang jaillir de la gorge de l'animal telle une plume écarlate de flamant. Il tendit la main vers l'autre fusil chargé tout en sachant qu'il n'aurait plus le temps de tirer.

Il fut surpris de ne pas avoir peur alors même qu'il était perdu. L'éléphant était sur lui, il n'y avait plus rien à faire, mais il n'en continua pas moins à accomplir ses gestes de chasseur : il leva son fusil, arma le chien en pointant le canon.

La forme de l'énorme animal qui le dominait s'était modifiée, elle n'était plus aussi proche, et, avec un frisson, Zouga eut la sensation que l'animal changeait de direction, incapable de supporter la terrible torture infligée par les fusils à gros calibre.

Il bifurquait et passait près d'eux, le sang coulant de sa tête et de sa poitrine. Ce faisant, il présenta son flanc et son cou. Zouga tira à quelques centimètres derrière l'articulation de l'épaule, dans la ligne des poumons, et la balle pénétra dans la cage thoracique.

Le mâle s'enfuyait vers le haut de la pente en écrasant tout sur son passage. Avec le quatrième fusil, Zouga visa les vertèbres qui saillaient à travers la peau croûteuse du dos, la queue en touffe battit l'air sous l'effet de la douleur, et l'animal disparut comme un spectre à travers la forêt dans la lumière déclinante du couchant.

Zouga et Jan Cheroot se regardèrent, interdits, chacun tenant encore un fusil fumant levé à hauteur de poitrine, et ils écoutèrent l'éléphant remonter la pente en courant.

Zouga retrouva sa voix le premier et se tourna vers ses porteurs de fusil.

— Rechargez ! ordonna-t-il, car eux aussi étaient restés paralysés après avoir vu passer la mort d'aussi près, mais son ordre les fit réagir et ils saisirent une poignée de poudre noire dans le sac suspendu à leur côté et la bourrèrent dans le canon encore chaud des fusils.

— Le grand mâle et l'autre askari vont s'enfuir, se lamenta Jan Cheroot, qui agitait frénétiquement le refouloir de son Enfield.

— Nous pouvons encore les rattraper avant qu'ils atteignent le sommet, dit Zouga en prenant le premier fusil rechargé.

Les éléphants montent les pentes à une allure très mesurée et un bon coureur peut les gagner de vitesse, mais dans les descentes ils foncent comme des locomotives et personne, pas même un cheval rapide, ne peut les rejoindre.

— Nous devons les rattraper avant la crête, répéta Zouga en se lançant dans la montée.

Des semaines de marche en terrain difficile l'avaient endurci et l'excitation de la chasse l'aiguillonnait. Conscient du manque d'expérience auquel était due l'imprécision de son tir, Zouga était d'autant plus déterminé à en découdre avec le mâle de tête et à faire ses preuves. Comme un novice, il n'avait réussi à atteindre le cerveau, le cœur ou les poumons avec aucune de ses balles et n'était parvenu qu'à blesser l'animal au lieu de le tuer net comme font les vrais chasseurs. Il voulait absolument se donner une seconde chance et galopait le long de la pente.

Avant d'avoir parcouru deux cents mètres, il eut la preuve qu'il n'était pas passé aussi loin du but qu'il l'avait cru : à un certain endroit, on avait l'impression qu'un seau de sang avait été jeté sur le sol caillouteux, un sang d'un rouge particulièrement vif recouvert d'écume. Cela ne faisait aucun doute, sa dernière balle avait dû toucher les poumons. Le coup était mortel mais l'agonie lente. Le vieux mâle se noyait dans son sang et essayait désespérément d'en libérer sa gorge en le soufflant par sa trompe.

Il agonisait mais cela pouvait encore durer longtemps, et Zouga continua la poursuite.

Il ne s'était pas attendu à ce que le mâle se soit de nouveau arrêté. Il pensait qu'il courrait jusqu'au moment où il s'écroulerait ou jusqu'à ce que les hommes le rattrapent. Zouga savait qu'il était absurde de prêter des motivations et des sentiments humains aux bêtes sauvages, même s'il semblait que le mâle blessé était déterminé à se sacrifier pour permettre aux deux autres de s'échapper par le col.

Plus haut sur la pente, il attendait Zouga et l'écoutait venir, ses immenses oreilles grises déployées, s'évertuant à forcer l'air à pénétrer dans son large poitrail tenaillé par la douleur.

Il chargea dès qu'il entendit l'homme. Les oreilles couchées en arrière et ourlées à l'extrémité, la trompe enroulée contre son poitrail, il poussait des barrissements aigus en soufflant par la trompe une fine brume de sang et martelait le sol de la forêt à chaque pas en faisant trembler la terre et en brisant les branches comme l'aurait fait un régiment de cavalerie.

Haletant, tête baissée, Zouga s'apprêtait à soutenir la charge en cherchant un angle de tir favorable à travers les arbres. Au dernier moment le vieux mâle fit volte-face et repartit vers l'amont. Chaque fois que les chasseurs recommençaient à avancer, il lançait un simulacre d'attaque-éclair pour les forcer à s'arrêter, puis se repliait.

Les minutes passaient entre deux attaques et les chasseurs étaient cloués dans l'épaisse forêt, tourmentés à l'idée que le grand mâle et son autre protégé devaient déjà avoir atteint la crête et déboulé sur l'autre versant telle une avalanche.

Zouga en tirait deux leçons à ses dépens : la première, comme le vieux Tom Harkness avait essayé de le lui faire comprendre, était que seul un novice ou un imbécile chassait l'éléphant avec une arme de calibre insuffisant. Les balles légères du Sharps étaient peut-être très efficaces pour tirer le bison d'Amérique, mais l'éléphant d'Afrique était dix fois plus lourd et résistant. En écoutant les barrissements du monstre blessé répercutés à travers la forêt de masasa, Zouga décida de ne plus jamais utiliser son fusil léger pour chasser le gros gibier.

La seconde leçon était celle-ci : quand la première balle ne tuait pas, elle semblait anesthésier et cuirasser le gros gibier. Il fallait tuer du premier coup, sans quoi les balles qui le frappaient par la suite dans le cœur et les poumons restaient sans effet apparent. Ce n'étaient pas seulement la colère et le fait d'avoir été provoqué qui rendaient un animal blessé si dangereux, mais aussi cette immortalité induite par le choc.

Après avoir essuyé une demi-douzaine de fausses attaques, Zouga perdit patience et, abandonnant toute précaution, se lança au-devant de la charge suivante.

411

— Eh là, vieux camarade, viens donc! cria-t-il.

Cette fois-ci, il s'approcha de très près et décocha une balle dans la poitrine de l'éléphant au moment où il faisait demi-tour. Il avait maîtrisé son excitation première et la balle atteignit avec précision le point visé. Il savait qu'il avait touché le cœur, mais l'éléphant revint pourtant à la charge et Zouga tira une dernière fois avant que les barrissements furieux ne se transforment en un long et triste mugissement dont l'écho fut renvoyé par les pics avant de se perdre dans l'immensité bleue du ciel.

Ils l'entendirent s'écrouler et la chute du grand corps fit trembler la terre sous leurs pieds. Le petit groupe de chasseurs s'avança avec précaution à travers la forêt et trouva le vieux mâle à genoux, le front baissé contre la poitrine, ses longues défenses pointées au-dessus de sa tête ridée, toujours face à la pente comme s'il les défiait encore dans la mort.

— Laissons-le. Suivons les autres, cria Jan Cheroot.

La nuit noire et soudaine d'Afrique centrale les surprit avant qu'ils n'atteignent la crête, de sorte qu'ils perdirent les traces et manquèrent le col.

— Nous devons abandonner, se lamenta le petit Hottentot dans l'obscurité.

— Oui, admit Zouga. Ils nous échappent cette fois-ci.

Mais il savait qu'une autre occasion se présenterait et le sentiment que son destin l'appelait à rencontrer de nouveau le vieux mâle ne l'avait pas quitté. Oui, une autre occasion s'offrirait à lui, il en était certain.

Ce soir-là, pour la première fois de sa vie, Zouga goûta au grand régal des chasseurs : des brochettes de tranches de cœur d'éléphant intercalées avec des cubes de graisse blanche provenant de la poitrine, salées, poivrées, cuites à la braise, accompagnées de pannequets froids de maïs moulu à la pierre et de thé bouillant, fort et sans sucre.

Il ne se souvenait pas avoir jamais fait un aussi bon repas. Zouga s'étendit ensuite sur la terre dure, s'enroula dans une couverture, abrité du vent par l'énorme carcasse, et s'endormit comme s'il avait été assommé, sans rêver ni changer une seule fois de position.

Le lendemain matin, ils n'avaient pas plus tôt coupé l'une des défenses qu'ils entendirent le chant des porteurs : le gros de la caravane suivait en file indienne l'étroite corniche le long de l'épaulement et gravissait déjà la pente.

Robyn marchait à cent pas devant le porteur de drapeau et elle s'arrêta en arrivant près de la carcasse de l'éléphant.

— Nous avons entendu les coups de feu hier soir, dit-elle.

— C'est une bête magnifique, dit Zouga en montrant la défense déjà coupée.

C'était celle de droite, celle qui était intacte, plus haute que Zouga. Sur un tiers de sa longueur, la partie cachée dans le crâne, elle était d'une blancheur immaculée tandis que des taches de sucs végétaux recouvraient le reste.

— Elle pèse presque une centaine de livres, ajouta-t-il en touchant la défense de la pointe de la botte. Oui, c'est vraiment une bête magnifique.

— Plus maintenant, corrigea Robyn en regardant Jan Cheroot et les porteurs de fusil qui découpaient l'énorme tête mutilée.

Ils taillaient le crâne pour dégager l'autre défense et des petits éclats d'os jaillissaient dans la lumière du matin. Robyn s'attarda quelques instants à contempler cette boucherie avant de s'engager sur la pente en direction de la crête.

Zouga était irrité car elle avait diminué le plaisir procuré par sa première chasse à l'éléphant, si bien que, une heure plus tard, quand elle l'appela de tout là-haut, il l'ignora. Mais elle était obstinée comme toujours, et finalement, avec une exclamation d'exaspération, il la suivit à travers la forêt. Elle vint à sa rencontre en courant, le visage rayonnant de la joie communicative d'une enfant.

— Oh Zouga, viens voir, il faut absolument que tu voies ça, dit-elle en le prenant par la main et en l'entraînant impérieusement vers la crête.

L'antique route des éléphants franchissait le col à travers un étroit défilé gardé à chaque extrémité par un éperon de roche grise. Quand ils eurent franchi les derniers mètres qui les séparaient du point culminant, un monde nouveau et merveilleux s'offrit à leur regard. Zouga resta bouche bée.

Au-dessous d'eux, les contreforts de la montagne s'étendaient au loin, aussi réguliers que les lames de l'océan, couverts d'arbres majestueux aux troncs hauts et gris comme les chênes de Windsor Park, et, au-delà des collines, se déployaient jusqu'au mur bleu de l'horizon des pâturages légèrement boisés aux longues ondulations, dorés comme des champs de blé mûr. Des rivières d'eau claire serpentaient à travers les clairières d'herbe pâle et des troupeaux de bêtes sauvages venaient paresser et s'abreuver sur leurs berges.

Où qu'il portât son regard, Zouga voyait des buffles, formes noires regroupées épaule contre épaule à l'ombre des acacias. Plus près, une troupe d'antilopes noires géantes, les plus belles de toutes, au dos de jais mais au ventre blanc comme neige, avec les courbures symétriques de leurs longues cornes couchées vers l'arrière jusqu'à presque toucher leur croupe, suivait un grand mâle en direction d'un point d'eau et s'étirait en une longue colonne. Sans montrer le moindre signe de frayeur, elles s'étaient arrêtées pour regarder les intrus avec curiosité et formaient une frise majestueuse comme on en voit sur les vases grecs.

Des collines pareilles à des châteaux en ruine, comme taillées par des géants dans des blocs de pierre colossaux, ponctuaient l'immense étendue de terre.

Le superbe paysage baignait dans la lumière nacrée du matin, de sorte que même les collines les plus lointaines, probablement distantes de plus de cent kilomètres, se découpaient nettement dans l'air limpide.

— C'est magnifique, murmura Robyn, toujours tenant la main de Zouga.

— Voilà le royaume du Monomatapa, commenta Zouga d'une voix voilée par l'émotion.

— Non, répondit Robyn. Rien n'indique la présence des hommes. C'est le nouvel Éden.

Zouga resta silencieux et laissa son regard vagabonder à travers le paysage pour tenter, mais en vain, de trouver des signes de vie humaine. C'était une terre vierge, inviolée.

— Un pays neuf qui s'offre à nous, dit-il sans lâcher la main de Robyn.

En cet instant, ils étaient plus proches qu'ils ne l'avaient jamais été et ne le seraient jamais, et cette terre les attendait, immense, vide et belle.

À contrecœur, il laissa Robyn à la sortie du défilé et retourna chercher la caravane. Tout comme la première, la seconde défense avait été coupée et arrimée avec de l'écorce à une perche en bois de msasa afin d'en faciliter le transport, mais les porteurs avaient déposé leur charge et se gavaient de viande fraîche et de graisse d'éléphant, particulièrement appréciée des Africains.

Par une petite ouverture pratiquée dans le ventre de l'animal, ils avaient retiré les viscères qui brillaient au soleil, énormes boyaux caoutchouteux violet et jaune, déjà ballonnés par les gaz qu'ils contenaient.

Une demi-douzaine de porteurs, nus comme des vers, s'étaient glissés à l'intérieur de la carcasse et pataugeaient jusqu'à mi-corps dans le sang en cours de coagulation. Ils en sortirent en rampant, rouges des pieds à la tête, le blanc de leurs yeux et de leurs dents se détachant de manière impressionnante sur leur visage luisant de sang, les mains pleines de bouts de foie, de graisse et de rate.

Ils découpaient ces morceaux de choix avec la lame d'une sagaie, les jetaient sur les braises rougeoyantes d'un des feux de camp, avant de les récupérer, noircis à l'extérieur et à moitié cuits à l'intérieur, pour les engloutir avec toute l'apparence d'un plaisir extatique.

Zouga se rendit compte qu'il était hors de question de les faire repartir avant qu'ils aient mangé à satiété. Il laissa donc pour instruction à Jan Cheroot, dont le ventre était gonflé par la viande qu'il avait ingurgitée, de poursuivre la route dès que la carcasse serait mangée ou emballée pour le transport, et, après avoir pris son Sharps, il partit rejoindre Robyn.

Il l'appela en vain pendant près d'une demi-heure et commençait à s'inquiéter bel et bien lorsqu'il l'entendit lui répondre, l'écho de sa voix répercuté par les falaises. Levant alors les yeux, il la vit sur une corniche, à une trentaine de mètres au-dessus de lui, qui lui faisait signe de la rejoindre.

Zouga grimpa rapidement jusqu'à elle et se retint de la réprimander quand il remarqua son visage. Elle était pâle, grisâtre sous son hâle, et ses yeux rouges étaient encore mouillés de larmes.

— Qu'y a-t-il ? demanda-t-il, mais elle semblait incapable de répondre. Les mots lui restèrent dans la gorge, et elle lui fit signe de la suivre.

La corniche sur laquelle ils se trouvaient était étroite mais horizontale et s'enfonçait dans la falaise pour former une caverne longue et basse. Elle avait déjà été utilisée par des hommes car le plafond était noirci par la fumée d'innombrables feux domestiques, et la paroi du fond décorée des peintures naïves des petits Bochimans qui, au fil des siècles, avaient dû dresser régulièrement leur camp à cet endroit au cours de leurs pérégrinations sans fin.

Les peintures manquaient à la fois de perspective et d'exactitude dans les formes, mais elles traduisaient l'essence de ce qu'elles représentaient, que ce soit la courbe gracieuse du cou de la girafe ou la masse impressionnante des épaules du buffle surmontée des cornes tombantes qui encadraient le nez levé.

Le Bochiman avait représenté ceux de sa tribu par des silhouettes frêles qui tiraient à l'arc ou dansaient autour de la proie, et tous les hommes arboraient un énorme pénis en érection, totalement disproportionné. « Même dans le feu de la chasse, la vanité de la gent masculine semble universelle », songea Zouga.

Il était enchanté par la cavalcade figée dans son mouvement de l'homme et de la bête qui couvrait les parois de la caverne, et il avait déjà décidé de camper ici afin d'avoir plus de temps pour étudier et reproduire sur le papier ces trésors d'art primitif lorsque Robyn l'appela de nouveau.

Il la suivit le long de la corniche jusqu'à un balcon surplombant le pays de rêve qui se déployait devant eux. L'attention de Zouga était partagée entre le spectacle nouveau de la forêt et des clairières et les peintures rupestres exposées à hauteur de son épaule, mais Robyn l'appela derechef avec impatience.

Des strates de roches multicolores parcouraient horizontalement la falaise. Les différentes couches différaient par leur dureté, et la longue caverne dans le fond de la corniche résultait de l'érosion d'une couche tendre.

Celle-ci était de la couleur verdâtre de la saponite, apparente aux endroits où elle n'avait pas été peinte ou noircie par le feu, et là, à l'endroit même où la corniche offrait ce vaste panorama de l'empire du Monomatapa, quelqu'un avait creusé une plaque carrée et lisse dans la pierre de savon. La surface semblait avoir été taillée récemment, mais les mots qui y étaient gravés démentaient cette impression.

Une simple croix profondément ciselée dans la pierre surmontait le nom et la date soigneusement calligraphiés par une main experte.

FULLER MORRIS BALLANTYNE

Zouga poussa une exclamation en voyant le nom de son père, manifestement tracé de sa propre main.

Bien que le travail semblât récent, la date remontait à plusieurs années, le 20 juillet 1853. Muets, tous deux contemplaient à présent l'inscription, chacun envahi par des émotions différentes : Robyn par une bouffée d'amour filial, un désir violent de retrouver son père après toutes ces années, le vide laissé par la séparation devenant plus douloureux à la perspective d'être bientôt comblé. Des larmes lui emplirent à nouveau les yeux et coulèrent sur ses joues.

« Je vous en prie, mon Dieu, conduisez-moi auprès de mon père, pria-t-elle en silence. Faites qu'il ne soit pas trop tard. »

Zouga était tout aussi ému, mais différemment. Il éprouvait du ressentiment pour quiconque, fût-il son propre père, ayant franchi avant lui ces portes de pierre et l'ayant précédé dans le royaume du Monomatapa. Cette terre était la sienne et il ne voulait la partager avec personne d'autre. Et surtout pas avec ce monstre de cruauté et d'orgueil qu'était son père.

Il contemplait froidement l'inscription qui suivait le nom et la date, mais dans son for intérieur il bouillait de colère et de ressentiment.

« Au nom de Dieu. »

418

Il était bien dans la manière de son père d'avoir gravé ici son nom avec la croix et ses lettres de créance d'ambassadeur divin comme il l'avait fait dans le roc et l'écorce en une centaine d'autres endroits sur ce continent qu'il considérait comme un cadeau personnel reçu de Dieu.

— Tu avais raison, Zouga. Tu nous conduis bien à lui comme tu l'avais promis. Je n'aurais jamais dû douter de toi.

Zouga se dit que, s'il avait été seul, il aurait effacé cette inscription avec son couteau de chasse, mais c'eût été un acte futile car il ne l'aurait nullement débarrassé de la présence fantomatique de son père.

Il se détourna de la paroi rocheuse et de l'inscription persifleuse et contempla le pays neuf, son plaisir diminué à la pensée qu'un autre homme était passé par là avant lui. Il s'assit, les pieds dans le vide, en attendant que Robyn se soit lassée de contempler le nom de leur père.

La caravane arriva entre-temps. Zouga entendit le chant des porteurs s'élever du bois au-delà du col avant de voir apparaître l'avant-garde. Les porteurs avaient volontairement doublé leur charge et peinaient sous l'énorme poids de la viande, de la graisse et de la moelle d'éléphant, protégées par des paniers de feuilles et d'écorce de msasa.

Si lui-même leur avait demandé de porter un poids équivalent de marchandises ou même de poudre, il aurait déclenché une mutinerie, songea Zouga avec colère, mais du moins portaient-ils les défenses. Il les apercevait près de la tête de la colonne. Elles étaient suspendues chacune à une longue perche tenue par un homme à chaque extrémité, mais ils n'avaient pu s'empêcher d'y accrocher en plus des paniers de viande. L'ensemble devait dépasser largement les trois cents livres, mais ils grimpaient sans se plaindre, avec même une certaine gaieté.

Lentement, la caravane sortit en serpentant de la forêt et s'engagea dans le défilé, à l'aplomb de l'endroit où Zouga était assis. De là-haut les silhouettes des porteurs et des Hottentots étaient écrasées par la perspective. Zouga se releva; il voulait donner l'ordre à Jan Cheroot d'installer le camp juste à la sortie du défilé. Il apercevait une tache d'herbe verte au pied des falaises, un couple de hérons gris pâle chassait les grenouilles dans cette zone marécageuse. Il y avait sans doute là une source et, étant donné la quantité de viande qu'ils avaient absorbée, les porteurs mourraient certainement de soif à la nuit tombée.

La source serait un bon endroit pour dresser le camp, et il aurait ainsi le loisir de reproduire les peintures des Bochimans le lendemain matin. Il mettait ses mains en porte-voix pour appeler Jan Cheroot, lorsqu'un bruit de tonnerre emplit la passe dont les parois se renvoyèrent l'écho.

Pendant quelques secondes il ne comprit pas ce qui se passait car le bruit se répétait, couvrant presque les cris de ses porteurs. Ils lâchèrent leur fardeau et s'égaillèrent comme un vol de colombes devant l'attaque du faucon.

Puis un mouvement attira son attention, une grosse forme ronde dévalait en bondissant l'éboulis au pied de la falaise, droit sur la caravane prise de panique. Zouga crut un instant qu'un prédateur attaquait ses hommes et, courant au bord de la corniche, il prit son Sharps qu'il portait en bandoulière, s'apprêtant à tirer en contrebas dès qu'il verrait surgir une des formes noires.

Il se rendit compte alors qu'à chaque bond, la chose faisait jaillir de l'éboulis des étincelles et un peu de fumée grise, et il sentit l'odeur légère de salpêtre brûlé dégagée par les étincelles. Il comprit tout à coup que d'énormes rochers roulaient vers la caravane, au moins une douzaine, chacun pesant plusieurs tonnes; l'assaut semblait venir du néant et il en chercha fiévreusement l'origine, aiguillonné par les cris des hommes et la vue des blocs de pierre qui éventraient les colis de ses précieuses provisions et les éparpillaient à travers le défilé.

Loin au-dessous de lui, il entendit la détonation d'un Enfield et vit la minuscule silhouette de Jan Cheroot brandissant un fusil pratiquement à la verticale. En suivant la direction indiquée par le canon, Zouga aperçut un mouvement, l'ombre d'un mouvement en fait qui se découpait au bord de la falaise sur la voûte céleste.

Le déluge de pierre venait du sommet de la falaise et, tandis que Zouga regardait, un rocher puis un autre déboulèrent dans le défilé. Tête rejetée en arrière, il examinait la crête en grimaçant, ébloui par le soleil. Il y avait là-haut un animal. Zouga ne pensa pas tout d'abord à des hommes, car il s'était convaincu que cette terre était vierge de toute présence humaine.

Il fut parcouru d'un frisson d'horreur quasi superstitieuse à la pensée qu'une troupe de singes géants bombardait ses hommes avec d'énormes rochers, puis, chassant cette idée, il chercha rapidement un moyen d'escalader la falaise qui se dressait au-dessus de lui afin de trouver un endroit d'où tirer à travers le défilé sur les attaquants et protéger ses serviteurs.

Il découvrit presque tout de suite une autre corniche très inclinée qui s'élevait à partir de celle où il se trouvait. Seul l'œil exercé d'un soldat pouvait l'apercevoir. Les pieds minuscules des hyrax qui l'empruntaient avaient légèrement poli la roche et c'est cela qui avait attiré l'attention de Zouga sur l'étroit passage.

— Reste là ! cria-t-il à Robyn, mais elle lui barrait le chemin, toujours pâle et le visage baigné de larmes.

— Que vas-tu faire ? demanda-t-elle d'un ton calme et résolu.

Sans attendre sa réponse, elle ajouta :

— Ce sont des hommes qui sont là-haut ! Tu ne peux pas tirer sur eux

— Ôte-toi de là ! rétorqua-t-il sèchement.

— Zouga, c'est un meurtre.

— N'est-ce pas ce qu'ils essaient de commettre en ce moment ?

— Nous devons parlementer avec eux, insista-t-elle en lui prenant le bras tandis qu'il tentait de la dépasser, mais il se libéra et courut vers l'autre corniche.

— C'est un meurtre ! lui cria-t-elle encore pendant qu'il grimpait.

Les paroles du vieux Tom Harkness lui revinrent à l'esprit. Il disait que son père n'hésitait pas à tuer quiconque se mettait en travers de son chemin. C'était à ce genre de situation qu'il pensait, Zouga en eut brusquement la certitude. Il se demanda si son père s'était ouvert le passage à travers le défilé comme il s'apprêtait lui-même à le faire.

— Si le champion du Tout-Puissant en est capable, c'est un bon exemple à suivre, murmura-t-il entre ses dents tout en poursuivant son ascension.

Tout en bas, le Enfield gronda de nouveau, sa détonation assourdie par la distance, presque couverte par le fracas d'une nouvelle avalanche de rochers. De là où il était, Jan Cheroot ne pouvait espérer que décourager les attaquants ; pour qu'ils soient vulnérables, il aurait fallu qu'ils se penchent au bord de la falaise.

En proie à une colère froide, Zouga franchissait sans hésiter les passages dangereux de l'étroite corniche ; des petits morceaux de roche s'effritaient sous ses pas et dégringolaient des centaines de pieds plus bas.

Il déboucha brusquement sur une corniche plus large et moins escarpée, de sorte qu'il put se remettre à courir sans risquer de glisser. Cela faisait moins de dix minutes que le premier rocher était venu s'écraser au fond de la passe, et les attaquants poursuivaient leur bombardement, les collines résonnaient du vacarme produit par les blocs de pierre.

Devant Zouga, deux minuscules oréotragues gris fuyaient en bondissant comme s'ils voletaient sur leurs sabots allongés, terrifiés par les hommes et le fracas de l'avalanche. Ils atteignirent le coin de la corniche et l'un après l'autre effectuèrent un saut apparemment suicidaire dans le vide, un saut phénoménal qui les porta à une douzaine de mètres sur un pan de la paroi dépourvu de toute saillie, mais ils s'y accrochèrent comme des mouches et disparurent en un éclair au sommet de la falaise.

Zouga leur enviait leur agilité tandis qu'il escaladait la pente à grand-peine, aveuglé par la sueur qui lui dégoulinait dans les yeux et inondait sa chemise. Il ne pouvait pas s'arrêter pour se reposer car, loin en contrebas, un cri de douleur l'avertit qu'un bloc de pierre au moins avait touché un porteur.

Il franchit un autre virage à pic de son chemin de chèvres, se hissa sur le rebord et se retrouva soudain au sommet de la falaise, sur un plateau parsemé de buissons et de touffes d'herbe jaune.

Zouga s'effondra sur le sol en s'efforçant de reprendre sa respiration, puis il s'essuya les yeux et scruta la falaise de l'autre côté du défilé, exactement à son niveau. Le bord opposé était à trois ou quatre cents mètres, soit facilement à la portée de son Sharps, alors que les fusils à gros calibre auraient manqué de précision à cette distance.

Tout en amorçant son arme, il examina le terrain en face de lui, et vit tout de suite pourquoi les attaquants avaient choisi ce côté-là de préférence au sien.

Il y avait en effet une plate-forme rocheuse apparemment inaccessible, et le passage qui y menait devait être secret et aisément défendable. Les attaquants disposaient d'une provision inépuisable de munitions. Le plateau était jonché un peu partout de rochers arrondis dont la taille variait entre celle d'un crâne d'homme et celle d'une carcasse d'éléphant. Zouga les vit utiliser de lourdes billes de bois brut pour rouler l'un d'eux au bord de la falaise.

Les mains de Zouga tremblaient et il dut faire un effort pour les maîtriser, mais quand il essaya de viser le petit groupe d'hommes, il ne parvint pas à immobiliser son Sharps. Ils n'étaient pas plus de deux douzaines, nus à l'exception d'un court pagne de cuir, leur peau sombre brillant de sueur.

Le souffle lui revenait peu à peu ; il rampa sur le ventre et appuya la crosse de son Sharps sur un rocher. Alors qu'il levait les yeux au-dessus de sa mire, la petite troupe parvint à faire basculer l'énorme rocher par-dessus le bord de la falaise.

Il se détacha du plateau avec un bref raclement que Zouga entendit distinctement, puis tomba en émettant un léger souffle, pareil à celui des ailes d'un aigle, avant de heurter la paroi deux cents pieds plus bas, et une nouvelle fois la montagne sembla trembler sous le choc.

Le petit groupe d'hommes noirs qui s'était écarté du bord de la falaise se reposa quelques instants avant de choisir un autre projectile. Seul l'un d'entre eux portait une coiffe. Elle ressemblait à un bonnet confectionné avec une crinière de lion aux longs poils fauves à l'extrémité noire. L'homme paraissait ainsi plus grand que ses compagnons, à qui il donnait des ordres en gesticulant et en poussant ceux qui se trouvaient près de lui.

— Quelle jolie cible tu fais, mon beau ! murmura Zouga.

Il avait récupéré à présent, et la sueur rafraîchissait son cou et son dos. Il régla la hausse de sa mire à trois cents mètres et se cala sur ses coudes. Son fusil bien stabilisé, il visa soigneusement l'homme à la coiffe de lion.

Il appuya sur la gâchette et, tandis que la détonation résonnait dans ses oreilles, il vit un petit éclat de pierre jaillir du bord de la falaise opposée. « Un peu bas, mais tout à fait dans l'axe », se dit-il en ouvrant la culasse de son Sharps pour y introduire une nouvelle cartouche.

Le coup avait fait sursauter le petit groupe. Ils regardaient autour d'eux, perplexes, ne sachant trop ce que c'était ni d'où c'était venu. Le personnage à la coiffe de lion s'avança avec précaution jusqu'au bord de la falaise et se baissa pour examiner et toucher l'endroit que la balle avait touché.

Zouga mit l'amorce en place et tira le chien. Il visa posément la coiffe ondulante, mit en place la double détente et pressa sur la gâchette avec une délicatesse d'amant.

La balle émit un son plein, et l'homme pivota brusquement sur lui-même en battant l'air de ses bras tandis que ses jambes effectuaient une petite danse grotesque avant de se dérober, et il s'écroula au bord même de la falaise comme un poisson-chat pris au harpon.

Pétrifiés, ses compagnons ne firent aucun geste pour l'empêcher de glisser et un dernier spasme le projeta dans le vide. Il tomba longtemps, ses membres écartés tournoyant comme les rayons d'une roue, et atterrit finalement avec un bruit mat sur l'éboulis, loin en contrebas.

De nouveau Zouga fit feu dans le tas et toucha deux hommes avec une seule balle, car même à cette distance la balle de plomb tirée par le Sharps avait encore assez de force pour traverser un corps de part en part sans pratiquement perdre de vitesse.

Le groupe se dispersa, tous se mirent à courir et leurs cris de frayeur parvinrent distinctement jusqu'à Zouga ; avant qu'il n'ait eu le temps de tirer une nouvelle fois, ils avaient disparu dans un étroit goulet aussi rapidement qu'une troupe d'hyrax.

Après le vacarme des chutes de pierre et les coups de feu, le silence subit était impressionnant, et il dura plusieurs minutes, jusqu'au moment où la voix perçante de Jan Cheroot s'éleva du fond de la passe. Zouga se leva et se pencha dans le vide en se tenant à la branche d'un arbre rabougri.

— Faites avancer la caravane, sergent, cria-t-il en exagérant le timbre de sa voix pour qu'elle porte mieux, et, moqueur, l'écho lui renvoya ses propres paroles : « Sergent... sergent... sergent... »

« Je vous couvrirai... couvrirai... couvrirai... »

Zouga appela la jeune Matabélé agenouillée près du feu de camp où elle aidait Robyn à soigner un porteur blessé à l'épaule par un éclat de pierre.

— Jouba, lui dit-il, je veux que tu viennes avec moi.

La fille regarda Robyn, hésitant à lui obéir. Zouga sentit l'irritation le reprendre. Sa sœur et lui ne s'étaient pas adressé la parole depuis qu'il avait mis leurs assaillants en déroute et que Jan Cheroot avait fait sortir la caravane du piège mortel dans lequel elle s'était laissé prendre et dressé le camp sur les contreforts au-delà du défilé.

— Viens, répéta Zouga d'un ton impératif, et, les yeux baissés, l'enfant le suivit avec soumission en direction de la passe.

Zouga avançait avec précaution, s'arrêtant de temps à autre pour regarder vers le haut des falaises d'un air soupçonneux, tout en étant certain que l'avalanche de rochers était bel et bien terminée. Il longeait néanmoins la paroi, à l'abri de toute nouvelle chute éventuelle.

La progression devint difficile quand ils s'engagèrent sur l'éboulis couvert d'épaisses broussailles. Il leur fallut près d'une heure pour parvenir à l'endroit où Zouga avait situé la chute du guerrier à la coiffe de lion, et ils mirent presque autant de temps à débusquer le cadavre.

Il était tombé dans une profonde faille entre deux rochers et gisait au fond, étendu sur le dos. Hormis le petit trou noir par lequel la balle avait pénétré sur le côté gauche de la poitrine, le corps semblait intact.

Les yeux étaient encore grands ouverts, mais il avait perdu sa coiffe.

Après un moment, Zouga se tourna vers Jouba d'un air interrogateur.

— Qui est-ce ? À quelle tribu appartient-il ?

L'enfant ne paraissait pas émue par la présence du cadavre. Elle en avait vu bien d'autres au cours de sa brève existence.

— Mashona ! répondit-elle avec un air dédaigneux.

Jouba était une Matabélé de sang zanzi, et il n'y avait pas de race plus noble en dehors du kraal du roi Mzilikazi. Elle n'éprouvait que mépris pour toutes les autres tribus africaines, et en particulier pour ces gens-là.

— Mashona ! répéta-t-elle. Des mangeurs de terre.

C'était l'ultime dénigrement que les Matabélé appliquaient à toutes les tribus qu'ils avaient réduites en esclavage ou menées au bord de l'extinction.

— C'est toujours comme ça que se battent ces babouins, ajouta-t-elle en montrant l'homme mort d'un signe de tête. Ils jettent des pierres depuis le haut des collines. (Une étincelle s'était allumée dans ses yeux sombres.) Il est de plus en plus difficile pour les jeunes hommes de notre tribu de tremper leur lance dans le sang et, tant qu'ils ne l'ont pas fait, le roi ne leur donne pas la permission de se marier.

Elle se tut et Zouga sourit. Manifestement, le ressentiment de l'enfant ne concernait pas tant le prétendu manque de fair-play du Mashona que les ravages qui en découlaient sur le marché matrimonial des Matabélé.

Zouga descendit au fond de la faille et se pencha sur le guerrier mort. En dépit du mépris de Jouba, l'homme était bien bâti, avec des membres musclés et de beaux traits intelligents. Pour la première fois, il regretta d'avoir tiré sur lui. Fort heureusement le guerrier était couché sur le dos, ce qui évitait de voir l'horrible blessure. Zouga avait fait cette constatation en Inde bien longtemps auparavant : un soldat ne devrait jamais examiner le corps des hommes qu'il tue dans le feu de la bataille, car alors il éprouve toujours de la culpabilité et du remords. Il chassa sa gêne d'un haussement d'épaules ; il n'était pas venu là pour se glorifier d'avoir tué cet homme ni pour se torturer, mais uniquement dans le but d'identifier son ennemi.

Pour quelle raison ces guerriers avaient-ils attaqué la caravane sans crier gare ? se demanda-t-il. Étaient-ils les gardes frontières du Monomatapa ? Cela semblait être l'explication la plus plausible, bien qu'il pût s'agir aussi de bandits comme les dacoïts de l'Inde, qu'il avait eu le triste privilège de rencontrer.

Zouga regarda le cadavre d'un air morose. Qui était cet homme ? Quel danger sa tribu présentait-elle encore pour la caravane ? Il ne pouvait pas en apprendre davantage. Sur le point de se redresser, il remarqua alors le collier que le guerrier portait autour du cou et s'agenouilla de nouveau pour l'examiner.

Il était fait de perles de verroterie à bon marché enfilées sur un lacet en boyau. Une babiole de mauvais goût si l'on excluait le pendentif qui avait glissé sous son aisselle et que Zouga aperçut alors.

Il le tira, l'examina quelques instants puis l'ôta en le faisant glisser par-dessus la tête de l'homme. En passant sa main sous la nuque, il sentit sous ses doigts des bouts d'os crisser les uns contre les autres comme les morceaux d'une poterie brisée. Il reposa la tête fracassée, se releva avec le collier enroulé autour de ses doigts et examina le pendentif.

Il était sculpté dans de l'ivoire jauni par l'âge, et de minuscules fissures noires formaient un fin lacis sur ses surfaces polies. Zouga le leva dans la lumière et le fit tourner entre ses doigts pour l'étudier sous tous les angles.

Il avait vu une autre figurine presque semblable à celle-ci, une figurine en or qui se trouvait à présent en sûreté dans les coffres d'une banque du Cap où il l'avait déposée avant de s'embarquer sur le *Black Joke* : un oiseau stylisé perché sur un socle rond. Celui-ci était décoré avec les mêmes motifs triangulaires en dents de requin, et l'oiseau avait la même poitrine gonflée et les mêmes courtes ailes pointues, repliées sur son dos. Ç'aurait pu être un pigeon ou une colombe, à un détail près : le bec était recourbé comme celui d'un rapace.

C'était un faucon, il en était certain, et il savait aussi que l'oiseau héraldique possédait une profonde signification. Le collier que lui avait laissé Tom Harkness avait sans doute appartenu à un roi, une reine ou un grand prêtre, le choix de l'or comme matériau l'indiquait. Il avait à présent sous les yeux un pendentif de forme identique, porté apparemment par un chef, et, cette fois encore, le motif représenté était fidèlement reproduit dans un matériau précieux, l'ivoire.

Était-ce le faucon du Monomatapa ? se demanda Zouga en examinant attentivement le bijou, qui devait être ancien à en juger par la patine qu'avait prise l'ivoire.

Zouga leva les yeux vers la petite Matabélé qui, debout, presque nue au-dessus de lui, le regardait faire avec intérêt.

— Tu as vu ça ? demanda-t-il.

— C'est un oiseau.

— En as-tu déjà vu de semblable ?

Jouba secoua la tête, et ses petits seins s'agitèrent.

— C'est une chose de Mashona, fit-elle en haussant les épaules pour montrer qu'une descendante de Senzangakhona et de Chaka n'avait que faire de ce genre de colifichet.

Zouga passa le collier autour de son cou, et le faucon d'ivoire vint se nicher dans le col ouvert de sa chemise sur la toison brune de sa poitrine.

— Viens ! dit-il à Jouba. Nous n'avons rien d'autre à faire ici, et il ouvrit la marche en direction du camp.

Le pays où les avait conduits le vieux mâle au-delà du défilé était le royaume des éléphants. Peut-être étaient-ils venus se réfugier dans cette région inhabitée sous la pression des chasseurs qui se déplaçaient vers le nord en partant de l'extrémité méridionale du continent. Il y avait des troupeaux partout. Chaque jour, Zouga et Jan Cheroot, qui chassaient loin en avant du gros de la caravane, rencontraient de ces énormes pachydermes et en tuaient.

Ils en abattirent quarante-huit le premier mois et presque soixante le second. Zouga en tenait une comptabilité méticuleuse dans son journal de voyage, notait les circonstances de la chasse, le poids de chaque défense et le lieu exact de la cachette où ils les avaient enfouies.

Sa petite troupe de porteurs ne pouvait emporter ne serait-ce qu'une petite partie d'une telle masse d'ivoire, et la longueur et la direction de leur voyage restaient incertaines. Zouga enfouissait ses trésors toujours à proximité d'un élément du paysage aisément repérable : un arbre particulier, un rocher de forme inhabituelle, le sommet d'une colline ou le confluent de deux rivières.

Il reviendrait un jour les chercher, et à ce moment-là, l'ivoire aurait perdu son trop-plein d'humidité et serait plus facile à transporter.

Pour l'heure, il consacrait le plus clair de son temps à poursuivre ses proies. Il passait tant d'heures à marcher et à courir qu'il possédait à présent une musculature et une condition physique d'athlète ; ses bras et son visage avaient pris la teinte de l'acajou, et le soleil donnait des reflets d'or à sa barbe et à sa moustache.

Chaque jour, il apprenait auprès de Jan Cheroot la vie de la brousse et les astuces de la chasse ; il était désormais capable de suivre sans se tromper une piste quasi invisible sur un terrain rocheux. Il avait appris à anticiper sur les tours et détours que faisaient les troupeaux pour se placer sous le vent et sentir son odeur. Il avait appris à prévoir leurs déplacements, si bien que, coupant à travers leur piste tortueuse, il parvenait à s'épargner plusieurs heures de poursuite acharnée. Il avait appris à évaluer le sexe, la taille, l'âge et jusqu'à l'importance des défenses d'un animal d'après la marque laissée par son pied dans la terre.

Il s'était aperçu que, si on laissait le troupeau adopter cette allure balancée entre le trot et le petit galop, il était capable de la garder pendant un jour et une nuit sans s'arrêter — tandis qu'en les surprenant dans la pleine chaleur de midi, il pouvait les contraindre à prendre une cadence rapide sur les premiers kilomètres, les essouffler, obligeant ainsi les petits à s'arrêter : les femelles s'arrêtaient alors elles aussi pour rester avec eux ; elles agitaient leurs immenses oreilles pour se rafraîchir et plongeaient leur trompe dans leur gorge pour y aspirer de l'eau dont elles s'aspergeaient la tête et le cou.

Il avait appris à viser le cœur, le cerveau, les poumons ou la moelle épinière dans cette montagne amorphe de chair et de peau grise. Il avait appris à briser l'épaule quand la bête présentait le flanc, et elle s'effondrait alors comme frappée par la foudre, ou à toucher la hanche quand elle courait derrière le troupeau, suffoquée par la poussière ; cloué sur place, l'articulation fracassée, l'animal attendait le coup de grâce.

Il chassait les troupeaux au sommet des collines pour profiter de la brise rafraîchissante du soir. À l'aube, il chassait dans les forêts denses et les clairières, et à midi dans les jardins envahis par la végétation qui appartenaient jadis à des populations disparues. Car la terre qu'il avait tout d'abord crue dépourvue de toute présence humaine ne l'était plus depuis des milliers d'années.

Au-delà des jardins autrefois cultivés par l'homme où les troupeaux d'éléphants étaient revenus récupérer leur héritage, Zouga découvrit les vestiges d'immenses villes indigènes, les centres depuis longtemps désertés de civilisations naguère florissantes, bien qu'il ne restât plus que l'empreinte circulaire des cases en torchis construites à même la terre battue, les pierres noircies du foyer et les piquets carbonisés des enclos où avaient dû se trouver parqués de grands troupeaux. À en juger par la hauteur des herbes folles, ces jardins n'avaient pas été cultivés depuis des décennies.

Le fait de voir ces grands troupeaux d'éléphants parcourir lentement ces villes et ces champs abandonnés avait quelque chose d'insolite. Quelques vers d'une étrange poésie publiée à Londres l'année précédente et que Zouga avait lus avant son départ, lui revinrent en mémoire.

On dit que le lion et le lézard gardent les cours
Où Jamshyd se pavanait et buvait tout le jour.
Et Bahram, ce grand chasseur ! l'âne sauvage
Lui marche sur la tête tandis qu'il dort pour toujours.

Zouga gratta parmi les fondations des cases et trouva de la cendre enfouie, restes probables de cloisons en bois et de toits de chaume. Dans un ancien village, Zouga dénombra un millier d'habitations de ce genre avant d'abandonner le compte — une population nombreuse, mais où était-elle allée ?

Il trouva un début de réponse ; les traces d'une bataille non loin des cases. Desséchés par le soleil, les ossements étaient aussi blancs que des marguerites et

433

la plupart étaient à moitié enfouis dans la terre rouge ou recouverts par des herbes à tête pelucheuse qui ondulaient dans la brise.

Sur plusieurs hectares, les restes humains étaient entassés ou alignés tels des épis de blé fraîchement coupés attendant les pillards. Presque tous les crânes avaient été fracassés comme à coups de massue.

Zouga se rendit compte qu'il ne s'agissait pas tant d'un champ de bataille que du lieu d'un massacre. Si le même tribut avait été prélevé sur toutes les villes en ruine qu'il avait parcourues, le nombre des morts devait se chiffrer par dizaines, voire par centaines de milliers. Il n'était pas étonnant qu'il ne restât plus que quelques petits groupes d'hommes, comme la poignée de guerriers qui avait essayé de les empêcher de franchir la passe. Il y en avait d'autres. De temps en temps, Zouga apercevait la fumée d'un feu domestique qui s'élevait de l'un de ces tertres rocheux aux formes étranges disséminés un peu partout. S'il s'agissait bien des survivants de la civilisation disparue, ils vivaient toujours dans la hantise du destin qui avait accablé leurs ancêtres.

Lorsque Zouga et ses chasseurs approchaient de l'une de ces habitations haut perchées, ils constataient que les crêtes étaient fortifiées par des remparts de rochers, et ils étaient accueillis par une avalanche de grosses pierres qui les forçait à battre précipitamment en retraite. Ils découvraient souvent des petits jardins potagers en contrebas.

Il y poussait du millet, du ropoko et de grosses ignames, mais aussi, ce qui importait davantage aux yeux de Zouga, du tabac vert foncé. La terre était riche ; les ropokos atteignaient deux fois la taille d'un homme et les têtes de maïs étaient chargées de graines rouges.

Soutenues par une forte tige, les feuilles de tabac atteignaient la taille d'une oreille d'éléphant. Zouga roulait celles des extrémités pour en faire de gros cigares au goût généreux, et, tout en les fumant, il se demandait comment la plante était arrivée jusqu'ici depuis sa lointaine terre d'origine. Il avait dû exister une route commerciale reliant ces populations aux habitants de la côte. Les perles de verroterie du collier qu'il avait trouvé sur le corps du guerrier et à présent cette plante exotique le prouvaient, de même que les tamariniers, originaires des Indes, qui poussaient au milieu des ruines.

Alors qu'il poursuivait lentement sa route à travers ce pays à peine peuplé, irrigué par de puissants cours d'eau et bien boisé, où abondait le gibier à poil et à plumes, Zouga se demandait ce qu'une colonie d'immigrants britanniques, avec leur industrie et leurs techniques agricoles sophistiquées — labour, rotation des cultures, sélection des semences et fertilisation des sols —, pourrait faire de cette terre féconde.

Chaque fois qu'il revenait vers le gros de la caravane, il effectuait de méticuleuses observations du soleil et, avec l'aide de son chronomètre et de son almanach, calculait leur position exacte, pour l'ajouter, avec une description succincte des lieux, sur la carte que lui avait léguée le vieux Tom Harkness. À mesure que de nouvelles rivières étaient indiquées, que l'étendue de la région et des « couloirs à mouches » se précisait, que les remarques de Zouga concernant le terrain, le sol, les types de végétation comblaient les blancs, le vieux parchemin prenait encore davantage de valeur.

Lorsqu'il n'était pas plongé dans sa carte, Zouga travaillait autant que la lumière le permettait à son journal et au manuscrit qui en était le complément pendant que Jan Cheroot et les porteurs rentraient la dernière moisson d'ivoire et l'enterraient avant qu'elle ne commence à sentir franchement mauvais.

Quand il calcula le poids total d'ivoire qu'il avait amassé, Zouga estima qu'il en avait enfoui plus de six tonnes le long de sa route. À douze shillings le kilo à Londres, cela représentait près de quatre mille livres sterling. Le tout était de ramener la récolte en Angleterre. Zouga se sourit à lui-même en achevant ses calculs : une douzaine de chariots ou cinq cents porteurs, et trois mille kilomètres de portage, voilà tout ce qu'il fallait.

Chaque fois qu'ils traversaient une rivière, Zouga prenait la grande gamelle en fer qui servait à faire à la fois la lessive et la vaisselle et, sur des kilomètres en amont et en aval, il fouillait le gravier. Il choisissait un endroit favorable sous la berge dans une courbe de la rivière, remplissait la gamelle et, en la faisant tourner dans le courant, il en rinçait le contenu, le gravier le plus léger s'en allant à chaque tour, puis il recommençait jusqu'à ce qu'il ne lui reste au fond de la gamelle qu'une bouillie du matériau le plus fin et le plus lourd. Celui-ci, toujours sombre et dépourvu des étincelles dorées qu'il espérait si ardemment y trouver, était sans intérêt.

Lorsqu'il décrivait en détail toutes ces activités dans son journal, une seule chose pouvait le distraire : c'était de chercher un nom de baptême pour ce magnifique pays tout neuf. Rien n'indiquait que c'était l'empire du Monomatapa ni même que cet empire existait. Les petits groupes épars de gens craintifs et démoralisés qu'ils avaient jusque-là rencontrés ne ressemblaient en rien aux guerriers d'un empire puissant. Une autre considération le décida à ne pas adopter ce nom. S'il l'avait fait, il aurait reconnu tacitement que la terre avait déjà été revendiquée et, à chaque nouvelle journée de voyage à travers ces étendues sauvages, il s'imaginait de plus en plus la revendiquer lui-même au nom de sa reine et de son pays, et ce rêve lui semblait de moins en moins utopique. Zouga commença à l'appeler « Zambèzie » — la terre située au sud du Zambèze — et c'est ainsi qu'il la désigna dans son journal et son volumineux manuscrit.

Tous ces travaux ralentissaient la marche et la caravane avançait lentement. Comme Robyn le fit remarquer à Zouga, « en comparaison, un escargot aurait eu l'air d'un vainqueur du Derby ». Car, pendant que Zouga parcourait parfois jusqu'à trois cents kilomètres au cours de ses chasses, la caravane campait et attendait son retour, puis patientait encore quatre ou cinq jours, le temps que Jan Cheroot et les porteurs rapportent le chargement d'ivoire humide.

— Pour autant que tu le saches, Morris Zouga, ton propre père est peut-être en train d'agoniser quelque part dans ce pays par manque de médicaments pendant que tu...

— S'il a déjà survécu huit ans, il y a peu de chances que ce vieux démon casse sa pipe dans les jours qui viennent.

Le ton léger de Zouga dissimulait son irritation. Depuis qu'il avait tué le Mashona, les rapports entre sa sœur et lui étaient tendus au point qu'ils avaient du mal à rester courtois lorsqu'il leur arrivait de s'adresser la parole.

Les absences prolongées et fréquentes de Zouga ne s'expliquaient pas uniquement par son ardeur à chasser et à explorer les régions avoisinantes. Il se sentait moins nerveux loin de sa sœur. Ce moment de grâce où ils s'étaient tenus par la main sur les hauteurs de l'escarpement, comme deux enfants extasiés devant un arbre de Noël, n'était plus qu'un souvenir.

Ruminant ses pensées à côté de son feu de camp solitaire, tandis que les hyènes gloussaient et criaient autour de la carcasse d'un éléphant dans la forêt toute proche, Zouga songeait à quel point il était miraculeux que deux personnalités aussi différentes que la sienne et celle de Robyn, avec leurs aspirations divergentes, aient

437

pu parcourir ensemble un tel chemin sans désaccord sérieux. C'était trop beau pour durer indéfiniment, et il se demandait maintenant comment cela allait se terminer. Il aurait dû suivre son instinct et renvoyer Robyn à Tête et au Cap quand il avait une bonne raison de le faire, car la voie de l'affrontement sur laquelle ils s'étaient si manifestement engagés ne pouvait aboutir qu'à un désastre pour toute l'expédition.

Quand il rejoindrait le reste de la caravane le lendemain, il mettrait les choses au clair avec sa sœur d'une manière ou d'une autre. Il lui faudrait enfin accepter qu'il était le chef de l'expédition et, en tant que tel, qu'il prenait les décisions ultimes. Alors, il ferait quelques concessions à ses desiderata, bien que la recherche de Fuller Ballantyne fût assez loin dans l'ordre de ses priorités. Il aurait probablement mieux valu pour tout le monde, y compris pour Fuller Ballantyne lui-même, que celui-ci ait été mené à sa tombe de héros par ses fidèles porteurs.

Cette pensée donna mauvaise conscience à Zouga, et il sut qu'il ne la coucherait jamais par écrit, pas même dans les pages les plus intimes de son journal, pas plus qu'il ne la livrerait à sa sœur. Mais l'idée ne le quitta pas, même quand il s'enroula dans sa couverture entre deux petits feux, l'un à sa tête, l'autre à ses pieds, destinés à briser la mince couche de givre qui, à l'aube, allait recouvrir la terre et l'herbe. Bercé par les ronflements sonores de Jan Cheroot, Zouga finit par s'endormir.

Ayant pris la décision d'affirmer son autorité, Zouga sortit de sa couverture à l'aube, déterminé à rejoindre à marche forcée l'endroit où il avait laissé Robyn et la caravane douze jours plus tôt. Il estimait que la distance à parcourir était d'une soixantaine de kilomètres, peut-être un peu moins, et il imposa à ses hommes une allure infernale, sans même leur accorder la pause de midi.

Il avait délibérément fait dresser le camp principal au pied d'un kopje de forme particulière, dont les flèches rocheuses pouvaient être vues distinctement de plusieurs kilomètres à la ronde et qu'il avait baptisé « mont Hampden » en souvenir de la visite qu'il avait faite, enfant, à ce château.

Ils étaient encore loin lorsque Zouga éprouva ses premières craintes. Aucune fumée ne s'élevait en contrebas des collines, alors qu'il aurait dû y en avoir. Il avait laissé presque une tonne de viande d'éléphant que les porteurs se chargeaient de fumer, et, en partant, chaque fois qu'il se retournait, il avait vu longtemps s'élever la colonne de fumée, bien après que la crête des collines eut disparu sous les cimes des arbres de la forêt.

— Il n'y a pas de fumée, dit-il à Jan Cheroot.

— Je ne voulais pas être le premier à le faire remarquer, acquiesça le petit Hottentot.

— Est-il possible que Camacho nous ait suivis jusque-là ?

— Les Portugais ne sont pas les seuls animaux mangeurs d'homme, dans cette région, répondit Jan Cheroot, et il pencha la tête comme un oiseau curieux en voyant Zouga se dévêtir pour s'apprêter à rejoindre en courant le camp principal.

Sans un mot, il l'imita et tendit son pantalon à ses porteurs.

— Suivez-nous aussi vite que possible, leur dit Zouga en arrachant un sac de poudre des mains de Matthieu avant de partir en courant.

Jan Cheroot à son côté, il courut ainsi comme il l'avait fait tant de fois en soutenant un rythme capable d'exténuer en quelques kilomètres un troupeau d'éléphants avec des petits. Tenaillé par l'inquiétude, le ressentiment qu'il éprouvait à l'égard de sa sœur avait disparu. Des images horribles lui venaient à l'esprit, il voyait le camp mis à sac, des corps mutilés étendus dans l'herbe ensanglantée, fauchés par les balles des mousquets portugais ou frappés à mort par les sagaies de guerriers empanachés.

Il se surprit à prier pour elle, à répéter les formules de son enfance qu'il avait si rarement employées depuis, et, inconsciemment, il accéléra l'allure tant et si bien que Jan Cheroot émit un grognement de protestation près de son épaule et ralentit progressivement tandis que Zouga poursuivait sa course puissante.

Il atteignit le pied de la colline avec un bon kilomètre d'avance sur le petit Hottentot, se retourna face au disque rouge du soleil qui descendait déjà sous l'horizon et s'arrêta, haletant et en sueur.

Il jeta un coup d'œil en contrebas vers le vallon ombragé par de grands mukusis où il avait laissé la caravane et il se sentit défaillir. Le site était désert, les feux éteints n'étaient plus que des tas de cendre noire et les abris à toit de chaume avaient déjà l'air délabré des habitations abandonnées. Encore hors d'haleine, Zouga dévala la pente vers le camp déserté et regarda fiévreusement autour de lui à la recherche des corps. Il n'y en avait aucun, il pensa d'abord à une descente de négriers. Ils les avaient emmenés tous, et il frissonna d'horreur à la pensée de ce que Robyn avait dû endurer.

Zouga courut d'abord vers sa hutte. Il n'y avait pas la moindre trace de sa présence. Il se précipita vers la hutte suivante, puis vers une troisième — toutes étaient vides, mais dans la dernière, il trouva un corps. Il était recroquevillé à même le sol sablonneux et enveloppé dans une couverture, remontée sur sa tête et serrée autour de son buste.

Appréhendant de découvrir le cadavre mutilé de sa sœur, Zouga s'agenouilla à côté. La sueur l'aveuglait à moitié, il tendit une main tremblante et tira le pan de la couverture qui recouvrait la tête immobile.

L'homme poussa un hurlement de frayeur, puis se débattit pour se débarrasser de la couverture en bafouillant et en donnant des coups de pied et de poing pour se défendre.

— Suppôt de Satan ! cria Zouga, qui avait ainsi baptisé le plus paresseux de ses porteurs, un homme maigre à l'appétit énorme et à l'enthousiasme beaucoup moins grand pour tout ce qui impliquait un effort physique. Que s'est-il passé ? Où est Nomousa ?

Quand il se fut calmé et remis du choc, Suppôt de Satan lui tendit un papier pour toute réponse. C'était une page que Robyn avait arrachée à son journal, pliée en deux et scellée à la hâte avec un peu de cire rouge. Le petit mot disait :

Cher Zouga,

Je suis d'avis que tout retard supplémentaire nuirait gravement aux intérêts des commanditaires de cette expédition.

En conséquence, j'ai décidé de poursuivre la route en conservant une allure convenant mieux à la réalisation de nos objectifs avant la saison des pluies.

Je charge Suppôt de Satan d'attendre ton retour. Continue à ton rythme

Ta sœur affectionnée,
Robyn.

Le billet était daté de dix jours plus tôt, et c'était tout ce qu'elle lui avait laissé. Il n'y avait plus un seul sac de sel ou de thé, deux choses dont Zouga avait été privé depuis plus d'une semaine.

Il resta frappé de stupeur jusqu'au moment où Jan Cheroot parvint au camp déserté, mais avant que ses

441

porteurs exténués n'arrivent à leur tour, une rage noire avait chassé en lui toute autre émotion. Il aurait aimé partir le soir même à la poursuite de la caravane, mais il eut beau envoyer des coups de pied dans les côtes de ses porteurs et les insulter, ils étaient si épuisés qu'ils ne purent se relever et restèrent étendus là où ils s'étaient laissés tomber.

Robyn avait eu beaucoup de mal à décider les porteurs à lever le camp et reprendre leurs fardeaux. Ses premières tentatives avaient été accueillies avec amusement et par des petits rires, car aucun ne pensait qu'elle parlait sérieusement. Même Jouba ne pouvait comprendre que Nomousa, une femme, veuille prendre le commandement de la caravane.

Quand elle vit qu'aucun de ses arguments ne portait, elle prit le fouet en cuir d'hippopotame du petit caporal hottentot que Jan Cheroot avait laissé à la tête de ses mercenaires. Des branches supérieures du mukusi où Robyn l'avait forcé à se réfugier, le caporal beugla des ordres frénétiques à ses hommes.

Dans l'heure suivante, ils étaient en route, et les rires amusés avaient cédé la place à des mines renfrognées. Tous étaient à présent convaincus que le safari était voué à l'échec. Avait-on jamais vu une femme, une jeune femme — et pis encore, une jeune femme blanche — conduire une caravane en terre inconnue ? Ils n'avaient pas plus tôt parcouru un kilomètre que la plupart se plaignaient d'avoir des épines dans les pieds ou du « mauvais sang » derrière les yeux, maux habituels chez les porteurs rétifs.

Robyn les fit repartir en tirant au-dessus de leurs têtes avec le gros colt, qui lui démit presque le poignet mais s'avéra être un remède souverain tant pour les pieds que pour les yeux. Ils effectuèrent finalement une bonne journée de marche vers le sud-ouest, que Robyn évalua à une quinzaine de kilomètres lorsqu'elle rédigea son journal le soir même.

En dépit de la vaillance qu'elle affichait devant les porteurs et les mercenaires, Robyn était en proie au doute. Elle avait attentivement observé Zouga lorsqu'il déterminait leur route avec la boussole topographique à prisme et avait maîtrisé la technique consistant à se diriger en prenant une colline ou un autre trait de relief comme point de repère. C'était la seule façon de conserver un ordre de marche en droite ligne dans ce pays vallonné et boisé.

Chaque fois qu'elle en avait eu le loisir, elle avait étudié la carte de Harkness et constaté combien la direction qu'ils avaient empruntée avait été judicieusement choisie par Zouga. Il s'était fixé pour objectif de traverser cette vaste région inexplorée qu'il avait appelée Zambèzie, puis de suivre la route que leur grand-père, Robert Moffat, avait ouverte entre sa mission de Kuruman et Thabas Indunas, la ville de Mzilikazi, le roi matabélé.

L'intention de Zouga avait été cependant de couper au sud des confins du royaume matabélé afin d'éviter la Terre Brûlée où, selon Tom Harkness, les guerriers cafres de Mzilikazi tuaient tous les voyageurs. Ni elle ni Zouga ne pouvaient compter sur leur lien de parenté avec Moffat pour les protéger.

En atteignant la piste carrossable de Kuruman, ils se seraient retrouvés en territoire connu, et la route les aurait conduits jusqu'à la série de points d'eau qu'avait signalés le grand-père Moffat. Après Kuruman et la réunion de famille, il restait un trajet long et pénible pour rejoindre Le Cap, mais la voie était fréquentée, et en moins d'un an, ils auraient pu regagner Londres. Le plus délicat était de trouver la bonne route au sud du pays matabélé, au milieu des périls inconnus

443

qui les attendaient encore, et d'atteindre la piste de Kuruman.

Robyn ne s'était pas vraiment préparée à devoir un jour accomplir l'exploit de tracer sa route entièrement seule. Ce n'était qu'une question de jours avant que Zouga ne regagne le mont Hampden, puis ne se précipite à la poursuite du gros de la caravane. Le choc de leurs volontés ne manquerait pas d'intérêt. Robyn était cependant certaine qu'elle finirait par le convaincre qu'il importait davantage de retrouver leur père et d'assurer sa sécurité que de tuer des éléphants dont il ne parviendrait probablement jamais à récupérer les défenses.

Elle avait seulement voulu faire preuve de défi, et Zouga serait bientôt à ses côtés. En attendant, alors qu'elle marchait à grands pas dans son pantalon moulant devant le Hottentot qui portait l'Union Jack déchiré et la file des porteurs maussades qui s'étirait loin derrière, elle éprouvait une sensation déplaisante de vide dans la poitrine.

Ils campèrent le soir suivant au bord d'une rivière qui n'était plus qu'une succession de mares d'eau verte au fond de son lit de sable blanc. Sur la berge escarpée se dressait un bosquet de figuiers « étrangleurs » dont le tronc et les branches pâles et lisses s'étaient enroulés autour des arbres hôtes et les étouffaient. Les parasites étaient devenus plus grands et plus robustes que les restes à moitié pourris qui les supportaient ne l'avaient jamais été, et des grappes de figues presque mûres couvraient leurs branches. Les gras colombars qui venaient s'en nourrir battaient des ailes et caracolaient de leur voix aiguë, si différente de celle des autres pigeons. Pour Robyn, ils semblaient dire : « Ah bien ! Ah très bien ! », et penchaient leur tête pour regarder à travers le feuillage les hommes qui campaient au-dessous.

Les porteurs avaient coupé les branches épineuses, construit le *scherm* et allumé les feux de camp quand tous entendirent le lion rugir. Le son ne couvrit les murmures des voix que quelques instants car il était faible, semblait provenir de plusieurs kilomètres en aval, et tous s'étaient depuis longtemps habitués à ces rugissements.

Il ne s'était guère passé de nuits depuis qu'ils avaient franchi la passe sur la route des éléphants sans qu'ils entendent les lions. Le matin, ils trouvaient des empreintes de pattes, parfois presque de la taille d'une assiette à soupe, autour du camp, là où les gros chats curieux avaient décrit des cercles autour d'eux pendant la nuit.

Robyn n'en avait cependant jamais vu aucun, car ils sortent presque uniquement la nuit, et ses premières inquiétudes avaient depuis longtemps fait place à de l'indifférence. Elle se sentait tout à fait en sécurité à l'abri du *scherm* d'épineux, et, en entendant le grondement lointain, c'est tout juste si elle leva les yeux de son journal, dans lequel elle était en train d'expliquer, en exagérant à peine, avec quelle compétence elle avait dirigé la marche du jour.

« Nous parcourons plus de chemin que nous ne l'avons jamais fait quand Z dirigeait la caravane », écrivit-elle avec fierté, mais elle ne prit pas la peine d'évoquer l'état d'esprit des porteurs.

Le lion poussa un autre rugissement, et comme aucun ne suivait, les conversations traînantes reprirent autour des feux de camp et Robyn se pencha de nouveau sur son journal.

Quelques heures après le coucher du soleil, le camp se préparait à s'endormir. Couchée sous son abri hâtivement recouvert de chaume, avec Jouba recroquevillée près d'elle sur le matelas d'herbe fraîchement coupée, Robyn écoutait s'évanouir petit à petit les voix mélodieuses des porteurs. Elle poussa un profond soupir et s'endormit instantanément — pour être réveillée dans la nuit par un véritable tumulte.

À en juger par la fraîcheur de l'air, l'obscurité complète et l'état de stupeur où elle se trouvait, il était tard. La nuit résonnait des cris terrifiés des hommes et du martèlement précipité de leurs pieds. Ensuite elle entendit la détonation mate d'un mousquet, le fracas de grosses bûches jetées dans les feux de camp et puis les cris de Jouba près de sa tête.

— Nomousa! Nomousa!

L'esprit encore embrumé par le sommeil, Robyn s'assit avec peine, sans trop savoir si elle rêvait ou si c'était la réalité.

— Que se passe-t-il?

— Un diable! hurla Jouba. Des diables sont venus nous tuer!

Robyn repoussa sa couverture et sortit de l'abri en courant, nu-pieds, vêtue seulement de sa chemise de nuit en flanelle, des rubans dans les cheveux.

À cet instant, les bûches s'enflammèrent et elle vit des corps nus, noirs ou jaunes, des visages terrifiés, des yeux révulsés et des bouches qui criaient.

Le petit caporal hottentot, nu comme un ver, caracolait près du feu de camp en brandissant son mousquet et, tandis que Robyn se dirigeait vers lui, il tira à l'aveuglette dans l'obscurité.

— Que se passe-t-il? lui cria-t-elle dans l'oreille.

— *Leeuw!* Le lion!

Ses yeux étincelaient de frayeur et des bulles de salive se formaient à la commissure de ses lèvres.

— Où est-il?

— Il a emporté Sakkie! Il l'a tiré de ses couvertures.

— Du calme! cria Robyn. Calmez-vous tous!

Enfin, ils se tournaient tous instinctivement vers elle comme vers leur chef.

— Du calme ! répéta-t-elle, et le flot d'exclamations d'effroi et de doute ne tarda pas à se tarir.

— Sakkie ! appela-t-elle dans le silence retrouvé.

La voix du Hottentot disparu lui parvint faiblement de dessous la berge de la rivière à moitié asséchée.

— *Die leeuw het my !* Le lion m'a attrapé ! *Die duiwel gaan my dood maak !* Le diable va me tuer ! cria-t-il avant de pousser un atroce hurlement de douleur.

Tous avaient en même temps entendu un craquement d'os et un grognement étouffé comme celui d'un chien tenant sa nourriture entre ses mâchoires. Avec un frisson d'horreur, Robyn se rendit compte que l'homme se faisait dévorer à moins de cinquante mètres d'elle.

— *Hy vreet my bene !* Il me dévore les jambes !

La voix qui sortait de l'obscurité exprimait une souffrance indescriptible et, en entendant les horribles craquements, Robyn suffoqua. Sans réfléchir, elle ramassa dans le feu un brandon et, en le levant, cria au caporal hottentot :

— Venez ! Nous devons le sauver !

Elle se précipita jusqu'au bord de la berge et, là, s'aperçut qu'elle était seule et sans arme.

Elle jeta un coup d'œil derrière elle. Aucun des hommes ne l'avait suivie. Ils se tenaient épaule contre épaule près du feu, serrant un mousquet, une hache ou une sagaie, mais ils étaient cloués sur place.

— Il est perdu, lança la voix du caporal, tremblante de terreur. Laissez-le, il est trop tard. Laissez-le.

Robyn jeta le flambeau qu'elle tenait dans le lit de la rivière, et avant que les flammes ne s'éteignent, elle crut apercevoir dans l'ombre une énorme masse noire, terrifiante.

Robyn courut vers le groupe d'hommes et arracha son mousquet à l'un des Hottentots. En tirant le chien avec son pouce, elle se précipita de nouveau jusqu'à la rive et regarda en contrebas dans l'obscurité complète.

447

Puis, d'un seul coup, il y eut quelqu'un près de son épaule, qui tenait haut un flambeau ramassé dans le feu.

— Jouba! Va-t'en d'ici! ordonna Robyn.

L'enfant était entièrement nue, à l'exception d'un cordon de perles autour des hanches et son mince corps noir luisait à la lumière du feu. Elle ne pouvait répondre à Robyn car des larmes roulaient le long de ses joues rondes et sa gorge était nouée par la terreur, mais elle secoua la tête énergiquement.

Au-dessous d'elles, la monstrueuse forme sombre se détachait sur le sable blanc du lit asséché, et les hurlements de l'homme agonisant se mêlaient aux sinistres grognements de l'animal.

Robyn leva son mousquet mais hésita à faire feu de crainte de toucher le Hottentot. Dérangé par la lumière, le lion se leva, encore plus énorme, et tira rapidement hors du halo du flambeau le corps qui se tortillait faiblement et pendait entre ses pattes de devant.

Robyn prit une profonde inspiration, le lourd mousquet tremblait dans ses mains, mais elle redressa le menton dans un geste volontaire et, relevant sa longue chemise de nuit, descendit dans le lit de la rivière. Jouba la suivait comme un chien fidèle, si près qu'elles faillirent tomber, mais elle tenait sa torche le plus haut possible, bien qu'en tremblant, et les flammes vacillèrent.

— Tu es courageuse! Tu es une bonne fille! souffla Robyn.

Elles avancèrent en trébuchant sur le sable fin où leurs pieds s'enfonçaient à chaque pas.

Devant elles, à l'extrême limite de leur champ de vision, elles voyaient bouger l'ombre noire menaçante, et les grondements sourds emplissaient la nuit.

— Lâche-le! cria Robyn d'une voix tremblotante. Lâche-le tout de suite!

Inconsciemment, elle lançait au fauve les mêmes ordres qu'elle donnait lorsqu'elle était enfant à son fox-terrier quand il refusait de rendre sa balle en caoutchouc.

Devant elle, dans l'obscurité, Sakkie l'entendit et implora d'une voix faible :

— Aidez-moi... pour l'amour de Dieu, aidez-moi.

Mais le lion le tira plus loin en laissant derrière lui une longue marque humide dans le sable.

Robyn se fatiguait rapidement, ses bras lui faisaient mal à force de porter le lourd fusil, chaque inspiration lui brûlait les poumons et elle n'arrivait pas à inhaler assez d'air car la peur lui serrait la poitrine comme un étau. Elle savait que le lion ne battrait pas en retraite indéfiniment devant les cris et finirait par perdre patience, et elle ne se trompait pas.

Soudain, la forme se redressa devant elles. Il avait lâché le corps mutilé et se tenait au-dessus de lui comme le fait un chat lorsqu'il a attrapé une souris, mais il était grand comme un poney et sa crinière hérissée semblait encore doubler sa taille.

À la lumière des flammes, ses yeux étincelaient comme de l'or ; il ouvrit la gueule et poussa un rugissement si terrible que les tympans de Robyn se mirent à battre douloureusement et qu'elle recula en chancelant, Jouba accrochée à elle. L'enfant sanglotait et, incapable de se maîtriser, lâchait de petits jets d'urine ; quand le lion attaqua, elle laissa tomber la torche dans le sable, les plongeant tous dans l'obscurité complète.

Robyn leva son mousquet, en un réflexe de défense, et quand le canon fut à la hauteur de sa taille, elle pressa la gâchette de toutes ses forces. L'amorce étincela un instant, et Robyn vit le lion. Il était si près que le long canon du mousquet semblait toucher son énorme tête auréolée de longs poils. Sa gueule grande ouverte émettait toujours d'effroyables grondements et découvrait ses terribles crocs, une lueur jaune flamboyait dans ses yeux. Robyn poussa un cri, complètement couvert par le rugissement de l'animal enragé.

Une fraction de seconde après l'éclair de l'amorce, le coup partit et le mousquet recula si violemment qu'il faillit lui échapper des mains. La crosse s'enfonça dans son ventre avec une force telle que l'air fut chassé de ses poumons et qu'elle chancela. Accrochée à ses jambes, Jouba la fit trébucher, elle tomba en arrière de tout son long à l'instant où le fauve la heurtait avec violence.

Si Robyn n'était pas tombée, les deux cents kilos de muscles auraient porté sur sa poitrine et lui auraient brisé le cou. Le choc l'étourdit cependant, et quand elle reprit conscience, l'odeur fauve du lion agressait ses narines et sa masse l'écrasait au sol. Elle se tortilla faiblement, mais le poids l'étouffait et des gouttes de sang chaud, si chaud qu'il la brûlait, dégoulinaient sur son visage et son cou.

— Nomousa !

La voix angoissée de Jouba était toute proche, les rugissements s'étaient tus. Il n'y avait plus que ce poids et cette odeur insupportables.

Retrouvant brusquement son énergie, Robyn se débattit et donna de grands coups de pied ; la masse qui l'écrasait glissa mollement à côté d'elle, et elle se dégagea tout à fait. Jouba se précipita immédiatement dans ses bras et la prit par le cou.

Robyn la réconforta comme si elle avait été un petit enfant en lui donnant des tapes affectueuses et en embrassant ses joues chaudes et humides de larmes.

— C'est fini. Là, là, c'est fini, marmonnait-elle, tout en se rendant compte que le sang du lion trempait ses cheveux et qu'une douzaine d'hommes, conduits avec prudence par le caporal hottentot, étaient venus s'aligner en haut de la berge, chacun tenant haut une torche d'herbe enflammée.

450

Dans la pâle lumière jaune, Robyn vit le lion étendu à côté d'elle. La balle l'avait touché en plein dans le museau et s'était logée à la base du cou après avoir traversé le cerveau. Elle avait tué le grand félin en plein élan et son corps sans vie avait cloué Robyn au sol.

— Le lion est mort ! annonça celle-ci d'une voix mal assurée aux hommes alignés, et tous descendirent dans le lit de la rivière, craintivement d'abord, puis hardiment quand ils virent l'énorme carcasse fauve.

— C'est un coup digne d'un vrai chasseur, déclara solennellement le caporal. Un pouce plus haut et la balle ricochait sur le crâne, un pouce plus bas, elle aurait manqué le cerveau.

— Sakkie, où est Sakkie ? demanda Robyn d'une voix encore tremblante.

Il était toujours vivant, et ils le transportèrent jusqu'au camp dans une couverture. Ses blessures étaient terribles, Robyn savait qu'elle n'avait pas la moindre chance de le sauver. Le lion lui avait mâché un bras du poignet au coude, de sorte qu'il ne restait pas un seul os plus gros qu'une phalange. Il avait arraché un pied d'un coup de dent et l'avait avalé. Sakkie avait été mordu à l'aine et à la colonne vertébrale, et, par une déchirure sous les côtes, on voyait les poumons rose chiné se soulever à chaque inspiration.

Robyn savait que toute tentative de couper et de recoudre cette chair déchiquetée ou de scier les os brisés infligerait d'inutiles et atroces souffrances au petit Hottentot. Elle le fit étendre près du feu, pansa avec douceur les plaies les plus mauvaises, étendit sur lui des couvertures et des fourrures puis lui administra une dose de laudanum presque létale. Ensuite, elle s'assit près de lui et lui prit la main.

« Un médecin doit savoir laisser un homme mourir avec dignité », lui avait dit un jour son professeur à St Matthew. Un peu avant l'aube, Sakkie ouvrit les yeux,

451

ses pupilles dilatées par la dose massive de médicament, et il lui sourit juste avant de rendre l'âme.

Ses frères hottentots l'enfermèrent dans une petite caverne qui s'ouvrait dans un des kopjes de granit et fermèrent l'ouverture avec de grosses pierres afin que les hyènes ne puissent pas le tirer à l'extérieur.

Lorsque le caporal et ses hommes redescendirent de la colline, ils se livrèrent à un bref rituel de deuil qui consistait essentiellement à pousser théâtralement des cris d'angoisse et à tirer en l'air pour pousser l'âme de Sakkie à entreprendre plus vite son voyage, après quoi ils prirent un copieux petit déjeuner composé de viande d'éléphant fumée. Le caporal se dirigea vers Robyn, les yeux secs et un large sourire aux lèvres.

— Nous sommes prêts à repartir, Nomousa, lui dit-il en la gratifiant d'un de ces saluts extravagants qui consistaient à taper par terre du pied droit après avoir levé le genou jusqu'au menton, marque d'un profond respect jusque-là réservé exclusivement au major Zouga Ballantyne.

Durant cette journée de marche, les porteurs se remirent à chanter pour la première fois depuis qu'ils avaient levé le camp du mont Hampden.

> *Elle est ta mère et ton père aussi,*
> *Elle pansera tes blessures,*
> *Elle veillera sur toi quand tu dormiras.*
> *Nous, tes enfants, te saluons, Nomousa,*
> *Fille de miséricorde.*

Lorsque Zouga conduisait la caravane, Robyn avait été non seulement irritée et contrariée par la lenteur de leur progression mais aussi par le manque de contact avec les tribus indigènes, ne serait-ce qu'avec un seul habitant des villages fortifiés éparpillés à travers le pays.

Pour elle, il tombait sous le sens que la seule façon de retrouver la piste de Fuller Ballantyne à travers ces étendues sauvages était d'interroger ceux qui l'avaient vu passer et avaient presque certainement parlé et pratiqué le troc avec lui.

Robyn n'arrivait pas à croire que son père ait pu, comme Zouga, employer la manière forte pour écarter toute personne ou toute chose lui barrant le passage.

Lorsqu'elle fermait les yeux, elle revoyait encore distinctement la chute de l'homme à la coiffe de lion abattu par son frère. Elle avait imaginé comment elle ou son père auraient suivi la route des éléphants sans tirer un seul coup de feu en se repliant tactiquement puis en offrant de menus présents et en parlementant en vue d'aboutir à un accord.

« C'est de l'assassinat pur et simple ! se répéta-t-elle pour la centième fois. Et depuis, nous nous sommes comportés comme de vulgaires voleurs. »

Zouga s'était servi en tabac, millet et ignames dans les jardins des villages qu'ils avaient traversés sans même se donner la peine de laisser une poignée de sel ou quelques morceaux de viande d'éléphant salée en compensation.

— Nous devrions essayer d'entrer en contact avec eux, Zouga, lui avait-elle fait remarquer.

— Ce sont des gens dangereux et peu liants.

— Parce qu'ils craignent que tu les voles et les tues... et Dieu m'est témoin, tu n'as pas déçu leur attente, à ce qu'il me semble.

La même discussion s'était répétée maintes fois, aucun des deux ne se laissant fléchir et ne démordant de son opinion. À présent, elle avait enfin le loisir de tenter d'entrer en contact avec les indigènes, les Mashona, comme les avait appelés Jouba avec mépris, sans que l'arrogance et l'intolérance de son frère ne viennent la gêner et effrayer ces gens farouches.

Le quatrième jour après le départ du camp, ils arrivèrent en vue d'une extraordinaire formation géologique.

C'était comme si un barrage avait été construit en travers de l'horizon, une grande digue de roc qui courait exactement du nord au sud aussi loin que portait le regard.

Presque dans leur ligne de marche s'ouvrait l'unique brèche dans ce rempart, et à en juger par la différence de végétation — plus abondante, d'un vert plus profond — il était évident qu'une rivière coulait à travers l'ouverture. Robyn donna l'ordre d'infléchir légèrement la marche et ils se dirigèrent vers la passe.

Alors qu'ils en étaient encore à plusieurs kilomètres, elle distingua avec plaisir les premiers signes d'habitat humain qu'ils avaient rencontrés depuis leur départ du mont Hampden.

C'étaient des murailles fortifiées sur les falaises qui dominaient la brèche, très haut au-dessus du lit de la rivière, et à mesure qu'ils approchaient Robyn apercevait des jardins sur les rives du cours d'eau, défendus par de hautes barrières de buissons, et des petites cases à toit de chaume sur pilotis qui montaient la garde au milieu du vert sombre des champs de jeune millet.

— Ce soir, nous allons nous remplir la panse, exulta le caporal hottentot. Le grain est mûr.

— Nous allons dresser le camp ici même, lui répondit Robyn avec fermeté.

— Mais il ne nous reste plus qu'un kilomètre...

— Ici même ! répéta Robyn.

La perplexité et le ressentiment les envahirent tous quand Robyn leur interdit de pénétrer dans les jardins tentateurs et de sortir du périmètre du camp, à l'exception des équipes chargées des corvées d'eau et de bois. Mais leur amertume se transforma en inquiétude lorsqu'ils virent Robyn quitter le camp avec Jouba pour toute compagnie et apparemment sans arme.

— Ces gens sont des sauvages, l'avertit le caporal pour essayer de l'arrêter. Ils vont vous tuer, et le major Zouga me tuera.

Les deux femmes entrèrent dans le jardin potager le plus proche et s'approchèrent avec circonspection de la case sur pilotis. Au pied de l'échelle bancale qui conduisait à la plate-forme surélevée, un feu s'éteignait doucement, mais Robyn s'agenouilla pour l'attiser. Elle y jeta quelques branches sèches et envoya Jouba ramasser une brassée de feuilles mortes. La colonne de fumée attira l'attention des guetteurs postés sur la falaise au-dessus de la gorge.

Robyn apercevait au loin leurs silhouettes immobiles et attentives se détacher sur le ciel. Il était inquiétant de savoir tous ces yeux braqués sur elles. Pour les protéger, elle ne comptait pas uniquement sur le fait qu'elles étaient des femmes et affichaient ostensiblement leurs intentions pacifiques ni même sur les prières qu'elle avait faites avec tant d'ardeur. Partant du principe que Dieu aidait ceux qui s'aident eux-mêmes, elle avait passé le gros colt de Zouga dans sa ceinture et l'avait caché sous le pan de sa chemise de flanelle.

Près du foyer, elle laissa une demi-livre de sel dans une petite calebasse et les quelques morceaux de viande fumée qui lui restaient.

Tôt le lendemain matin, Robyn et Jouba retournèrent dans le jardin et constatèrent que la viande et le sel avaient été emportés et que des empreintes de pas recouvraient les leurs.

— Caporal, annonça Robyn au Hottentot avec une confiance qu'elle n'avait pas, nous partons à la chasse.

Le caporal sourit béatement. Ils avaient mangé la veille ce qui leur restait de viande, de charançons et de leurs autres provisions, et il la gratifia de son salut le plus extravagant, bras droit tremblant au sommet de son képi, doigts raidis, pied droit tapant le sol, avant de se précipiter pour donner l'ordre à ses hommes de se préparer.

Zouga avait laissé au camp son Sharps qu'il jugeait trop léger pour la chasse à l'éléphant et lui avait préféré les fusils à gros calibre. Robyn le prit et l'examina avec inquiétude. Elle ne s'en était servie jusque-là que pour tirer sur des cibles et, dans l'intimité de sa case en branchages elle s'entraînait à présent à le charger et à l'armer. Elle ne savait pas si elle serait capable de tirer de sang-froid sur un animal, et il lui fallut se convaincre à nouveau de la nécessité absolue de nourrir les bouches nombreuses dont elle avait la charge. Le caporal ne partageait pas ses doutes : il l'avait vue tirer le lion entre les deux yeux et lui faisait désormais confiance. Après une heure de marche ils trouvèrent un troupeau de buffles dans les épais massifs de roseaux qui bordaient la rivière. Robyn avait écouté avec assez d'attention Zouga parler de chasse pour savoir qu'il était nécessaire de rester sous le vent. Au milieu des roseaux, où la visibilité était réduite à quelques pieds, et du vacarme produit par quelque deux cents femelles et veaux, ils rampèrent jusqu'à se trouver à portée de tir à une distance d'où aucun ne pouvait manquer son coup.

Les Hottentots maintinrent un feu nourri et, à contrecœur, Robyn tira à son tour sur les bêtes beuglantes qui passaient devant elle au galop, effrayées par le premier coup de feu.

Après que la poussière fut retombée et que l'épais nuage de poudre eut été emporté par la brise légère, ils trouvèrent six de ces grands animaux étendus morts parmi les roseaux. Ses compagnons étaient aux anges ; ils débitèrent les carcasses en morceaux plus aisément transportables qu'ils accrochèrent à de longues perches et rapportèrent au camp en chantant. Leur joie se transforma en stupéfaction quand Robyn ordonna qu'un cuissot entier soit déposé près de la case au milieu du champ de millet.

— Ces gens mangent des racines et de la terre, expliqua patiemment Jouba. La viande est trop bonne pour eux.

— Nous avons risqué notre vie pour tuer ces buffles, protesta le caporal, mais Robyn lui décocha un regard qui le fit taire. Nomousa, reprit-il après avoir toussé et traîné des pieds, ne pouvons-nous pas leur donner un peu moins qu'un cuissot ? On peut faire de bons ragoûts avec les pieds, et ces gens sont des sauvages, ils mangent n'importe quoi. Un cuissot entier...

Elle le renvoya et il s'en alla en murmurant et en secouant la tête d'un air désolé.

Jouba la réveilla au milieu de la nuit, toutes deux s'assirent et écoutèrent le battement assourdi du tam-tam et les chants qui descendaient du village, manifestement les échos d'une fête joyeuse.

— Ils n'ont sans doute jamais vu autant de viande de toute leur vie, murmura Jouba d'un ton maussade.

Le lendemain matin, à la place de la viande de buffle, Robyn trouva un panier avec quinze œufs de poule de la taille d'œufs de pigeon et deux grands pots de terre contenant de la bière de millet. À la vue du gruau gris, liquide et mousseux, Robyn sentit son estomac se soulever. Elle chargea le caporal de distribuer la bière, et ses hommes la burent avec une telle délectation, claquant des lèvres et hochant la tête comme font les connaisseurs après avoir essayé un grand cru, que Robyn ignora les protestations de son estomac et en goûta un peu : c'était aigrelet, rafraîchissant et assez alcoolisé pour que les Hottentots se mettent à rire et à jacasser d'une voix rauque.

Robyn retourna au jardin avec Jouba, chargée elle aussi d'un paquet de viande de buffle à moitié séchée et certaine que l'échange de cadeaux prouvait qu'il était possible d'établir un contact amical. Elles s'assirent sous l'abri et attendirent. Les heures passèrent sans qu'aucun Mashona n'apparaisse. La chaleur étouffante de midi fit place à la fraîcheur procurée par les ombres allongées du soir, et pour la première fois Robyn remarqua au milieu des plants de millet un léger mouvement qui n'était ni celui du vent ni celui d'un oiseau.

— Ne bouge pas, souffla-t-elle à Jouba.

Lentement une forme humaine apparut, une silhouette frêle et voûtée, vêtue d'un pagne de peau en loques. Robyn ne pouvait dire si c'était un homme ou une femme, et elle n'osa regarder franchement de crainte de l'effrayer.

La silhouette émergea au milieu du carré de millet, accroupie sur ses talons, et elle se dirigea vers elles en faisant des bonds hésitants, avec de longues pauses. La personne était maigre, ridée et desséchée comme les momies dépouillées de leurs bandelettes que Robyn avait vues au département égyptien du British Museum.

En glissant un rapide coup d'œil dans sa direction, elle s'aperçut finalement qu'il s'agissait sans aucun doute d'un homme, car, à chacun de ses bonds, ses organes génitaux flétris sortaient de dessous son pagne en se balançant.

Quand il se rapprocha encore, Robyn vit sa chevelure crépue blanchie par les ans et des larmes de peur couler de ses yeux ridés et cernés.

Ni Jouba ni Robyn ne bougèrent ni ne le regardèrent directement avant qu'il ne soit accroupi à une douzaine de pas d'elles ; Robyn tourna alors lentement la tête vers lui. Le vieillard poussa un petit cri de frayeur.

Il avait manifestement été choisi comme émissaire parce que c'était un des membres les moins importants de la tribu, et Robyn se demanda de quoi on l'avait menacé pour qu'il descende de la colline.

Avec des gestes lents et mesurés, comme si elle avait affaire à un animal sauvage, Robyn lui tendit un morceau de buffle à moitié fumé. Le vieux le regarda, fasciné. Comme Jouba le lui avait dit, ces gens devaient se nourrir presque exclusivement de leurs maigres

458

récoltes et des racines et des baies qu'ils pouvaient ramasser dans la forêt. La viande était un plaisir rare, et un membre aussi improductif de la tribu ne devait recevoir qu'une très faible portion du peu qu'ils avaient.

La façon qu'il avait de fixer des yeux le morceau qu'elle tenait lui donnait à penser qu'il n'avait dû avoir droit qu'au fumet du cuissot de buffle et mourait presque de faim. Il passa mollement sa langue autour de sa bouche édentée, rassembla son courage et s'approcha suffisamment pour tendre ses doigts crochus, paumes tournées vers le ciel, dans un geste d'attente polie.

— Le voilà, mon bon, fit Robyn en déposant le morceau de viande dans ses mains.

Le vieillard le porta précipitamment à sa bouche, le suça bruyamment, le secoua entre ses gencives lisses ; la salive lui coulait de la bouche et ses yeux se mouillèrent de nouveau de larmes, de plaisir cette fois-ci. Robyn rit de satisfaction ; l'homme s'essuya les yeux d'un geste rapide, puis se mit à caqueter, la bouche pleine, de manière si comique que Jouba joignit son rire à celui de la jeune femme. Presque tout de suite, les épis de millet se mirent à onduler : rassurés, d'autres hommes s'avancèrent lentement.

Le petit village perché sur la colline ne comptait pas plus d'une centaine d'âmes, hommes, femmes et enfants confondus, et tous sortirent pour regarder Robyn et Jouba gravir le sentier en lacet et les accueillirent avec force rires et applaudissements. Le vieillard, fier d'avoir aussi brillamment accompli sa mission, conduisait Robyn par la main et racontait son aventure à grands cris en s'arrêtant de temps à autre pour accomplir une petite danse de triomphe.

Les mères tenaient leurs bébés à bout de bras pour qu'ils voient cet être merveilleux, les enfants se précipitaient pour toucher les jambes de Robyn puis pous-

459

saient des cris pour célébrer leur courage avant de repartir en courant lui ouvrir la marche.

Le sentier suivait les contours de la colline, passait entre des fortifications et sous des terrasses. Au-dessus de lui, à chaque endroit escarpé, des grosses pierres étaient empilées, prêtes à être précipitées sur l'ennemi. Mais l'ascension de Robyn était une marche triomphale, et elle arriva dans le village entourée par une cohorte de femmes qui chantaient et dansaient.

Le village se composait de cases disposées en cercle, sans fenêtres et à toit de chaume. Les murs en torchis étaient percés par une ouverture basse, et près de chaque case un grenier de même matériau mais sur pilotis protégeait les récoltes des vermines. Hormis quelques poules minuscules, il n'y avait pas d'animaux domestiques.

La cour centrale et l'espace entre les cases étaient soigneusement balayés, et tout le village respirait la propreté et l'ordre. Bien qu'aucun n'ait eu un atome de graisse excédentaire, ses habitants eux-mêmes étaient beaux. Leur minceur rappela à Robyn qu'ils étaient presque exclusivement végétariens.

Ils avaient des visages éveillés et intelligents, et les rires et les chants par lesquels ils l'accueillaient étaient naturels et sans affectation.

« Voilà les gens que Zouga a tirés comme des pigeons », pensa Robyn en regardant autour d'elle.

Ils avaient installé à son intention un tabouret bas sculpté dans un endroit ombragé. Dès que Robyn fut assise, Jouba accroupie à côté d'elle, une fillette lui apporta de la bière de millet en pouffant de rire et le vieil homme se mit à déclamer en faisant l'important. Quand elle eut bu une gorgée, la foule se tut et s'écarta pour laisser passer un personnage imposant.

Il portait un bonnet de fourrure semblable à celui de l'homme abattu par Zouga, avec sur les épaules une cape en peau de léopard si usée qu'elle devait être très vieille, sans doute le symbole héréditaire du chef de clan. Il s'assit sur un autre tabouret en face de Robyn. C'était un homme d'âge moyen, avec un visage agréable, de l'humour et de l'imagination : il suivit attentivement le discours par signes que lui tint Robyn et répondit par des gestes et des expressions que celle-ci comprit sans difficulté.

Toujours de la même manière, il lui demanda d'où elle venait... elle indiqua le nord en décrivant un cercle de la main en direction du soleil pour chaque jour de voyage. Il voulut savoir qui était son mari et combien elle avait d'enfants. Tout le village fut stupéfait d'apprendre qu'elle était célibataire et n'avait pas d'enfants.

On rapporta de la bière dans des pots d'argile et Robyn commença à se sentir légèrement éméchée, ses joues rosirent et ses yeux se mirent à briller. Jouba, elle, se montrait dédaigneuse avec leurs hôtes.

— Ils n'ont même pas une chèvre, fit-elle remarquer avec mépris.

— Peut-être les jeunes braves de ta tribu les leur ont-ils toutes volées, rétorqua Robyn d'un ton acerbe en levant son pot de bière en l'honneur du chef.

Celui-ci frappa dans ses mains pour indiquer à ses joueurs de tam-tam de se mettre à leur instrument, des troncs d'arbre évidés sur lesquels ils tapèrent avec de courtes massues en bois à un rythme frénétique. Ils ne tardèrent pas à ruisseler de sueur et, sous l'effet hypnotique du battement, leurs yeux se perdirent dans le vague. Le chef se débarrassa de sa cape en léopard et se lança dans une danse si débridée que ses colliers et ses bracelets s'entrechoquaient et cliquetaient.

Il portait autour du cou un pendentif en ivoire poli, blanc comme neige, qui brillait dans la lueur du feu qui avait été allumé car le soleil était couché depuis

461

longtemps. Robyn ne l'avait pas remarqué plus tôt car il était caché par la cape, mais à présent son regard était sans cesse attiré par le disque blanc.

Sa forme semblait parfaite, et quand le chef vint en bondissant jusqu'à son tabouret pour l'honorer d'une petite sarabande, Robyn vit que le pourtour était décoré de motifs réguliers. Puis son cœur se mit à battre plus vite car cette décoration était en fait une inscription : elle n'était pas certaine de la langue, mais c'étaient sans doute possible des capitales latines. Le chef s'éloigna et caracola devant les joueurs de tam-tam pour qu'ils battent plus fort.

Robyn dut attendre qu'il se fatigue et revienne pantelant se rasseoir sur son tabouret pour lamper un pot de bière. Elle se pencha et, pour la première fois, vit l'ornement de près.

Elle s'était trompée : ce n'était pas de l'ivoire mais de la porcelaine, ce qui expliquait sa blancheur immaculée et la perfection de sa forme. C'était un objet de facture européenne, le couvercle d'un petit pot comme ceux utilisés pour la poudre dentifrice ou les conserves alimentaires. L'inscription était en anglais et soigneusement calligraphiée.

PATUM PEPERIUM — LE PLAISIR DES GENTLEMEN

Elle se mit à transpirer sous l'effet de l'excitation. Elle se souvenait comme si c'était hier de la rage de son père quand il n'y avait plus de ce mets délicat dans le garde-manger de Kings Lynn. Elle se revoyait courir chez l'épicier du village pour acheter un autre pot.

« C'est mon péché mignon, ma seule faiblesse. » Elle se rappelait les paroles exactes de son père lorsqu'il étalait la purée d'anchois sur un toast, sa colère apaisée au point d'en plaisanter : « Je me demande si j'aurais eu l'énergie nécessaire pour traverser l'Afrique d'est en ouest sans mon Patum Peperium. »

Quand sa mère était partie pour cet ultime et funeste voyage, elle en avait emporté une douzaine de boîtes. Elle ne voyait pas comment le couvercle en porcelaine aurait pu arriver jusqu'ici par un autre moyen.

Robyn tendit la main et toucha le pendentif, mais le chef changea d'expression instantanément et fit un bond en arrière pour se mettre hors de portée. Le chant et le battement du tam-tam s'arrêtèrent brusquement, et la consternation qui avait frappé tout le village fit comprendre à Robyn que le couvercle en porcelaine était pour eux un charme doué d'un grand pouvoir magique et qu'il était désastreux qu'une main étrangère l'ait touché.

Elle tenta d'amadouer le chef, mais il se couvrit prestement de sa cape en léopard et partit vers sa case à l'autre bout du village. Les festivités avaient manifestement pris fin. Subjugués, les autres habitants du village s'éclipsèrent à la suite de leur chef, laissant le vieil édenté, plus possessif que jamais, conduire Robyn vers la case qui lui avait été réservée.

Elle resta éveillée presque toute la nuit sur sa natte en roseaux tressés, excitée à la pensée que son père était passé par là et contrariée à l'idée qu'elle avait gâché ses relations avec le chef mashona et ne pourrait plus obtenir d'informations sur le pendentif, et donc sur son père.

Elle n'avait pas eu l'occasion de rencontrer de nouveau le chef du village et de faire amende honorable pour son manquement aux usages. Les habitants du village l'évitaient et souhaitaient visiblement la voir partir, mais elle restait là obstinément, avec le fidèle vieillard pour seule compagnie. Car Robyn représentait l'événement le plus important qui soit jamais arrivé dans sa longue vie, et il n'entendait pas la lâcher à cause du chef ou de qui que ce soit.

Elle n'eut d'autre solution que d'envoyer au chef un présent dispendieux : son dernier *khete* de perles *sam-sam* et une hache à double lame.

Le chef ne put résister à la tentation d'accepter des cadeaux aussi princiers, et, bien que son attitude restât plus froide et réservée qu'au début, il se montra très attentif aux questions que Robyn posait sous forme de petites charades et les examina gravement avec les anciens avant d'y répondre.

Il fallait aller vers le sud pendant cinq cycles du soleil et le chef lui fournirait un guide. De toute évidence, il était content qu'elle se décide enfin à partir car, si les présents avaient été bienvenus, il restait toujours profondément préoccupé par la mauvaise fortune que son acte sacrilège allait certainement amener sur la tribu.

Le chef donna à Robyn le vieil homme édenté pour guide, se débarrassant du même coup d'une bouche inutile et d'une visiteuse importune.

Robyn doutait que les jambes maigrelettes de son guide puissent le porter bien vite et bien loin. Mais le vieillard la surprit. Il s'arma d'une longue lance qui semblait aussi vieille et fragile que lui et posa en équilibre sur sa tête une natte roulée et une marmite d'argile, ce qui constituait d'évidence l'ensemble de ses biens. Il remonta les lambeaux de son pagne et se mit en route vers le sud à une allure telle que les porteurs recommencèrent à ronchonner et que Robyn dut le freiner.

Il fallut un certain temps pour que le vieux comprenne qu'il était devenu son professeur de langue. Tout en marchant, elle lui montrait tout ce qui les entourait, nommait les choses en anglais, et le regardait ensuite d'un air interrogateur. Il lui rendait son regard de ses yeux chassieux. Elle persévérait pourtant et répétait son nom — Nomousa — en se touchant la poitrine, et brusquement il comprit.

Il se tapota la poitrine à son tour et cria « Karanga ! Karanga ! » d'une voix perçante. Une fois encore, son enthousiasme pour sa nouvelle fonction était tel que Robyn dut le tempérer. En quelques jours, elle avait appris des dizaines de verbes et des centaines de noms avec lesquels elle commençait à faire des phrases pour le plus grand plaisir du vieux Karanga.

Cependant, quatre jours passèrent avant que Robyn ne se rende compte qu'ils s'étaient mal compris. Karanga n'était pas le nom du vieil homme mais celui

465

de sa tribu. Il était trop tard pour rectifier, car tous les membres de la caravane l'appelaient déjà Karanga, et le vieux répondait à ce nom. Il restait obstinément collé aux basques de Robyn et la suivait où qu'elle aille, au grand dam de Jouba, visiblement jalouse.

— Il sent mauvais, dit-elle à Robyn vertueusement. Il sent très mauvais.

Ce qui était vrai, il fallait en convenir.

— Après un certain temps, on n'y fait plus attention, plaida Robyn.

Il y avait cependant autre chose qui ne pouvait passer inaperçu et dépassait du pagne du vieillard chaque fois qu'il s'accroupissait pour se reposer. Robyn résolut le problème en donnant au vieux Karanga un caleçon en laine de Zouga, au risque d'essuyer par la suite la colère fraternelle. Karanga en conçut une grande fierté : il se pavanait comme un paon tandis que le caleçon battait ses longues jambes maigres.

Le vieux Karanga prenait la précaution de les faire passer au large de tous les villages habités qu'ils rencontraient sur leur chemin, tout en assurant à Robyn que c'étaient des gens de la même tribu que la sienne. Il n'y avait apparemment aucun commerce entre les différents villages perchés sur leur colline fortifiée dans un isolement hostile et suspicieux.

Robyn parlait à présent suffisamment bien la langue pour en apprendre davantage de la bouche de Karanga à propos du grand sorcier de qui le chef avait reçu le talisman en porcelaine, et l'histoire excita son imagination et son impatience.

Plusieurs saisons des pluies plus tôt — le vieux Karanga ne savait trop dire combien ; à son âge, chaque saison se confondait avec la précédente et la suivante, mais, quoi qu'il en soit, à une date qui n'était pas très lointaine —, un homme extraordinaire était sorti de la forêt comme elle l'avait fait et, comme elle, il avait la peau claire. Ses cheveux et sa barbe avaient cependant la couleur des flammes — il désigna le feu de camp — et c'était sans aucun doute un magicien, un prophète et un faiseur de pluie, car le jour de son arrivée la longue sécheresse avait touché à sa fin et de violents orages avaient rempli les rivières pour la première fois depuis des années.

Le sorcier à la peau pâle avait accompli d'autres exploits merveilleux : il s'était transformé en lion et en aigle, avait fait lever les morts de leur tombe et dirigé la foudre d'un simple signe de main. L'histoire n'avait rien perdu de son réalisme au fil des narrations, remarqua Robyn avec une ironie désabusée.

— Quelqu'un lui a-t-il parlé ? demanda-t-elle.

— Nous avions trop peur, admit Karanga en secouant théâtralement la tête, mais j'ai vu le sorcier voler au-dessus du village sous la forme d'un aigle et laisser tomber le talisman.

Il agita ses bras maigres en une pantomime.

Le rapace avait dû être attiré par la forte odeur d'anchois du pot jeté par son père, pensa Robyn, mais, en constatant qu'il n'était pas comestible, l'avait lâché par hasard au-dessus du village de Karanga.

— Le sorcier est resté un petit moment près de notre village, puis il est parti vers le sud. Nous avons entendu dire qu'il a voyagé à une grande vitesse, manifestement sous l'apparence d'un lion.

« Nous avons entendu parler de ses miracles — le mot était crié de colline en colline ou transmis par le battement des tam-tams : comment il soignait des gens atteints de maladies mortelles, comment il défiait les esprits ancestraux des Karanga en leur criant des injures dans leurs lieux les plus sacrés, si bien que tous ceux qui l'entendaient en tremblaient.

« Nous avons aussi entendu dire comment il a tué la grande prêtresse des morts, une Umlimo de grands pouvoirs, dans sa propre forteresse. L'étrange magicien au teint pâle l'a tuée et a détruit ses reliques sacrées.

En fait, il avait parcouru tout le pays comme un lion mangeur d'hommes qu'il était sans aucun doute jusqu'au moment où il était allé se reposer sur une montagne de couleur sombre, loin au sud, Thaba Simbi, la montagne de Fer, où il était resté pour jeter des sorts et accomplir des miracles, de sorte que les gens venaient à lui de partout pour louer ses services avec des grains et d'autres présents.

— Est-il toujours là-bas ? demanda Robyn.

Le vieux Karanga leva ses yeux larmoyants en haussant les épaules. « Il est toujours difficile et périlleux de prédire les allées et venues des sorciers et des magiciens », semblait dire son geste éloquent.

Le voyage ne se faisait pas aussi facilement que Robyn l'avait espéré car, plus le vieux Karanga s'éloignait de son village, moins il était sûr de la direction à prendre et de la situation exacte de la montagne de Fer dont il lui avait parlé.

Chaque matin, avant de se mettre en route, il annonçait à Robyn avec optimisme qu'ils allaient atteindre leur destination le jour même, et le soir, lorsqu'ils établissaient le camp, il lui disait pour s'excuser qu'ils y arriveraient certainement le lendemain.

À deux reprises, il montra des kopjes rocheux en disant : « Voilà la montagne de Fer. » Mais à chaque fois ils étaient accueillis par une avalanche de pierres et par des jets de lancés.

— Je me suis trompé, marmonna Karanga. Il y a parfois une obscurité dans mes yeux, même en plein jour.

— Dis-moi la vérité, as-tu vraiment déjà vu cette montagne ? demanda Robyn sévèrement, sur le point de perdre patience.

Karanga baissa la tête et se cura le nez avec application pour cacher son embarras.

— Il est vrai que je ne l'ai pas vue de mes propres yeux, mais j'en ai entendu parler par quelqu'un qui a rencontré un homme qui, lui-même... reconnut-il, mais Robyn était si en colère qu'elle lui cria en anglais :

— Pourquoi ne l'as-tu pas dit plus tôt, espèce de vieux démon !

S'il ne comprit pas ses paroles, Karanga ne se méprit point sur le ton de sa voix, et sa détresse fut si évidente qu'elle ne put ruminer sa colère plus d'une heure. Lorsqu'elle lui permit de nouveau de porter son bidon d'eau et son sac de nourriture, sa gratitude fut pathétique à voir.

À présent, Robyn brûlait d'impatience. Elle n'avait aucun moyen de savoir à quelle distance Zouga et son équipe de chasseurs se trouvaient derrière elle. Peut-être était-il revenu au camp du mont Hampden et avait-il vu son petit mot le lendemain de son départ, mais il pouvait aussi bien être encore en train de chasser l'éléphant à cent cinquante kilomètres de là sans se douter qu'elle était partie sans lui.

Elle désapprouvait son frère, et la colère qu'avaient éveillée ses actions récentes avait fait naître en elle un esprit de compétition. Elle était si loin et avait accompli tant de choses toute seule — établi un contact avec le village Karanga, suivi les traces de leur père si longtemps et si obstinément — qu'elle n'acceptait pas l'idée que Zouga puisse arriver au moment où elle était sur le point de retrouver enfin Fuller Ballantyne. Son frère ne manquerait pas de rapporter l'aventure dans son journal et dans son livre, et elle savait que tout le crédit de ses recherches laborieuses et de leur heureux aboutissement lui serait attribué.

Elle pensait autrefois que la célébrité et les éloges ne lui importaient guère et qu'elle serait contente de laisser tout cela à Zouga. Elle avait cru que sa seule récompense serait les retrouvailles avec son père et l'intime conviction d'avoir apporté un réconfort ou un répit aux Africains en détresse.

« Je ne me connais pas aussi bien que je le croyais », reconnut-elle tout en demandant impitoyablement à ses porteurs la troisième *tirikeza* successive, la troisième marche forcée afin de conserver son avance sur Zouga.

« Si l'orgueil est un péché, j'ai toujours été une pécheresse. Pardonne-moi, doux Jésus, je me rachèterai de cent autres manières. Mais pardonne-moi ce petit péché sans importance », priait-elle sous son abri de branchages ; ce faisant, elle tendait l'oreille pour s'assurer qu'elle n'entendait pas les cris des porteurs de Zouga entrant dans le camp et sursautait à chaque bruit. Elle avait envie de lever le camp et d'ordonner une marche nocturne en direction de la colline qu'ils avaient aperçue au loin au coucher du soleil et que le vieux Karanga avait une fois encore affirmé être la montagne de Fer. La pleine lune allait se lever dans moins d'une heure et une nuit de marche pouvait suffire à conserver son avance.

Cependant, ses porteurs étaient épuisés, et même Jouba se plaignait d'avoir des épines dans les pieds. Apparemment, seuls le vieux Karanga et elle étaient capables de maintenir cette allure jour après jour, et elle était forcée de les laisser se reposer.

Le lendemain matin, elle donna le signal du départ alors que les herbes ployaient encore sous le poids de la rosée ; avant qu'ils aient parcouru un kilomètre, son pantalon était trempé jusqu'aux cuisses. Depuis quelques jours, l'aspect du pays avait changé. Le haut plateau aux longues ondulations couvertes d'herbages et d'une forêt disséminée sur lequel ils avaient si longtemps marché semblait à présent s'incliner vers le sud. La seule éminence rocheuse qu'ils avaient vue la veille au soir se transformait peu à peu en une chaîne de collines qui s'étendait d'est en ouest, et elle sentit le courage lui manquer.

Comment trouver le campement d'un homme seul, comment trouver la bonne colline parmi tant d'autres ? Mais elle avançait avec obstination, et Karanga et elle atteignirent les premiers contreforts avant midi bien loin devant le reste de la colonne. Elle jeta un coup d'œil au baromètre de Zouga, niché dans son écrin en bois doublé de velours, et constata que l'altitude était toujours supérieure à 1200 pieds, bien qu'ils aient descendu de deux cents pieds au cours de leurs deux derniers jours de marche.

Suivie de près par Karanga, et à quelque distance par Jouba, elle gravit l'épaulement rocheux qui formait les premiers contreforts d'une des collines. De cette hauteur, elle eut une vision plus nette du paysage accidenté qui s'étendait devant elle. Elle vit que les collines descendaient brusquement vers le sud. Peut-être avaient-ils franchi les hautes terres et cette descente menait-elle aux rivières connues que Tom Harkness avait indiquées sur sa carte ? Elle essaya de se souvenir de leurs noms : Shashi, Tati et Macloutsi.

Brusquement, elle se sentit de nouveau très seule et peu sûre d'elle. Ce pays était si vaste qu'elle avait l'impression d'être un insecte minuscule cloué sur une plaine sans fin écrasée par l'implacable ciel bleu. Elle se retourna et regarda vers le nord avec la longue-vue pour voir si elle apercevait des signes annonçant la petite troupe de Zouga. Elle ne savait trop si elle était soulagée ou déçue de n'en découvrir aucun.

Elle appela Karanga qui se remit debout en vitesse et leva les yeux vers l'éminence rocheuse sur laquelle elle se trouvait.

— Quelle direction maintenant ? demanda-t-elle.

Il baissa la tête et, dressé sur une de ses jambes maigres, comme un échassier, il se gratta le mollet avec son autre pied tout en méditant la question. Puis, avec une expression contrite, il indiqua d'un geste hésitant la demi-douzaine de promontoires les plus proches qui se détachaient sur l'horizon. Robyn eut un nouveau pincement au cœur ; elle dut enfin admettre qu'elle était bel et bien perdue.

Il ne lui restait plus que deux choses à faire : dresser le camp et attendre Zouga, ou revenir sur ses pas à sa rencontre. Aucune des deux options ne la séduisait, et elle remit sa décision au lendemain.

Il y avait de l'eau dans le lit de la rivière qui serpentait au-dessous d'elle, les mares habituelles d'eau verte souillée par les fientes d'oiseaux et les crottes d'animaux.

Elle se sentit soudain très fatiguée. Tant que l'espérance du succès l'avait soutenue, elle ne l'avait pas remarqué, mais à présent elle avait l'impression d'être à plat et ses os lui faisaient mal.

— Nous allons installer le camp ici, dit-elle au caporal. Prenez deux hommes et trouvez de quoi manger.

Ils avaient tant marché et à si vive allure depuis le départ du village de Karanga qu'ils n'avaient pas eu le temps de chasser. Ce qui restait de viande de buffle séchée sentait mauvais et était plein de parasites. Elle n'arrivait à l'avaler que fortement épicée et la provision de curry était presque épuisée. Il leur fallait absolument de la viande fraîche, mais elle était trop abattue pour mener la chasse.

Les porteurs n'avaient pas encore fini de couvrir l'abri qui lui servirait de chambre pour la nuit lorsqu'elle entendit un tir de mousquet dans la forêt toute proche. Une heure après, le caporal rentrait au camp. Ils avaient trouvé un immense troupeau d'antilopes noires et réussi à en tuer cinq grosses. Comme un seul homme, les porteurs partirent gaiement les aider à transporter la viande jusqu'au camp, et Robyn, accompagnée seulement de Jouba, erra avec indifférence dans le lit de la rivière jusqu'au moment où elle trouva une mare isolée.

472

« Je dois sentir aussi mauvais que le vieux Karanga »,
pensa-t-elle en se frictionnant avec une poignée de sable
blanc, car elle n'avait plus de savon depuis des semaines.
Elle lava ses vêtements et les fit sécher sur les rochers
lisses qui bordaient la mare. Puis, toujours nue, elle
s'assit au soleil; Jouba s'agenouilla près d'elle et lui
peigna les cheveux pour qu'ils puissent sécher.

La petite Matabélé était manifestement contente
d'avoir de nouveau Robyn pour elle toute seule, sans
que le vieux Karanga ne traîne dans les parages. Bien
que Robyn fût silencieuse et abattue, elle prenait plaisir
à jouer avec ses cheveux et admirait leurs reflets roux.

Elle bavardait gaiement tout en la peignant et gloussait à ses propres saillies, si bien que ni l'une ni l'autre
n'entendirent approcher les pas sur le sable. C'est seulement quand l'ombre s'étendit aux pieds de Robyn
qu'elle se rendit compte qu'elles n'étaient pas seules.
Elle se leva d'un bond en poussant un cri, ramassa son
pantalon encore humide et le tint devant sa poitrine
pour cacher sa nudité.

La femme qui se trouvait devant elle n'était pas armée,
elle était timide et aussi nerveuse qu'elle. Pas jeune bien
que sa peau fût sans rides et qu'elle eût encore toutes ses
dents. Elle était certainement mashona, car ses traits
étaient plus fins, plus égyptiens que ceux des Nguni, et
elle portait un pagne court qui laissait nu le haut de son
corps. Elle avait les seins assez gros, hors de proportion
avec son buste mince, et ses mamelons étaient dressés et
gonflés comme si elle venait d'allaiter.

— J'ai entendu des fusils, murmura-t-elle timidement. (Robyn éprouva un soulagement en comprenant
ce qu'elle disait : c'était du karanga.) Je suis venue
quand j'ai entendu des fusils. Je suis venue vous
conduire à Manali.

À ce nom, Robyn sentit tout de suite des larmes lui
brûler les yeux et son cœur battit la chamade.

Manali, l'homme à la chemise rouge : son père avait toujours soutenu que le rouge éloignait les mouches tsé-tsé et les autres insectes, et qu'une bonne flanelle bien épaisse préservait de la fièvre.

Robyn se leva d'un bond, oublieuse de sa nudité, prit le bras de la femme et le secoua.

— Manali ! cria-t-elle, puis en anglais : Où est-il ? Oh, emmenez-moi à lui immédiatement.

Ce n'étaient pas seulement le hasard et les conseils hésitants du vieux Karanga qui l'avaient conduite là, pensa Robyn triomphante en suivant sa nouvelle guide le long d'une des pistes étroites et sinueuses laissées par les bêtes sauvages. C'était la voix du sang. Instinctivement, comme un oiseau migrateur, elle avait volé droit vers son père.

Elle avait envie de crier, de chanter sa joie à l'intention de la forêt. La femme avançait devant elle d'un pas rapide ; ses épaules et son dos étroits aux muscles lisses bougeaient à peine au-dessus de ses hanches qui ondulaient, avec cette démarche gracieuse des femmes africaines, habituées depuis l'enfance à porter une jarre pleine à ras bord sur leur tête sans qu'une goutte s'en échappe.

Elle n'allait pourtant pas assez vite au goût de Robyn. Celle-ci voyait déjà la silhouette puissante de son père venir à sa rencontre, sa grande barbe flamboyante, sa voix profonde appelant son nom, elle le voyait la soulevant en l'air comme lorsqu'elle était enfant et la serrant dans ses bras.

Elle imaginait sa joie à la mesure de la sienne, l'ivresse des retrouvailles, puis les heures de discussion, le récit des longues années de séparation, la confiance et l'intimité de plus en plus grandes qui leur avaient manqué auparavant et s'instaureraient entre eux, au point qu'ils pourraient travailler de concert à la réalisation d'un but commun. Dans les années à venir, il pourrait lui transmettre le flambeau avec l'assurance que son œuvre serait fidèlement poursuivie.

Quels allaient être ses premiers mots quand il la verrait et la reconnaîtrait ? Quelle surprise il allait avoir ! Robyn riait à en perdre haleine. Bien sûr, il serait profondément touché et reconnaissant qu'elle ait fait tout ce chemin, avec une telle détermination, pour le retrouver, et elle, Robyn, savait qu'il serait incapable de retenir ses larmes de joie, et elle le voyait les essuyant d'un revers de main. Le ton de sa voix trahirait son amour réprimé pendant toutes ces années de séparation, il serait si tendre qu'elle en défaillerait.

Devant elle, dans la lumière évanescente de la fin du jour, la Mashona la conduisait vers un sentier escarpé qui longeait le versant ouest de la plus haute des collines. Robyn rit de nouveau quand elle se rendit compte que c'était celle que le vieux Karanga avait désignée le matin même. Il ne s'était finalement pas trompé, elle devait l'en féliciter. Elle était si heureuse qu'elle avait envie de communiquer sa joie au monde entier.

Le sentier débouchait sur une plate-forme horizontale séparée de la crête par une falaise basse et, du haut de la colline, qui descendait abruptement vers le couchant, s'offrait un panorama à couper le souffle sur la forêt et la savane. Le soleil bas teintait de rose et d'or tout le pays et de formidables cumulus surplombaient l'horizon bleu outremer. La scène convenait parfaitement à ce moment magique, mais Robyn n'accorda qu'un regard au paysage et concentra toute son attention sur ce qu'elle avait sous les yeux.

Au milieu de la falaise s'ouvrait une caverne basse ; les rayons obliques du soleil en éclairaient l'intérieur et montraient qu'elle n'était pas très profonde mais avait été habitée. Les parois étaient noires de fumée, le sol avait été soigneusement dégagé, sauf près de l'entrée, à l'emplacement du foyer — un cercle de pierres noircies supportant une petite marmite en argile.

Devant l'entrée s'ouvrait une clairière dont le sol avait été piétiné pendant des années. Des signes d'occupation humaine étaient visibles un peu partout : petits os d'animaux, bouts de fourrure, éclats de bois et débris de poterie. Une odeur de restes de nourriture pourris, de vêtements de cuir sales, de fumée et d'excréments humains confirmait que des hommes avaient vécu ici longtemps.

Une seule silhouette était assise, immobile, près du petit foyer fumant. Elle était voûtée par l'âge, disparaissait sous des peaux de bête crasseuses, mangées aux mites et en lambeaux, et ressemblait davantage à un vieux singe qu'à un être humain. Robyn la regarda à peine car autre chose retenait son attention.

Dans le fond de la caverne, éclairé par les derniers rayons du soleil, se dressait un lit. Il était fait de perches en bois grossièrement coupées et liées par des cordes en écorce, et pourtant c'était un lit à l'européenne avec quatre montants et non une simple natte africaine, et une couverture en fourrure tachée semblait cacher une forme humaine.

Sur un rebord au-dessus du lit étaient posés une longue-vue en cuivre, une boîte en teck semblable à celle dans laquelle Zouga rangeait son sextant et son chronomètre, mais à moitié cassée, et un coffret en fer-blanc bon marché dont la peinture écaillée découvrait le métal.

Robyn se souvenait parfaitement de ce coffret, ouvert sur le bureau de l'oncle William, et de son père penché sur les papiers qui en débordaient, ses lunettes à monture métallique posées à l'extrémité de son nez busqué, tripotant son épaisse barbe rousse tout en travaillant.

Elle poussa un petit cri étouffé, se précipita sans prendre garde au vieillard assis par terre et tomba à genoux à côté du lit.

— Père! dit-elle la voix brisée par l'émotion. Père! c'est moi... Robyn.

Il n'y eut aucun mouvement sous la couverture. Robyn tendit la main, puis s'arrêta avant de la toucher.

« Il est mort, pensa-t-elle, désespérée. J'arrive trop tard! »

Elle se força à avancer la main et toucha le tas de fourrures malodorantes. Elles s'aplatirent à son contact et il lui fallut quelques secondes pour comprendre qu'elle s'était trompée. Le lit était vide, la couverture en désordre donnait l'impression de dissimuler une forme humaine, mais il n'y avait personne.

Déconcertée, Robyn se releva et se retourna vers l'entrée de la caverne. La Mashona se tenait près du feu et la regardait avec un visage dénué d'expression tandis que la petite Jouba était restée craintivement à l'autre extrémité de la clairière.

— Où est-il? demanda Robyn en ouvrant les mains pour appuyer sa question. Où est Manali?

La Mashona baissa les yeux. Pendant un moment, Robyn ne comprit pas, puis elle aussi regarda la grotesque silhouette assise à ses pieds près du feu.

Elle sentit sa poitrine se serrer et, à moitié paralysée, dut faire un effort pour retraverser la grotte.

La femme fixait toujours Robyn, le regard vide. De toute évidence, elle n'avait pas compris la question posée en anglais, mais elle attendait avec la patience infinie des Africains. Robyn était sur le point de l'interroger à nouveau quand le petit personnage squelettique commença à s'agiter et à se balancer dans la fumée du feu, et une voix d'homme, indistincte et plaintive, se mit à psalmodier une étrange litanie, comme une incantation magique.

Il fallut un certain temps à Robyn pour se rendre compte qu'elle avait des intonations vaguement écossaises et que les paroles, bien que confuses, paraphrasaient le psaume XXIII.

« Oui ! Même quand je marcherai par la vallée de l'ombre de la mort, je ne craindrai aucun mal. »

Aussi brusquement qu'elle s'était élevée, la voix se tut et le balancement s'arrêta. La frêle silhouette s'immobilisa et retomba dans le silence. De l'autre côté du feu, la Mashona se baissa et, avec la douceur d'une mère pour son enfant, tira la peau de bête qui couvrait la tête et les épaules de l'homme assis à ses pieds.

Fuller Ballantyne s'était ratatiné, sa face ridée et durcie comme l'écorce d'un vieux chêne. C'était comme si la fumée du foyer s'était incrustée dans son visage en en soulignant les rides et en le recouvrant d'une couche de suie.

Ses cheveux et sa barbe étaient tombés par endroits comme sous l'effet d'une maladie répugnante, et ce qu'il en restait était blanc, mais collé en cordelettes et jauni par la saleté aux coins de la bouche et sous les narines.

Seuls ses yeux semblaient encore vivants ; ils roulaient dans leur orbite et, en les regardant, Robyn vit immédiatement que son père était dément. Ce n'était plus Fuller Ballantyne, ce n'était plus le grand explorateur, l'évangéliste éloquent et l'adversaire acharné de l'esclavage. Voilà longtemps qu'il avait disparu et laissé place à ce vieux fou, crasseux et ratatiné.

— Père, dit-elle en le regardant avec incrédulité et l'impression que l'univers tournoyait et basculait sous elle. Père, répéta-t-elle, et de l'autre côté du feu la silhouette tassée partit brusquement d'un rire de fausset, puis se mit à divaguer, à tenir des propos incohérents, d'abord en anglais, puis en une demi-douzaine de dialectes africains, criant de plus en plus fort en agitant ses bras maigres et pâles.

— J'ai péché contre toi, mon Dieu, cria-t-il en griffant sa barbe de ses doigts crochus où resta accrochée une mèche blanche. Je ne suis pas digne d'être ton serviteur.

Il se laboura de nouveau le visage, laissant cette fois-ci une égratignure livide sur sa joue ridée, comme s'il ne semblait plus y avoir une seule goutte de sang dans son corps décharné.

La Mashona se pencha vers lui et prit son poignet osseux pour l'empêcher de continuer. Son geste était si naturel qu'elle avait dû l'accomplir souvent. Puis, elle se baissa et le souleva doucement. Le vieux corps ne paraissait pas plus lourd que celui d'un enfant car elle le porta sans effort apparent sur le lit de bois. Une de ses jambes était tenue par une attelle rudimentaire et pointait toute raide devant lui.

Robyn resta près du feu, tête baissée, et s'aperçut qu'elle tremblait toujours. La femme revint et lui toucha le bras.

— Il est très malade, dit-elle.

C'est alors seulement que Robyn parvint à surmonter son dégoût et son sentiment d'horreur. Elle hésita encore quelques instants puis se dirigea vers son père. Avec l'aide de Jouba et de la Mashona, elle commença son examen, se réfugiant derrière les actes rituels et les procédures de la profession médicale tout en retrouvant la maîtrise d'elle-même. Il était plus maigre que tous les êtres humains qu'elle avait vus jusque-là, plus maigre que les gosses des quartiers miséreux d'Angleterre.

— La nourriture manque, dit la femme, et le peu qu'il y a, il n'en veut pas. J'ai dû le nourrir comme un petit bébé.

Robyn ne comprit pas le sens de ces paroles et poursuivit son examen.

Le corps sous-alimenté était infesté par la vermine, des grappes de petites lentes blanches accrochées aux poils blancs du pubis, et couvert d'une couche de crasse et des marques de son incontinence.

Sous les côtes apparentes, ses doigts sentirent la forme dure et dilatée du foie et de la rate, et Fuller Ballantyne poussa un cri de douleur. Le gonflement et l'extrême sensibilité indiquaient sans doute possible une infection paludéenne persistante et une totale absence de soins.

— Où est le médicament, le *umuthi,* de Manali ?

— Il n'y en a plus depuis longtemps, pas plus que de poudre et de balles pour le fusil. Tout est fini depuis longtemps, fit la femme en secouant la tête, depuis très, très longtemps, et quand il n'y en a plus eu, les gens ne sont plus venus nous offrir de la nourriture.

Il était suicidaire de rester dans une région paludéenne sans provision de quinine. Fuller Ballantyne le savait mieux que personne. Comment avait-il pu, lui l'expert mondialement connu en matière de fièvres tropicales, négliger le conseil qu'il avait si souvent prodigué ? Elle en trouva la raison en lui ouvrant la bouche et en tenant sa mâchoire inférieure baissée malgré ses faibles protestations.

La plupart des dents avaient été rongées par la maladie, et les lésions caractéristiques couvraient sa gorge et son palais. Elle lâcha sa mâchoire, puis palpa doucement l'arête du nez et sentit l'os et le cartilage ramollis fléchir sous ses doigts. Il n'y avait aucun doute possible, la maladie était très avancée et avait depuis longtemps lancé son assaut final contre le cerveau. C'était la syphilis à son stade terminal, la paralysie générale, la maladie des hommes seuls qui conduisait invariablement à la démence et à une mort solitaire.

Tandis que Robyn travaillait, son sentiment de dégoût et d'horreur fit rapidement place à la compassion du médecin, à la sympathie de celle qui avait connu les faiblesses et la folie humaines et avait compris beaucoup de choses. Elle savait à présent pourquoi son père n'avait pas rebroussé chemin quand sa provision de médicaments avait dangereusement baissé : le cerveau à moitié détruit n'avait pas perçu les dangers qu'il avait décrits auparavant avec tant de clarté.

Tout en travaillant, elle priait pour lui en silence, et les mots lui venaient plus aisément qu'ils ne le faisaient d'ordinaire.

« Jugez-le tel qu'il fut, mon Dieu, jugez-le sur le service qu'il a assuré en votre nom ; ne le jugez pas sur ses petits péchés mais sur ce qu'il a réalisé de plus grand. Ne considérez pas cet être pathétique et ruiné, mais l'homme fort et énergique qui a accompli votre œuvre sans se dérober. »

Tout en priant, elle souleva les lourdes peaux qui couvraient ses jambes, et l'odeur de putréfaction la fit cligner des yeux ; immédiatement, le frêle vieillard se débattit avec une ardeur nouvelle, et il fallut Jouba et la Mashona pour le maîtriser.

Robyn regarda ses jambes et comprit pour quelle autre raison son père n'avait plus quitté ce pays : il en avait été physiquement incapable. Les attelles qui maintenaient la jambe avaient été taillées au couteau dans du bois indigène. La jambe s'était vraisemblablement fracturée en plusieurs endroits sous la hanche. Peut-être l'articulation de la hanche, ce col du fémur si vulnérable, avait-elle elle-même lâché. Ce qui était certain, c'est que les fractures n'avaient pas été réduites convenablement. Il se pouvait que les attelles aient été fixées trop serrées, car les ulcères suppurants avaient rongé les chairs jusqu'à l'os et la puanteur était épouvantable.

Elle se hâta de recouvrir la partie inférieure du corps ; elle ne pouvait rien sans sa mallette et ses instruments, et ne faisait pour l'instant qu'infliger souffrances et humiliation inutiles. Son père continuait à se débattre et à bêler comme un enfant irascible. Sa bouche édentée béante, il roulait la tête d'un côté et de l'autre.

La Mashona se pencha au-dessus de lui en tenant un de ses seins fermes dans une main et en pressant le mamelon pour le faire ressortir, puis elle leva timidement les yeux vers Robyn d'un air implorant.

C'est alors que celle-ci comprit et, respectant l'intimité de la femme et de la pauvre chose qui avait été son père, elle se détourna vers l'entrée de la caverne.

— Je dois aller chercher mon *umuthi*. Je serai de retour dans un moment.

Derrière elle, les bêlements enfantins firent brusquement place à de petits grognements de plaisir.

Tandis qu'elle descendait le sentier escarpé au clair de lune, Robyn n'éprouvait aucune indignation, mais au contraire une immense pitié pour Fuller Ballantyne, retombé en enfance. Elle ressentit aussi une profonde gratitude pour cette femme, un sentiment d'émerveillement suscité par sa fidélité et son abnégation. Combien de temps était-elle restée auprès de Fuller Ballantyne après que toute raison de le faire eut disparu ?

Elle pensa à sa mère et à son dévouement pour le même homme, elle pensa à Sarah qui, avec son enfant, attendait patiemment au bord du grand fleuve. Et puis, elle songea à elle, Robyn, qui était venue de si loin, avec une telle détermination, pour retrouver son père. Fuller Ballantyne avait conservé un pouvoir d'attraction aussi puissant que la répulsion qu'il était capable d'exercer.

En tenant la main de Jouba pour se réconforter aussi bien que pour rassurer l'enfant, Robyn se hâtait le long du sentier qui suivait la berge de la rivière, et elle aperçut avec soulagement la lueur du feu de camp. Pour le trajet de retour, elle confierait son matériel de médecin à des porteurs et se ferait escorter par des mercenaires hottentots.

Son soulagement fut de courte durée, car, au moment où elle répondait à la sommation de la sentinelle et entrait dans le cercle lumineux du feu de camp, un personnage familier se leva de derrière le feu et vint à sa rencontre à grandes enjambées, grand et puissant, barbu et beau comme un dieu grec, et tout aussi courroucé.

— Zouga ! s'exclama-t-elle. Je ne t'attendais pas.

— J'en suis bien persuadé, fit-il froidement.

« Pourquoi ? pensa-t-elle, au désespoir. Pourquoi fallait-il qu'il arrive maintenant ? Pourquoi n'est-il pas arrivé un jour plus tard pour que j'aie le temps de laver et de soigner mon père ? Oh mon Dieu, pourquoi maintenant ? Zouga ne comprendra pas... jamais. »

Robyn et son escorte ne pouvaient espérer suivre l'allure de Zouga. Il les lâcha rapidement en gravissant au pas de course le sentier plongé dans l'obscurité. Des mois de chasse acharnée lui avaient permis d'acquérir une condition physique exceptionnelle.

Elle avait été incapable de le prévenir, ne trouvant pas les mots pour décrire la créature qui habitait dans la caverne. Elle lui avait dit simplement :

— J'ai retrouvé papa.

La nouvelle avait instantanément apaisé sa colère. Ils avaient atteint l'un des trois objectifs majeurs de l'expédition. Elle savait que Zouga avait rédigé mentalement l'article décrivant l'événement et imaginait déjà les gamins criant le gros titre des journaux dans les rues de Londres.

Pour la première fois de sa vie, il s'en fallut de peu qu'elle ne le haïsse, et, la voix cassante comme du givre, elle lui dit :

— Et n'oublie pas que c'est moi qui me suis battue et qui l'ai retrouvé.

Elle vit le changement s'opérer dans ses yeux verts.

— Naturellement, Sissy, dit-il en souriant avec peine. Qui pourrait l'oublier ? Où est-il ?

— Je dois d'abord rassembler ce qu'il me faut.

Il était resté avec elle jusqu'au pied de la colline, puis, n'y tenant plus, s'était élancé à l'assaut de la pente à une allure qu'aucun d'eux n'était capable de tenir. Robyn déboucha sur la petite clairière devant la grotte. Son cœur battait à tout rompre et, comme elle était hors d'haleine, elle dut s'arrêter un moment pour reprendre son souffle, une main sur la poitrine.

Le feu dégageait à présent de belles flammes, mais les profondeurs de la caverne étaient plongées dans l'ombre. Zouga était debout devant le foyer, le dos tourné à l'entrée.

Robyn s'avança et vit que son visage était d'une pâleur mortelle ; dans la lueur du feu, son hâle avait pris une teinte terreuse. Il se tenait droit, comme à la parade, et regardait droit devant lui.

— Tu as vu papa ? demanda Robyn.

L'affliction et le trouble de son frère lui procuraient un plaisir malsain.

— Il y a une indigène avec lui dans le lit, murmura Zouga.

— Oui, acquiesça Robyn. Il est très malade. Elle s'occupe de lui.

— Pourquoi ne m'as-tu pas averti ?

— Qu'il est malade ?

— Qu'il est devenu comme un indigène.

— Il est en train d'agoniser, Zouga.

— Qu'allons-nous dire au monde ?

— La vérité, suggéra-t-elle tranquillement. Qu'il est malade et mourant.

— Ne parle jamais de la femme, reprit Zouga en cherchant ses mots, d'une voix qui, pour la première fois, pour autant qu'elle s'en souvînt, était hésitante. Nous devons protéger la famille.

— Que dire alors de sa maladie, de la maladie qui est en train de le tuer ?

— Le palu ? dit Zouga en cillant.

— La vérole, Zouga, la syphilis, si tu préfères. Il est syphilitique au dernier degré.

Zouga tressaillit puis soupira.

— Ce n'est pas possible.

— Pourquoi, Zouga ? C'était un homme, un grand homme, mais un homme quand même... Maintenant, il faut que j'aille m'occuper de lui, ajouta-t-elle en passant à côté de lui.

Une heure après, quand elle le chercha, Zouga était redescendu au camp. Elle continua à soigner son père toute la nuit et une bonne partie du lendemain.

Quand elle eut fini de le laver, de raser ses poils infestés de lentes et de couper sa barbe et ses mèches de cheveux jaunis, de soigner les ulcères de sa jambe, elle était épuisée aussi bien physiquement que moralement. Elle avait trop souvent vu la mort approcher pour ne pas la reconnaître à présent. Elle savait qu'elle ne pouvait qu'espérer lui procurer un peu de réconfort et aplanir la route qu'il allait devoir parcourir seul.

Après avoir fait tout ce qu'il était possible de faire, elle étendit sur lui une couverture propre, puis caressa tendrement les cheveux qu'elle avait si amoureusement coupés. Fuller ouvrit les yeux. Ils étaient bleu pâle comme le ciel d'Afrique en été. La grotte était baignée par les derniers rayons du soleil qui allumèrent dans ses cheveux des étincelles couleur rubis.

Elle vit quelque chose remuer dans ses yeux vides, l'ombre de l'homme qu'il avait été, et ses lèvres s'écartèrent. À deux reprises il essaya de parler, puis il prononça un mot, d'une voix si faible et rauque que Robyn ne le comprit pas. Elle se pencha plus près.

— Que dites-vous ?

— Helen ! répéta-t-il, plus distinctement cette fois-ci.

En entendant le prénom de sa mère, Robyn sentit un sanglot monter dans sa poitrine.

— Helen, murmura Fuller pour la dernière fois, et, l'instant d'après, l'éclair de lucidité qui avait brillé dans ses yeux s'évanouit.

Elle resta près de lui, mais ce fut tout. Ce prénom avait été son dernier lien avec la réalité, et à présent le lien était rompu.

Tandis que les dernières lueurs du jour s'éteignaient, Robyn leva les yeux et s'aperçut que le coffret en fer-blanc n'était plus sur le rebord au fond de la caverne.

À l'abri des regards derrière la cloison de chaume, Zouga examinait rapidement le contenu du coffret, le couvercle de son nécessaire de correspondance en guise de bureau.

Le sentiment d'horreur suscité par la découverte de son père avait depuis longtemps cédé le pas à la fascination exercée par les trésors que contenait le coffret. Il savait que le dégoût et la honte reviendraient quand il aurait le temps d'y penser. Il savait aussi qu'il y aurait des décisions délicates à prendre et qu'il lui faudrait user de toute sa force de persuasion et de son autorité de frère aîné pour tenir Robyn en bride et lui faire accepter une version commune de la découverte de Fuller Ballantyne et une description discrète de l'état dans lequel il avait été réduit.

Le coffret métallique contenait quatre journaux de voyage reliés de cuir ou de toile, et les pages étaient écrites recto verso ou couvertes de cartes dressées à la main. Il y avait aussi une liasse de deux ou trois cents feuillets entourée par une cordelette d'écorce tressée et un petit plumier en bois avec des encoches pour deux bouteilles d'encre et un casier pour les plumes de rechange. Une des bouteilles était vide et les plumes avaient d'évidence été taillées maintes fois car il n'en restait que des petits bouts. Zouga renifla l'encre qui restait dans l'autre bouteille. Elle semblait contenir une mixture malodorante de graisse, de suie et de teintures végétales que Fuller avait dû concocter lui-même après avoir épuisé sa provision d'encre.

Le dernier journal et la plupart des feuillets libres avaient été écrits avec ce mélange, et les caractères passés et barbouillés rendaient l'écriture d'autant plus difficile à déchiffrer que Fuller Ballantyne était alors presque aussi diminué physiquement que mentalement. Alors que les deux premiers journaux étaient couverts d'une écriture petite, nette et familière, celle-ci se transformait peu à peu en un gribouillage penché et relâché, presque aussi débridé que certaines des idées qu'elle exprimait. Le progrès de la démence de son père pouvait être suivi ici étape par étape avec une fascination écœurante.

Les pages des journaux à reliure de cuir n'étaient pas numérotées, et il y avait de nombreux blancs entre les dates des articles, ce qui facilitait le travail de Zouga. Il lisait rapidement, une technique qu'il avait apprise lorsqu'il jouait le rôle d'officier de renseignements et avait chaque jour des tonnes de rapports, d'ordres et de manuels spécialisés à éplucher.

Les premiers livres concernaient des territoires déjà explorés, des observations méticuleuses sur les positions des astres, le climat et l'altitude, étayées par des descriptions judicieuses du terrain et des populations. Intercalées entre ces informations, on trouvait des accusations et des doléances adressées aux autorités, aussi bien les directeurs de la Société missionnaire de Londres que l'« Intendant de l'Empire », qui désignait le ministre des Affaires étrangères et ses services à Whitehall.

Suivaient des explications détaillées sur les raisons qui avaient poussé Fuller Ballantyne à quitter Tête et à partir pour le sud avec une expédition équipée au minimum, puis, sans préambule, deux pages consacrées à une liaison avec une esclave, une Angoni que Fuller avait baptisée Sarah et qu'il soupçonnait d'être enceinte. Les raisons qu'il invoquait pour l'abandonner et quitter Tête étaient directes et sans faux-semblant. « Je sais qu'une femme enceinte, écrivait-il, même une robuste indigène, me ralentirait. Accomplissant l'œuvre de Dieu, je ne peux souffrir une telle entrave. »

Bien que le spectacle auquel Zouga avait assisté dans la caverne aurait dû le préparer à une telle révélation, il n'arrivait pas à l'accepter. Avec son couteau de chasse aiguisé comme un rasoir, il coupa les pages offensantes, les froissa et les jeta dans le feu de camp en marmonnant :

— Ce vieux démon n'a pas le droit d'écrire de telles cochonneries.

Deux fois encore il trouva des références sexuelles qu'il supprima du journal ; l'écriture commençait alors à montrer des signes de détérioration et des passages d'une grande lucidité étaient suivis par les divagations et les élucubrations d'un esprit malade.

Fuller parlait plus souvent de lui-même comme de l'instrument de la colère de Dieu, son glaive foudroyant levé contre les païens et les impies. Les passages les plus bizarres et manifestement extravagants des journaux, Zouga les coupa et les brûla. Il savait qu'il devait faire vite car Robyn ne tarderait pas à redescendre de la colline. Il savait également que ce qu'il faisait était salutaire, tant pour la mémoire de son père et sa place dans la postérité que pour ceux qui lui survivraient, Robyn et lui, mais aussi leurs enfants et petits-enfants.

Il était atterrant de voir l'amour inconditionnel et la compassion que son père éprouvait pour le peuple africain se transformer en une haine irraisonnée. Il se répandait en injures contre les Matabélé — qu'il appelait Ndébélé ou Amandébélé — : « Ces gens léonins qui ne reconnaissent aucun dieu, dont la nourriture consiste en un brouet du diable et en viande à moitié cuite, tous deux en énormes quantités, et dont le plus grand plaisir est de tuer à coups de lance des femmes et des enfants sans défense, qui sont gouvernés par le despote le plus impitoyable qu'on ait vu depuis Caligula, le monstre le plus assoiffé de sang depuis Attila lui-même. »

Il se montrait au moins aussi méprisant à l'égard des autres tribus : « Les Roswi sont sournois et dissimulés, couards et perfides ; ils descendent de rois avides d'or qui pratiquaient le commerce des esclaves — les Mambos. Leurs dynasties ont été détruites par les pillards ndébélé et leurs monstrueux parents nguni, les Shangaan de Gungundha et les Angoni aux mains tachées de sang. »

Les Karanga étaient « des pleutres et des adorateurs du diable qui se cachaient dans leurs cavernes et leurs forteresses au sommet des collines, et commettaient d'innommables sacrilèges devant le Tout-Puissant au cours de leurs cérémonies blasphématoires dans les ruines des cités que leur Monomatapa tenait jadis sous son emprise ».

La référence au Monomatapa et aux cités en ruine retinrent l'attention de Zouga au milieu d'une page. Il poursuivit sa lecture avec avidité en espérant trouver de plus amples développements sur le sujet, mais l'esprit de Fuller s'était envolé vers d'autres idées, le thème de la souffrance et du sacrifice, pierre angulaire de la foi chrétienne.

« Je remercie mon Père Tout-Puissant de m'avoir désigné pour tenir son glaive et marqué en témoignage de son amour et de sa condescendance. Ce matin, lorsque je me suis réveillé, j'avais les stigmates sur les pieds et les mains, la blessure au côté et les égratignures de la couronne d'épines sur le front. J'ai ressenti les mêmes souffrances délectables que le Christ lui-même. »

La maladie avait atteint la région du cerveau qui gouverne la vision et les sensations. Sa foi s'était muée en manie. Zouga arracha cette page et les suivantes, et les jeta au feu.

Aux divagations démentes succédaient les réflexions d'un homme sain d'esprit, à la tête froide, comme si, telle la marée, la maladie montait et descendait dans son cerveau. La date de l'entrée suivante du journal était postérieure de cinq jours à celle qui décrivait les stigmates. Elle commençait par une observation astronomique qui le situait non loin du lieu où Zouga lisait ces mots, compte tenu de la marge d'erreur imputable à l'imprécision du chronomètre, qui n'avait pas été vérifié depuis près de deux ans. Il n'y avait pas d'autre mention des stigmates, disparus aussi miraculeusement qu'ils étaient apparus, mais des notes dans un style alerte et objectif et une écriture nette.

« Les Karanga pratiquent un culte ancestral qui exige des sacrifices. Il est extrêmement difficile de les amener à parler de ces cérémonies ou des préceptes de base de cette abominable religion. Cependant, ma maîtrise de leur langue est maintenant suffisante pour m'avoir gagné le respect et la confiance des membres de la tribu avec qui j'ai réussi à entrer en contact. Le centre spirituel de leur religion est ce qu'ils appellent le "lieu de sépulture des rois", le "Zimbabwe" dans leur langue, où se trouvent les idoles qui représentent leurs ancêtres.

« Il semble que ce lieu soit situé au sud-est de l'endroit où je suis en ce moment.

« À la tête de cette religion ignoble il y a une prêtresse, appelée l'"Umlimo", qui demeurait jadis dans le "lieu de sépulture des rois" mais qui a fui à l'arrivée des maraudeurs angoni. Elle vit désormais dans un autre lieu sacré et exerce un tel empire que les Ndébélé impies et ce tyran sanguinaire de Mzilikazi lui adressent des offrandes pour recevoir ses oracles.

« Il m'est apparu au cours d'une révélation, qui ne peut être que l'expression de la voix du Tout-Puissant lui-même, qu'Il m'a choisi pour marcher sur cette citadelle du mal, ce "Zimbabwe", et renverser les idoles des impies — exactement comme Moïse a renversé et détruit le Veau d'or après être descendu de la montagne.

« Dieu tout-puissant m'a également désigné pour débusquer la grande prêtresse du mal dans sa retraite secrète et la détruire afin de briser son emprise sur l'esprit de ces gens et de les rendre ainsi réceptifs à la parole sacrée du Christ que je leur apporte. »

Zouga lisait rapidement. Il semblait que les pages avaient été écrites par deux hommes différents : l'individu rationnel à l'écriture nette et le maniaque délirant à l'écriture relâchée et brouillonne. Dans certains passages, le changement était visible d'une ligne à la suivante, dans d'autres, le même personnage s'exprimait sur plusieurs pages d'affilée. Zouga ne pouvait se permettre de sauter un seul mot.

L'après-midi était bien entamé et il avait les yeux fatigués à force de déchiffrer l'écriture en pattes-de-mouche et à moitié effacée en raison de la piètre qualité de l'encre utilisée alors par Fuller.

« 3 novembre. Position 20° 05 S 30° 50 E. Température 40° à l'ombre. Chaleur insupportable. La pluie menace chaque jour et ne vient jamais. Suis parvenu au repaire de l'Umlimo. »

Cette note laconique électrisa Zouga. Il faillit la manquer car elle était serrée dans le bas d'une page. À la page suivante, le dément avait repris la plume et s'exprimait avec une vantardise hyperbolique et dans une extase religieuse aux accents tonitruants.

« Je loue Dieu, auteur de mes jours, le vrai et tout-puissant Sauveur. Que Ta volonté soit faite !

« L'Umlimo savait que j'étais l'instrument de la colère divine lorsque je l'affrontai dans ce charnier puant, car elle parlait avec les voix de Belal et de Belzébuth, les voix hideuses d'Azazel et de Beliar, celles des myriades d'alter ego de Satan.

« Mais je me tenais devant elle, fort et fier dans la parole de Dieu, et quand elle vit qu'elle ne pouvait m'ébranler, elle se tut.

« Je la tuai donc, la décapitai et portai sa tête dans la lumière. Et Dieu me parla dans la nuit et me murmura d'une voix inaudible : "Continue, mon fidèle et bien-aimé serviteur. Tu ne peux te reposer tant que tu n'auras pas jeté bas les images de la déesse."

« Je me levai alors, et la main de Dieu me soutint et me fit avancer. »

Quelles étaient dans tout cela la part des faits et celle des divagations de la folie, des fantasmes d'un esprit malade, Zouga ne pouvait le savoir, mais il poursuivit sa lecture avec acharnement.

« Et le Tout-Puissant me guida jusqu'à ce que j'arrive enfin à l'immonde cité où les adorateurs du diable commettent leurs sacrilèges. Mes porteurs refusaient de me suivre, terrifiés par les démons. Même le vieux Joseph, qui était toujours à mes côtés, ne put forcer ses jambes à franchir la porte dans l'énorme mur de pierre. Je le laissai apeuré dans la forêt et m'avançai seul entre les hautes tours de pierre.

« Comme Dieu me l'avait révélé, je trouvai les images des païens tout ornées d'or et de fleurs — le sang des sacrifices était encore frais —, je les jetai par terre et aucun ne pouvait s'opposer à moi car j'étais l'épée de Zion, le doigt de Dieu. »

Le récit s'arrêtait brusquement comme si le narrateur avait été accablé par la puissance de sa ferveur religieuse. Zouga feuilleta les cent pages suivantes en espérant trouver d'autres mentions de la cité aux images ornées d'or, mais il n'y en avait pas.

De même que l'apparition miraculeuse des stigmates sur les mains, les pieds et le front de Fuller, peut-être s'agissait-il encore des divagations d'un dément.

Zouga revint à la description de la rencontre de Fuller avec l'Umlimo, la prêtresse qu'il avait tuée. Il reporta la longitude et la latitude dans son propre journal, recopia la carte grossièrement esquissée et prit sommairement note du texte en cherchant des indices susceptibles de le guider. Puis, posément, il déchira les pages du journal de Fuller et les tint une à une au-dessus du feu jusqu'à ce qu'elles se froissent, roussissent puis s'enflamment, avant de les laisser tomber et de les regarder noircir et se recroqueviller. Il éparpilla ensuite les cendres avec un bâton avant de s'estimer complètement satisfait.

Le dernier des quatre journaux n'était qu'en partie rédigé et contenait la description détaillée d'une piste caravanière qui, depuis les « terres baignées de sang et dominées par les funestes détachements cafres de Mzilikazi », courait vers l'est sur plus de huit cents kilomètres « jusqu'à l'endroit où les navires puants des négriers attendent sans doute les pauvres âmes qui survivent aux périls de cette route infâme ».

« J'ai suivi la route jusqu'au rempart oriental de montagnes où tout le monde peut voir les signes évidents du passage des caravanes. Ces signes macabres que j'ai moi-même appris à connaître : les ossements blanchis et le vol circulaire des vautours. N'y a-t-il donc pas un seul coin de ce continent sauvage qui soit préservé des ravages commis par les négriers ? »

Ces informations intéresseraient davantage Robyn que Zouga. Il les parcourut rapidement et y fit une marque à l'intention de sa sœur. Une centaine de pages au moins étaient consacrées à l'esclavage et aux négriers, puis venait l'avant-dernière entrée.

« Aujourd'hui, nous sommes tombés sur une caravane d'esclaves qui serpentait à travers cette région de collines en direction de l'est. De loin, j'ai dénombré ces pauvres gens en me servant de ma longue-vue ; ils sont presque une centaine, la plupart des enfants à mi-croissance et des jeunes femmes. Comme d'habitude, ils sont mis au joug deux par deux avec des troncs d'arbre fourchu autour du cou.

« Ils sont conduits par des Noirs. Je n'ai aperçu parmi eux aucun Arabe ni aucun homme de souche européenne. Bien qu'ils ne portent pas d'insignes tribaux ou de plumes, je suis certain que ce sont des Amandébélé, car leur physique est caractéristique et ils viennent de la direction où se trouve le royaume du tyran Mzilikazi. De plus, ils sont armés de la lance à large lame et du long bouclier en cuir de bœuf particuliers à ce peuple, et deux ou trois d'entre eux portent des mousquets.

« Ils campent en ce moment à moins d'une lieue de l'endroit où je me trouve et, à l'aube, ils vont reprendre leur marche fatale vers l'est, où les maîtres d'esclaves arabes et portugais les attendent pour acheter ce misérable bétail humain et l'embarquer comme une vulgaire marchandise pour l'insupportable voyage de l'autre côté du globe.

« Dieu m'a parlé, j'ai distinctement entendu sa voix m'enjoindre d'aller sur eux et, comme son glaive, de pourfendre les païens, de libérer les esclaves et de donner mes soins aux humbles et aux innocents.

« Joseph est avec moi, mon fidèle compagnon depuis des années, et il sera tout à fait capable d'être un second fusil. Ce n'est pas le meilleur tireur qui soit, mais il a du courage et la volonté de Dieu est avec nous. »

L'entrée suivante était la dernière. Zouga terminait sa lecture des quatre journaux.

« Les voies du Seigneur sont impénétrables et étonnantes. Il élève et rabaisse successivement. Avec Joseph à mes côtés, je suis descendu comme Dieu l'avait ordonné jusqu'au camp des maîtres d'esclaves. Nous nous sommes lancés sur eux comme les Israélites sur les Philistins. Il sembla d'abord que nous avions le dessus car les païens fuyaient devant nous. Puis, dans sa sagesse immense, Dieu nous a abandonnés. L'un des païens a sauté sur Joseph pendant qu'il rechargeait son arme et bien que j'eusse traversé sa poitrine d'une balle, il a enfoncé sa terrible lance dans les côtes de ce pauvre Joseph, le transperçant jusqu'à la colonne vertébrale avant de tomber mort.

« J'ai poursuivi seul le combat, le combat de Dieu, et les maîtres d'esclaves se sont égaillés dans la forêt devant ma colère. Puis l'un d'eux s'est retourné et, de très loin, a tiré dans ma direction. La balle m'a atteint à la hanche.

« Je suis parvenu je ne sais trop comment à m'éloigner avant que les païens ne viennent me tuer. Ils n'ont pas essayé de me suivre et j'ai pu regagner le couvert d'où j'avais lancé mon attaque. Me voilà cependant durement touché et dans une situation désespérée. J'ai réussi à extraire la balle de ma hanche, mais je crains d'avoir l'os fracassé et d'être infirme.

« J'ai en outre perdu mes armes, le mousquet de Joseph est resté près de lui et j'étais moi-même trop gravement blessé pour emporter mon fusil. J'ai envoyé la femme les chercher, mais les maîtres d'esclaves les avaient prises.

« Les porteurs qui me restaient, voyant l'état dans lequel je suis réduit et sachant que je ne pouvais les en empêcher, ont tous déserté en emportant presque tout ce qui avait de la valeur, y compris ma pharmacie. Il ne me reste plus que la femme. J'étais furieux quand elle s'est jointe à mon escorte, mais maintenant je vois là la main de Dieu car, bien que ce soit une impie, elle m'est restée fidèle après le départ des autres et la mort de Joseph.

« Que vaut la vie d'un homme dans ce pays cruel sans mousquet ni quinine ? Y a-t-il là une leçon pour moi et la postérité, une leçon que Dieu a décidé de me donner ? Un Blanc peut-il vivre ici ? Ne sera-t-il pas toujours l'étranger et l'Afrique le tolérera-t-elle une fois qu'il a perdu ses armes et épuisé sa réserve de médicaments ? »

Puis un terrible cri de détresse, le seul :

« Oh, mon Dieu, tout cela a-t-il été en vain ? Je suis venu ici porter votre parole et personne n'a écouté ma voix. Je suis venu pour réformer les méchants et rien n'a changé. Je suis venu ouvrir la voie au christianisme, et aucun chrétien ne m'a emboîté le pas. Je vous en prie, mon Dieu, envoyez-moi un signe me montrant que je n'ai pas suivi la mauvaise route. »

Zouga se redressa et se frotta les yeux. Il était profondément ému et si ses yeux le brûlaient, ce n'était pas seulement de fatigue.

Il était facile de haïr Fuller Ballantyne, mais pas de le mépriser.

Robyn choisit l'endroit avec soin — les mares au fond du lit de la rivière —, assez loin du camp pour que personne ne puisse les surprendre ou les entendre. Elle choisit l'heure — au milieu de la journée — où la plupart des Hottentots et tous les porteurs étaient endormis à l'ombre. Elle avait donné à Fuller cinq gouttes du précieux laudanum pour le calmer et l'avait laissé en compagnie de la Mashona et de Jouba pendant qu'elle redescendait vers le camp.

Zouga et elle n'avaient échangé qu'une douzaine de mots depuis dix jours qu'il l'avait rejointe. Il n'était pas retourné une seule fois à la grotte où se trouvait son père et elle ne l'avait vu qu'une fois quand elle était allée chercher des provisions au camp.

Lorsqu'elle avait envoyé Jouba avec un petit mot laconique lui demandant de renvoyer le coffret métallique contenant les papiers de Fuller, il s'était exécuté immédiatement par l'intermédiaire d'un porteur. Cet empressement avait tout de suite éveillé les soupçons de Robyn.

Cette méfiance était symptomatique de la dégradation rapide de leurs relations. Elle savait que Zouga et elle devaient parler, discuter de l'avenir pendant qu'il était encore temps.

Il l'attendait à l'endroit convenu, assis à l'ombre tachetée d'un figuier sauvage près des eaux stagnantes de la rivière, et fumait tranquillement un petit cigare roulé à la main de tabac local. Il se leva courtoisement en la voyant arriver, mais son expression était réservée.

— Je n'ai pas beaucoup de temps, mon Zouga, il faut que je retourne auprès de papa, déclara-t-elle en essayant de réduire la tension par cette formule affectueuse, et son frère hocha la tête avec gravité. Je n'ai pas voulu te demander de revenir à la caverne, sachant que tu trouves cela désagréable, ajouta-t-elle après avoir hésité.

Elle vit des étincelles vertes s'allumer un instant dans ses yeux et enchaîna sans attendre :

— Nous devons décider de ce que nous allons faire. Nous ne pouvons pas rester là indéfiniment.

— Que suggères-tu ?

— Père va beaucoup mieux. J'ai enrayé la malaria avec la quinine et l'autre maladie, fit-elle avec tact, a bien réagi au mercure. Seule sa jambe m'inquiète vraiment maintenant.

— Tu m'avais dit qu'il était mourant, lui rappela Zouga d'un ton égal.

Malgré ses bonnes intentions, elle ne put s'empêcher de s'emporter :

— Eh bien, je suis désolée de te décevoir.

Le beau visage de Zouga se figea. L'effort qu'il lui fallait faire pour se contenir n'échappait pas à Robyn, et sa voix trahit sa colère :

— Ces paroles ne sont pas dignes de toi.

— Excuse-moi, fit-elle en prenant une profonde inspiration. Zouga, son état s'est grandement amélioré. Grâce à la nourriture, aux médicaments, aux soins et à sa forte constitution, il y a eu un changement considérable. Je suis même convaincue que si nous pouvions le ramener à la civilisation, un bon chirurgien serait à même de guérir son ulcère à la jambe et peut-être même de permettre à l'os de se ressouder.

Zouga resta longtemps silencieux et, bien que son visage restât impassible, elle voyait dans ses yeux les émotions se succéder.

— Père est fou, dit-il finalement. (Elle ne répondit pas.) Peux-tu guérir son esprit ?

— Non. De ce point de vue, son état mental empirera, mais avec des soins attentifs dans un bon hôpital, nous pouvons améliorer son état physique et il peut vivre encore de nombreuses années.

— Pour quoi faire ? insista Zouga.

— Il se sentirait bien, et peut-être heureux.

— Et le monde entier saurait qu'il est atteint de démence syphilitique, poursuivit tranquillement Zouga. Ne serait-il pas plus humain de ne pas ternir sa légende ? Et même mieux, de l'embellir par nos propres récits plutôt que de ramener ce pauvre fou pour que tous ses ennemis, ses nombreux ennemis, en fassent des gorges chaudes ?

— Est-ce pour cela que tu as arraché des pages de son journal ? demanda Robyn d'une voix aiguë.

— Voilà une grave accusation. Es-tu capable de la justifier ? rétorqua son frère sans perdre son calme.

— Je n'ai pas à la justifier, nous savons tous deux ce qu'il en est.

— Tu ne peux pas le déplacer, il est infirme, enchaîna Zouga en changeant de ligne d'attaque.

— Il peut être transporté sur une civière. Nous avons plus de porteurs qu'il n'en faut.

— Quelle voie prendrais-tu ? Il ne supporterait pas de faire le trajet que nous avons suivi, et la route vers le sud n'est pas indiquée sur la carte.

— Papa lui-même a cartographié la piste des esclaves dans son journal. Nous la suivrons. Elle nous conduira directement jusqu'à la côte.

— Sans que nous ayons atteint les principaux objectifs de l'expédition ? demanda calmement Zouga.

— Les principaux objectifs étaient de retrouver Fuller Ballantyne et d'établir un rapport sur le commerce des esclaves, et nous pouvons remplir ces deux missions en suivant la route des esclaves jusqu'à la mer. (Robyn s'interrompit brusquement en feignant de comprendre soudain.) Oh, suis-je donc sotte, tu veux parler de l'or et de l'ivoire ? Voilà quels étaient les principaux objectifs depuis le début, n'est-ce pas, mon cher frère ?

— Nous avons des devoirs envers nos commanditaires.

— Et aucun envers le vieil homme malade qui se trouve là-haut ? fit Robyn en tendant la main dans un geste théâtral, dont elle gâcha l'effet en tapant du pied, furieuse contre elle-même et contre lui. J'emmène papa jusqu'à la côte, cria-t-elle, et aussi vite que je le pourrai.

— Et moi, je dis que tu n'en feras rien.

— Et moi, je te dis d'aller au diable, Morris Zouga Ballantyne.

Cette malédiction lui procura un sombre plaisir. Elle tourna les talons et s'éloigna à grands pas, ses longues jambes serrées dans son pantalon d'homme.

Le surlendemain, Robyn était prête à partir. Depuis leur dernière rencontre, Zouga et elle n'avaient communiqué que par des notes écrites, et elle comprit que son frère allait conserver des copies de cette correspondance pour justifier ses actions futures.

Elle avait brièvement refusé d'obéir à son ordre écrit de ne pas tenter d'emmener le malade. Zouga avait invoqué une demi-douzaine de raisons, chacune adroitement formulée. Après avoir reçu sa réponse, il confia à Jouba un deuxième petit mot magnanime, écrit pour les futurs lecteurs plus que pour elle, estima Robyn avec aigreur.

« Si tu persistes dans cette folie... » commençait-il, et il poursuivait en lui offrant la protection du détachement complet de mercenaires hottentots, à l'exception du sergent Cheroot, qui avait exprimé le désir de rester avec lui. Sous les ordres du caporal, cela constituerait une escorte capable, selon les propres mots de Zouga, « de te conduire, toi et la personne sous ta garde, sans encombre jusqu'à la côte et de te protéger contre tous les périls du voyage. »

Il insistait pour qu'elle prenne la plupart des porteurs. Il en garderait cinq et ses quatre porteurs de fusil, Matthieu, Marc, Luc et Jean.

Il lui ordonnait aussi de prendre le Sharps et toutes les provisions qui restaient, « en me laissant assez de poudre et de balles, et le strict minimum de médicaments pour me permettre d'atteindre les autres objectifs de cette expédition, que je juge de première importance ».

Dans son dernier petit mot, il faisait de nouveau valoir toutes les raisons de ne pas déplacer Fuller Ballantyne et lui demandait une fois de plus de revenir sur sa décision. Robyn lui épargna la peine d'en établir une copie en le lui renvoyant après y avoir ajouté ces mots : « Ma décision est prise. Je pars pour la côte demain à la première heure », suivis de la date et de sa signature.

Le lendemain matin, avant le lever du soleil, Zouga envoya une équipe de porteurs en haut de la colline avec une civière de fortune faite de perches de mopani. L'écorce avait été enlevée, les perches liées avec des lanières en peau d'antilope, et le corps de la civière formé par d'autres lanières entrelacées. Fuller Ballantyne devait en outre être sanglé sur la civière pour ne pas risquer de tomber.

Lorsque Robyn revint avec son équipe, en marchant près de la civière pour tenter de calmer le vieux fou, les Hottentots et ses autres porteurs étaient prêts à se joindre à eux. Zouga l'attendait aussi, un peu à l'écart comme s'il s'était déjà dissocié, mais Robyn se dirigea directement vers lui.

— Du moins nous connaissons-nous mutuellement, maintenant, dit-elle d'une voix rauque. Peut-être ne sommes-nous pas capables de naviguer de conserve, Zouga. Je doute que nous l'ayons jamais été et que nous le puissions jamais, mais cela ne veut pas dire que je ne te respecte pas, et je t'aime encore plus que je ne te respecte.

Zouga rougit et détourna le regard. Comme elle aurait dû s'en douter, une telle déclaration ne pouvait que l'embarrasser.

— Je me suis assuré que tu partais avec une centaine de livres de poudre, ce qui est plus que tu n'en auras jamais besoin, dit-il.

— Tu ne veux pas souhaiter bon voyage à père ?

Zouga acquiesça avec raideur et la suivit jusqu'à la civière, en évitant de regarder la Mashona qui se tenait derrière elle.

— Adieu, monsieur, dit-il avec cérémonie à Fuller Ballantyne. Je vous souhaite un bon et rapide voyage et un prompt rétablissement.

501

Le visage desséché pivota vers lui sur son cou de corbeau. La lumière grise de l'aube donnait à son crâne rasé le poli de la porcelaine et les yeux d'où jaillissaient des éclairs de folie étaient aussi brillants que ceux d'un oiseau.

— Dieu est mon berger, je ne crains aucun danger, croassa Fuller d'une voix à peine audible.

— Parfait, monsieur, fit Zouga en hochant la tête avec sérieux. Cela ne fait aucun doute.

Il toucha sa casquette dans un salut militaire et se recula en laissant place aux porteurs. Ils soulevèrent la civière et s'éloignèrent vers l'aube orange et jaune pâle.

Pour la dernière fois, frère et sœur se tenaient côte à côte en regardant passer la colonne de porteurs et de mercenaires, et quand le dernier fut parti et que seule la petite Jouba resta près d'elle, Robyn se jeta à son cou et l'embrassa avec une certaine frénésie.

— J'essaie de te comprendre, souffla-t-elle, ne veux-tu pas essayer de faire la même chose avec moi ?

Elle crut un instant qu'il allait fléchir en sentant son corps se détendre, mais il se reprit.

— Ce ne sont pas des adieux, dit-il. Dès que j'aurai fait le nécessaire, je te suivrai. Nous nous reverrons.

Robyn laissa retomber ses bras et se recula.

— À bientôt, soupira-t-elle avec mélancolie, triste qu'il n'ait pas eu un seul geste d'affection. À bientôt, répéta-t-elle, et elle partit.

Jouba la suivit dans la forêt à la suite de la colonne. Zouga attendit que le chant des porteurs se soit évanoui. Il ne resta plus que le doux chœur des oiseaux qui accueille l'aube en Afrique et, dans le lointain, le cri mélancolique de la hyène regagnant ses fourrés.

Nombre de sentiments s'affrontaient en lui. Il se sentait coupable de laisser une femme, même bien escortée, entreprendre le voyage vers la côte, contrarié à l'idée qu'en y arrivant elle soit la première à faire connaître à

502

Londres sa version des faits. Il doutait de l'authenticité des indications que lui avait laissées Fuller Ballantyne, mais, par-dessus tout, il éprouvait un sentiment de soulagement et était excité de n'avoir enfin de compte à rendre à personne et d'être libre de sillonner le pays aussi vite et aussi loin que le lui permettraient ses jambes solides et sa détermination plus solide encore.

Il se secoua, chassant ainsi son sentiment de culpabilité et ses doutes. Seules restaient l'excitation et l'attente de l'aventure, et il se dirigea vers le sergent Cheroot qui attendait à la lisière du camp déserté.

— Quand tu ris, tu fais pleurer les enfants, lui dit Zouga, mais quand tu fronces les sourcils... Qu'est-ce qui te tracasse, ô invincible chasseur de lions ?

Le petit Hottentot montra d'un air lugubre le volumineux coffret en fer-blanc qui contenait son uniforme d'apparat et son shako.

— Pas un mot de plus, sergent, avertit Zouga.

— Mais les porteurs se plaignent, voilà si longtemps qu'ils en ont la charge.

— Et ils le porteront jusqu'aux portes de l'enfer, si je le décide. Safari !

Toujours en proie à l'exaltation, il cria :

— En route !

Zouga s'attendait à des divergences importantes entre les positions établies par son père d'après une observation du ciel et les siennes propres. Quelques secondes d'avance ou de retard du chronomètre représentaient plusieurs kilomètres de différence.

Il considérait donc avec méfiance les traits de relief qu'il voyait devant lui et qui semblaient correspondre avec une exactitude troublante à ce qu'indiquaient les cartes sommaires copiées sur celles des journaux de Fuller.

Pourtant, comme chaque nouvelle journée de marche ouvrait des territoires qui répondaient aux descriptions de son père, il acquit peu à peu la certitude que l'Umlimo et les cités en ruine étaient bien réelles et ne se trouvaient plus qu'à quelques jours de marche.

Ils traversaient des paysages magnifiques, bien que l'air devînt de plus en plus lourd à mesure qu'ils descendaient le plateau incliné vers le sud-ouest. La longue saison sèche, qui tirait à présent à sa fin, avait donné aux pâturages la couleur de champs de blé mûr et au feuillage des forêts une centaine de nuances entre le mauve et le saumon. Beaucoup d'arbres avaient perdu toutes leurs feuilles et dressaient vers le ciel leurs membres contournés comme pour chercher la pluie.

Chaque jour, les cumulus annonciateurs d'orage formaient de hautes murailles argentées qui viraient au mauve et au gris plombé et menaçaient d'éclater, mais jamais ils ne mettaient leur menace à exécution alors que le tonnerre grondait et que, le soir, les éclairs dansaient bas sur l'horizon comme si de grandes armées s'affrontaient loin à l'est.

Le gros gibier se rassemblait autour des points d'eau restants — les mares dans le lit des rivières et les trous d'eau les plus profonds —, si bien qu'ils parcouraient un pays merveilleux habité par des animaux sauvages.

Dans un troupeau, Zouga dénombra trente-deux girafes, entre le vieux mâle au poil presque noirci par l'âge et au cou plus haut que les arbres dont il se nourrissait et les girafons au pelage beige pâle tacheté avec leurs jambes d'une longueur disproportionnée, qui galopaient avec ce lent balancement caractéristique, leur longue queue touffue enroulée sur le dos.

Chaque trouée avait sa famille de rhinocéros. Les femelles poussaient devant elles leurs petits et les guidaient en leur touchant le flanc avec leur longue corne. Il y avait aussi des troupeaux de buffles de Cafrerie d'un millier de têtes qui s'écoulaient en une masse noire compacte à travers les clairières en soulevant un nuage de poussière pâle, comme la lave d'un volcan en activité.

Et puis il y avait les éléphants. Il ne se passait pas un jour sans qu'ils coupent des traces fraîches, véritables routes ouvertes à travers la forêt, jalonnées de grands arbres déracinés ou aux troncs dépouillés de leur écorce et parcourus de coulées de sève. À leurs pieds, le sol était jonché de brindilles mâchées, de petits tas de feuilles qui commençaient tout juste à jaunir et d'énormes crottes fibreuses dressées comme des monuments à la mémoire du passage des grands mammifères gris et où le babouin et le faisan dodu fourrageaient avec enthousiasme en quête de noix sauvages à demi digérées et autres friandises.

Zouga avait du mal à résister quand Jan Cheroot, levant les yeux après avoir examiné les empreintes de pieds, annonçait :

— Un grand mâle, celui-là. Il marche lourdement sur son train avant. Il a de bonnes défenses, je suis prêt à parier la vertu de ma sœur.

— Vertu qui a été l'objet d'innombrables paris et maintes fois perdue, fit sèchement observer Zouga. Mais nous allons néanmoins le suivre.

Presque chaque soir, ils pouvaient couper des défenses et, après les avoir enfouies, rapportaient le cœur sanguinolent à l'endroit où ils avaient laissé les deux porteurs chargés de transporter le morceau de choix de quarante livres suspendu à un bâton, un régal pour toute la petite troupe. À cause de la chasse, la progression était lente et pas toujours directe, mais régulièrement Zouga identifiait et dépassait les points de repère décrits par son père.

Enfin, sachant qu'il approchait, il repoussa la tentation de chasser et se refusa pour la première fois à suivre les traces toutes fraîches de trois beaux mâles, décevant ainsi cruellement Jan Cheroot.

— On ne doit jamais dédaigner un bel éléphant ou une femme chaude et consentante, conseilla-t-il d'un ton plaintif, car on ne sait jamais où et quand se présentera la prochaine occasion.

Jan Cheroot ne connaissait pas encore le nouvel objet de leur quête et le comportement de Zouga le déconcertait. Ce dernier le surprenait souvent à l'épier avec perplexité de ses petits yeux bridés et vifs, mais le Hottentot évitait diplomatiquement de questionner Zouga et il accepta son ordre d'abandonner la piste en se contentant de grommeler. Et ils se remirent en route.

Les porteurs furent les premiers à regimber. Zouga ne sut jamais comment ils avaient deviné ; peut-être le vieux Karanga avait-il parlé de l'Umlimo autour du feu de camp ou faisait-elle partie de leur tradition locale, bien que les porteurs de fusil et la plupart des autres aient été originaires de la région du Zambèze, à des centaines de kilomètres plus au nord. Cependant, Zouga connaissait à présent assez l'Afrique pour admettre la réalité de cette connaissance étrange, presque télépathique, des événements et des lieux lointains. Quelles qu'en fussent la nature et la manière dont ils l'avaient acquise, les porteurs se plaignaient d'avoir des épines dans les pieds pour la première fois depuis des mois.

Zouga commença par se mettre en colère ; il était prêt à justifier de la justesse de son surnom de Bakela, le Poing, mais comprit ensuite que leur répugnance à poursuivre vers la chaîne de collines dénudées qui se dressait au-dessus de l'horizon confirmait qu'il était sur la bonne piste et approchait du but.

Ce soir-là, au camp, il prit Jan Cheroot à part et, en anglais, lui expliqua ce qu'il cherchait et où. Il ne s'était pas attendu à voir blêmir à tel point son visage jaune et desséché.

— *Nie wat ! Ik lol nie met daai goed nie !*

En proie à une terreur superstitieuse, le petit Hottentot s'était remis à parler le mauvais hollandais du Cap.

— Ah ça non ! Je ne vais pas faire l'imbécile avec ce genre de choses, répéta-t-il en anglais, et Zouga lui sourit avec mépris par-dessus le feu de camp.

— Sergent Cheroot, je vous ai vu courir les fesses nues sus à un éléphant blessé et agiter votre chapeau pour détourner sa charge.

— Les éléphants sont une chose, les sorcières en sont une autre, répliqua Jan Cheroot sans lui rendre son sourire, puis il se ragaillardit et cligna des yeux comme un gnome malicieux. Il faut que quelqu'un reste avec les porteurs, sinon ils vont nous voler nos pièges et rentrer chez eux.

Zouga les fit camper près d'une petite mare boueuse, à une heure de marche du kopje granitique le plus au nord. Il remplit d'eau son grand bidon émaillé, dont il mouilla l'épaisse garniture en flanelle pour tenir le contenu au frais, suspendit un sac de poudre à sa hanche droite, un sac de nourriture à la gauche et, son fusil de gros calibre en bandoulière, s'en alla seul tandis que les ombres étaient encore longues sur le sol et l'herbe humide de rosée.

Les collines qui étaient devant lui avaient la forme de dômes arrondis de granit gris nacré, lisses comme un crâne chauve et totalement dépourvus de végétation. Tandis qu'il s'en approchait péniblement à travers la plaine couverte d'une forêt éparse, son esprit regimba devant la tâche qui l'attendait.

À chaque pas, les collines semblaient plus hautes et escarpées, les vallées qui les séparaient, plus encaissées, les gorges et les ravins envahis par des buissons épineux, plus impénétrables. Il faudrait des mois pour fouiller toute cette région accidentée et, contrairement à son père, il n'avait pas de guide. Pourtant, tout fut finalement si facile qu'il s'en voulut de son imprévoyance.

Son père avait écrit dans son journal : « Même ce tyran sanguinaire de Mzilikazi lui adresse des offrandes pour recevoir ses oracles. »

Il trouva le sentier bien marqué qui partait vers l'ouest, assez large pour permettre à deux hommes de marcher de front, et s'engagea résolument dans le dédale de collines granitiques. Les émissaires du roi matabélé n'avaient pu emprunter une autre voie.

Elle conduisit Zouga au sommet d'une première pente légère, puis bifurqua brusquement pour s'enfoncer dans l'une des gorges. Le sentier se rétrécissait et zigzaguait entre d'énormes rochers arrondis, et de part et d'autre les taillis étaient si épais qu'il devait baisser la tête pour passer sous les branches épineuses qui s'entrelaçaient pour former un tunnel obscur.

La vallée était si profonde que le fond était dans l'ombre, mais le granit absorbait tellement la chaleur qu'il semblait chauffé au feu, et la sueur trempait la chemise de Zouga et ruisselait sur son torse. Les taillis s'épaississaient et le sentier se rétrécissait encore, puis escaladait un col étroit entre les parois rocheuses. C'était une poterne naturelle où une poignée de bonnes lances aurait tenu en échec un régiment entier. Au-dessus, sur une petite corniche, une hutte recouverte de chaume montait la garde, et à côté la mince colonne de fumée bleue d'un feu de camp s'élevait paresseusement dans l'air immobile. Mais s'il y avait eu une sentinelle, elle avait déserté son poste à l'approche de Zouga.

Il posa par terre la crosse de son fusil et s'y appuya pour se reposer de l'ascension et scruter les falaises à la recherche d'un ennemi caché ou d'un endroit d'où l'on aurait pu précipiter sur lui des rochers selon le mode défensif habituel de la région.

Une chaleur torride régnait dans les gorges désertes et silencieuses. On n'entendait même pas le pépiement des oiseaux ni le murmure des insectes dans les broussailles. Le silence était encore plus oppressant que la chaleur ; Zouga renversa la tête et appela en direction du guet déserté.

L'écho roula grotesquement entre les falaises, s'évanouit en murmures confus, puis le silence inquiétant retomba complètement. Le dernier homme blanc à être passé par ici était le glaive de Dieu en personne, résolu à décapiter l'oracle, songea Zouga avec amertume. Il ne pouvait s'attendre à être accueilli à bras ouverts.

Il remit son fusil en bandoulière et s'engagea dans le couloir de granit, son instinct lui disant que l'approche hardie était la seule possible. L'étroit goulot était tapissé de sable gris parsemé d'éclats de mica qui scintillaient comme des diamants, même dans la lumière tamisée.

Le passage s'incurvait légèrement, de sorte qu'après quelques mètres il n'en voyait plus ni l'entrée ni la sortie. Il avait envie de se dépêcher car il avait l'impression d'être pris au piège, mais il fit un effort de volonté pour ne laisser apparaître ni peur ni indécision dans sa démarche.

Après la courbe, le couloir s'ouvrait en entonnoir, un petit torrent dévalait d'une des parois et tourbillonnait en gargouillant dans une vasque naturelle avant de déborder et de disparaître vers le fond de la vallée. Zouga sortit du défilé et s'arrêta à nouveau pour regarder autour de lui. À ses pieds s'ouvrait une agréable vallée de deux kilomètres de long et d'un de large, irriguée par le petit ruisseau et couverte d'herbe tendre.

Au milieu de la vallée se blottissaient plusieurs cases soigneusement recouvertes de chaume autour desquelles quelques volailles décharnées grattaient le sol. Zouga se dirigea vers elles. Toutes les cases étaient vides, mais à l'évidence leurs occupants n'étaient pas partis depuis longtemps car même la bouillie était encore chaude dans la marmite. Trois des cases les plus grandes regorgeaient de trésors : sacs en cuir pleins de sel, outils et armes en acier, lingots de cuivre, un tas de petites défenses d'éléphants ; Zouga devina qu'il s'agissait des cadeaux et des tributs adressés à l'oracle par les pétitionnaires et les suppliants — pour son intercession auprès des dieux de la pluie, le sort jeté à un ennemi ou pour conquérir un cœur réticent.

Le fait que ces trésors n'aient pas été gardés attestait du pouvoir de l'Umlimo et de sa confiance en ce pouvoir. Cependant, si Fuller Ballantyne avait dit la vérité dans son journal, « l'immonde vieille sorcière » était morte depuis longtemps et son crâne croqué par les hyènes ou en train de blanchir quelque part au soleil.

Zouga sortit en se baissant de la dernière case. Il appela une fois encore mais ne reçut toujours pas de réponse. Des gens habitaient ici, et ils étaient nombreux, mais entrer en contact avec eux, puis apprendre de leur bouche où se trouvait exactement le « lieu de sépulture des rois », allait être plus difficile que prévu.

Appuyé sur son long fusil, Zouga dirigea son attention vers le versant de la vallée, et une fois encore ce fut le sentier qui attira son regard et le conduisit à l'entrée de la caverne. Le sentier continuait en effet au-delà du village, longeait le fond de la vallée, escaladait le versant opposé et s'arrêtait brusquement au pied de la falaise de granit. L'entrée de la grotte était basse et large, balafre horizontale dans la roche, semblable à une gueule de crapaud, et le sentier menait directement à l'intérieur.

Il laissa son sac de nourriture et son bidon d'eau au village et, ainsi allégé, gravit le sentier à longues enjambées. En voyant sa haute taille, son agilité et sa barbe qui flamboyait au soleil, tout observateur caché ne pouvait douter qu'il était un chef et un guerrier à traiter avec respect.

Il atteignit l'entrée de la caverne et s'arrêta, non pour se reposer car la montée ne l'avait pas fatigué, mais uniquement pour se repérer. L'ouverture avait une centaine de pas de large mais elle était si basse qu'il pouvait toucher la roche en levant la main.

Un mur en fermait l'entrée, un mur de blocs de granit taillés, si habilement ajustés qu'il eût été impossible d'introduire une lame de couteau entre les joints, mais l'ouvrage devait être ancien car il s'était écroulé par endroits.

Le sentier menait à l'une de ces brèches et se perdait dans le noir. C'était une entrée rien moins qu'engageante. En la franchissant il aurait la lumière dans le dos, ses yeux mettraient un certain temps à s'habituer à l'obscurité, et les cachettes ne manquaient pas où un homme pouvait l'attendre avec une lance ou une hache.

Zouga sentit son ardeur se refroidir en regardant dans la caverne interdite, et il lança en matabélé :

— Je viens en paix !

Une voix d'enfant lui répondit presque tout de suite dans la même langue. Elle venait de derrière son épaule, si près que son cœur se mit à battre à grands coups et qu'il se retourna brusquement.

— Le blanc est la couleur du deuil et de la mort, fit la voix flûtée, et Zouga regarda éperdument autour de lui.

Il n'y avait ni enfant, ni adulte, ni même un animal, la vallée était déserte et silencieuse. La voix sortait de nulle part. Zouga sentit sa bouche devenir sèche et un frisson le parcourir. Une autre voix, stridente, descendit de la falaise :

— Le blanc est la couleur de la guerre.

C'était la voix d'une vieille femme, une très vieille femme, chevrotante et aiguë. Zouga tressaillit de nouveau et l'angoisse le saisit quand il leva les yeux. La falaise était lisse et nue.

— Le blanc est la couleur de l'esclavage, chanta une voix éthérée de jeune fille, emplissant l'air au-dessus de sa tête, suave et fluide comme le murmure d'un ruisseau.

« Elle parlait avec les voix de Belal et de Belzébuth, les voix hideuses d'Azazel et de Beliar, celles des myriades d'alter ego de Satan », avait écrit son père, et Zouga sentit une terreur superstitieuse transformer ses jambes en plomb.

Une autre voix, grondant comme un buffle, tonna dans l'entrée de la caverne :

— L'aigle blanc a jeté bas les faucons de pierre.

Il prit une profonde inspiration pour retrouver la maîtrise de son corps rebelle et rappela à sa mémoire un souvenir d'enfance : un jour férié du mois d'août, sur la jetée de Brighton, quand, petit garçon, il serrait la main de l'oncle William et levait des yeux stupéfaits vers la scène où l'illusionniste animait une marionnette et la faisait parler d'une petite voix bizarre, puis lui donnait la réplique à partir d'une boîte trop petite pour contenir même un lapin. Ce souvenir le calma et il éclata de rire, un rire si clair et assuré qu'il en fut lui-même surpris.

— Réserve tes bons tours aux enfants, Umlimo. Je viens en paix pour te parler en homme.

Il n'y eut pas de réponse, bien qu'il lui semblât percevoir le frôlement de pieds nus sur la pierre provenant de l'obscurité de l'autre côté du mur de granit.

— Regarde, Umlimo, je pose mes armes.

Il détacha le sac de poudre, le laissa tomber à ses pieds et posa dessus son fusil puis leva ses mains vides et se dirigea lentement vers la grotte.

Au moment où il atteignait le pied du mur, il entendit le rugissement d'un léopard furieux sortir de l'ombre juste devant lui. C'était un grondement terrible, féroce et bien réel, mais Zouga avait repris son sang-froid. Il ne s'arrêta pas et se baissa sous le bord de la falaise pour franchir l'ouverture, puis se redressa de l'autre côté.

Il attendit une minute, le temps que ses yeux s'habituent à l'obscurité. Plus aucune voix humaine ni aucun cri animal ne se fit entendre. Il y avait une faible source de lumière devant lui, quelque part dans les profondeurs de la caverne, et il réussit à distinguer un passage entre les éboulis et les rochers qui encombraient la grotte et en touchaient par endroits le plafond bas.

Il progressa avec précaution. La lumière devint plus forte, et Zouga s'aperçut que c'était un rayon de soleil qui tombait du plafond par une étroite fissure.

Tandis qu'il regardait l'embrasure la tête levée, il trébucha et tendit la main pour se retenir. Ce n'est pas de la roche qu'il toucha mais comme un assemblage de bâtons qui céda à son contact. Il y eut un cliquetis et quelque chose s'écroula avec fracas. Zouga reprit son équilibre et regarda ce que c'était. Un crâne humain aux pommettes toujours recouvertes de peau parcheminée le fixait de ses orbites vides.

Avec un frisson, Zouga se rendit compte que ce qu'il avait pris pour des éboulis et des rochers était en fait des amoncellements de restes humains, de cadavres momifiés qui obstruaient les passages et les recoins de la caverne, avec çà et là un corps solitaire, recroquevillé ou étendu. Parfois un os pointait à travers la peau sombre racornie ou les vêtements en cuir moisi.

Fuller Ballantyne avait qualifié l'endroit de « charnier puant ».

Zouga essuya instinctivement la main qui avait touché le squelette, puis poursuivit son chemin vers la lumière. Il sentait à présent une odeur de fumée, une présence humaine et une autre odeur qu'il connaissait bien mais dont il n'arrivait pas à retrouver l'origine pour l'instant. Le sol de la caverne s'inclina sous ses pieds ; il tourna autour d'un épaulement rocheux, et, en contre-bas, s'offrit à son regard un petit amphithéâtre naturel formé de granit lisse.

Au centre brûlait un feu de bois aromatique ; la fumée parfumait l'air et s'élevait lentement vers la fissure du plafond rocheux en déroulant des volutes d'un bleu laiteux dans le rayon lumineux. D'étroits passages semblaient prolonger la caverne dans les profondeurs de la colline comme des galeries de mine, mais l'attention de Zouga était captivée par la silhouette assise de l'autre côté du feu.

Il descendit lentement vers le fond de l'amphithéâtre de pierre sans la quitter des yeux.

Son père avait qualifié l'Umlimo d'« immonde vieille sorcière », mais ce n'était ni une sorcière ni une vieille qu'il avait sous les yeux. C'était une femme dans la fleur de l'âge et, en la voyant agenouillée en face de lui, Zouga se rendit compte qu'il avait rarement vu une telle beauté, certainement pas en Inde ou en Afrique ni même peut-être en Europe.

Elle avait un long cou aristocratique au-dessus duquel sa tête se balançait comme un lis noir sur sa tige. Ses traits étaient ceux d'une Égyptienne, avec un nez droit et fin, d'immenses yeux noirs, des pommettes hautes. Elle avait les dents petites et parfaites, les lèvres finement ciselées comme les cannelures d'un coquillage rose.

Sa complète nudité révélait un corps mince et des membres longs et graciles. La forme de ses mains et de ses pieds était élégante et délicate, avec des doigts fuselés et la paume rose pâle. Ses petits seins parfaitement ronds se tenaient haut et sa taille de guêpe s'évasait comme les courbes d'un vase vénitien sur ses hanches et ses fesses fermes. Son sexe s'ouvrait largement en une fente profonde et triangulaire, et les lèvres intérieures ressortaient avec impudence comme les ailes sombres d'un papillon exotique émergeant de sa chrysalide laineuse.

Elle le regardait de ses grands yeux sombres, et quand il s'arrêta de l'autre côté du feu, elle l'invita à s'asseoir en face d'elle d'un geste lent et gracieux. Zouga s'exécuta docilement et attendit.

La femme prit une des calebasses rangées près d'elle et, la tenant entre les paumes, versa un liquide dans un bol en terre cuite. C'était du lait. Elle reposa la calebasse et continua de le scruter du regard.

— Je viens du nord, dit finalement Zouga. On m'appelle Bakela.

— Votre père a tué celle qui m'a précédée, dit la femme.

Sa voix était envoûtante car, alors que ses lèvres remuaient à peine, elle avait la puissance et le timbre de celle des ventriloques. Le son semblait frémir dans l'air

515

longtemps après qu'elle se fut tue, et Zouga savait maintenant avec certitude qui avait parlé en empruntant la voix d'un enfant, d'une vieille femme, d'un guerrier et d'un animal sauvage.

— Il était malade, répondit Zouga, sans lui demander comment elle savait qu'il était le fils de Fuller Ballantyne.

Ses paroles expliquaient beaucoup de choses, et il était logique que la fonction d'Umlimo, de grande prêtresse, soit héréditaire et transmise au fil des générations. Cette femme splendide était la dernière titulaire.

— Mon père est devenu fou, il avait le sang malade et ne savait pas ce qu'il faisait, expliqua Zouga.

— Cela faisait partie de la prophétie.

La déclaration de l'Umlimo fut répercutée par les parois de la caverne, mais elle-même ne bougea pas pendant le long silence qui suivit.

— Qui sont tous ces gens ? Comment sont-ils morts ? demanda enfin Zouga en indiquant les tas de cadavres.

— Ce sont les gens du Rozwi, répondit la femme, et ils ont été tués par le feu et la fumée.

— Qui a allumé le feu ? insista Zouga.

— Les buffles noirs du sud, les Angoni.

Zouga resta silencieux et imagina la tribu se repliant ici, dans ce lieu sacré, leur refuge, les femmes qui portaient les enfants courant comme du gibier devant les rabatteurs et jetant un coup d'œil par-dessus leur épaule vers les aigrettes des boucliers de guerre et les coiffes empanachées des *amadoda* angoni.

Il les imagina serrées ici, écoutant les coups de hache et les cris des assiégeants qui coupaient le bois et l'entassaient à l'entrée de la caverne, puis le crépitement des flammes et les premiers nuages de fumée âcre tourbillonnant dans la grotte.

Il entendait les hurlements et les pleurs des victimes qui étouffaient et agonisaient, les vociférations et les rires des guerriers derrière la barrière enflammée et fumante.

— Cela aussi faisait partie de la prophétie, dit l'Umlimo avant de retomber dans le silence.

Zouga perçut alors un léger frôlement comme celui d'une feuille poussée par la brise sur le carrelage d'une terrasse.

Dans le fond de la caverne, une chose sombre se coulait hors de l'ombre tel un filet de sang noir où la lueur du foyer allumait des points brillants et avançait en bruissant sur le sol de la caverne. Zouga sentit ses poils se dresser et ses narines agressées par l'odeur douceâtre qu'il avait déjà remarquée et reconnaissait à présent.

C'était celle d'un serpent.

Zouga le regarda, paralysé d'horreur, car le reptile était aussi gros que son poignet et la partie postérieure de son corps se perdait dans le fond de la caverne. La tête entra en glissant dans le cercle de lumière orangée. Ses écailles luisaient comme du marbre, ses yeux sans paupières fixaient Zouga, et sa langue d'un noir soyeux dardait de sa gueule pour sentir son odeur en suspension dans l'air.

— Bon Dieu! murmura Zouga en empoignant le manche de son couteau de chasse suspendu à sa ceinture, mais l'Umlimo ne bougea pas.

Le serpent leva la tête, la trempa dans le bol de lait et commença à boire.

C'était un mamba, un mamba noir, le plus venimeux de tous les reptiles; la mort qu'il infligeait était foudroyante mais atrocement douloureuse. Zouga n'aurait jamais cru qu'un mamba pût atteindre une taille pareille, car tandis qu'il le regardait boire, le serpent était encore à moitié dans l'ombre.

Après une minute, le monstrueux reptile leva sa tête du bol, se tourna vers l'Umlimo et commença à glisser vers elle. Sous ses écailles luisantes, les muscles se convulsaient en petites vagues qui couraient sur toute sa longueur vers sa large tête en spatule.

Il toucha le genou de la femme de sa langue noire et palpitante, comme un aveugle se sert de sa canne pour chercher son chemin, sembla tâtonner le long de sa cuisse, puis il lécha un instant les lèvres proéminentes de son sexe et se hissa sur son ventre, ses seins. Tout en continuant de lécher sa peau huilée, il s'enroula autour de son cou et redescendit sur l'autre épaule, avant de s'immobiliser enfin, suspendu à son cou. Sa tête tendue à une cinquantaine de centimètres devant la femme, à hauteur de ses seins, il se balançait lentement en fixant de nouveau Zouga de son regard froid d'ophidien.

Celui-ci humecta ses lèvres et lâcha le manche de son couteau.

— Je suis venu chercher la sagesse, dit-il d'une voix rauque.

— Je sais ce que vous cherchez, répondit l'Umlimo. Mais vous trouverez plus que vous ne cherchez.

— Qui me guidera?

— Suivez le petit chercheur de douceur dans la cime des arbres.

— Je ne comprends pas, fit Zouga en fronçant les sourcils, toujours surveillant le serpent, mais l'Umlimo ne répondit pas.

Par son silence, elle l'invitait manifestement à méditer sa réponse, ce que fit Zouga, mais sans trouver d'explication. Il mémorisa les paroles et s'apprêtait à poser une autre question quand il perçut tout près un mouvement soyeux dans l'obscurité. Il faillit se lever d'un bond en voyant un deuxième serpent glisser rapidement à côté de lui.

C'était un autre mamba, mais plus petit, pas plus gros que son pouce, et long comme deux fois l'envergure de ses bras tendus. Dressé droit comme une flèche sur la moitié de sa longueur, il s'avança jusqu'à la femme agenouillée, parée de son monstrueux collier vivant.

Elle ne bougea pas et le deuxième serpent se tint devant elle en se balançant doucement d'un côté et de l'autre, puis il se baissa peu à peu jusqu'à toucher de sa langue dardée celle de l'autre mamba.

Il glissa alors en avant et commença à s'enrouler autour du corps de ce dernier comme un matelot frappant une écoute autour d'un mât, à chaque tour il montrait son ventre blanc recouvert d'étroites écailles.

Ni la femme ni le gros serpent ne bougeaient, pas plus qu'ils ne cessaient de fixer le visage blême de Zouga fasciné. Le corps plus fin et plus clair du second serpent commença à se contracter et à se dilater à un rythme lent et sensuel autour de l'autre reptile, et Zouga se rendit compte qu'ils s'accouplaient.

Sous le ventre du mâle, aux deux tiers de sa longueur, se trouvent les longues écailles qui protègent le sac génital. À mesure qu'augmentait l'excitation du mâle, les écailles s'écartaient et le pénis commença à saillir. Il avait la forme et la couleur d'une fleur de cactus à floraison nocturne, une fleur à calice lilas qui luisait comme du satin.

Le mâle caressait avec insistance le corps de la femelle, et finalement son ardeur fut récompensée. La femelle roula sur une portion de sa longueur, son ventre palpita doucement en signe de consentement et exposa son cloaque génital.

Le mâle se glissa contre elle de toute sa longueur, ventre contre ventre, et la longue fleur turgescente força l'entrée du cloaque en en déformant les lèvres. La femelle mamba ouvrit sa gueule en grand, découvrant sa gorge d'une jolie teinte bouton-d'or. Sur sa mâchoire supérieure, les petits crocs se dressaient avec une goutte satinée de venin à l'extrémité, et elle émit un grave sifflement d'extase ou de douleur tandis que le mâle enfonçait en elle son pénis.

Zouga était en nage. L'étrange parade de séduction et la copulation n'avaient duré que quelques minutes au cours desquelles ni lui ni l'Umlimo n'avaient bougé.

— L'aigle blanc s'est penché sur les faucons de pierre et les a jetés à terre, dit-elle avant de marquer une pause. Mais l'aigle les relèvera et ils s'envoleront au loin.

Penché en avant, Zouga écoutait intensément.

— Il n'y aura pas de paix dans les royaumes du Mumbos et du Monomatapa tant qu'ils ne seront pas de retour. Car l'aigle blanc sera en guerre avec le buffle noir jusqu'à ce que les faucons de pierre reviennent sur leur perchoir.

Pendant qu'elle parlait, la lente copulation des deux corps imbriqués continuait, donnant à ses paroles une tournure obscène et maléfique.

— Génération après génération, la guerre se poursuivra, l'aiglon luttera contre le veau, le blanc contre le noir, le noir contre le noir, jusqu'au retour des faucons. Jusqu'au retour des faucons.

L'Umlimo leva ses longues mains et ôta de son cou la guirlande de serpents entrelacés. Elle les posa doucement sur la pierre et, dans un mouvement fluide, se mit debout, son corps huilé brillant à la lumière du feu.

— Quand les faucons seront de retour, déclara-t-elle en étendant les bras, le Mambos des Roswi et le Monomatapa des Karanga tiendront le pays sous leur empire. Telle est la prophétie. Telle est toute la prophétie.

Elle se retourna et, d'une démarche aérienne, avec le dos bien droit et un balancement régulier de ses fesses nues, elle se dirigea vers l'ombre qui enveloppait le fond de la caverne et disparut.

— Attendez! cria Zouga, qui se leva précipitamment et partit à sa suite.

520

L'énorme femelle mamba se mit brusquement à siffler comme la vapeur qui s'échappe d'une bouilloire et se dressa à la hauteur de la tête de Zouga. Elle ouvrit de nouveau sa gueule bouton-d'or et une crête d'écailles sombres et luisantes se souleva sur toute la longueur de son cou.

Zouga s'immobilisa et le serpent siffla encore et se dressa un peu plus haut en s'arquant comme un S. Zouga recula, un pas après l'autre. La crête d'écailles s'abaissa un peu. Il fit un autre pas en arrière et l'arc tendu du corps serpentin se relâcha et sa tête se baissa de quelques centimètres. Avant que l'amphithéâtre ne disparaisse dans l'obscurité, caché par l'épaulement rocheux, il vit l'énorme serpent se lover en un tas d'écailles luisantes, toujours étreignant son redoutable partenaire.

Zouga pensa à l'énigmatique prophétie de l'Umlimo pendant tout le trajet de retour vers le camp où l'attendaient Jan Cheroot et ses porteurs.

Ce soir-là, à la lumière du feu, il la nota mot pour mot dans son journal. L'odeur douceâtre des serpents hanta ses cauchemars et s'attarda dans ses narines pendant de longs jours.

Le vent était à présent capricieux, l'air parfois complètement immobile dans le calme énervant et la chaleur de la mi-journée, à d'autres moments, il tourbillonnait à travers la plaine — les « diables de poussière » — en soulevant les feuilles et l'herbe sèches en hautes colonnes jaunes, puis tour à tour soufflait régulièrement des quatre points cardinaux.

Il était impossible de prendre un éléphant par surprise lorsque le vent était aussi instable. Souvent, après avoir trouvé une piste toute fraîche, déposé son lourd bagage et s'être en partie dévêtu pour faciliter sa course, Zouga sentait la fraîcheur de la brise sur sa nuque en sueur et, presque tout de suite, entendait un barrissement d'alarme devant eux dans la forêt. Après cette première alerte, il devenait impossible de s'approcher du troupeau, car alors les éléphants s'enfuyaient de leur longue démarche chaloupée et conservaient pendant des heures cette allure qui aurait foudroyé un homme s'il avait tenté de la suivre sur plus de quelques kilomètres.

Ils ne tuèrent donc aucun éléphant dans les jours qui suivirent la rencontre de Zouga avec l'Umlimo. Une fois, ils croisèrent une bonne piste qui les aurait ramenés vers le nord, à l'opposé de là où Zouga avait la conviction que se trouvait le but de sa quête, et c'est lui qui décida de ne pas entreprendre la poursuite. Jan Cheroot grommela pendant le reste de la journée et toute la journée du lendemain, tandis qu'ils poursuivaient leurs recherches apparemment sans but, vers l'est, puis de nouveau vers l'ouest, à travers cette contrée inexplorée.

Chaque jour, la chaleur devenait plus insupportable, car le mois terrible annonciateur des pluies avait commencé. Même Zouga était incapable de marcher dans les heures qui précèdent et suivent midi. Suant à grosses gouttes, ils s'écroulaient dans un coin ombragé et essayaient de dormir quand les mouches à buffles leur accordaient un répit ; il leur fallait faire un véritable effort pour parler, pour essuyer la sueur qui les inondait et laissait des croûtes de sel sur leur peau et leurs vêtements. Le sel attaquait le tissu de la chemise et du pantalon de Zouga, de sorte qu'ils se déchiraient comme du papier au moindre contact avec une épine ou un rocher. Il commençait à avoir des allures de clochard avec ses vêtements raccommodés et rapiécés où le tissu d'origine avait quasiment disparu.

Ses bottes avaient été plus d'une fois ressemelées avec la peau intérieure d'une oreille d'éléphant, sa ceinture et la sangle de son fusil réparées avec du cuir brut de buffle.

Sa silhouette était à présent émaciée car la dure épreuve de la chasse avait brûlé toute sa graisse. Sa minceur et l'étroitesse de sa taille comparées à ses épaules carrées le faisaient paraître plus grand. L'or pâle de sa chevelure et de sa barbe décolorées par le soleil ressortait sur sa peau bronzée. Ses cheveux descendaient jusqu'aux épaules et il les retenait en catogan avec un lacet de cuir. Il taillait toujours soigneusement sa barbe et ses favoris en se servant de ciseaux pour les couper et de la lame chauffée de son couteau de chasse pour les flamber.

Le bien-être procuré par son exceptionnelle condition physique ainsi que le succès escompté de sa quête le poussaient à aller de l'avant, si bien que les journées lui paraissaient trop courtes. Pourtant, à la nuit tombée, il s'allongeait à même le sol et dormait comme un enfant, puis s'éveillait bien avant les premières lueurs de l'aube, impatient de découvrir ce que lui réservait le jour nouveau.

Cependant, le temps passait. Chaque chasse allégeait les sacs de poudre et, même en récupérant les balles dans les carcasses des animaux abattus, ils voyaient la réserve diminuer.

La précieuse petite provision de quinine s'amenuisait aussi rapidement, et les pluies arrivaient. Aucun homme blanc ne pouvait survivre aux pluies sans munitions ni quinine. Il allait bientôt être contraint d'abandonner les recherches de la cité en ruine et de ses idoles incrustées d'or. Il lui faudrait battre la pluie de vitesse et parcourir au moins huit cents kilomètres vers le sud-ouest, si ses observations étaient exactes, pour rejoindre la piste jalonnée par son grand-père et la suivre jusqu'à la mission de Kuruman, l'avant-poste le plus proche de la civilisation européenne.

Plus tard il abandonnerait, plus la marche serait pénible. Pénible et rapide : il ne pourrait s'arrêter ni pour chasser l'éléphant ni pour prospecter l'or tant qu'il n'aurait pas atteint les régions plus sèches et plus sûres du sud.

L'idée de renoncer le déprimait, car il savait au fond de lui qu'il était à deux doigts de découvrir quelque chose qui se trouvait là, tout près, et cela le contrariait terriblement que les pluies viennent empêcher ses recherches. Il se consolait en se disant qu'il y aurait une autre saison sèche, et il savait avec la même certitude qu'il reviendrait. Ce pays avait quelque chose... Un bruit insistant et agaçant interrompit le cours de ses pensées. Il souleva sa casquette qui lui masquait les yeux et regarda les branches touffues du marula sous lequel il était allongé. Le petit oiseau au plumage terne continuait de pépier de sa voix criarde et sautait avec agitation de branche en branche dans un grand bruissement d'ailes. Il avait la taille d'un étourneau, le dos brun, la poitrine et le ventre jaunâtres.

Zouga tourna la tête et vit que Jan Cheroot était lui aussi réveillé.

— Qu'est-ce qu'on fait ? demanda-t-il.

— Je n'ai pas mangé de miel depuis que nous sommes partis du mont Hampden, répondit le Hottentot. Mais il fait chaud, et puis cet oiseau est peut-être un menteur et il peut nous mener à un serpent ou un lion.

— Il ne nous conduira à un serpent que si nous lui volons sa part de gâteau, fit observer Zouga.

— C'est ce qu'on dit, acquiesça Jan Cheroot.

Ils se turent, mettant en balance l'effort nécessaire pour suivre l'indicateur et la récompense qu'il y avait au bout. Souvent, l'oiseau conduisait les blaireaux ou les êtres humains jusqu'à un essaim naturel, et attendait sa part de cire, de miel et de larves d'abeilles. Selon la légende, lorsqu'il en était frustré, il conduisait la fois suivante celui qui l'avait trompé auprès d'un serpent venimeux ou d'un lion mangeur d'hommes.

Jan Cheroot céda à sa gourmandise. Il s'assit et les cris d'excitation de l'oiseau devinrent immédiatement plus aigus. Il partit d'un trait à travers la clairière jusqu'à l'arbre suivant en battant bruyamment des ailes et de la queue, les appelant avec impatience. Comme ils ne le suivaient pas, il revint comme une flèche se poser dans les branches au-dessus d'eux et continua son manège.

— C'est d'accord, vieux frère, convint Zouga, résigné.

Il se leva, Jan Cheroot prit la hache de Matthieu et la marmite en terre dans le filet en écorce tressée qui servait à le porter.

— Dressez le camp ici, ordonna Jan Cheroot aux porteurs. Nous allons vous chercher du miel pour le dîner.

Sel, miel et viande, les trois plus grandes friandises de la savane africaine. Zouga avait des scrupules à rogner sur le peu de temps qui lui restait pour une excursion aussi futile, mais ses hommes avaient travaillé dur et marché vite, et le miel raviverait leur ardeur.

Le petit oiseau brun et jaune voletait devant eux. Il grasseyait et jacassait avec un bruit de crécelle, fonçait d'un arbre à l'autre et se retournait sitôt posé pour s'assurer qu'ils le suivaient.

Pendant pratiquement une heure, il les entraîna le long d'une rivière asséchée, puis bifurqua et franchit une petite chaîne rocheuse. De la crête, ils découvrirent une vallée couverte d'une forêt dense bornée par les éminences rocheuses et les kopjes habituels.

— Il nous mène en bateau, grommela Jan Cheroot. Combien de temps encore va-t-il nous faire marcher?

Zouga changea son fusil d'épaule.

— Je crois que vous avez raison, reconnut-il.

La vallée qui s'étendait devant eux n'était guère hospitalière. Elle était envahie par de grosses touffes d'herbe à éléphant, coupante comme un rasoir, plus haute qu'un homme, et ses graines séchées portaient des pointes de flèche qui risquaient de s'introduire sous la peau, provoquant ainsi des petites blessures suppurantes. En outre, il devait faire encore plus chaud au fond de cette dépression.

— Je crois bien que je ne suis pas aussi amateur de miel que je le pensais, déclara Jan Cheroot en tournant la tête vers Zouga.

— Rebroussons chemin. L'oiseau n'aura qu'à trouver d'autres pigeons. Quant à nous, nous allons essayer de trouver une femelle koudou bien grasse sur le chemin du retour ; la viande remplacera le miel.

Ils entreprirent de descendre la butte rocheuse. Instantanément, l'oiseau revint en arrière à tire-d'aile et réitéra ses appels au-dessus de leurs têtes.

— Va voir ton ami le blaireau ! lui cria Jan Cheroot.

Les contorsions de l'indicateur devinrent frénétiques. Il descendit sur les branches basses, presque à portée de leur main, et ses cris devinrent irritants.

— *Vœtsak !* aboya Jan Cheroot.

Les cris de l'oiseau risquaient d'avertir tous les animaux sauvages à des kilomètres à la ronde de la présence de l'homme, et de supprimer toute chance d'en tuer aucun pour le dîner.

— *Vœtsak !* répéta le Hottentot en se baissant pour ramasser un caillou et intimider l'oiseau. Va-t'en, fiche-nous la paix, petit mangeur de sucreries !

Jan Cheroot s'était exprimé en mauvais hollandais — *klein Suiker bekkie*. À ces mots, Zouga s'arrêta net et retint son poignet au moment où il s'apprêtait à jeter la pierre.

— Petit mangeur de sucreries, répéta-t-il, et la voix de l'Umlimo résonna à ses oreilles avec son étrange

526

vibration et ces mots qu'il avait gravés dans sa mémoire :
« Le chercheur de douceur dans la cime des arbres. »

— Attendez, dit-il. Laissez-le.

C'était bien sûr absurde et ridicule, et il ne rapporterait pas les paroles de l'Umlimo à Jan Cheroot.

— Nous avons déjà fait un bon bout de chemin, dit-il finalement, et l'oiseau est si excité que l'essaim ne doit plus être bien loin.

— Peut-être à deux heures de marche, grogna le Hottentot en baissant son bras. Ça fera six heures pour rentrer au camp.

— Avez-vous envie de devenir gras et fainéant comme un poussah, sergent ?

Jan Cheroot était mince comme un whippet qui avait couru le lièvre toute la saison, et il avait marché plus de cent cinquante kilomètres en deux jours. L'accusation sembla le peiner, mais Zouga poursuivit impitoyablement en secouant la tête avec compassion :

— Mais il est vrai que lorsqu'on se fait vieux, on ne peut plus marcher aussi loin et aussi vite qu'avant, et qu'on est aussi plus lent avec les femmes.

Jan Cheroot laissa tomber le caillou et remonta vers la crête à une allure infernale, précédé par l'oiseau qui voletait en poussant des cris extatiques.

Zouga lui emboîta le pas, souriant à la réaction du petit homme et à sa propre sottise d'ajouter foi aux paroles de cette sorcière nue. Quoi qu'il en soit, le miel serait le bienvenu, se dit-il pour se consoler.

Une heure plus tard, Zouga était convaincu que Jan Cheroot avait raison. L'oiseau se moquait d'eux et ils étaient en train de gaspiller les dernières heures de la journée, mais il n'était plus question à présent d'arrêter le Hottentot, profondément vexé par les railleries de Zouga.

Ils avaient traversé la vallée en avançant à l'aveuglette au milieu des bouquets d'herbe à éléphant, car l'oiseau n'avait pas choisi de suivre l'une des pistes marquées par les animaux sauvages. Il allait tout droit et, à leur passage, les graines pleuvaient sur eux et s'infiltraient par le col de leur chemise, activées par la sueur comme elles l'auraient été par les premières pluies, de sorte qu'elles essayaient de leur percer la peau comme des petites vrilles.

Les hautes herbes les empêchaient de voir à vingt pas, et ils se retrouvèrent brusquement de l'autre côté de la vallée. Une falaise lisse se dressa soudain devant eux, à moitié cachée par les grands arbres de la vallée et par les lianes et les plantes grimpantes qui la recouvraient. Elle n'était pas très haute, peut-être une douzaine de mètres, mais verticale. Ils s'arrêtèrent à son pied et levèrent les yeux.

L'essaim était presque au sommet de la falaise. L'indicateur voltigeait au-dessus de lui triomphalement et se tordait le cou pour les regarder d'un œil brillant.

Sous l'essaim, la roche était tachée de cire fondue et de détritus mais quasiment masquée par une superbe plante grimpante. Sa tige, qui montait le long de la falaise en se ramifiant, se tortillant et revenant sur elle-même, supportait des feuilles vert tendre et des fleurs de la couleur du bleuet.

Les abeilles qui entraient et sortaient de l'essaim brillaient au soleil comme des grains de poussière, mais leur trajectoire était rapide et directe dans l'air chaud et immobile.

— Eh bien, sergent, le voilà notre essaim, lança Zouga. L'oiseau ne nous a pas trompés.

Il était profondément déçu. Bien qu'il se soit répété de ne pas ajouter foi aux paroles de l'Umlimo, dans son for intérieur, il avait néanmoins espéré découvrir quelque chose.

Il appuya son fusil contre un arbre et déposa son bagage, puis se laissa tomber par terre en regardant Jan Cheroot se préparer à voler l'essaim. Le petit Hottentot découpa un carré d'écorce de mukusi, le roula et le remplit de pulpe de bois grattée sur un arbre mort. Ensuite, il balança son pot à feu au bout de sa sangle en écorce pour l'éventer jusqu'à ce que la mousse et les copeaux de bois qu'il contenait s'enflamment. Il les transféra dans le tube, suspendit sa hache à son épaule et commença à escalader la falaise en s'accrochant aux branches entrelacées de la plante grimpante.

Arrivé à quelques pieds de l'essaim, les premières abeilles se mirent à bourdonner furieusement autour de sa tête. Il s'arrêta, leva son tube et souffla une petite bouffée de fumée vers les attaquantes pour les écarter, puis reprit son ascension.

Allongé sous le mukusi, Zouga chassait négligemment les mouches à buffles, balayait les graines infiltrées sous sa chemise et remâchait sa déception tout en regardant opérer le Hottentot.

Jan Cheroot atteignit l'essaim et souffla une autre bouffée de fumée dans l'orifice ouvert dans la falaise, anesthésiant les abeilles qui tourbillonnaient à présent autour de lui en un nuage défensif. Malgré la fumée, l'une d'elles l'attaqua et le piqua au cou. Jan Cheroot poussa un juron, mais ne commit pas l'erreur d'écraser l'attaquante ou de se gratter pour essayer d'enlever le dard. Il continua de souffler dans son tube calmement, sans se presser.

Quelques minutes plus tard, les abeilles étaient suffisamment intoxiquées par la fumée pour le laisser couper les branches fleuries qui masquaient l'entrée de l'essaim, et, perché comme un petit singe jaune à quarante pieds au-dessus de Zouga, il se balançait sur une fourche de la plante grimpante, les deux mains occupées à manier la hache.

— Bon Dieu...

Il s'interrompit après une douzaine de coups et regarda fixement la paroi de la falaise qu'il venait de découvrir.

— Patron, il y a une diablerie ! cria-t-il.

Le ton de sa voix alerta Zouga qui se leva d'un bond.

— Qu'y a-t-il ?

Le corps de Jan Cheroot cachait l'objet de sa stupéfaction. Impatient, Zouga se dirigea vers le pied de la falaise et escalada à son tour le tronc tortueux de la plante grimpante.

Arrivé au côté du Hottentot, il s'accrocha à une prise.

— Regardez, l'exhorta Jan Cheroot. Regardez ça !

Il montrait la muraille de pierre qu'il avait découverte avec sa hache. Il fallut à Zouga plusieurs secondes avant de se rendre compte que l'entrée de l'essaim avait une forme géométrique parfaite. Elle appartenait à une série horizontale d'ouvertures ménagées dans la paroi de la falaise. L'encadrement était formé de pierres de taille disposées en chevron, un ouvrage à claire-voie manifestement exécuté par un homme de l'art.

Zouga faillit perdre l'équilibre de surprise. Puis, immédiatement, il aperçut quelque chose qui jusque-là était resté caché par la dense couverture de plantes grimpantes et l'épaisse couche de cire qui avait coulé de l'essaim.

Toute la falaise était en fait constituée de pierres parfaitement taillées, des pierres de dimensions assez modestes mais si parfaitement jointoyées qu'elles donnaient l'impression d'être une masse rocheuse unique. Ils étaient suspendus près du sommet de l'énorme mur, si large et si long qu'il ressemblait à une butte granitique naturelle.

C'était un ouvrage monumental, comparable au mur extérieur du temple de Salomon, une gigantesque fortification qui ne pouvait être que l'enceinte d'une cité, une cité oubliée et envahie par la végétation.

— *Nie wat !* murmura Jan Cheroot. C'est la demeure du diable, de Satan lui-même. Allons-nous-en, patron, implora-t-il. Partons d'ici, et vite.

530

Il fallut pratiquement une heure à Zouga pour faire le tour du rempart, car la végétation était plus dense le long de sa partie nord. Le mur semblait former un cercle parfait, sans aucune ouverture. En deux ou trois endroits où cela était possible, il coupa la végétation pour approcher du pied du mur en espérant trouver une poterne ou une porte. Il n'en vit aucune.

Seules les ouvertures ménagées dans le secteur oriental du rempart semblaient comporter l'encadrement avec le motif décoratif en chevron. Zouga se demanda quelle en était la raison. La première explication qui lui vint à l'esprit était que la partie décorée faisait face au soleil levant. Les constructeurs de cet édifice étaient vraisemblablement des adorateurs du soleil.

Jan Cheroot suivait à contrecœur et prédisait la colère des démons et des lutins qui gardaient cet endroit maléfique, tandis que Zouga se frayait un chemin à coups de hache autour du mur sans prêter la moindre attention à ses avertissements.

— Il doit bien y avoir une porte, grommelait-il. Comment faisaient-ils pour entrer et sortir ?

— Les démons ont des ailes, fit observer Jan Cheroot, l'air soucieux. Ils volent. Moi aussi, j'aimerais bien avoir des ailes pour ficher le camp d'ici.

Ils parvinrent à l'endroit où ils avaient découvert l'essaim ; il faisait alors presque nuit, le soleil avait déjà disparu sous la cime des arbres.

— Nous recommencerons à chercher l'entrée demain matin, décida Zouga.

— Nous n'allons pas dormir là ? demanda Jan Cheroot horrifié.

Zouga ignora ses protestations.

— Ce soir, miel au menu, lança-t-il.

Pour une fois, il ne dormit pas d'un sommeil paisible, mais resta longtemps éveillé sous sa couverture, l'esprit assailli par des images de temples en pierres de taille abritant des trésors et des idoles d'or.

Zouga reprit ses recherches quand la lumière fut suffisante pour voir le sommet du mur se détacher sur le ciel nacré de l'aube. La veille, son impatience et sa hâte l'avaient aveuglé. Il était passé sans la voir à côté de la zone, située à quelques mètres seulement de leur lieu de bivouac, là où les plantes grimpantes qui recouvraient la muraille avaient été coupées, puis avaient repoussé, encore plus denses qu'auparavant. À présent, cependant, une branche amputée, manifestement par une hache, lui faisait signe d'approcher.

— Jan, nettoyez-moi ce fouillis, ordonna-t-il en désignant l'épais taillis, et le Hottentot s'éloigna du feu de camp d'un pas nonchalant pour aller prendre sa hache.

Tout en l'attendant, il se dit qu'une seule personne pouvait être à l'origine de ces marques sur les troncs des plantes. Une fois de plus, Fuller Ballantyne lui indiquait le chemin, mais il n'en éprouva pas autant d'amertume que d'habitude ; ce n'était pas la première fois qu'il marchait sur les traces de son père, et l'excitation du moment le lui faisait un peu oublier.

— Dépêchez-vous, lança-t-il à Jan Cheroot.

— Ce machin a mille ans, il ne va pas s'écrouler maintenant, répliqua ce dernier avec impertinence en crachant dans ses mains avant de soulever sa hache.

Le petit Hottentot était beaucoup moins inquiet que la veille au soir. Il avait survécu à la nuit passée sous le rempart sans être attaqué par un seul lutin, et Zouga avait tué leurs heures d'insomnie en lui décrivant les trésors qui se cachaient peut-être de l'autre côté du mur. Momentanément endormie par la peur, la cupidité de Jan Cheroot s'était suffisamment ravivée pour qu'il s'imagine les poches pleines de pièces d'or, assis dans sa taverne favorite du Cap, entouré d'une douzaine de Vénus hottentotes attentives à son récit, tandis que le barman faisait sauter le bouchon de cire d'une bouteille de Cap Smoke. Son enthousiasme était à présent presque à la mesure de celui de Zouga.

Il travaillait rapidement, et lorsque Zouga se baissa pour regarder à l'intérieur de la trouée pratiquée dans la dense végétation secondaire qui s'était développée après le passage de Fuller Ballantyne, il aperçut le contour arrondi d'un portail et les marches de granit taillé qui conduisaient à l'étroite ouverture.

Les marches avaient été creusées au fil des siècles par le passage de milliers de pieds, mais la porte avait été condamnée par des pierres — non pas par un travail soigné comme le mur lui-même, mais à la hâte, comme pour fermer l'entrée à l'approche d'un ennemi.

Quelqu'un, probablement Fuller Ballantyne, avait pratiqué une brèche dans cette barricade, assez large pour entrer. Zouga suivit ses traces, faisant rouler des pierres sous ses pieds. L'accès débouchait brusquement à main gauche sur un étroit passage à ciel ouvert envahi par la végétation, entre deux hauts murs.

Il était très déçu. Il avait espéré que, une fois la porte franchie, la ville entière avec ses merveilles et ses trésors s'offrirait à son regard. Au lieu de cela, de longues heures de travail éreintant l'attendaient. Des années, peut-être quatre, s'étaient écoulées depuis que Fuller Ballantyne était passé par là, et c'était comme s'il n'y était jamais venu tant le passage était encombré.

Zouga escaladait les éboulis avec précaution, hanté par l'idée de rencontrer des serpents depuis sa visite à l'Umlimo. Le long et étroit passage, de toute évidence destiné à servir de glacis de protection contre les intrus, suivait la courbure du mur principal, puis s'ouvrait brusquement sur un vaste dégagement, lui aussi envahi par un maquis épineux et dominé par une haute tour cylindrique en granit couvert de lichen. Elle était immense et, aux yeux de Zouga en proie à l'excitation, semblait toucher les nuages.

Impatient, il s'engagea dans la cour en se frayant un chemin à coups de hache à travers les buissons et les plantes grimpantes ; à mi-chemin, il s'aperçut qu'il y avait une seconde tour, identique à la première, jusque-là masquée par cette dernière. Son cœur battait à tout rompre, non pas parce qu'il avait fourni un effort physique mais parce qu'il avait la conviction que ces tours étaient le centre de cette étrange cité et qu'elles cachaient la clé du mystère.

Dans sa hâte, il trébucha et s'écorcha la jambe en tombant sur les genoux. Il poussa un juron de douleur et d'énervement. À tâtons, il ramassa sa hache parmi les racines et les branches entremêlées, découvrant en même temps la pierre qui l'avait fait trébucher.

Ce n'était pas du granit comme les murs et les tours. Ce fait attira son attention, et, toujours à genoux, il se servit de sa hache pour dégager la végétation autour de la pierre. Il eut la chair de poule en s'apercevant que c'était une sculpture.

Jan Cheroot l'avait rejoint et, agenouillé lui aussi, arrachait les plantes à mains nues, puis tous deux s'accroupirent et examinèrent la statue enfin dégagée. Elle n'était pas très grande et pesait probablement moins de cinquante kilos. Elle était en stéatite verdâtre et satinée et posée sur le socle habituel décoré de triangles disposés en dents de requin.

La tête avait été détachée du tronc, apparemment à coups de masse, mais plus probablement avec une grosse pierre. Le reste de la statue était intact : corps de rapace aux ailes pointues et repliées, prêt à prendre son essor.

Zouga glissa la main sous sa chemise et en sortit le petit talisman en ivoire qu'il avait récupéré sur le corps du chef mashona. Il le tint dans le creux de sa main et le compara à la statue.

— C'est le même oiseau ! murmura Jan Cheroot.

— Oui, acquiesça Zouga à voix basse en laissant retomber le pendentif. Mais quelle est sa signification ?

— Ça date d'il y a longtemps, commenta Jan Cheroot en haussant les épaules. On ne le saura jamais.

Après avoir ainsi éludé la question, il allait se remettre debout quand quelque chose d'autre attira son attention ; comme une poule avide, il ramassa précipitamment un petit objet dans la terre meuble autour de la statue et le leva dans la lumière oblique du soleil matinal.

C'était une perle de métal, pas plus grosse qu'un petit pois, percée de façon à y passer un fil et de forme irrégulière comme si elle avait été travaillée grossièrement par un orfèvre primitif, mais d'un jaune qui n'était ni terni ni taché par la corrosion. Un seul métal possédait un tel éclat.

Zouga la prit presque avec vénération ; elle était lourde et chaude comme un être vivant.

— C'est de l'or ! dit-il.

Cheroot gloussa d'extase comme une jeune épousée recevant son premier baiser.

— Oui, confirma-t-il, du bon or jaune.

Zouga était parfaitement conscient du peu de temps qu'il lui restait et pas une heure ne passait sans que, le visage et le buste inondés de sueur, il levât les yeux vers le ciel. Chaque fois, la chaleur était plus accablante, le vent plus violent, les nuages plus noirs et menaçants, comme une tribu sur le point de se rebeller.

La nuit, il se réveillait en sursaut et, émergeant du sommeil de brute dans lequel il sombrait après une journée épuisante, il restait étendu, écoutant le tonnerre gronder sous l'horizon comme un monstre sanguinaire.

Chaque jour, au petit matin, il tirait ses hommes de leurs couvertures et les exhortait à travailler avec une impatience contenue. Matthieu, le porteur de fusil, refusa un jour de se lever après la courte sieste qu'il leur accordait pendant l'heure la plus chaude de la journée. Zouga le mit debout et, d'un coup de poing, le projeta de tout son long dans le trou qu'il avait lui-même creusé. Il en sortit à quatre pattes, le menton en sang, ramassa le crible rudimentaire de bambou tressé et se remit à tamiser la terre meuble et les gravats.

Zouga était encore plus exigeant avec lui-même qu'il ne l'était avec sa petite équipe de pilleurs de temple. Il travaillait au coude à coude avec eux tandis qu'ils dégageaient la cour encombrée de buissons entre les deux tours jumelles et découvraient les dalles brisées et les tas de gravats dans lesquels étaient enfouies les statues tombées.

Il trouva encore six sculptures d'oiseaux pratiquement intactes, à l'exception de quelques petits éclats et de l'usure du temps ; il découvrit également des fragments de statues qui avaient été brisées avec une sauvagerie qui ne pouvait être que délibérée. Zouga ne savait donc pas combien il y avait eu de statues à l'origine, mais il ne s'appesantit pas sur la question. La couche de terre meuble et de gravats qu'ils fouillaient recélait de grandes richesses. Cependant, le manque d'outils constituait un handicap et Zouga aurait volontiers donné cent guinées pour une dizaine de bonnes pioches, de pelles et de seaux. Il leur fallait donc se contenter de pieux à la pointe durcie au feu pour creuser. Jan Cheroot avait tressé des paniers plats en bambou comme ceux qu'utilisent les femmes africaines pour vanner la farine de maïs foulée aux pieds, et ils s'en servaient pour tamiser la terre.

536

Le travail était fastidieux et épuisant, et la chaleur insupportable, mais la moisson abondante. Ils trouvaient de l'or, la plupart du temps sous forme de perles rondes, mais aussi d'éclats et de débris de fines feuilles de métal martelé, qui avaient probablement recouvert des sculptures votives en bois, des rouleaux de fil d'or, et plus rarement des petits lingots de la taille d'un doigt d'enfant.

Les oiseaux de pierre verdâtre avaient dû jadis être disposés en cercle, tournés vers l'intérieur comme les colonnes de Stonehenge[1], et l'or faisait vraisemblablement partie des offrandes et des sacrifices qui leur étaient faits. Ceux qui avaient jeté bas les statues avaient éparpillé et foulé aux pieds les objets sacrificiels et le temps s'était chargé de les ronger, à l'exception du métal jaune, superbe et incorruptible.

Après dix jours passés à défricher la cour intérieure, la cour du temple, comme l'appelait Zouga, ils avaient glané plus de cinquante livres d'or, et le sol avait été défoncé et creusé, la terre retournée comme par une compagnie de sangliers.

Zouga se tourna ensuite vers les tours jumelles. Il en mesura le pourtour à la base — plus de cent pas — et examina chaque joint entre les blocs de granit dans l'espoir de découvrir une ouverture secrète. Il n'en trouva aucune, fabriqua une échelle de fortune en bois brut et corde d'écorce et grimpa au sommet de la plus haute des tours au risque de se rompre le cou. De là-haut, il eut une vue panoramique sur les cours et les passages à ciel ouvert de la cité. C'était un véritable labyrinthe envahi par la végétation, mais aucun endroit ne semblait aussi prometteur que la cour du temple.

Il accorda toute son attention à la tour sur laquelle il se trouvait. Là encore, malgré ses recherches, il ne

1. Plus grand ensemble mégalithique d'Angleterre. *(N.d.T.)*

trouva aucun indice permettant de croire à l'existence d'une ouverture secrète. Il se demandait pourquoi l'architecte aurait construit une structure pleine sans usage ni vocation apparents, et il lui vint à l'esprit qu'il s'agissait peut-être d'un édifice fermé sur une chambre intérieure recélant un trésor.

Le travail nécessaire pour pénétrer dans l'édifice effrayait même Zouga, et Jan Cheroot déclara que l'entreprendre serait une folie. Mais la fouille de la cour s'achevait, et la tour semblait être la seule source éventuelle de richesses.

En se plaignant amèrement, une petite équipe conduite par Matthieu gravit l'échelle bancale et, sous la surveillance de Zouga, commença à desceller les petits blocs qui en formaient le dessus. L'habileté des constructeurs avait été telle que le travail avançait avec une lenteur désespérante. Il fallut trois jours d'efforts incessants pour enlever une partie de la première couche de pierres de taille et se rendre compte alors que l'intérieur de la tour était rempli des mêmes blocs de granit gris.

Debout à côté de lui au sommet de la tour, Jan Cheroot exprima à haute voix la déception de Zouga :

— Nous perdons notre temps. Il n'y a que de la pierre là-dedans. (Il cracha par-dessus le bord et regarda le jet de salive tomber dans la cour ravagée.) Nous ferions mieux de chercher d'où vient l'or.

Zouga était si obnubilé par la fouille et le pillage de la cité en ruine qu'il n'avait pas songé aux mines qui devaient se trouver quelque part à l'extérieur de l'enceinte. Il hocha la tête pensivement.

— Pas étonnant que votre mère vous adore, dit-il. Vous êtes non seulement beau, mais intelligent.

— Eh oui, acquiesça Jan Cheroot avec suffisance, tout le monde me le dit.

À cet instant, une grosse goutte de pluie tomba sur le front de Zouga et lui coula dans l'œil gauche. Elle était tiède comme du sang, le sang d'un homme ravagé par les fièvres paludéennes.

À l'extérieur des hautes murailles, il y avait d'autres ruines, aucune comparable en importance à celles de la cité elle-même, mais toutes si éparpillées, si envahies par la végétation et si complexes que, compte tenu du temps qui restait, il était hors de question de les explorer dans le détail.

Les kopjes qui se trouvaient aux abords de la cité avaient été fortifiés, mais ils étaient à présent désertés et les cavernes étaient vides comme les orbites d'un crâne et saturées par l'odeur des léopards et des pikas, leurs derniers occupants. Zouga concentrait cependant ses recherches sur les mines qui, il en était convaincu, devaient former le pivot de cette civilisation disparue. Il imaginait de profondes galeries creusées à flanc de colline et des tas de pierres provenant de leur excavation comme près des mines d'étain de Cornouailles, et il parcourait la région alentour couverte d'une épaisse forêt sur des kilomètres, examinant avidement chaque irrégularité de terrain, chaque éminence qui aurait pu être une décharge abandonnée.

Il laissa Jan Cheroot superviser l'extraction et le nettoyage des derniers petits bouts de métal jaune trouvés dans la cour du temple, et tous les hommes tirèrent avantage de l'indulgence de ce nouveau contre-maître. Ils partageaient le point de vue de Cheroot quant à la place secondaire que devaient occuper les travaux serviles dans la vie d'un guerrier et d'un chasseur.

Les premières gouttes de pluie n'avaient fait qu'annoncer les déluges à venir, et l'ondée avait à peine mouillé Zouga avant de s'éloigner, mais il ignorait cet avertissement à ses risques et périls. L'espoir de découvrir les anciennes mines le tourmentait, et il laissa les jours filer jusqu'à ce que Jan Cheroot lui-même commence à s'inquiéter.

— Si les rivières débordent, nous allons être pris au piège ici, ruminait-il, assis près du feu de camp. Et puis, nous avons ramassé tout l'or qu'il y avait. Essayons de rester en vie pour pouvoir le dépenser.

— Encore un jour, promit Zouga en se roulant dans sa couverture. Il y a une vallée juste derrière la chaîne de collines sud, une journée me suffira pour l'explorer. Nous partirons après-demain, ajouta-t-il, déjà à moitié endormi.

Zouga sentit tout d'abord le serpent, son odeur écœurante lui remplissait les narines et l'empêchait de respirer, mais il s'efforça de ne pas bouger afin de ne pas attirer l'attention du reptile. Une énorme masse noire l'immobilisait et menaçait de lui écraser les côtes, et l'odeur du serpent le faisait suffoquer.

C'est à peine s'il put tourner la tête dans la direction d'où le serpent arrivait en ondulant lentement. Il avait la tête dressée, les yeux fixes avec ce regard froid et effrayant de ceux de son espèce, sa langue noire dardait rapidement à travers ses fines lèvres incurvées en un sourire glacial. Ses écailles raclaient légèrement la terre et luisaient d'un doux éclat métallique, la couleur même des feuilles d'or que Zouga avait glanées dans la cour du temple.

Zouga était incapable de bouger et de crier, sa langue, gonflée sous l'effet de la terreur, emplissait sa bouche et l'étouffait, mais le serpent passa à côté de lui, assez près pour le toucher s'il avait encore eu la maîtrise de ses mouvements. Il continua de glisser vers l'intérieur du cercle de lumière vacillante et, l'ombre reculant, les oiseaux posés sur leur perchoir émergèrent de l'obscurité.

Leurs yeux brillaient d'un éclat doré, le fier gonflement de leur plastron tacheté de brun-roux rappelait la courbe cruelle de leur bec jaune, et leurs longues ailes étaient repliées sur leur dos comme des lames croisées.

Zouga vit aux clochettes fixées à leurs pattes par des lanières tressées qu'il s'agissait de faucons dressés, mais ils avaient la taille d'aigles royaux. Ils étaient parés de guirlandes de fleurs, arums d'un blanc virginal et boutons écarlates de fleurs de feu du roi Chaka. Ils portaient autour de leur cou arrogant des colliers et des chaînes de l'or le plus brillant. Tous s'agitèrent sur leurs perchoirs quand le serpent se coula au milieu du cercle.

Puis, lorsque le reptile leva la tête, sa crête d'écailles hérissée, les faucons s'envolèrent et l'obscurité s'emplit du fracas de leurs battements d'ailes et du lamento de leur cri de chasse.

Zouga leva les mains pour se protéger le visage ; de grandes ailes brassaient l'air autour de lui tandis que la volée de faucons prenait son essor. La présence du serpent ne comptait plus ; ce qui importait maintenant, c'était le départ des oiseaux. Il éprouva un terrible sentiment de perte et, enfin capable d'émettre un son, il cria pour rappeler les faucons sur leur perchoir.

Il hurla dans l'obscurité, son cri recouvrant le bruit de tonnerre des battements d'ailes, avant d'être tiré de son cauchemar par ses propres hurlements et ceux de ses serviteurs.

Il s'éveilla pour constater que la nuit était à l'orage et qu'un vent de tempête balayait le camp. Les arbres agitaient leurs branches et faisaient pleuvoir sur eux des feuilles et des brindilles. Le souffle glacial arrachait le toit de chaume de leurs huttes rudimentaires et éparpillait les cendres et les braises du feu de camp. Ranimées, celles-ci étaient la seule source de lumière car les épais bancs de nuages qui roulaient à basse altitude cachaient les étoiles.

Tous se hâtèrent de rassembler leurs affaires en criant pour se faire entendre des autres malgré le vent.

— Assurez-vous que les sacs de poudre sont au sec, beugla Zouga en cherchant ses bottes à tâtons, vêtu en

542

tout et pour tout de son pantalon en lambeaux. Sergent Cheroot, où êtes-vous ?

La réponse du Hottentot fut couverte par le tonnerre qui résonna à leurs oreilles comme un coup de canon, et l'éclair qui suivit immédiatement les éblouit et imprima sur la rétine de Zouga l'image inoubliable de Jan Cheroot nu comme un ver, le visage tordu comme une gargouille de Notre-Dame, qui dansait sur un pied, une braise rouge collée à la plante de l'autre pied, tandis que ses jurons se perdaient dans le roulement du tonnerre. Puis l'obscurité retomba sur eux et d'elle sortit la pluie.

Elle arrivait en nappes horizontales comme des lames de faux, si drue qu'elle emplissait l'air et qu'ils se mirent à tousser et à suffoquer tels des hommes en train de se noyer. Elle tombait en sifflant et fouettait leur peau nue comme si on avait tiré sur eux avec du gros sel. Le froid les glaçait jusqu'aux os, et ils cherchèrent en vain un peu de chaleur en se blottissant les uns contre les autres, leurs couvertures trempées rabattues sur leurs têtes, aussi puants qu'une meute de chiens au poil mouillé.

L'aube froide et triste les trouva dans la même position, sous les rafales argentées de la pluie, le ciel bas et gris gonflé comme le ventre d'une truie pleine. Leur matériel éparpillé flottait ou disparaissait dans le flot qui dévalait à hauteur des chevilles à travers le camp dévasté. Les abris avaient été détruits, le feu n'était plus qu'une flaque noire de boue mêlée de cendre ; il était hors de question d'en allumer un autre et donc d'avoir de la nourriture chaude et de se réchauffer le corps engourdi par le froid.

Zouga avait enveloppé les sacs de poudre dans des bandes de peau huilée, et Jan Cheroot et lui les avaient tenus toute la nuit contre leur giron comme des bébés malades. Il était cependant impossible d'ouvrir les sacs et de vérifier l'état de leur contenu car la pluie tombait toujours à verse.

Glissant et pataugeant dans la boue, Zouga ordonna à ses hommes de rassembler leur charge et de s'apprêter à partir pendant qu'il effectuait ses derniers préparatifs. Au milieu de la matinée, ils avalèrent rapidement un maigre repas composé de galettes de millet et des derniers restes de viande de buffle séchée. Puis, une cape en peau de koudou à moitié traitée drapée autour de la tête et des épaules, la barbe dégoulinant de pluie et les vêtements plaqués contre le corps, Zouga cria :

— Safari ! En marche !

— C'est pas trop tôt, grommela Jan Cheroot en mettant son mousquet en bandoulière à l'envers pour empêcher la pluie de pénétrer par le canon.

Ce fut à ce moment-là que les porteurs découvrirent le supplément de charge que Zouga leur réservait. Il était arrimé à des perches de mopani avec de la corde d'écorce et protégé par une bâche en herbe à éléphants tressée.

— Ils vont refuser de le porter, lui dit Jan Cheroot en essuyant ses sourcils laineux avec son pouce. Je vous le dis, ils ne vont pas accepter.

— Ils le porteront, rétorqua Zouga. (Ses yeux étaient froids et verts comme des émeraudes, son expression féroce.) Ils le porteront ou ils resteront là avec lui, morts !

Il avait soigneusement choisi le plus bel exemplaire d'oiseau sculpté, le mieux travaillé et le seul qui fût entièrement intact, et l'avait lui-même empaqueté et préparé pour le transport.

Pour lui, la sculpture constituait la preuve matérielle de l'existence de la cité abandonnée, preuve que ne pourraient contester les critiques les plus cyniques de son compte rendu de voyage. Zouga devinait que cette relique valait probablement plus que son pesant d'or.

Mais la valeur de cette sculpture n'était pas la raison première de sa détermination à l'emporter vers la civilisation. Les oiseaux de pierre en étaient arrivés à prendre à ses yeux une signification emplie d'une superstition particulière. Ils symbolisaient le succès de son entreprise, et en possédant l'un d'eux il avait en quelque sorte pris possession de l'ensemble de cette contrée sauvage. Il reviendrait chercher les autres, mais il lui fallait absolument cet exemplaire parfait. C'était son talisman.

Il choisit deux de ses porteurs les plus solides et d'ordinaire les mieux disposés, et, comme ils hésitaient, prit le fusil à éléphant qu'il avait en bandoulière. Voyant qu'il ne plaisantait pas, ils entreprirent de répartir leurs charges entre leurs camarades.

— Laissez-les au moins s'alléger de cette camelote, plaida Jan Cheroot en désignant avec un mépris et une haine généralement réservés aux êtres animés le coffre en fer-blanc qui contenait l'uniforme d'apparat de Zouga.

La pluie et le froid avaient affecté Cheroot autant que les autres. Zouga ne prit pas la peine de répondre et fit signe à Matthieu d'emporter la malle.

Midi était déjà passé quand la petite troupe d'hommes trempés jusqu'aux os acheva la traversée du fond de la vallée encombré de hautes herbes mouillées, et ils entamèrent l'ascension du versant opposé, glissant dans la boue et jurant comme des charretiers.

Il plut pendant cinq jours et cinq nuits, parfois sous forme d'averses diluviennes qui tombaient en nappes ininterrompues ; à d'autres moments, un froid crachin tourbillonnait autour d'eux, tandis qu'ils progressaient péniblement sur le sol mou et glissant, une fine brume argentée étouffait tous les sons à l'exception du bruit continu de l'eau tombant goutte à goutte des arbres et des soupirs du vent dans les branches hautes.

Les vapeurs pestilentielles semblaient sortir du sol, elles pénétraient dans leurs poumons à chaque inspiration, et dans le matin glacial elles descendaient en tournoyant dans le fond des vallées tels les spectres des âmes tourmentées. Les porteurs furent les premiers à présenter les symptômes de la maladie, car la pluie froide fit sortir la fièvre de leurs os. Ils grelottaient et leurs dents claquaient, menaçant de se briser comme de la porcelaine. Ils étaient cependant habitués aux rigueurs de la maladie et encore capables de marcher.

La volumineuse statue enveloppée dans son emballage rudimentaire d'herbe et d'écorce était acheminée péniblement jusqu'en haut des pentes rocheuses, puis dans le fond de la vallée suivante par des hommes à demi nus, chancelants comme des ivrognes sous l'effet de la fièvre qui bouillait dans leurs veines. Lorsqu'ils arrivaient au bord d'un cours d'eau, ils la déposaient avec soulagement et se laissaient tomber dans la boue pour se reposer sans même se protéger de la pluie incessante.

Là où quelques jours plus tôt il y avait encore des lits asséchés avec des bancs de sable blanc qui étincelaient comme neige au soleil, des mares d'eau stagnante et de hautes berges escarpées où les martins-pêcheurs au plumage éclatant et les guêpiers creusaient leur nid, dévalaient à présent des torrents d'eau boueuse qui débordaient, déracinaient les grands arbres et les emportaient comme de vulgaires fétus de paille.

Il n'y avait pas moyen de traverser ces flots écumants. Debout sur la berge, l'air sombre, Zouga regarda passer le cadavre d'un buffle au ventre boursouflé, les pattes dressées, charrié par le courant à la vitesse d'un cheval au galop. Il savait qu'il était parti trop tard et qu'ils étaient pris au piège par la crue.

— Nous allons devoir suivre la rivière, grommela-t-il en s'essuyant le visage avec la manche trempée de sa veste de chasse.

— Elle coule vers l'ouest, fit remarquer Jan Cheroot avec une délectation morbide, et il n'eut pas à préciser sa pensée.

À l'ouest, s'étendait le royaume de Mzilikazi, roi des Matabélé, et ils ne devaient déjà plus être loin de cette région mal définie que le vieux Tom Harkness avait indiquée sur sa carte avec ce commentaire :

« La Terre Brûlée — ici les gardes-frontières de Mzilikazi tuent tous les voyageurs. »

— Que suggère mon rayon de soleil hottentot ? questionna amèrement Zouga. Avez-vous des ailes pour traverser ça ? (Il désignait la large étendue d'eau déchaînée de laquelle jaillissaient des vagues à l'endroit des écueils et des rochers immergés.) À moins que vous n'ayez des branchies et des nageoires, poursuivit-il. Montrez-moi comment vous nagez mais, à défaut d'ailes ou de nageoires, vous avez sans doute un bon conseil à me donner ?

— Oui. Mon conseil est d'écouter les bons conseils quand on vous les donne et ensuite de balancer ça dans la rivière, répondit Jan Cheroot sur le même ton en montrant la statue empaquetée et le coffret contenant l'uniforme.

Zouga n'attendit pas la suite et lui tourna le dos en criant :

— Safari ! Debout, tous ! Nous partons !

Ils cheminèrent lentement vers l'ouest et un peu vers le sud, mais pas assez pour tranquilliser Zouga lui-même. Ils ne pouvaient cependant faire autrement, la route leur était dictée par le réseau de rivières et de vallées inondées.

Le sixième jour, la pluie s'arrêta, les nuages s'écartèrent pour laisser apparaître un ciel bleu marine et un

547

soleil de plomb qui sécha leurs vêtements et calma les frissons de fièvre des porteurs.

Malgré ses doutes sur l'exactitude de son chrono-mètre, Zouga fut à même d'observer le passage au méri-dien à midi local et de déterminer sa latitude ; il s'aperçut qu'ils étaient probablement encore plus à l'ouest que ses calculs suspects de longitude ne le suggéraient.

« Les terres de Mzilikazi sont plus sèches, se dit-il pour se consoler en enveloppant ses instruments astro-nomiques dans leur toile cirée. Et puis je suis anglais et petit-fils de Tshédi. Même un Matabélé n'osera pas me refuser le passage malgré ce qu'a écrit ce bon vieux Tom. » Enfin, il avait son talisman, l'oiseau de pierre, pour le protéger.

Il se tourna résolument vers l'ouest et poussa sa cara-vane de l'avant. Une autre épreuve venait ajouter à leurs souffrances. Il n'y avait plus de viande, et il n'y en avait pas eu depuis leur départ de la cité abandonnée.

Les premières pluies avaient permis aux grands trou-peaux d'animaux sauvages, qui s'étaient rassemblés autour des dernières mares et des rares points d'eau, de s'égailler à travers le vaste pays où chaque fossé, chaque creux débordait enfin d'eau fraîche et où les plaines brûlées par le soleil verdissaient déjà avec la venue des premières pousses de végétation nouvelle.

En cinq jours de marche sous la pluie, Zouga n'avait vu qu'un petit troupeau d'antilopes des roseaux, le moins agréable au goût de tous les animaux sauvages d'Afrique avec son musc à odeur de térébenthine qui imprègne toute sa chair. Dans son manteau à poils brun-roux, le mâle fortement charpenté passa devant Zouga dans un galop frénétique à la tête de son trou-peau de femelles en tenant haut ses larges cornes en forme de lyre et en montrant son derrière blanc parfai-tement rond à chaque bond. Zouga leva son lourd fusil et épaula.

Derrière lui, ses porteurs affamés et épuisés japaient d'impatience comme une meute de chiens de chasse ; Zouga mit soigneusement en joue, puis appuya sur la gâchette.

L'amorce explosa sous le chien avec un claquement sec, mais il ne fut pas suivi du long jaillissement de flammes et du coup de tonnerre de la déflagration. Le fusil avait fait long feu ; entraînant son harem au grand galop, l'élégante antilope disparut presque immédiatement dans la brousse et la pluie en narguant Zouga avec le fracas de leurs sabots qui s'évanouissait au loin. Il poussa un juron de dépit en extrayant laborieusement la balle et la charge de poudre avec le tire-bouchon adapté à son refouloir, et constata que la pluie avait pénétré dans le canon, probablement par la cheminée, et que la poudre était trempée.

Zouga et Jan Cheroot profitèrent de ces quelques heures de grand soleil le sixième jour pour l'étaler sur un rocher plat afin de la laisser sécher pendant que les porteurs laissaient tomber leur fardeau et s'éloignaient en boitillant pour chercher un endroit sec où étendre leurs membres endoloris.

Puis, trop vite, le soleil se cacha de nouveau ; ils remirent à la hâte la poudre dans les sacs et, alors que les premières grosses gouttes commençaient à tomber, enveloppèrent ceux-ci dans les vieux morceaux de toile cirée, les fourrèrent sous leurs grandes capes de cuir et reprirent leur pénible progression vers l'ouest, tête basse, silencieux, frigorifiés et maussades. Les oreilles de Zouga bourdonnaient — premier effet secondaire apparent de la quinine administrée pendant de longues périodes et qui risque d'entraîner une surdité irréversible.

— C'est la fièvre-test, commenta Jan Cheroot avec philosophie. Elle vous tue ou vous endurcit.

« Certains individus semblent posséder une résistance naturelle aux ravages de la maladie », avait écrit son père dans son traité *Les Fièvres paludéennes d'Afrique tropicale : causes, symptômes et traitement*, « et tout porte à croire que cette résistance est héréditaire. »

— Nous allons voir si le vieux démon savait de quoi il parlait, grommela Zouga en claquant des dents et en s'emmitouflant dans son manteau de cuir humide et nauséabond.

Il ne lui était pas venu à l'esprit un seul instant de s'arrêter ; il n'avait accordé cette faveur à aucun de ses hommes malades et n'entendait pas s'octroyer un régime différent.

Il continuait de marcher péniblement avec un petit rebond élastique dans les genoux à chaque pas ; sa vision se brouillait et s'émaillait de points lumineux tourbillonnants avant de se dégager de nouveau, mais des fantômes de vers et de moucherons semblaient danser constamment devant ses yeux. De temps à autre, quand il s'écartait du chemin, le petit Hottentot qui marchait sur ses talons lui donnait une tape sur l'épaule pour le remettre dans la bonne direction.

Son cerveau enflammé par la fièvre empoisonnait ses nuits avec d'horribles cauchemars pleins d'ailes noires qui le giflaient et de l'odeur écœurante des serpents ; il se réveillait alors en haletant et en criant, et trouvait souvent le bras réconfortant de Jan Cheroot passé autour de ses épaules tremblantes.

La fin de ce premier accès de la « fièvre-test » coïncida avec un nouveau répit accordé par les pluies. Le soleil éclatant, agrandi par l'humidité persistante de l'air, sembla dissiper les brumes de son esprit et les miasmes pestilentiels de son sang. Il retrouva sa lucidité et une fugace sensation de bien-être malgré la fragilité de ses jambes et de ses bras, et une douleur sourde au côté droit, à l'endroit de son foie toujours gonflé et dur comme pierre — les séquelles typiques de la fièvre.

— Ça va aller mieux, prophétisait Cheroot. Je suis certain que vous allez vous débarrasser de cette première attaque de fièvre plus vite que quiconque. Ouais, mon ami! Vous êtes un homme d'Afrique, elle va vous permettre de vivre sur son sol.

Il avait toujours les jambes flageolantes, des étourdissements et l'impression que ses pieds ne touchaient pas terre mais dansaient à quelques centimètres au-dessus, lorsqu'ils croisèrent la piste.

Le grand mâle était si lourd que ses traces s'enfonçaient de trente centimètres dans la boue rouge et collante et formaient une succession de trous aussi grands que des marmites. Les pieds avaient laissé leur empreinte exacte, chaque fissure, chaque irrégularité et jusqu'à la marque des ongles émoussés. À un endroit où la terre molle n'avait pu supporter son poids, l'éléphant s'était enlisé jusqu'au ventre, et on voyait les traces de ses longues défenses, dont il s'était servi pour se dégager.

— C'est lui! souffla Jan Cheroot sans lever les yeux des énormes empreintes. Je reconnaîtrais cette piste entre mille.

Il n'avait pas besoin d'en dire davantage; Zouga savait qu'il parlait du vieux mâle qu'ils avaient vu plusieurs mois plus tôt sur la route des éléphants en haut de l'escarpement qui borde la vallée du Zambèze.

— Il n'y a même pas une heure qu'il est passé, poursuivit Jan Cheroot en un murmure respectueux.

— Et le vent est favorable, enchaîna Zouga sur le même ton.

Il se souvint de son pressentiment; il reverrait l'animal. Il regarda le ciel presque avec effroi. De lourds nuages arrivaient de nouveau par l'est, le bref répit tirait à sa fin. Le prochain assaut de la tempête promettait d'être violent, et même ces empreintes profondes et nettes allaient disparaître dans la boue.

— Ils cherchent leur nourriture en se déplaçant contre le vent, poursuivit Zouga, essayant d'écarter de son esprit encore engourdi par la fièvre l'orage menaçant et de se concentrer sur le problème de la chasse.

Le vieux mâle et son dernier compagnon marchaient avec le vent de face afin d'éviter les mauvaises rencontres. Néanmoins, les deux vétérans, malgré leurs dizaines d'années d'expérience, ne pouvaient garder longtemps le même cap et ne manqueraient pas de se placer de temps à autre sous le vent par rapport à un éventuel poursuivant.

Pour que la chasse aboutisse, il ne fallait pas perdre une minute — en dépit de son état de faiblesse, Zouga n'avait pas envisagé un seul instant de laisser passer la chance. Ils se trouvaient vraisemblablement à cent cinquante kilomètres à l'intérieur des frontières du territoire de Mzilikazi et ses détachements de guerriers cafres devaient approcher rapidement ; le fait qu'ils s'échappent de ces forêts infestées par les fièvres ou y laissent leur peau dépendait peut-être des quelques heures passées à suivre les deux mâles, mais ni Zouga ni Jan Cheroot n'hésitèrent. Ils se débarrassèrent de tout matériel inutile : leurs bidons d'eau ne leur serviraient à rien car la terre était inondée, leurs sacs à provisions étaient vides et leurs couvertures, trempées, et puis ce soir-là, ils dormiraient à l'abri de la carcasse du vieux mâle.

— Suivez-nous aussi vite que vous pourrez, cria Zouga à ses porteurs lourdement chargés en laissant tomber dans la boue les objets dont il ne voulait pas pour qu'ils les ramassent. Si vous marchez à un bon rythme, ce soir vous pourrez vous remplir la panse de viande et de graisse.

Il leur fallait miser toutes les forces qui restaient à Zouga sur la partie de chasse qui commençait pour battre la pluie de vitesse et rejoindre les éléphants avant qu'ils ne viennent sous le vent et ne flairent leur odeur. Ils se lancèrent sur leurs traces à une allure que même un homme en bonne santé ne pouvait conserver plus d'une heure ou deux. Au cours du premier kilomètre, la vision de Zouga recommença à se brouiller, ses jambes menaçant de se dérober sous lui ; il était en nage et titubait comme un homme soûl.

— Il faut que vous passiez le cap, lui conseilla Jan Cheroot d'un air résolu.

C'est ce qu'il fit, uniquement en faisant appel à sa volonté. Il dépassa le stade de la souffrance. D'un seul coup, sa vision se dégagea et, bien qu'il n'eût plus aucune sensation dans les jambes, elles le portaient sans ralentir l'allure, si bien qu'il semblait flotter au-dessus du sol sans effort.

L'instant où il brisa ses entraves et sortit de lui-même n'échappa pas à Jan Cheroot, qui filait à ses côtés. Il ne dit rien mais lui lança un regard admiratif et hocha la tête ; Zouga ne le vit pas, car il allait la tête levée, les yeux fixés sur l'horizon.

Ils couraient encore lorsque le soleil passa au zénith. Jan Cheroot n'osa pas casser l'allure, car il savait que Zouga s'effondrerait, foudroyé, s'il s'arrêtait pour se reposer. Ils couraient toujours quand le soleil commença à décliner, poursuivi par les lourdes cohortes de l'orage qui menaçaient de le cacher, et leurs propres ombres dansaient devant eux le long des empreintes profondes des éléphants. En rang serré, ses quatre porteurs suivaient Zouga pas à pas, prêts à lui tendre une arme.

Son instinct de chasseur avertit Jan Cheroot. Il regardait régulièrement en arrière pour surveiller la piste qu'ils venaient de suivre. C'est comme cela qu'il les aperçut, deux ombres grises fondues dans celles plus sombres des acacias encore dégouttant de pluie, mais ils se déplaçaient dans un but précis, décrivant un cercle pour revenir sur leurs propres traces afin de prendre leurs poursuivants à revers et de les avoir dans le vent.

Les deux mâles étaient à moins d'un kilomètre ; ils progressaient avec cette démarche balancée qui donnait l'illusion de la nonchalance et les amènerait en quelques minutes sur les traces toutes fraîches que les hommes venaient de laisser sur les leurs ; l'odeur forte de l'homme flotterait encore, épaisse, sur la piste.

Jan Cheroot toucha le bras de Zouga pour lui faire rebrousser chemin sans l'arrêter ni briser l'élan de ses jambes ankylosées.

— Nous devons les rattraper avant qu'ils coupent nos traces, dit-il à voix basse.

Il vit le regard de Zouga s'affermir, ses joues pâles s'empourprer à l'instant où celui-ci se tournait et apercevait les deux énormes formes évoluer sereinement sous les grands acacias en forme de parapluie, se dirigeant avec un calme imposant vers le chapelet d'empreintes laissées par l'homme dans la boue rouge.

Le grand mâle était en tête, sa peau pendait sur sa carcasse trop grande pour le corps décharné. Les énormes défenses jaunes étaient trop longues et trop pesantes pour lui et ses oreilles déchirées pendaient sur ses bajoues plissées. Il s'était vautré dans une flaque de boue et son corps était enduit d'argile rouge, grasse et brillante.

Il allongea ses longues pattes lourdement charpentées autour desquelles sa peau épaisse tombait comme des pantalons mal coupés, suivi par son askari, un gros éléphant aux lourdes défenses mais écrasé par la stature de son leader.

Zouga et Jan Cheroot couraient au coude à coude en haletant, dépensant leurs dernières réserves d'énergie pour arriver à portée de fusil avant que les mâles ne sentent leur présence.

Ils sacrifièrent toute tentative de se cacher à la rapidité, en espérant que la mauvaise vue des deux pachydermes les empêcherait de les repérer. Cette fois-ci, les caprices du temps les favorisèrent, la tempête se déchaîna autour d'eux.

L'orage avait tardé assez longtemps pour leur permettre de se rapprocher, mais étirait à présent sur la forêt ses banderoles de pluie gris pâle, pareilles à des rideaux de dentelle. Les épais bancs de nuages tamisaient suffisamment la lumière pour qu'ils puissent franchir les dernières centaines de mètres sans être vus tandis que le martèlement de la pluie et le souffle du vent dans les branches étouffaient le bruit de leur course.

À cent cinquante mètres de Zouga, le vieux mâle rejoignit les traces des hommes qui l'arrêtèrent comme s'il avait heurté un mur de verre. Il se ramassa sur son train arrière en arrondissant le dos et levant haut sa tête armée d'ivoire ; ses oreilles en lambeaux soudain déployées comme la grand-voile d'un majestueux navire claquaient avec un bruit de tonnerre contre ses épaules.

Il resta un long moment dans cette position en fouillant la terre ocre avec sa trompe puis la leva et vaporisa l'odeur sur les papilles roses de ses organes olfactifs. L'odeur redoutée et détestée le frappa comme un choc physique et il recula d'un pas avant de dresser sa trompe à la verticale et de faire volte-face. Comme un cheval bien dressé, son askari suivit son mouvement, épaule contre épaule, et tous deux prirent la fuite alors que Zouga était encore à une centaine de mètres.

Jan Cheroot mit un genou à terre et leva rapidement son mousquet. Au même instant, l'askari marqua un temps d'arrêt et obliqua vers la gauche en croisant la trajectoire de son leader. Peut-être cela avait-il été intentionnel, mais ni Zouga ni Jan Cheroot ne le pensaient. Ils savaient seulement que le cadet se plaçait sur leur ligne de feu et protégeait l'autre éléphant de son corps.

— Tu le veux ? Eh bien, prends ! cria Jan Cheroot furieux, sachant qu'il avait perdu trop de terrain en s'arrêtant pour épauler.

Il visa la hanche et le mâle chancela. Des particules de boue rouge jaillirent au point d'impact de la balle, et il ralentit l'allure pour ménager son articulation endommagée en s'écartant de sa route et présentant son flanc aux chasseurs, tandis que le grand mâle poursuivait sa course.

Zouga aurait pu tuer l'éléphant blessé en visant le cœur, car l'animal avait pris un trot traînant et se trouvait à moins de trente pas, mais il passa à sa hauteur sans s'arrêter et lui accorda à peine un regard, sachant que Jan Cheroot achèverait la besogne. Il poursuivit le grand mâle, mais malgré tous ses efforts il perdait régulièrement du terrain.

Devant eux s'ouvrait une légère cuvette, et au-delà le terrain remontait vers une autre crête sur laquelle des tecks sauvages se dressaient sous la pluie comme des sentinelles. L'éléphant descendit la déclivité sans perdre de sa vitesse et allongea même sa foulée, si bien que ses pas résonnaient comme le battement régulier d'une grosse caisse et que l'écart se creusait avec son poursuivant, puis, parvenu dans le fond de la cuvette, il parut stopper son avance.

Le sol détrempé n'avait pas supporté son poids et, enfoncé presque jusqu'aux épaules, il était obligé de se projeter avec violence en avant à chaque pas pour s'extraire de la boue collante qui l'aspirait et accompagnait chacun de ses mouvements d'un bruit de succion obscène.

Zouga se rapprocha rapidement, et l'exultation prit le pas sur la faiblesse et la fatigue. L'ivresse du combat s'empara de lui. Il atteignit le terrain marécageux tandis que le grand mâle se débattait toujours.

Zouga se rapprochait inexorablement. À moins de vingt mètres, il s'arrêta enfin, en équilibre sur un îlot formé par de hautes herbes.

L'éléphant était parvenu de l'autre côté du marais et se hissait sur la terre ferme au pied de la déclivité. Son train arrière était encore enlisé et il présentait toute la surface de son dos, ses énormes vertèbres saillant nettement sous la peau recouverte de boue, ses côtes rappelant les membrures d'une coque de drakkar. Zouga crut voir son gros cœur battre contre elles.

Il ne pouvait plus commettre d'erreur cette fois. Au fil des mois écoulés depuis leur première rencontre, Zouga était devenu un chasseur expérimenté, il savait où se trouvaient les organes vitaux et les points vulnérables dans la masse gigantesque du corps de l'éléphant. À cette distance et sous cet angle de tir, la balle devait fracasser la colonne vertébrale entre les omoplates sans perdre de sa vitesse et poursuivre sa trajectoire jusqu'au cœur et aux artères qui alimentent les poumons.

Il effleura la gâchette ultra-sensible et, avec un « pan ! » de carabine-jouet, le fusil fit long feu. Le pachyderme s'était entièrement libéré de la gangue de boue et entamait la côte en prenant l'allure balancée qui pouvait lui permettre d'avaler une soixantaine de kilomètres avant la nuit.

Zouga atteignit la terre ferme, jeta son arme inutile et, trépignant d'impatience, cria à ses porteurs de lui apporter un autre fusil.

Matthieu était à cinquante pas derrière lui, glissant et titubant sur le sol marécageux, Marc, Luc et Jean s'échelonnaient en arrière.

— Dépêche-toi ! Dépêche-toi ! hurlait Zouga.

Il prit le fusil des mains de Matthieu et s'élança à la poursuite de l'éléphant. Il fallait absolument qu'il le rattrape avant la crête, car sur l'autre versant l'animal allait filer comme le vent.

Zouga courait en faisant appel à toute sa volonté, à ses dernières réserves, pendant que, derrière lui, Matthieu ramassait l'arme qu'il avait jetée et la rechargeait machinalement, emporté par l'excitation de la poursuite.

Il versa une autre poignée de poudre noire sur la charge et la balle qui se trouvaient déjà dans le canon et bourra une seconde balle de plomb d'un quart de livre sur le tout. Ce faisant, il transformait le fusil en une bombe qui pouvait estropier ou même tuer le tireur. Matthieu glissa une amorce sur la cheminée et escalada la pente à la suite de Zouga.

L'éléphant approchait de la crête et Zouga ne gagnait guère de terrain. Il était à bout de forces et savait que s'il conservait cette allure quelques minutes encore, il serait au bord de l'effondrement.

Sa vision se brouillait, il trébuchait et glissait sur les rochers couverts de lichen humide, la pluie lui battait le visage et l'aveuglait. À une soixantaine de mètres devant lui, le grand mâle atteignit la crête, et fit alors ce que Zouga n'avait encore jamais vu faire par un éléphant traqué : les oreilles dressées, il se tourna de côté pour regarder les chasseurs et leur présenta le flanc.

Peut-être était-il épuisé, peut-être avait-il été chassé si souvent que sa haine s'était accumulée comme les algues sous la ligne de flottaison d'un vieux navire, peut-être était-ce son dernier défi.

Pendant un moment, il resta ainsi, dressé de toute sa hauteur sur le fond du ciel gris, luisant de boue et de pluie ; la déflagration résonna comme une grosse cloche de bronze, la longue langue de flamme rouge brilla brièvement dans la semi-obscurité et la balle l'atteignit à l'épaule.

Le coup fit chanceler l'homme et la bête, Zouga déséquilibré par le recul, l'éléphant percuté par la balle en pleine poitrine et ployant son arrière-train, ses vieux yeux chassieux se fermant sous le choc.

Malgré la violence de l'impact, le grand mâle resta debout ; il rouvrit les yeux et vit l'homme, cet animal détesté, nauséabond et obstiné qui le persécutait avec acharnement depuis tant d'années.

Il s'élança vers lui comme une avalanche de granit et ses barrissements se répercutèrent contre le ciel bas ; Zouga se retourna et s'enfuit devant la charge tandis que le poids de l'animal tout proche faisait trembler la terre sous ses pieds.

Matthieu resta en position malgré le terrible danger. Zouga lui en fut immensément reconnaissant. Il accomplissait son devoir et tendait le second fusil à son maître.

Zouga le rejoignit, l'éléphant sur ses talons, lâcha son arme encore fumante, arracha le fusil des mains de Matthieu, sans se douter un seul instant qu'il contenait une double charge, et fit volte-face en tirant le chien et en épaulant.

L'énorme animal était sur lui, cachant le ciel de sa masse, ses longues défenses dressées comme des troncs d'arbre, sa trompe se déroulant déjà pour saisir Zouga.

Zouga appuya sur la gâchette, et cette fois-ci le coup partit. Avec un bruit épouvantable, le canon explosa et s'ouvrit comme les pétales d'une fleur, la poudre lui brûla le visage et la barbe. Le chien arraché lui lacéra profondément la joue juste sous l'œil droit ; l'arme lui échappa des mains et lui enfonça l'épaule avec une telle violence qu'il sentit les ligaments et les tendons se déchirer. Il fut culbuté en arrière et se retrouva hors de portée de la trompe meurtrière.

Il tomba lourdement derrière un tas de pierres, l'éléphant s'arrêta, accroupi sur ses pattes de derrière pour éviter la flamme et la fumée de l'explosion, un instant aveuglé, puis il vit le porteur de fusil, toujours debout devant lui.

Le pauvre, le brave et fidèle Matthieu se mit à courir, mais l'éléphant le rattrapa avant qu'il ait parcouru dix mètres. Il le saisit par la taille avec sa trompe et le projeta en l'air comme s'il avait été aussi léger qu'une balle en caoutchouc. Matthieu monta à une douzaine de mètres en battant des bras et des jambes, ses cris de terreur couverts par les barrissements assourdissants. On eût dit le sifflement d'une chaudière surchauffée par un machiniste fou, et Matthieu parut s'élever lentement dans les airs, rester suspendu un instant puis retomber au ralenti.

L'éléphant le rattrapa au vol et le renvoya encore plus haut.

Zouga réussit à s'asseoir. Son bras droit pendait inerte, le sang coulait à flots de sa joue et inondait sa barbe, ses tympans étaient si traumatisés par l'explosion que les cris de l'éléphant lui semblaient lointains et étouffés. À moitié groggy, il leva les yeux et vit Matthieu monter très haut puis retomber lourdement et l'éléphant commencer à le tuer.

L'animal posa un pied sur la poitrine de Matthieu et ses côtes craquèrent comme du bois sec dans un brasier. Il prit sa tête avec sa trompe et l'arracha aussi facilement qu'un paysan égorge un poulet.

Il la jeta sur le côté et, tandis qu'elle dévalait la pente, Zouga vit les paupières de Matthieu battre rapidement sur ses yeux exorbités et les nerfs tressauter sous la peau de ses joues.

Se détournant de ce macabre spectacle, Zouga posa le fusil vide sur ses genoux et entreprit de le recharger de la main gauche.

À vingt pas de lui, l'éléphant s'agenouillait au-dessus du corps décapité et lui plongeait une défense dans le ventre.

Zouga parvint péniblement à verser une poignée de poudre dans la gueule de son fusil en s'efforçant de ne pas se laisser distraire de sa tâche.

L'éléphant leva sa trompe et l'enroula comme un python autour du corps martyrisé de Matthieu qui pendillait empalé sur la défense rouge de sang.

Zouga laissa tomber une balle dans le canon et la bourra d'une main avec son refouloir.

L'éléphant arracha un bras du cadavre qui glissa de la trompe et retomba par terre.

Gémissant de douleur, Zouga pointa son arme et tira le chien dont le puissant ressort résistait.

Agenouillé sur ce qui restait de Matthieu, l'éléphant le réduisait en bouillie en l'écrasant contre la roche.

En tirant son arme avec lui, Zouga rampa jusqu'au tas de pierres derrière lequel il était tombé. Toujours de la main gauche, il y posa en équilibre la crosse du lourd fusil.

L'animal continuait de pousser des cris furieux tout en poursuivant sa besogne.

À plat ventre, Zouga visa, mais d'une main, il était quasiment impossible de maintenir l'arme dans la bonne position et sa vision s'embuait et tremblotait sous l'effet de la douleur et de l'épuisement.

Pendant un instant, la mire se trouva alignée avec l'œilleton, et il laissa partir le coup.

Les barrissements de l'éléphant s'arrêtèrent brusquement. Quand la fumée fut emportée par la brise, Zouga vit que le grand mâle s'était péniblement redressé et se balançait d'un pied sur l'autre. Sa tête massive s'affaissait sous le poids de ses défenses maculées de sang et sa trompe pendait aussi mollement que le bras blessé de Zouga.

Un bourdonnement lugubre s'échappait de la poitrine de la bête et, au rythme de son énorme cœur, son sang jaillissait par jets réguliers de la blessure ouverte par la deuxième balle juste derrière l'articulation de l'épaule et coulait le long de son corps en un flot épais comme du miel.

L'animal se tourna vers l'endroit où Zouga était allongé et se dirigea vers lui en soufflant comme un vieillard épuisé et en agitant l'extrémité de sa trompe, mû par un reste d'instinct guerrier.

Zouga essaya de s'éloigner en rampant mais fut rattrapé par l'éléphant et, tandis que l'énorme masse cachait tout le ciel au-dessus de lui, la trompe toucha sa cheville. Malgré ses coups de pied frénétiques, le pachyderme resserra sa prise avec une force insupportable, Zouga savait qu'il allait lui arracher la jambe.

Puis la bête grogna en exhalant l'air de ses poumons déchirés, l'étreinte autour de la cheville de Zouga se relâcha et le vieux mâle mourut à ses pieds ; ses jambes s'affaissèrent sous lui et il s'écroula.

Son poids fit trembler la terre sous le corps prostré de Zouga, et Jan Cheroot, qui traversait le passage marécageux à un kilomètre de là, entendit distinctement le bruit mat de la chute.

Zouga laissa tomber sa tête sur la terre, ferma les yeux et les ténèbres l'engloutirent.

Jan Cheroot ne tenta pas de le déplacer de l'endroit où il était étendu, près de la carcasse du vieux mâle. Il construisit au-dessus de lui un abri rudimentaire avec de jeunes arbres et de l'herbe humide et réussit à allumer un petit feu fumant à ses pieds et un autre du côté de sa tête. C'est tout ce qu'il pouvait faire pour le réchauffer avant l'arrivée des porteurs avec les couvertures.

Il l'aida ensuite à s'asseoir et à bander son bras blessé.

— Bon Dieu, maugréa Zouga en extrayant l'aiguille et le fil de son nécessaire de couture, j'échangerais volontiers les deux défenses contre un bon whisky au malt.

Jan Cheroot lui tint un petit miroir devant le visage, et, d'une main, Zouga recousit sa joue déchirée ; au moment où il coupait le fil du dernier point de suture, il s'effondra sur sa capote de peau trempée et nauséabonde.

— Plutôt mourir que recommencer à marcher, murmura-t-il.

— À vous de choisir : marcher ou crever ici dans la boue, constata Jan Cheroot sans quitter des yeux les morceaux de foie et de cœur d'éléphant qu'il commença à envelopper dans de la graisse avant de les enfiler sur un rameau vert.

À l'extérieur de la hutte, les porteurs gémissaient et psalmodiaient un chant funèbre en l'honneur de Matthieu. Ils avaient rassemblé les fragments du corps horriblement mutilé et les avaient serrés dans sa couverture avec une corde en écorce.

Ils l'enterreraient le lendemain matin et, jusque-là, ne cesseraient pas de chanter leur obsédante mélopée.

Jan Cheroot prit des braises dans le feu et commença à faire griller dessus la brochette de foie et de cœur lardés de gras.

— Il est inutile de leur demander quoi que ce soit tant qu'ils ne l'ont pas enterré, dit-il, et nous devons encore couper les défenses.

— Je dois bien une nuit de deuil à Matthieu, fit Zouga. Il a soutenu la charge de l'éléphant. S'il s'était enfui avec le deuxième fusil...

Zouga s'interrompit brusquement en poussant un grognement, l'épaule transpercée par un nouvel élancement de douleur. De sa main gauche valide, il farfouilla sous sa couverture de peau et écarta les cailloux qui lui avaient fait mal.

— C'était un bon diable, reconnut Jan Cheroot en tournant lentement la brochette au-dessus des braises, stupide mais brave. S'il avait été plus intelligent, il se serait enfui. Il va falloir toute la journée de demain pour l'enterrer et couper les défenses des deux éléphants. Mais nous devons partir après-demain.

563

Cheroot avait tué l'autre éléphant plus bas dans la plaine sous un acacia géant. Par l'ouverture basse de sa hutte, Zouga voyait la carcasse de sa victime étendue sur le côté à quelques mètres de lui. Les gaz qu'elle renfermait commençaient à la gonfler et les deux pattes situées en amont pointaient, rigides, au-dessus du ventre ballonné. Les défenses étaient d'une taille si incroyable que Zouga avait l'impression d'être le jouet de son imagination pervertie par l'épuisement et la souffrance. Elles avaient le diamètre d'une cuisse de jeune fille et devaient mesurer sept mètres de long.

— Combien peuvent-elles peser ? demanda-t-il à Jan Cheroot, qui leva les yeux et haussa les épaules.

— Je n'ai jamais vu d'éléphant de cette taille, reconnut-il. Il nous faudra trois hommes pour porter chacune d'elles.

— Deux cents livres ? insista Zouga, essayant de tromper la douleur en bavardant.

— Davantage. Vous n'en verrez pas deux comme celui-là.

— Non, c'est vrai. On n'en trouvera plus.

Un regret profond se mêlait à ses souffrances et les rendait plus cuisantes — regret provoqué par la mort du magnifique animal et celle de l'homme courageux qui était parti avec lui.

La douleur et le chagrin l'empêchèrent de dormir cette nuit-là. À l'aube, quand ses hommes se rassemblèrent sous la pluie pour ensevelir Matthieu, Zouga mit son bras en écharpe avec une lanière d'écorce et demanda à deux porteurs de l'aider à se lever, puis, d'une démarche lente et raide, il se dirigea vers la tombe en s'appuyant sur un bâton.

Ils avaient disposé les maigres possessions de Matthieu — sa hache et sa lance, son écuelle en bois et sa calebasse pour boire la bière — près de lui pour l'accompagner au cours de son long voyage.

En psalmodiant lentement le chant des morts, ils entassèrent des grosses pierres sur lui afin que les hyènes ne puissent le déterrer. Quand ils eurent fini, Zouga se sentit complètement vidé. Il retourna en titubant jusqu'à sa hutte et se glissa sous sa couverture humide et froide. Il n'avait qu'une journée pour rassembler ses forces avant de reprendre la marche le lendemain à l'aube. Il ferma les yeux, mais, à côté de lui, les hommes détachaient les défenses du crâne du grand mâle sous la surveillance de Jan Cheroot et le bruit sourd que faisaient les haches en frappant l'os l'empêchait de dormir.

Zouga se tourna sur le dos et, une fois encore, une pierre lui rentra dans l'épaule. Il la ramassa et s'apprêta à la jeter de côté lorsqu'un détail attira son attention.

Le caillou était aussi blanc et cristallin que le sucre candi qu'il aimait tant quand il était petit, mais ce n'était pas ce qui l'avait arrêté.

Même dans l'ombre tamisée de la hutte, une étincelle dorée brilla dans la veine mince qui zigzaguait au cœur du cristal. Zouga le regarda d'un air hébété et le tourna pour le faire scintiller à la lumière. L'instant semblait irréel comme cela arrive toujours lorsque l'on tient enfin une chose longtemps attendue et désirée.

Il appela Jan Cheroot d'une voix rauque qui franchissait avec peine ses lèvres gonflées et brûlées par la poudre, et le petit Hottentot arriva sur-le-champ.

— La tombe, la tombe de Matthieu, murmura-t-il, comment ont-ils fait pour la creuser aussi vite dans un sol aussi rocailleux ?

— Ils ne l'ont pas creusée, répondit Jan Cheroot en secouant la tête. Elle l'était déjà. Et il y a d'autres trous plus loin.

Zouga le regarda un long moment, le visage déformé par sa blessure à la joue, l'œil à moitié caché par la chair tuméfiée. La douleur l'avait diminué. L'or était sous ses yeux et il avait failli ne pas le voir.

— Aidez-moi, ordonna-t-il en commençant à s'extraire de sa couverture. Il faut que je voie ces trous.

En s'appuyant sur l'épaule de Jan Cheroot, il se traîna sous la pluie à flanc de coteau, et, quand il fut satisfait, retourna en boitillant jusqu'à la hutte. Il profita des dernières lueurs du jour pour griffonner dans son journal de la main gauche en se penchant pour protéger les pages de la pluie qui dégoulinait à travers le toit de branchages, de sorte que son écriture était à peine déchiffrable.

« Je l'ai appelée la mine de Harkness, car elle doit ressembler beaucoup à celles qu'a décrites le vieux Tom. Le filon est du quartz blanc comme du sucre et il court tout le long du coteau. Il semble très mince mais très riche car l'or est visible dans de nombreux échantillons. Ma blessure m'empêche de les broyer et de les laver, mais j'estime que la teneur en or du quartz est bien supérieure à deux onces par tonne.

« Les mineurs avaient creusé quatre puits dans la colline. Mais peut-être y en a-t-il d'autres que je n'ai pas vus, car leur ouverture est complètement envahie par la végétation et on s'est efforcé de les reboucher, sans doute pour les cacher.

« Les puits sont assez larges pour permettre à un homme de petite taille d'y pénétrer en rampant. Ils se servaient probablement d'enfants esclaves pour les creuser, et les conditions de travail dans ces terriers de lapin devaient être infernales. Quoi qu'il en soit, ils ne pouvaient pas descendre plus bas que les nappes aquifères, et en l'absence de matériel perfectionné pour pomper l'eau, les puits ont dû être abandonnés. C'est vraisemblablement ce qui s'est passé ici, et il est presque certain qu'une grande quantité de minerai aurifère peut être extraite avec des méthodes modernes.

« Le tas de pierres sur lequel ma hutte est construite se compose presque entièrement de matrices d'or attendant d'être broyées et raffinées, et les mineurs ont sans doute dû s'enfuir devant un ennemi avant de pouvoir achever leur travail.

« Je suis couché sur un matelas d'or et, comme le roi Midas, environné par le précieux métal. Comme ce malheureux roi, je ne vois pas quel profit je pourrais en tirer en ce moment... »

Zouga s'arrêta et posa sa plume pour réchauffer ses mains glacées au feu fumant. Il aurait dû exulter, mais il soupira et recommença à écrire.

« J'ai une énorme provision d'ivoire, mais elle est éparpillée à travers ce pays, enfouie dans des cachettes. Je possède cinquante livres au moins d'or indigène en lingots et en pépites, et j'ai découvert un filon d'une richesse inouïe, mais avec tout cela je ne peux m'acheter ni un sac de poudre ni un onguent pour mes blessures.

« Demain seulement je saurai s'il me reste assez de force pour reprendre la marche vers le sud ou si je suis destiné à rester là avec Matthieu et le grand éléphant pour seuls compagnons. »

Jan Cheroot le secoua longuement pour le réveiller. Zouga donnait l'impression de remonter des profondeurs d'une eau froide et trouble, et lorsqu'il refit enfin surface, il sut tout de suite que son triste pressentiment de la veille était devenu réalité. Ses jambes étaient privées de sensations et de force, et son bras, dur comme de la pierre, noué par un spasme musculaire.

— Laissez-moi là, dit-il à Jan Cheroot.

Celui-ci le força à s'asseoir, se moquant de ses cris de douleur à chaque mouvement, puis il l'obligea à boire une soupe fumante préparée avec la moelle des os de l'éléphant.

— Laissez-moi un fusil, murmura-t-il.

— Avalez ça, commanda Jan en ignorant son ordre, et il lui fit prendre l'amère poudre blanche.

Zouga s'étouffa en avalant la quinine. Il fallut deux porteurs pour le mettre debout.

— Je laisse la pierre là, déclara Cheroot en montrant la statue empaquetée. Nous ne pouvons vous porter tous les deux.

— Non, siffla Zouga d'un air féroce. Si je pars, l'oiseau doit partir avec moi.

— Comment?

Zouga se libéra des mains qui le tenaient.

— Je marcherai, dit-il. Portez l'oiseau.

Ce jour-là, ils parcoururent à peine six ou sept kilomètres, mais le lendemain le soleil réapparut pour les encourager. Lorsque ses muscles malmenés furent réchauffés, Zouga put accélérer le pas.

Le soir, ils dressèrent le camp dans un pâturage et Zouga nota une distance d'une quinzaine de kilomètres dans son journal. Le lendemain à l'aube, il sortit de ses couvertures et se leva tout seul. Il était ankylosé par ses blessures et dut s'appuyer sur un bâton pour aller uriner en boitillant à l'extérieur du *scherm* de ronces. La fièvre et la quinine avaient coloré son urine d'un brun ambré, mais il savait à présent qu'il serait capable de continuer à marcher.

Il leva les yeux vers le ciel. Il n'allait pas tarder à recommencer à pleuvoir et il fallait qu'ils partent sur-le-champ. Il s'apprêtait à rentrer dans le camp et à réveiller les porteurs quand un mouvement dans l'herbe haute attira son attention.

Il crut un instant qu'une troupe d'autruches passait à proximité, puis se rendit soudain compte que toute la plaine était animée de mouvements furtifs. La cime duveteuse des herbes s'agitait et s'inclinait au passage de nombreux corps, et, au-dessus, on apercevait de temps à autre des plumes ébouriffées. Le mouvement s'étendait rapidement autour du petit camp où les hommes dormaient toujours.

Appuyé sur son bâton, encore abruti de sommeil et de fièvre et paralysé par ses blessures, Zouga regardait sans comprendre et ne bougea pas avant que le rapide mouvement d'encerclement se fût achevé. L'immobilité et le silence retombèrent, si bien qu'il crut un moment avoir rêvé.

Il y eut ensuite un petit sifflement, doux et mélodieux, aussi envoûtant que le son d'une flûte de Pan, et immédiatement le mouvement reprit, un mouvement qui se resserrait autour du camp comme une main d'étrangleur sur le cou de sa victime. Zouga vit distinctement les plumes d'autruche ; blanches comme neige ou noires comme la mort, elles se balançaient et dansaient audessus de l'herbe et, tout de suite après, il aperçut les boucliers de guerre, de longs boucliers ovales en cuir de bœuf pommelé noir et blanc. Les boucliers des Matabélé.

L'épouvante lui nouait les tripes mais son intuition lui disait que laisser transparaître sa peur signifiait la mort au moment même où il recommençait à croire à la vie.

Ils étaient une centaine, estima-t-il en regardant le cercle de guerriers se refermer. Non, il y avait au moins deux cents *amadoda* matabélé arborant leur plumage de guerre. Seuls les plumes et leurs yeux apparaissaient au-dessus des longs boucliers. La lumière grise de l'aube faisait luire les larges lames des lances pointées devant le cercle sans faille des boucliers, telles des cornes de buffle. C'était la tactique habituelle des Matabélé, les meilleurs et les plus rudes guerriers du continent africain.

« Ici les guerriers cafres de Mzilikazi tuent tous les voyageurs », avait écrit Tom Harkness.

Zouga se redressa et s'avança en levant son bras valide, paume tournée vers les boucliers.

— Je suis anglais et officier de la grande reine blanche, Victoria. Mon nom est Bakela, fils de Manali, fils de Tshédi, et je viens en paix.

Un homme se détacha du cercle. Il était plus grand que Zouga et sa haute coiffe de plumes d'autruche lui donnait la stature d'un géant. Il écarta son bouclier, dévoilant un corps aussi mince et musclé que celui d'un gladiateur. Des pompons en queues de vache pendaient de ses bras sur plusieurs épaisseurs, chacun représentant un acte de bravoure récompensé par le roi. Son court pagne était formé de queues de civettes tachetées, et des queues de vache battaient contre ses mollets. Il avait le beau visage plat des Nguni de pure souche, le nez épaté et les lèvres pleines, un noble maintien et un fier port de tête.

Il examina Zouga avec gravité, regarda ses vêtements en lambeaux, le bandage sale qui tenait son bras blessé, le bâton sur lequel il s'appuyait comme un vieillard. Il étudia sa barbe roussie, son visage brûlé par la poudre, les cloques sur ses lèvres et les croûtes noires sur sa joue gonflée et décolorée. Et le Matabélé éclata de rire, un rire musical et profond, puis il parla :

— Et moi je suis matabélé, induna de deux mille guerriers. Mon nom est Gandang, fils de Mzilikazi, fils des sept cieux, fils de Zoulou, et je viens avec une lance étincelante et un cœur rouge.

Robyn Ballantyne s'était rendu compte dès le premier jour de marche qu'elle avait grandement surestimé les forces et la résistance de son père lorsqu'elle avait pris la décision d'entreprendre le voyage jusqu'à la côte. Peut-être Zouga avait-il deviné d'instinct ce qu'un médecin aurait dû savoir. Cette pensée la rendit furieuse contre elle-même. Elle constata que depuis que son frère et elle s'étaient séparés, son hostilité et son sentiment de rivalité à son égard n'avaient fait qu'augmenter. L'idée qu'il puisse avoir raison la mettait en colère.

Dès midi, Robyn s'était vue obligée d'arrêter la caravane et de faire dresser le camp. Fuller Ballantyne était très faible, plus faible que lorsqu'elle l'avait trouvé. Il avait la peau sèche et brûlante. Les mouvements de la civière, les secousses sur un terrain inégal avaient aggravé l'état de sa jambe. Elle était monstrueusement gonflée, et si sensible qu'il hurlait et se débattait au moindre contact sur sa peau décolorée.

Robyn demanda à l'un des porteurs de confectionner un berceau d'écorce et de rameaux verts pour éviter que la couverture de fourrure touche la jambe, puis elle s'assit près de la civière et appliqua un linge humide et frais sur le front de son père tout en parlant à la petite Jouba et à la Mashona sans espérer recevoir d'elles un conseil mais seulement pour y trouver un réconfort.

— Peut-être aurions-nous dû rester dans la grotte, pensa-t-elle à voix haute, l'air tracassé. Au moins, il aurait été plus à l'aise, mais combien de temps cette attente aurait-elle duré ? Les pluies ne vont pas tarder à arriver. Nous ne pouvions pas rester, mais si nous marchons aussi lentement, de toute façon, elles vont nous retenir ici. Nous devons accélérer l'allure, il n'y a que cela à faire, et même dans ce cas, je ne sais s'il survivra.

Cependant, le lendemain, Fuller semblait avoir repris des forces, la fièvre était tombée, et ils marchèrent tout le jour, mais le soir, quand ils installèrent le camp, il était de nouveau très bas.

Lorsque Robyn enleva le pansement de sa jambe, elle paraissait moins sensible, et elle en fut soulagée ; jusqu'au moment où elle vit la couleur de la peau autour de l'ulcération. Quand elle porta le pansement souillé à son nez et le renifla, elle sentit l'infection que son professeur de médecine de St Matthieu lui avait appris à guetter. Ce n'était pas l'odeur habituelle du pus, mais une véritable puanteur, l'odeur d'un cadavre en décomposition. Au comble de l'inquiétude, elle jeta le vieux pansement dans le feu et reprit avec appréhension son examen.

De l'aine jusqu'aux muscles atrophiés de la cuisse, apparaissaient sous la peau pâle les lignes violettes qu'on ne pouvait pas ne pas reconnaître, et l'extrême sensibilité de cette région semblait avoir disparu. C'était presque comme si Fuller ne sentait plus rien dans sa jambe.

Robyn se consola à l'idée que l'évolution de l'état de la jambe et sa nécrose étaient sans rapport avec les deux jours de transport. Mais alors, quelle en était la cause? Elle ne parvenait pas à répondre à cette question. Avant leur départ, l'ulcération s'était stabilisée, car presque dix-huit mois s'étaient écoulés depuis que la balle du négrier avait fracassé l'os de la hanche. Le mouvement de la civière avait donc dû précipiter cette aggravation.

Robyn s'en voulait, elle aurait dû écouter Zouga. Elle était responsable du mal qui frappait à présent son père, la gangrène gazeuse. Elle aurait aimé se tromper, mais elle savait que ce n'était pas le cas. Il était impossible de se méprendre sur les symptômes. Elle ne pouvait que poursuivre leur marche en espérant gagner la côte et la civilisation avant que la maladie n'atteigne son point culminant, mais elle n'ignorait pas que tout espoir était vain.

Elle aurait aimé posséder le fatalisme philosophique que la plupart de ses collègues médecins cultivaient face aux maladies et aux blessures que leur science ne leur permettait pas de guérir. Elle savait pourtant qu'elle n'y arriverait jamais et qu'elle serait toujours en proie à un sentiment de frustration. Qui plus est, cette fois-ci, le patient était son propre père.

Elle pansa la jambe avec une compresse chaude, sachant pertinemment que ses efforts étaient aussi inutiles que ceux d'un enfant qui tente d'endiguer la marée avec un rempart de sable. Le lendemain matin, la jambe lui parut moins chaude au toucher et la chair semblait avoir perdu toute élasticité, de sorte que ses doigts y laissaient des dépressions comme si elle avait tâté du pain sans levain. L'odeur était encore plus forte.

Ils marchèrent toute la journée, Robyn à côté de la civière où son père gisait, silencieux, dans un état comateux. Il ne chantait plus de psaumes et n'exhortait plus le Tout-Puissant avec véhémence, et elle remerciait Dieu de ce qu'au moins il ne souffrait pas.

En fin d'après-midi, ils atteignirent une large piste bien marquée, qui, pour autant que Robyn pouvait en juger, courait d'ouest en est. Elle correspondait exactement à la description et à l'emplacement fournis par son père dans son journal. Quand elle vit la piste, la petite Jouba fondit en larmes et fut paralysée de terreur.

Ils trouvèrent un groupe de huttes désertées et délabrées, peut-être de celles utilisées par les marchands d'esclaves, et Robyn ordonna qu'on dresse le camp à cet endroit. Elle laissa la Mashona et Jouba toujours reniflant et tremblant s'occuper de Fuller Ballantyne, et elle ne prit avec elle que le vieux Karanga. Il s'arma de sa longue lance et se pavana tant il était fier d'un tel honneur. Pendant trois kilomètres, la piste grimpait dur jusqu'à un col ouvert dans une chaîne de collines basses.

Robyn voulait s'assurer qu'il s'agissait bien de la piste des esclaves, la route des Hyènes, comme Jouba l'appelait les larmes aux yeux.

Elle en eut la preuve en arrivant au col : dans l'herbe, à quelques pas du bord de la piste, elle trouva un joug taillé dans un tronc d'arbre fourchu et grossièrement équarri à la hache.

573

Robyn avait étudié les croquis du journal de son père et elle le reconnut immédiatement. Lorsque les maîtres d'esclaves n'avaient ni chaînes ni fers, ils attachaient ces joups au cou de leurs captifs; deux esclaves ainsi liés étaient forcés de tout faire de concert : marcher, manger, dormir et déféquer — tout sauf s'échapper.

Des deux esclaves qui avaient porté ce joug, il ne restait plus que quelques débris d'os négligés par les vautours et les hyènes. Cette fourche de bois rudimentaire avait quelque chose d'horrible et de poignant, et Robyn ne put se résoudre à la toucher. Elle dit une courte prière pour les malheureux qui étaient morts à cet endroit, puis, ayant obtenu la confirmation qu'elle souhaitait, elle s'en retourna au camp.

Le soir même, elle tint conseil avec le caporal hottentot, le vieux Karanga et Jouba.

— Ce camp et cette piste n'ont pas été utilisés depuis ce nombre de jours, dit Karanga d'une voix chevrotante en montrant à deux reprises les doigts de ses deux mains tendues.

— Dans quelle direction sont-ils allés ? demanda Robyn, qui faisait confiance aux compétences de pisteur du vieux.

— Vers le soleil levant et ils ne sont pas encore revenus.

— Il dit vrai, reconnut Jouba, et il avait dû lui en coûter beaucoup pour confirmer les dires d'un homme pour qui elle éprouvait un tel dédain et une telle jalousie. C'est la dernière caravane des marchands d'esclaves avant les pluies. La traite s'arrête quand les rivières sont pleines, et l'herbe pousse sur la route des Hyènes jusqu'à la saison sèche suivante.

— Une caravane d'esclaves nous précède donc, fit Robyn d'un air songeur. Si nous suivons la piste, nous finirons par les rattraper.

— C'est impossible, madame, l'interrompit le caporal. Ils ont des semaines d'avance sur nous.

— Alors, nous rencontrerons les négriers quand ils reviendront après avoir vendu les esclaves.

Le caporal acquiesça et Robyn lui demanda :

— Serez-vous capable de nous défendre s'ils décident de nous attaquer ?

— Moi et mes hommes valons une centaine de ces sales négriers, répondit le caporal en se redressant de toute sa taille, et vous tirez aussi bien qu'un homme, madame.

— Très bien, conclut Robyn en souriant. Nous allons suivre la route jusqu'à la mer.

— J'en ai assez de ce pays et de ces sauvages, lança le caporal avec un large sourire. Je languis de voir les nuages sur la montagne de la Table et de faire passer le goût de poussière que j'ai dans la gorge avec une bonne rasade de Cape Smoke.

La hyène était un vieux mâle. Il avait perdu son épais pelage par plaques ; sa tête aplatie, presque reptilienne, était couverte de cicatrices, et ses oreilles déchiquetées par les épines et les luttes féroces au-dessus des cadavres à moitié décomposés d'animaux et d'humains. Sa lèvre avait été déchirée près d'une narine au cours d'une de ces disputes et elle s'était cicatrisée de travers, de sorte que sa mâchoire découvrait ses dents jaunes en un hideux rictus.

Ses dents usées par les ans ne lui permettaient plus de croquer les os épais qui faisaient son ordinaire et, incapable de lutter, il avait été banni de la meute.

Le gibier était rare dans cette région sèche, et il n'y avait plus de cadavres humains le long de la piste depuis le passage de la colonne quelques semaines plus tôt. Depuis lors, la hyène s'était nourrie de restes, de crottes fraîches de chacals et de babouins, d'un nid de mulots, d'un œuf d'autruche pourri et abandonné depuis longtemps qui avait laissé échapper un geyser de gaz et de liquide putréfié quand elle lui avait donné un coup de patte. Cependant, bien qu'elle fût à moitié morte de faim, la hyène mesurait toujours un mètre vingt au garrot et pesait encore cent quarante livres.

Au-dessous de son pelage emmêlé et sale, son ventre était aussi creux que celui d'un lévrier. De ses hautes épaules disgracieuses, sa colonne vertébrale saillante s'inclinait vers son arrière-train décharné.

Elle marchait la tête basse, reniflant la terre à la recherche de déchets, mais lorsque l'odeur lui parvint portée par le vent, elle leva la tête bien haut et ses narines déformées se dilatèrent.

Elle avait senti un feu de bois, une présence humaine, qu'elle avait appris à associer avec la nourriture, mais, plus forte, plus distincte que les autres odeurs, elle humait celle qui faisait couler la salive de sa gueule déformée et couturée en filets d'argent baveux. Elle partit à grandes enjambées face au vent en un trot irrégulier pour suivre l'odeur alléchante, l'odeur nauséabonde et écœurante de la jambe gangrenée.

La hyène s'était couchée à la lisière du camp, couchée comme les chiens, le menton posé sur ses pattes de devant, sa queue et ses pattes de derrière repliées sous le ventre. Aplatie derrière une touffe d'herbe à éléphant ; elle observait les allées et venues autour du feu de camp.

Seuls ses yeux remuaient et ses oreilles déchiquetées se tournaient et s'inclinaient au rythme des voix humaines ou lorsqu'elle entendait le bruit inattendu d'un choc contre un seau ou d'une hache fendant une bûche.

De temps à autre, un souffle de vent lui apportait une bouffée de l'odeur qui l'avait attirée, et elle la reniflait, réprimant avec peine les petits cris d'anxiété qui lui montaient dans la gorge.

Au moment où l'obscurité s'épaississait, une silhouette humaine, celle d'une Noire à moitié nue, sortit du camp et s'approcha de sa cachette. La hyène s'apprêta à prendre la fuite, mais avant d'arriver à l'endroit où elle était couchée, Jouba s'arrêta et regarda autour d'elle attentivement sans pourtant voir la bête, puis elle leva son pagne décoré de perles et s'accroupit. La hyène s'aplatit au sol et la regarda. Quand elle fut partie, l'animal enhardi par l'obscurité s'avança en rampant et engloutit ce que Jouba avait laissé là.

Son appétit avait été excité et, alors que la nuit tombait, la hyène gonfla sa poitrine, incurva sa queue touffue au-dessus de son dos et émit son hurlement obsédant qui grimpait rapidement dans les aigus — Ooooou-auw! Ooooou-auw! —, un hurlement si familier que personne ne prit la peine de lever les yeux.

Petit à petit, l'activité autour des feux de camp se calma, le son des voix devint somnolent et intermittent, les feux s'éteignirent, l'obscurité envahit le camp et la hyène y pénétra sans un bruit.

Par deux fois, des éclats de voix la mirent en fuite et elle fit retraite dans la brousse, puis, une fois le silence retombé, revint silencieusement. Il était minuit passé quand la hyène trouva une brèche dans la barrière épineuse du *scherm* qui entourait le camp et se fraya tranquillement son chemin à l'intérieur.

L'odeur la guida directement à un abri de branchages installé au centre de l'enclos et, le ventre collé au sol, le gros canidé s'approcha furtivement.

Robyn s'était endormie tout habillée et en position assise près de la civière de son père; elle avait laissé tomber sa tête sur ses bras croisés, puis avait fini par succomber à la fatigue et à l'inquiétude.

Elle fut réveillée par les cris aigus du vieillard. Une obscurité complète régnait dans le camp, et Robyn crut un instant qu'elle faisait un cauchemar. Elle se leva à la hâte sans trop savoir où elle était et trébucha sur la civière. Ses bras tendus rencontrèrent une grosse masse poilue, qui puait la mort et les excréments, puanteur qui se mêlait de manière écœurante à celle de la jambe de son père.

Elle hurla à son tour et l'animal se mit à gronder, un grognement étouffé à travers ses mâchoires serrées, comme celui d'un chien tenant un os dans sa gueule. Les cris de Fuller et ceux de Robyn avaient réveillé le camp, et quelqu'un alluma une torche d'herbe sèche en la plongeant dans les braises du feu. Elle s'enflamma, et, après les ténèbres profondes, la lumière orangée de la torche sembla aussi brillante que le soleil de midi.

Le gros animal bossu avait tiré Fuller de sa civière dans un fatras de couvertures et de vêtements. Il l'avait saisi par les jambes, et Robyn entendit un os craquer entre ses terribles mâchoires. Au bruit, folle de rage, elle ramassa une hache posée près d'une pile de bûches, frappa de toutes ses forces le corps difforme, sentit que le coup avait porté et entendit la hyène pousser un hurlement étouffé.

L'obscurité et la faim l'avaient enhardie. Malgré les couvertures qu'elle tenait dans ses mâchoires serrées, elle avait à présent le goût de la charogne dans la bouche et elle n'abandonnerait pas sa proie.

Elle se tourna et essaya de mordre Robyn ; les flammes allumaient des lueurs jaunes dans ses immenses yeux ronds et ses terribles crocs jaunis se refermèrent avec un bruit sec de piège à loup sur le manche de la hache à quelques centimètres des doigts de Robyn et la lui arrachèrent des mains. Puis la hyène se retourna vers sa proie et ses mâchoires agrippèrent le corps frêle. Fuller était si décharné qu'il était aussi léger qu'un enfant et la hyène le tira rapidement vers la brèche ouverte dans le *scherm*.

Tout en appelant à l'aide, Robyn se précipita à leur suite et saisit son père par les épaules tandis que la bête

578

le tenait par le ventre. La femme et l'animal se disputaient le corps ; la hyène avait enfoncé ses dents émoussées dans la paroi du ventre de Fuller et la déchirait en le tirant, arc-boutée sur son arrière-train, le cou tendu par l'effort.

Vêtu seulement de son pantalon non boutonné et brandissant son mousquet, le caporal hottentot courut vers eux.

— Aidez-moi, hurla Robyn.

La hyène avait atteint la clôture de ronces ; les pieds de la jeune femme glissaient sur la terre meuble et elle n'arrivait plus à retenir Fuller.

— Ne tirez pas ! Ne tirez pas !

Le caporal se précipita, prit son mousquet par le canon et donna un violent coup de crosse sur la tête de l'animal. Il y eut un craquement sec et la hyène relâcha sa prise. Sa lâcheté naturelle prenant finalement le dessus sur son avidité, elle se traîna à travers l'ouverture dans la haie d'épineux et disparut dans la nuit.

— Dieu de miséricorde, n'a-t-il pas assez souffert comme cela ? murmura Robyn tandis que le caporal et elle portaient son père vers sa civière.

Fuller Ballantyne survécut jusqu'au matin, mais une heure après l'aube, le vieil homme tenace cessa de s'accrocher à la vie et rendit l'âme sans avoir repris conscience. Ce fut comme si une légende s'achevait, une époque était révolue. Hébétée et incrédule, Robyn fit la toilette de la frêle dépouille et l'habilla.

Elle l'enterra au pied d'un grand mukusi et, de ses propres mains grava cette inscription dans l'écorce :

Fuller Morris Ballantyne
3 nov. 1788 — 17 déc. 1860
En ces temps, des géants peuplaient la Terre

Elle aurait aimé inscrire ces mots dans le marbre. Elle aurait aimé pouvoir embaumer son corps et l'emporter pour qu'il repose dans son pays, dans l'abbaye de Westminster. Elle aurait aimé qu'il la reconnaisse rien qu'une fois et sache qui elle était avant de mourir, elle aurait voulu alléger ses souffrances. Son chagrin et son sentiment de culpabilité la consumaient.

Pendant trois jours, ils campèrent au même endroit et elle les passa assise, apathique, sous le mukusi près de la butte de terre fraîchement retournée, après avoir demandé au vieux Karanga et à la petite Jouba de la laisser seule.

Le troisième jour, elle s'agenouilla près de la tombe et dit : « Je prête serment sur votre mémoire, mon cher père. Je jure de consacrer ma vie entière à cette terre et à ce peuple, comme vous l'avez fait avant moi. »

Puis elle se leva et serra les dents. Le temps du deuil était passé. Son devoir l'attendait : suivre la route des Hyènes jusqu'à la mer, puis témoigner devant le monde entier contre les monstres qui l'utilisaient.

Lorsque les lions chassent, leurs proies semblent capables de le sentir. Elles sont prises d'une grande agitation et ne paissent que pendant quelques secondes d'affilée avant de relever leur tête cornue et de se figer dans cette immobilité particulière aux antilopes. Seules leurs larges oreilles en forme de cornet ne cessent de remuer. Ensuite, ricochant comme des galets, elles se regroupent en s'ébrouant plus loin sur la plaine herbeuse, nerveuses, conscientes du danger mais incertaines quant à son origine exacte.

Le vieux Karanga avait développé le même instinct car il était mashona, un mangeur de terre, et en tant que tel une proie naturelle. Il fut le premier à sentir la présence toute proche des Matabélé. Il devint silencieux, nerveux et vigilant, et communiqua son inquiétude aux porteurs.

Robyn le vit ramasser dans l'herbe près de la piste une plume d'autruche cassée et l'examiner gravement en faisant la moue et en sifflant doucement. Elle n'était pas tombée de l'aile d'un oiseau.

Le soir même, il fit part de son appréhension à Robyn.

— Ils sont là, les agresseurs de femmes, les ravisseurs d'enfants... dit-il en crachant dans le feu en un geste de bravade infondée.

— Vous êtes sous ma protection. Vous et tous les gens de cette caravane, lui affirma Robyn.

Mais lorsque les Matabélé surgirent, ce fut sans autre avertissement et à l'aube, heure à laquelle ils attaquent toujours.

D'un seul coup, le camp se trouva encerclé par une phalange compacte de boucliers surmontés de plumes, les lames des longues sagaies luisant dans la lumière du petit matin. Le vieux Karanga s'était enfui dans la nuit, suivi par tous les porteurs. À l'exception des Hottentots, le camp avait été déserté.

La mise en garde de Karanga n'avait cependant pas été vaine, car, derrière le *scherm* d'épines, tous les mercenaires hottentots étaient en armes, baïonnette au canon.

Les assiégeants restaient silencieux et immobiles comme des statues de marbre noir. Ils semblaient être des milliers, mais Robyn se disait que ce devait être un effet de son imagination échauffée et de la semi-obscurité. Une centaine, deux cents tout au plus, conclut-elle.

— Nous ne craignons rien, Nomousa. Nous sommes en dehors de la Terre Brûlée, hors des frontières de mon pays. Ils ne nous tueront pas, chuchota Jouba à ses côtés.

Robyn aurait aimé en être certaine, elle frissonna — et pas uniquement à cause de la fraîcheur de l'aube.

— Regarde, Nomousa, insista Jouba. Ils sont avec leurs serviteurs, et beaucoup d'*amadoda* portent leur *isibamu*, leur fusil. S'ils avaient l'intention de se battre, ils ne se seraient pas tant encombrés.

Robyn constata qu'elle disait vrai, nombre de guerriers portaient un mousquet rouillé en bandoulière, et elle se souvenait avoir lu dans les écrits de son grand-père que, lorsque les Matabélé envisageaient de combattre pour de bon, ils confiaient leur mousquet, auquel ils ne faisaient guère confiance ni honneur par leurs qualités de tireurs, à leurs serviteurs et utilisaient seulement l'arme conçue et perfectionnée par leurs ancêtres, la sagaie de Chaka Zoulou.

— Les serviteurs portent des paquets, ce sont des marchands, chuchota Jouba.

Les boys faisaient leur apprentissage de la guerre et se tenaient encore en colonne derrière les rangs des guerriers en titre. Dès que Robyn reconnut les caisses et les ballots en équilibre sur la tête des porteurs, ses derniers doutes s'évanouirent et firent place à la colère.

C'étaient des commerçants, elle en était à présent convaincue, et s'ils revenaient de l'est, Robyn savait bien ce qu'ils avaient échangé contre leur camelote.

— Des négriers! glapit-elle. Ce sont les négriers que nous cherchions qui reviennent après avoir traité leurs immondes affaires. Jouba, va immédiatement te cacher.

Puis, son fusil sous le bras, elle sortit du camp en passant par la brèche de l'enceinte d'épines, et les guerriers les plus proches baissèrent légèrement leurs boucliers et la regardèrent avec curiosité.

Ce subtil changement d'attitude confirma les suppositions de Jouba, ils n'étaient pas sur le pied de guerre.

— Où est votre induna? cria Robyn dont la colère rendait la voix aiguë.

La curiosité des guerriers se mua en étonnement. Leurs rangs ondoyèrent et s'écartèrent pour livrer passage à l'un des hommes les plus impressionnants qu'elle eût jamais vus.

On ne pouvait se méprendre sur la noblesse de son maintien, son arrogance et sa fierté de guerrier rompu au combat et couvert d'honneurs. Il s'arrêta devant elle et parla d'une voix grave et calme. Il n'avait pas à l'élever pour se faire entendre.

— Où est ton mari, femme blanche? Ou ton père?

— Je parle en mon nom et en celui de mon peuple.

— Mais tu es une femme, objecta le grand induna.

— Et vous, vous êtes un négrier, explosa Robyn, un marchand de femmes et d'enfants.

Le guerrier la regarda quelques instants, puis leva le menton et éclata de rire, un rire grave et mélodieux.

— Non seulement une femme, mais une femme insolente.

Il passa son bouclier sur son épaule et la dépassa. Il était si grand que Robyn dut lever la tête pour le regarder. Sa démarche était souple et assurée. Les muscles de son dos luisaient comme s'ils avaient été recouverts de velours noir, les longues plumes de sa coiffe se balançaient et les hochets de guerre suspendus à ses chevilles chuintaient à chaque pas.

Il franchit rapidement la brèche dans la barrière épineuse et Robyn fit signe au caporal hottentot de lever sa baïonnette et laisser passer l'induna.

D'un regard circulaire, celui-ci jaugea l'état du camp et se mit de nouveau à rire.

— Tes porteurs ont pris la fuite, dit-il. Ces chacals de Mashona flairent la présence d'un vrai homme à une journée de marche.

Robyn qui l'avait suivi à l'intérieur du camp lui demanda avec colère :

— De quel droit entrez-vous dans mon kraal pour terrifier mes gens ?

L'induna se tourna vers elle.

— Parce que je suis l'homme du roi et au service du roi, répondit-il comme si cette explication suffisait.

Gandang, l'induna, était l'un des fils de Mzilikazi, le roi et chef suprême des Matabélé et de toutes les tribus vassales.

Sa mère était de pur sang zanzi, la vieille race du sud, mais elle était l'une des épouses cadettes et, à cause de cela, Gandang ne pourrait jamais prétendre au trône.

Sa mère était cependant une favorite de Mzilikazi, qui se défiait de presque tous ses fils et de la plupart de ses femmes — des centaines — mais faisait confiance à ce garçon, non seulement parce qu'il était beau, intelligent et un guerrier sans peur, mais aussi parce qu'il respectait strictement les lois et les coutumes de son peuple et était d'une fidélité incontestable et maintes fois prouvée à son père et à son roi.

Pour ces raisons et pour ses hauts faits, il était couvert d'honneurs, comme en témoignaient les pompons en queues de bœuf attachés à ses bras et à ses jambes. À vingt et quatre étés, il était le plus jeune *indoda* à qui il avait été jamais accordé le droit de porter le bandeau d'induna et de participer au grand conseil de la nation, où il était écouté avec attention, même par les anciens.

Le roi vieillissant, handicapé par la goutte, s'en remettait de plus en plus à ce grand jeune homme au port de tête altier pour les tâches ardues ou quand une bataille difficile s'annonçait.

Ainsi, lorsque Mzilikazi eut vent de la trahison de l'un de ses indunas, chargé du commandement des gardes frontières dans la partie sud-ouest de la Terre Brûlée, il fit sans hésitation appeler Gandang, son fils préféré.

— Bopa, fils de Bakweg, est un traître. (C'était, de la part de Mzilikazi, une marque de faveur insigne que de condescendre à expliquer à son fils les raisons des ordres qu'il lui donnait.) Au début, il tuait, comme il lui avait été ordonné, tous ceux qui pénétraient sur la Terre Brûlée. Ensuite, il a cédé à la cupidité. Au lieu de les tuer, il a entrepris de les capturer comme du bétail et de les vendre à l'est aux Putukezi (Portugais) et aux Sulumani (Arabes) en me faisant croire qu'ils étaient morts.

Le vieux roi changea de position pour soulager ses articulations endolories et gonflées, et renifla avant de poursuivre.

— Ensuite, parce que Bopa était un homme cupide et que ceux avec qui il traitait l'étaient tout autant, il s'est mis à chercher d'autre bétail pour le vendre. De son propre chef et en secret, il a commencé à razzier les tribus qui habitent en dehors de la Terre Brûlée.

Agenouillé devant son père, Gandang émit un sifflement d'étonnement. Ce qu'avait fait Bopa était contraire à la loi et à la coutume, car les tribus de Mashona qui vivaient en dehors de la Terre Brûlée étaient le « bétail » du roi et ne pouvaient être razziées que sur son ordre. Usurper les privilèges du roi et en recueillir les bénéfices constituaient la pire des trahisons.

— Oui, mon fils, confirma le roi au vu de l'indignation de Gandang. Mais ce n'est pas tout, sa cupidité ne connaît pas de bornes. Il bavait devant les babioles et la camelote que lui apportaient les Sulumani, et quand il était à court de bétail mashona, il se tournait vers les gens de son propre peuple.

Le roi se tut avec une expression de profond regret, car, s'il était un despote dont les pouvoirs n'étaient soumis à aucun contrôle et à aucune limite, si sa justice et ses lois étaient cruelles, dans l'application de celles-ci, c'était un homme juste.

— Bopa m'a envoyé des messagers pour accuser nos gens, certains nobles et de sang zanzi, l'un de trahison, un autre de sorcellerie, un autre encore de voler des bêtes dans les troupeaux royaux, et j'ai renvoyé les messagers à Bopa en lui ordonnant de tuer les coupables. Mais il ne les a pas tués. Il les a emmenés vers l'est avec tous leurs gens sur la route qu'il avait ouverte. Leurs corps ne pourront être enterrés dans ce pays et leur esprit est condamné à errer pour l'éternité.

C'était là un terrible destin, le roi laissa tomber son menton sur sa poitrine et rumina ses propres paroles. Puis il soupira et releva la tête. Il avait une jolie petite tête et une voix haut perchée, presque féminine, et non celle d'un puissant conquérant et d'un guerrier sans peur.

— Porte ta lance sur le traître, mon fils, et quand tu l'auras tué, reviens me voir.

Gandang s'apprêtait à se retirer à quatre pattes comme le voulait la coutume en la présence du roi, mais celui-ci l'arrêta en levant le doigt.

— Quand tu auras tué Bopa, toi et ceux de tes *amadoda* qui auront participé à ce haut fait, vous pourrez aller trouver les femmes.

C'était la permission que Gandang attendait depuis tant d'années, le plus haut privilège, le droit d'entrer chez les femmes et de prendre des épouses.

Tout en se reculant à quatre pattes, Gandang cria des louanges à la gloire de son père.

Ensuite, Gandang, fils loyal, fit ce que son père avait ordonné. Il prit sa lance vengeresse, traversa le pays des Matabélé puis la Terre Brûlée, et suivit la route des Hyènes jusqu'au moment où il rencontra Bopa, qui revenait de l'est chargé des objets qu'il convoitait tant.

Ils le rencontrèrent dans un défilé qui traversait une ligne de collines granitiques, à moins d'un jour de marche de l'endroit où Gandang et Robyn Ballantyne se trouvaient à présent.

Les guerriers inyati (buffle) de Gandang, revêtus de leurs plumes d'autruche et de leur pagne en queues de civette et équipés de leur bouclier en peau de bœuf pommelée blanc et noir, encerclèrent les gardiens d'esclaves, des guerriers inhlambéné (les nageurs), de Bopa. Les négriers portaient des plumes blanches d'aigrette, des pagnes en queues de singe et des boucliers en peau de bœuf brun-rouge, mais le droit était du côté des Inyati, et, après le rapide *jikela* (encerclement), ceux-ci se précipitèrent à l'assaut des coupables désemparés et les écrasèrent en quelques minutes de lutte terrible.

Gandang lui-même attaqua Bopa, aux cheveux grisonnants mais puissamment bâti. C'était un combattant rusé, aguerri par d'innombrables batailles, comme en témoignait son corps couvert de cicatrices. Leurs boucliers se heurtèrent avec un bruit mat comme si deux buffles chargeaient l'un contre l'autre, et ils combattirent jusqu'à ce que Gandang, le plus jeune et le plus fort, réussît à accrocher la pointe de son bouclier sous celui de Bopa et à l'écarter, découvrant ainsi le flanc de son adversaire.

— *Ngidla* — j'ai mangé! cria Gandang en enfonçant la lame de sa sagaie entre les côtes de Bopa, et quand il la retira, la chair émit un bruit de succion pareil à celui d'un pied que l'on arrache de la boue, le sang jaillit sur le bouclier de Gandang et ses pompons de queues de bœuf.

Ce n'était donc pas sans raison que Gandang avait ri quand Robyn l'avait traité de négrier.

— Je suis au service du roi, répéta-t-il. Mais, toi, que fais-tu ici, femme blanche?

Il ne savait pas grand-chose de ces gens étranges, car il était encore enfant quand Mzilikazi les avait combattus dans le sud et avait été repoussé par eux vers le nord, jusque dans le pays qui était à présent celui des Matabélé.

Gandang n'en avait rencontré qu'un ou deux, voyageurs, commerçants ou missionnaires, qui étaient venus au grand kraal de son père à Thabas Indunas et auxquels le roi avait « donné la route » et la permission de franchir ses frontières jalousement gardées.

Gandang se défiait d'eux et des marchandises qu'ils troquaient. Il se méfiait de leur habitude de détacher des morceaux de roche sur leur passage et n'aimait pas leur façon de parler d'un homme blanc qui vivait au ciel et semblait faire concurrence au Nkulu-kulu, le dieu suprême des Matabélé.

S'il avait rencontré cette femme et ses serviteurs sur la Terre Brûlée, il aurait suivi les ordres sans hésiter et les aurait tous tués.

Gandang était cependant encore à dix jours de marche de la frontière et n'éprouvait pour eux qu'un intérêt limité; il était impatient de retourner auprès de son père, de lui annoncer le succès de son expédition et n'entendait pas perdre davantage de temps.

— Qu'es-tu venue faire ici, femme?

— Je suis venue vous dire que la grande reine ne tolérera plus que des êtres humains soient vendus pour quelques perles comme du bétail. Je suis venue mettre un terme à cet ignoble trafic.

— C'est une affaire d'hommes, répliqua Gandang en souriant. De plus, nous y avons déjà veillé.

La femme l'amusait. En d'autres temps, il aurait aimé badiner avec elle.

Il s'apprêtait à tourner les talons et à s'en aller quand son attention fut attirée par un léger mouvement entr'aperçu à travers une fente dans la cloison de chaume de l'un des abris temporaires qui formaient le camp. Avec une étonnante rapidité pour un homme de taille aussi imposante, il entra en se baissant dans la hutte et en tira la fille par le poignet, puis l'examina gravement.

— Tu fais partie du Peuple, tu es matabélé, dit-il tout net.

Jouba baissa la tête, grise de terreur. Robyn crut un instant que ses jambes n'arriveraient plus à la porter.

— Parle! ordonna Gandang de sa voix basse mais impérieuse. Tu es une Matabélé!

Jouba leva les yeux vers lui et répondit d'une voix à peine audible :

— Oui, matabélé de sang zanzi.

L'homme et la jeune fille s'observaient attentivement. Jouba leva le menton, et son visage reprit sa couleur normale.

— Qui est ton père? demanda enfin Gandang.

— Je suis Jouba, fille de Tembu Tébé.

— Il a été tué avec tous ses enfants, sur ordre du roi.

Jouba secoua la tête.

— Mon père est mort, mais ses femmes et ses enfants ont été emmenés au pays des Sulumani, au-delà de la mer. Je suis la seule à m'être échappée.

— Bopa! lâcha Gandang comme une imprécation, puis il réfléchit quelques instants. Il se peut que ton père ait été condamné à tort, car Bopa a lancé de fausses accusations.

Jouba ne répondit pas, mais dans le silence qui suivit, Robyn vit s'opérer un changement imperceptible dans l'attitude de la jeune fille : elle redressa la tête et avança sa hanche, en un mouvement insignifiant mais provocateur.

Quand elle regarda le grand induna, ses yeux s'agrandirent et s'adoucirent, et ses lèvres légèrement entrouvertes découvraient l'extrémité de sa langue rose.

— Qu'est pour toi cette femme blanche? demanda Gandang d'une voix un peu enrouée.

Il tenait toujours Jouba par le poignet et elle ne faisait aucun effort pour se libérer.

— Elle est comme ma mère, répondit-elle, et tandis que l'induna baissait les yeux vers son joli petit corps, elle tourna légèrement ses épaules pour offrir ses seins à son regard.

— Tu es avec elle de ton propre gré? insista Gandang, et Jouba acquiesça. Qu'il en soit ainsi.

Le guerrier dut apparemment faire un effort pour détourner les yeux, mais il lâcha le poignet de Jouba et pivota finalement vers Robyn en arborant de nouveau son sourire moqueur.

— Les négriers que tu cherches ne sont pas loin d'ici, femme blanche. Tu les trouveras sur la route au prochain col.

Il s'en alla aussi rapidement et silencieusement qu'il était venu, suivi par la colonne serrée de ses guerriers. Quelques minutes plus tard, le dernier avait disparu sur l'étroite piste sinueuse en direction de l'ouest.

Le vieux Karanga fut le premier des serviteurs à revenir au camp et franchit le *scherm* comme une cigogne timide sur ses fines pattes.

— Où étiez-vous quand j'avais besoin de vous? demanda Robyn.

590

— Nomousa, je craignais de me mettre en colère avec ces chiens de Matabélé, répondit-il d'une voix chevrotante, mais il ne put soutenir son regard.

Dans l'heure qui suivit, les porteurs étaient descendus des collines et sortis sans bruit de la forêt, tous témoignant à présent d'un enthousiasme stupéfiant pour reprendre la route dans la direction opposée à celle des guerriers inyati.

Robyn trouva les marchands d'esclaves à l'endroit indiqué par Gandang. Ils étaient éparpillés au sommet du col, entassés les uns sur les autres comme des feuilles soufflées par le premier vent de l'automne. Presque tous avaient été mortellement blessés à la poitrine ou à la gorge, preuve qu'ils avaient fini par combattre comme de vrais Matabélé.

Les vainqueurs leur avaient ensuite ouvert le ventre pour permettre à leur esprit de s'échapper, ultime faveur à des hommes qui s'étaient battus vaillamment, mais les vautours avaient profité de l'aubaine.

Dans un nuage de poussière et de plumes et un concert de croassements et de cris rauques, ils sautaient, battaient des ailes et se chamaillaient sur les cadavres, et les becquetaient de telle sorte que leurs membres étaient animés de mouvements convulsifs comme s'ils vivaient encore.

Dans les arbres et sur les falaises au-dessus du col, avant de reprendre le festin, les oiseaux qui s'étaient déjà gavés digéraient en somnolant ramassés sur eux-mêmes, leurs plumes gonflées, leur tête chauve et leur cou squameux rentrés dans les épaules.

La petite caravane passa lentement. Fascinés par l'horrible carnage, muets au milieu du chœur braillard des charognards, les hommes enjambaient avec précaution les restes déchiquetés et couverts de poussière des hommes vaillants, et ce spectacle leur rappelait qu'eux aussi étaient mortels.

Quand ils eurent franchi le col, ils descendirent rapidement sur l'autre versant en jetant en arrière des regards effrayés. Un petit ruisseau dévalait du sommet de la pente en un chapelet de mares d'eau claire. Robyn fit installer le camp sur sa rive et demanda immédiatement à Jouba de la suivre.

Elle avait besoin de se baigner comme si la mort l'avait touchée de ses doigts répugnants et il lui fallait se laver de cette souillure. Sous une petite cascade ombragée, elle s'assit jusqu'à la taille dans une sorte de baignoire naturelle et laissa l'eau couler sur sa tête en fermant les yeux pour essayer d'effacer de son esprit les horreurs du champ de bataille. Déjà confrontée aux formes les plus atroces de la mort, Jouba n'était pas aussi affectée et elle s'ébattait dans l'eau verte complètement absorbée par le plaisir de l'instant.

Robyn regagna finalement la rive et, encore toute mouillée, enfila son pantalon et sa chemise. Avec une telle chaleur, ses vêtements sécheraient sur elle en quelques minutes, et, tout en remontant ses cheveux enroulés en chignon, elle appela Jouba pour qu'elle sorte de l'eau.

D'humeur malicieuse et rebelle, l'adolescente l'ignora. Toute à son jeu, elle chantonnait en cueillant les fleurs d'une plante qui pendait au-dessus de la mare et les tressait en collier autour de ses épaules. Robyn tourna les talons et la laissa pour remonter vers le camp le long du ruisseau, et au premier méandre elle disparut à sa vue.

Jouba leva les yeux et hésita. Elle ne savait trop pourquoi elle avait refusé d'obéir et fut parcourue par un petit frisson d'inquiétude à la pensée qu'elle était seule. Elle n'était pas encore habituée à ses nouvelles dispositions d'esprit, à cette vague et étrange excitation, à cette attente oppressante d'elle ne savait trop quoi. Avec un mouvement brusque de la tête, elle revint à ses jeux et à sa chanson.

Debout sur la rive, en partie cachée par le rideau de la plante et tachetée comme un léopard par la lumière du soleil, une haute silhouette était appuyée contre le tronc d'un figuier sauvage et l'homme regardait la fille.

Il était là, immobile et invisible, depuis qu'il avait été attiré vers la mare par le bruit des éclaboussures et le chant de Jouba. Il avait regardé les deux femmes et comparé leurs nudités : la peau blanche privée de sang et l'autre, sombre et appétissante ; le corps maigre et anguleux et la chair gracieuse et généreuse ; les petits seins pointés d'un rose obscène de viande crue et les autres, ronds et parfaits, avec leurs mamelons dressés, sombres et luisants comme du charbon mouillé ; les hanches étroites de garçon et le bassin large et voluptueux, capable d'engendrer de beaux fils ; les petites fesses mesquines et les formes pleines qui, sans équivoque, révélaient la femme.

Gandang savait bien qu'en revenant sur ses pas, pour la première fois de sa vie, il négligeait son devoir. Il aurait dû être déjà à plusieurs heures de marche d'ici, trottant vers l'ouest à la tête de ses guerriers, mais il n'avait pu résister à cette folie qui enflammait son sang. Après avoir ordonné une halte, il était reparti en arrière tout seul sur la route des Hyènes.

« Je suis en train de voler le temps du roi aussi sûrement que Bopa lui avait volé son bétail, se dit-il à lui-même. Mais ce n'est que quelques heures, et après toutes les années que j'ai données à mon père, il ne m'en tiendra pas rigueur. »

Mais Gandang savait qu'il le ferait : fils favori ou non, Mzilikazi n'avait qu'un seul châtiment en cas de désobéissance.

Gandang risquait sa vie pour revoir la fille, il encourait le risque de subir la peine de mort réservée aux traîtres en adressant la parole à une étrangère, fille d'un homme lui-même condamné à mort pour trahison.

« Combien d'hommes ont déjà creusé leur propre tombe avec leur *umthondo* ? » songeait-il en attendant que la femme blanche sorte de la mare, remette ses affreux vêtements raides et appelle la jolie fille pour qu'elle la suive. Gandang essaya de la faire rester là par un effort de volonté.

Manifestement froissée, la femme blanche tourna les talons et disparut à travers les arbres ; Gandang se détendit et s'abandonna de nouveau au plaisir de contempler la fille s'ébattre dans l'eau. Le jaune pâle des fleurs ressortait sur sa peau et les gouttes d'eau s'accrochaient à sa poitrine et à ses épaules comme des étoiles au ciel de minuit. Jouba chantait une de ces chansons d'enfant que Gandang connaissait si bien, et il se surprit à en fredonner l'air doucement.

La fille regagna la berge et, debout sur le sable blanc, commença à s'essuyer le corps ; toujours chantant, elle se pencha pour se sécher les jambes et, les entourant de ses longs doigts minces soulignés de rose, elle descendit lentement de la cuisse jusqu'à la cheville. Elle tournait le dos à Gandang et, quand elle se baissa, il poussa un petit cri étouffé, suffoqué par le spectacle qui s'offrait à sa vue. Instantanément, la fille se redressa et se tourna dans sa direction. Elle tremblait comme un faon éveillé en sursaut et écarquillait les yeux de frayeur.

— Je te vois[1], Jouba, fille de Tembu Tébé, dit-il d'une voix rauque en descendant vers elle.

L'expression de ses yeux changea ; ils brillaient d'une lumière dorée comme du miel au soleil.

— Je suis un messager du roi, et je réclame le droit de la route, dit-il en lui touchant l'épaule.

---

1. Expression de respect. *(N.d.T.)*

Elle frissonna au contact de ses doigts et il vit qu'elle avait la chair de poule.

Le « droit de la route » était une coutume du sud, de l'ancien pays près de la mer. C'était ce même droit que Senzangakhona avait exigé de Nandi, « la douce », mais Senzangakhona avait transgressé la loi, et percé le voile interdit. Il en était né le bâtard Chaka, « le ver dans le ventre », qui était devenu à la fois le roi et le fléau du pays zoulou, ce même Chaka dont Mzilikazi avait fui la tyrannie avec sa tribu en venant s'installer au nord.

— Je suis une jeune fille fidèle au roi, répondit Jouba, et je ne peux refuser de réconforter celui qui suit la route au service du roi.

Elle leva les yeux vers lui en souriant, un sourire qui n'était ni hardi ni provocateur, mais si doux, si confiant et admiratif que le cœur de Gandang recommença à battre plus vite.

Il se montrait gentil avec elle, si gentil, si calme et patient qu'elle eut hâte de lui rendre le service qu'il demandait, qu'elle se prit à désirer le lui rendre aussi ardemment qu'il souhaitait manifestement le recevoir. Quand il lui montra comment préparer un nid à son intention entre ses cuisses croisées, elle répondit instantanément à ses paroles et à son toucher, mais quelque chose bloquait sa gorge et sa respiration et elle resta muette.

Tandis qu'elle le tenait dans son nid, elle sentit peu à peu son cœur et son corps envahis par une étrange fureur. Elle essaya de soulever son pubis, de desserrer ses cuisses croisées et de les écarter pour lui ; elle avait une envie irrépressible de l'engloutir en son sein car elle ne pouvait plus supporter ce frottement terriblement tentant contre l'intérieur de ses cuisses. Elle voulait qu'il reçoive ce flot chaud et accueillant qu'elle faisait descendre pour lui et le sentir glisser sur ce flot au plus profond d'elle. Mais la résolution du guerrier, son respect de la coutume et de la loi étaient aussi grands que le corps qui bougeait au-dessus d'elle était puissant, et il la tint captive jusqu'au moment où elle sentit son étreinte se relâcher et sa semence jaillir avec force pour se perdre dans le sable. À cet instant, elle éprouva un tel sentiment de perte qu'elle faillit se mettre à pleurer.

Gandang la tint immobile ; sa poitrine se soulevait et la sueur coulait le long de son dos et de son cou musclés. Jouba le tenait étroitement embrassé de ses deux bras et enfouissait son visage dans le creux entre son épaule et son cou, et tous deux restèrent longtemps silencieux.

— Tu es aussi douce et belle que la première nuit de la nouvelle lune, murmura-t-il au bout d'un moment.

— Et toi, aussi noir et fort que le buffle de la fête du Chawala, répondit-elle en choisissant d'instinct l'image qui parlerait le plus à l'esprit d'un Matabélé, car le buffle symbolisait la richesse et la virilité, et le buffle du Chawala était le spécimen le plus parfait de tous les troupeaux du roi.

— Tu ne seras que l'une de ses nombreuses épouses, dit Robyn, que cette idée horrifiait.

— Oui, admit Jouba. La première de toutes, et les autres m'honoreront.

— Je t'aurais emmenée avec moi pour t'apprendre plein de choses et te montrer de grandes merveilles.

— J'ai déjà vu la plus grande des merveilles.

— Tu vas passer ton temps à faire des enfants.

Tout heureuse, Jouba fit signe que oui.

— Si j'ai de la chance, je mettrai au monde une centaine de fils.

— Tu me manqueras.

— Je ne t'aurais jamais quittée, Nomousa, ma mère, pour nulle autre personne ou raison que celle-là.

— Il veut me donner du bétail.

— Depuis la mort de ma famille, tu es ma mère, expliqua Jouba, et cela représente le prix du mariage.

— Je ne peux pas accepter de paiement... comme si tu étais une esclave.

— Cela revient à m'avilir. Je suis de souche zanzi et il dit que je suis la plus belle femme de tout le pays matabélé. Tu devrais fixer le *lobola* à cent têtes de bétail.

Robyn envoya donc chercher l'induna.

— Le prix du mariage est de cent têtes de bétail, lui annonça-t-elle d'un air sombre.

— Tu ne fais pas une bonne affaire, répondit Gandang avec condescendance. Elle vaut plusieurs fois ce prix-là.

— Tu garderas le bétail dans ton kraal jusqu'à ce que je revienne. Tu le soigneras avec soin et veilleras à ce qu'il multiplie.

— Il sera fait comme tu as dit, *umekazi*, ma mère, acquiesça Gandang.

Et cette fois, Robyn ne put que lui rendre son sourire, car il n'avait plus son air moqueur, ses dents étaient d'une blancheur immaculée et, comme l'avait dit Jouba, il était vraiment beau.

— Occupe-toi bien d'elle, Gandang.

Robyn embrassa la jeune fille et leurs larmes se mêlèrent. Pourtant, Jouba ne se retourna pas une seule fois, mais partit en trottinant derrière la haute silhouette bien droite de Gandang, sa natte roulée posée en équilibre sur sa tête, ses fesses balançant gaiement sous son court pagne orné de perles.

Ils atteignirent rapidement le col et disparurent.

La route des Hyènes conduisit Robyn et sa petite troupe dans des montagnes nimbées de brume et des vallées étrangement désolées de pierres grises aux formes fantastiques et couvertes de bruyère. Elle les mena jusqu'aux enclos à esclaves décrits par Jouba, le lieu de rencontre où l'homme blanc et l'homme noir pratiquaient leur commerce de la vie humaine, où les esclaves échangeaient leur joug en bois contre des chaînes et des fers. Mais à présent, les négreries étaient désertées, le chaume des toits s'affaissait déjà et tombait en lambeaux ; seules, demeuraient l'odeur aigre de la captivité et la vermine grouillante qui infectait les bâtiments vides. En un geste vain, Robyn mit le feu aux constructions.

De ces montagnes brumeuses, la route continuait et, après avoir traversé des gorges sombres, descendait jusqu'au littoral, où la chaleur s'abattit de nouveau sur eux sous un ciel bas et morne, les monstrueux baobabs levant leurs branches tordues comme des infirmes tendraient leurs bras arthritiques pour implorer la guérison.

Les pluies arrivèrent quand ils atteignirent la plaine côtière. Les flots emportèrent trois hommes au passage d'un gué, quatre autres, dont un Hottentot, moururent de fièvre, et Robyn elle-même subit les premiers assauts de la maladie. Tremblante, rendue à moitié folle par les fantômes de la malaria, elle avançait à grand-peine sur la piste rapidement envahie par la végétation ; elle glissait et trébuchait dans la boue, se répandait en imprécations contre les miasmes pestilentiels qui montaient des marais engorgés et flottaient comme des spectres argentés dans les clairières d'un vert écœurant au milieu des arbres à fièvre à travers lesquels ils pressaient le pas.

Les fièvres et les rigueurs de la dernière partie du voyage les avaient tous fatigués et affaiblis. Ils savaient qu'ils se trouvaient tout au plus à quelques jours de marche de la côte, bien à l'intérieur des territoires portugais, et donc sous la protection d'un roi chrétien et d'un gouvernement d'hommes civilisés. C'est pour ces raisons que les sentinelles hottentotes s'étaient assoupies près du feu de bois humide à moitié éteint, et c'est là qu'elles moururent, la gorge tranchée par une lame assez affûtée pour empêcher le moindre cri.

Robyn fut réveillée par des mains rudes qui lui tordaient les bras dans le dos et un genou enfoncé dans le creux de ses reins, tandis que des menottes d'acier se refermaient avec un claquement sec autour de ses poignets. Ensuite les mains la lâchèrent, l'obligèrent sans ménagement à se lever et la tirèrent violemment hors de sa hutte de fortune, hâtivement construite au bord de la route des Hyènes.

Elle était trop épuisée et fiévreuse la veille au soir pour se déshabiller, et elle était donc toujours vêtue de sa chemise de flanelle tachée et fripée et de son pantalon de velours rapiécé. Elle avait même gardé sa casquette, de sorte que, dans l'obscurité, ses ravisseurs ne virent pas qu'elle était une femme.

On l'enchaîna de force avec ses porteurs et ses Hottentots, et les chaînes légères de marche prouvaient, si tant est qu'une preuve fût nécessaire, qui étaient ses ravisseurs. À l'aube, elle constata que c'étaient des métis et des Noirs, tous vêtus d'oripeaux de style européen, mais équipés d'armes modernes.

Elle avait traversé la moitié d'un continent pour rencontrer ces hommes, mais à présent elle était là, recroquevillée dans ses guenilles qui, seules, dissimulaient son identité. Elle frissonna en pensant au sort qui l'attendait s'ils découvraient qu'elle était une femme, et se maudit d'avoir cru avec autant d'insouciance qu'elle et son entourage étaient à l'abri de ces prédateurs pour la seule raison qu'elle était une Blanche et une Anglaise. Leur proie était la chair humaine, quelles qu'en soient la couleur et la condition, et à présent elle n'était plus que cela, de la chair humaine sur pied, une créature enchaînée sans grande valeur vénale, quelques dollars à la criée. Et elle savait que ses ravisseurs ne se gêneraient pas pour prendre leur plaisir avec elle ou la laisser sur le bas-côté de la route avec une balle dans la tempe si elle les provoquait d'une façon ou d'une autre. Elle se taisait et obéissait instantanément au moindre de leurs gestes ou mots. En les obligeant à porter ce qui restait de leurs provisions et de leur matériel, devenu le butin des négriers, ceux-ci les faisaient marcher vers l'est, et ils avançaient en glissant et en traînant des pieds dans la boue.

Ils étaient plus près de la côte que Robyn ne l'avait estimé, ils sentaient déjà le parfum de l'iode et, quand la nuit commença à tomber, leur parvinrent une odeur de fumée et celle, qu'on ne pouvait pas ne pas reconnaître, d'êtres humains en captivité. Puis, ils aperçurent finalement la lumière des feux qui vacillait au loin et la silhouette menaçante des négreries.

Leurs ravisseurs avancèrent entre les sombres palissades de bois et de torchis, d'où s'élevait la lugubre litanie d'hommes désespérés qui chantaient la terre qu'ils ne reverraient plus.

Ils entrèrent enfin dans le carré central autour duquel se dressaient les baraquements, un terrain boueux où se dressait une estrade en planches grossières. Robyn ne tarda pas à comprendre à quoi elle servait car un de ses serviteurs fut immédiatement tiré en haut des marches pendant que les feux étaient ranimés pour éclairer la scène. C'était de cette estrade que l'on lançait les enchères, et apparemment la vente allait commencer sur-le-champ.

Le « commissaire-priseur » était de toute évidence un Portugais de pure souche, un petit homme au visage de gnome méchant, ridé et tanné par le soleil. Son sourire terne et ses yeux qui ne cillaient pas étaient ceux d'un serpent. Il portait une veste et un pantalon élégamment coupés, et ses bottes et sa ceinture étaient du meilleur cuir repoussé avec une profusion d'ornements, fermées par de solides boucles d'argent. Il avait deux pistolets de grand prix à la ceinture et le chapeau à large bord des gentilshommes portugais couvrait sa petite tête.

Avant de grimper sur l'estrade, d'un coup de pied et d'une gifle désinvoltes il expédia l'un de ses esclaves personnels vers le tam-tam de bois sculpté posé dans un coin de l'esplanade. L'esclave se mit à battre de toutes ses forces le rappel des acheteurs sur un rythme saccadé, son torse couvert de sueur et de gouttes de pluie luisant à la lumière des feux.

Répondant à l'appel, des hommes sortirent de l'ombre et des cases réparties entre les baraquements. Certains avaient bu, ils arrivaient bras dessus, bras dessous en brandissant leur bouteille de rhum et en beuglant comme des ivrognes, d'autres venaient seuls et silencieux, mais tous firent cercle autour de l'estrade.

La couleur de peau des hommes qui formaient ce cercle offrait toutes les nuances possibles et imaginables — du noir acajou au blanc d'un ventre de requin mort en passant par toutes les teintes de brun et de jaune, ils avaient des faciès d'Africains, d'Arabes, d'Asiatiques et d'Européens. Même leurs vêtures étaient très différentes — amples burnous, vestes brodées au tissu passé et bottes hautes. Une seule chose leur était commune : leurs yeux de rapace et l'air implacable de ceux qui font commerce de la misère humaine.

L'un après l'autre, les hommes de Robyn furent poussés sur l'estrade où on leur arracha leurs vêtements en loques pour que les acheteurs puissent juger de leur physique. L'un d'eux s'avançait parfois pour leur tâter les muscles ou leur ouvrir la bouche afin d'examiner les dents comme un maquignon à la foire au bétail.

Lorsque les acheteurs s'étaient assurés de la qualité de la marchandise proposée, le petit Portugais s'avançait sur le devant de l'estrade et recevait les enchères.

Les acheteurs l'appelaient Alphonse mais, tout en échangeant avec lui des plaisanteries grossières, le traitaient avec un respect prudent, et rien ne témoignait plus clairement de la réputation de cet homme.

Il menait la vente rondement. Les Hottentots, petits, maigres et nerveux, à la peau couleur du beurre et au visage aplati, n'éveillaient guère d'intérêt dans le cercle des acheteurs et étaient adjugés pour quelques roupies d'argent, alors que les porteurs, plus grands et musclés par des mois de marche et de portage, atteignaient de meilleurs prix. Puis, ce fut le tour du vieux Karanga, édenté et usé par les ans, qui grimpa sur l'estrade en clopinant sur ses jambes d'échassier, semblant à peine capable de porter le poids de ses chaînes.

Son arrivée fut accueillie par des rires moqueurs et, nul ne voulant s'en porter acquéreur, le petit Portugais renvoya le vieux avec une expression de dégoût. Ce fut seulement quand il fut tiré en bas de l'estrade et emmené à l'écart que Robyn comprit ce qui l'attendait ; oubliant toute prudence, elle cria : « Non. Laissez-le partir ! »

C'est à peine si on la regarda, et l'homme qui tenait sa chaîne lui lança négligemment une gifle qui l'aveugla pendant un moment. Elle tomba à genoux dans la boue et, à travers le bourdonnement de ses oreilles, entendit une détonation sourde.

Elle se mit à sangloter doucement, puis, alors qu'elle pleurait toujours, on la remit debout et on la tira par ses chaînes dans le cercle de lumière et sur l'estrade.

— Et maintenant, un jeune un peu maigre, dit le Portugais, mais assez blanc de peau pour entrer dans les harems omanais une fois qu'on lui aura coupé les testicules. Qui m'en donnera dix roupies ?

— Faites-moi voir comment il est bâti, cria une voix.

Le Portugais se tourna vers Robyn et, passant un doigt dans le col de sa chemise, la déchira jusqu'à la taille. Elle se pencha en avant pour essayer de dissimuler le haut de son buste, mais l'homme qui était derrière elle tira sur la chaîne et la força à se redresser. Ses seins pointèrent avec effronterie à travers le tissu déchiré de sa chemise, et les spectateurs se mirent soudain à grogner et à s'agiter.

Alphonse toucha la crosse de l'un des pistolets suspendus à sa ceinture et le concert des commentaires se tut tandis que les hommes reculaient légèrement.

— Dix roupies ? demanda Alphonse Pereira.

Un homme puissamment bâti s'avança en plastronnant. Robyn le reconnut tout de suite. Il portait un chapeau de castor incliné sur le côté, et d'épais cheveux brillants tombaient en boucles noires sous le rebord. Lorsqu'il ouvrit la bouche, ses dents étincelèrent à la lumière des flammes. L'excitation empourprait son visage et étouffait sa voix.

— J'en offre un mohur d'or de la Compagnie des Indes orientales, cria-t-il, et peste à celui qui en offre davantage.

— Un mohur d'or, cria Alphonse. Mon frère Camacho Pereira en offre un mohur d'or, et je lui souhaite bien de la chance, gloussa-t-il. Allez, qui va retirer à mon frère une petite partie de plaisir avec la jeune fille ?

Un des hommes donna une tape dans le dos de Camacho.

— Bon sang, quel chaud lapin ! Pour ce prix-là, je te laisse t'amuser...

Camacho rit avec ravissement et s'avança jusqu'à l'estrade pour regarder Robyn en rabaissant son chapeau sur ses yeux.

— Ça fait longtemps que j'attendais ça...

Robyn fut parcourue par un frisson de dégoût et recula autant que sa chaîne le lui permettait.

— Allez, reprit Alphonse, qui offre davantage pour ce beau morceau...

— Elle m'appartient, lança Camacho à son frère. Adjuge l'affaire.

Son frère leva son marteau mais une voix l'arrêta.

— Un double aigle, monsieur. Vingt dollars d'or.

L'homme avait parlé sans élever la voix, et pourtant tous l'avaient entendue et elle aurait porté de la plage arrière à la grand-hune par un vent de force huit.

Robyn se retourna brusquement en balançant ses chaînes et regarda dans sa direction ; elle aurait reconnu cet accent traînant même si elle ne l'avait pas entendu depuis une éternité. Il se tenait à la lisière du halo de lumière, mais, tandis que tout le monde tournait ses regards dans sa direction, il s'avança. À côté de lui, tous les autres paraissaient petits et sales.

Le sourire se figea sur le visage d'Alphonse.

— Annoncez l'enchère ! demanda l'homme en chemise blanche et pantalon noir.

Après quelques instants d'hésitation, Alphonse s'exécuta :

— Un aigle double. Le capitaine Mungo St John du *Huron* offre un aigle double.

Robyn sentit ses jambes se dérober sous elle tant elle était soulagée, mais son gardien la fit se redresser en tirant un coup sec sur sa chaîne. Camacho Pereira avait pivoté sur lui-même pour faire face à l'Américain et le regardait d'un air furieux. Mungo St John lui répondit par un sourire indulgent et condescendant. Il n'avait jamais semblé aussi beau et dangereux à Robyn ; ses cheveux châtains luisaient dans la lumière des feux, et sans broncher il gardait ses yeux pailletés de jaune fixés sur le visage furieux du Portugais.

— Mille roupies, Camacho, dit-il doucement. Vous dites mieux ?

Camacho hésita, puis, se tournant rapidement vers son frère, il lui demanda à voix basse, d'un ton pressant :

— Tu me soutiens ?

Alphonse se mit à rire.

— Je ne prête jamais d'argent.

— Même pas à ton frère ? insista Camacho.

— Surtout pas à mon frère. Qu'il embarque la fille, tu peux en acheter une douzaine mieux qu'elle à cinquante roupies l'une.

— Il faut que je l'aie, dit Camacho en refaisant face à Mungo St John. Il faut que je l'aie, c'est une question d'honneur, vous comprenez ?

Il jeta son chapeau de castor à l'un de ses hommes, passa ses doigts dans ses épaisses boucles noires, puis tendit les bras le long de son corps comme un illusionniste sur le point d'effectuer un tour de passe-passe.

— Je surenchéris, dit-il d'un ton menaçant. Je parie un mohur d'or et dix pouces d'acier de Tolède.

Le couteau apparut dans sa main comme s'il était sorti du néant, et il en leva la pointe au niveau de la ceinture de St John.

— File, Yankee, ou je prends la femme en même temps que ton aigle d'or.

Un grondement de bêtes assoiffées de sang s'éleva des spectateurs qui firent cercle autour des deux hommes en se bousculant pour être aux premières loges.

— Je parie cent roupies que Machito sort les boyaux du Yankee, lança l'un d'eux.

— Pari tenu, répondit un autre, et un véritable tohu-bohu s'éleva tandis que tous prenaient des paris.

Toujours souriant, Mungo St John leva la main droite, le regard fixé sur le Portugais ; des rangs des spectateurs se détacha une silhouette massive surmontée d'une tête aussi ronde et chauve qu'un boulet de canon. Tippoo se porta aux côtés de St John avec la rapidité d'un serpent et déposa un couteau dans sa main ouverte, puis dénoua la large écharpe brodée qu'il avait autour de la taille et la lui tendit. St John en enveloppa son avant-bras sans se départir de son sourire.

Il n'avait pas levé les yeux une seule fois vers Robyn bien qu'elle-même n'ait pas réussi à détacher son regard de son visage.

En ce moment, il lui semblait beau comme un dieu ; tout en lui — ses traits d'une austère beauté classique, ses larges épaules sous le fin linge blanc de la chemise, sa taille étroite serrée dans une ceinture de cuir ciré, ses jambes puissantes moulées dans le pantalon bien ajusté et les bottes à semelles de cuir — tout en lui donnait l'impression de descendre directement de l'Olympe. Elle se serait volontiers jetée à genoux devant lui pour l'adorer.

Aux pieds de Robyn, Camacho enlevait sa veste et en enveloppait son avant-bras. Avec son long couteau, il donna ensuite un rapide coup droit suivi d'un revers, et la lame d'acier siffla tandis que ses contours s'effaçaient comme l'aile argentée d'une libellule. À chaque coup, il penchait la tête légèrement et fléchissait les genoux pour détendre et chauffer ses muscles tel un athlète avant une compétition.

Puis il s'avança avec agilité sur le sol boueux en agitant la pointe de son couteau pour distraire et intimider son adversaire.

Le sourire disparut des lèvres de Mungo St John et fit place à une expression attentive et grave, comme celle d'un mathématicien étudiant un problème complexe. Il conservait une garde basse, le bras droit en avant, et, dressé de toute sa taille, tournait lentement pour suivre le mouvement du Portugais. Robyn se souvint de la nuit où elle le regardait danser à l'Amirauté avec tant d'élégance et de maîtrise dans chacun de ses mouvements.

Les spectateurs s'étaient enfin tus et observaient les combattants de tous leurs yeux, impatients de voir couler le sang, mais quand Camacho porta une attaque, ils rugirent comme la foule lorsque le premier taureau fonce dans l'arène. Mungo St John sembla à peine bouger et s'effaça devant le couteau pour se retrouver de nouveau face au Portugais.

À deux reprises, Camacho attaqua encore et St John esquiva sans effort, mais à chaque fois, il perdit un peu de terrain jusqu'à se retrouver adossé au premier rang des spectateurs, qui reculèrent pour lui faire de la place. Son adversaire coincé comme un boxeur contre les cordes, Camacho revint à la charge. Au même instant, comme dans un ballet bien réglé, un pied botté jaillit de la foule.

Personne ne sut exactement qui avait porté le coup à l'arrière du talon de St John car les rangs des spectateurs étaient serrés et la lumière incertaine, mais l'Américain faillit tomber et se fendit pour reprendre son équilibre. Au même moment, Camacho l'atteignit avec sa longue lame étincelante. Robyn poussa un cri, St John lâcha son couteau sous le coup de la douleur et recula rapidement tandis qu'une tache rouge s'élargissait sur le devant de sa chemise.

Les spectateurs se mirent à brailler, et Camacho se lança à la poursuite de l'homme blessé comme un chien après un faisan avec une aile brisée.

St John était forcé de lui céder du terrain et, esquivant et zigzaguant, il reculait, étreignant sa poitrine blessée; un coup de couteau le toucha à l'avant-bras droit et déchira le tissu brodé presque jusqu'à atteindre la chair.

Camacho le dirigeait habilement vers l'estrade et, quand St John en sentit les poteaux dans le creux de ses reins, il s'immobilisa un instant en se rendant compte qu'il était acculé. Avec un rictus qui découvrait ses dents parfaitement blanches, le Portugais se précipita en visant le ventre.

Mungo St John para le coup avec son avant-bras et saisit brusquement le poignet de son adversaire. Les deux hommes se tenaient poitrine contre poitrine, les bras enlacés comme des sarments de vigne, et se balançaient légèrement sous l'effort, qui fit jaillir un flot de sang frais de la blessure de l'Américain. Mais peu à peu, il força Camacho à plier le coude jusqu'à ce que le couteau ne fût plus pointé vers son ventre mais levé à la verticale.

St John changea l'appui de ses pieds et, les mâchoires serrées, le visage congestionné, gémissant sous la violence de l'effort, il rassembla toute son énergie. Le poignet de Camacho céda lentement, et il écarquilla les yeux en voyant la pointe de son couteau se retourner contre lui.

Il était à présent coincé à son tour contre l'estrade et ne pouvait se dérober; avec une lenteur infinie mais inexorable, la longue lame se rapprochait de sa poitrine. Le regard fixé sur elle, leurs mains et leurs bras enchevêtrés, les deux hommes rassemblaient toutes leurs forces. La pointe d'acier toucha la poitrine de Camacho et une goutte de sang apparut à l'endroit de la piqûre.

Sur l'estrade, à côté de Robyn, Alphonse Pereira tira furtivement son pistolet de sa ceinture, mais avant que Robyn ait pu crier pour avertir St John, il y eut un mouvement indistinct et, en un instant, Tippoo, le second, se trouvait à côté de Pereira et appuyait le canon de son énorme pistolet contre sa tempe. Le petit Portugais tourna les yeux vers lui sans bouger la tête et rengaina son arme avec rapidité. Robyn put de nouveau regarder, fascinée d'horreur, le combat qui se déroulait à ses pieds.

Les muscles de ses épaules et de son bras saillant sous sa chemise légère, toute son attention concentrée sur le couteau, Mungo St John glissa son pied gauche en arrière jusqu'à ce qu'il soit fermement calé contre l'estrade puis, s'en servant de point d'appui, il projeta tout son poids en avant sur le couteau comme un matador portant l'estocade.

Camacho résista encore un instant, puis la lame reprit sa progression et entra dans sa poitrine aussi lentement qu'un python avale une gazelle.

Il ouvrit la bouche et laissa échapper un grognement de désespoir, ses forces l'abandonnèrent et, brusquement, il desserra ses doigts. La lame de son propre couteau pénétra de toute sa longueur dans sa poitrine avec une telle force que la garde émit un bruit mat en heurtant ses côtes.

St John relâcha sa prise et le laissa s'écrouler la tête la première dans la boue puis s'agrippa au bord de l'estrade pour se soutenir. C'est alors seulement qu'il redressa le menton et regarda Robyn.

— Je suis votre serviteur, madame, murmura-t-il, et Tippoo se précipita vers lui avant qu'il ne tombe.

Les marins du *Huron*, tous armés, formaient une garde autour d'eux, et Tippoo les conduisait rapidement le long de la piste en levant haut une lanterne.

Mungo St John était soutenu par Nathaniel, son maître d'équipage. Robyn avait pansé sa blessure à la hâte avec un morceau de la chemise d'un marin et utilisé le reste de la chemise pour mettre son bras droit en écharpe.

Après avoir traversé une mangrove, ils atteignirent la rive de la crique où les baraquements de la négrerie avaient été construits, et au milieu de l'anse, ses mâts et ses vergues découpés sur le fond du ciel étoilé, le magnifique clipper était au mouillage.

Les lanternes étaient allumées dans son gréement et des hommes avaient été laissés de quart, car, au premier appel de Tippoo, la baleinière s'écarta de son flanc et se dirigea rapidement vers le rivage.

St John grimpa tout seul à bord et se laissa tomber avec un soupir de soulagement sur la couchette de sa cabine, celle-là même dont Robyn se souvenait si bien.

Elle essaya de chasser ce souvenir de son esprit.

— Ils ont pris ma pharmacie, dit-elle en se rinçant les mains dans la cuvette de porcelaine posée près de la tête de la couchette.

— Tippoo! lança St John en levant les yeux vers son second.

La tête chauve et couturée s'inclina et Tippoo se baissa pour sortir de la cabine. St John et Robyn une fois seuls, elle s'efforça de conserver une attitude distante et professionnelle en examinant la blessure à la lumière de la lanterne. Elle était étroite, mais très profonde. Robyn n'aimait pas l'angle suivant lequel la lame avait pénétré, juste sous la clavicule vers l'épaule.

— Pouvez-vous remuer vos doigts ? questionna-t-elle.

Il leva sa main vers son visage et lui effleura la joue.

— Oui, sans difficulté, répondit-il en la caressant.

— Arrêtez, dit-elle d'une voix faible.

— Vous n'êtes pas bien. Si émaciée et pâle.

— Ce n'est rien... retirez votre main, s'il vous plaît.

Elle savait que ses cheveux étaient ternes, ses vêtements tachés de boue, sa peau jaunie par la fièvre et ses yeux cernés par la fatigue et la terreur.

— La fièvre ? demanda-t-il doucement, et elle acquiesça tout en continuant de soigner la plaie.

— C'est étrange. Elle vous fait paraître si jeune, si fragile... et si jolie.

— Je vous interdis de dire des choses pareilles.

Elle se sentait agitée, peu sûre d'elle.

— Je vous avais dit que je ne vous oublierais pas, reprit-il en ignorant son ordre, et je ne vous ai pas oubliée.

— Si vous ne vous taisez pas, je m'en vais immédiatement.

— Lorsque, tout à l'heure, j'ai vu votre visage à la lumière des feux, je n'arrivais pas à en croire mes yeux, et en même temps j'avais le sentiment que nous avions rendez-vous depuis toujours pour nous retrouver là ce soir. Comme si cela avait été écrit depuis l'instant de notre naissance.

— Je vous en prie, murmura-t-elle. Je vous en prie, taisez-vous.

— C'est mieux, je préfère le « je vous en prie ». Maintenant, je me tais.

Il regardait son visage avec attention pendant qu'elle le soignait. Dans la boîte à pharmacie du navire rangée dans le casier sous sa couchette, Robyn trouva l'essentiel de ce qu'il lui fallait.

Il ne broncha pas et ne grimaça même pas lorsqu'elle recousit la plaie mais continua à la regarder.

— Maintenant, il faut que vous vous reposiez, dit-elle quand elle eut fini.

St John s'allongea sur le dos. Il semblait épuisé, et elle sentit en elle une bouffée de gratitude, de pitié et de cet autre sentiment qu'elle croyait avoir depuis longtemps maîtrisé.

— Vous m'avez sauvée, ajouta-t-elle en baissant les yeux, incapable de le regarder plus longtemps, et elle s'affaira pour ranger la boîte à pharmacie du navire. Je vous en serai toujours reconnaissante, de même que je vous haïrai toujours pour ce que vous faites ici.

— Et que fais-je ici ? demanda-t-il sur un léger ton de défi.

— Vous achetez des esclaves, accusa-t-elle. Vous achetez des vies humaines, exactement comme vous m'avez achetée.

— Mais bien moins cher, admit-il en fermant les yeux. À vingt dollars d'or la tête, je vous assure que le bénéfice est maigre.

Elle se réveilla dans la petite cabine qui avait été la sienne pendant toute la traversée et dans la même couchette étroite et inconfortable.

C'était un peu comme si elle rentrait chez elle, et la première chose qu'elle vit après que ses yeux se furent

611

habitués à la lumière violente que laissait passer la lucarne, ce furent les malles contenant ses instruments, ses dernières provisions de médicaments et ses maigres effets personnels.

Elle se souvint de l'ordre silencieux que St John avait donné à son second la veille au soir. Tippoo avait dû retourner à terre durant la nuit, et elle se demandait quel prix il avait dû payer ou de quelle menace il avait usé pour les lui ramener.

Elle se leva précipitamment, honteuse de sa paresse. Celui qui avait laissé les malles avait aussi rempli d'eau fraîche la cruche émaillée. Elle se lava avec soulagement et peigna ses cheveux emmêlés avant de trouver dans sa malle des vêtements usés mais propres. Puis elle sortit à la hâte de sa cabine et se dirigea vers celle du capitaine. Si Tippoo avait réussi à récupérer son bien, peut-être pourrait-il retrouver et libérer ses gens, les Hottentots et les porteurs, tous vendus à l'encan sur l'estrade.

La couchette de St John était vide, sa chemise tachée de sang jetée en boule dans un coin de la cabine, et les draps, en désordre. Elle se précipita vers le pont, et quand elle arriva au soleil, elle se rendit compte que la mousson ne leur accordait qu'un bref répit, car déjà des nuages porteurs d'orage s'amoncelaient à l'horizon.

Elle jeta autour d'elle un coup d'œil rapide. Le *Huron* était au mouillage au milieu d'un large estuaire, avec des mangroves sur les deux rives. La barre et la mer n'étaient pas en vue, alors même que la marée descendait en bruissant le long de la coque du clipper et en découvrant à moitié les berges boueuses. Il y avait d'autres navires dans la rade, pour la plupart des grands dhaws typiques des marchands arabes de la côte, mais aussi un vaisseau au gréement complet, battant pavillon brésilien, au mouillage à un demi-mille en aval. Au moment même où Robyn le regardait, elle entendit le bruit métallique du cabestan et vit les hommes d'équipage grimper aux enfléchures et se répartir le long des vergues. Il s'apprêtait à appareiller. Puis Robyn s'aperçut de l'activité inhabituelle qui régnait alentour. Des petites embarcations s'éloignaient de la rive et regagnaient les navires à l'ancre, et sur le *Huron* des hommes étaient rassemblés sur la dunette.

Robyn se tourna vers eux et constata que le plus grand d'entre eux était Mungo St John lui-même. Il avait le bras en écharpe, les traits tirés et le teint pâle, mais son expression était sévère, ses sourcils sombres froncés, sa bouche réduite à une ligne fine et cruelle, et il écoutait si attentivement l'un de ses marins qu'il ne remarqua la présence de Robyn que lorsqu'elle fut à quelques pas de lui. Il se tourna brusquement vers elle, et toutes les questions et demandes qu'elle voulait formuler restèrent sur ses lèvres, car le ton de sa voix était dur :

— Votre venue est une bénédiction, docteur Ballantyne.

— Pourquoi dites-vous cela ?

— Il y a une épidémie dans les négreries, dit-il. La plupart des autres acheteurs font la part du feu et s'en vont.

Il regarda en aval où la goélette brésilienne avait pris des ris sur la grand-voile et le foc et voguait vers la barre, et il régnait une intense activité sur la plupart des autres navires.

— Mais, moi, j'ai plus de mille Noirs de premier choix en train d'engraisser à terre et il est hors de question que j'appareille maintenant. Du moins, tant que je ne saurai pas ce que c'est.

Robyn le regardait fixement. Des doutes et des peurs s'agitaient dans son esprit. « Épidémie » pouvait recouvrir une multitude de maladies, de la peste à la syphilis, la vérole comme on disait.

— Je vais à terre pour me rendre compte, dit-elle.

St John hocha la tête.

— J'étais certain que vous alliez dire ça. Je vais avec vous.

— Non, objecta-t-elle sur un ton sans réplique. Vous risqueriez d'aggraver votre blessure, et dans l'état de faiblesse où vous êtes, vous êtes sans défense contre l'épidémie, quelle qu'elle soit.

Elle regarda Tippoo. La bouche du géant se fendit de son habituel sourire de crapaud, et il s'avança pour se placer à son côté.

— Par Dieu, madame, les épidémies, ça me connaît, lança Nathaniel, le petit maître d'équipage au visage grêlé en s'avançant à son tour. Et aucune ne m'a encore tué.

Robyn était assise en poupe pendant que Tippoo et Nathaniel tenaient les avirons, et tandis qu'ils ramaient vers le rivage en luttant contre la marée, le maître d'équipage décrivit ce qui les attendait à terre.

— Tous les marchands ont leurs propres baraquements, construits et gardés par leurs hommes. Ils achètent les Noirs aux Portugais à mesure qu'ils arrivent.

Robyn écoutait Nathaniel, et les réponses aux questions qui les avaient tracassés, Zouga et elle, lui semblaient à présent évidentes. Tout cela expliquait pourquoi Pereira avait essayé avec tant d'acharnement de les persuader de ne pas lancer leur expédition au sud du Zambèze, et aussi pourquoi, après que toutes ses tentatives eurent échoué, il avait attaqué la caravane avec sa troupe de brigands et tenté de l'anéantir. Il s'efforçait de protéger les routes commerçantes et la zone d'embarquement de son frère. Ce n'était pas pure cupidité et simple luxure, mais une tentative logique pour empêcher que cette lucrative entreprise soit découverte.

Elle continua d'écouter Nathaniel.

— Chaque marchand engraisse ses esclaves à terre, comme des cochons destinés à être vendus au marché. Cela permet de leur donner des forces pour la traversée et de s'assurer qu'ils sont sains et ne sont pas porteurs d'une maladie.

« Il y a ici vingt-trois négreries ; certaines, de dimensions réduites, contiennent une vingtaine de Noirs et appartiennent aux petits marchands, d'autres sont très importantes, comme celle du *Huron*, où un millier au moins de Noirs de première qualité sont enfermés.

« Nous avons déjà installé les ponts à esclaves dans la cave du *Huron*, et nous allions commencer à les embarquer ces jours-ci, mais maintenant...

Nathaniel haussa les épaules et cracha dans ses mains calleuses avant de se pencher à nouveau sur les avirons.

— Êtes-vous chrétien, Nathaniel? demanda doucement Robyn.

— Ça oui, madame, répondit-il avec fierté. Jamais un aussi bon chrétien ne s'est embarqué de Martha's Vineyard.

— Croyez-vous que Dieu approuve ce que vous faites ici à ces pauvres gens?

— Comme dit la Bible, nous sommes les fendeurs de bois et les porteurs d'eau, répondit le marin sans hésiter.

Manifestement, il avait appris cette réplique par cœur et Robyn devina qui la lui avait enseignée.

Une fois qu'ils eurent débarqué, Tippoo prit la tête du trio, avec Robyn au milieu et Nathaniel qui suivait en portant sa pharmacie.

Le capitaine Mungo St John avait choisi le meilleur site disponible pour sa négrerie, sur une légère élévation à quelque distance de la rivière. Les baraquements étaient bien construits, avec des planchers élevés au-dessus de la boue et de bons toits en feuilles de palmiers nains.

Les gardes du *Huron* n'avaient pas déserté, preuve de la discipline imposée par St John, et les esclaves avaient de toute évidence été triés sur le volet. C'étaient tous des hommes et des femmes bien bâtis, et de la semoule cuisait dans les marmites de cuivre, de sorte qu'ils avaient tous le ventre plein et une peau brillante.

À la demande de Robyn, on les fit mettre en rangs et elle passa rapidement parmi eux. Elle observa quelques

maux bénins, qu'elle nota en vue d'un traitement ulté-
rieur, mais ne releva aucun des symptômes qu'elle
redoutait tant.

— Il n'y a ici aucune épidémie, conclut-elle. Du moins,
pas encore.

— Venez ! dit Tippoo.

Il la conduisit à travers les palmeraies. La négrerie la
plus proche avait été désertée par les marchands qui
l'avaient fait construire et l'avaient utilisée. Les esclaves
avaient faim et étaient déconcertés par leur soudaine
libération.

— Vous pouvez vous en aller, leur dit Robyn. Rentrez
chez vous.

Elle n'était pas certaine de s'être fait comprendre. Ils
restaient accroupis dans la boue et la regardaient avec
des yeux vides. Ils semblaient avoir perdu la capacité de
penser et d'agir de manière indépendante, et elle savait
qu'ils ne pourraient jamais effectuer le trajet de retour
sur la route des Hyènes, même s'ils survivaient à l'épidémie imminente.

Avec horreur, Robyn comprit que sans les négriers,
ces pauvres créatures étaient condamnées à mourir
lentement de faim et de maladie. Les marchands avaient
vidé les réserves avant de partir ; il ne restait plus une
seule poignée de riz ou de farine de maïs dans tous les
baraquements qu'elle visita ce matin-là.

— Nous devons absolument les nourrir, dit-elle.

— Nous n'avons de la nourriture que pour les nôtres,
lui répondit Tippoo, impassible.

— C'est exact, madame, confirma Nathaniel. Si nous
leur donnons à manger, nous affamerons les nôtres... et
puis, ils ne valent pas grand-chose, même pas le prix
d'une tasse de farine.

Dans la deuxième négrerie où elle entra, Robyn crut
qu'elle avait finalement découvert les premières victimes de l'épidémie, car sous les abris à toit de chaume

s'entassaient des silhouettes nues et prostrées. Leurs gémissements étaient à fendre l'âme et l'infection laissait sur le palais une odeur épaisse et huileuse.

C'est Tippoo qui la détrompa.

— Marchandise chinoise, grogna-t-il.

Sur le coup Robyn ne comprit pas. Elle se pencha vers le corps le plus proche et se redressa immédiatement. Bien qu'elle fût habituée à côtoyer la souffrance humaine, la sueur perla sur son front.

Un décret impérial de Pékin interdisait de débarquer des esclaves africains sur les côtes chinoises tant qu'ils étaient capables de se reproduire. L'empereur entendait empêcher qu'une population étrangère se développe dans son pays. Les marchands jugeaient opportun de castrer les esclaves dans les négreries afin que les pertes occasionnées par la castration puissent être absorbées avant de supporter les dépenses entraînées par la longue traversée.

L'opération était effectuée sommairement. Un garrot était appliqué à la racine du scrotum, puis les bourses coupées d'un seul coup de couteau et la plaie immédiatement cautérisée au fer rouge ou par un emplâtre de poix chauffée. Soixante pour cent des individus survivaient au choc opératoire et à la nécrose qui s'ensuivait, mais leur prix était à tel point augmenté que le marchand pouvait supporter les quarante pour cent de pertes sans sourciller.

Robyn ne pouvait rien pour venir en aide à tant de victimes. Elle se sentit dépassée par la souffrance et la détresse qu'elle voyait autour d'elle, et elle sortit en titubant sur le sentier boueux, aveuglée par les larmes. C'est dans la négrerie suivante, la plus proche de l'estrade centrale où étaient tenues les enchères, qu'elle découvrit les premières victimes de l'épidémie.

Là encore, les lieux avaient été désertés par les marchands, et les abris plongés dans la pénombre étaient pleins d'esclaves nus, certains assis sur leurs talons sans bouger, d'autres recroquevillés à même le sol détrempé, grelottants de fièvre et vautrés dans leurs déjections, incapables de bouger. Le murmure de leurs délires et de leurs plaintes évoquait celui des insectes dans un verger par une chaude journée d'été.

La première victime que toucha Robyn était une adolescente. Sa tête roulait sans cesse d'un côté et de l'autre, et ses lèvres remuaient en une divagation silencieuse. Robyn passa rapidement ses doigts sur le ventre gonflé de la fille et sentit immédiatement sous sa peau brûlante les petites grosseurs, comme des grains de chevrotine. Aucun doute n'était possible.

— La variole, dit-elle simplement, et Tippoo se recula craintivement. Attendez-moi dehors.

Le second ne se le fit pas dire deux fois et sortit en toute hâte, manifestement soulagé. Robyn se tourna vers Nathaniel. Elle avait remarqué les petits trous dans sa peau tannée par le soleil, et il ne montrait aucun signe de peur.

— Ça remonte à quand? demanda-t-elle.

— Lorsque j'étais gamin, dit-il. Elle a tué ma grand-mère et mes frères.

— Du travail nous attend, conclut-elle.

Dans le baraquement obscur et puant, les morts étaient entassés avec les vivants, et chez ces derniers, au corps torturé et brûlant, la maladie était déjà pleinement déclarée. Ils en constatèrent les symptômes à tous les stades d'avancement. Sous la peau, les papules se transformaient en vésicules pleines d'un fluide clair qui s'épaississait jusqu'à donner des pustules. Celles-ci éclataient finalement et libéraient un flot de matière aussi épaisse que de la moutarde.

— Ils vivront, affirma Robyn à Nathaniel. Ils sont en train d'éliminer l'épidémie par le sang.

Elle trouva un homme dont les pustules s'étaient déjà recouvertes d'une croûte. Pendant que Nathaniel le tenait pour l'empêcher de bouger, Robyn gratta les croûtes avec une spatule et recueillit le pus dans un flacon qui avait naguère contenu de la quinine.

— Cette souche d'agents pathogènes a été atténuée, expliqua Robyn avec impatience, et pour la première fois, elle lut la peur dans les yeux de Mungo St John. Les Turcs ont été les premiers à recourir à cette méthode il y a deux siècles.

— Je préfère lever l'ancre, dit St John à voix basse en regardant le flacon bouché à moitié rempli de matière jaunâtre mouchetée de sang.

— Cela ne servirait à rien. L'infection est déjà à bord, affirma Robyn en secouant la tête avec assurance. Avant une semaine, le *Huron* sera transformé en mouroir flottant.

St John lui tourna le dos et se dirigea vers le bastingage. Il resta là, un poing fermé derrière le dos, son autre bras encore en écharpe, à regarder le rivage où l'on apercevait les toits de chaume des négreries dépasser des mangroves.

— Vous ne pouvez abandonner ces pauvres diables, reprit Robyn. Ils vont mourir de faim. Je ne peux pas trouver seule de quoi nourrir cette multitude. Vous êtes responsable d'eux.

Il ne répondit pas tout de suite mais se retourna pour l'examiner avec curiosité.

— Si le *Huron* appareillait avec les cales vides, est-ce que vous resteriez là sur cette côte infestée par les fièvres et la variole pour soigner ces sauvages minés par la maladie ?

— Bien sûr, répondit-elle sur le même ton impatient.

Il inclina la tête. Son regard n'était plus moqueur, mais grave, voire respectueux.

— Si vous ne restez pas dans l'intérêt du commun des mortels, faites-le dans votre intérêt, fit-elle d'un ton méprisant — un million de dollars de bétail humain — et je les sauverai pour vous.

— Vous les sauveriez pour qu'ils soient vendus et restent en captivité ? insista-t-il.

— Même l'esclavage est préférable à la mort, répliqua Robyn.

Il se détourna de nouveau et fit lentement le tour de la dunette, les sourcils froncés, en tirant sur un long cigarillo dont les volutes de fumée traînaient derrière lui. Robyn et la moitié de l'équipage du *Huron* l'observaient, certains avec crainte, d'autres avec résignation.

— Vous dites que vous avez vous-même été la proie de... de cette chose, dit-il, le regard invinciblement attiré par le flacon posé au milieu de la table à cartes.

Pour toute réponse, Robyn remonta la manche de sa chemise et lui montra la petite cicatrice profonde qu'elle avait à l'avant-bras. Il hésita une minute encore, et elle acheva de le persuader :

— Je vous inoculerai une souche de pathogènes affaiblis et atténués par le passage dans un autre organisme humain, ce qui vous permettra de résister à la forme plus virulente de l'épidémie qui se trouve dans l'air même que vous respirez et qui tuerait la plupart d'entre vous.

— Ce n'est pas risqué ?

— Il y a toujours un risque, répondit-elle après avoir hésité un instant, mais il est cent fois, que dis-je, mille fois moins grand que si vous contractez la maladie par voie aérienne.

Mungo St John déchira la manche gauche de sa chemise avec ses dents et lui tendit son avant-bras.

— Allez-y, dit-il. Mais bon Dieu, faites vite avant que je perde courage.

Elle passa la pointe de son scalpel sur la peau bronzée de son avant-bras et des gouttelettes de sang apparurent. Il ne broncha pas, mais quand elle plongea le scalpel dans le flacon pour prélever une goutte de cette matière jaunâtre répugnante, il blêmit et faillit retirer son bras, accomplissant un effort évident pour se maîtriser. Elle étala le pus sur l'entaille ; St John recula et se détourna.

— À votre tour, ordonna-t-il d'une voix enrouée par le dégoût à ses hommes muets de terreur. Tous, sans exception.

Outre Nathaniel, le maître d'équipage, trois autres marins avaient survécu à la variole et en avaient gardé la peau grêlée, qui en est le stigmate.

Quatre hommes ne suffisaient pas à aider efficacement Robyn à soigner un millier d'esclaves, et les pertes furent bien plus importantes qu'elle ne s'y attendait. Peut-être cette souche de la maladie était-elle plus virulente qu'elle ne l'avait cru, à moins que les Africains de l'intérieur n'aient pas été aussi résistants que les Européens, dont les ancêtres avaient été exposés à la variole pendant des générations.

Elle introduisait le pus dans les égratignures qu'ils avaient aux membres, et travaillait jusqu'à la tombée de la nuit, puis à la lueur d'une lanterne. Ils se laissaient faire avec la résignation muette des esclaves qu'elle trouvait pitoyable et répugnante, mais qui lui facilitait néanmoins la tâche.

La réaction — gonflement, fièvre et vomissements — commença quelques heures après, et elle se rendit dans les autres négreries désertées pour recueillir du pus chez ceux qui avaient survécu à l'épidémie et mouraient à présent de faim et de manque de soins. Elle s'était résignée au fait qu'elle n'avait assez de force et de temps que pour s'occuper des occupants de la négrerie du *Huron*, pas assez de farine pour nourrir les autres, et elle s'efforçait de ne pas entendre les cris et les supplications et de ne pas voir les regards silencieux des agonisants, leurs visages hâves où le pus dégoulinait des pustules.

Même dans la négrerie où ils travaillaient jour et nuit, elle et ses quatre assistants ne pouvaient accorder qu'une attention superficielle à chacun des esclaves, et ils leur distribuaient une poignée de nourriture froide et une cruche d'eau une fois par jour pendant la période de réaction la plus violente à l'inoculation. Ceux qui y survivaient étaient ensuite laissés à eux-mêmes, et ils se traînaient jusqu'au seau d'eau quand ils pouvaient ou venaient ramasser un peu de la platée de farine de maïs que Nathaniel déposait à intervalles réguliers sur un plateau en bois au milieu des rangées de silhouettes étendues.

Lorsqu'ils étaient assez vigoureux pour tenir debout, ils aidaient à entasser les cadavres de leurs compagnons sur une carriole pour les tirer hors de la négrerie. Il était hors de question d'enterrer ou de brûler les corps, et il y en avait trop pour les vautours, déjà gorgés de nourriture. Ils empilaient les cadavres dans la palmeraie, côté sous le vent, et revenaient en chercher d'autres.

Deux fois par jour, Robyn descendait jusqu'à la crique et hélait l'homme de quart du *Huron* ; la baleinière l'emmenait jusqu'au navire et elle passait une heure dans la cabine du capitaine.

La réaction de Mungo St John avait été terriblement violente, peut-être parce que sa blessure l'avait affaibli. Son bras avait presque doublé de volume, et l'entaille pratiquée par Robyn s'était ulcérée et recouverte d'une épaisse croûte noire. La fièvre était très forte, sa peau brûlante, et sa chair semblait avoir fondu comme la cire d'une bougie sous la flamme.

Il n'y avait pas moyen de décider Tippoo, lui-même souffrant d'une fièvre de cheval, le bras monstrueusement gonflé, à quitter le chevet du capitaine.

Robyn était rassurée de savoir qu'il était là pour veiller sur St John, et qu'il s'en chargeait avec une incroyable douceur, presque comme une mère avec son enfant, pendant qu'elle repartait à terre s'occuper des malades entassés dans les baraquements.

Quand elle monta à bord le douzième jour, Tippoo l'accueillit dans la coursive avec son large sourire de crapaud qu'elle ne lui avait pas vu depuis si longtemps. Elle se précipita dans la cabine et en comprit la raison.

St John était assis, adossé aux traversins, maigre et pâle, les lèvres sèches et des cernes violets sous les yeux comme s'il avait reçu des coups de matraque, mais il était lucide et n'avait plus de fièvre.

— Bon sang, dit-il d'une voix rauque, vous avez une mine abominable !

Robyn eut envie de pleurer de soulagement et de dépit.

Quand elle eut nettoyé et pansé l'ulcère de l'avant-bras, et alors qu'elle s'apprêtait à partir, il lui prit le poignet.

— Vous êtes en train de vous tuer, murmura-t-il. Depuis quand n'avez-vous pas dormi ?

C'est alors seulement qu'elle se rendit compte à quel point elle était épuisée. Elle n'avait pas fermé l'œil depuis les quelques heures de sommeil qu'elle s'était octroyé deux jours plus tôt, et elle sentait le pont du *Huron* tanguer et se dérober sous ses pieds comme s'il naviguait en haute mer.

St John l'attira doucement près de lui sur la couchette et elle n'eut ni la force ni l'envie de résister. Il prit sa tête contre son épaule et elle s'endormit presque tout de suite. Sa dernière sensation fut celle de ses doigts qui écartaient les boucles brunes de ses tempes.

Elle se réveilla avec un sentiment de culpabilité sans trop savoir combien de temps elle avait dormi, s'arracha des bras de St John, rejeta ses cheveux en arrière et essaya en vain d'arranger ses vêtements chiffonnés et trempés de sueur.

— Je dois y aller, bredouilla-t-elle encore abrutie de fatigue et de sommeil.

Elle se demandait combien d'hommes étaient morts pendant qu'elle dormait. Avant qu'il ait eu le temps de l'en empêcher, elle remontait en trébuchant sur le pont et appelait Nathaniel pour qu'il la conduise à terre.

Ces quelques heures de repos l'avaient détendue, et elle regardait à présent l'estuaire avec une curiosité renouvelée. Pour la première fois, elle se rendit compte qu'un autre navire était à l'ancre dans la rivière. C'était un petit dhaw, un négrier pour la navigation côtière comme celui sur lequel elle avait secouru Jouba. Sur une impulsion, elle demanda à Nathaniel de venir se ranger contre son flanc, et, comme personne ne répondait à son appel, elle grimpa à bord. D'évidence, le navire avait été frappé par l'épidémie avant de pouvoir s'enfuir; peut-être était-ce de là qu'elle s'était propagée à terre.

La situation était comparable à celle qui prévalait dans les baraquements : les morts, les agonisants et ceux qui allaient se rétablir. C'étaient des marchands d'esclaves, mais elle était médecin et avait prêté le serment d'Hippocrate. Elle ne pouvait pas faire grand-chose, mais elle le fit, et le capitaine arabe qui était étendu sur sa natte à même le pont, accablé par la maladie et affaibli, la remercia :

— Qu'Allah soit avec toi, murmura-t-il, et puisse-t-il me donner l'occasion de te rendre un jour cette bonté.

— Et puisse Allah te montrer tes erreurs, lui répondit aigrement Robyn. Je vous enverrai de l'eau fraîche avant la nuit, mais je dois maintenant me consacrer à d'autres qui le méritent davantage.

Dans les jours qui suivirent, l'épidémie continua son cours inexorable. Les plus faibles mouraient; certains d'entre eux, consumés par la soif terrible déclenchée par la fièvre, s'étaient traînés jusqu'au rivage boueux de l'estuaire pour se gorger d'eau de mer. Leurs corps se tordaient grotesquement sous l'effet des crampes provoquées par le sel, et leurs déclamations insensées semblables aux cris des oiseaux de mer ne tardèrent pas à être étouffées par la marée montante. La surface de l'estuaire était agitée par les tournoiements et les coups de queue des crocodiles et des gros requins qui remontaient le courant pour participer au macabre festin.

D'autres, qui avaient rampé jusque dans la forêt et les palmeraies, restaient étendus sous les buissons et, avant même qu'ils soient morts, ils étaient recouverts par le manteau rouge des féroces fourmis safari qui, en une nuit, les transformaient en des squelettes impeccablement nettoyés.

Certains des survivants, encouragés par Robyn, s'étaient péniblement mis en route vers l'ouest. Quelques-uns réussiraient peut-être à parvenir au terme de leur périlleux voyage et retrouveraient leur village rasé et leur pays dévasté.

Cependant, la plupart des rescapés étaient trop faibles, désorientés et démoralisés pour se déplacer. Ils restaient dans les baraquements pestilentiels, pathétiquement dépendants de Robyn et de sa petite équipe d'assistants pour chaque bouchée de nourriture, chaque gorgée d'eau, et la regardaient avec des yeux mornes d'animaux muets et souffrants.

Les tas de cadavres devenaient de plus en plus hauts dans les palmeraies et la puanteur suffocante. Robyn ne savait que trop ce qui allait se passer ensuite.

— Les épidémies des champs de bataille, expliqua-t-elle à Mungo St John. Elles éclatent toujours lorsque les morts ne sont pas enterrés, lorsque les cours d'eau et les puits sont encombrés de cadavres. Si elles frappent maintenant, aucun de nous ne survivra. Nous sommes tous affaiblis et serions incapables de résister à la typhoïde et à l'entérite. C'est le moment de partir ; nous avons sauvé tous ceux qui pouvaient l'être. Nous devons nous enfuir avant le prochain assaut, car contrairement à la variole, nous ne disposons d'aucune défense contre ces maladies.

— La plupart de mes hommes d'équipage sont encore malades et faibles.

— Ils se rétabliront rapidement en pleine mer.

— Combien d'esclaves ont survécu ? demanda St John en se tournant vers Nathaniel.

— Plus de huit cents, grâce à madame.

— Nous commencerons à les embarquer demain à l'aube, décida-t-il.

Ce soir-là, Robyn ne put s'empêcher de retourner dans la cabine de St John à la nuit tombée. Il l'attendait, elle le vit à son expression et à la rapidité avec laquelle il sourit.

— Je commençais à croire que vous préfériez la compagnie de ces huit cents malades, dit-il en guise d'accueil.

— Capitaine St John, j'ai autre chose à vous demander. En tant que gentleman et chrétien, accepteriez-vous de libérer ces pauvres créatures, de les faire escorter et de les nourrir jusque chez elles...

— Et accepteriez-vous de m'appeler Mungo et non plus capitaine St John, l'interrompit-il d'un ton léger avec un vague sourire aux lèvres.

Elle ignora l'interruption et poursuivit :

— ... après tout ce qu'ils ont enduré : cette terrible marche depuis les plateaux, l'injustice et l'humiliation de l'esclavage et maintenant la maladie. Si vous consentiez à les libérer, je les reconduirais là d'où ils sont partis.

Il se leva du fauteuil de toile où il était assis et s'approcha d'elle. Sa minceur et sa pâleur le faisaient paraître encore plus grand.

— Mungo! insista-t-il.

— Dieu vous pardonnerait, j'en suis certaine; Il vous pardonnerait les péchés que vous avez déjà commis contre l'humanité...

— Mungo! murmura-t-il en posant ses mains sur ses épaules, et Robyn se mit à frissonner.

Il l'attira contre sa poitrine. Elle sentait ses côtes tant il était amaigri, et lorsqu'elle tenta de poursuivre sa plaidoirie, sa gorge se noua. Il se pencha lentement vers elle, les poings serrés, les bras raides le long du corps; elle ferma les yeux.

— Dites Mungo, lui ordonna-t-il doucement, ses lèvres fraîches effleurant les siennes, et ses frissons se muèrent en un tremblement incontrôlable.

Ses lèvres s'ouvrirent sous les siennes et elle passa ses bras autour de son cou.

— Mungo, dit-elle en sanglotant. Oh, Mungo.

On lui avait enseigné à avoir honte de son corps nu, mais ce n'était pas la leçon qu'elle avait le mieux retenue, et sa honte s'était en grande partie atténuée, d'abord dans les salles de cours et de dissection de St Matthew, puis au contact de Jouba, la petite colombe matabélé, qui, le plus naturellement du monde, trouvait du plaisir dans sa nudité, et dont le comportement avait déteint sur Robyn. Leurs ébats innocents dans les mares d'eau verte des rivières africaines avaient contribué à lui remettre les idées en place sur la question.

En cet instant, le plaisir et l'admiration que son corps nu éveillaient chez Mungo St John la remplissaient de joie et, loin de la rendre honteuse, lui procuraient une fierté qu'elle n'avait jamais encore connue. Leur union ne s'accompagnait plus de souffrance, aucune barrière ne les séparait désormais. Étroitement enlacés, ils pouvaient suivre la pente de leurs émotions, depuis les hauteurs himalayennes où soufflaient les tempêtes jusqu'aux profondeurs langoureuses où ils avaient l'impression de se noyer dans du miel — chaque mouvement ralenti, chaque expiration s'éternisant comme si elle ne devait jamais finir, leurs corps chauds et moites pressés l'un contre l'autre, informes comme de l'argile entre les mains d'un enfant.

La nuit fut trop courte. Négligée, la mèche de la lanterne s'était mise à crachoter et à fumer. À l'aube, leur étreinte amoureuse semblait les avoir emplis d'une force nouvelle, comme si l'état de faiblesse où les avaient laissés la fièvre et les épreuves des semaines passées avait disparu.

Ce n'est que le bruit de l'embarquement des premiers esclaves qui ramena Robyn de la frontière lointaine où elle se trouvait dans la cabine étroite d'un négrier à l'ancre au milieu d'un estuaire infesté par les fièvres, sur la côte d'un continent sauvage et implacable.

Elle entendit le frôlement des pieds nus sur le pont, le cliquetis des chaînes et les voix des hommes, autoritaires et impatientes.

— Faites activer, sinon on en a pour une semaine, lança Tippoo.

Robyn se souleva sur un coude et regarda St John. Il avait les yeux fermés mais elle savait qu'il ne dormait pas.

— Maintenant, murmura-t-elle, maintenant, vous ne pouvez que les libérer. Après cette nuit, je sais que quelque chose a changé en vous.

Elle éprouvait une joie étrange, le zèle d'un prophète face à un converti dont il s'est disputé victorieusement l'âme avec le diable.

— Appelez Tippoo, insista-t-elle, et donnez-lui l'ordre de libérer les esclaves.

St John ouvrit les yeux. Même après cette nuit où ni elle ni lui n'avaient dormi, son regard était clair. Sa mâchoire osseuse était ombrée par sa barbe naissante, sombre et drue. Il était magnifique et elle sut alors qu'elle l'aimait.

— Appelez Tippoo, répéta-t-elle, et, perplexe, il secoua lentement la tête.

— Vous ne comprenez toujours pas. C'est ma vie. Je ne peux rien y changer, ni pour vous ni pour qui que ce soit.

— Huit cents âmes, plaida-t-elle. Vous avez leur salut entre vos mains.

— Non, dit-il en secouant la tête derechef. Vous vous trompez, ce n'est pas huit cents âmes, mais huit cent mille dollars que j'ai entre les mains.

— Mungo — cela lui faisait encore un drôle d'effet de l'appeler par son prénom —, Jésus a dit qu'il était plus facile à un chameau de passer par le chas d'une aiguille qu'à un riche d'entrer dans le royaume des cieux. Laissez-les partir, vous ne pouvez fixer le prix de vies humaines en fonction de leur valeur en or.

Il rit et s'assit.

— Avec huit cent mille dollars sonnants et trébuchants, je peux acheter ma place au paradis si j'en ai envie, mais de vous à moi, ma chère, il semble que ce soit un endroit affreusement ennuyeux. Je pense que le diable et moi auront davantage de choses à nous dire.

Ses yeux avaient repris leur expression railleuse. Il se leva d'un bond et, tout nu, alla chercher son pantalon accroché à une patère sur la cloison opposée.

— Nous sommes restés assez longtemps au lit, dit-il brusquement. Je dois surveiller l'embarquement et vous feriez bien de commencer vos préparatifs pour le voyage, fit-il tout en s'habillant. Il nous faut trois jours pour charger, je vous serais reconnaissant de tester les provisions d'eau. (Il vint s'asseoir au bord de la couchette et commença à enfiler ses bottes tout en détaillant d'une manière très précise et professionnelle les mesures qu'elle devait prendre pour assurer le bien-être des esclaves pendant la traversée.) Nous ne serons pas chargés à plein, ce qui permettra plus facilement de leur faire faire de l'exercice sur le pont et de garder les cales propres.

Il se leva et la regarda.

— Mungo, murmura-t-elle d'un ton pressant, vous ne pouvez pas les torturer ainsi.

Elle appuya sa joue contre sa poitrine et sentit sa toison drue même à travers le tissu de sa chemise.

— Je ne peux continuer plus longtemps à offenser Dieu et ma conscience. Si vous ne libérez pas ces pauvres âmes damnées, je ne pourrai jamais vous épouser.

L'expression de St John changea d'un seul coup et se fit tendre et préoccupée. Il leva la main pour caresser les épaisses boucles auburn de Robyn, encore humides et emmêlées après leur nuit d'amour.

« Ma pauvre chérie. » Ses lèvres formèrent les mots en silence, mais le visage de la jeune femme était toujours appuyé contre sa poitrine, et elle ne pouvait voir sa bouche. Il prit une profonde inspiration et, alors que son regard était encore grave et exprimait du regret, le ton de sa voix se fit léger et désinvolte.

— Ça tombe bien car je n'ai nulle intention de libérer un seul d'entre eux... que dirait ma femme si je le faisais ?

Il fallut à Robyn plusieurs secondes pour comprendre le sens de ces paroles, et d'un seul coup son corps se raidit, son étreinte autour de la taille de St John se resserra puis se relâcha peu à peu et elle le libéra. Lente-ment, elle s'assit sur ses talons, nue au milieu de la couchette en désordre, et le regarda fixement avec une expression de désolation et d'incrédulité.

— Vous êtes marié ?

Sa voix résonna étrangement dans ses propres oreilles comme si elle venait de l'autre bout d'un long couloir désert, et St John acquiesça.

— Depuis dix ans, répondit-il doucement. Avec une Française de bonne naissance, une cousine de Louis Napoléon. Une femme d'une grande beauté qui, avec les trois fils qu'elle m'a donnés, attend mon retour à Bannerfield. (Il marqua une pause, puis reprit sur un ton d'infini regret.) Je suis désolé, ma chère, je n'ai jamais imaginé que vous l'ignoriez.

Il tendit la main pour lui toucher la joue, mais elle eut un mouvement de recul comme s'il avait tenu un serpent.

— Allez-vous-en, s'il vous plaît, murmura-t-elle.

— Robyn... commença-t-il, mais elle secoua la tête énergiquement.

— Non. Taisez-vous. Allez-vous-en. Je vous en prie, allez-vous-en !

Elle verrouilla la porte de sa cabine et s'assit devant la malle de marin qu'elle utilisait comme bureau. Elle ne pleurait pas. Ses yeux étaient secs et lui faisaient mal comme s'ils avaient été brûlés par le vent du désert. Il lui restait très peu de papier et elle dut déchirer les dernières feuilles de son journal. Elles étaient piquées et déformées par la chaleur et la sécheresse des plateaux et l'humidité du littoral battu par la mousson.

Elle étala soigneusement la première feuille sur le couvercle de son correspondancier, trempa sa plume dans le peu d'encre de Chine qui restait et inscrivit la date d'une main ferme.

16 novembre 1860
À bord du négrier le *Huron*.

632

Puis, de la même écriture nette, elle commença sa lettre :

Mon cher capitaine Codrington,

Ma croyance en la Providence, en Dieu et en Son fils, Jésus, notre Sauveur, m'a convaincue que cette lettre vous parviendra assez tôt pour que vous puissiez encore agir.

Après une série d'incroyables aventures et de revers, je me retrouve sans amis ni protection, entre les mains du tristement célèbre marchand d'esclaves américain Mungo St John. Contre ma volonté et ma conscience, je suis contrainte d'assumer les fonctions de médecin sur cet infâme vaisseau où ont lieu en ce moment même les préparatifs pour le voyage autour du cap de Bonne-Espérance puis à travers l'Atlantique, à destination d'un port des États-Unis du Sud.

Tandis que j'écris, des bruits lugubres descendent du pont et montent des cales où les pauvres créatures, huit cents âmes en tout, avec leurs chaînes pour seule vêture, sont embarquées et emprisonnées pour la traversée à laquelle beaucoup ne survivront pas.

Nous sommes au mouillage dans une anse, cachés de la mer par une courbe du chenal et les mangroves, retraite idéale pour mener à bien cette ignoble besogne.

J'ai cependant pu examiner les cartes du navire et, à partir des indications qui y sont portées, découvrir le nom de l'estuaire et déterminer sa position exacte. Il s'agit du Rio Save, par 20° 58' de latitude sud et 35° 03' de longitude est.

Je vais faire tout mon possible pour retarder le départ du navire, bien que je ne sache pas encore comment procéder. Si cette missive vous parvient à temps, il ne sera pas difficile pour un officier courageux et aguerri tel que vous de bloquer l'estuaire et de saisir ce négrier quand il tentera de prendre la mer.

Si nous avons appareillé avant votre arrivée, je vous conjure de suivre la route que le capitaine du *Huron* devra prendre pour doubler le cap de Bonne-Espérance, et je prierai pour que des vents contraires ralentissent la course du clipper et vous permettent de nous rattraper.

Robyn fit ensuite le récit de sa capture, parla de l'épidémie qui avait balayé les négreries, de sa peur et de sa haine des marchands d'esclaves, décrivit dans le détail leurs pratiques barbares et cruelles, puis s'apercevant qu'elle avait rempli de longues pages, elle entama le dernier paragraphe.

Vous m'avez fait la grâce d'exprimer votre conviction que nos destinées étaient liées en quelque mystérieuse façon. Je sais que vous partagez avec moi la haine de cet abominable commerce, et pour ces raisons, j'ai l'audace de faire appel à vous, persuadée que vous prêterez l'oreille à mon cri angoissé.

Robyn marqua une pause, puis fouilla dans son plumier et trouva l'alter ego de la boucle d'oreille qu'elle avait donnée à Clinton Codrington de longs mois plus tôt.

Vous trouverez ci-joint un gage de mon amitié et de ma confiance que, je l'espère, vous reconnaîtrez, et chaque jour, je guetterai l'apparition des huniers de votre bâtiment volant à mon secours et à celui des autres infortunés passagers embarqués pour ce voyage maudit et inique.

Elle apposa sa signature énergique et cousit les pages pliées et le petit bijou dans un carré de toile fine.

Elle n'avait qu'une adresse de destination. Clinton lui avait dit qu'il avait pour ordre de faire escale à Zanzibar, et elle savait que le consul de Sa Majesté en poste sur l'île était un homme sûr et intègre, abolitionniste déclaré, un des seuls hommes dont son père, Fuller Ballantyne, avait parlé avec respect et affection dans ses écrits.

Quand elle eut fini, elle cacha le petit paquet de toile sous ses jupes et monta sur le pont. Mungo St John était sur la plage arrière, émacié et pâle; il fit un pas dans sa direction, mais elle se détourna immédiatement et appela le maître d'équipage.

— Nathaniel, je veux aller à bord du dhaw, dit-elle en désignant le petit navire arabe encore au mouillage en aval du *Huron*.

— Il s'apprête à lever l'ancre, madame, dit-il en la saluant. Il aura appareillé avant que nous ayons eu le temps de traverser...

— Surtout si nous continuons à discuter, coupa Robyn avec brusquerie. Je dois voir si ces pauvres diables ont besoin de quelque chose avant de mettre à la voile.

Nathaniel regarda son capitaine, et, après un instant d'hésitation, St John hocha la tête en signe d'assentiment et se tourna pour surveiller le flot des esclaves qui grimpaient à bord par la coupée bâbord.

Juste assez vaillant pour tenir sa place à la barre, le capitaine du dhaw l'accueillit avec respect et l'écouta attentivement.

Nathaniel l'attendait dans le petit canot, caché à la vue sous le niveau du pont, et Robyn s'assura qu'un éventuel observateur ne pouvait les voir du *Huron* avant de remettre au capitaine arabe son paquet en l'accompagnant d'un souverain d'or.

— L'homme à qui tu le remettras te donnera un autre souverain, dit-elle.

L'Arabe mordit la pièce et sourit faiblement en la fourrant dans un pli de son turban.

— Et moi je suis matabélé, induna de deux mille guerriers. Mon nom est Gandang, fils de Mzilikazi, fils des sept cieux, fils de Zoulou, et je viens avec une lance étincelante et un cœur rouge.

Zouga eut du mal à comprendre les paroles car elles étaient prononcées rapidement, avec un accent étrange, mais il ne pouvait se méprendre sur les intentions meurtrières de l'induna. Le ton de sa voix était sans équivoque, et autour de lui le cercle des longs boucliers noirs s'était refermé.

Inconsciemment, Zouga s'était redressé, étirant ses muscles endoloris, et il soutenait sans broncher le regard de l'induna. Tous deux se fixaient mutuellement des yeux, et Zouga fit appel à toute sa volonté, à toute la force de sa personnalité pour tenter d'arrêter le bras armé du guerrier. Il suffisait, il le savait, que la lame de la lance s'abaisse pour que deux cents *amadoda* envahissent le camp. Tout serait si vite fini, la résistance que Zouga et sa petite troupe pourraient offrir serait si dérisoire que leurs vainqueurs ne leur feraient même pas l'honneur de les éventrer pour libérer leur esprit.

Il savait que seuls la fermeté de son regard et l'absence totale de peur dans l'expression de son visage avaient jusque-là retenu le bras du Matabélé, mais le silence traînait en longueur. D'un instant à l'autre, le charme risquait de se rompre. Sa vie dépendait de ce qu'il allait faire à présent et du choix des mots qu'il allait prononcer.

Gandang observait, impassible, l'étranger au teint pâle qui se trouvait devant lui, et peut-être pour la première fois depuis qu'il était au service du roi, son père, il était indécis.

L'homme qui se faisait appeler Bakela avait cité des noms connus — Tshédi et Manali —, des noms que son père vénérait. Cela n'aurait cependant pas suffi pour arrêter sa main, car les ordres du roi étaient clairs : tous ceux qui pénétraient sur la Terre Brûlée devaient périr.

Mais il y avait autre chose. Il savait qui était cet homme. La jeune fille qu'il allait bientôt prendre pour épouse avait parlé de lui. C'était le frère de la femme blanche qui lui avait confié Jouba, et qu'il avait appelée *amekazi*, qu'il avait appelée « mère ».

Jouba avait parlé de ce Bakela alors qu'il était étendu près d'elle sur sa natte. Elle en avait parlé avec admiration et une crainte mêlée de respect, comme d'un grand chasseur d'éléphants, comme d'un guerrier honoré par la toute-puissante reine qui habitait au-delà des grandes eaux. Comme d'un ami et d'un protecteur.

Gandang marqua donc une pause avant d'ordonner : « *Bulala !* Tuez-les ! »

Un induna matabélé ne se laisse jamais influencer par les paroles ou les caprices d'une femme. Même s'il a cinquante épouses, leurs voix restent pour lui comme le gazouillis des eaux dans les rapides du Nyati, et il ne doit jamais faire attention à elles ou du moins ne jamais montrer qu'il fait attention à elles.

Jouba avait vu des lieux étranges et parlé de merveilles et de sorcellerie, et tout en donnant l'impression de ne pas l'écouter, Gandang avait en fait été très attentif et impressionné. La jeune fille était non seulement belle et de haute lignée, mais aussi bien plus sensée que les autres filles de son âge, aux minauderies et aux gloussements desquelles il était habitué.

Gandang était en train d'apprendre que, si un induna matabélé ne doit pas se laisser influencer par les paroles et les caprices d'une femme, il peut en tenir compte s'ils sont le fait d'une première épouse dont le bon sens est avéré.

C'est alors folie que de ne pas y prêter l'oreille, car une première épouse peut rendre la vie d'un homme insupportable, même si celui-ci est un induna de deux mille guerriers et le fils préféré du monarque le plus puissant d'Afrique.

Derrière le sombre masque impassible de son beau visage, Gandang réfléchissait intensément. Son instinct et les paroles de Jouba lui disaient que ce serait une sottise de tuer cet étranger, et cependant les guerriers rangés derrière lui savaient quels ordres il avait reçus, et s'il manquait à les exécuter, ce manquement serait immédiatement interprété comme une faiblesse et sa trahison rapportée au roi.

Le personnage déguenillé qui lui faisait face s'avança d'un pas avec une arrogance risible. Gandang ne lisait nulle trace de peur dans ses yeux à la couleur si étrange et au regard assuré.

— Je suis là en qualité d'émissaire auprès du grand roi Mzilikazi, souverain du peuple matabélé, et je dois lui transmettre les compliments de la reine blanche qui règne au-delà des eaux.

À ces paroles, Gandang sentit la petite flamme chaude du soulagement s'allumer en lui. Le fait que l'homme parle la langue du peuple, bien qu'avec un curieux accent, rendait plus vraisemblables ses fonctions d'émissaire. Il était également plausible que sa reine ait recherché la protection et la faveur d'un roi aussi puissant que son père et qu'elle ait été assez ignorante pour envoyer son émissaire à travers la Terre Brûlée plutôt qu'en suivant la route autorisée en provenance du sud. Le changement d'attitude de l'induna, ce léger fléchissement de sa détermination, n'échappa pas à Zouga.

— Attendez, dit-il. J'ai quelque chose pour vous.

Zouga avait conservé dans son correspondancier les lettres manuscrites, scellées par d'impressionnants cachets de cire et un ruban écarlate, que lui avait remises le sous-secrétaire aux Affaires étrangères et qui contenaient les formules consacrées :

Au nom de Sa Majesté britannique, reine de Grande-Bretagne et d'Irlande, Défenseur de la foi, aux représentants de tous les gouvernements étrangers ou à toute personne concernée.

Nous sollicitons et requérons par la présente que notre bien-aimé Morris Zouga Ballantyne soit autorisé à passer librement, sans empêchement aucun, et que lui soit accordée l'assistance dont il pourrait avoir besoin.

Zouga tourna le dos aux rangs silencieux et menaçants des guerriers et regagna lentement le camp par la brèche ménagée dans le *scherm* de branches épineuses.

Jan Cheroot l'attendait, le teint couleur cendre. Les porteurs de fusil et lui étaient accroupis derrière la barrière épineuse et regardaient à travers elle avec une telle expression de terreur que Zouga se sentit enhardi.

— Posez ces fusils, dit-il sèchement, car tous étaient armés et amorcés, et un doigt nerveux risquait à tout moment d'appuyer sur la gâchette et de faire déferler la vague compacte des Matabélé sur le camp.

Gandang se retrouva dans une position inconfortable. D'instrument implacable de la justice royale, il s'était mué en plaideur timoré qui attendait à l'entrée de l'enclos de branchages, et chaque seconde qui passait portait atteinte à sa dignité.

Derrière lui, il entendit bouger l'un de ses hommes, des petits coups de sagaie frappés contre le bouclier de cuir. Ils commençaient à s'agiter, et Gandang sentait que le petit groupe de pouilleux faméliques qu'ils avaient encerclés prenait l'initiative. Il se tourna lentement et promena son regard froid sur les rangs, qui s'immobilisèrent de nouveau.

— Gandang, fils de Mzilikazi, induna de deux mille guerriers, approche.

L'appel lancé depuis l'intérieur du camp était inattendu et d'une force saisissante, mais il venait au moment où Gandang était sur le point de perdre patience et de lâcher ses guerriers impétueux. Le grand Matabélé s'avança dignement vers le passage, la tête haute, de sorte qu'aucun de ses hommes ne perçut son incertitude. À l'entrée, il s'arrêta un instant et, bien qu'il demeurât impassible et que son regard restât déterminé, il était profondément soulagé que sa sagesse et les paroles de la petite colombe aient arrêté sa lance.

Devant lui se tenait un personnage d'une beauté presque incroyable. Il lui fallut plusieurs secondes pour reconnaître le loqueteux auquel il avait eu affaire quelques minutes plus tôt. Il portait un costume du même rouge somptueux que la poitrine de l'oiseau gonolek, d'une nuance plus vive que celle du sang. Des ornements métalliques étincelaient au soleil du matin et la boucle de sa ceinture était du même métal. La ceinture et l'écharpe qui couvrait sa poitrine avaient la blancheur aveuglante d'une aile d'aigrette. Le shako retombait élégamment sur le front et son écusson brillait comme le soleil levant.

Gandang ne doutait plus à présent que ce fût un homme important et un soldat de grande réputation comme l'avait dit Jouba, et il résolut d'écouter à l'avenir les paroles de la jeune fille avec encore plus d'attention. Il fut parcouru d'un petit frisson de consternation à la pensée qu'il aurait pu suivre sa première impulsion et abattre cet homme comme un vulgaire Mashona, un mangeur de terre.

Le superbe personnage s'avança d'un pas et leva une main à la hauteur de son casque en un salut solennel auquel Gandang répondit instinctivement en baissant sa lance.

— Moi, Bakela, demande que ma lettre de créance soit remise à ton père, l'honorable et glorieux Mzilikazi, et qu'il soit informé que je sollicite de sa bienveillance le droit de la route, déclara l'homme dans son terrible sindébélé, et Gandang accepta de recevoir de sa main le petit paquet couvert d'étranges signes et entouré par un ruban de couleur si beau qu'il aurait réjoui le cœur de la plus capricieuse et la plus blasée des femmes.

— Ce sera fait, répondit-il.

Durant sa confrontation avec Gandang, de son côté, Zouga avait réfléchi aussi intensément que le Matabélé, mais lui pour sauver sa vie. À présent qu'il était tombé sur des gardes frontières, il devait renoncer à s'échapper vers le sud. En dehors du fait que lui et sa petite troupe étaient complètement encerclés et très inférieurs en nombre, il savait que personne ne pouvait semer ces guerriers à la course. Ils étaient comme des machines conçues pour poursuivre et anéantir l'ennemi.

La rencontre ne l'avait pas pris entièrement au dépourvu. Maintes fois au cours des semaines précédentes, il s'était réveillé en pleine nuit, et était resté étendu sur la terre dure à imaginer ce moment redoutable.

Il avait mentalement répété ses actions et sa tactique : cacher tout signe de peur tout en gagnant du temps pour revêtir son uniforme d'apparat et faire porter à la connaissance du roi sa demande. Lorsque tout s'était passé comme il l'avait prévu, que le grand induna avait acquiescé, Zouga avait dû faire encore un énorme effort de volonté pour ne pas manifester son soulagement. Il était resté distant, indifférent, pendant que Gandang désignait cinq de ses coureurs les plus rapides et leur faisait réciter un long message qu'ils devaient retenir par cœur et délivrer au roi.

Il s'ouvrait sur une longue louange qui commençait par ces mots : « Grand éléphant noir dont le pas fait trembler la terre... », suivis de la liste des hauts faits accomplis par Gandang après son départ du grand kraal de Thabas Indunas — depuis la marche vers l'est, la bataille dans le défilé et la victoire sur Bopa, le traître qui se livrait au commerce des esclaves, jusqu'à la rencontre de ce jour avec l'homme blanc. Après une description fleurie de ses magnifiques atours (qui, Gandang le savait, intriguerait son père), il reprenait les termes de la requête de Bakela pour obtenir le droit de la route jusqu'à Thabas Indunas.

Chacun à son tour, les messagers répétèrent le long message et, bien qu'il n'en laissât rien paraître, Zouga fut stupéfait qu'ils y parviennent à la perfection, preuve impressionnante du développement de la mémoire chez les peuples sans écriture.

Gandang leur tendit l'enveloppe de parchemin scellée qui contenait les lettres de créance de Zouga, et les messagers accroupis se levèrent d'un bond, saluèrent leur induna et, en file indienne, partirent au trot en direction de l'ouest.

Gandang se retourna vers Zouga.

— Vous camperez ici jusqu'à ce que le roi ait renvoyé un message

— Quand le fera-t-il ? s'enquit Zouga.

— Quand il lui plaira, répondit durement Gandang.

La petite troupe de Zouga fut laissée en paix. Une douzaine d'*amadoda* matabélé postés autour du camp le gardaient jour et nuit, mais aucun ne tentait de franchir l'entrée du *scherm* de branchages. Tant qu'ils ne recevaient pas l'ordre de les tuer, la personne et les biens des prisonniers étaient inviolables.

Le gros du détachement de guerriers cafres campait à un demi-kilomètre en aval. Chaque soir, le grand induna rendait visite à Zouga et ils conversaient gravement pendant une heure autour du feu.

Les semaines passaient et les deux hommes en vinrent à éprouver un grand respect mutuel, à défaut d'une véritable amitié. Tous deux étaient des guerriers et se comprenaient quand ils parlaient d'anciennes campagnes ou des batailles et escarmouches auxquelles ils avaient participé. Ils retrouvaient en l'autre la force et la retenue de ceux qui vivent dans le respect des lois, même si celles de leurs sociétés différaient grandement.

« Je le considère comme un gentleman, écrivit Zouga dans son journal. Un gentleman-né. »

« Bakela est un homme », avait dit tout simplement Gandang à Jouba tandis qu'ils étaient sur leur natte.

Il avait permis aux porteurs de sortir du camp pour ramasser de la paille et du bois afin de rendre plus confortable la hutte de Zouga et qu'il puisse enfin dormir au sec et au chaud. Le repos avait immédiatement entraîné une amélioration de son état de santé. La profonde blessure de sa joue s'était refermée proprement, et il ne restait plus qu'une cicatrice rose et brillante. Son épaule s'était ressoudée, les contusions s'étaient atténuées et il n'avait plus besoin de porter le bras en écharpe. En l'espace d'une semaine, il était redevenu capable de manier les fusils de chasse à gros calibre.

Un soir, il proposa à Gandang d'aller chasser et l'induna, aussi lassé que lui par cette attente, accepta avec empressement. Ses *amadoda* encerclèrent un troupeau de buffles de Cafrerie et le rabattirent en une vague noire et beuglante qui fonça dans leur direction en martelant le sol. Zouga vit le grand induna se dresser de sa cachette, s'élancer pieds nus, sans bouclier, et abattre un mâle d'un seul coup de sagaie à travers les côtes, derrière la bosse de l'épaule. Zouga savait qu'il n'avait ni l'habileté ni le courage nécessaires pour accomplir un tel exploit.

Gandang le regarda ensuite soutenir la charge furieuse d'un énorme mâle, et quand, sous le choc de la balle, l'animal s'effondra sur les genoux dans un nuage de poussière, il s'approcha pour toucher le petit trou noir dans l'épaisse peau grise trois centimètres au-dessus du premier pli en haut du tronc.

Gandang examina le sang étalé sur le bout de son doigt et émit d'une voix basse mais forte un « Hau ! » qui exprimait sa profonde stupéfaction. Car lui-même possédait un mousquet, un Tower fabriqué à Londres en 1837. Après avoir acquis son arme, il avait tiré sur un buffle, un éléphant et un Mashona, qui, tous, avaient fui à toute allure, indemnes.

Gandang croyait que pour tirer il fallait fermer les yeux et la bouche bien fort, retenir sa respiration, et, au moment où le coup partait, crier pour éloigner le démon logé dans la fumée produite par la poudre, sans quoi celui-ci risquait de pénétrer par les yeux ou la bouche et de prendre possession du tireur. Pour que la balle ait une certaine portée, il était en outre nécessaire, pensait-il, de tirer un grand coup sur la gâchette, avec autant de force que pour lancer la sagaie. De plus, pour minimiser l'effet du recul, la crosse ne devait pas toucher l'épaule mais être tenue à une vingtaine de centimètres. Malgré tout ce luxe de précautions, Gandang n'avait jamais réussi à atteindre sa cible et il avait abandonné le mousquet à la rouille, en continuant comme d'habitude à fourbir la lame de sa sagaie.

Il appréciait donc pleinement l'exploit que Zouga venait d'accomplir avec apparemment une telle facilité. Le respect qu'ils éprouvaient l'un envers l'autre allait chaque jour croissant et s'était presque mué en amitié. Il y avait cependant entre eux des différences de culture et d'éducation qui ne pourraient jamais être supprimées, et d'un jour à l'autre, un rapide coursier pouvait arriver de l'ouest, porteur d'un ordre fatal du roi — « *Bulala umbuna !* Tuez l'homme blanc ! » —, et tous deux savaient que Gandang l'exécuterait sans hésiter une seconde.

Zouga passait de longs moments seul au camp et il en profitait pour préparer son audience avec le roi. Plus il y réfléchissait, plus ses plans devenaient ambitieux. Le souvenir des mines abandonnées revenait hanter ses heures d'inaction. Après avoir laissé errer son imagination, il en était arrivé à former des projets sérieux et avait rédigé un document intitulé : « Concession exclusive d'un droit d'exploitation de mines d'or et de chasse à l'éléphant sur le territoire des Matabélé ».

Il y travaillait chaque soir, le peaufinait et le formulait dans un charabia que les novices pouvaient prendre pour un langage juridique et grâce auquel il espérait le cautionner : « Attendu que je, soussigné Mzilikazi, souverain du Matabéléland, ci-après désigné "le concédant", etc., etc. »

Quand Zouga fut entièrement satisfait de son travail, il lui apparut que son projet comportait un défaut évident : Mzilikazi était incapable de signer. Il réfléchit au problème toute la journée et trouva la solution. Mzilikazi devait à présent avoir entre les mains le pli cacheté. Les sceaux de cire rouge n'avaient certainement pas manqué de l'impressionner, et Zouga avait deux bâtons de cire à cacheter dans son correspondancier.

Il entreprit d'imaginer le grand sceau du roi Mzilikazi et en fit l'esquisse au dos de la jaquette de son journal. C'est la première des louanges adressées au roi qui lui donna l'inspiration : « Grand éléphant noir dont le pas fait trembler la terre. »

Comme motif principal, Zouga représenta un éléphant mâle aux longues défenses dressées et aux oreilles largement déployées. Le bord supérieur portait la légende : « Mzilikazi Nkosi Nkulu », le bord inférieur, la traduction : « Mzilikazi, roi des Matabélé. »

Il fit des essais avec divers matériaux — l'argile, le bois — mais le résultat ne le satisfaisait pas ; le lendemain, il demanda à Gandang la permission d'envoyer une équipe de porteurs sous les ordres de Jan Cheroot jusqu'à la mine de Harkness pour rapporter l'ivoire qu'il y avait enfoui.

Gandang réfléchit soigneusement pendant deux jours avant de donner son accord, et fit escorter la caravane par cinquante de ses hommes, avec l'ordre de tuer quiconque au premier signe de trahison ou à la moindre velléité de fuite. Jan Cheroot revint avec les quatre énormes défenses prélevées sur les deux éléphants, et Zouga disposa ainsi non seulement du matériau nécessaire pour graver le grand sceau royal, mais aussi d'un cadeau digne du roi.

Les Matabélé avaient depuis longtemps compris quelle était la valeur marchande de l'ivoire. C'était cependant une marchandise rare, car même le plus vaillant des hommes ne pouvait tuer un éléphant à coups de lance. Il ne pouvait que prélever les défenses d'animaux morts de mort naturelle ou, de temps à autre, des victimes de leurs pièges.

La stupéfaction de Gandang à la vue des défenses et de leur longueur décida Zouga. S'il lui était permis d'arriver vivant au grand kraal de Thabas Indunas, il offrirait à Mzilikazi la plus grande et la plus belle.

Non seulement la menace de la colère du roi planait toujours, mais en outre sa provision de quinine n'était plus que de quelques onces. Tout autour du camp, les vapeurs pestilentielles s'élevaient des terres détrempées, alimentées chaque jour par les pluies interminables, et la nuit il les sentait monter des eaux stagnantes et flotter au-dessus du camp. Il était cependant contraint de réduire dangereusement sa dose préventive quotidienne de poudre pour tenter de la faire durer.

L'inactivité et la double menace de la lance et de la maladie portaient sur les nerfs de Zouga, et il en vint à caresser l'idée suicidaire de tenter de déjouer la surveillance des guerriers cafres et de s'échapper vers le sud. Il songea même à prendre Gandang en otage et à utiliser les cinquante livres de poudre qui lui restaient pour faire sauter le camp matabélé. À contrecœur, il reconnut que ces plans étaient de la pure folie et les abandonna l'un après l'autre.

Un matin à l'aube, les guerriers de Gandang s'étaient de nouveau approchés du camp. Zouga fut réveillé par une voix de stentor qui l'appelait depuis l'extérieur du *scherm*. Il jeta une cape de fourrure sur ses épaules, sortit dans le crachin glacial, et pataugea dans la boue jusqu'à l'entrée. Au premier regard, il sut que le roi avait enfin envoyé sa réponse. Les Matabélé silencieux entouraient le camp, immobiles comme des statues d'ébène.

Zouga essaya de juger à quelle vitesse il pouvait atteindre le fusil chargé posé à côté de son lit de camp dans sa petite hutte et estima qu'il serait vraisemblablement abattu avant d'avoir tiré un coup de feu, tout en sachant qu'il essaierait néanmoins.

— Je te vois, Bakela, dit Gandang en se détachant des rangs.

— Je te vois, Gandang.

— Le messager du roi est arrivé, déclara le grand induna avant de marquer une pause, solennel et grave, puis son sourire découvrit ses dents blanches parfaitement alignées. Le roi te donne la route et te convie à lui rendre visite à Thabas Indunas.

Les deux hommes se sourirent avec soulagement, car pour tous deux, cette réponse signifiait la vie sauve. Le roi avait estimé que Gandang avait accompli son devoir et correctement interprété ses ordres, et voyait en Zouga un émissaire et non un ennemi.

— Nous partons immédiatement, ajouta Gandang toujours souriant. Avant le lever du soleil.

Les injonctions du roi ne souffraient aucun délai.

— Safari! cria Zouga pour réveiller le camp. Nous partons tout de suite!

Sa délicatesse et son tact naturels avaient conduit Gandang à tenir Jouba à l'écart du camp de Zouga et à ne pas mentionner sa présence tant qu'une sentence de mort planait au-dessus de l'homme blanc. Mais, dès le premier soir après leur départ pour Thabas Indunas et une fois le camp dressé, il amena la jeune fille à la hutte de Zouga. Elle s'agenouilla et le salua en l'appelant « Père », *Baba*, puis, assis entre eux et attentif, Gandang leur permit de parler un petit moment.

Zouga était avide d'avoir des nouvelles de sa sœur et écouta en silence le récit de la mort de Fuller Ballantyne. C'était mieux ainsi, et Zouga préparait déjà en pensée les hommages qu'il allait rendre à la mémoire de son père.

Bien que soulagé d'entendre que Robyn était sauve, Zouga fut moins heureux d'apprendre qu'elle semblait progresser rapidement. Trois mois avaient dû s'écouler depuis que Jouba l'avait vue pour la dernière fois, à proximité de la chaîne de montagnes orientale, et Robyn devait à présent avoir atteint la côte et se trouvait peut-être déjà à bord d'un navire marchand portugais en route pour le cap de Bonne-Espérance et l'Atlantique.

Il ignorait combien de temps il allait être retardé par le roi des Matabélé et quelle serait la durée de son périple jusqu'au Cap, à travers la moitié sud du continent africain. Le manuscrit de Robyn avait des chances d'être à Londres un an avant le sien, voire davantage.

Ce nouveau sujet d'inquiétude occupait l'esprit de Zouga, et, les jours suivants, il harcela ses porteurs, lourdement chargés comme ils l'étaient, pour qu'ils soutiennent le rythme de leurs ravisseurs. Cela ne servait pas à grand-chose, ils avançaient péniblement, à la traîne derrière les guerriers cafres ; Zouga demanda alors à Gandang d'ordonner à ses propres porteurs de les aider à transporter l'ivoire et le fardeau encore plus lourd représenté par l'oiseau de granit qu'il avait arraché à la tombe des rois.

Au fur et à mesure qu'ils progressaient vers l'ouest, le pays devenait plus sec et les forêts disparaissaient petit à petit pour laisser place à des pâturages plats ponctués de rares acacias, arbres élégants en forme de champignons, dont les branches portaient les grosses cosses, riches en protéines et pareilles à des haricots, tant appréciées aussi bien par le gibier que par les animaux domestiques.

Les pluies avaient cessé et le moral des troupes était remonté ; les guerriers cafres chantaient en marchant, et la caravane serpentait comme un long boa noir à travers cette superbe contrée sous les kopjes de granit arrondis et chauves.

Ils ne tardèrent pas à rencontrer le premier troupeau du roi, des bêtes de petite taille avec une bosse sur le dos, dont l'origine se perdait dans la nuit des temps. Peut-être avait-il fallu quatre mille ans à ces bestiaux et à leurs conducteurs pour descendre de la vallée du Nil ou des plaines fertiles comprises entre le Tigre et l'Euphrate.

Le bétail avait un beau poil car l'herbe était drue et tendre ; même ici, sur ces terres plus sèches, les pluies avaient été abondantes. Le pelage des bêtes présentait une gamme complète de couleurs et de dessins : brun-roux, noir et blanc, beige, pie, fauve et blanc, noir uni ou blanc comme neige. Elles regardaient passer la caravane avec le regard vide des bovins, et les petits bouviers, nus à l'exception de leur court pagne, venaient en gambadant regarder dans un silence craintif et respectueux les hommes en armes et parés de leurs plumes et de leurs pompons, car ils attendaient avec impatience le jour où ils seraient appelés à rejoindre leur régiment et suivraient à leur tour la piste des guerriers.

Ils atteignirent le premier village matabélé, situé sur les rives de l'Inyati. Gandang expliqua que c'était le quartier général de son propre régiment de guerriers cafres, le régiment Inyati, et que ce n'était pas la plus grande des villes de garnison. Elle était construite autour de l'enclos central à bétail, assez vaste pour contenir dix mille têtes. Identiques, les cases à toit de chaume avaient toutes la forme d'une ruche suivant la tradition architecturale que la tribu errante avait conservée depuis son départ du pays zoulou. Enfoncés profondément dans le sol, les pieux de la palissade extérieure étaient en mopani et constituaient un solide mur défensif. Les gens du village, pour la plupart des femmes et des enfants, étaient sortis en foule pour accueillir les guerriers et, alignés de part et d'autre de la piste, chantaient, riaient et frappaient dans leurs mains.

— La plupart des hommes et des filles en âge de se marier sont déjà partis pour Thabas Indunas. À la pleine lune, la danse de la Chawala doit commencer, et toute la nation matabélé sera réunie dans le kraal du roi. Nous ne resterons ici qu'une nuit, le temps de nous reposer, et nous reprendrons la route demain pour arriver à Thabas Indunas avant la lune.

La piste qui partait de l'Inyati en direction de l'ouest était très fréquentée à cette époque de l'année où tous les Matabélé convergeaient vers la capitale du roi pour célébrer la fête des premiers fruits. Les hommes marchaient avec leur régiment, arborant leur costume et leurs ornements distinctifs. La couleur de leurs boucliers de guerre permettait de les reconnaître de loin, vétérans grisonnants et couverts de cicatrices qui avaient combattu les Basuto, les Griqua et les Boers, ou jeunes guerriers impatients de verser le sang pour la première fois et d'apprendre dans quelle direction le roi allait jeter sa lance, car c'était celle dans laquelle ils forgeraient leur réputation, deviendraient des hommes et trouveraient la gloire ou la mort.

Les groupes de filles à marier s'intercalaient entre les régiments des guerriers, et quand ils se dépassaient les uns les autres, elles se rengorgeaient, pouffaient de rire et lançaient des regards langoureux aux célibataires ; les hommes, eux, se pavanaient et bondissaient en une pantomime de bataille, la *Giya*, montrant comment ils feraient pour laver leur lance dans le sang et obtenir ainsi le privilège d'« entrer chez les femmes » et de prendre des épouses.

Chaque jour qui les rapprochait de Thabas Indunas, la route devenait plus encombrée et la foule les obligeait à ralentir le pas. Il leur arrivait d'attendre leur tour une matinée entière pour franchir le gué d'une rivière, car les régiments poussaient devant eux le bétail, leur source de nourriture, et tiraient derrière eux leur train de bagages. Les atours, les pompons et les plumes de chaque guerrier étaient soigneusement empaquetés et confiés au jeune aspirant qui était son porteur personnel.

Enfin, un jour vers midi, dans la chaleur étouffante du plein été, la petite troupe de Zouga, toujours portée par le flot humain, franchit une crête et vit le grand kraal, la capitale des Matabélé, qui s'étendait devant elle.

Elle couvrait plusieurs kilomètres carrés de plaine au pied des collines dénudées de granit qui lui avaient donné son nom : « les Collines des Chefs ». La plus lointaine s'appelait Bulawayo, le « lieu d'exécution » ; les condamnés à mort étaient précipités du haut de ces falaises à pic.

Les palissades formaient des cercles concentriques et divisaient la ville en secteurs séparés. Les immenses enclos à bestiaux étaient toujours le centre de la vie matabélé, le bétail, la source et la réserve de leur richesse, et à présent que tous les troupeaux avaient été rentrés pour la fête, chaque enclos regorgeait de bétail multicolore.

En se servant de sa lance, Gandang montra avec fierté à Zouga les divers quartiers de la ville. Il y avait des secteurs réservés aux filles non mariées et aux régiments qui n'avaient pas encore reçu le baptême du sang, et une autre zone très vaste pour les gens mariés. Les toits de chaume des cases, toutes de la même taille et disposées suivant des schémas ordonnés, étaient d'un jaune d'or éclatant au soleil. Entre elles, la terre battue par le passage des pieds nus était soigneusement balayée.

— Voilà la case du roi, dit Gandang en désignant une énorme construction conique, seule dans un enclos séparé. Et là, l'enceinte réservée à ses épouses, fit-il en indiquant une centaine d'autres cases entourées par une haute palissade. Tout homme qui franchit cette porte est puni de mort.

Gandang conduisit Zouga en contrebas, jusqu'à un bosquet d'acacias en dehors de la palissade principale. À quelques mètres serpentait un ruisseau, et pour la première fois depuis des jours, ils se retrouvèrent à l'écart de la cohue. Alors que la plaine autour de la ville était encombrée par les huttes temporaires construites par les régiments en visite, les abords du bois restaient inoccupés, comme s'ils avaient été interdits aux gens ordinaires.

— Quand verrai-je le roi ? demanda Zouga.

— Pas avant la fin de la fête, répondit Gandang. Le roi doit suivre un rituel et subir des lustrations, mais il t'a envoyé des cadeaux ; il te fait un grand honneur.

Avec la pointe de sa lance, il montra une file de jeunes filles qui sortait par une des portes de l'enceinte. Chacune portait sur sa tête un grand pot en terre, et aucune ne se servait de ses mains pour le maintenir en équilibre.

Le dos bien droit, elles se déplaçaient avec cette grâce particulière aux Africaines en balançant nonchalamment leurs hanches tandis que leurs seins fermes d'adolescentes tressautaient à chaque pas. Elles arrivèrent au bosquet et s'agenouillèrent devant Zouga pour offrir les présents qu'elles portaient.

Certains pots contenaient une épaisse bière de millet, d'autres, de *l'imaas*, du lait de vache aigre et caillé, un des aliments de base des Nguni, et d'autres encore, des gros morceaux de bœuf gras, grillés sur la braise.

— Ces cadeaux sont une grande marque d'honneur, répéta Gandang, apparemment surpris de la générosité du roi. Il est vrai que Tshédi, ton grand-père, a toujours été son ami cher et fidèle.

Lorsque le camp fut installé, Zouga se retrouva à nouveau victime d'une oisiveté forcée, avec de longs jours d'attente à tuer. Ici, il était cependant libre de vagabonder à travers la ville et ses parages, à l'exception des secteurs interdits de l'enclos royal et des quartiers de femmes. Il faisait des croquis du fascinant remue-ménage qu'entraînaient les préparatifs de la fête. Pendant les heures les plus chaudes de la journée, hommes et femmes se rassemblaient au bord des rivières ; leur peau noire satinée ruisselante d'eau miroitait tandis qu'ils se baignaient et faisaient leurs ablutions avant les danses. À des kilomètres à la ronde, flottaient et claquaient dans la brise légère des pagnes, des fourrures, des plumes, des ornements tressés que l'on avait suspendus aux arbres pour les aérer et en faire disparaître les plis.

Zouga croisait des groupes de jeunes filles occupées à se tresser mutuellement les cheveux, à se frotter le corps avec de l'huile et des argiles colorées, et elles pouffaient de rire à son passage et le saluaient de la main.

Au début, les problèmes d'hygiène que posait cet énorme rassemblement laissèrent Zouga perplexe, jusqu'au moment où il se rendit compte qu'une zone d'épaisses broussailles s'étendait à l'écart des murs de la ville où hommes et femmes se rendaient à l'aube et à la tombée du jour. Une population de corbeaux, de milans, de chacals et de hyènes y accomplissait la fonction d'un service de voirie.

De plus en plus intéressé par la gestion de la cité, Zouga s'aperçut que les baignades et la lessive n'étaient autorisées qu'en aval d'un certain point des rivières, marqué par un gros arbre ou quelque autre trait du paysage, et que les femmes remplissaient les jarres d'eau réservée à la boisson et à la cuisson des aliments en amont de ce point.

Les vastes enclos à bestiaux au cœur même de la ville contribuaient à son assainissement. Ils jouaient en effet le rôle d'un gigantesque piège à mouches. Les insectes déposaient leurs œufs sur les bouses fraîches, mais avant qu'ils aient pu éclore, la plupart étaient piétinés par les bêtes. Le soleil et le vent parachevaient le travail, et en conséquence, la cité et ses abords étaient relativement propres et les odeurs, notables mais pas insupportables.

Zouga aurait dû être content de se trouver finalement dans ce havre de paix au lieu d'être devenu la pâture des hyènes mais il ne l'était pas.

Il s'était assigné pour tâche de remplir ces jours d'attente : il faisait des croquis et des plans de la ville, notait les points faibles de ses fortifications et les endroits où un assaut avait les meilleures chances de les pénétrer et d'atteindre les quartiers privés du roi. Il croquait les uniformes des divers régiments de guerriers cafres, relevait les couleurs de leurs boucliers et de leurs autres signes de ralliement. En posant des questions apparemment anodines à Gandang, il parvenait à se faire une idée des effectifs des régiments, de l'âge et de l'expérience militaire des guerriers, du nom et des caractéristiques personnelles de leurs indunas et de la situation de leur ville de garnison.

Ayant constaté que le pays des Matabélé avait beaucoup changé depuis que le vieux Tom Harkness en avait dressé la carte, il nota ces changements et en tira des conclusions.

Autre passe-temps, il commença à établir un plan de bataille dans le cadre d'une hypothétique campagne contre le vieux roi Mzilikazi — besoins en armes et en hommes, logistique des approvisionnements, lignes de marche, méthodes les plus indiquées pour amener les régiments cafres à se battre —, car Zouga était un soldat, un soldat animé d'un rêve qui pourrait un jour devenir réalité, et ce uniquement grâce à une action militaire.

Sans la moindre méfiance, Gandang se sentait flatté par l'intérêt de Zouga, et il répondait à toutes ses questions, fier de la puissance et des accomplissements de sa nation. Malgré le travail que s'imposait Zouga, les jours passaient lentement.

— Le roi ne t'accordera pas d'audience avant la fin de la fête, répétait Gandang, mais il se trompait.

La veille au soir avant le premier jour de la fête, deux indunas d'un certain âge, avec des plumes bleues de héron qui oscillaient au-dessus de la laine grise de leurs cheveux courts, entrèrent dans le camp dressé dans le bosquet d'acacias ; Gandang les accueillit avec un profond respect, les écouta attentivement et se dirigea vers Zouga :

— Ils viennent te chercher pour te conduire au roi, dit-il simplement.

Trois petits feux avaient été allumés devant la case du roi, et accroupi devant celui du milieu, un petit personnage ratatiné aux allures simiesques fredonnait une incantation entre ses gencives édentées. Il se balançait sur ses talons et ajoutait de temps en temps une pincée de poudre ou un brin d'herbe dans l'une des grandes marmites en terre qui bouillonnaient au-dessus des flammes.

Le sorcier arborait le sinistre attirail de sa profession : peaux séchées de reptiles, griffes d'aigle et de léopard, une vessie de lion gonflée, un crâne de singe, des dents de crocodile, des petites gourdes de potions et de poudres, une corne creuse destinée à recueillir le sang, et d'autres charmes et élixirs non identifiables.

Il était le maître de cérémonie de la fête, l'événement le plus important du calendrier matabélé, organisée pour la première moisson, la bénédiction des troupeaux de la nation et l'organisation des campagnes guerrières qui allaient occuper les *amadoda* durant la prochaine saison sèche. Les indunas assemblés regardaient donc ces préparatifs avec une attention respectueuse mêlée de crainte.

Le cercle des anciens accroupis autour des feux, les indunas les plus importants de la nation qui formaient le conseil privé du roi, comptait une trentaine d'hommes. La petite cour était bondée. Le sommet du toit de chaume de la case du roi culminait à une dizaine de mètres et se perdait dans l'obscurité.

Habilement travaillé, le chaume formait des motifs compliqués, et devant la porte basse se dressait un fauteuil de style et de facture européens. Avec un petit pincement de cœur, Zouga se rendit compte qu'il avait dû être donné au roi par son grand-père Moffat, « Tshédi », près de vingt ans plus tôt.

— *Bayété !* Mzilikazi, le grand éléphant des Matabélé.

Gandang avait appris à Zouga l'étiquette, les salutations et le comportement auxquels le roi s'attendait.

En traversant l'étroite cour de terre battue, il entonna la litanie des noms de louange du roi, sans toutefois les crier ni avancer à genoux comme aurait été tenu de le faire un sujet, car il était anglais et officier de la reine.

Néanmoins, à une distance de trois mètres du roi, Zouga s'accroupit afin que sa tête soit au-dessous de celle du roi et attendit.

Le personnage assis dans le fauteuil était beaucoup plus petit qu'il ne s'y attendait pour un guerrier de si terrible réputation, et ses yeux s'habituant à la lumière, Zouga vit que les pieds et les mains du roi étaient petits et délicats, presque ceux d'une femme, et ses genoux monstrueusement gonflés et déformés par la goutte et l'arthrite.

Le roi était à présent un vieillard — personne ne connaissait exactement son âge — mais il avait été un guerrier au début du siècle. Ses muscles s'étaient affaissés, de sorte que son ventre proéminent, à la peau distendue et marquée de vergetures comme celle d'une femme enceinte, débordait sur son giron.

Sa tête semblait trop grosse pour ses épaules étroites et son cou, tout juste assez solide pour la supporter, mais les yeux, enchâssés entre les replis et les poches de peau ridée, qui regardaient Zouga avec une vive attention, étaient noirs, ardents et pleins de vie.

— Comment va mon vieil ami Tshédi ? demanda le roi d'une voix flûtée haut perchée.

Zouga avait vu son grand-père pour la dernière fois vingt ans plus tôt et le seul souvenir qu'il en avait encore était une longue barbe blanche.

— Il va bien, répondit Zouga. Il vous transmet ses salutations et ses respects.

Le vieillard hocha sa grosse tête avec contentement.

— Vous pouvez présenter vos cadeaux, dit-il.

Un murmure s'éleva parmi les indunas, et même le sorcier leva les yeux vers la défense d'éléphant qu'apportaient en titubant sous son poids trois guerriers de Gandang et qu'ils déposèrent devant le fauteuil du roi.

657

Manifestement, le sorcier n'appréciait guère d'être interrompu dans son rituel de purification et de se voir frustré de l'attention générale, et deux de ses assistants l'aidaient à présent à porter avec empressement l'une des marmites en terre fumantes aux pieds du roi.

Puis ses assistants et lui soulevèrent une grande couverture faite de peaux de léopard et l'étendirent comme une tente au-dessus du roi et de son fauteuil afin de retenir les vapeurs. Au bout d'une minute, on entendit s'échapper une quinte de toux et des bruits de suffocation de dessous la couverture de fourrure, et quand finalement le sorcier l'enleva, le roi, haletant, suait à grosses gouttes, les yeux rougis et larmoyants, mais tous les démons avaient été expulsés par sa toux et les impuretés éliminées par la transpiration et les larmes.

L'assemblée attendait en silence tandis que le roi reprenait son souffle et que le sorcier se retirait pour préparer la potion suivante. Sa respiration encore sifflante, Mzilikazi tendit la main vers un petit coffre posé à côté de son fauteuil et en sortit l'enveloppe cachetée que Zouga lui avait envoyée.

— Que disent les mots ? demanda le roi en tendant la lettre à Zouga pour qu'il la lui lise.

Bien qu'il fût illettré, le roi connaissait l'usage de l'écrit. Pendant vingt ans, il avait correspondu avec le grand-père de Zouga, qui envoyait toujours l'un des élèves de la mission porter ses lettres au roi, les lui lire et prendre note de sa réponse.

Zouga se leva et ouvrit l'enveloppe. Il lut à haute voix en traduisant de l'anglais et en ajoutant quelques fioritures au texte original.

Quand il eut fini, les anciens de la tribu conservèrent un silence respectueux, et le roi lui-même examina avec une attention renouvelée le personnage de haute stature si magnifiquement vêtu qui se tenait devant lui. Les boutons et les insignes de cuivre de son uniforme d'apparat étincelaient à la lumière du feu, le tissu pourpre de son manteau semblait briller comme les flammes.

Le sorcier s'apprêtait à approcher de nouveau pour faire avaler au roi une potion fumante de sa fabrication, mais Mzilikazi l'écarta avec irritation d'un geste de la main.

Sachant que l'intérêt du souverain était piqué, Zouga demanda doucereusement :

— Sa Majesté voit-elle ces cachets de ma reine ? Ce sont ses marques distinctives, et chaque souverain devrait avoir de telles marques pour prouver sa puissance et le caractère intangible de ses paroles.

Il se tourna et fit signe d'approcher au porteur agenouillé derrière lui ; l'homme terrifié rampa jusqu'aux pieds de Zouga sans oser lever les yeux vers le roi et tendit la petite boîte à thé qui contenait le sceau d'ivoire sculpté et les bâtons de cire.

— J'ai préparé un cachet de ce genre à l'intention du roi afin que sa dignité et sa puissance soient reconnues de tous les hommes.

Incapable de contenir son impatience, Mzilikazi se pencha en avant et fit approcher Zouga. Agenouillé devant lui, celui-ci prépara la cire et la fit fondre dans le couvercle de la boîte à thé avec une petite bougie allumée au feu. Il y apposa le sceau et, quand elle fut sèche, il la tendit au roi.

— C'est un éléphant.

Le roi reconnut l'animal sans cacher sa stupéfaction.

— Le grand éléphant noir des Matabélé, confirma Zouga.

— Que disent les mots ? commanda le roi en touchant les caractères gravés sur la bordure.

— Mzilikazi, Nkosi Nkula !

Le roi applaudit avec enthousiasme, et tendit le sceau à l'aîné de ses indunas. Tous se passèrent bientôt le cachet de cire de main en main en s'exclamant et en gloussant.

— Bakela, déclara le roi, il faut que vous reveniez me voir le lendemain de la Chawala. Nous avons beaucoup de choses à voir ensemble.

Puis, d'un geste de la main, il congédia le jeune homme et, résigné, se confia aux soins du sorcier qui tournait alentour.

La pleine lune se leva bien après minuit ; les feux furent alimentés en nouvelles bûches pour l'accueillir, les chants et les battements des tam-tams commencèrent. Personne n'avait osé prélever un seul grain de la récolte avant cet instant, car le lever de la lune ouvrait la Chawala, la danse des premiers fruits, et toute la nation matabélé s'adonna aux réjouissances.

La cérémonie débuta au milieu de la matinée du lendemain. Les régiments entraient en colonne dans la vaste enceinte des enclos à bestiaux pour s'assembler devant leur roi, la terre tremblait sous le choc de vingt-cinq mille pieds nus levés avec ensemble jusqu'à la hauteur de l'épaule puis frappés avec force par les guerriers qui criaient « Bayété ! », le salut royal.

« Bayété ! », avec un nouveau claquement de pied.

« Bayété ! », une troisième fois, et la danse commença.

Un à un, les régiments s'avançaient en chantant et se balançant devant le fauteuil de Mzilikazi pour exécuter leur ballet. La synchronisation parfaite des pas compliqués donnait l'impression que les guerriers formaient un seul organisme vivant, les boucliers s'imbriquaient, se retournaient et virevoltaient en même temps comme les écailles de quelque gigantesque reptile, la poussière montait en tourbillonnant comme de la fumée entre les rangs des danseurs et leur donnait une allure spectrale. Leurs houppelandes de fourrure et leurs pagnes

660

en queues de civette, en peaux de singe, de renard ou de chat tournoyaient autour de leurs jambes et ils paraissaient suspendus au-dessus du sol, portés par le nuage de poussière et les vagues moelleuses de fourrure.

Des rangs jaillissaient les grands champions et les héros de chaque régiment pour exprimer leur fierté. Ils exécutaient des sauts impressionnants, frappaient l'air furieusement en poussant des cris de défi et de triomphe, la sueur faisant luire leurs muscles et giclant au soleil en explosions de gouttelettes.

Rejoint par cette marée humaine et emporté par l'excitation générale, Mzilikazi buvait à longs traits les pots de bière que lui servaient des jeunes filles, jusqu'au moment où ses yeux roulèrent dans leurs orbites. N'y tenant plus, il s'extraya à grand-peine de son fauteuil et s'avança en clopinant sur ses jambes gonflées et déformées tandis que les champions s'écartaient pour lui faire place.

— Mon père est le meilleur danseur de tout le pays matabélé, dit Gandang en s'accroupissant à côté de Zouga.

Le vieux roi essayait de sauter mais n'arrivait pas à décoller ; il avançait, reculait en traînant les pieds et en faisant des petits gestes comme pour fendre l'air avec sa lance de guerre miniature.

— C'est comme ça que j'ai abattu Barend le Griqua et tué ses fils, cria le roi, et la foule entière rugit. L'éléphant mâle danse et la terre tremble !

Le martèlement de dix mille pieds encouragea le roi à tourner en rond en une douloureuse et pathétique parodie des tourbillons endiablés des jeunes champions.

— Voilà comment j'ai repoussé ce tyran de Chaka et coupé les plumes de la coiffe de ses messagers avant de les lui renvoyer, hurla Mzilikazi de sa voix aiguë.

— Bayété ! tonna la foule. Il est le père du monde !

Épuisé après quelques minutes, le roi s'effondra dans la poussière ; Gandang et deux autres de ses fils se dres-

sèrent d'un bond du demi-cercle des indunas et se précipitèrent auprès de lui.

Ils le relevèrent doucement et le portèrent jusqu'à son
fauteuil ; Lobengula, son fils aîné, tint un pot de bière
devant ses lèvres pour qu'il puisse boire. Le breuvage
dégoulina de son menton et le long de sa poitrine haletante.

— Que le peuple danse, glapit le roi, et Gandang
revint s'accroupir près de Zouga.

— Après la guerre, c'est la danse que préfère mon
père, expliqua-t-il.

Les jeunes filles arrivaient en rangs successifs. Avec
pour tout vêtement le minuscule pagne orné de perles
qui cachait à peine le petit triangle noir de leur pubis,
leurs corps chatoyaient au clair de lune et leur chant
était doux et clair.

Mzilikazi se souleva de nouveau de son fauteuil et
alla danser avec elles en boitillant ; il passait devant
le premier rang en rythmant le chant avec sa lance de
guerre rituelle pointée vers le ciel. Le roi dansa jusqu'au
moment où il s'écroula une nouvelle fois et fut encore
ramené à son fauteuil par ses fils.

À la nuit tombée, Zouga était épuisé. La large cravate
de son uniforme d'apparat le faisait transpirer à grosses
gouttes et de grandes taches de sueur apparaissaient sur
l'épaisse serge pourpre de son manteau. Il avait les yeux
injectés de sang et irrités par la poussière et l'attention
constante, la langue épaisse et en feu après la bière de
sorgho qu'on l'avait poussé à boire, la cacophonie des
tam-tams et les rugissements de la foule lui faisaient mal
à la tête, et il souffrait du dos et des jambes à cause de la
position accroupie inhabituelle qu'il avait été forcé de
garder toute la journée, mais le roi continuait de danser,
de se pavaner en boitillant et de pousser des clameurs.

Le lendemain matin, Mzilikazi était de nouveau sur
son trône, si peu éprouvé par ses excès de la veille que,

lorsque le buffle de la Chawala fut lâché dans l'arène, ses fils durent le retenir car il allait se précipiter pour l'abattre à mains nues.

Chaque régiment avait désigné un champion. Vêtus d'un simple cache-sexe, ils attendaient accroupis de part et d'autre du fauteuil de Mzilikazi.

Le buffle était entré dans l'arène en chargeant, les cornes levées, une lueur sauvage dans les yeux, en faisant jaillir la terre rouge sous ses sabots. Il était tout noir, avec une énorme bosse sur le dos et un poil brillant aux reflets dorés.

Soigneusement sélectionné parmi l'ensemble des troupeaux royaux, c'était le plus bel animal de tout le pays matabélé. Il fit le tour de l'enceinte en caracolant avec arrogance, en soufflant par les naseaux et en baissant la tête pour accrocher avec ses cornes tout ce qui se trouvait sur son passage.

Tenu par ses fils, mais se débattant pour se libérer, le roi était en proie à la plus folle excitation.

— *Bulala inkunzi !* Tuez le buffle ! hurlait-il en levant sa lance de ses bras tremblants.

Les hommes qui attendaient se dressèrent d'un bond, saluèrent le roi puis partirent en courant pour se déployer en demi-lune, adoptant instinctivement la *jikela*, la tactique de l'encerclement.

Le buffle noir fit volte-face dans leur direction ; campé sur ses pattes de devant, il balançait sa tête baissée en se préparant à charger, puis il s'arc-bouta sur son puissant arrière-train et, dans un grondement de tonnerre, partit comme un boulet de canon vers un des hommes.

Celui-ci ne recula pas et étendit les bras dans un geste de bienvenue, le buffle baissa la tête et le frappa. Zouga entendit distinctement le bruit sec de l'os brisé à l'instant où le guerrier encaissait le choc en pleine poitrine puis refermait ses bras autour du cou de l'animal et s'y accrochait.

Le buffle essaya de le projeter en l'air en donnant de furieux coups de cornes, mais, bien que secoué dans tous les sens, l'homme tenait bon et son corps bouchait la vue de la bête, l'obligeant à s'arrêter. Le cercle des guerriers se referma instantanément sur lui et, d'un seul coup, le grand corps du buffle fut caché par l'assaut des hommes nus.

Pendant de longues secondes, l'animal lutta pour rester debout, mais ils le firent tomber en le tirant par les pattes, et il heurta le sol avec un bruit mat et un grand mugissement. Une douzaine d'hommes saisirent les longues cornes et commencèrent à leur imprimer un mouvement de torsion par rapport au corps immobilisé. Lentement, en transpirant sous l'effort, ils obligèrent la tête à tourner sur elle-même, tandis que le buffle donnait de violents coups de sabots et que ses mugissements devenaient plus désespérés et étranglés.

Le roi se leva d'un bond, poussa des cris d'excitation ; les rugissements de la foule déferlaient comme des vagues sur une côte rocheuse battue par la tempête.

Centimètre par centimètre, l'énorme tête avait tourné sur elle-même, puis brusquement, elle n'opposa plus de résistance. Zouga entendit le craquement des vertèbres, sec comme un coup de mousquet, par-dessus le tonnerre des voix. La tête effectua encore un demi-tour rapide, les pattes se raidirent un instant, dressées vers le ciel, et les boyaux du buffle se vidèrent dans un flot de liquide verdâtre.

Inondés de sueur, les guerriers soulevèrent la carcasse à hauteur de leurs épaules et la portèrent aux pieds du roi.

Le troisième et dernier jour de la cérémonie, Mzilikazi se dirigea à grandes enjambées vers le centre de l'enclos à bestiaux, silhouette frêle et voûtée sur le grand terrain vague où le soleil de midi ne projetait aucune ombre. La nation assemblée était silencieuse, quarante mille êtres humains regardaient un vieillard et l'on n'entendait pas le moindre soupir, le moindre souffle.

Mzilikazi marqua une pause au centre de l'arène et leva sa lance au-dessus de sa tête. Les spectateurs se raidirent tandis qu'il pivotait lentement sur lui-même ; il s'arrêta face au sud, tira son bras armé en arrière et resta immobile quelques instants tandis que la tension de la foule devenait presque palpable.

Puis le roi effectua un petit saut et recommença lentement à tourner ; l'assistance soupira et s'agita, puis retomba dans le silence lorsque Mzilikazi s'immobilisa de nouveau, la lance pointée vers l'est. Taquinant délibérément les spectateurs, le roi faisait traîner la cérémonie en longueur comme un habile bateleur.

Brusquement, il projeta son bras ; la petite lance rituelle s'échappa de sa main en décrivant une parabole étincelante et vint se ficher dans la terre cuite par le soleil.

— Au nord ! tonna la foule. Bayété ! Le grand buffle a choisi le nord !

— Nous allons vers le nord faire une incursion chez les Makololo, dit Gandang à Zouga. Je pars à l'aube avec mon régiment... Nous nous reverrons, Bakela, ajouta-t-il après une pause avec un bref sourire.

Sans se retourner, Gandang s'éloigna lentement dans l'obscurité qui résonnait des chants et du battement des tam-tams.

— Vos fusils seraient des armes terribles s'ils n'avaient pas à être rechargés, déclara Mzilikazi de sa voix flûtée et bougonne de vieillard. Pour s'en servir au combat, il faut avoir un cheval rapide afin de pouvoir se replier en vitesse pour recharger après avoir tiré.

Zouga était accroupi près du fauteuil du roi dans l'enclos royal comme il le faisait depuis presque un mois.

Le roi l'envoyait chercher chaque jour, et il lui fallait écouter les sages paroles de Mzilikazi et ingurgiter d'énormes quantités de bœuf à moitié cru et avaler pot de bière sur pot de bière.

— Sans chevaux, mes guerriers se rendront maîtres de vos soldats avant qu'ils aient eu le temps de recharger, exactement comme nous l'avons fait avec les Griqua avant de récupérer plus de trois cents de leurs précieux fusils sur le champ de bataille.

Zouga hocha la tête en souriant intérieurement à l'idée de voir les *amadoda* essayer leur tactique sur un bataillon d'infanterie britannique.

Mzilikazi s'interrompit pour boire. Quand il reposa son pot, l'éclat d'un des boutons de la tunique de Zouga attira son attention et il se pencha pour tirer dessus. Avec résignation, Zouga prit son canif dans sa poche et coupa soigneusement les fils qui le retenaient. Il le tendit au roi qui sourit de plaisir et le leva pour le regarder au soleil.

« Plus que cinq », pensa Zouga avec ironie.

Il avait l'impression d'être une dinde de Noël à laquelle on arrachait les plumes une à une. Les insignes du revers de sa jaquette et ses galons d'officier avaient depuis longtemps été raflés par le roi, ainsi que la boucle de sa ceinture et l'écusson de son shako.

— Le papier... commença Zouga, et le roi fit un geste désinvolte pour éluder la question de la concession.

Mzilikazi était peut-être proche de la sénilité et certainement alcoolique — d'après les calculs de Zouga, il buvait trente litres de bière par jour —, mais il n'en possédait pas moins un esprit fin et tortueux et une conscience aiguë de ses faiblesses et de ses forces en matière de négociation. Il taquinait Zouga depuis un mois comme il l'avait fait avec les spectateurs le dernier jour de la Chawala.

En l'entendant évoquer la concession, le roi se détourna de lui et porta son attention sur le jeune couple agenouillé devant lui. Ils avaient été accusés et venaient devant le roi pour être jugés.

Le jour même, tout en bavardant avec Zouga, Mzilikazi avait reçu des émissaires venus lui apporter les tributs de deux de ses vassaux, récompensé un jeune berger pour avoir sauvé son troupeau menacé par un lion en maraude, condamné à mort un autre qui avait bu du lait au pis d'une des bêtes dont il avait la charge; il avait écouté le rapport d'un messager envoyé du nord par les régiments en campagne contre les Makololo, et à présent il allait statuer sur le sort du jeune couple.

La fille était ravissante, avec de longs membres délicats, un joli ovale de visage, des lèvres charnues qui découvraient des petites dents parfaitement blanches. Elle gardait les yeux fermés afin de ne pas voir la colère du roi et son corps était secoué par des frissons de terreur. L'homme était un jeune guerrier admirablement musclé; il appartenait à l'un des régiments de célibataires et n'avait donc pas encore gagné le droit d'« aller chez les femmes ».

— Lève-toi, femme, que le roi puisse contempler ta honte, lança la voix de l'accusateur, et en hésitant, timidement, toujours les yeux clos, la jeune fille leva son front qui touchait la poussière et s'assit sur ses talons.

Son ventre nu, rond et tendu comme un fruit mûr était gonflé au-dessus de son petit pagne décoré de perles.

Le roi resta assis, tassé dans son fauteuil, à ruminer en silence pendant de longues minutes, puis il demanda au guerrier :

— Est-ce que tu nies la chose ?

— Je ne la nie pas, Nkosi Nkulu.

— Est-ce que tu aimes cette jeune fille ?

— Comme j'aime la vie elle-même, mon roi, répondit le jeune homme d'une voix basse et rauque, mais qui ne tremblait pas.

Le roi se remit à réfléchir.

Zouga s'était trouvé cent fois près du roi quand il rendait un jugement. Parfois, la décision était celle d'un Salomon noir, à d'autres moments, Zouga avait été épouvanté par la barbarie du verdict.

Les sourcils froncés, le roi regardait l'homme agenouillé devant lui tout en tripotant sa lance miniature de la main droite et en secouant doucement la tête. Puis il prit une décision, et se penchant en avant, il tendit la lance au jeune guerrier.

— Avec cette lame, ouvre la matrice de la femme que tu aimes, extrais-en l'objet du délit et remets-le entre mes mains.

Cette nuit-là, Zouga ne put fermer l'œil. À un certain moment, pris de haut-le-cœur, l'estomac encore retourné par l'horrible spectacle dont il avait été témoin, il dut se lever précipitamment pour aller vomir à la lisière du bosquet d'acacias.

Le lendemain matin, le souvenir des cris de la jeune fille le hantait encore, mais le roi était jovial et volubile, et obligeait l'estomac rebelle de Zouga à recevoir de nouveaux flots de bière aigre tout en narrant des épisodes de sa longue vie fertile en événements et en racontant des scènes de son enfance et de sa jeunesse dans le lointain pays zoulou avec une mélancolie de vieillard.

Puis, soudain, sans que rien pût le laisser présager, il ordonna à Zouga :

— Dis-moi les mots de ton papier.

Il écouta attentivement pendant que Zouga lui traduisait les termes de la concession qu'il espérait obtenir et, à la fin, il réfléchit un moment.

— Chasser l'éléphant et creuser un trou, marmonnat-il finalement. Tu ne demandes pas grand-chose. Écris que tu feras tout cela seulement au-dessous du Zambèze, à l'est de l'Inyati et au-dessus du Limpopo.

Sans être tout à fait convaincu que, cette fois-ci, le roi parlait sérieusement, Zouga se hâta d'ajouter la clause restrictive au bas de son document juridique « maison ».

Puis il guida la main tremblotante du roi pour tracer une croix en dessous.

Celui-ci prit un plaisir enfantin à apposer son cachet de cire à côté de sa « signature ». Il la fit ensuite admirer à ses indunas et se pencha vers Zouga :

— Maintenant que tu as obtenu ce que tu voulais de moi, tu vas sûrement vouloir t'en aller.

Il y avait du regret dans ses yeux chassieux et Zouga se sentit coupable, mais il répondit sans hésiter :

— Je ne peux chasser pendant les pluies et une lourde tâche m'attend dans mon pays au-delà des mers. Je dois en effet partir, Nkosi Nkula, mais je reviendrai.

— Je te donne la route vers le sud, Bakela le Poing. Va en paix et reviens-moi vite, car ta présence me plaît, et tes paroles sont sages pour un garçon encore si jeune.

— Sois en paix, Grand Éléphant.

Zouga se leva et sortit de la cour privée du roi d'un pas aussi léger que son esprit. Il avait sa concession dans la poche intérieure de sa tunique, cinquante-six livres d'or dans sa malle, l'oiseau de pierre du Zimbabwe et trois magnifiques défenses d'éléphant pour payer son voyage. La route vers le sud, Bonne-Espérance et l'Angleterre s'ouvrait devant lui.

Le vent soufflait de la côte, léger retour de mousson, mais le ciel était bas et gris, et les rafales de pluie tourbillonnantes en tombaient comme de la poussière nacrée.

Tandis que la canonnière approchait de la terre, l'enseigne de vaisseau Ferris, le plus jeune officier du *Black Joke*, effectuait des visées depuis le renard de la timonerie et les annonçait au signaleur qui calculait rapidement leur distance par rapport à la côte et la notait sur la feuille de navigation afin qu'à tout moment le capitaine pût y jeter un coup d'œil pour confirmer ses propres observations.

À l'avant, un homme lançait la sonde devant la proue du *Black Joke*, la laissait couler et braillait le chiffre indiquant la profondeur dès qu'il le relevait au moment où le navire passait à l'aplomb.

Clinton Codrington pilotait son bâtiment vers la côte en se fiant aux annonces du sondeur, aux angles que Ferris relevait par rapport aux traits de relief qu'il avait identifiés sur le littoral, aux changements de couleur de l'eau, aux tourbillons de la marée sur les hauts-fonds et les bancs de sable, et à son instinct de marin. Quant à la carte dressée trente ans plus tôt par le capitaine Owen, de la Royal Navy, il ne lui accordait aucune créance.

— Virez d'un quart, dit-il calmement à l'homme de barre, et tandis que le navire se tournait vers la terre, ils sentirent l'odeur apportée par le vent.

— La puanteur des négreries ! s'exclama Denham, et au même moment la vigie du grand mât cria :

— Fumée ! Fumée sur la rive droite de la rivière.

— À quelle distance en amont ?

— Au moins deux milles, capitaine !

Pour la première fois depuis leur départ du port de Zanzibar, Clinton se prit à espérer qu'il arrivait à temps, qu'il atteignait le Rio Save assez tôt pour répondre à l'appel déchirant de la femme qu'il aimait.

— Branle-bas de combat, s'il vous plaît, monsieur Denham, mais ne sortez pas les canons tout de suite, ordonna Clinton d'une voix égale et cérémonieuse.

Le lieutenant de vaisseau lui sourit.

— Bien joué, capitaine. Félicitations.

Les hommes d'équipage se mirent à rire et chahutèrent en faisant la queue devant le coffre-armurerie pour recevoir leurs pistolets et sabres d'abordage.

Le *Black Joke* affronta la barre et ses remous, toucha un instant le fond de sable, puis s'élança dans les eaux vertes et calmes de l'estuaire.

— Vous pouvez sortir les canons, maintenant, ordonna Clinton à Denham en hochant la tête.

Il avait retardé ce moment, pour éviter d'altérer l'équilibre du bateau durant le passage critique de la barre. Avec ses affûts qui grondaient de façon menaçante, le *Black Joke* montra les crocs, et, sa voile de combat hissée, l'hélice de bronze battant l'eau triomphalement, son équipage en armes et impatient de passer à l'action, il s'engagea dans le labyrinthe du Rio Save comme un furet dans un terrier.

Clinton franchit le premier méandre en suivant la courbe vert sombre du chenal entre les bancs de sable plus clairs. C'était deux heures après la marée basse, et le flot poussait fortement ; le sondeur annonçait des profondeurs plus que suffisantes. Clinton essayait de cacher son impatience sous le ton calme avec lequel il donnait ses ordres à l'homme de barre.

— Regardez, capitaine ! s'exclama Ferris en montrant le courant.

Devant eux flottait ce qui semblait être un rondin d'ébène. C'est seulement lorsqu'ils passèrent à côté et qu'il roula dans le sillage que Clinton s'aperçut que c'était un cadavre humain au ventre distendu et gonflé, aux membres tordus comme les branches d'un arbre frappé par la foudre. Il détourna les yeux avec une petite grimace de dégoût.

— Rencontrez ! ordonna-t-il au timonier.

Puis après qu'ils eurent parcouru le long méandre entre les mangroves et que toute l'étendue de l'estuaire se fut offerte à leur vue, il commanda :

— Par le travers !

Sa voix était dénuée d'émotion, ni triomphante ni abattue.

De la fumée s'élevait de la berge, et avec sa longue-vue il aperçut les ruines fumantes de baraquements longs et bas dont les toits avaient brûlé et s'étaient effondrés. Ils semblaient avoir été incendiés volontairement.

Dans les volutes de fumée qui montaient en tourbillonnant, planaient une multitude de charognards : buses, milans, vautours et marabouts. Ils donnaient l'impression de s'élever avec la fumée jusqu'aux nuages de mousson de plus en plus bas et de cacher la lumière avec leurs ailes. Seuls les cris lointains des oiseaux brisaient le silence oppressant et aucun navire n'était en vue sur la rivière.

Clinton et ses hommes contemplaient sans mot dire la surface déserte du Rio Save qui s'étendait verte et lisse entre les rives couvertes par les mangroves. Tous se taisaient tandis que le *Black Joke* approchait des baraquements calcinés. Ils regardaient les tas de cadavres, leurs visages figés et sans expression dissimulant l'horreur que leur inspirait l'infection qui flottait dans les palmeraies, et la déception d'avoir trouvé le mouillage déserté et le *Huron* parti.

— Coupez le moteur, lança Clinton en rompant le silence. Parez à mouiller à bâbord.

Denham et Ferris se tournèrent vers leur capitaine, incapables de cacher leur épouvante, n'osant croire qu'il allait envoyer une équipe à terre. Si telle était bien son intention, les marins ramèneraient l'épidémie à bord et tout l'équipage était condamné.

L'ancre de proue toucha le fond boueux de l'estuaire et le *Black Joke* pivota brusquement, poussé en travers de l'étroit chenal par la marée montante, puis, retenu par l'ancre, le navire fit tête vers l'aval, en direction de la mer.

— En avant doucement, commanda immédiatement Clinton, et, tandis que le bâtiment affrontait la marée, il ordonna de lever l'ancre et le treuil à vapeur se mit à cliqueter.

Les officiers se détendirent, et Denham sourit avec soulagement. Le capitaine s'était seulement servi de l'ancre pour virer aussi vite que possible sans avoir à effectuer la manœuvre périlleuse qui consistait à faire marche arrière et à se mettre en travers dans l'étroit chenal en luttant contre la marée.

Quand l'ancre fut remontée à bord avec ses ailes gluantes de boue noire, Clinton donna une autre série d'ordres :

— En avant à mi-vitesse.

Il n'osait pas pousser davantage la vapeur pour gagner la pleine mer.

— Rentrez les pièces.

Il n'y avait aucun ennemi en vue et le bâtiment était plus stable avec l'artillerie rentrée.

— Monsieur Ferris, nous allons fumiger le navire.

La fumée du soufre allait irriter les yeux, et les aliments et l'eau prendraient son odeur, mais Clinton redoutait infiniment plus la variole que ces légers désagréments. Et puis, se dit-il en souriant par-devers lui, un changement, quel qu'il soit, apporté au goût du corned beef et du pain rassis, qui constituaient l'ordinaire du *Black Joke,* serait bienvenu.

Mais le sourire de Clinton ne tarda pas à s'évanouir. Le spectacle des négreries l'avait écœuré et une colère aussi froide que la lame de son sabre d'abordage l'envahissait.

— Monsieur Denham, dit-il calmement, voulez-vous relever une route pour Bonne-Espérance. Nous la prendrons dès que nous aurons gagné le large.

Il s'approcha du bastingage, préoccupé par le double problème de piloter le *Black Joke* hors de cette rivière puante et de rattraper le *Huron.*

Quelle était l'avance du grand clipper sur sa canonnière ? La lettre de Robyn Ballantyne était datée du 16 novembre, et ils étaient le 27. Onze jours. C'était beaucoup, il espérait seulement que Robyn avait réussi à retarder leur départ, comme elle en avait l'intention.

Clinton jeta un coup d'œil par-dessus son épaule à la colonne de fumée bleue qui estompait l'horizon. Depuis quand les négreries brûlaient-elles ? Pas plus de trois ou quatre jours, estima-t-il, avec plus d'espoir que de conviction. Cependant, même une telle avance était considérable. Il avait eu l'occasion de voir naviguer le *Huron*, il était rapide comme le vent et léger comme une hirondelle. Même avec huit cents esclaves dans ses cales et ses barriques d'eau pleines, il se jouerait du *Black Joke* avec n'importe quel vent plus fort qu'une brise légère. Sa seule chance était que le *Huron* soit obligé de gagner le grand large pour trouver les alizés et doubler l'avancée du continent tandis que la canonnière irait au plus court en longeant la côte. Cela le retarderait de quelques centaines de lieues, et en fin de compte, tout dépendrait du vent.

Clinton s'aperçut qu'il tapait du poing sur le bastingage et lançait vers l'horizon des regards si furieux que des matelots désœuvrés l'observaient avec curiosité.

Il fit un effort pour se calmer et se croisa les mains dans le dos sous les pans de son manteau, mais ses yeux flambaient toujours comme deux saphirs et il avait les lèvres blanches. Il lui sembla qu'une éternité s'était écoulée avant qu'il mette cap au sud et se penche sur le porte-voix de la chambre des machines.

— Mettez toute la vapeur, cria-t-il au mécanicien. Il y a une prise de vingt mille livres au-dessous de l'horizon, mais elle court comme un renard et j'ai besoin de toute la puissance que vous pourrez me donner.

Il se redressa et ses cheveux d'or pâle lui fouettèrent le visage. Il leva les yeux vers le ciel : la mousson charriait de lourds nuages d'orage.

Le *Huron* allait l'avoir par le travers, ce qui était vraisemblablement sa meilleure allure, compte tenu de sa coque et de son gréement.

Clinton savait qu'il n'avait pas la moindre chance de retrouver le clipper en pleine mer, et même une escadre de frégates idéalement placée en avant du fugitif n'aurait guère eu de chance d'y parvenir sur cette immensité.

Son unique espoir était d'atteindre l'extrême pointe du continent avant le *Huron* et de prendre position dans l'étroite voie maritime qui contournait le cap de Bonne-Espérance. Cependant, dès que le clipper aurait doublé le cap, il allait avoir tout l'Atlantique devant lui et disparaîtrait de nouveau. Clinton serrait les mâchoires à l'idée que l'Américain puisse s'échapper dans cette étendue d'eau sans fin. S'il avait bel et bien onze jours d'avance sur lui et un vent favorable, peut-être avait-il déjà atteint les falaises du Cap. Il chassa cette pensée et concentra ses efforts pour gagner chaque pouce de vitesse au cours des longues journées de navigation qui les attendaient.

Robyn avait vainement cherché un subterfuge pour retarder le départ du *Huron*, tout en sachant que si elle y parvenait, elle mettrait en danger la vie de tous ceux qui étaient à bord. À mesure que sa blessure guérissait et que les effets de l'inoculation s'estompaient, Mungo St John retrouvait toute son énergie et toute sa détermination. Sensible à la mise en garde de Robyn concernant le danger des « épidémies de champ de bataille », il faisait accélérer l'embarquement des esclaves. Impatients eux aussi de quitter cette rivière maudite, les marins travaillaient de jour comme de nuit, dans ce dernier cas à la lumière de torches trempées dans le goudron. Quatre jours après le début de l'embarquement, les ponts intermédiaires du *Huron* étaient installés et tous les esclaves se trouvaient à bord ; le soir même, à marée haute et profitant des dernières lueurs du jour et des premiers souffles de la brise de terre, le *Huron* franchit la barre, largua ses ris et fila vers le large.

À l'aube ils prirent les alizés et St John mit le cap légèrement plus au sud, serrant le vent afin de gagner la route de l'est avant d'affronter l'avancée des Agulhas avec le vent par le travers.

L'air pur et doux de la haute mer qui avait parcouru des milliers de milles depuis la terre balayait le navire, chassait l'épouvantable infection des négreries ; en imposant une hygiène stricte, St John empêcha que les cales soient envahies par la puanteur et impressionna même Robyn par sa prévoyance et ses précautions.

Il avait fait installer un pont de moins, ce qui avait permis d'obtenir une hauteur intermédiaire d'un mètre, au lieu des soixante centimètres habituels, procurant ainsi un plus grand confort aux esclaves et permettant un meilleur accès. Par vent faible et mer calme, on donnait de l'exercice aux esclaves par groupes de cinquante et, grâce à la circulation plus facile entre les planchers et aux échelles plus larges, même ceux des étages inférieurs pouvaient monter sur le pont. On les forçait alors à danser au rythme d'un tam-tam que battait un indigène nu couvert de tatouages. En bruit de fond, derrière leur chant mélodieux et le battement du tam-tam, on entendait alors le cliquetis lugubre de leurs chaînes.

Nathaniel s'arrêta pour bavarder avec Robyn qui contemplait ce triste spectacle.

— Drôle d'histoire, ce tatouage. Ils se sont mis à tatouer leurs enfants pour les rendre repoussants et décourager les marchands ; certains vont même jusqu'à leur limer ou leur briser les dents, comme celui-là. (Il désigna un grand Noir musclé dans le cercle des danseurs, dont les dents avaient été limées en pointe comme celles d'un requin.) D'autres enfilent un os dans le nez de leurs filles et d'autres encore distendent leurs tétons — excusez le langage, madame — ou leur mettent des anneaux de cuivre autour du cou jusqu'à ce qu'elles aient l'air de girafes pour que les marchands les laissent tranquilles. Ils affirment maintenant que ce sont des marques de beauté, mais vous y croyez vous, madame ?

Robyn constatait combien l'espace supplémentaire et l'exercice régulier amélioraient le bien-être des esclaves, et pendant qu'ils étaient en plein air, les ponts vides étaient nettoyés à l'eau de mer aspirée par les pompes du clipper, puis lessivés. Cependant, cela ne suffisait pas à empêcher la puanteur d'imprégner peu à peu le navire.

Chaque esclave passait deux heures sur le pont un jour sur deux. Robyn avait installé une infirmerie et en profitait pour les examiner. Elle leur faisait boire une décoction de mélasse et de jus de citron vert pour compléter leur alimentation à base de bouillie de farine et d'eau et éviter le redoutable fléau du scorbut.

Les esclaves réagissaient bien à ce traitement et, chose incroyable, commençaient à reprendre le poids que leur avait fait perdre la fièvre provoquée par l'inoculation contre la variole. Ils étaient résignés et dociles, malgré quelques incidents. Un matin, alors qu'un groupe d'esclaves nues était sorti des cales, l'une d'elles, une belle femme, réussit à détacher ses fers de sa chaîne et, arrivée sur le pont, courut jusqu'au bastingage et sauta par-dessus bord.

Malgré les fers qu'elle avait encore aux poignets, elle parvint à surnager pendant de longues minutes, puis, en dépit de ses efforts poignants, elle se mit à couler.

Robyn s'était précipitée pour la regarder, espérant que St John mettrait en panne et enverrait une chaloupe à son secours, mais il resta sur la dunette, détaché et silencieux, et c'est à peine s'il lança un coup d'œil vers le sillage avant de s'occuper de nouveau de la bonne marche du navire. Tandis que le *Huron* s'éloignait, la tête de la femme ne fut bientôt plus qu'un point à la surface de l'eau bleue, puis ses fers l'entraînèrent inexorablement vers le fond.

Robyn s'était rendu compte qu'il eût de toute façon été impossible d'arrêter le clipper et d'atteindre la femme avant qu'elle se noie, mais elle n'en jeta pas moins un regard haineux vers St John à l'autre bout du pont. Aucun mot ne pouvait exprimer sa colère et son indignation.

Cette nuit-là, elle resta allongée sur sa couchette et se tortura l'esprit pour essayer de trouver une ruse afin de retarder le clipper, lancé à toute allure vers Le Cap.

Elle songea à voler une des chaloupes du *Huron* et à se laisser aller à la dérive durant la nuit pour forcer St John à faire demi-tour et à se mettre à sa recherche. Il ne lui fallut que quelques minutes de réflexion pour comprendre qu'une douzaine d'hommes forts étaient nécessaires pour libérer une baleinière de ses amarres et la descendre sur ses bossoirs le long du flanc du navire. Et même si elle y avait réussi, il était loin d'être certain que St John ait retardé l'avance du clipper d'une minute, et même fort probable qu'il l'aurait abandonnée comme il l'avait fait avec l'esclave.

Elle pensa à mettre le feu au bateau en renversant une lanterne dans la soute de la grand-voile et endommager ainsi le *Huron* au point que St John soit obligé de faire escale dans le port le plus proche, Lourenço Marques ou Port Natal, pour effectuer les réparations nécessaires, et permettre au *Black Joke* de le rattraper. Elle imagina alors le feu échappant à tout contrôle et les huit cents esclaves brûlés vifs dans la cale. Elle eut un frisson, chassa cette idée et essaya de trouver le sommeil qui ne vint pas.

L'occasion se présenta finalement d'elle-même de la manière la plus inattendue. Tippoo, le second, n'avait qu'une faiblesse : il avait un sacré coup de fourchette et était, à sa façon, un gourmet. La moitié du lazaret était remplie par les victuailles qu'il avait embarquées et ne partageait avec personne : viandes séchées et fumées, charcuterie, fromages à l'odeur si forte qu'elle piquait les yeux, caisses en bois pleines de boîtes de conserve, mais, en bon musulman, il ne buvait pas d'alcool. Ce qu'il mettait dans son assiette compensait cependant largement ce qu'il n'avait pas dans son verre.

Son appétit gargantuesque était l'un des sujets de plaisanterie à bord, et Robyn avait entendu St John le taquiner à table.

« Sans toute cette boustifaille que vous avez embarquée, monsieur le second, nous aurions eu assez de place pour une centaine d'esclaves supplémentaires. »

« Je parie que votre ventre vous coûte aussi cher à entretenir qu'un harem. »

« Monsieur Tippoo, tout ce que vous mangez aurait dû être chrétiennement enterré depuis des mois. »

L'un des amuse-gueule favoris de Tippoo était une pâte de hareng fumé au goût particulièrement fort, en boîte d'une demi-livre. Il était recommandé sur l'étiquette de l'« étaler finement sur un toast », mais Tippoo la mangeait à la cuillère à même la boîte, qu'il ingurgitait tout entière d'une traite, les yeux mi-clos, sa large bouche de crapaud étirée en un sourire de chérubin.

Le quatrième soir après leur départ du Rio Save, il commença son dîner par une boîte de pâte de hareng fumé, mais quand il perça le couvercle avec son canif, de l'air s'en échappa et Mungo St John leva les yeux de son assiette de soupe de pois.

— Elle est avariée, monsieur Tippoo. À votre place, je ne la mangerais pas.

— Je sais, répondit Tippoo, mais vous n'êtes pas à ma place.

On appela Robyn un peu avant minuit. Tippoo était pris de convulsions, plié en deux par la douleur, son ventre gonflé et dur pareil à un rocher jaunâtre. Il avait vomi et à présent ne rendait plus qu'un peu de bile tachée de sang.

— C'est une intoxication alimentaire, déclara Robyn à St John d'une voix impersonnelle. Je n'ai pas les médicaments qu'il faut. Vous devez faire escale pour qu'il puisse recevoir le traitement adéquat. Il y a un hôpital militaire à Port Natal.

— Docteur Ballantyne, répondit St John d'une voix tout aussi impersonnelle, mais avec son sourire exaspérant dans ses yeux pailletés d'or, la mère de M. Tippoo était une autruche et il est capable de digérer des cailloux, des clous et du verre pilé. Vos inquiétudes, aussi touchantes soient-elles, ne sont pas justifiées. Demain à midi, il sera de nouveau capable de terrasser ou de manger un bœuf.

— Et moi je vous dis que sans le traitement nécessaire, il sera mort dans une semaine.

Le pronostic de St John fut avéré : le lendemain matin, les vomissements avaient cessé et Tippoo s'était apparemment purgé les boyaux du poisson avarié. Robyn dut se résoudre à une décision, qu'elle prit à genoux dans sa cabine.

— Pardonnez-moi, Seigneur, mais il y a huit cents de vos enfants enchaînés à fond de cale dans cette ignoble prison flottante, et, avec Votre aide, je ne le tuerai pas.

Puis elle se releva et se mit prestement au travail. Elle utilisa une solution mentholée pour masquer le goût amer de l'ipéca puis en laissa tomber quinze gouttes d'essence dans le verre, ce qui représentait trois fois la dose recommandée de cet émétique, le plus puissant que l'on connaisse.

— Buvez, dit-elle à Tippoo. Ça vous calmera l'estomac et arrêtera la diarrhée.

En fin d'après-midi, elle lui redonna la même dose, mais le stewart dut l'aider à soulever la tête de Tippoo du traversin et à lui verser le breuvage dans le gosier. Même Robyn fut alarmée par l'effet produit.

Au bout d'une heure, elle fit appeler St John, et le stewart lui dit en revenant :

— Docteur, le capitaine m'a chargé de vous dire qu'il vous prie de l'excuser, mais la sécurité du navire exige pour le moment toute son attention.

Lorsque Robyn se rendit elle-même sur le pont, St John était près du bastingage au vent, sextant à la main, attendant que le soleil apparaisse entre deux nuages.

— Tippoo est mourant, annonça-t-elle.

— Et je n'ai encore pas pu faire une seule visée de la journée, répliqua-t-il sans détacher son œil de l'œilleton du sextant.

— Je finis par croire que vous êtes un monstre dépourvu de tout sentiment humain, chuchota-t-elle d'une voix féroce, et au même moment un violent rayon de soleil frappa le pont.

— Prêt avec le chronomètre ? cria St John au signaleur, puis quand il eut amené l'image du soleil sur la ligne sombre de l'horizon où elle rebondit comme une balle en caoutchouc vert : Marquez ! Excellent, murmura-t-il avec satisfaction en abaissant le sextant et en lisant la hauteur du soleil qu'il annonça au signaleur pour qu'il l'inscrive sur sa feuille de route.

Seulement alors, il se tourna vers Robyn.

— Je suis certain que vous surestimez la gravité de l'état de Tippoo.

— Jugez par vous-même.

— C'est bien mon intention, docteur.

St John se baissa pour entrer dans la cabine de Tippoo et s'arrêta un instant. Il changea d'expression et son sourire narquois s'évanouit brusquement, puis il posa la main sur le front perlé de sueur du second.

Tippoo roula son énorme tête jaune et chauve vers le capitaine et, avec courage, s'efforça de sourire. Robyn se sentit terriblement coupable d'avoir infligé cette souffrance et d'être témoin de cet échange étrangement intime entre ces deux hommes durs et dangereux.

Tippoo essaya de se redresser mais un long râle sortit de sa gorge, il étreignit son ventre à deux mains et se recroquevilla sous l'effet de la douleur, puis agita désespérément la tête, de nouveau pris de vomissements.

St John ramassa vivement le seau et, passant un bras autour des épaules de Tippoo, le lui tint, mais celui-ci ne put vomir qu'un peu de sang et de bile, et retomba en haletant sur sa couchette, inondé de sueur et les yeux révulsés au point que l'iris avait presque complètement disparu.

Mungo resta cinq bonnes minutes près de la couchette, se balançant lentement au rythme du navire, mais silencieux et immobile. Il avait les sourcils froncés et le regard perdu au loin ; Robyn savait qu'il hésitait entre la perte de son ami et celle de son navire, et peut-être de la liberté, car entrer dans un port britannique avec des esclaves plein ses cales était terriblement risqué.

Curieusement, à présent qu'il montrait le bon côté de sa nature, que son affection pour lui renaissait dans toute sa force, elle se sentait honteuse de jouer avec ses émotions les plus profondes et de torturer le géant étendu sur la couchette.

St John jura à voix basse mais avec détermination et sortit rapidement de la cabine.

La bouffée d'affection de Robyn se mua en dégoût et en déception. Elle était écœurée de voir que même la vie d'un vieil ami fidèle ne signifiait rien pour cet homme cruel et implacable qu'elle avait eu la faiblesse d'aimer, et déçue de constater que sa ruse avait échoué, qu'elle avait fait souffrir Tippoo et mis sa vie en péril pour rien.

Avec lassitude et amertume, elle se laissa tomber près de la couchette, prit un linge trempé dans de l'eau de mer et l'appliqua sur le front inondé de sueur du second.

Au cours de leur longue traversée de l'Atlantique, elle était devenue sensible à tous les mouvements du *Huron*, au balancement du pont sous les pieds, différent selon les allures, aux bruits de sa coque qui variaient suivant l'état de la mer et le vent, et brusquement elle sentit que le navire gîtait fortement. Elle entendit un martèlement de pieds sur le pont et les vergues passer d'un bord à l'autre : l'allure du *Huron* devint plus facile, le bruit de l'eau contre la coque et le claquement des haubans s'amortirent tandis que le clipper courait vent arrière.

— Il a mis le cap à l'ouest, souffla-t-elle en levant la tête pour mieux écouter. Ça a marché. Il va faire escale à Port Natal. Oh, merci mon Dieu, ça a marché.

Le *Huron* jeta l'ancre loin du rivage, hors de la ligne des trente brasses, si bien qu'il ne profitait pas de la protection offerte par l'énorme promontoire qui ferme le havre naturel de Port Natal. Même armé d'une puissante longue-vue, un observateur ne pouvait distinguer du rivage aucun détail révélant la nature de la cargaison du clipper ni sa véritable vocation. Le navire en payait cependant le prix en subissant de plein fouet les assauts de la mer et du vent. Il plongeait dans le creux des vagues, roulait et tirait violemment sur sa chaîne d'ancre.

Au sommet du grand mât flottait la bannière étoilée et au-dessous le pavillon jaune qui signifiait « Épidémie à bord ».

Mungo St John plaça des hommes de quart en armes de chaque côté du navire, ainsi qu'à l'avant et à l'arrière, et malgré ses protestations véhémentes, Robyn fut consignée dans sa cabine pendant toute la durée de l'escale, une sentinelle devant sa porte.

683

— Vous en savez fort bien la raison, docteur Ballantyne, répondit calmement St John à ses protestations. Je ne veux pas que vous ayez le moindre contact avec vos compatriotes.

Tippoo fut conduit à terre avec la baleinière par des hommes que St John avait choisis lui-même, avec pour instruction de déclarer au capitaine du port qu'il y avait la variole à bord et de demander qu'aucun navire n'approche du *Huron*.

— Je ne peux vous attendre plus de trois jours, dit-il en se penchant sur la civière sur laquelle gisait Tippoo. Il m'est impossible de prendre le risque de rester plus longtemps. Si après ce délai vous n'êtes pas suffisamment rétabli, il vous faudra rester là et attendre mon retour, dans cinq mois tout au plus. Guérissez vite, monsieur Tippoo, j'ai besoin de vous, ajouta-t-il en fourrant une bourse en cuir sous la couverture.

Robyn lui avait administré une dernière dose d'ipéca à la menthe quelques minutes plus tôt, et Tippoo ne put que répondre dans un murmure déchirant :

— Je vous attendrai le temps qu'il faudra, capitaine.

— Allez-y doucement, vous m'entendez? fit St John d'une voix rauque aux matelots qui portaient la civière.

Pendant trois jours, Robyn sua à grosses gouttes et s'agita dans sa petite cabine mal aérée. Pour essayer de tuer le temps, elle se mit à son journal, mais elle était distraite et son cœur battait à tout rompre chaque fois qu'elle entendait du bruit en provenance du pont, espérant et redoutant tout à la fois d'entendre une sommation lancée depuis une canonnière britannique ou des troupes prendre le *Huron* à l'abordage.

Le matin du troisième jour, Tippoo fut ramené au navire, et il grimpa à bord sans aide. La rapidité de son rétablissement avait stupéfié les médecins militaires, mais il était si amaigri qu'il avait des bajoues de bouledogue et son ventre avait fondu à tel point qu'il retenait son pantalon avec une corde en guise de ceinture.

Sa peau avait pris la couleur jaune pâle du vieil ivoire, et il était si fatigué qu'il dut s'arrêter quelques instants pour se reposer en arrivant sur le pont.

— Bienvenue à bord, monsieur Tippoo, lança St John depuis la dunette. Puisqu'il semble que vos vacances à terre tirent à leur fin, je vous serais reconnaissant d'appareiller immédiatement.

Douze jours plus tard, après avoir bataillé contre des vents capricieux, Mungo St John mit au point sa longue-vue sur l'entrée de False Bay. Sur la gauche, se dressait le pic incurvé caractéristique de Hangklip, qui, de là où ils étaient, avait la forme d'un aileron de requin, et de l'autre côté de l'ouverture de la baie, l'extrême point sud du continent africain, Cape Point, son phare perché au sommet de falaises verticales.

C'était un magnifique jour d'été. Sous la caresse d'une brise légère et joyeuse, la longue houle de l'océan s'assombrissait par endroits et à d'autres prenait un éclat satiné. Bas sur l'horizon se déployaient d'immenses vols d'oiseaux de mer dont les ailes scintillaient comme des flocons de neige emportés par le vent.

Le *Huron* glissait lentement puis restait encalminé plusieurs minutes d'affilée, et il lui fallut une demi-journée pour doubler la pointe et prendre le cap ouest-nord-ouest et un quart nord qui allait le conduire vers l'Atlantique, l'équateur et Charleston.

Une fois sur sa nouvelle route, St John eut le loisir d'examiner les navires en vue. Il y en avait neuf, et un dixième dont on n'apercevait que les huniers à l'horizon. La plupart, suivis par des nuées d'oiseaux de mer, étaient des petits bateaux de pêche qui sortaient des baies de la Table et de Hout et se trouvaient entre le *Huron* et la terre ; tous avaient affalé leurs voiles ou hissé un minimum de toile pour installer leurs filets ou leurs lignes. Seul le gréement du navire le plus éloigné comportait des huniers et, bien que sa coque fût encore cachée sous l'horizon, il donnait à St John l'impression d'être un vaisseau de plus gros tonnage que les bateaux de pêche.

— Voilà un bateau pour vous ! s'exclama Tippoo en touchant le bras de St John pour attirer son attention, et lorsqu'il tourna sa lunette vers la terre, celui-ci eut un murmure de plaisir en voyant un indiaman gréé carré qui doublait le promontoire à l'entrée de la baie de la Table.

Il était aussi beau à voir que le *Huron*, avec ses voiles qui se déployaient jusqu'au ciel, sa coque blanche avec un filet bordeaux. Les deux magnifiques vaisseaux se croisèrent à deux encablures tandis que leurs capitaines se saluaient en s'observant à la longue-vue avec un intérêt de connaisseurs.

Accoudée elle aussi au bastingage, Robyn ne pensait qu'à la terre. Elle ne se souciait guère du beau voilier ; c'était de la montagne au sommet plat qu'elle ne pouvait détacher ses yeux. Elle était là, toute proche, là se trouvaient un espoir de secours, ses amis, le gouverneur britannique et l'escadre du Cap — si seulement ils savaient qu'elle était prisonnière à bord de ce négrier.

Le cours de ses pensées fut interrompu par un mouvement soudain qu'elle entrevit du coin de l'œil — elle était incroyablement sensible au moindre geste de St John, au plus léger changement de son expression. Il s'était détourné du voilier qui s'éloignait sur l'arrière et regardait avec une grande attention vers bâbord, les mains serrées sur sa longue-vue, le corps tendu.

Elle suivit son regard et remarqua pour la première fois une tache blanche à l'horizon qui ne disparaissait pas comme la crête écumeuse des vagues mais brillait avec persistance au soleil, bien que sa forme parût se modifier légèrement... Était-ce un effet de son imagination ou une ligne noire qui semblait onduler derrière elle et se disperser lentement dans la direction du vent ?

— Monsieur Tippoo, est-ce que vous arrivez à distinguer ce navire ?

Robyn perçut une nuance d'inquiétude dans la voix de St John et son cœur se mit à battre violemment d'espoir et d'appréhension.

Pour Clinton Codrington, cela avait été une course effrénée le long de la côte orientale de l'Afrique, des journées de tension incessante et des nuits blanches, au cours desquelles il passait de l'espoir à l'abattement. Le moindre changement de vent l'alarmait ou l'encourageait car il favorisait ou, au contraire, gênait le grand clipper qu'il avait pris en chasse. Les accalmies le ravissaient, les regains d'énergie des vents dominants de sud-est le démoralisaient.

Au cours des derniers jours, un nouveau souci l'accabla. Il avait brûlé son charbon sans compter dans sa longue course vers le sud et son mécanicien, un petit Écossais à la barbe rousse et à la peau si imprégnée de cambouis et de poussière de charbon qu'il semblait atteint d'une maladie incurable, apparut sur le pont.

— Les pelles de chauffe touchent déjà le fond des soutes, annonça-t-il avec une morne délectation. Je vous avais averti, capitaine, que nous n'y arriverions pas si...

— Brûlez le mobilier du navire s'il le faut, coupa Clinton sèchement. Vous pouvez commencer par ma couchette, je n'en ai plus besoin.

Et comme le mécanicien s'entêtait, Clinton ajouta :

— Débrouillez-vous comme vous voudrez, monsieur MacDonald, mais je veux que votre chaudière crache de la fumée jusqu'à ce que nous soyons arrivés à Cape Point et encore lorsque je donnerai le branle-bas de combat.

Ils aperçurent le phare de Cape Point quelques minutes avant minuit le lendemain, et, la voix enrouée

688

par la fatigue et le soulagement, Clinton se pencha sur le porte-voix.

— Monsieur MacDonald, vous pouvez réduire la vapeur, mais entretenez le foyer et tenez-vous prêt à alimenter la chaudière. Quand je vous demanderai d'envoyer la vapeur, il n'y aura pas un instant à perdre.

— Vous allez faire escale dans la baie de la Table pour remplir les soutes, n'est-ce pas, capitaine?

— Je vous le ferai savoir, promit Clinton en refermant le couvercle du porte-voix.

La base navale du Cap, avec tous ses équipements, n'était plus qu'à quelques heures de navigation. À l'aube, ils pourraient refaire le plein de charbon, d'eau et de légumes frais.

Cependant, il n'aurait pas plus tôt jeté l'ancre dans la baie de la Table que l'amiral Kemp ou l'un de ses adjoints se rendrait à bord et que son temps de commandement autonome tirerait à sa fin. Il redeviendrait un jeune officier dont les récentes actions appelleraient des explications à n'en plus finir.

Plus Clinton approchait de l'Amirauté, plus les mises en garde de sir John Bannerman résonnaient à ses oreilles et plus il lui fallait considérer sa situation avec réalisme. L'excitation éprouvée en prenant d'assaut les négreries arabes ou en saisissant en haute mer des dhaws chargés d'esclaves était depuis longtemps retombée, et Clinton se rendait compte que, une fois entré dans la baie de la Table, il ne pourrait s'en échapper avant des semaines, voire des mois. Il risquait même de compromettre ses projets immédiats en se faisant voir depuis la terre, car un bâtiment serait immédiatement lancé par l'amiral Kemp pour lui ordonner de rentrer afin d'être jugé et puni.

Clinton ne s'inquiétait nullement du jugement que rendrait la Navy et son indifférence à la menace qui planait sur sa carrière le surprenait lui-même. Il n'avait qu'un seul désir, une seule idée en tête, qui éclipsait tout le reste. Il fallait que son navire soit en position quand le *Huron* doublerait Le Cap, s'il ne l'avait déjà fait. Rien ni personne ne devait l'empêcher d'y parvenir. Ensuite, il affronterait ses accusateurs avec une parfaite équanimité. Le *Huron* et Robyn passaient d'abord, à côté le reste ne comptait pas.

— Monsieur Denham, cria-t-il à travers le pont obscur. Nous allons patrouiller à dix milles au large de Cape Point, qu'on vienne me chercher immédiatement si les lumières d'un navire sont en vue.

Il se jeta tout habillé et botté sur sa couchette, l'esprit en paix pour la première fois depuis son départ de Zanzibar. Il avait fait tout ce qui était humainement possible pour atteindre Le Cap avant le *Huron*, la suite était entre les mains de Dieu — et il lui faisait implicitement confiance.

Il s'endormit presque tout de suite, et son stewart le réveilla une heure avant l'aube. Il laissa la tasse de café refroidir à côté de sa couchette et se précipita sur le pont où il devança le lieutenant de vaisseau Denham.

— Aucun navire en vue pendant la nuit, capitaine, annonça Ferris, qui était de quart.

— Très bien, monsieur Ferris. Nous allons immédiatement commencer notre patrouille de jour.

Avant que la lumière soit assez forte pour qu'un observateur puisse distinguer des détails de la côte, le *Black Joke* s'était replié sous l'horizon, et il eût fallu un regard aiguisé pour apercevoir l'éclat intermittent de ses huniers, et plus encore pour identifier la canonnière et avertir l'amiral Kemp du retour de son officier prodigue.

Depuis la tête du grand mât, la terre faisait l'effet d'une irrégularité de la ligne d'horizon, mais un navire qui aurait doublé Le Cap devait passer beaucoup plus près. Le grand mât du *Huron* ayant presque cinquante mètres de haut, ses voiles se verraient comme un signal lumineux, et tant qu'il n'y avait pas de brouillard, ce qui était peu probable en cette saison, Clinton était sûr que le clipper ne lui échapperait pas.

Tandis qu'il arpentait le pont et que la canonnière patrouillait en décrivant un carré, sa seule inquiétude était que le *Huron* ait depuis longtemps filé vers le nord, poussé par le vent de sud-est qui soufflait à présent avec force et régularité, et se soit déjà perdu dans l'immensité verte de l'Atlantique sud pendant que le *Black Joke* gardait la porte d'une cage vide.

Il n'eut guère le temps de ruminer ses pensées, car la vigie du grand mât signalait déjà le premier navire en vue, et le sang de Clinton ne fit qu'un tour.

— Comment est-il ? cria-t-il dans le porte-voix.

— Un petit lougre.

Ses espoirs étaient déçus. Ce n'était qu'un bateau de pêche qui sortait de la baie de la Table, et il allait y en avoir bien d'autres, mais chaque fois qu'une voile apparaissait, il ne parvenait pas à contenir son excitation. Le soir, quand il donna l'ordre de prendre la patrouille de nuit plus près de la côte, il était épuisé et avait les nerfs à vif.

Il ne put pourtant pas se reposer. À trois reprises au cours de la nuit, on le tira de sa couchette et il se précipitait sur le pont encore à moitié endormi tandis que le *Black Joke* s'approchait des lumières rouges et vertes qui clignotaient dans l'obscurité.

À chaque fois, la même attente, la même tension nerveuse pour se préparer à agir vite, les mêmes ordres donnés, puis la déception quand on s'apercevait que les lumières étaient celles de petits navires de commerce. La canonnière changeait rapidement de direction afin d'éviter d'être repérée.

À l'aube, Clinton était de nouveau sur le pont et le *Black Joke* s'éloignait de la côte pour reprendre sa faction diurne. Il était distrait par les annonces de la vigie signalant les premières voiles de la flottille de pêche qui sortait pour accomplir son travail quotidien et par les rapports de mauvais augure de son mécanicien écossais.

— Nous n'arriverons pas à ce soir, capitaine, déclara MacDonald. Et pourtant, j'utilise juste assez de charbon pour que les chaudières ne refroidissent pas. Il ne reste qu'un seau ou deux.

— Monsieur MacDonald, le coupa Clinton en essayant de ne pas perdre son sang-froid et de cacher son épuisement, ce navire continuera à patrouiller tant que je ne donnerai pas d'ordre contraire. Je me fiche de ce que vous brûlez dans votre chaudière, mais il faudra que vous donniez de la vapeur quand je le demanderai... sinon, vous pouvez dire adieu à la plus belle prime de prise de toute votre vie.

En dépit de ces promesses hardies, les espoirs de Clinton s'amenuisaient rapidement. Ils étaient déjà en faction depuis un jour et une nuit, et il lui semblait inconcevable qu'ils aient pris une telle avance sur le clipper — sauf si, par miracle, il avait été retardé — et, à chaque heure qui passait, il était de plus en plus convaincu qu'il lui avait échappé et emportait à jamais sa cargaison d'âmes humaines et sa bien-aimée.

Il savait qu'il aurait dû descendre se reposer, mais dans la chaleur de l'été il étouffait dans sa cabine et s'y sentait prisonnier. Incapable de tenir en place, il restait sur le pont, ruminait penché sur la table à cartes, tripotait les instruments de navigation avant de les reposer brusquement. Puis il refaisait les cent pas en jetant des coups d'œil rapides vers la vigie avant d'errer à travers le *Black Joke*, si manifestement décidé à chicaner sur la conduite du navire que ses officiers suivaient des yeux sa silhouette dégingandée avec inquiétude et que, l'air soumis, l'homme de quart restait silencieux. Aucun n'osait regarder dans sa direction, et tous restèrent pétrifiés lorsqu'il éleva la voix avec colère.

— Monsieur Denham, ce pont est une véritable porcherie. Quel animal est responsable de cette saleté ?

Le lieutenant de vaisseau accourut. Sur le pont briqué, quelqu'un avait craché sa chique ; Denham contempla un instant la tache brune avant de se retourner pour beugler une série d'ordres qui déclenchèrent une galopade. Tandis que Clinton et le lieutenant restaient près de quatre hommes à genoux qui frottaient furieusement le pont pour faire disparaître la tache infamante, que d'autres apportaient des seaux d'eau ou actionnaient les pompes du navire, l'activité était si intense, l'atmosphère si tendue que personne ne fit attention aux cris de la vigie.

C'est Ferris qui les entendit et demanda dans le porte-voix :

— Comment est-il ?

— C'est un quatre-mâts gréé carré, toutes voiles dehors...

L'intense activité cessa instantanément et toutes les têtes se levèrent vers la vigie qui précisait :

— Il fait route pour doubler Le Cap et vire pour prendre une route nord-nord-ouest ou à peu près.

Clinton fut le premier à réagir. Il arracha la longue-vue des mains du lieutenant Denham et courut vers les enfléchures. La lunette passée à la ceinture, il commença à grimper.

Il monta régulièrement sans jamais s'arrêter ni ralentir, pas même quand il atteignit les jambes de hune, où il resta suspendu en arrière pendant quelques instants à trente mètres au-dessus du pont. Quand il parvint au nid-de-pie et se laissa tomber à l'intérieur, il avait la gorge sèche et les tempes bourdonnantes. Il n'avait plus grimpé comme cela depuis qu'il était aspirant.

La vigie, qui essayait de se faire aussi petit que possible tant ils étaient serrés l'un contre l'autre, lui montra le navire.

— Il est là, capitaine.

Le roulis du *Black Joke* était amplifié au sommet du grand mât et l'horizon se balançait vertigineusement dans le champ de la longue-vue que Clinton essayait d'ajuster. C'était un art qu'il n'avait jamais pleinement maîtrisé mais, à la première apparition de la petite pyramide blanche dans son champ de vision, ses derniers doutes furent dissipés et Clinton sentit son cœur cogner contre sa poitrine.

— Cap à l'est, monsieur Denham. Envoyez la vapeur, cria-t-il d'une voix étranglée par un sentiment de victoire vers les minuscules silhouettes écrasées par la perspective sur la dunette loin en contrebas.

Bien qu'il n'eût pas encore repris entièrement sa respiration, il se précipita hors du nid-de-pie et dégringola le long des enfléchures. Dans sa hâte, il parcourut en glissant les derniers quinze mètres du galhauban sans remarquer que la corde rugueuse lui brûlait les paumes.

Au moment où il touchait le pont, le *Black Joke* virait déjà ; anticipant l'ordre de son capitaine, Denham avait appelé tout le monde sur le pont, et les hommes sortaient à flot continu des entrailles du navire.

— Et vous voudrez bien mettre en branle-bas de combat, monsieur Denham, dit Clinton en haletant, le visage empourpré sous son hâle, une étincelle guerrière dans ses yeux saphir.

Les officiers du *Black Joke* portaient une épée à la ceinture, seul Clinton avait choisi le sabre d'abordage, car il préférait cette arme plus solide et plus lourde, et il en tripotait la garde tout en leur parlant calmement.

— Messieurs, j'ai la preuve que ce vaisseau transporte une cargaison d'esclaves. (Denham toussa nerveusement et Clinton le devança.) Je sais aussi que c'est un bâtiment américain et que dans des circonstances ordinaires nous ne pourrions nous opposer à son passage. (Denham acquiesça avec soulagement, mais Clinton poursuivit sans pitié.) J'ai cependant reçu un appel d'un sujet de Sa Majesté, le Dr Robyn Ballantyne, que vous connaissez tous bien, qui est retenue à bord du *Huron* contre son gré. Dans ces conditions, je n'ai aucun doute sur ce qu'est mon devoir. J'ai l'intention d'arraisonner le navire, et s'ils me résistent, de les combattre. (Il marqua une pause ; les hommes étaient secoués, leurs visages tendus.) Que ceux d'entre vous qui ont des objections contre cette décision les formulent immédiatement dans le livre de bord et je contresignerai.

Leur soulagement et leur gratitude étaient manifestes ; peu de capitaines auraient été aussi cléments.

Il signa sous les déclarations des officiers et reposa la plume.

— Maintenant que ces formalités ont été accomplies, messieurs, il est temps que nous nous employions à gagner nos gages, lança Clinton en montrant la masse de voiles blanches que l'on voyait distinctement depuis la proue du *Black Joke*. Il souriait pour la première fois depuis leur départ de Zanzibar.

Tandis qu'il parlait, un jet de fumée noire à l'odeur de goudron jaillit par l'unique cheminée, et le transmetteur d'ordres de manœuvre émit un grand bruit métallique tandis que l'indice du répétiteur se déplaçait sur « Moteur coupé ». La chaudière du *Black Joke* fonctionnait.

Clinton s'approcha du transmetteur, poussa la poignée en position « En avant toute » ; le pont se mit à vibrer sous ses pieds tandis que l'hélice commençait à tourner. Le *Black Joke* se lança en avant avec ardeur et son étrave fendit les longues lames avec de grandes gerbes d'écume.

— Par Dieu, il va nous clouer à la côte…, lança St John de sa voix nonchalante, en adressant un petit sourire à Tippoo tout en baissant sa longue-vue pour en nettoyer la lentille avec la manche de sa chemise. Nous allons devoir filer comme le vent pour lui échapper et gagner la pleine mer. Monsieur Tippoo, voulez-vous avoir la bonté de larguer tous les ris et d'envoyer toute la toile, cacatois compris ? (Il leva de nouveau sa lunette et Tippoo commença à lancer les ordres.) Le bonhomme me paraît avoir un peu trop de chance, murmura-t-il. Il est quand même fort que le seul homme que je ne souhaite pas rencontrer se trouve précisément au seul endroit de l'océan où je n'ai pas envie de le voir.

St John baissa de nouveau sa longue-vue et se dirigea vers le bastingage de proue pour jeter un coup d'œil sur le pont principal. Robyn Ballantyne était là, les yeux fixés sur la voile et la traînée de fumée encore distantes, mais qui se rapprochaient d'eux à chaque instant, sur la canonnière qui tentait de leur couper la route. Elle sentit le regard de St John braqué sur elle et ôta son châle ; ses cheveux auburn se défirent en lui fouettant le visage. Le vent plaquait ses jupes contre ses jambes, et elle devait se pencher légèrement en avant pour ne pas perdre l'équilibre.

Elle leva la tête, tourna les yeux vers St John avec un air de défi pendant qu'il coupait soigneusement avec ses dents l'extrémité d'un de ses longs cigarillos et abritait la flamme de son allumette de ses mains tout en soutenant son regard. Puis il descendit sans se presser l'échelle de poupe pour venir à son côté.

— C'est un de vos amis, docteur Ballantyne ?

Seules ses lèvres souriaient, son regard était glacial.

— J'ai prié pour sa venue chaque soir depuis que je lui ai envoyé la lettre le priant d'intervenir.

— Vous avouez votre trahison ?

— Je suis fière d'avoir accompli mon devoir de chrétienne.

— Qui a acheminé votre lettre ?

— Ce n'est pas un membre de votre équipage, monsieur. Je l'ai confiée au capitaine du dhaw omanais.

— Je vois, dit-il d'une voix basse mais cinglante. Et la maladie de Tippoo ? Se pourrait-il qu'un médecin s'abaisse à empoisonner un patient ?

Elle baissa les yeux, incapable de répondre à cette accusation.

— Veuillez avoir l'obligeance de retourner immédiatement dans votre cabine, docteur Ballantyne, et d'y rester jusqu'à ce que je vous donne la permission d'en sortir. Il y aura un garde armé à votre porte.

— Vais-je être punie ?

— Personne ne me blâmerait si je vous jetais par-dessus bord en laissant le soin à vos compatriotes de vous recueillir. C'est cependant à votre sécurité que je songe. Le pont risque de devenir d'ici peu un endroit malsain et nous serons tous trop occupés pour prendre soin de vous.

Il regarda droit devant lui, puis de nouveau la fumée du *Black Joke,* en estimant les vitesses et les distances avec un œil de marin. Alors, il sourit.

— Avant que vous partiez, je veux que vous sachiez que tous vos efforts ont été en pure perte. Regardez !

Il désigna la côte montagneuse et abrupte, et en suivant son doigt, Robyn vit pour la première fois que, devant eux, la mer était noire comme du charbon et agitée par des vaguelettes furieuses couronnées de crêtes blanches.

— Voilà le vent, commenta St John. C'est là qu'il descend des montagnes et nous y serons avant que vous ayez regagné votre cabine, ajouta-t-il avec un petit rire confiant. Lorsque nous aurons pris le vent, il y aura peu de bateaux, à voile ou à vapeur, capables de suivre le *Huron,* sans parler de le battre de vitesse. (Il lui fit une petite révérence en parodiant les manières courtoises du Sud.) Regardez bien cet affreux petit vapeur avant de vous en aller, madame, vous ne le reverrez plus. Et maintenant, je vous prie de m'excuser...

Il tourna les talons et remonta avec aisance l'échelle de poupe.

Pleurant de rage, Robyn empoigna le bastingage et regarda la petite canonnière qui se démenait en lâchant des bouffées de fumée ; elle en apercevait déjà la coque et les sabords de batterie peints en damier. Elle se prit à espérer que les affirmations de St John n'étaient que fanfaronnade, car le *Black Joke* semblait suivre l'allure du grand clipper et le vent était encore très loin devant.

Une main lui toucha l'épaule respectueusement, le vieux Nathaniel était près d'elle.

— Je dois vous conduire en sûreté dans votre cabine, madame, sur ordre du capitaine.

Clinton était penché en avant, comme s'il essayait de faire accélérer le navire par le balancement de son corps, tel un cavalier devant l'obstacle. Lui aussi avait vu au loin la surface de la mer agitée par le vent, et il savait ce que cela annonçait.

Le grand clipper donnait à présent l'impression de paresser, indolent comme une élégante dans ses volants et ses cotillons, tandis que le *Black Joke* s'activait en crachant sa fumée et coupant au plus court. Si tous deux conservaient cette allure, leurs routes se croiseraient à une dizaine de milles. Clinton visualisait le lieu exact juste au-delà de l'avancée de terre portée sur sa carte sous le nom de Bakoven Point.

Le *Huron* était contraint de suivre sa route actuelle. Il ne pouvait s'élever au vent vers la terre car la côte était toute proche, et la carte indiquait des brisants très au large — il en avait un en ce moment même sur tribord, qui montrait son dos arrondi de granit noir et soufflait comme une baleine. Le *Huron* était pris au piège ; la seule possibilité qu'il avait de s'échapper était de semer la canonnière en trouvant le vent, qui était là à moins de trois milles devant lui.

Clinton entendit un bruit violent sous ses pieds, et il jeta un regard irrité à Ferris.

— Allez voir ce que c'est, ordonna-t-il sèchement avant d'accorder toute son attention au clipper.

Il ne lui restait plus que trois petits milles à couvrir, mais pendant qu'il l'observait avec sa longue-vue, l'immense grand-voile se mit à faseyer puis à battre doucement tandis que le navire lofait dans les courants d'air capricieux descendus des montagnes.

— Grâce à Dieu ! murmura Clinton.

Le *Huron* perdait visiblement de la vitesse, ses voiles se détendaient et il renâclait comme un animal fatigué.

— Il est encalminé ! cria le lieutenant Denham triomphalement. Nous le tenons, maintenant, nom de Dieu !

— Je vous serais reconnaissant de ne pas blasphémer sur la dunette, monsieur Denham, lança sévèrement Clinton à l'officier déconfit.

À ce moment, Ferris remonta sur le pont, hors d'haleine.

— Je vous demande pardon, capitaine, lâcha-t-il en haletant. Ce sont les chauffeurs. Ils sont en train de démolir tout le mobilier du quartier des officiers. Votre couchette y est passée, capitaine, et votre bureau aussi.

Clinton le regarda à peine ; il examinait le clipper, évaluait leurs vitesses respectives et estimait aussi précisément que possible son angle d'interception.

— Virez d'un quart sur tribord, dit-il à l'homme de barre.

Il jeta ensuite un coup d'œil aux voiles du *Black Joke*, qui allégeaient la tâche de la lourde hélice de bronze. Le léger changement de cap avait modifié leur tension.

— Monsieur Ferris, veuillez, je vous prie, balancer le foc.

Ferris jeta un ordre aux hommes de quart sur le gaillard d'avant et les regarda d'un air critique étarquer la longue voile triangulaire.

Toutes les voiles du *Huron* s'agitèrent, puis se gonflèrent de nouveau et, avec une crête d'écume blanche sous sa proue, le clipper s'élança vers les eaux sombres balayées par le vent, à présent toutes proches.

C'était à cause du blasphème de Denham, Clinton en avait la certitude, et il jeta un regard noir à son lieutenant, puis lança un ordre à contrecœur :

— Laissez arriver d'un quart !

Le *Huron* reprenait de l'avance et, si le *Black Joke* avait conservé son cap, il aurait coupé la route du clipper en arrière de celui-ci. En modifiant sa trajectoire, Clinton reconnaissait que l'avantage changeait de mains encore une fois.

— Ici la chambre des machines, capitaine, cria la voix du mécanicien dans le porte-voix. Le charbon est épuisé depuis belle lurette. La pression est descendue à cent livres, capitaine, et elle continue de chuter.

— Brûlez tout ce que vous pouvez trouver.

— Le bois monte comme du papier, capitaine. Il est trop léger et ça obstrue la gaine de chauffe.

MacDonald semblait se réjouir en annonçant ces mauvaises nouvelles, l'irritation de Clinton était à son comble.

— Faites de votre mieux, je ne peux pas vous dire plus, glapit-il avant de refermer le porte-voix d'un coup sec.

Il se demanda s'ils étaient assez près pour tenter de tirer avec la pièce de chasse. La longue pièce de seize avait une portée presque deux fois plus grande que celle des gros canons de trente-deux qui constituaient l'essentiel de l'armement du *Black Joke*. Un coup heureux pouvait emporter un espar du clipper, voire arracher une de ses vergues. Au moment même où il s'interrogeait, il perçut distinctement le changement des vibrations du moteur transmises par le pont ; le *Black Joke* perdait de la vitesse, la pression de la vapeur dans sa chaudière diminuait.

— Monsieur Ferris, envoyez les couleurs, je vous prie.

Le pourpre et le blanc du pavillon se déployèrent dans le ciel d'azur et lancèrent leur sommation dans le vent. Comme à chaque fois, Clinton ressentit une bouffée de fierté.

— Le *Huron* répond, grommela Denham.

Clinton leva sa lunette et vit les couleurs de l'Américain s'épanouir comme une fleur au sommet de ses pyramides étincelantes de toile blanche.

— ... et il nous envoie au diable, ajouta le lieutenant.

Le *Huron* traitait leur sommation par le mépris.

— Monsieur Ferris, nous allons lui faire tâter de notre artillerie, décida Clinton d'un air mécontent. Visez la proue.

Ferris se précipita pour superviser le chargement et la mise en place de la pièce de chasse.

La détonation fut emportée par le vent et la longue colonne de fumée grise immédiatement balayée. Tous regardaient avec leur longue-vue, mais aucun ne put localiser le point de chute du boulet.

— Il ne change pas de cap et nous ignore, fit Denham, exprimant ce que les autres pensaient.

— Très bien, nous allons essayer d'atteindre le gréement, annonça Clinton sans élever la voix.

La pièce de seize claqua de nouveau comme une porte rabattue par le vent, et cette fois-ci, tous poussèrent une acclamation à l'unisson. Un petit trou de lumière était apparu dans l'une des bonnettes du *Huron*, percée par le boulet ; elle resta gonflée encore un instant, puis éclata comme un sac en papier et se déchira en lambeaux.

Clinton vit les matelots s'affairer sur le pont et dans les vergues, et avant que la pièce de chasse ait pu être rechargée, la bonnette réduite en pièces était affalée et une neuve se déployait à sa place. La vitesse avec laquelle le changement de voile s'était opéré impressionna Clinton lui-même.

— Ce démon est un bon marin, je le lui accorde...

Il s'interrompit brusquement : le *Huron* virait hardiment et semblait vouloir couper la route de la canonnière. Clinton comprit ce que son capitaine était en train de faire : il anticipait l'assaut du vent, et tandis que le commandant du *Black Joke* l'observait, le clipper fut emporté par une rafale.

Le vent mugissait à bord du *Huron*, hurlait dans son gréement comme une meute de loups, et le grand clipper donna de la bande, parut presque se ramasser sur lui-même comme un pur-sang sous la morsure du fouet puis bondit en avant.

La mer sombre lacérée par le vent s'ouvrait devant la longue coque effilée et le *Huron* lançait joyeusement de grandes gerbes d'écume par-dessus son étrave.

— Il file à vingt nœuds, cria Denham incrédule, tandis que le *Black Joke* semblait presque faire du surplace comme un rondin de bois mort ballotté par les flots, comparé au magnifique quatre-mâts qui lui coupait témérairement la route juste hors de portée de canon et fonçait dans l'océan Atlantique.

Dans sa longue-vue, Clinton vit que les matelots alignés dans les vergues du *Huron* faisaient des cabrioles et agitaient leur bonnet en poussant des hourras et des huées, puis il dirigea sa lunette vers le pont du clipper.

Une haute silhouette se tenait près du bastingage, vêtue d'un simple caban bleu marine. À cette distance, Clinton ne pouvait distinguer les traits du personnage, mais il reconnut ses larges épaules, le port de tête arrogant qu'il avait vu pour la dernière fois dans l'œilleton d'un pistolet de duel.

Une bouffée de haine vint lui brûler la gorge quand l'homme leva la main en un salut laconique, un geste d'adieu moqueur, puis s'éloigna du bastingage sans se presser.

Clinton referma sa longue-vue d'un coup sec.

— Droit sur lui, ordonna-t-il d'un ton sec. Nous ne le lâcherons pas !

Il n'osa pas regarder le visage de ses officiers, de crainte d'y lire une expression de commisération.

Étendue sur sa couchette, les bras raides le long du corps et les poings serrés, Robyn entendit le pont gémir sous elle et les palans filer dans leurs poulies tandis qu'un marin tournait la barre : le *Huron* changeait de cap. C'était un bruit auquel elle était habituée et elle s'arc-bouta instinctivement pendant que les cordes attachées aux aiguillots faisaient pivoter l'énorme gouvernail de bois et que le navire modifiait sa course.

Quelques secondes plus tard, il y eut un vacarme épouvantable sur le pont au-dessus d'elle, le mugissement du vent qui s'engouffrait en tempête dans le gréement, le fracas des apparaux tendus d'un seul coup, le claquement des immenses voiles dont la tension terrifiante était transmise à la coque, et Robyn fut presque projetée hors de sa couchette au moment où le *Huron* se mettait à gîter.

La cabine fut ensuite envahie par le frottement exultant de la coque contre l'eau comme celui d'un archet sur les cordes basses d'un violon. Vibrant de vie, le *Huron* se soulevait et retombait dans la précipitation nouvelle de sa course.

Elle entendait au-dessus d'elle les acclamations très affaiblies des matelots. D'un bond, elle se leva de sa couchette et, en se retenant où elle pouvait, traversa la cabine et vint taper du poing à la porte.

— Nathaniel, appela-t-elle. Répondez-moi immédiatement.

— Le capitaine m'a dit que je ne devais pas vous parler, dit-il à mi-voix.

— Vous ne pouvez pas me tourmenter ainsi, cria-t-elle de nouveau. Que se passe-t-il ?

Il y eut un long silence : Nathaniel mettait en balance son devoir et l'affection qu'il éprouvait pour cette jeune femme courageuse.

— Nous tenons le vent, madame, dit-il finalement, et nous filons comme tous les diables de l'enfer.

— Et où est le *Black Joke* ? Où est la canonnière britannique ?

— Personne ne peut nous rattraper. Vous pouvez me croire, la bouilloire sera hors de vue avant la nuit tombée. D'ici, on a l'impression qu'elle a jeté l'ancre.

Robyn se pencha lentement et appuya son front contre la porte. Elle ferma les yeux avec force et tenta de résister aux vagues noires du désespoir qui menaçaient de la submerger.

Elle resta ainsi longtemps jusqu'à ce que la voix inquiète de Nathaniel la fasse sursauter.

— Est-ce que ça va, madame ?

— Oui, merci, Nathaniel. Tout va bien, répondit-elle la gorge serrée, les yeux toujours clos. Je vais faire un petit somme. Qu'on ne me dérange pas.

— Je ne bouge pas d'ici, madame, et ne laisserai passer personne.

Elle ouvrit les yeux, retourna à sa couchette, s'agenouilla et commença à prier, mais elle était incapable de se concentrer. Des images pêle-mêle ne cessaient de lui traverser l'esprit, et quand elle ferma les yeux, le visage de Clinton Codrington lui apparut, avec ses beaux yeux bleu pâle, son hâle acajou qui faisait ressortir le blond platiné de ses cheveux décolorés par le soleil. Elle se languissait de lui comme jamais auparavant ; il était devenu pour elle le symbole du bon, du droit et du juste.

Puis son esprit s'élança ailleurs et surgirent le sourire railleur et les yeux moqueurs de Mungo St John. Elle tremblait d'humiliation en pensant à l'homme qui l'avait violée, qui avait badiné avec elle, l'avait laissée espérer, et l'avait amenée à se laisser trahir par ses propres sentiments, et même à prier pour qu'elle porte ses enfants et devienne sa femme. Son désespoir se mua de nouveau en haine, et la haine l'arma d'une vigueur nouvelle.

« Pardonnez-moi, Seigneur, je prierai plus tard, mais maintenant il faut que j'agisse ! »

Elle se leva. La petite cabine était une cage, étouffante et insupportable. Elle tapa du poing sur la porte et Nathaniel répondit immédiatement.

— Nathaniel, je ne peux pas rester ici une seconde de plus. Laissez-moi sortir.

— Impossible, ma petite dame. Tippoo viendrait me compter les vertèbres, répondit-il avec regret mais fermement.

Elle s'éloigna brusquement de la porte, furieuse, troublée, le cœur en émoi.

« Je ne peux pas le laisser m'emmener à... »

Elle s'arrêta car elle ne pouvait imaginer ce qui l'attendait à la fin de la traversée, à moins que... et elle vit le *Huron* arriver aux docks, une belle Française d'allure aristocratique en crinoline et robe de velours, trois petits garçons à ses côtés qui agitaient leurs mains en direction de la dunette où se tenait la haute silhouette arrogante de leur père.

Elle s'efforça de chasser l'image de son esprit et se concentra sur le bruit que faisait la coque du *Huron* en frappant les flots, les craquements des membrures, le cliquetis des poulies et le martèlement des pieds nus sur le pont quand des matelots raidissaient une écoute pour mieux orienter une vergue. De dessous sa cabine montait un autre bruit aigu, pareil aux cris d'un rat pris entre les mâchoires d'un chat : celui du palan du gouvernail qui courait en protestant à travers les poulies lorsque l'homme de barre corrigeait le cap.

Ce bruit éveilla un souvenir et Robyn se figea et se mit de nouveau à trembler, mais d'espoir cette fois-ci. Clinton Codrington lui avait raconté que, lorsqu'il était un jeune lieutenant de vaisseau, il avait commandé une petite troupe envoyée dans l'estuaire d'une rivière encombrée de petits bateaux et de dhaws appartenant à des négriers.

« Je n'avais pas assez d'hommes pour les saisir tous. Nous avons donc sauté de l'un à l'autre et coupé leurs palans de gouvernail en les laissant aller à la dérive en attendant de revenir les prendre — du moins ceux qui ne s'étaient pas échoués. »

Revigorée, Robyn se précipita dans le coin de la cabine, se cala le dos contre la cloison et poussa des deux pieds son coffre en bois au milieu de la petite pièce. Puis elle se laissa tomber à genoux.

Il y avait une trappe dans le plancher, si bien ajustée qu'une lame de couteau n'aurait pas passé dans les joints, mais un petit anneau de fer y était encastré. Au cours de leur longue traversée nord-sud de l'Atlantique, elle avait été dérangée un jour par un aide-charpentier qui s'était répandu en excuses et elle l'avait regardé avec intérêt tirer le coffre, ouvrir l'écoutille et y descendre avec un pot de graisse.

Elle essaya de l'ouvrir, mais elle résista à ses efforts. Elle prit un châle dans le coffre et l'enfila à travers l'anneau métallique. À présent, elle avait une bonne prise. Elle tira en arrière et la trappe se souleva peu à peu puis s'ouvrit d'un seul coup avec un bruit tel qu'elle avait certainement attiré l'attention de Nathaniel. Elle s'immobilisa et écouta pendant trente secondes, mais il n'y eut aucune réaction derrière la porte de la cabine.

À quatre pattes, elle regarda par l'écoutille. Un courant d'air montait par l'ouverture carrée ; elle sentit l'odeur du cambouis, la puanteur du fond de cale et celle des esclaves que la lessive n'avait pas réussi à éliminer, et eut un haut-le-cœur. Une fois ses yeux habitués à l'obscurité, elle distingua le long et étroit tunnel qui abritait le mécanisme du gouvernail. Il était juste assez haut pour permettre à un homme d'y ramper et courait tout au long de la coque.

Les palans du gouvernail descendaient du pont, passaient par de lourdes poulies en fer boulonnées à l'une des principales membrures du *Huron*, puis changeaient de direction et couraient vers l'arrière le long de l'étroit tunnel de bois. Les roues des poulies étaient enduites d'une épaisse couche de graisse noire et les câbles du gouvernail étaient en chanvre jaune tout neuf. Ils étaient aussi gros qu'une cuisse d'homme et Robyn sentait l'énorme tension à laquelle ils semblaient soumis car ils étaient aussi rigides que des barres d'acier.

Elle chercha autour d'elle le moyen de les endommager, un couteau, l'un de ses scalpels, et presque tout de suite, elle se rendit compte de l'inutilité d'outils de ce genre. Même un homme fort armé d'une hache aurait eu le plus grand mal à sectionner ces câbles, d'autant plus qu'il n'aurait pas eu la place de la manier dans un tunnel aussi étroit. Et même s'il avait réussi à les couper, il aurait été réduit en charpie par le coup de fouet du câble sectionné.

Il n'y avait qu'un moyen, un seul moyen sûr, le feu, et elle recula à la pensée de ce qui se passerait s'il échappait à tout contrôle et si le *Black Joke* n'arrivait pas assez vite pour prêter main-forte avec ses lances et ses pompes actionnées à la vapeur. Elle avait déjà rejeté une fois l'idée de recourir au feu, mais à présent, avec un secours aussi proche et sa dernière chance se faisant de plus en plus ténue, elle était prête à accepter tous les risques.

Elle roula en boule une des couvertures de laine grise de sa couchette puis elle se leva, prit la lampe à huile dans son cardan accroché au plafond et dévissa à la hâte le bouchon du réservoir à la base de la lampe.

Elle imbiba d'huile la couverture et regarda autour d'elle pour essayer de trouver d'autres matières inflammables : ses journaux de voyage ? Non, pas eux, mais elle prit ses traités de médecine dans son coffre, en déchira les pages, les chiffonna pour qu'elles brûlent plus facilement et les glissa dans la couverture, qu'elle fit disparaître par l'écoutille. Elle tomba sur les câbles du gouvernail et se prit dans les poulies métalliques.

Le matelas de la couchette fait de fibre de noix de coco séchée ferait un excellent combustible ; elle le tira de la couchette et le poussa dans la trappe. Puis ce fut le tour des planches de la couchette et des livres de navigation posés sur l'étagère près de la porte. Elle jeta un dernier coup d'œil circulaire mais ne vit rien d'autre à brûler.

La flamme de la première allumette qu'elle jeta par l'écoutille tremblota un instant avant de s'éteindre. Elle arracha la dernière page de son journal, la tordit pour en faire une petite torche et, quand elle fut bien enflammée, la laissa tomber par l'ouverture carrée. Dans sa chute, la torche improvisée illumina le fond de la cale obscure du *Huron* et les planches de sa coque.

Elle atterrit sur la couverture imprégnée d'huile, des flammèches pâles vacillèrent au-dessus d'elle tandis que les gaz évaporés s'enflammaient, puis une boule de papier prit feu et des petites flammes orange se mirent à danser joyeusement sur la couverture et le tissu du matelas. Une bouffée d'air chaud monta par l'écoutille et brûla légèrement les joues de Robyn. Le grondement des flammes domina bientôt celui des flots contre la coque du navire.

Robyn rabattit le couvercle et le laissa tomber sur la trappe avec un bruit mat qui lui fit craindre qu'on l'ait entendue, mais le grondement des flammes fut immédiatement étouffé.

En proie à une terrible excitation, haletante, elle se recula et s'appuya à la cloison pour se reposer. Son cœur battait si fort que les pulsations du sang dans ses oreilles l'assourdissaient presque, et brusquement elle eut peur.

Qu'arriverait-il si le *Black Joke* avait abandonné la course et si personne ne venait porter secours aux huit cents esclaves enchaînés sous les ponts du *Huron* avant que les flammes ne les atteignent ?

Le premier assaut furieux du vent qui descendait des montagnes s'était mué en un souffle régulier, très fort mais continu et fiable

« Nous ne risquons plus de tomber sur des trous ou des tourbillons », pensa avec satisfaction St John.

Il avait cessé de faire les cent pas pour regarder les lambeaux de nuages qui fuyaient à toute allure et semblaient frôler la tête de ses mâts, puis avait inspecté la surface indigo de l'Atlantique qui s'étendait aux quatre coins de l'horizon, assombrie par le vent et tachetée par les crêtes des vagues caracolant comme des chevaux blancs.

Il jeta enfin un coup d'œil vers l'arrière. Le *Huron* avait filé si vite que la terre était déjà hors de vue ; l'énorme montagne de la Table avait disparu et la coque du *Black Joke* était noyée. On n'apercevait plus que ses huniers et pas la moindre trace de fumée.

Cette absence de fumée intrigua légèrement St John; les sourcils froncés, il s'interrogea un moment, puis ne trouvant pas d'explication plausible, il haussa les épaules et reprit sa déambulation. À la nuit tombée, le *Black Joke* serait hors de vue, même depuis le nid-de-pie du grand mât, et St John prévit les évolutions qu'il effectuerait durant la nuit pour semer définitivement ses poursuivants avant d'adopter la route qui le mènerait vers le pot au noir et l'équateur.

— Ohé, ici la vigie!

L'appel à moitié emporté par le vent interrompit le cours de ses pensées; il s'arrêta de nouveau et, les mains sur les hanches, leva la tête vers le nid-de-pie qui se balançait à travers le ciel. Tippoo répondit par un beuglement de taureau.

— Fumée! cria la vigie d'une voix dont on devinait l'anxiété en dépit de la distance et du vent.

— Où ça? demanda Tippoo avec colère.

La réponse aurait dû indiquer à la fois la distance et la position par rapport au *Huron*. Sur le pont, chacun tournait déjà la tête dans tous les sens pour balayer l'horizon.

— Sur l'arrière!

« Ce doit être la canonnière, se dit St John sans s'inquiéter. Ils ont dû rallumer la chaudière. Grand bien leur fasse. »

Il reprit sa marche, mais la voix de la vigie se fit entendre une nouvelle fois:

— Sur l'arrière! Nous traînons de la fumée sur l'arrière!

St John s'arrêta net et sentit la peur lui glacer les sangs.

— Au feu! hurla Tippoo.

C'était le mot que redoutaient le plus les hommes qui naviguaient sur des vaisseaux en bois, aux joints calfatés avec du goudron et du brai, et dont les voiles et le gréement brûlaient comme de la paille. St John pivota sur lui-même et se précipita vers le bastingage. Il se pencha par-dessus bord et regarda vers la poupe : la fumée s'étirait en une volute pâle et légère comme une brume de mer et se dissipait presque tout de suite.

Les planches de chêne sec brûlent avec une petite flamme sans dégager beaucoup de fumée, St John ne l'ignorait pas. Il savait aussi que la première chose à faire était d'asphyxier les flammes, de mettre en panne, de réduire le vent provoqué par la course du navire en attendant d'évaluer l'importance du foyer et d'actionner les pompes...

Il se tourna et ouvrit la bouche pour donner ses ordres. Le maître de manœuvre et son second étaient juste derrière lui et équilibraient sans difficulté la lourde barre d'acajou et de cuivre. Elle était plus grosse que la roue d'une locomotive et deux hommes étaient nécessaires pour maintenir la proue du *Huron* avec un tel vent et une telle allure, car l'énorme gouvernail s'opposait à l'immense voilure.

À l'intérieur du tunnel, les flammes étaient alimentées par la forte brise que les bouches d'aération ménagées dans l'avant-pont dirigeaient vers les cales à esclaves pour tenter d'en renouveler l'air. Le courant d'air se frayait un chemin à travers les coursives, les sabords et les fentes dans les cloisons du *Huron*, puis à travers le long et étroit tunnel qui abritait le mécanisme du gouvernail.

Les flammes brillantes crépitaient en ne dégageant pratiquement aucune fumée mais elles libéraient beaucoup de chaleur. Elles calcinaient les fibres des gros câbles de chanvre et commençaient à les consumer en profondeur ; les torons claquaient avec un bruit sec couvert par le crépitement des membrures attaquées par le feu, puis se défaisaient et se recroquevillaient.

Les deux maîtres de manœuvre étaient à trois mètres de St John, prêt à lancer ses ordres, quand soudain l'énorme barre n'opposa plus de résistance à la poussée des deux hommes vigoureux qui la tenaient.

Dans les profondeurs de la coque du *Huron*, à l'intérieur du tunnel de bois transformé en fournaise, les câbles du gouvernail complètement consumés venaient de lâcher. Se tordant comme des serpents, ils s'étaient détendus en fouettant violemment les membrures en feu, avaient éparpillé des brandons dans la cale et laissé pénétrer un flot d'air frais qui attisait encore les flammes.

Sous les mains de l'homme de barre, la roue du gouvernail tourna sur elle-même à toute vitesse, devenue une tache floue aux reflets cuivrés. Projeté à travers le pont, le maître de manœuvre vint heurter le bastingage avec une telle force qu'il retomba sur les planches en gigotant faiblement comme un insecte écrasé. Le bras de son second se prit dans les rayons en acajou de la barre et s'y entortilla comme une bande en caoutchouc ; l'os de son avant-bras se brisa en longues esquilles dont les extrémités transpercèrent la peau ; la tête de l'humérus arrachée de sa cavité, toute la partie supérieure du bras pointa dans une torsade de chair.

Le gouvernail ne contrôlant plus la course de la coque à travers les flots, la formidable pression du vent sur les voiles ne rencontra plus aucune opposition et le *Huron* se transforma en une gigantesque girouette. Il pivota sur lui-même, sa proue se cabra et presque tous les hommes furent violemment projetés au sol.

Un peu partout, les vergues empannaient avec fracas ; les haubans se cassaient net comme des fils de coton ; l'une des vergues de perroquet se détacha et tomba, emmêlée dans sa toile et son gréement. Le *Huron* fut pris vent dessus et l'impeccable géométrie de ses pyramides de voiles se désintégra ; dans un invraisemblable désordre, elles claquaient, flottaient, s'enroulaient autour des étais et des drisses, et fouettaient leurs vergues et leurs mâts.

Le vent s'engouffrait à présent de front dans les voiles, suivant une direction diamétralement opposée à celle pour laquelle elles avaient été dessinées, et les mâts se cintraient dangereusement vers l'arrière. Les galhaubans pendaient mollement, augmentant le désordre de la toile et du gréement, tandis que les étais bourdonnaient sous l'effet d'une insupportable tension. L'un d'eux se brisa d'un coup dans un claquement assourdissant et le grand mât s'inclina de plusieurs degrés et resta de guingois.

Mungo St John se releva et s'agrippa au bastingage. Les hurlements de l'homme de barre estropié tintaient à ses oreilles ; il jeta un coup d'œil circulaire et son incrédulité se mua en désespoir lorsqu'il vit son magnifique navire transformé en un épouvantable capharnaüm. Ballotté en tous sens et poussé en arrière par le vent, le *Huron* commençait à culer et les vagues dégringolaient sur le pont.

Pendant de longues secondes, St John regarda autour de lui, frappé de stupeur. Les dégâts, le désordre et le danger étaient tels qu'il ne savait par où commencer et quels ordres donner en priorité. Alors, par-dessus la proue, apparurent les huniers du *Black Joke*, petite tache blanche lointaine mais terriblement menaçante, et ce nouveau péril galvanisa St John.

— Monsieur Tippoo ! cria-t-il. Nous allons prendre des ris sur les grands-voiles et ramener tous les accessoires qui gênent en tête de mâts.

La suite logique des ordres s'ordonna d'elle-même dans son esprit et il les lança d'une voix calme et claire, sans le moindre signe de tension et de panique auxquelles ses hommes s'attendaient.

713

— Monsieur O'Brien, descendez en vitesse voir où a pris le feu et quelle est son ampleur. Monsieur le maître d'équipage, armez les pompes de bâbord et de tribord, et tenez-vous prêt à arroser le feu. Monsieur Tippoo, envoyez une équipe fermer toutes les écoutilles et condamner les bouches d'aération.

Il fallait à tout prix empêcher l'air d'attiser les flammes et boucher toutes les ouvertures.

— Patron, détachez la baleinière de ses bossoirs et mettez-la à l'eau.

Il allait tenter de remorquer la lourde embarcation sur l'arrière en guise d'ancre flottante. Il n'était pas sûr du résultat mais voulait essayer de faire tourner la proue du *Huron* en se servant des voiles de l'avant au maniement délicat. Avec la baleinière pour maintenir sa poupe dans l'axe, il pourrait peut-être naviguer par vent arrière. Ce n'était pas la meilleure allure du *Huron*, et la conduite du clipper serait délicate et périlleuse, avec le risque d'empanner et d'embarder au vent, mais au moins aurait-il un répit, le temps d'équiper le gouvernail inutile avec le palan de secours et de reprendre le contrôle du *Huron*.

St John s'arrêta pour souffler et jeta un nouveau coup d'œil vers l'avant. Le *Huron* culait rapidement, chancelant et plongeant dans les lames qui jaillissaient par-dessus bord en pluie fine et en paquets d'eau verte, tandis que la canonnière britannique était maintenant si près que St John distinguait un petit morceau de sa coque. Sa course semblait plus impétueuse et fière, et il faisait songer à un coq de combat qui se précipitait vers son adversaire en hérissant sa crête et gonflant ses plumes.

Incapable de supporter plus longtemps la compagnie de ses officiers, envahi par un sentiment d'impuissance et cherchant désespérément le moyen de se calmer les nerfs, Clinton Codrington avait pris sa longue-vue et gagné la proue du *Black Joke*.

Indifférent à l'écume qui l'éclaboussait, trempait sa chemise et le glaçait au point qu'il claquait des dents en plein soleil, Clinton se tenait d'une main à l'enfléchure, en équilibre sur l'étroit bastingage, et regardait fixement devant lui, les yeux larmoyants non seulement sous l'effet de l'écume et du vent cinglant, mais aussi de l'humiliation et de la frustration.

Pour ajouter à son tourment, ses yeux lui jouaient des tours, et ce qu'il apercevait du clipper se déformait, sa silhouette s'altérait. Puis il y eut le cri aigu de la vigie, là-haut dans les haubans :

— L'ennemi change de route ! Il vire de bord !

La surprise et l'excitation rendaient l'appel de la vigie presque incohérent et Clinton n'arrivait pas à en croire ses oreilles. Il leva sa longue-vue et douta une fois encore de sa capacité oculaire. Jusque-là les mâts étaient restés presque dans l'alignement, et voilà que maintenant on les voyait tous les quatre. Le *Huron* virait de bord et il se présentait déjà presque par le travers. Pendant quelques instants encore, la masse blanche des voiles conserva son arrangement parfait, puis se disloqua. La grand-voile se mit à trembler avant de flotter et de battre telle une flamme dans le vent ; enfin, elle étouffa et éclata comme un sac en papier puis s'enroula avec furie autour de son mât.

La pagaille régnait à bord du *Huron*. Dans sa longue-vue, Clinton voyait qu'il commençait à se démanteler — ses voiles se déchiraient, les vergues dégringolaient, son mât de misaine n'était plus d'aplomb — et il n'arrivait toujours pas à en croire ses yeux.

— Il est complètement pris devant ! cria Denham triomphant, et d'autres exclamations firent écho.

— Il fait chapelle !

— Nous le tenons, bon Dieu, nous le tenons maintenant !

La vue de Clinton se brouillait et ses joues n'étaient pas seulement mouillées par les embruns, mais il continuait de regarder avec incrédulité dans sa longue-vue.

— Il y a de la fumée, il y a le feu à bord ! cria encore Denham, et Clinton distingua la petite traînée de fumée qui se dissipait derrière le *Huron*.

Au même moment, une gerbe d'écume passa par-dessus la proue et aspergea la lentille de la lunette. Clinton la baissa et tira de sa poche un foulard de soie avec lequel il s'essuya le visage et les yeux et nettoya la longue-vue, puis il se moucha bruyamment, remit le foulard dans sa poche, sauta sur le pont et se dirigea à grandes enjambées vers la dunette.

— Monsieur Ferris, dit-il d'un ton sec, ses yeux bleu pâle brillant comme ceux d'un fanatique, veuillez effectuer un lever de pavillons à l'intention du *Huron* et transmettre le message suivant : « Je vous envoie un détachement de visite. Si vous résistez, je recourrai à la force. »

C'était un long message et tandis que Ferris envoyait chercher les flammes dans le casier à pavillons, Clinton s'adressa à son lieutenant d'une voix tremblante de passion :

— Branle-bas de combat, monsieur Denham. Veuillez faire sortir les pièces dès maintenant.

Par-dessus le vent, il entendit le fracas des sabords que l'on ouvrait, le grondement des affûts, mais toute son attention était concentrée sur le clipper avarié.

Il vit et comprit les tentatives désespérées que faisait son capitaine pour l'amener vent en poupe. Il savait quel exploit il avait accompli en affalant aussi vite cette masse de voiles et de cordages emmêlés, et pourtant il n'éprouvait nulle admiration mais rien qu'une rage froide et belliqueuse.

Le *Huron* n'avait hissé qu'un tourmentin.

St John essayait manifestement de desserrer l'étreinte du vent sur le navire qui faisait chapelle et il tentait de le faire virer, mais le grand quatre-mâts, d'ordinaire si docile, regimbait et lui résistait, et chaque minute rapprochait le *Black Joke*.

— Il a de sérieux ennuis, gloussa Denham. Je ne crois pas me tromper en disant qu'il a perdu son gouvernail.

Clinton ne fit aucun commentaire. Le regard droit devant lui, il exultait, tout en redoutant de voir les efforts de St John aboutir, le *Huron* lui montrer de nouveau sa poupe et s'élancer à une allure que le *Black Joke* ne pouvait espérer tenir.

Puis, ce qu'il craignait arriva. Le *Huron* vira, lui offrit sa longue coque basse par le travers, et il resta ainsi pendant des secondes infinies, puis s'ébranla, se libéra de l'emprise du vent et se remit dans l'axe de celui-ci. Instantanément, les bouts de toile de son mât de misaine se gonflèrent brusquement, le clipper vira, présenta sa poupe au *Black Joke* et fila de nouveau.

Malgré son amertume, Clinton ressentit enfin de l'admiration pour l'incroyable habileté de la manœuvre, mais, près de lui, ses officiers étaient frappés de stupeur, paralysés par la déception de voir leur proie leur échapper une fois de plus.

D'autres voiles s'ouvraient comme des corolles sur les longs mâts dénudés, et l'écart entre les deux navires n'allait plus en s'amenuisant mais recommençait au contraire à se creuser. Infiniment lentement, le *Huron* s'éloignait et la nuit n'allait pas tarder à tomber.

— Il file une haussière derrière lui, se lamenta Denham.

— C'est une annexe du bateau, corrigea Ferris.

Ils étaient assez près pour apercevoir de tels détails. Le *Huron* n'avait que trois ou quatre milles d'avance, sa coque était entièrement visible et ils distinguaient même à l'œil nu de minuscules silhouettes sur le pont.

717

— Sacrément habile, hein! poursuivit Ferris. Qui aurait pu croire que ça marcherait?

Les commentaires de son jeune officier transformèrent le dépit de Clinton en colère.

— Monsieur Ferris, au lieu de jacasser comme une pie, vous feriez mieux de déchiffrer les signaux qu'envoie le *Huron*.

Les pavillons du clipper flottaient presque dans l'axe du *Black Joke* et il était très difficile de les voir et de les interpréter. Ferris, qui avait concentré toute son attention sur la baleinière, sursauta d'un air coupable puis se plongea dans le livre des signaux et commença à gribouiller sur son ardoise.

— Le *Huron* nous dit : « Tenez-vous à l'écart ou j'ouvre le feu. »

— Fort bien, acquiesça Clinton en tirant légèrement son sabre d'abordage hors de son fourreau pour s'assurer que rien ne le retenait, avant de le repousser jusqu'à la garde. Nous savons maintenant tous à quoi nous en tenir.

Mais, lentement, inexorablement, le *Huron*, même en partie endommagé et poussé uniquement par ses voiles de misaine, s'éloignait et se trouvait encore hors de portée de leurs canons.

— Le feu a pris dans le mécanisme du gouvernail sous la cabine du docteur, annonça O'Brien qui revenait en hâte faire son rapport sur les dégâts. Je l'ai fait sortir de là, ajouta-t-il avec un geste du pouce tandis que Robyn arrivait sur le pont en serrant sa mallette de cuir noir dans laquelle elle avait rapidement fourré ses journaux de voyage et quelques menus objets personnels. Il s'est propagé par la galerie des câbles et le lazaret, et va gagner le poste arrière d'une minute à l'autre.

Les bras et le visage du second lieutenant dégoulinaient de sueur grasse et ils étaient noirs de suie, comme ceux d'un ramoneur.

— Amenez les lances dans l'escalier des cabines de poupe, ordonna St John avec calme. Et arrosez tout le secteur en arrière de la cale principale.

Le lieutenant s'éloigna rapidement et, quelques instants plus tard, on entendit résonner le bruit métallique des pompes actionnées par une douzaine d'hommes. Les lances en toile se raidirent et crachèrent leurs jets d'eau de mer dans les escaliers où l'air avait déjà commencé à trembloter sous l'effet de la chaleur. Presque tout de suite, des nuages de vapeur blanche sortirent en bouillonnant des lucarnes bâbord et arrière.

Satisfait, St John se retourna, jeta un coup d'œil par-dessus la poupe pour s'assurer que la canonnière rapetissait toujours au loin derrière le clipper, puis son regard s'attarda sur la grosse haussière qui était frappée sur les épontilles de bâbord et courait à travers le chaumard vers la baleinière que le *Huron* traînait derrière lui à une demi-encablure. La combinaison du vent, des voiles et de l'ancre flottante était cruciale et instable, le moindre changement pouvait briser l'arrangement. Il estima qu'il ne pouvait prendre le risque de hisser un mètre carré de toile supplémentaire et d'envoyer une équipe armer un palan de fortune sur le gouvernail tant que le feu n'était pas maîtrisé.

Il fronça les sourcils, concentré sur ces tâches simples, puis leva les yeux vers Robyn pour la première fois depuis qu'elle était montée sur le pont.

Ils se regardèrent un instant, puis elle se tourna vers l'affreuse petite canonnière qui s'évertuait toujours à les suivre.

— Je continue de commettre l'erreur de vous faire confiance, dit St John à côté d'elle.

719

— Je n'ai commis cette erreur qu'une fois avec vous, répliqua-t-elle, et il inclina légèrement la tête, montrant qu'il acceptait la riposte.

— Comment avez-vous accédé au mécanisme du gouvernail... commença-t-il, puis il claqua des doigts, irrité par son manque de perspicacité. Évidemment, par la trappe d'inspection! Votre ingéniosité n'a cependant servi à rien, docteur. Vos amis ne nous tiennent toujours pas, et dès que la nuit sera tombée je ferai réparer les câbles du gouvernail.

Depuis une minute, St John étudiait son visage sans plus songer à la mer, au navire et au vent. Il ne vit pas la forte rafale arriver sur le *Huron*. Quand elle le frappa, le gouvernail n'était pas là pour tenir le bateau. Robyn lut l'inquiétude dans ses yeux, la prise de conscience du danger, et quand il cria un ordre à l'autre bout du pont, pour la première fois, sa voix était cassée par la peur.

— Affalez toute la toile, monsieur Tippoo! Vite!

La rafale avait rompu le fragile équilibre de l'ancre flottante et des voiles du *Huron*. Le navire bondit en avant, la longue haussière de la baleinière se tendit au-dessus des vagues, soumise à une telle tension que l'eau de mer jaillit de la corde de chanvre en petits jets plumetés.

À cet instant même, la baleinière, toujours recouverte de sa bâche de protection, se cabrait fortement sur la crête d'une vague. Le choc transmis par le câble la fit piquer du nez en la soulevant au-dessus de la lame, de sorte qu'elle se trouva un instant suspendue en l'air comme un marsouin, puis retomba tête la première et disparut d'un seul coup sous la surface.

Pendant une seconde, le *Huron* vacilla sous l'effet de l'énorme augmentation de la force d'inertie de son ancre flottante, puis la baleinière se désintégra dans un bouillonnement d'écume. Ses planches brisées jaillirent à la surface et la haussière libérée de sa tension fouetta l'air comme la queue d'une lionne furieuse. Affranchi de toute contrainte, le *Huron* empanna brusquement, en embardant de nouveau au vent, cette fois-ci complètement couché sur le flanc, ses longs mâts nus presque parallèles à la surface de l'océan.

Le bastingage sous le vent s'enfonça profondément dans la mer et l'eau se précipita à bord comme si un barrage avait lâché.

Le flot aurait projeté Robyn par-dessus bord si elle n'avait pas été retenue par la poitrine de St John. Il la serra contre lui et la tint tandis que tous deux dégringolaient le long du pont qui gîtait fortement puis, lorsque le *Huron* se redressa, l'eau s'échappa en cascades argentées.

Impuissant, le navire était ballotté et prenait les vagues par le travers, son terrible roulis accentué par le mouvement de pendule de ses mâts nus. Au moins, le mur liquide avait-il pénétré par toutes les écoutilles et éteint le feu d'un seul coup.

De l'eau à hauteur du genou, Mungo St John tira Robyn en la tenant par le poignet à travers le pont inondé où ondulaient et flottaient des cordages.

Arrivés au ravalement de poupe, ils s'arrêtèrent, haletants, vêtements et cheveux dégoulinants d'eau de mer. Le pont se soulevait et plongeait dangereusement sous leurs pieds et il dut s'accrocher au bastingage pour se retenir.

Il regarda en direction du *Black Joke*. Les jeux étaient faits. La canonnière fondait sur eux triomphalement, elle était si près qu'il voyait ses canons pointés par les sabords et la tête des artilleurs dépasser au-dessus du bastingage. Ses pavillons de signaux flottaient toujours dans son gréement, colorés et gais comme des décorations de Noël. Dans quelques minutes, il aurait rejoint le clipper malmené par les flots, bien avant que St John ait pu remettre son navire en ordre de marche.

Il s'ébroua comme un épagneul pour chasser l'eau de ses boucles brunes et prit une profonde inspiration.

— Monsieur O'Brien, amenez-moi une paire de menottes à esclaves, beugla-t-il, et Robyn, qui ne l'avait jamais entendu élever la voix, fut sidérée par sa puissance.

Encore sous le coup de la stupéfaction, elle sentit le froid contact du fer sur ses poignets. St John ferma la menotte sur son poignet gauche avec un bruit sec, fit deux tours rapides avec la chaîne autour du bastingage, puis ferma la seconde menotte sur son poignet droit.

— Je suis persuadé que vos amis seront enchantés de vous voir... devant la gueule de leurs canons, dit-il, blanc de colère.

Il se détourna, passa ses doigts dans ses cheveux pour dégager son front et ses yeux.

— Monsieur O'Brien, mousquets et pistolets à tous les matelots. Sortez les pièces et chargez-les avec des boulets, nous les chargerons avec de la mitraille quand ils seront plus près.

Le lieutenant cria les ordres en courant et, abandonnant leur vaine tentative pour reprendre la maîtrise du clipper, les hommes d'équipage s'égaillèrent en trébuchant à travers le pont balayé par les vagues, les apparaux tombés et brisés, pour aller s'armer en toute hâte et servir les canons du *Huron*.

— Monsieur Tippoo!

La voix tranchante de St John se fit entendre par-dessus le tumulte du vent et des ordres.

— Capitaine!

— Faites monter les esclaves du premier entrepont.

— Nous allons les balancer par-dessus bord?

Tippoo avait auparavant servi d'autres capitaines de négriers qui, lorsque leur navire était sur le point d'être saisi, jetaient par-dessus bord leur cargaison d'esclaves avec leurs chaînes afin de se débarrasser de la preuve la plus accablante qui pesait sur eux, et le second se demandait si St John n'entendait pas faire de même.

— Nous allons les enchaîner au bastingage au vent, monsieur Tippoo, avec la femme. Les Angliches y réfléchiront à deux fois avant d'ouvrir le feu.

Tippoo partit d'un rire tonitruant tout en allant d'un bond détacher les grilles de l'écoutille principale.

— Capitaine ! Capitaine ! lança Denham, incrédule et bouleversé.

— Oui, monsieur Denham, j'ai vu, répondit doucement Clinton sans baisser sa longue-vue.

— Mais, capitaine, c'est le docteur Ballantyne...

— Et des esclaves, coupa Ferris sans pouvoir tenir sa langue plus longtemps. Ils sont en train de les enchaîner au bastingage.

— Quelle sorte d'homme est ce Yankee ? éclata de nouveau Denham.

— Un homme sacrément habile, fit Clinton à voix basse.

Il regardait à la longue-vue la femme à laquelle il venait porter secours et distinguait déjà ses traits. Ses yeux semblaient trop grands dans son visage d'une pâleur mortelle, ses vêtements trempés et fripés lui collaient au corps. Par une déchirure de son chemisier, il apercevait la peau blanche de son épaule et de son bras qui brillait au soleil d'un éclat nacré.

— Monsieur Denham, poursuivit-il. Avertissez l'équipage que nous allons être mitraillés d'ici cinq minutes et que nous ne pourrons riposter.

Clinton regarda les esclaves nus qui continuaient d'arriver en rangs serrés sur le pont principal du clipper et venaient prendre leur place le long du bastingage tandis que leurs geôliers s'affairaient autour d'eux, les faisaient activer et attachaient leurs chaînes.

— Nous avons la chance d'avoir un vent frais ; nous ne resterons pas longtemps sous le feu, mais dites aux hommes de s'allonger sur le pont à l'abri du bastingage.

Le léger bordage du *Black Joke* offrait une certaine protection en bout de portée, mais, quand ils s'approcheraient du négrier, Clinton s'attendait à ce que même la mitraille pénètre les flancs du navire. Fort heureusement, ils n'auraient pas à redouter les éclats de bois si dangereux sur les bateaux de fabrication traditionnelle.

— Je vais nous amener contre la poupe du Yankee, poursuivit-il, ce qui nous évitera d'être exposés aux bordées du clipper lorsque les deux bâtiments seront l'un contre l'autre. Mais il est plus haut que nous. Je veux que vous mettiez vos meilleurs hommes aux grappins, monsieur Denham.

Le pont du *Huron* dépassait de trois bons mètres celui de la canonnière. Ce ne serait pas une mince affaire que d'escalader la poupe très rentrée du clipper.

— Nom de Dieu ! Il sort ses canons. Ils ont l'air bien décidés à se battre finalement, coupa Denham avant de s'excuser pour avoir interrompu son capitaine et blasphémé.

Clinton baissa sa longue-vue. Ils étaient à présent si près qu'il n'en avait plus besoin.

Le clipper avait six pièces de chaque côté, installées sur le pont principal. Leurs canons étaient deux fois plus longs que ceux du *Black Joke*, mais d'un calibre bien inférieur. Une à une, elles étaient pointées dans leur direction.

Même sans sa lunette, Clinton distinguait la silhouette grande et mince de St John vêtu de son caban bleu marine se déplacer avec une nonchalance trompeuse d'une pièce à l'autre, régler lui-même leur position et faire des signes aux artilleurs pour qu'ils tirent sur les palans et orientent les longs canons vers leur cible.

Clinton vit St John s'attarder sur la pièce de proue quelques secondes de plus que sur les autres, puis sauter sur le bastingage où il se tint en équilibre avec l'assurance d'un acrobate malgré les mouvements imprévisibles du navire sans gouvernail.

Le tableau était si théâtral qu'il se grava dans son esprit et lui fit penser aux acteurs qui viennent s'aligner sur la scène à la fin du spectacle pour recevoir les applaudissements de l'assistance : la rangée de corps noirs, presque épaule contre épaule, les poignets enchaînés au bastingage et les bras tendus comme des choristes disciplinés, puis le personnage principal, celui de la femme, mince, délicate, minuscule au milieu d'eux. La note de couleur du corsage bouton-d'or de sa robe attirait irrésistiblement l'œil de Clinton, mais il ne pouvait s'offrir cette distraction en ce moment.

L'Américain semblait le regarder et l'avoir repéré dans le groupe des officiers et, même à travers la large étendue d'eau qui les séparait encore, Clinton percevait le pouvoir hypnotique de ses yeux pailletés, ses yeux de prédateur, ceux d'un léopard immobile sur la branche au-dessus d'un point d'eau, attendant avec patience que sa proie passe à sa portée.

À hauteur des genoux de Mungo St John, contrastant avec la passivité des visages des esclaves noirs, s'alignaient ceux, tendus et pâles, des artilleurs penchés sur leurs pièces dont Clinton ne voyait plus que la gueule béante.

Il y avait aussi des hommes dans le gréement du clipper, juchés sur les barres de travers des vergues et des mâts, et on distinguait nettement les longs canons de leurs mousquets sur le fond du ciel balayé par le vent. Il s'agissait certainement des meilleurs tireurs du *Huron*, et le petit groupe des officiers sur la dunette de la canonnière serait à n'en pas douter leur cible préférée. Clinton espérait que les mouvements brusques du clipper ballotté par le vent les empêcheraient d'ajuster leur tir.

— Messieurs, je vous conseille de vous mettre à couvert jusqu'à ce que nous puissions passer à l'action, dit-il calmement à Denham et à Ferris.

Il éprouva un petit pincement de fierté en voyant que, dans la bonne tradition de Drake et de Nelson, ni l'un ni l'autre ne bronchaient devant la menace imminente du déluge de feu. Lui-même resta là tranquillement, mains jointes derrière le dos, et commanda un petit réglage de la barre tandis que le *Black Joke* courait avec ardeur comme le terrier s'apprêtant à sauter à la gueule du taureau.

Il vit l'Américain incliner la tête pour estimer une dernière fois la portée.

— ... pour ce que nous allons recevoir, murmura Ferris à côté de lui, mais, cette fois-ci, Clinton n'eut pas le cœur de s'indigner, car le vieux blasphème faisait aussi partie de la grande tradition.

Comme s'il avait entendu ces paroles, l'Américain tira son épée du fourreau et la leva au-dessus de sa tête. Malgré eux, les trois officiers britanniques retinrent leur souffle. Le *Huron* était dans le creux de son roulis et ses pièces pointaient vers la mer près de son flanc, puis il se redressa, les canons se levèrent à l'horizontale et le bras de St John retomba.

Les six pièces reculèrent en même temps et les flots de fumée blanche jaillirent de leurs gueules à une quinzaine de mètres sans le moindre bruit apparent, si bien que pendant une fraction de seconde ils se demandèrent si le *Huron* avait bien lâché une bordée.

Puis l'onde de choc d'un boulet les frappa de plein fouet, ébranla leurs tympans ; ils eurent un instant l'impression que leurs yeux étaient arrachés de leurs orbites et près de la tête de Clinton un hauban fut coupé net avec un claquement de fouet.

Le coup était passé trop haut, mais, à leurs pieds, le pont tremblait sous l'impact des boulets sur la coque qui résonnait comme un gigantesque gong.

Un seul boulet arriva à hauteur du pont. Comme un feu d'artifice, il fit jaillir une volée d'étincelles orange du bordé d'acier et y perça un trou frangé de langues de métal déchiqueté comme les pétales d'un tournesol argenté.

Il atteignit en pleine poitrine un marin agenouillé derrière le bastingage. Ses membres arrachés furent projetés sur le pont tandis que le projectile poursuivait sa course et venait heurter le pied du grand mât qu'il ébranla comme un arbre frappé par la foudre en déchirant un long éclat blanc de pin de Norvège. Le boulet, qui fumait et sentait le métal brûlé, parcourut ensuite le pont, puis, arrêté par les dalots avec un bruit mat, roula paresseusement d'un côté et de l'autre. Seulement alors, plusieurs secondes après le choc de la bordée, le fracas de la décharge atteignit leurs oreilles à travers les eaux turbulentes qui séparaient les deux navires.

— Pas mal pour un Yankee, reconnut Ferris à regret en élevant la voix pour se faire entendre par-dessus la détonation.

Denham tira sa montre pour chronométrer combien de temps les artilleurs du clipper mettaient à recharger.

— Quarante-cinq secondes, annonça-t-il alors qu'aucune pièce n'était encore ressortie. Des gamins sur un champ de foire feraient mieux que ça.

Clinton se demanda si c'était seulement de la bravade ou une complète indifférence au danger et à la mort qui permettait aux deux jeunes officiers de bavarder avec tant de désinvolture alors que les membres arrachés du marin remuaient encore sur le pont dix mètres plus loin.

Clinton avait peur, peur de la mort et de manquer à son devoir, peur qu'on le voie avoir peur, mais il n'avait plus leur âge. Car, en dépit de leurs airs virils, Ferris était encore un gamin et Denham avait à peine vingt ans — ainsi peut-être n'était-ce pas du courage, mais de l'ignorance et un manque d'imagination, conclut-il.

— Cinquante-cinq secondes, grogna Denham avec mépris tandis que la bordée suivante venait s'écraser contre la coque d'acier du *Black Joke*.

Un matelot se mit à crier à l'intérieur de la canonnière, une mélopée aiguë et monotone comme le sifflement d'une bouilloire.

— Envoyez quelqu'un pour le faire taire, murmura Ferris au marin accroupi à côté de lui, puis il se baissa pendant que l'homme s'éloignait à la hâte.

Quelques secondes après, le cri s'arrêta brusquement.

— Bien travaillé, lança-t-il au marin revenu prendre sa place près du bastingage.

— Il est mort, monsieur.

Ferris hocha la tête sans changer d'expression et s'approcha pour mieux écouter son capitaine.

— Monsieur Denham, je prendrai la tête du détachement d'abordage. Vous vous tiendrez prêt à larguer et à nous laisser là en cas de danger pour le navire...

Il y eut un sifflement aigu comme si un insecte géant passait près d'eux et Clinton leva la tête d'un air irrité. Les tireurs postés dans le gréement du *Huron* avaient ouvert le feu mais les détonations de leurs mousquets étaient amorties par la distance et ne semblaient pas menaçantes. Clinton les ignora délibérément et continua à donner ses derniers ordres en élevant la voix pour se faire entendre malgré le vrombissement des projectiles et le fracas de leur impact sur la coque de la canonnière.

— C'est rageant de ne pas pouvoir riposter, lâcha Denham quand son capitaine eut terminé, en regardant le clipper dont la silhouette était estompée par un nuage de fumée pâle que même le vent frais n'arrivait pas à

729

dissiper assez vite. Ce n'est pas bon pour le moral des hommes, s'empressa-t-il de corriger.

Clinton avait sa réponse : Denham avait aussi peur que lui, et cela ne le rassura nullement. Si seulement ils pouvaient faire quelque chose, n'importe quoi, au lieu de devoir rester là à découvert en prenant des poses pendant que le *Black Joke* parcourait les dernières encablures qui les séparaient encore.

Maintenant que les tireurs les plus rapides du *Huron* devançaient les autres, le fracas des boulets qui déchiraient les œuvres vives du *Black Joke* était presque continu. La pièce de proue dont le capitaine américain supervisait l'action tirait trois coups pendant que les autres en tiraient deux. Clinton avait compté les nuages de fumée qui s'échappaient par sa gueule et c'était le sixième boulet qu'elle envoyait sur la petite canonnière depuis que St John avait donné le signal.

Il vit la fumée jaillir de nouveau, et cette fois-ci le pont du *Black Joke* fut balayé comme par des grêlons, mais des grêlons de plomb aussi gros que des grains de raisin qui perçaient le fin bastingage d'acier de petits trous de lumière et arrachaient des éclats de bois du pont principal. Celui-ci était à présent taché par des flaques et des filets de sang qui s'échappaient en serpentant de corps inertes et recroquevillés, éparpillés un peu partout.

Le *Black Joke* subissait des pertes considérables, peut-être plus qu'il n'en pouvait supporter, mais ils étaient maintenant tout près et dans quelques secondes ce serait l'abordage.

Clinton entendait les acclamations des artilleurs du clipper, les gémissements des esclaves terrifiés qui se blottissaient les uns contre les autres, il percevait distinctement le fracas des pièces de seize poussées en position de tir et les ordres criés par les chefs d'équipe.

La jeune femme se tenait toujours très droite, son pâle visage tourné dans sa direction et elle venait de l'apercevoir et de le reconnaître. Elle essaya de lever la main pour le saluer mais la menotte entrava son geste. Au moment où Clinton s'avançait pour mieux la voir, quelque chose tira brusquement sur sa manche et derrière lui Ferris poussa un grognement.

Clinton regarda son bras ; la manche était déchirée et on voyait la doublure blanche — alors seulement, il se rendit compte que c'était une balle de mousquet tirée depuis les barres de travers du *Huron* et qu'il aurait été frappé de plein fouet s'il ne s'était pas déplacé. Il se tourna rapidement vers Ferris. Très droit, le garçon pressait un mouchoir sur sa poitrine.

— Vous êtes blessé, monsieur Ferris. Vous feriez mieux de descendre.

— Merci, capitaine, répondit le jeune officier d'une voix rauque, mais je ne veux pas rater l'estocade.

Une goutte de sang perla à la commissure de ses lèvres et avec un frisson, Clinton comprit que Ferris était probablement touché à mort — du sang dans la bouche signifiait presque certainement que le poumon était atteint.

— Restez donc, dit-il d'un ton neutre avant de se détourner.

Il ne devait pas laisser le doute l'envahir maintenant, il ne devait pas se demander si sa décision de prendre le *Huron* à l'abordage était bonne ou si la mort de ces hommes dont les cadavres démembrés jonchaient le pont et celle imminente de ce gamin étaient de sa faute. Il ne devait en aucun cas laisser sa détermination faiblir.

Il cligna des yeux pour se protéger du soleil bas qui entourait les mâts nus du *Huron* d'un halo doré et fixa un regard haineux sur le clipper. Il s'aperçut alors que ses pièces de proue ne pouvaient déjà plus les atteindre et que les ravages terribles provoqués par les tirs de mitraille rapprochés diminuaient depuis qu'ils étaient entrés dans l'angle mort formé par la poupe du clipper.

— Lofez de deux quarts, lança-t-il d'un ton sec, et le *Black Joke* vira brusquement sous la poupe du *Huron*.

Elle se dressait menaçante au-dessus d'eux, l'énorme coque du clipper les abritait du vent et les tirs d'artillerie avaient cessé. Le silence soudain était angoissant, comme si les détonations leur avaient endommagé les tympans et les avaient rendus sourds.

Clinton se secoua pour chasser cette sensation d'irréalité et traversa le pont à grandes enjambées.

— Debout, les gars! cria-t-il, et les matelots accroupis derrière le fragile bastingage se levèrent. Vous avez montré à ces fichus Yankees que vous étiez capables d'encaisser les coups, montrez-leur maintenant que vous savez les rendre.

— Pour le capitaine, hip hip hourra! cria une voix, et tous se pressèrent sur le côté de la canonnière en poussant des acclamations, si bien que Clinton dut mettre ses mains en porte-voix pour lancer un ordre.

— Barre dessous, laissez filer!

Le *Black Joke* mit brusquement en panne sous la voûte arrière du *Huron* tandis que les matelots affalaient toute la toile.

Les deux navires se touchèrent avec un grand craquement, le grincement des tôles contre le bois et le fracas de verre brisé des feux arrière du *Huron*.

Une douzaine de marins du *Black Joke* jetèrent les grappins par-dessus le plat-bord du clipper, puis tirèrent les cordes et les frappèrent aux taquets bâbord. Un essaim de matelots grimpa le long de la poupe du *Huron* en poussant des clameurs comme une bande de singes vervets poursuivis dans un arbre par un léopard.

— Prenez le commandement, monsieur Denham, cria Clinton par-dessus le vacarme.

— Bien, capitaine.

Clinton n'entendit pas la réponse de son second et le vit seulement remuer les lèvres et le saluer. Il remit son sabre d'abordage dans son fourreau et prit la tête de la deuxième vague d'assaut, celle des hommes qui venaient d'affaler les voiles.

Les deux navires se heurtaient aussi violemment que deux taureaux, grinçaient l'un contre l'autre, se séparaient puis cognaient de nouveau au gré du vent et des vagues.

Une douzaine de marins du *Huron* essayaient de couper les cordes des grappins à la hache ; le bruit sourd des lames contre le bois se mêlait aux claquements secs des coups de pistolet et de mousquet que leurs compagnons tiraient sur les grappes d'hommes qui montaient du pont de la canonnière.

L'un des matelots du *Black Joke* grimpait rapidement en poussant avec ses pieds sur la poupe inclinée du clipper, tel un alpiniste, et il avait presque atteint le bastingage quand un marin américain apparut au-dessus de lui et abattit avec un bruit sourd sa hache sur la corde, qui se sectionna d'un seul coup.

Le matelot tomba comme un fruit mûr entre les deux coques, se débattit quelques instants dans la houle, puis les deux navires donnèrent de nouveau l'un contre l'autre dans le hurlement des membrures et écrasèrent l'homme comme de monstrueuses mâchoires.

— Amenez d'autres lignes, cria Clinton.

Lancé par un bras puissant, un grappin vola au-dessus de sa tête et la corde lui fouetta le bras. Il la saisit, tira un bon coup pour mettre en place le crochet et s'élança dans le vide en heurtant sèchement la proue du *Huron* avec ses bottes. Il avait vu son matelot tomber et il grimpa avec la rage du désespoir. C'est seulement quand il lança une jambe par-dessus le bastingage du clipper qu'une fureur guerrière s'empara de lui ; sous ses yeux, le monde changea de couleur, il le voyait à travers une vapeur rougeâtre de haine et de colère — haine pour la puanteur des cales à esclaves qui venait offenser son âme, colère folle provoquée par la mort de ses hommes et les dégâts subis par son navire.

Son sabre jaillit de son fourreau dans un grincement métallique tandis qu'un homme se précipitait vers lui, un homme nu jusqu'à la taille, au gros ventre velu et aux épais bras musclés. Il brandissait une hache à double tranchant, et, telle une vipère, Clinton frappa en détendant sa longue carcasse. Il enfonça la pointe de son sabre à travers la barbe argentée du marin. Celui-ci lâcha sa hache qui glissa à travers le pont.

Clinton posa un pied sur sa poitrine et tira la lame de sa gorge d'un coup sec. Un jet de sang s'échappa de la carotide et lui éclaboussa la botte.

Une demi-douzaine de matelots avaient atteint le pont du *Huron* avant Clinton et, sans qu'il ait eu besoin de leur en donner l'ordre, s'étaient regroupés pour garder les grappins accrochés au bastingage et tenir en respect les marins du clipper à coups de sabre et de pistolet. Derrière eux, les hommes du *Black Joke* abordaient en masse sans rencontrer d'opposition et se précipitaient avec des cris de triomphe.

— Hardi, les Jokers ! criait Clinton, emporté par une folie meurtrière.

La peur, le doute et même toute pensée consciente avaient disparu. Par contagion, ses hommes hurlaient avec lui comme une meute de chiens sauvages et se déployaient rapidement à travers le pont du *Huron* pour affronter la vague des marins américains qui arrivaient à toute vitesse de la proue.

Les deux vagues d'hommes courant et criant se rencontrèrent juste au-dessous du balancement de la poupe et se confondirent en une masse confuse, les clameurs et les jurons des combattants se mêlant aux hurlements de terreur des esclaves. Tous les pistolets et les mousquets avaient tiré et il n'était pas question de les recharger ; la bataille se poursuivait désormais à l'arme blanche.

Les marins du *Black Joke* étaient aguerris ; ils avaient combattu ensemble une cinquantaine de fois durant l'année précédente, pris d'assaut des glacis et des négreries, résisté au feu et à l'acier. Ils avaient maintes fois reçu le baptême du sang et en étaient fiers.

En revanche, les matelots du *Huron* étaient des gens de la marine marchande et non des soldats ; la plupart d'entre eux n'avaient encore jamais manié le sabre ni tiré sur un homme et la différence devint bientôt manifeste.

Pendant une minute à peine, la mêlée générale oscilla et bouillonna comme lorsque deux courants s'affrontent sur la ligne de marée, puis les marins du *Black Joke* commencèrent à enfoncer l'adversaire.

Ils sentaient qu'ils avaient l'avantage et criaient à tue-tête :

— Hardi, les Jokers ! À bras raccourcis.

À un seul endroit, la marée des matelots britanniques était tenue en échec : au pied du grand mât, deux hommes se tenaient au coude à coude.

Planté sur ses jambes massives, Tippoo semblait inébranlable. Tel un bouddha sculpté dans le roc, il repoussait la foule des hommes qui l'entouraient, et leurs rangs s'écartaient et reculaient.

Il avait remonté son pagne entre ses jambes nues, son gros ventre débordant par-dessus, dur comme de la pierre, le nombril enfoncé en son centre comme un œil de cyclope.

Les fils d'or de son gilet brodé étincelaient au soleil, et la tête dans les épaules, il faisait des moulinets avec sa hache à double tranchant avec autant d'aisance que si elle avait été une simple ombrelle ; à chaque coup, la hache fendait l'air en sifflant et les matelots du *Black Joke* cédaient du terrain.

Une balle de pistolet avait entaillé son cuir chevelu couturé et le sang coulait à flots de la blessure légère, transformant son visage en un masque grand-guignolesque.

Son rire fendait largement sa bouche de crapaud et il criait son mépris aux hommes qui grouillaient autour de lui comme des pygmées autour d'un ogre.

St John ferraillait à ses côtés. Il s'était débarrassé de son caban pour être plus à l'aise et sa chemise blanche, dont les boutons avaient été arrachés par une main ennemie, était ouverte jusqu'à la ceinture. Il avait noué un foulard de soie autour de son front pour empêcher la sueur de lui dégouliner dans les yeux, mais elle coulait sur sa poitrine nue et faisait de grandes taches sur sa chemise. Avec son épée à la garde et au pommeau d'acier dans la main droite, il frappait d'estoc et de taille et parait sans relâche.

Personne ne l'avait encore touché : le sang dilué par la sueur qui souillait la manche de sa chemise n'était pas le sien.

— St John ! cria Clinton.

Tous deux étaient assez grands pour se voir par-dessus les têtes des matelots, et ils se regardèrent fixement pendant quelques instants.

Une lueur fanatique brillait dans les yeux bleu pâle de Clinton et ses lèvres étaient blanches de fureur. St John avait l'air grave, presque pensif, le regard inquiet, presque affligé, comme s'il savait qu'il avait perdu son bateau et que lui et la plupart de ses hommes pouvaient le payer de leur vie.

— Battez-vous ! le défia Clinton d'une voix stridente avec un accent de triomphe.

— Encore ! s'exclama l'Américain tandis qu'un sourire fugitif effleurait ses lèvres.

Clinton se fraya un chemin à coups d'épaule à travers la foule de ses hommes. La dernière fois, ils s'étaient battus au pistolet, l'arme choisie par St John, mais à présent, Clinton sentait dans sa main droite le poids familier de son sabre d'abordage, son arme favorite, celle qu'il avait maniée dès l'âge de quatorze ans quand il était encore aspirant. Les muscles nerveux de son bras droit étaient rompus à l'usage de la lame, à toutes ses subtilités; il s'était entraîné à chaque astuce et subterfuge de son maniement jusqu'à les rendre instinctifs.

Quand ils se rencontrèrent, Clinton feinta et attaqua par en dessous en visant la hanche pour blesser et terrasser son adversaire. Lorsque le coup fut paré, il mesura un instant la force du bras armé de St John avant de dégager et d'effectuer une reprise rapide en se fendant sur le pied droit; une fois encore, la parade fut ferme, suffisamment en tout cas pour retenir la lame plus lourde et plus large du sabre.

Ces deux brefs échanges avaient suffi à Clinton pour jauger son adversaire et trouver son point faible, le poignet. Il l'avait senti à travers l'acier à la façon dont un pêcheur expérimenté sent la faiblesse du poisson au bout de sa ligne. À coup sûr, le poignet de St John ne possédait pas la souplesse de l'acier que seule procure une pratique longue et assidue.

Il perçut une lueur d'inquiétude dans les yeux étrangement pailletés de l'Américain. Celui-ci avait senti lui aussi qu'il n'était pas de taille et savait qu'il ne devait pas prendre le risque de laisser l'affrontement traîner en longueur. Il lui fallait essayer d'y mettre fin au plus vite, avant que la supériorité de l'Anglais n'ait le temps de se manifester.

Avec son instinct de fine lame, Clinton interpréta le petit éclair qui s'alluma dans les yeux jaune d'or de St John. Il savait qu'il allait porter une attaque, et le coup vint effectivement l'instant d'après. Il le para avec la lame incurvée de son sabre puis porta son poids en avant et, d'une torsion du poignet, empêcha son adversaire de dégager en l'obligeant à tourner aussi le poignet. Les deux lames d'acier crissèrent l'une contre

737

l'autre, et ils grincèrent des dents. Clinton imposa trois enveloppements, l'engagement prolongé classique auquel St John ne pouvait se dérober sans risquer une riposte éclair, et il sentit le poignet de son adversaire fléchir sous la pression. Il porta son poids en avant, glissa la garde de son sabre le long de la lame de l'épée et utilisa l'élan des deux lames, le levier de son poignet, et la garde incurvée de son sabre pour arracher l'épée de la main de l'Américain.

L'épée tomba en cliquetant sur le pont entre eux et, les mains levées, le ventre rentré, St John se jeta en arrière contre le grand mât pour tenter d'éviter le coup de pointe du sabre qu'il attendait. Emporté par sa haine meurtrière, Clinton ne pouvait songer un seul instant à faire grâce à l'homme qu'il avait désarmé.

Il porta le coup avec toute la force de son poignet, de son bras, de tout son poids, un coup mortel.

Son être entier s'était concentré sur l'homme qui lui faisait face, mais il perçut cependant un mouvement à la périphérie de son champ visuel. À l'instant où il achevait un moulinet avec sa hache, Tippoo avait vu son capitaine désarmé. Le géant, déséquilibré par son mouvement, avait besoin d'une seconde pour retrouver son équilibre, mais c'était une seconde de trop car le coup de sabre était déjà lancé et St John, coincé contre le mât, avait le ventre à découvert.

Tippoo ouvrit ses énormes pattes et lâcha sa hache qui vrilla sur elle-même comme une roue de charrette, puis il tendit le bras et saisit le sabre de sa main nue.

Il sentit filer la lame entre ses doigts, son tranchant de rasoir couper sa chair jusqu'à l'os, tira néanmoins de toutes ses forces pour détourner la pointe. Il y réussit mais ne put conserver sa prise car les tendons de ses doigts lacérés avaient lâché, et la lame poursuivit sa course, poussée de tout son poids par le grand Anglais blond platine.

Tippoo entendit la pointe du sabre racler contre une de ses côtes, puis une sensation d'engourdissement lui envahit la poitrine et, le sabre parvenu à bout de course, la garde d'acier vint heurter sa cage thoracique avec le bruit d'un couperet de boucher abattu sur le hachoir.

La force inouïe du coup ne suffit cependant pas à faire tomber Tippoo, bien qu'il fît un pas en arrière. Il restait campé sur ses deux pieds et, plissant les paupières, regardait fixement la lame qui lui transperçait la poitrine, ses mains ensanglantées encore serrées sur la garde du sabre.

C'est seulement lorsque Clinton se pencha en arrière et retira la lame que Tippoo commença à s'affaisser lentement en avant; ses genoux fléchirent et il s'effondra mollement.

Clinton libéra la lame de son sabre, et quand il renvoya un coup droit vers l'homme toujours cloué au grand mât, elle était rougie de bout en bout.

Il arrêta son mouvement en cours de route car St John avait été jeté au sol par une vague de combattants britanniques.

Clinton recula d'un pas et s'appuya sur son sabre. La lutte était finie; partout, les hommes d'équipage du *Huron* jetaient leurs armes et demandaient quartier.

Deux hommes aidèrent Mungo St John à se relever. Il était indemne et la haine de Clinton ne s'était pas assouvie. Il lui fallut faire un monstrueux effort pour ne pas enfoncer son sabre dans le ventre de l'Américain. Celui-ci se débattait pour se libérer des mains qui le tenaient et essayait de s'approcher du corps à demi-nu de Tippoo étendu à ses pieds.

— Laissez-moi, cria-t-il. Je dois m'occuper de mon second.

Mais les matelots le tenaient impitoyablement, et St John leva les yeux vers Clinton.

739

— De grâce, implora-t-il.

Clinton ne s'était pas attendu à un tel comportement. Il inspira profondément et sa fureur commença à s'apaiser.

— Vous avez ma parole, monsieur, lui dit l'Américain bouleversé, avec un chagrin évident. Clinton hésita. Je suis votre prisonnier. Mais cet homme est un ami...

Clinton expira lentement puis fit un signe de tête aux marins qui tenaient Mungo St John.

— Il a donné sa parole, leur dit-il, puis, s'adressant au capitaine américain, il ajouta : Je vous accorde cinq minutes.

Les matelots le lâchèrent et St John se laissa tomber à genoux à côté du corps inerte.

— Vieux frère, murmura-t-il en arrachant le foulard de sa tête et en l'appliquant sur le petit trou noir entre les côtes de Tippoo. Vieux frère.

Clinton se détourna, glissa le sabre dans son fourreau et se précipita à l'autre bout du pont.

Robyn Ballantyne le vit arriver et se tendit vers lui, incapable de lever les bras toujours enchaînés au bastingage par les poignets, mais quand il l'étreignit, elle posa son visage contre sa poitrine et se mit à sangloter en tremblant de tout son corps.

— Oh, merci mon Dieu...

— Allez chercher les clés, commanda Clinton avec brusquerie.

Quand les menottes tombèrent des poignets de Robyn, il les leva et les tendit à l'un de ses hommes.

— Allez les passer au capitaine du négrier, ordonna-t-il.

Ce geste acheva d'apaiser sa fureur.

— Excusez-moi, docteur Ballantyne. Nous parlerons plus tard, il me reste encore beaucoup à faire.

Il s'inclina légèrement et s'éloigna à la hâte pour donner ses ordres.

— Maître charpentier, descendez immédiatement dans les cales, je veux que ce navire soit réparé sur-le-champ. Maître d'équipage, désarmez tous ses matelots et faites-les enfermer en postant un garde dans la coursive. Que deux hommes s'occupent du gouvernail et désignez un équipage de prise. Nous allons le ramener dans la baie de la Table avant l'aube, les gars, et vous recevrez une prime plus grosse que vous n'avez jamais espéré.

Toujours en proie à l'excitation de la bataille, ses hommes partirent exécuter ses ordres en l'acclamant d'une voix enrouée.

En frottant ses poignets irrités, Robyn se fraya un chemin à travers le pont jonché de débris et les marins britanniques affairés qui poussaient à l'intérieur du navire les captifs et les files d'esclaves toujours enchaînés.

Presque avec crainte, elle s'approcha de la paire mal assortie que formaient les deux hommes au pied du grand mât. Tippoo était étendu sur le dos, son ventre proéminent comme celui d'une femme en couches et sa blessure cachée par le foulard ensanglanté. Il avait les yeux grands ouverts, la mâchoire pendante, et semblait regarder le mât qui se dressait au-dessus de lui.

Mungo St John tenait la grosse tête chauve sur ses genoux. Il était assis les jambes tendues devant lui, le dos appuyé contre le mât, et tandis que Robyn approchait, il ferma les yeux de Tippoo l'un après l'autre avec son pouce. La tête penchée, avec des gestes aussi doux que ceux d'une mère avec son bébé, il prit le foulard et s'en servit pour fermer la mâchoire de son second.

Robyn posa un genou sur le pont et tendit la main vers la poitrine de Tippoo pour voir si son cœur battait encore, mais St John leva les yeux vers elle et la regarda.

— Ne le touchez pas, dit-il à voix basse et claire.

— Je suis médecin...

— Il n'a plus besoin d'un médecin. Surtout si c'est vous qui êtes ce médecin.

— Je suis désolée.

— Docteur Ballantyne, nous n'avons aucune raison de nous présenter mutuellement des excuses, ni de nous adresser encore la parole.

Elle le regarda ; son visage était froid et figé, ses yeux vides de toute émotion, et elle comprit à cet instant qu'elle l'avait perdu irrévocablement et à jamais. Elle avait cru que c'était ce qu'elle voulait, mais à présent, la certitude qu'elle en avait l'anéantissait et lui ôtait la force de détourner les yeux, la force de parler, et il lui rendait son regard de façon distante, avec dureté, impitoyablement.

— Mungo, murmura-t-elle finalement. Dieu m'est témoin que je n'ai pas voulu cela.

Des mains rudes remirent St John debout, la tête de Tippoo glissa et heurta le pont avec un bruit mat.

— Sur ordre du capitaine, sacrée fripouille, et tu vas tâter des menottes.

Mungo St John se laissa passer les chaînes aux poignets et aux chevilles sans résister. Il se balançait tranquillement pour amortir les mouvements brusques du *Huron* ballotté par le vent et regardait autour de lui le navire noirci par l'incendie, le pont couvert d'espars brisés et emmêlés, taché par le sang de ses hommes, et bien que son visage restât impassible, une douleur infinie se lisait dans ses yeux.

— Je suis désolée, murmura encore Robyn, toujours agenouillée près de lui. Je suis vraiment désolée.

Les poignets liés derrière le dos, St John la regarda.

— Oui. Je le suis aussi.

Un matelot posa sa main calleuse entre ses omoplates, le poussa vers la plage d'avant, et les chaînes cliquetèrent autour de ses chevilles quand il se mit en marche en chancelant.

Après une dizaine de pas, il retrouva son équilibre et se libéra des mains de ses geôliers d'un haussement d'épaules, puis s'éloigna en se tenant bien droit sans un regard pour Robyn.

Le violent soleil fit cligner des yeux Mungo St John quand il sortit dans la cour du château du Cap, escorté par des hommes en uniforme rouge avec des rayures blanches entrecroisées.

Il n'avait pas vu le soleil depuis cinq jours, la cellule dans laquelle il avait été placé à son arrivée à terre ne comportait pas de fenêtres. Même au plein cœur de l'été, le froid et l'obscurité de l'hiver précédent imprégnaient encore les épais murs de pierre, et l'air qui passait par le judas de la porte en chêne sentait le renfermé, l'odeur des geôliers et des quelques prisonniers des cellules voisines.

St John prit une longue inspiration et s'arrêta pour regarder les remparts du château. Le drapeau britannique flottait avec désinvolture au-dessus de la redoute du Katzenellenbogen, et au-dessous les goélands planaient sur un vent de force cinq qui soufflait du sud-est et était favorable aux navires qui quittaient la rade en partance pour l'Atlantique, remarqua St John instinctivement.

— Par ici, je vous prie, lui dit d'un ton insistant le jeune officier qui commandait l'escorte, mais l'Américain s'attarda encore quelques instants. Il entendait le murmure des vagues qui se brisaient sur les plages juste au-dessous des murailles du château et, depuis les remparts, il voyait distinctement Bloubergstrand de l'autre côté de la baie de la Table.

Le *Huron* était au mouillage près du rivage, l'équipage de prise toujours à son bord, et il aurait aimé lui donner ne serait-ce qu'un coup d'œil, savoir si l'arrière

743

était toujours noir de fumée et dans le même état pitoyable ou si O'Brien avait été autorisé à effectuer les réparations de la coque et du mécanisme du gouvernail.

« Si seulement Tippoo... » se dit-il, puis il s'arrêta et, encore glacé jusqu'aux os, eut un bref frisson malgré le soleil. Il redressa les épaules et fit un signe de tête à l'officier.

— Je vous suis, dit-il.

Accompagnés par le grincement des souliers cloutés sur les pavés, ils traversèrent la cour et gravirent les escaliers qui menaient aux bureaux du gouverneur.

— Prisonnier et escorte, halte !

Sur le portique, un lieutenant de la Navale en veste bleu marine et or, pantalon blanc et tricorne, les attendait. Les cheveux gris, l'air usé, il semblait âgé pour son grade et avait un regard morne et las.

— Monsieur St John ? demanda-t-il.

Mungo hocha la tête avec dédain. Le lieutenant se tourna vers l'officier de l'escorte.

— Merci, commandant, je prends le relais. (Puis s'adressant de nouveau à l'Américain.) Ayez l'amabilité de me suivre, monsieur St John.

Ils franchirent les magnifiques portes en teck sculptées par le maître-ébéniste Anreith et entrèrent dans l'antichambre du gouverneur au parquet ciré en pin de Cafrerie, aux chevrons du même bois et aux murs couverts par les trésors d'Orient accumulés avec tant de persévérance par la Compagnie des Indes orientales, cette grande prédatrice qui avait fini par succomber à plus puissant qu'elle.

Le lieutenant tourna à droite, dépassa la porte à deux battants en cuivre et acajou du bureau personnel du gouverneur où St John s'attendait à être conduit, et se dirigea vers une porte plus modeste située dans un coin de l'antichambre. Lorsque le lieutenant frappa, une voix les pria d'entrer et ils pénétrèrent dans un petit bureau qui était manifestement celui de l'aide de camp du gouverneur auquel St John avait déjà eu affaire.

Il était assis à un bureau tout simple en chêne massif et ne se leva pas pour accueillir le prisonnier. Il y avait deux autres hommes dans la pièce, assis dans un fauteuil.

— Vous connaissez l'amiral Kemp, dit l'aide de camp.

— Bonjour, amiral.

Kemp se contenta d'un signe de tête.

— ... et voici Sir Alfred Murray, président de la Cour suprême de la colonie du Cap.

— Bonjour, monsieur, fit Mungo St John sans daigner ni s'incliner ni sourire.

Le juge se pencha légèrement dans son fauteuil, les deux mains appuyées sur le pommeau en or et ambre de sa canne, ses yeux surmontés par des sourcils blancs et broussailleux fixés sur St John. Celui-ci était content que son geôlier lui ait fourni de l'eau chaude et un rasoir une heure plus tôt et que la lingère des officiers du château, une ancienne esclave malaise, lui ait rapporté son pantalon et sa chemise blanche lavés et repassés et ses bottes cirées.

L'aide de camp prit un document officiel posé devant lui sur le bureau.

— Vous êtes bien le capitaine et le propriétaire du clipper le *Huron* ?

— Oui.

— Le navire a fait l'objet d'une prise en vertu des articles 5 et 11 du traité de Bruxelles et se trouve à l'heure actuelle dans les eaux territoriales britanniques avec un équipage de prise à son bord.

Cela n'appelait aucune réponse et St John conserva le silence.

— L'affaire a été examinée par le tribunal de la Commission mixte de la colonie, sous la présidence de

745

monsieur le juge et, après avoir entendu les témoignages de l'officier commandant l'escadre du Cap et d'autres personnes, le tribunal a décidé que, le *Huron* ayant été pris en haute mer, la colonie du Cap n'a aucune juridiction en la matière. Le président du tribunal a recommandé à Son Excellence, le gouverneur de la colonie du Cap, que la... hum hum... la cargaison du clipper le *Huron* soit confisquée par le gouvernement de Sa Majesté mais que le navire soit libéré et remis au commandement de son propriétaire et que celui-ci reçoive l'ordre de se placer avec diligence lui et son bateau entre les mains de la juridiction américaine adéquate et y réponde aux accusations que le président des États-Unis jugera bon de prononcer contre lui.

St John laissa échapper un long soupir de soulagement. Les Angliches étaient en train d'étouffer l'affaire ! Ils ne voulaient pas prendre le risque d'affronter la colère du nouveau président des États-Unis. Ils lui confisquaient ses esclaves — huit cent mille dollars ! — mais lui rendaient son navire et le laissaient partir.

L'aide de camp continua sa lecture sans lever les yeux.

— Le gouverneur de la colonie du Cap a suivi ces recommandations et statué en conséquence. Vous êtes requis de mettre votre navire en état de naviguer le plus rapidement possible. Pour ce faire, le commandant de l'escadre du Cap a accepté de mettre à votre disposition son chantier naval.

— Merci, amiral, dit St John en se tournant vers Kemp.

— Seize de mes hommes tués et autant de blessés par votre faute... monsieur, et chaque jour, l'odeur de votre infâme navire s'infiltre par les fenêtres de mon bureau, répondit l'amiral, les sourcils froncés, le visage marbré sous l'effet d'une passion contenue, mais d'une voix posée, en se levant de son fauteuil avec effort et en regardant l'Américain. Allez au diable, vous et vos remerciements, monsieur St John. S'il ne tenait qu'à moi, nous ne jouerions pas aux timides et aux gentils avec M. Lincoln, et vous vous balanceriez à la grand-vergue d'un bâtiment de guerre britannique au lieu de quitter la baie de la Table sur votre bateau puant.

Kemp se détourna et alla regarder par la fenêtre la cour du château où l'attendait sa voiture.

— Un représentant de la Royal Navy vous accompagnera à bord de votre navire et y restera jusqu'au moment où il estimera que le bâtiment est en état de reprendre la mer, enchaîna l'aide de camp comme s'il n'avait pas entendu.

Il tira le cordon de la sonnette qui pendait derrière son épaule et, presque instantanément, la porte s'ouvrit et le lieutenant réapparut.

— Dernier point, monsieur St John, le gouverneur vous a déclaré indésirable et vous serez arrêté immédiatement si vous êtes assez téméraire pour remettre les pieds dans la colonie du Cap.

La haute silhouette remontait à grandes enjambées l'allée de gravier abritée par de hauts palmiers-dattiers, et Aletta Cartwright cria gaiement à travers la roseraie :

— Voilà votre galant, Robyn. Il est en avance ce matin.

Robyn se redressa, un panier plein de roses en boutons suspendu à son bras, le visage protégé du soleil de midi par un chapeau de paille. Elle le regarda avec affection se diriger vers elle. Il avait l'air si dégingandé, si gamin et impétueux qu'on avait peine à croire qu'il avait pris à l'abordage le *Huron* à la tête de ses hommes.

Elle s'était habituée à lui au cours des semaines qu'elle avait passées chez les Cartwright, et chaque après-midi Clinton faisait à pied le trajet entre son modeste logement de Waterkant Street et la propriété de ses hôtes à flanc de colline. Elle attendait impatiemment ses visites et appréciait leurs conversations sérieuses après les propos frivoles des filles Cartwright. Elle trouvait flatteuses et profondément réconfortantes l'admiration et l'adoration qu'il lui témoignait. Elle avait l'impression qu'elles ne seraient jamais démenties ; c'étaient une constante, un élément stable dans la confusion et l'incertitude qui marquaient sa vie présente.

Elle avait appris à apprécier son bon sens et son jugement. Elle lui avait même laissé lire le manuscrit dont la rédaction occupait la majeure partie de son temps, et ses commentaires et critiques s'avéraient toujours fondés.

Elle se rendit compte ensuite qu'il occupait une place dans sa vie restée trop longtemps vacante. Elle avait besoin d'avoir quelqu'un à chérir, protéger et réconforter, quelqu'un qui ait besoin d'elle et à qui témoigner sa compassion.

— Je ne peux pas vivre sans vous, lui avait-il dit. Je ne crois pas que j'aurais pu supporter toutes ces épreuves sans votre aide.

Elle savait qu'il était probablement sincère et que ce n'était pas seulement les déclarations hyperboliques d'un soupirant au cerveau enflammé, et Robyn était totalement incapable de résister à l'appel d'une personne qui souffrait.

Plusieurs semaines avaient passé depuis le jour mémorable où le *Black Joke* était entré dans la baie de la Table avec son bastingage et ses superstructures criblés de trous, son gréement dans un état de destruction spectaculaire et héroïque, et son énorme prise, noircie par la fumée et naviguant tant bien que mal avec son mécanisme de gouvernail et son gréement de fortune, qu'il conduisait sous la menace de ses canons au mouillage dans Rogger Bay.

748

Bouche bée, les habitants de la ville s'étaient massés sur le front de mer et poussaient des exclamations tandis que les marins des autres bâtiments de la Navy les acclamaient depuis le bastingage ou alignés sur les vergues.

Robyn était à côté de Clinton Codrington lorsque les deux contingents d'officiers venus du quartier général de l'escadre du Cap avaient été conduits sur des chaloupes jusqu'au mouillage du *Black Joke*. Un capitaine de frégate, plus âgé que Clinton de quelques années, était à la tête de la première.

— Capitaine Codrington, dit-il en saluant, j'ai reçu l'ordre de reprendre le commandement de ce bâtiment sur-le-champ.

Clinton acquiesça sans changer d'expression.

— Très bien, mon commandant, je vais faire enlever mes effets personnels et pendant ce temps-là, nous accomplirons les formalités et je vous présenterai aux autres officiers.

Après que Clinton eut serré la main à ses lieutenants et que sa malle de marin eut été amenée près de la coupée, la seconde chaloupe, qui était restée quelques mètres en retrait les avirons levés, vint se mettre contre le flanc de la canonnière et un officier supérieur monta à bord. Chacun savait ce qui allait se passer ; Denham s'approcha de Clinton et lui dit à voix basse :

— Bonne chance, capitaine. Vous savez que vous pourrez compter sur moi quand il faudra.

Clinton savait que son lieutenant parlait du jour où Denham serait appelé à venir témoigner devant la cour martiale.

— Merci, monsieur Denham, répondit-il avant de se diriger vers le commandant qui l'attendait.

— Capitaine Codrington, je suis chargé de vous informer que vous êtes convoqué chez le commandant de l'escadre pour répondre de diverses accusations concernant l'accomplissement de vos fonctions. Par conséquent, vous devez vous considérer en état d'arrestation et vous tenir prêt à comparaître devant la cour martiale dès qu'elle sera réunie.

— Je comprends, mon commandant.

Clinton le salua et le précéda vers l'échelle et l'embarcation.

Une voix cria :

— Faites-leur leur fête, capitaine.

Puis, d'un seul coup, tous les hommes d'équipage du *Black Joke* l'acclamèrent bien que leur voix fût étranglée par l'émotion :

— À bras raccourcis ! Hardi, les Jokers, hurlaient-ils en jetant leur bonnet.

La chaloupe s'éloigna vers la plage ; debout à l'arrière, Clinton Codrington les regardait, impassible, et sa tête nue brillait au soleil comme un fanal.

Cela s'était passé plusieurs semaines plus tôt, mais la réunion d'un nombre suffisant d'officiers pouvant siéger en cour martiale risquait de demander encore des semaines, voire des mois, dans une petite garnison comme celle du Cap.

Clinton avait pris un logement bon marché dans Waterkant Street. Mis en quarantaine par ses collègues officiers, il passait le plus clair de son temps sur les quais à regarder la petite canonnière en cours de réparation et le clipper dont les mâts étaient toujours nus.

Il avait assisté au débarquement des esclaves. Leurs chaînes avaient ensuite été brisées par le forgeron du château. Il avait vu les Noirs stupéfaits signer d'une croix les contrats d'apprentissage, puis être emmenés par les fermiers hollandais et huguenots, et il s'interrogeait sur ce nouveau destin vers lequel il les avait entraînés.

L'après-midi, il allait faire sa cour à Robyn Ballantyne chez les Cartwright, dont le manoir se trouvait dans un agréable jardin verdoyant situé à flanc de colline.

Ce jour-là, il était encore tôt et le canon tirait le coup de midi sur Signal Hill au moment où Clinton remontait l'allée. Il se mit presque à courir quand il vit Robyn dans la roseraie et coupa à travers le tapis vert de la pelouse.

— Robyn! Docteur Ballantyne! lança-t-il d'une voix bizarre, une lueur farouche dans ses yeux pâles.

— Que se passe-t-il? fit Robyn en tendant son panier à Aletta et en se précipitant à sa rencontre. Que se passe-t-il, répéta-t-elle d'une voix inquiète tandis qu'il prenait ses deux mains dans les siennes.

— Le négrier!

Il bafouillait d'émotion.

— L'Américain... le *Huron*!

— Eh bien? Qu'est-ce qu'il y a?

— Il lève l'ancre... Ils le laissent partir!

C'était un cri d'indignation et de désespoir, et Robyn fronça les sourcils et pâlit brusquement.

— Ce n'est pas possible.

— Venez! dit Clinton. Une voiture attend à la porte.

Clinton cria au cocher de se dépêcher et celui-ci fouetta les chevaux qui atteignirent la crête de Signal Hill couverts d'écume.

À l'instant où la voiture s'arrêtait, Clinton sauta à terre et conduisit Robyn au bord du chemin d'où l'on voyait la colline descendre jusqu'à la baie. Le grand clipper américain glissait en silence sur la mer verte où dansaient les moutons soulevés par le vent du sud-est.

Après avoir évité la forme basse et sombre de Robben Island, il changea de cap et de nouvelles voiles s'épanouirent dans son gréement, blanches comme les premières fleurs du printemps. Sans mot dire, l'homme et la femme regardaient le beau voilier se fondre peu à peu avec l'écume laiteuse de la mer, devenir une silhouette fantomatique avant de disparaître d'un seul coup.

Toujours silencieux, le couple remonta dans la voiture et aucun des deux ne parla avant qu'elle n'ait atteint les portes de la propriété des Cartwright. Clinton regarda Robyn, livide ; ses lèvres avaient pris la pâleur de l'ivoire et elles tremblaient sous l'effet d'une émotion contenue.

— Je sais ce que vous ressentez.. Après tout ce que nous avons enduré, voir ce monstre reprendre la mer... Je partage votre amertume, dit-il doucement, mais elle secoua la tête avec véhémence et retomba dans l'immobilité. J'ai d'autres nouvelles à vous apprendre, ajouta-t-il lorsqu'il jugea que Robyn avait surmonté son désarroi et qu'un peu de couleur était revenu sur ses joues. Il y a un vice-amiral sur la liste des passagers de l'indiaman au mouillage dans la baie depuis hier. Kemp lui a demandé de compléter l'effectif de la cour martiale. Elle se réunit à partir de demain.

Elle se tourna vers lui avec une expression inquiète.

— Oh, je vais prier pour vous.

Elle tendit sa main avec spontanéité et il la serra entre les siennes.

Ce fut comme si ce contact avait libéré quelque chose de refoulé au fond d'elle-même et ses yeux se remplirent enfin de larmes.

— Oh, ma chère Robyn, murmura Clinton, ne vous inquiétez pas pour moi.

Mais à travers ses larmes, elle voyait toujours le spectre du beau quatre-mâts disparaître au loin et elle se mit à sangloter.

Le sol de la salle de bal de l'Amirauté était couvert d'un damier de marbre blanc et noir, et les gens qui se trouvaient là faisaient songer aux pièces d'un échiquier éparpillées par les caprices d'une fin de partie difficile.

Telle la reine, Robyn, en jupe et chemisier d'un vert discret, se tenait en première ligne face aux tours : deux officiers de marine revêtus de leur uniforme et épée au côté qui jouaient les rôles de procureur et d'avocat de la défense. Ils avaient été désignés d'office, et aucun des deux n'appréciait cette tâche inhabituelle.

Ils s'étaient isolés du reste de l'assistance et s'affairaient sur leurs dossiers sans regarder l'homme que leurs plaidoiries devaient condamner ou innocenter selon ce qu'allaient décider les officiers supérieurs encore en train de délibérer derrière les hautes portes à l'autre extrémité de la salle de bal.

Les autres témoins faisaient songer aux pions répartis sur l'échiquier — Denham, le second du *Black Joke*, le journal de bord sous le bras, MacDonald, le mécanicien, qui cachait derrière son dos ses mains incrustées de poussière de charbon, l'agent de la colonie et le consul honoraire représentant le sultan de Zanzibar, un riche commerçant asiatique.

Seul l'accusé qui jouait sa vie ne restait pas en place. Tel le cavalier aux mouvements imprévisibles, le capitaine Clinton Codrington arpentait la salle de bal, son tricorne sous le bras ; ses talons résonnaient sur les dalles de marbre et ses yeux bleu pâle restaient fixés droit devant lui.

Malgré ses vastes dimensions, la salle semblait chargée de la tension qui allait crescendo. Seuls les deux fusiliers marins en veste rouge postés de chaque côté de la double porte paraissaient parfaitement indifférents.

Clinton s'arrêta devant Robyn et tira sa montre.

— Plus que cinquante minutes, dit-il.

— On a l'impression qu'ils discutent depuis des heures, répondit-elle à voix basse.

— Je ne pourrai jamais assez vous remercier pour votre témoignage.

— Je n'ai dit que la vérité.

— C'est vrai. Mais sans lui...

Il se tut et reprit sa déambulation. L'officier chargé de l'accusation, qui, au cours des deux jours précédents, s'était efforcé de le faire condamner et de l'envoyer à la potence, leva les yeux vers lui, puis, précipitamment, presque d'un air coupable, se replongea dans les documents qu'il tenait dans sa main droite. Robyn était la seule qui le regardait franchement, avec inquiétude ; mais quand il croisa de nouveau son regard quelques minutes plus tard, elle lui sourit courageusement en essayant de cacher ses doutes.

Les quatre officiers supérieurs devant qui elle avait témoigné l'avaient écoutée attentivement, mais elle n'avait vu aucune chaleur, aucune compassion dans leur expression.

— Madame, lui avait demandé à la fin l'amiral Kemp, est-il vrai que vous avez obtenu votre diplôme de médecine en vous faisant passer pour un homme ? Et si vous répondez « Oui », ne croyez-vous pas que nous soyons fondés à douter de votre souci de respecter la vérité ?

Robyn avait vu se durcir le visage des officiers qui flanquaient l'amiral, leur regard devenir distant. Le représentant du sultan s'était montré ouvertement hostile pendant que le procureur énumérait consciencieusement la longue liste d'agressions et d'actes de guerre commis à l'encontre du territoire souverain et des sujets de son maître.

Denham et MacDonald ne purent que rapporter les faits, et leur désaveu des ordres de leur capitaine était consigné dans le livre de bord du navire.

La seule chose qui surprenait Robyn était que la cour délibère si longtemps. Elle sursauta quand les deux battants de la porte s'ouvrirent brusquement dans un fracas dont les murs de la salle répercutèrent l'écho, et lorsque les deux plantons tapèrent du pied pour réclamer l'attention.

Par la porte, elle voyait les officiers assis à la longue table qui faisait face à la salle de bal. Les fils d'or de leurs brandebourgs et de leurs épaulettes reluisaient mais Robyn était trop loin pour distinguer nettement l'expression de leur visage. Elle fit un pas en avant et se pencha pour essayer de voir le dessus de la table derrière laquelle se dressait la sinistre rangée des juges sans pouvoir être certaine de la position de la dague qui y était posée, puis le dos des trois hommes qui s'alignèrent devant la porte lui boucha la vue.

Clinton était au centre, encadré par les deux officiers chargés de l'accusation et de la défense. Quelqu'un grommela un ordre et tous trois franchirent d'un bon pas la porte qui se referma derrière le trio. Robyn ne savait toujours pas dans quel sens la dague était tournée et si sa lame était nue ou encore dans son fourreau.

Clinton lui avait expliqué la signification de cette arme. Elle était posée sur la table lorsque les juges prenaient leur décision. Si la lame était dans son fourreau et le manche tourné vers le prévenu, le jugement était « non coupable ». Si la lame pointait vers lui, il savait que les foudres de ses supérieurs n'allaient pas tarder à tomber et qu'il risquait de payer ses fautes par le fouet ou même par la potence.

Les portes furent claquées derrière Clinton flanqué des deux officiers, comme lui au garde-à-vous à cinq pas de la table cirée derrière laquelle siégeaient ses juges, et il gardait les yeux fixés sur un point au-dessus de la tête de l'amiral Kemp.

Puis il trouva le courage de baisser le regard vers la dague posée sur la table. La lame nue brillait d'un éclat argenté bleuâtre dans les derniers rayons de soleil qui tombaient obliquement par les portes-fenêtres, et sa pointe était tournée vers son ventre.

Il sentit un froid désespoir pénétrer ses tripes comme si la dague y avait été plongée. Le choc provoqué par l'injustice du verdict, l'incapacité de croire que sa vie entière était anéantie d'un seul coup, la honte et la disgrâce d'une carrière brisée et d'une réputation irrémédiablement ternie le laissaient comme hébété ; il ne voyait rien d'autre que la lame dirigée vers lui et n'entendait que la voix de l'amiral Kemp.

— Coupable d'avoir manifestement méprisé les ordres de son supérieur.

« Coupable d'actes de piraterie en haute mer.

« Coupable d'avoir détruit la propriété de sujets d'une puissance amie.

« Coupable d'avoir méprisé les termes d'un traité entre le gouvernement de Sa Majesté britannique et le sultan des Arabes omanais. »

Il allait être condamné à mort, le verdict était trop détaillé, la liste des fautes trop longue et sa culpabilité trop grave pour qu'il en soit autrement. Condamné à être pendu.

Il détourna les yeux de la dague accusatrice et regarda par les portes-fenêtres derrière ses juges. Lorsqu'il essaya d'avaler sa salive, le col de son uniforme lui parut aussi serré que le nœud coulant passé par le bourreau.

« Je n'ai jamais craint la mort, pria-t-il en silence. La seule chose que je regretterai, c'est de devoir quitter la femme que j'aime. »

Perdre l'honneur et la vie était un châtiment assez dur, mais perdre aussi son amour... l'injustice lui semblait insupportable.

— La cour a longuement délibéré, reprit Kemp avant de marquer une pause et de lancer un regard en coin au vice-amiral, mince, bronzé, cheveux argentés, assis à côté de lui, le passager de l'indiaman qui avait fait escale au Cap. Elle a longuement délibéré et a été influencée par les arguments éloquents de l'amiral Reginald Curry.

Il s'arrêta de nouveau et fit la moue pour montrer qu'il ne souscrivait pas à ses arguments éloquents.

— Voici le verdict de la cour : le prévenu sera privé de son grade, de ses privilèges et de sa paye, le brevet à lui accordé par Sa Majesté lui sera retiré et il sera renvoyé à la vie civile pour manquement à l'honneur.

Clinton s'arma de courage ; la dégradation et le renvoi devaient précéder l'essentiel de la sentence.

— En outre, reprit l'amiral avant de s'arrêter pour s'éclaircir la voix, en outre, la cour a décidé que le prisonnier serait conduit au château et qu'il y serait...

C'était au château qu'avaient lieu les exécutions ; la potence y était dressée sur le champ de parade devant l'entrée principale.

— ... qu'il y serait détenu pendant une période d'un an.

Les juges se levèrent et sortirent l'un après l'autre de la pièce. Lorsque l'amiral aux cheveux grisonnants se dressa, un petit sourire de connivence effleura ses lèvres et Clinton comprit enfin qu'il n'était pas condamné à mort.

— Un an, dit le lieutenant-procureur quand la porte se fut refermée, ni fouet ni potence... un verdict diablement clément, je trouve.

— Félicitations, lança l'officier de la défense avec un sourire incrédule. C'est grâce à Curry ; il a commandé l'escadre chargée de la lutte contre la traite des Noirs sur la côte Ouest. Quel coup de chance qu'il ait fait partie de la cour !

Pâle, sans voix, tanguant légèrement, Clinton regardait toujours par les fenêtres ouvertes sans rien voir.

— Venez, mon cher, une année passe si vite, lui dit son défenseur en lui touchant le bras. Ensuite, finis le singe et le pain dur... Allons, remettez-vous.

À raison de trente kilomètres par jour, Zouga avait imposé un train d'enfer aux mulets et aux porteurs depuis leur départ de la mission du grand-père Moffat à Kuruman. À présent qu'il était parvenu au sommet du col, il serra la bride et contempla le majestueux panorama qu'offrait la péninsule du Cap.

Immédiatement au-dessous de lui, s'élevait l'étrange colline de roche lisse que les citoyens hollandais avaient appelée « Die Paarl », la perle, et qui brillait d'un éclat presque translucide dans le soleil du plein été.

Au-delà, les champs de blé et les vignes parsemaient la plaine qui s'étendait jusqu'au Paarde Berg, « la montagne des Chevaux » parcourue jadis par les zèbres, et le Tyger Berg. Les Hollandais confondaient le léopard avec le tigre et les zèbres avec les chevaux.

— Nous y sommes presque, sergent, cria Zouga.

— Regardez ça...

Le petit Hottentot lui montrait la montagne de la Table bleu-gris qui, au sud, se dressait, haute et massive, contre l'horizon.

— Nous y serons demain avant la nuit.

Jan Cheroot avança les lèvres et envoya un baiser vers la montagne.

— Va déboucher une bouteille et dire aux dames du Cap que ma maman ne m'a pas appelé « Gros Cigare » pour rien.

Son mulet agita ses longues oreilles en entendant le son de sa voix et lança sans conviction une ruade.

— Tu sens aussi l'écurie, vieil étalon ! gloussa Cheroot. Alors, allons-y !

Il fouetta l'animal qui commença à descendre la pente bruyamment sur le chemin caillouteux.

Zouga resta encore un moment à regarder la petite charrette bringuebalante qui suivait à un rythme plus lent et avait transporté son précieux chargement d'ivoire et la sculpture en stéatite sur près de deux mille kilomètres.

Robyn dut attendre un mois avant de rendre sa première visite à Clinton. Après que le garde eut inspecté son laissez-passer, on la conduisit dans une petite pièce blanchie à la chaux, meublée en tout et pour tout de trois chaises.

Elle resta seule dix minutes avant que Clinton n'entre par la porte basse ouverte dans la cloison opposée. Elle fut tout de suite frappée par sa pâleur. Son hâle avait fait place à un teint jaunâtre et les racines de ses cheveux, que le soleil et le sel ne décoloraient plus, avaient foncé.

Il avait l'air plus vieux, fatigué et abattu.

— Vous au moins, vous ne m'avez pas abandonné dans ma disgrâce, dit-il simplement.

Le garde prit la troisième chaise et fit semblant de ne pas écouter ce qu'ils se disaient. Robyn et Clinton étaient assis l'un en face de l'autre avec raideur sur les chaises inconfortables et, tout d'abord, leur conversation fut tout aussi guindée et se résuma à un échange de questions polies sur leurs santés respectives.

— Avez-vous reçu les journaux ? s'enquit ensuite Robyn.

— Oui. Le surveillant a été très gentil avec moi.

— Vous êtes donc au courant des promesses qu'a faites le nouveau président américain.

— Lincoln a toujours été un adversaire acharné de la traite des Noirs.

— Il a enfin accordé le droit de visite aux bâtiments de la Royal Navy.

— Et six des États du Sud ont déjà fait sécession, ajouta Clinton d'un air sombre. Ils se battront s'il essaie de faire appliquer le droit.

— C'est trop injuste, s'écria Robyn. À quelques semaines près, on vous aurait considéré comme un héros au lieu de... (Elle s'arrêta brusquement en portant une main à sa bouche.) Excusez-moi, capitaine Codrington.

— Je ne suis plus capitaine, dit-il.

— Je me sens si coupable. Si je n'avais pas envoyé cette lettre...

— Vous êtes si gentille, si bonne... et si belle que j'ai du mal à vous regarder, ajouta-t-il rapidement.

Robyn sentait qu'elle devenait écarlate, et elle jeta un coup d'œil vers le garde qui examinait attentivement le plafond de la cellule.

— Savez-vous ce que j'ai pensé lorsque je suis entré dans la salle et que j'ai vu la dague pointée vers moi ? poursuivit Clinton, et elle secoua la tête. J'ai cru que j'allais vous perdre, qu'on allait me pendre et que je ne vous reverrais plus jamais.

Sa voix était si émue que le garde se leva.

— Docteur Ballantyne, je m'absente pendant quelques minutes, dit-il. Ai-je votre parole que vous n'essaierez pas de remettre une arme ou un outil au prisonnier pendant ce temps-là ?

— Merci, murmura Robyn en hochant la tête.

À l'instant où la porte se refermait, Clinton se précipita vers Robyn et s'agenouilla devant elle. Il passa ses bras autour de sa taille et appuya sa joue sur ses genoux.

— Mais maintenant, je n'ai plus rien à vous offrir, je n'ai rien d'autre à partager avec vous en dehors de ma disgrâce.

Robyn lui caressait les cheveux comme à un enfant.

— Je ne tarderai pas à retourner dans le magnifique pays qui s'étend au sud du Zambèze. Je sais maintenant que ma destinée m'appelle là-bas, dit-elle doucement. Pour prendre soin de l'âme et du corps de ses habitants. (Elle marqua une pause et baissa affectueusement les yeux vers les épaisses boucles blondes de Clinton.) Vous dites que vous n'avez rien à offrir, rien à partager, mais moi, j'ai quelque chose à vous offrir et à partager avec vous.

Il leva la tête et la regarda d'un air interrogateur, une lueur d'espoir dans ses yeux bleu pâle.

— Seriez-vous prêt à vous mettre au service de Dieu et à m'accompagner comme missionnaire dans ce pays sauvage, en Zambèzie?

— Partager ma vie avec vous et avec Dieu? dit-il d'une voix étouffée. Je n'ai jamais pensé que j'étais digne d'un tel honneur.

— Ce gars-là est un pharisien, dit Zouga d'un ton catégorique. Et par-dessus le marché, le voilà maintenant en prison. Ni lui ni toi ne pourrez marcher tête haute en société.

— C'est un esprit noble et loyal, et il a trouvé sa véritable vocation au service de Dieu, répliqua Robyn avec feu. Ni lui ni moi n'avons l'intention de passer la majeure partie de notre temps en société, tu peux en être certain.

Zouga haussa les épaules et sourit :

— Ça te regarde. Il est vrai qu'il a réuni un joli magot avec ses primes et qu'on ne peut pas le lui enlever.

— Je t'assure que l'argent n'a rien à voir avec ma décision.

— Je veux bien le croire.

Le sourire de Zouga l'exaspéra mais, avant qu'elle ait pu trouver une réplique assez caustique, il tourna les talons et traversa d'un pas nonchalant la longue véranda qu'ombrageait une tonnelle de vigne et s'arrêta pour contempler la mer que l'on apercevait à travers les chênes et les palmiers bruissants du jardin des Cartwright.

La colère de Robyn s'apaisa et fit place au regret. Elle avait l'impression que son frère et elle ne pouvaient que se disputer, que leurs désirs et aspirations étaient toujours en conflit.

Tout d'abord, le soulagement qu'elle avait éprouvé en le voyant revenir sain et sauf n'avait eu d'égal que son plaisir de le retrouver. Quand il était apparu dans l'allée des Cartwright monté sur un mulet décharné, elle l'avait

761

à peine reconnu. C'est seulement lorsqu'il avait mis pied à terre et levé son vieux chapeau taché qu'elle avait poussé un cri de joie, s'était levée de table d'un bond et avait descendu en courant de la terrasse pour venir l'embrasser.

Il était si aminci, si bronzé et si musclé, et une telle autorité, une telle détermination, une telle présence émanaient de lui qu'elle rayonnait de fierté quand il racontait ses pérégrinations alors que l'assistance buvait chacune de ses paroles.

— Il fait penser à un dieu grec ! avait chuchoté Aletta Cartwright à Robyn, ce qui n'avait rien de très original, mais Aletta ne cultivait guère l'originalité de pensée et Robyn dut convenir qu'en l'occurrence, elle disait juste.

Elle avait suivi avec une telle attention sa description du pays des Matabélé et de la longue piste qu'il avait empruntée vers le sud et posé des questions si précises que Zouga lui avait dit avec brusquerie :

— J'espère que tu ne te serviras pas de ces informations dans ton récit de voyage.

— Bien sûr que non, lui avait-elle assuré, mais cela avait été la première fausse note et il n'avait plus parlé de ses aventures, si ce n'est pour lui donner des nouvelles de leur grand-père, Robert Moffat, et lui transmettre son bonjour.

— Tu ne croirais pas qu'il a eu soixante-seize ans en décembre dernier. Il a une telle vivacité d'esprit, une telle vigueur qu'il vient de terminer la traduction de la Bible en sechuana. Il m'a très gentiment accueilli et m'a beaucoup aidé ; c'est lui qui m'a trouvé les mulets et la charrette qui m'ont rendu la dernière partie du voyage beaucoup plus facile. Il se souvient de toi comme d'une petite fille de trois ans ; il a reçu tes lettres et m'a donné cela en réponse. (C'était un épais paquet.) Il m'a dit que tu lui avais demandé de diriger une expédition missionnaire dans le pays matabélé.

— C'est exact.

— Sissy, je ne crois pas qu'une femme seule puisse... commença-t-il, mais elle le devança.

— Je ne serai pas seule. Le capitaine Clinton Codrington a l'intention de se faire ordonner missionnaire, et j'ai consenti à devenir sa femme.

Cela avait entraîné l'explosion qui, encore une fois, gâchait leurs relations.

Tandis que sa colère s'apaisait, elle fit effort pour éviter de nouveaux heurts.

— Zouga, dit-elle en traversant la terrasse et en prenant son frère par le bras, accepterais-tu de me conduire à l'autel ?

Il se détendit un peu.

— Quand le mariage a-t-il lieu ?

— Pas avant sept mois, le temps que Clinton ait purgé sa peine.

— Je ne serai plus là, répondit Zouga en secouant la tête. J'ai réservé un passage sur un paquebot qui part pour l'Angleterre au début du mois prochain.

Tous deux restèrent silencieux un moment, puis Zouga reprit :

— Mais je te souhaite beaucoup de bonheur... et je te demande de m'excuser pour la remarque que j'ai faite sur ton futur époux.

— Je ne t'en veux pas, fit-elle en lui pressant le bras. Il est si différent de toi.

« Grâce à Dieu », faillit s'exclamer Zouga, mais il se retint, et ils retombèrent dans le silence.

Il réfléchissait au problème qui lui occupait l'esprit depuis son retour au Cap : comment faire dire à Robyn ce qu'elle avait écrit dans son journal et, si possible, l'influencer pour qu'elle modifie les passages susceptibles de nuire à la réputation de la famille.

À présent qu'il avait appris qu'elle ne repartait pas pour l'Angleterre, l'occasion se présentait d'elle-même.

— Sissy, si ton manuscrit est prêt, je me ferai un plaisir de l'emporter et de le remettre à Oliver Wicks.

Le voyage vers l'Angleterre donnerait à Zouga toute latitude pour prendre connaissance du texte, et si la remise du manuscrit était retardée d'un mois ou deux après son arrivée, la publication de son propre récit de l'expédition monopoliserait l'intérêt du public et l'attention des critiques littéraires.

— Oh, je ne te l'ai pas dit ? (Robyn leva le menton vers lui et un peu de plaisir malveillant transparut dans son sourire.) J'ai envoyé mon manuscrit par le navire postal un mois avant ton arrivée. Il doit déjà être à Londres et je ne serais pas surprise que M. Wicks l'ait déjà publié. J'espère qu'il m'a envoyé la revue de presse et que nous l'aurons au prochain bateau.

Zouga dégagea brutalement son bras et la regarda durement.

— J'aurais dû te le dire, ajouta-t-elle d'une voix douce.

Sa réaction confirmait ses soupçons et elle savait que leur dernière petite chance de s'entendre s'était envolée. À partir de cet instant, ils étaient des ennemis, et elle savait qu'au centre de cette inimitié il y aurait toujours la terre et le peuple de ce lointain pays entre deux grands fleuves que Zouga avait baptisé Zambèzie.

L'entrepôt des Cartwright se trouvait au bout de la route de Woodstock, sur la berge du Liesbeeck, non loin du dôme de l'Observatoire astronomique royal. C'était un bâtiment en brique blanchi à la chaux avec un toit de tôle ondulée.

Contre le mur du fond de la pièce principale étaient rangés les trois articles laissés en dépôt par le major Morris Zouga Ballantyne, actuellement en route pour l'Angleterre sur le *Bombay*, paquebot de la Compagnie

Peninsular & Orient, en provenance de l'Inde. Les trois volumineux objets étaient à moitié cachés par des tas de ballots, de caisses et de tonneaux qui touchaient presque le plafond.

Les deux énormes défenses d'ivoire jaune formaient un cadre idéal pour le troisième paquet. Debout sur son lourd socle, la sculpture de stéatite était toujours dans son emballage d'herbe à éléphants et de cordes d'écorce, et c'était un pur hasard si elle était tournée vers le nord.

L'emballage n'avait pas résisté aux longs mois de transport sur les épaules des porteurs et les planches d'une charrette à la suspension défectueuse, et il était déchiré sur le dessus.

La tête cruelle et fière de l'oiseau de proie en dépassait. À travers les forêts, les montagnes et les déserts, à plus de deux mille kilomètres de là, les yeux de pierre regardaient fixement les remparts d'une cité en ruine, et les paroles prophétiques de l'Umlimo semblaient planer au-dessus de l'oiseau comme des choses vivantes.

« L'aigle blanc s'est penché sur les faucons de pierre et les a jetés à terre. Mais l'aigle les relèvera et ils s'envoleront au loin. Il n'y aura pas de paix dans les royaumes du Mambos et du Monomatapa tant qu'ils ne seront pas de retour. Car l'aigle blanc sera en guerre avec le buffle noir jusqu'à ce que les faucons de pierre reviennent sur leur perchoir. »

Aubin Imprimeur
LIGUGÉ, POITIERS

*Cet ouvrage est imprimé
sur du papier sans bois et sans acide*

Achevé d'imprimer en février 1999
pour le compte de France Loisirs
123, bd de Grenelle, 75015 Paris
N° d'édition 27679 / N° d'impression L 57829
Dépôt légal, février 1999
Imprimé en France